한 조선족 지식인의 인생 노트

# 소중한 만남

한 조선족 지식인의 인생 노트

# 소중한 만남

김호웅

**역락**

독일의 의사이며 문학자인 한스 카로사(Hans Carossa, 1878-1956)는 "인생은 너와 나의 만남"이라고 말했다. 참으로 인간은 만남의 존재이다. 씨앗은 땅을 잘 만나야 하고 땅은 씨앗을 잘 만나야 한다. 이와 마찬가지로 자식은 부모를 잘 만나야 하고 부모는 자식을 잘 만나야 한다. 여자는 좋은 남편을 만나야 행복하고 남자는 좋은 아내를 만나야 행복하다. 학생은 훌륭한 스승을 만나야 성공할 수 있고 스승은 총명한 제자를 만나야 가르치는 보람을 누릴 수 있다. 인생의 변화는 만남을 통해 시작된다.

나도 어느덧 고희의 나이가 되었다. 고생은 좀 했고 우여곡절을 겪기도 했지만 훌륭한 부모님과 형제자매들을 만나고 훌륭한 스승과 동료, 친구와 제자들을 만났기에 나의 인생이 풍요로워지고 이날 이때까지 별 차질없이 인생의 정도를 걸으면서 자그마한 일이라도 한 것 같다. 그래서 자서전을 펴낼까 했는데 김병민 교수께서 내가 수십 년간 쓴 인물전기나 서사수필들이 좋으니 그것들을 선별해 책으로 묶어 내라고 귀띔해 주셨다.

사실 나는 중국 국내에서 훌륭한 분들을 많이 만났고 한국을 비롯한 외국의 저명한 학자, 기업인들도 만났으며 조금은 외국 여행이나 체류 경험도 갖고 있었다. 그래서 "나의 인생 노트—소중한 만남"이라는 책을 내기로 하였다. 감히 나의 은사이신 정판룡 교수의 《내가 살아온 중화인민공화국》(웅진출판, 1994)에는 견줄 수 없지만 내가 만난 훌륭한 분들의 인간적 모습, 그리고 조선족 지식인의 성장과정과 정체성, 고국과 세계에 대한 인식을 알릴 수 있는 책이 되리라 생각한다. 특히 《와룡산의 소나무》(연변인민출판사, 2019)에 이어 연변대학교 일류학과 건설과 교수진을 홍보하고 후진을 양성하는 데도 의미가 있을 것 같다. 나는 중국과 한국에서 《김학철평전》과 《림민호평전》, 《정판룡평전》을 펴내서 독자들의 사랑을 받은 바 있다. 이 책도 수기, 전기, 수필 형식으로 쓴 글이라 가독성이 있으리라 생각한다. 독자 여러분의 사랑을 받을 수 있기를 바란다.

나의 저술활동을 지켜보면서 소중한 아이디어와 가르침을 주시고 분에 넘치는 추천사를 써 주시었으며 출판경비까지 주선해주신 김병민 교수님께 감사의 말씀을 드리고 싶다.

특히 나의 《조선족문학과 아이덴티티》(2022), 김정영 박사의 《조선족 작가의 한국체험과 문학 서사》(2023)에 이어 이 책을 알뜰하게 편집, 출판해 주신 도서출판 역락의 이대현 사장님을 비롯한 관계자 여러분께 깊은 감사의 말씀을 드린다.

2023년 4월 16일
와룡산 연구실에서

# 백마 김호웅 박사—추천사를 대신하여

김병민(중국 연변대학교 전임 총장)

## 들어가며

몇 년 전부터 김호웅 박사는 시조와 수필을 쓰면 '백마시조'나 '백마산문'이라는 이름으로 나에게 보내주곤 했다. 그래서 나도 김 박사에게 글을 보낼 때면 가끔 '백마선생'이라고 호칭한다. '백마'라는 호는 조성일 선생께서 《내가 본 조선족문단 유사》라는 저서에서 김 박사에게 선물한 것 같다. 조성일 선생의 지론(持论)을 들어보자.

"나는 관웅씨를 지칠 줄 모르고 불의에 맞서 용감하고 저돌적으로 싸우는 사나이의 기질을 감안하여 흑마로 비유하였다. 그의 아우 호웅씨는 지칠 줄 모르는 견인성에서는 형과 비슷하나 유연성과 포용력이 형보다 돋보인다. 그래서 나는 200근 넘는 웅장한 체구를 가진 호웅씨를 백마에 비기고 싶다. 잘 생기고 인품 좋고 말 잘하고 글 잘 쓰고 술 좋아하고 친구 좋아하며 또 연변의 마당발로 소문난 팔방미인이다."

후배를 '흑마', '백마'라고 호칭하는 데는 후배에 대한 조성일 선생의 긍정적인 평가와 따뜻한 사랑이 깃들어있다고 하겠다. 조성일 선생의 호칭과 평가에 필자도 전적으로 동감한다. 하지만 이 글에서는 평소 그러했듯이 '호웅씨' 또는 '김호웅 박사'라고 하겠다.

호웅씨를 알게 된지도 어느덧 45년 세월이 흘렀다. 1978년 8월 호웅씨는 연변대학 조문학부에 입학했다. 1978년 7월 나는 조문학부를 졸업하고 조교로 남아 78년급 반주임을 맡았다. 나는 학급의 간부를 선발하기 위해 호웅씨를 조용히 만나 학습위원을 맡아 달라고 했다. 그랬더니 호웅씨는 싱긋이 웃더니 점잖게 양해를 구했다. 집에서 통학해야 하니까 저녁 자습상황 같은 것을 파악할 수 없기 때문이라고 했다. 나는 더 강권하지 않았다. 처음 받은 인상이라면 이목구비가 청수한 미남이요, 겉은 부드럽지만 자기의 소신과 주장은 분명하다는 것이다. 이듬해 나는 반주임을 그만두고 중산대학에 가서 연수를 받았다. 1년 반의 연수를 마치고 연변대학에 돌아와 중국현대문학사를 강의했고 1982년 9월에는 김일성종합대학 박사원에 가서 연구생공부를 했다. 한편 호웅씨는 1982년 7월 조문학부 본과를 졸업하고 석사과정에 입학했다. 1985년 7월 나는 조선유학을 마치고 연변대학에 돌아왔고 호웅씨는 석사과정을 마치고 조문학부 문예이론과 습작학 강사로 취직했다. 그때부터 우리는 조문학부에서 함께 일했다.

그때 가장 인상 깊은 것은 봄철의 들놀이와 늦가을에 채소를 사들이는 일, 그리고 연말의 송구영신모임이었다. 그때만 해도 교원들은 집단적으로 배추밭, 감자밭, 무밭에 가서 겨울에 먹을 채소를 캐야 했다. 하루 일이 끝나면 모두들 식당에 가서 저녁식사를 했다. 기름진 요리에 배갈과 맥주를 실컷 먹고 마실 수 있는지라 모두들 다투어 채소를 캐고 운반하는 일에 뛰어들었다. 그때 호웅씨는 감자와 무 마대를 어깨에 메고 씨엉씨엉 트럭에 실었다. 나이가 지긋한 김해룡, 최상철 등 선생님들은 "호웅이는 힘장사야!" 하고 혀를 끌끌 찼다. 나같이 섬약한 사람은 도무지 감자와 무 마대를 멜 수 없었다. 그래서 눈치를 슬슬 보며 마대에 감자나 무 따위를 담거나 마대를 호웅씨처럼 건장한 사람들의 어깨에 올려놓는 보조역할을 했다. 워낙 힘이 장사이고 부지런한 호웅씨는 그때부터 벌써 학부의 궂은 일 마른일을 가리지 않고 앞장을 섰다.

1991년 6월, 호웅씨는 일본유학을 마치고 연변대학에 돌아와 조문학부 당총지서기를 맡았다. 나는 1990년 3월에는 조문학부 부학부장, 1992년 3월에는 학부장으로 일했다. 나는 1992년 9월 교무처장으로 자리를 옮길 때까지 호웅씨와 함께 거의 2년간 날마다 얼굴을 마주보며 학부의 책임을 맡고 일했다. 사실 나는 반년동안 호웅씨네 학급의 반주임을 했을 뿐이지 한 과목도 가르친 적 없다. 그래서 호웅씨의 스승이라고 생각해본 적 없다. 그런데 호웅씨는 40여 년 세월이 흐르도록 언제나 나를 스승으로 대접하고 공석이나 사석이나 할 것 없이 나에게 존댓말을 썼다. 그래서 나는 지금도 호웅씨와는 허물없이 농담을 할 수 없다.

올해 김호웅 박사도 고희를 맞이하게 된다. 산이 크면 그림자도 크다고 했던가, 그는 장대한 체구만큼이나 많은 일을 해냈다. 《재만조선인문학연구》, 《조선족문학과 아이덴티티》 등 10여 권의 저서를 펴냈고 100여 편의 평론과 논문, 100여 편의 칼럼과 수필을 발표했다. 조문학부 당총지서기, 학부장, 조선-학국학연구센터 주임과 아시아연구센터 주임 등 중임을 맡고 투철한 교육이념과 멸사봉공의 정신으로 인재양성과 과학연구, 사회봉사에 혼신의 열과 성을 다 바쳤다. 선후로 윤동주문학상, 모드모아문학상, 진달래문예상, 장백산문예상, 와룡학술상, 준마상을 수상했고 연변조선족자치주 노동모범, 길림성고등학교명사, 보강우수교사, 전국모범교사 등 칭호를 받았다. 그는 명실공이 연변대학의 대표적인 교수요, 조선족문단의 저명한 평론가이며 수필작가이다. 그의 교직생활과 문필활동은 연변대학의 역사에는 물론 조선족문학사에도 크게 기록되어야 할 것이다.

## 투철한 사명감과 추진력

김호웅 박사는 선후로 조문학부 당총지서기, 학부장, 연변대학 조선-한국연구센터 주임 등 보직을 맡았다. 보직생활 14년, 그는 투철한 사명감과 강력한 추진력을 가지고 연변대학의 발전에 크게 기여하였다. 대학은 인재를 키우고 지식을 창조하며 이를 통하여 인류의 문명을 전승한다. 대학의 주체는 교수이다. 따라서 학부장, 처장과 같은 자리를 보직(補職)이라고 한다. 그 뜻인즉 제 1직업은 교수이고 학부장, 처장 자리는 보충직무라는 것이다. 그러므로 대학에서 보직을 맡은 것을 그 무슨 큰 벼슬이나 대단한 권력으로 생각한다면 이는 커다란 착각이라 하겠다. 그런데 대학에도 처장이나 부장 자리에 앉으면 가슴을 탕탕 치면서 자신은 현톤급(县团级)이라고 턱을 쳐들고 으스대는 사람도 더러 있다. 이런 보직자는 대학의 발전을 위해 일할 수 없다. 그러나 김 박사는 조문학부의 당총지서기, 학부장 등을 지냈고 연변대학의 가장 중요한 학술기관 조선-한국학연구센터의 주임으로도 일했지만 간부라는 틀을 조금도 내지 않았다. 그는 천성적으로 평민적인 기질의 소유자였다. 선배를 존경하고 언제나 아랫사람을 배려하는 타입이었다. 그는 투철한 교육이념과 학자의 양심, 그리고 뛰어난 근면성과 봉사정신을 가지고 직무를 수행했다.

김 박사가 조문학부 당총지서기로 있을 때의 일이다. 김해수 학부장과 김호웅 당총지서기 그리고 부학부장인 나, 우리 셋은 10평방미터도 되나마나한 사무실에서 사무를 보았다. 옆에 있는 방은 좀 넓은 편이였는데 전인복 비서가 있었고 강의하러 나온 교원들이 잠간 들려 휴식하군 하였다. 김해수 교수는 아침 일찍 사무실에 나와서 청소를 했다. 이에 감동을 받은 김 박사와 나, 그리고 전인복 비서도 아침 일찍 출근하여 청소를 했다. 그때 나는 김 박사의 근면성과 성실성, 그리고 남의 말을 절대로 입에 올리지 않는 그의 성품이 마음에 들었다. 김해수 교수는 참으로 정직하고 언제나 남을 배려하는 분이라 우리는 그분에게서 많은 것을 배울 수 있었다. 교수님들이 병원에 입원하면 문병을 가야 했고 간혹 사망하는 분이 생기면 한밤중이라도 달려가 팔소매를 걷어붙이고 후사처리를 해야 했다. 산전수전을 다 겪은 김해수 교수께서 시신에 옷을 입히고 나와 김 박사는 옆에서 시중을 들었다. 때로는 밥을 먹다가 나가야 했고 설날에도 나가야 했다. 그때 김 박사는 선생님들의 일에 언제나 앞장을 섰고 모든 심부름을 도맡아 하였다. 김 박사가 남을 돕는 일에 언제나 선참으로 달려가고 끝까지 도와주기에 선생님들은 크고 작은 일을 언제나 김 박사에게 먼저 알렸다.

김 박사는 열심히 학생들을 가르치는 훌륭한 교수이다. 그는 당총지서기를 맡았지만 교원의 본색을 잃지 않고 학생들을 아끼고 사랑했다. 대학생시절에 벌써 10여 편의 소설을 발표했고 한창 수필과 문학평론도 쓰기 시작했으며 강의도 잘 했다. 그래서 어느 새 학생들이 숭배하는 교원으로 되었다. 특히 학생들의 문학 서클에 남다른 관심을 가지고 문학도들을 키우기 위해 최선을 다했다. 그의 가르침을 받은 학생들 중에 서옥란, 리범수, 전은주, 박진화, 김호, 리은실, 석추영, 리위 등 작가와 평론가들이 많이 나왔다. 그는 학생들의 글을 받으면 밤늦게까지 고쳐주고 잡지사에 추천까지 하였다. "싹수가 있는 학생들은 영물이라 한두 번만 잘 고쳐서 문학지에 발표해 주면 제법 재미를 들이고 글을 쓰게 되거든요."—이게 김 박사의 지론이다.

　보직자의 업적을 논할 때 그가 어떤 영예를 가졌는가, 이게 중요하지 않다. 집단과 부하들을 위해 무슨 영예를 쟁취했는가, 이게 중요하다. 요즘 가만히 보면 대학의 보직을 맡은 자들이 모든 영예를 가져다가 얼렁뚱땅 나누어 먹고 있다. 해당 규정에 따르면 전국 명사, 장강학자를 선정할 때 대학의 일급 보직자는 제외되어 있다. 그런데 중층 보직자들이 슬그머니 영예들을 나누어 넙적넙적 삼켜버리니 이게 문제라 하겠다. 그리고 하나를 가지면 둘을 가질 수 있으니 이미 상당한 모범으로 되었거나 영예를 가진 자들이 오히려 눈덩이 굴리듯 많은 모범과 영예를 독차지한다. 하지만 김 박사는 학부장시절에 영예는 모름지기 다른 교원들에게 돌렸으니 참으로 멸사봉공의 보직자라고 해야 하겠다. 1997년부터 조문학부 학부장을 맡아가지고 2002년까지 두 임기를 했는데 학부의 역사와 전통을 살리기 위해 노력했고 교학과 연구를 일사불란하게 총괄, 리드해 나갔다. 그래서 조문학부는 2001년에 국가중점학과로 선정되었다. 전국 외국언어문학학과에서 도합 5개 학과를 선발하였는데 북경대학, 복단대학과 북경외국어대학의 영어문학과, 흑룡강대학의 러시아 언어문학과, 연변대학의 조선언어문학학과가 나란히 선정되었다. 우리 조선언어문학학과는 모국언어문학학과이면서도 외국언어문학학과라는 이중적 성격을 가지고 있다. 이 이중적 성격의 강세와 우세를 충분히 살려 외국언어문학 산하에 조선언어문학학과 박사점을 설립한 것은 정판룡 선생이 놀라운 학과발전전략을 펴냈기 때문이다. 물론 조선언어문학학과가 국가중점학과로 부상될 수 있은 데는 김창걸, 현남극 등 선대 학과장들이 만들어놓은 기틀이 중요한 역할을 하였다. 이와 동시에 조문학부 선생님들이 쌓아놓은 인재양성과 과학연구 성과도 중요한 요소로 작용하였다. 아무튼 김호웅 박사가 학부장으로 있었던 시기에 조문학부는 일심동체가 되어 학과발전의 황금기를 맞이하였다. 말하자면 그 당시 학부장으로 일한 김 박사는 국가중점학과 건설과 발전에 크게 기여한 공신(功臣)들 중의 한 사람이라 하겠다.

김 박사는 학부의 장원한 발전을 두고 여러 모로 고민하던 중 1990년대 초 민족문화연구원 건축비용 100만원을 유치하는데 중요한 역할을 했고 조문학부 자습대학을 운영하기 위해 동분서주했다. 그는 맡은 바 일도 열심히 하였지만 사회봉사 같은 일도 일단 부탁만 받으면 성심성의로 추진하군 했다. 2001년과 2003년, 나는 김 박사와 토론해가지고 강경애문학비와 정판룡문학비를 세우기로 했다. 우리는 여러 사회단체의 지원을 받아 용정 비암산기슭과 연변대학 와룡산기슭에 두 문학비를 세울 수 있었다. 나는 출장이 잦아서 문학비를 세울 자리를 확정한 후에는 모든 일을 김 박사에게 맡기고 중요한 사안만 토론하기로 했다. 김 박사는 석재를 고르고 구입하는 일, 비문을 새기는 일, 공정을 추진하는 일, 문학비 낙성식과 국제학술회의를 준비하는 일을 모두 도맡아 기획하고 추진하였다. 지어는 회의장소와 연회장소를 마련하는 일까지 젊은 교원들을 데리고 빈틈없이 해냈다.

2005년 중국 경내의 북경대학, 복단대학, 절강대학을 중심으로 한국학 관련 대학연맹을 만들어가지고 한국전통문화국제학술대회를 돌아가며 개최했다. 이 대회는 한국국제교류재단의 후원을 받았는데 한국사회과학원 이사장이며 전임 고려대학교 총장이었던 저명한 사학자 김준엽 선생께서 구체적으로는 추진했다. 그런데 연변대학은 그 연맹에 들어갈 수 없었다. 연변대학은 국내 한국학연구의 중진으로서 연구진영이 강하고 연구 성과가 가장 많았다. 연변대학이 그 중요한 연맹에서 빠졌으니 교장인 나로 보면 대단히 유감스럽고 화통이 터지는 일이었다. 나는 김 박사를 보고 우리 대학도 그 연맹에 들어갈 수 있도록 노력해 달라고 부탁했다.

2006년 여름, 요녕대학에서 한국전통문화국제학술대회가 열릴 때 김 박사는 하루 먼저 심양으로 달려가 김준엽 선생을 조용히 찾아뵙고 연변 대학의 역사와 현황, 중국 경내 한국학연구에서 가지는 선도적 위치 등에 대해 전면적으로 소개해 드렸다. 북경대학으로부터 시작해 한 바퀴 돌며 한국전통문화국제학술대회를 개최했는데 제7회 대회를 다시 북경대학에서 개최한다면 연변대학은 단 한 번도 개최하지 못하고 제2바퀴를 시작하는 게 아니냐, 이는 어불성설이니 제7차는 우리 연변대학에서 개최하는게 순리라고 역설했다. 김 박사의 열정과 의지에 김준엽 선생은 큰 감동을 받게 되었다. 과연 얼마 지나지 않아 김준엽 이사장은 연변대학을 방문하였고 우리 대학은 무난히 한국전통문화국제학술대회 연맹에 가입하였다. 2008년 초가을에 마침내 제8차 한국전통문화국제학술대회를 연변대학에서 성황리에 개최하였다. 이처럼 김 박사는 어떤 일을 맡으면 확고한신념을 가지고 적절한 방법을 대서 확실한 결과를 얻어내는 성미였다. 김박사는 선후로 기러기장학금, 우리은행장학금, 철기장학금, 정수장학금등을 유치해 연변대학 학생장학사업에 크게 기여했다. 그는 정수장학금의 장기적인 운영을 위해 장학재단에 해마다 정성을 담아 편지를 드리고장학금 발전기획을 작성하였으며 손님접대방안을 검토했다. 손님을 만나서는 연변대학의 역사와 문화, 그리고 새로운 변화에 대해 소개한다. 특히그의 편지는 명문이다. 그는 정수장학금을 이어가기 위해 장학재단에 늘인사의 편지를 보내군 했는데 재단 임원들은 김 박사의 편지에 감동을 받아 연변대학을 외면할 수 없다고 한다. 김 박사는 올해까지 15년간 정수장학금을 유치하는데 주요한 역할을 했는데 그 액수는 50만 달러에 달한다. 이외에도 김 박사는 조문학부 교원들을 이끌고 청송컵 글짓기대회 5차, 중한청소년친선문화제 10차 등 많은 유익한 행사를 진행했다.

연변대학에 대한 김 박사의 사랑과 헌신성은 민족에 대한 사랑, 민족의 미래에 대한 사명감에서 비롯된 것이다. 그는 이순의 나이를 넘어 퇴임한 후에도 노교수들이 입원했거나 사망하면 반드시 병원을 찾아가고 영결식에 참가할 뿐만 아니라 젊은 학부장에게 상황을 알리거나 자신의 생각을 피력한다. 그래서 김 박사를 두고 "걱정도감"이라고 한다. 스승이나 선배, 지어는 손아래 교수가 타계해도 추도사나 추모수필을 쓰곤 한다. 그만큼 그는 학부에 대한 사랑, 스승과 동료에 대한 존경과 사랑이 가슴에 넘친다. 조문학부에 창립 70주년을 맞아 작고한 교수들을 기리기 위해 《와룡산의 소나무》라는 책자를 출간하기로 하였는데, 고문으로 초빙된 김 박사는 집필자를 선정해 원고청탁을 했고 원고가 들어오는 대로 전부의 원고를 수정, 편집했으며 지어는 직접 출판사에 찾아가 출판 업무를 교섭하기도 했다.

2019년 12월 말, 우리는 연변대학과 특별한 인연을 갖고 있는 한국의 동훈 선생이 사망했다는 소식에 접했다. 동훈 선생은 연변대학 고문으로 연변대학의 발전을 위해 모든 심혈을 다 쏟은 분이다. 일찍 1983년 일본 도쿄대학에 객원교수로 계시던 동훈 선생은 대우재단을 통해 연변대학에 만여 권의 한국학 관련 도서를 지원했고 한국의 유지인사들에게 부탁하여 지원금을 모아 30여 명 연변대학 청년교원들을 선발해 일본과 한국의 명문대학에 보내서 유학 또는 연구를 할 수 있게 하였으며 북청동향회에 부탁하여 연변대학 정문 신축기금을 마련하여 지원하기도 했다. 또한 일본의 유지인사들을 찾아 연변대학 동북아연구원에 학술연구기금을 지원하였다. 참으로 연변대학의 믿음직한 후원자이고 가장 친근한 벗이었다. 김 박사도 동훈 선생의 도움으로 일본 와세다대학에 가서 1년 반 연수했다. 동훈 선생이 타계했다는 소식에 접한 연변대학 책임자와 동훈 선생의 배려를 받은 교원들은 모두 슬픔에 잠겼다. 어차피 연변대학에서 한 사람을 뽑아 서울에 가서 장례에 참가하게 해야 하였다. 이때 김 박사는 추호의 주저도 없이 자진해서 한국에 조문하러 가겠다고 했다. 그는 설도 쇠지 못하고 비행기에 몸을 싣고 서울로 날아갔다. 12월 30일 영결식에 김 박사가 나타난 것을 보고 고인의 가족과 친지, 친구들은 연변대학의 조의와 정성에 큰 감동을 받았다.

이외에도 김 박사는 연변대학의 발전을 위해 많은 일을 했다. 그러나 그는 그 어떤 대가도 바라지 않았다. 말하자면 그는 개체의 생명가치는 집단을 위하는 데 있다는 것을 일찍이 터득한 지성인이었다. 그는 매사에 대가를 바라고 일하면 서로의 믿음이 깨진다는 도리를 너무나 잘 알고 있었다. 그는 학부장이나 주임이라는 보직을 절대로 벼슬로 생각하지 않았다. 이 대학을 위한 일꾼으로 생각했다. 하기에 그는 "나는 연변대학의 머슴"이라고 농담 삼아 말했다. 이러한 투철한 소신과 삶의 자세가 있었기에 김 박사는 지도자들의 신임을 받을 수 있었고 동료들의 친근한 벗으로 될 수 있었다. 그래서 많은 사람들은 자신의 고민과 어려운 사정을 김 박사와 털어놓고 말할 수 있었으리라. 권력의 오만과 위엄을 눈이 찢어지게 미워하고 언제 어디서나 평민적인 모습을 잃지 않는 보직자가 바로 가장 믿음직한 공복(公僕)이 아니겠는가.

## 학문적인 탐구와 비평가의 혜안

김호웅 박사는 재만조선인문학에 대한 연구로 학문에 입문했다. 박사 학위논문으로 《재만조선인문학연구》(1997)를 펴냈는데, 여기서는 텍스트에 대한 깊이 있는 분석을 통해 재만조선인문학의 성격과 특징에 대하여 구체적으로 천명하고 나서 재만조선인문학은 한국 현대문학의 지류인 동시에 중국 조선족문학의 전사(前史)로 된다고 하면서 그 이중적 성격에 대하여 소상하게 분석, 논증하였다. 그 뒤 진일보 연구영역을 확장해 상해와 북경에 머물렀던 조선인작가들에 대한 연구를 해서 중문으로 《재중조선인 디아스포라문학 연구》를 펴냈다. 이 저서는 해방 전 중국 경내에서 활동한 조선인들의 문학을 연구하는 주요한 참고서로 중국인 학자들에게 널리 알려지고 있다.

김 박사는 해방 전 재중조선인 디아스포라문학에 대한 지식축적과 연구 성과를 바탕으로 해방 후 조선족문학에 대해 본격적으로 연구하였다. 그리고 조선족작가의 한국체험과 서사, 조선족문학에 나타난 중국형상, 조선족문학과 문화신분 등 영역을 새롭게 개척했는데, 이를 국가 프로젝트로 쟁취해 완성하기도 했다. 그의 조선족문학에 대한 연구는 조선족문학 전반을 망라하고 있으면서도 김학철과 그의 문학세계에 대한 연구에 집중해 괄목할만한 성과를 떠올렸다. 선후로 〈조선의용군 항일투쟁의 예술적 기념비〉, 〈우리 문학의 산맥—김학철〉, 〈김학철의 옥중체험과 그의 중편소설 "밀고제도"〉와 같은 논문을 발표했고 김해양 선생과 함께 〈김학철평전〉을 펴냈다. 이외에도 〈우리 문단의 어른—김학철 선생〉, 〈불굴의 투혼—김학철옹〉 등 수필을 발표했다. 그의 가장 중요한 성과는 전기적 비평, 정치미학 등 이론과 방법으로 김학철의 인생과 문학의 함수관계를 가장 밀도 있게 분석하고 그 문학사적 위상과 가치를 천명한데 있다. 〈우리 문학의 산맥—김학철〉에서는 김학철의 인생과 사상, 김학철 문학의 시대적 인식과 예술적 특징 등에 대하여 깊이 있게 분석하고 나서 그 위상과 가치를 다음과 같이 개괄하고 있다.

첫째, 김학철의 문학에는 그의 초인적인 정신력과 그의 풍부한 체험이 깃들어있다고 하면서 김학철은 극한적인 상황을 극복하고 인간승리의 신화를 창조했고 그의 풍부한 체험은 그의 문학을 체험과 증언의 문학으로 규정지었다고 하였다. 이러한 평가는 김학철 문학의 정치미학적 기능과 가치에 대한 정당한 평가로 된다.

둘째, 김학철은 불의의 아성을 향해 돌진한 우리문단의 대표적인 지성이며 우리 연변의 노신이라고 했다. 노신은 중국 '5.4' 신문화운동의 기수로서 봉건문화의 병폐를 파헤치고 민족의 열근성에 대해 깊이 있게 해부한 불세출의 작가이다. 그는 불굴의 투사로서 그 어떤 타협도 허용하지 않았다. 김학철을 노신에 비견했는데 이는 김학철 선생은 노신의 정신을 이어나간 조선족문인이라는 의미로 이해해야 할 것 같다. 상기 평론에서 김학철은 "불의의 아성을 향해 돌진"했다고 지적했는데 이는 김학철의 인격과 문학정신의 핵에 대해 지적한 것이다.

셋째, 혁명적 낙관주의에 바탕을 둔 풍부한 해학과 유머, 신랄한 풍자는 김학철의 힘이자 매력이라고 하면서 "그의 혜안과 슬기, 그 찬란한 미소는 이 땅의 적막을 깨뜨리는 한줄기 빛"이라고 했다. 이러한 평가는 김학철 문학의 개성과 예술적 특징에 대한 적중한 평가라 하겠다.

이처럼 김 박사는 조선족문학사에서 가지는 김학철의 위상을 확정지었을 뿐만 아니라 김학철과 그의 문학을 조선족문학사의 중요한 학문적

대상으로 끌어올렸다.

김 박사는 평론과 논문의 경계를 자유롭게 넘나들면서 문필활동을 전개한 조선족의 대표적인 학자, 평론가이다. 30여 년간 100여 편의 문학 평론과 논문을 발표했으니 한해에 3편 이상씩 발표한 셈이다. 그의 문학평론은 다음과 같은 특징을 보여준다.

첫째, 문학교수로서 원론적인 비평이론과 문화비평이론을 결합시켰다. 원론적인 문학이론으로 사회학적 비평, 해석학적 비평, 해체주의 비평, 페미니즘비평의 이론과 방법을 활용하고 있고 문화비평으로는 탈식민주의문화이론에서의 저항주의 이론, 정체성이론, 양가성이론, 타자 이론 등을 활용하고 있다. 이러한 이론과 방법론을 원활하게 활용할 수 있는 것은 그 자신이 문학이론교수라는 점과 장기간 문화적 시각으로 조선족의 문제를 관심해온 사정과 관련된다. 그는 작품의 실제에 따라 그에 알맞는 이론과 방법을 선택하고 문학평론을 전개하였다. 문학비평방법을 정확하게 선택해야 작품 텍스트에 숨겨진 작품의 근원적인 생성원리를 발견할 수 있다. 그의 문학비평은 평론대상의 생리에 맞는 시각과 방법론을 활용하고 있기에 언제나 새로운 발견과 독창성, 참신성을 동반하고 있다. 이에 해당하는 수작으로 허련순의 장편소설을 다룬 〈이중적 아이덴티티와 문학적 서사〉와 석화의 서정시를 다룬 〈시인의 실험정신과 조선족공동체에 대한 시적 형상화〉 등을 들 수 있다.

둘째, 그의 문학비평은 투철한 문제의식을 갖고 있다. 글은 무엇을 썼는가 하는 것이 중요한 게 아니라 어떻게 썼으며 왜서 그렇게 썼는가 하는 게 중요하다. 문제의식이란 내가 무엇 때문에 글을 쓰고 어떤 문제를 해결하고자 했는가 하는 문제이다. 이러한 문제의식이 없을 경우 자칫하면 작품의 줄거리를 요약하거나 작품현상을 두고 문학이론을 되풀이하게 된다. 김 박사의 경우, 그의 문제의식은 주로 작가가 시대와 역사 앞에서 어떻게 문학적으로 대응하고 있고 인간의 운명에 대해 어느 정도 천착하고 있으며 인간 자체의 생명적인 자각, 특히는 소외된 인간을 발견하고 그들의 생존과 성장과정을 발견하는데서 나타난다. 그의 문제의식은 또한 문학작품의 예술적 생명을 어느 정도, 어떻게 보여주고 있는가를 탐구하는 데서도 나타난다. 그는 형식주의자 혹은 유미주의자는 아니지만 언어예술로서의 문학의 형식과 그 심미적 표현의 중요성에 대해 각별히 강조하고 있다. 그의 평론 〈조선족소설에 나타난 "한국형상"과 그 문학사적 의미〉, 〈우리 소설의 새로운 시도와 가능성〉과 같은 평론은 그의 투철한 문제의식을 보여준다.

셋째, 투철한 사명감과 책임감을 가지고 문학평론을 전개한다. 림원춘 선생이 팔순 고령에 장편소설 《산사람》을 펴내자 김 박사는 50만 자나 되는 작품을 전부 읽고 〈수렵사회의 만가, 생태의식의 각성〉이라는 평론을 써냈다. 요즘도 장장 70만 자나 되는 리원길 선생의 장편소설 《역관집의 두 형제》를 통독하고 〈작가의 상상력과 서사책략〉이라는 평론을 집필하였다. 그는 가장 빨리 또 정확하게 텍스트를 읽어내고 분석, 개괄하는 재주를 가지고 있다. 그야말로 '속독(速读)'에 '속필(速笔)'이라 하겠다. 조선족문학에 대한 거대한 사명감과 남다른 열정이 없이는 도저히 불가능한 일이다.

조선족문학에 대한 사랑과 사명감은 김 박사가 수십 년간 써낸 여러 가지 문학상심사평을 통해서도 얼마든지 알 수 있다. 그는 대학교수로서 강단비평가인 동시에 조선족문학의 가장 열정적인 현장비평가라고 해야 할 것이다. 그는 1990년대 중반부터 연변일보 해란강문학상, 연변문학 문학상, 연변작가협회 정지용문학상, 청년생활 계림문화상 등의 심사위원으로 활동했다. 번마다 심사는 5-6명의 심사위원들이 후보작을 정독한 후한 자리에 모여서 토론을 거쳐 시상대상을 선정한다. 그런데 누가 총괄적인 심사평을 쓰는가, 이는 편집부로 놓고 말하면 아주 골치 아픈 일이다. 심사위원들은 저마다 일이 많아 쓸 수 없다고 슬그머니 꾀를 부린다. 사실 후보작들을 단시일 내에 다시 읽고 심사평을 쓴다는 것은 결코 쉬운 일이 아니다. 그러면 자연 김 박사에게 심사평 집필을 떠맡기게 된다. 이렇게 한두 번 지나니 심사평을 쓰는 일은 의례히 김 박사의 몫으로 되군 했다. 시, 소설, 수필, 평론 등 다양한 장르를 아우르는 수상작들에 대한 심사평, 그것도 여러 신문과 잡지의 심사평을 거의 혼자서 수십 년간 써왔다는 것은 조선족문학에 대한 그의 사랑과 책임감, 초인적인 정열과 빼어난 글재주를 말해준다. 그의 심사평은 작품의 성과에 대해 충분히 긍정할 뿐만 아니라 그 한계에 대해서도 가차 없이 지적한다. 수십 편에 달하는 그의 심사평은 조선족문학의 현주소를 밝히고 그 진로를 제시하고 있기에 작가들의 향후 창작실천에 커다란 도움을 주고 있다.

해방후 조선족문단을 보면 제1대 평론가대오의 주장(主將)은 권철, 박상봉 등이고 제2대의 주장은 조성일, 최삼룡 등이며 제 3대 주장은 김관웅, 김호웅 등이라고 말해도 대과(大过)는 없을 것이다. 김호웅 박사는 그의 형인 김관웅 선생과 함께 조선족 제3대 대표적인 문학평론가로서 작품의 량과 질에서 단연 선두를 달리고 있다. 가령 김관웅 선생의 문학평론이 비교문학적 시각과 박학다식한 지식담론체계, 문제의식의 도전성, 그리고 엄밀한 논증을 그 특징으로 하고 있다면 김호웅 박사의 평론은 문화학적 시각과 텍스트에 대한 미학적 접근, 문제의식의 다양성, 그리고 화려한 문체를 그 특징으로 하고 있다고 하겠다.


## 문화적 시각, 시대인식과 미적 창조

김호웅 박사는 저명한 평론가일 뿐만 아니라 뛰어난 칼럼작가이며 수필작가이기도 하다. 일찍 대학시절에 10여 편의 소설을 쓴 바 있는 그는 쉽게 수필작가로 변신할 수 있었고 그 자신만의 특유의 풍격을 보여주는 수필을 쓸 수 있었다. 그는 스스로 자신을 '잡가(雜家)'라고 말한다. 모든 문학 장르를 거의 다 다루고 있으니 과연 '잡가'라고 할 수도 있겠다. 사실 대부분 '잡가'들은 다방면의 재간을 갖고 있는 '팔방미인'들이다. 김 박사의 수필 〈불굴의 투혼 김학철〉, 〈한 그루 무궁화〉, 〈일본인의 정교한 미소와 서비스 정신〉은 중학교 조선어문 교과서와 자습독본에 실리기도 했다. 그의 수필과 칼럼은 주제가 다양할 뿐만 아니라 형식도 참신하다. 그의 수필과 칼럼을 주제사상적 측면으로 본다면 참된 인간의 덕목을 노래한 작품, 교육과 문화를 다룬 작품, 인정과 세태를 다룬 작품으로 나눌 수 있다.

참된 인간의 덕목을 노래한 수작으로 〈불굴의 투혼 김학철〉, 〈정판룡 선생, 우리 모두가 그이를 그리는 까닭〉, 〈한 그루 무궁화〉, 〈오오무라 선생〉, 〈'북청 물장수' 동훈 선생〉, 〈꿩을 쫓아가던 영춘 형, 그 높푸른 이상과 격정〉을 들 수 있다. 이러한 작품에는 작가와 직접 또는 간접적으로 인연이 있었던 국내외 지성들이 대거 등장한다. 말하자면 작가의 스승, 친구, 친지 그리고 그 자신에게 도움을 주었던 지성인들이 등장한다. 연변대학 창립자의 한 분인 림민호 교장, 러시아인 교수 다위도브 선생, 은사들인 정판룡 교수와 그의 부인 왕유 교수, 그리고 림휘, 권철, 허호일, 현룡순, 임윤덕, 일본에서 스승으로 모셨던 오오무라 마스오 교수, 평생 큰 신세를 진 동훈 선생과 김윤휘 선생 등이다. 그리고 역사명인으로 김약연, 윤동주, 김학철, 광야명 등이 있는가 하면 다정한 선배와 동료, 친구와 후배들인 채영춘, 리성연, 강은국, 류연산, 김경훈, 우상렬, 리광인 등도 있다. 그리고 자신을 키워준 아버지 김병기와 어머니 리영순 그리고 큰형님 김봉웅도 있다. 이러한 서사수필을 통하여 독자들은 우리 시대의 지성사와 인물사의 한 단면을 읽을 수 있다.

김호웅 박사가 이처럼 많은 인물과 그들의 이야기를 수필에 담아냈다는 것은 그의 뜨거운 인간애와 늘 고마운 마음을 지니고 살아온 그의 삶의 자세와 갈라놓을 수 없다. 뿐만 아니라 상기 주제의 수필들에는 세상과 인간을 바라보는 작가의 예리한 안목과 가치관이 깃들어있다. 그는 한 인물의 재미나는 일화를 통해 하나의 정신세계를 보여주며 세상에 대한 자신의 인식과 가치관을 보여준다. 그는 정판룡 교수와 사모님 왕유 교수를 무척 존경했다. 정판룡 교수는 작고한지 22년이 된다. 그러나 설명절이 되면 김 박사는 반드시 왕유 교수네 댁을 방문하고 절을 올리고 용돈을 드린다. 〈정판룡 선생, 우리 모두가 그이를 그리는 까닭〉에서는 정판룡 교수의 학문적인 전략과 업적, 인간적인 매력과 지략, 사업작풍과 추진력 등에 대해 쓰고 나서 정판룡 교수의 위상과 존재적 가치를 두고 다음과 같이 말한다.

정판룡 교수는 "다문화주의적인 관점으로 중국사회에 있어서의 조선족의 지위와 진로를 모색하였으며 협애한 민족주의를 넘어선 소수자의 주체적 노력에 의한 여러 민족의 평등과 공존, 융합의 모델을 제시하였다.

그의 평민적인 성격, 너그러움, 유머와 위트는 어려운 시대를 살아가는 우리 모두에게 큰 힘이 된다. 이것이 바로 우리 모두가 정판룡 선생을 그리는 까닭이다. 정판룡 선생의 정신은 우리 대학의 소중한 문화자산이며 그의 정신은 어제도, 오늘도, 내일도 영원히 빛을 뿌릴 것이다.”

그는 또 사모님 왕유 교수에 관한 수필 〈한 그루 무궁화〉도 썼다. 이 작품은 '왕 사모님의 한복차림', '왕 사모님의 마음은 열두 폭 치마', '왕 사모님의 지칠 줄 모르는 사랑' 등 소제목으로 나누어지는데 왕유 교수의 연변사랑과 인간사랑, 그리고 학자의 순수한 마음과 진정성에 대하여 쓰고 있다. 작품은 왕 사모님이 연변에 와서 겪은 간난곡절을 두고 이야기하면서 그분의 아름다운 정신적 경지를 찬미한다. “왕 사모님은 이 모든 상처와 괴로움과 그리움을 약한 자에 대한 사랑으로, 조선족에 대한 사랑으로 승화시키고 있으니 왕 사모님이야말로 21세기의 왕 소군이며, 한 그루 무궁화가 아닐 수 없다. 찬바람 부는 이 가을에 온 생명을 다 바쳐 한없이 피고 또 피는 무궁화, 그게 바로 왕 사모님이다.” 왕유 교수를 '한 그루 무궁화'라고 상징적으로 표현하였는데, 여기에는 저자의 투철한 민족관과 윤리관, 그리고 문화융합의식이 깃들어있다고 하겠다.

문화적인 문제를 다룬 칼럼과 수필들에서는 우리 사회의 여러 가지 문화현상을 다루면서 작자 자신의 문화의식과 가치관을 피력하고 있다. 이러한 작품으로 〈무너지는 조선족사회, 그 구원책은 없나〉, 〈우리 사회 광고문화의 병폐〉, 〈우리 사회의 부끄러운 과소비 풍조를 둘러본다〉, 〈야브네 학교와 명동학교〉, 〈교사의 얼굴과 자세〉, 〈우리말의 광채와 묘미〉, 〈연변의 가치〉, 〈언어와 민족의 함수관계〉, 〈새는 두 날개로 하늘을 난다〉를 들 수 있다. 상기 칼럼과 수필들은 조선족 공동체의 위기상황, 교육과 언어의 문제, 민족들 사이의 문화 차이의 문제 등을 다루고 있는데 여기서는 저자의 투철한 민족관과 교육이념, 문화의식을 볼 수 있다.

〈무너지는 조선족사회, 그 구원책은 없나〉는 조선족의 문화의식에 대해 전면적으로 반성하고 그 대안을 제시한 수필이다. 우선, 저자는 모든 고난을 물리치고 피와 땀으로 바꾸어온 조선족사회와 그 역사에 대해 회고한 뒤 시장경제의 충격으로 흔들리는 조선족사회의 제반 현상에 대하여 제시한다. 그러면서 조선족공동체의 발전을 위한 대안으로 네 개 방면의 심각한 반성을 촉구한다. 첫째는 '배금주의와 일확천금의 꿈'이고, 둘째는 '유아독존의 일방적인 논리와 평균주의 및 법에 대한 무지'이며, 셋째는 '지나친 환상과 과학정신, 경쟁의식의 결여'이며, 넷째는 '독자적인 민족경제의 부재와 지성적인 계몽과 비판의 결여'이다. 저자는 생동한 사례들을 가지고 비판을 전개하는데 저자의 예리한 관찰력, 치밀한 분석력과 날카로운 풍자가 동반된다. 그는 배금주의에 의한 인간의 타락상에 대하여 다음과 같이 지적한다. "우리는 하루아침에 고리삭은 샌님으로부터 철면피한 장사꾼으로, 우물 안의 개구리로부터 쪽배를 타고 바다를 건너는 '탐험가'로 변신했고 돈만 생긴다면 그야말로 얌치도 수치도 모르고 윤리도덕마저 헌 신짝처럼 던지는 약장사로 변신했고 마약밀매, 불법체류에 살인까지 저질렀다. 물신숭배, 금전만능주의, 횡재의식이 낳은 악과이다."

그는 시장경제 이후의 조선족사회의 병폐에 대하여 심각하게 비판하면서 이에 대한 반성과 탈태환골의 변화를 시도한다면 조선족의 미래는 아름다울 것이라고 확신한다. 하기에 그는 교육을 통해 민족의 자질을 높이고 산업의 체계화를 실현한다면 다시 한 번 민족의 부흥을 가져올 수 있다고 확신한다. 조선족은 "일확천금의 단꿈에서 깨어나 목전의 진통을 슬기롭게 이겨낸다면 필연코 새로운 세기 동북아시아의 주역으로 부상하게 될 것"이라고 확신하면서 "이제 20년 후면 여기 연변도 동북아인들이 선망하는 북방의 홍콩으로 변모하고 우리 모두가 절도 있고 품위 있는 세계의 모범시민으로 되리라 생각한다."라고 아름다운 미래에 대한 확신을 보여준다.

그리고 김 박사는 교육에 관한 수필도 상당히 많이 썼는데 그 주제 역시 다양하다. 이를테면 민족교육의 문제, 대학의 이념과 교수의 학문정신 등이다. 교육문제를 깊이 사고하고 그 대안을 탐구한 작품들을 통해 우리는 고차원의 민족지성의 정신적 추구와 가치관을 충분히 볼 수 있다.

세상의 인심과 삶의 자세를 다룬 작품으로 〈인간은 만남으로 자란다〉, 〈사다리 잡은 재상〉, 〈오호라, 사자가 죽으면 들개의 밥이 되는가〉, 〈새는 좌우 두 날개로 난다〉, 〈음주의 미학〉, 〈빛나는 우정〉, 〈선비는 죽일 수 있되 욕보일 수는 없다〉, 〈삶의 질에 대한 생각〉 등을 들 수 있다. 상기 수필들은 세상의 인심과 삶의 자세에 대해 쓰고 있다. 즉 저자는 인격의 성실성과 진정성에 대하여, 그리고 윤리도덕의 불변의 가치와 끈끈한 인정에 대하여 쓰고 있다. 물론 비도덕적인 삶에 대해서는 비판을 화살을 날린다. 〈오호라, 사자가 죽으면 들개의 밥이 되는가〉, 〈선비는 죽일 수 있되 욕보일 수는 없다〉 등은 김 박사의 칼럼과 수필에서는 특이한 작품이다. 산속의 호랑이는 천의(天意)를 알기 때문에 정의롭고 인자하다고 한다. 아이를 업고 산길에 들어선 과부에 대해서는 보호하고 길을 안내해 주지만 일단 의롭지 못한 자들을 만나면 산악이 부서질 듯 큰 소리로 호령하면서 대결한다. 상기 작품에서는 양심과 양지를 가진 지식인 특유의 강개함과 날카로움이 번뜩인다. 여기서 우리는 성품이 너그러우면서도 불의를 용서할 줄 모르는 김 박사의 참모습을 엿볼 수 있다.

　김호웅 박사의 칼럼과 수필은 내용이 풍부하고 심각할 뿐만 아니라 언어와 예술형식에 있어서도 독보적이다. 우선, 얼핏 보면 신변잡사를 쓴 것 같지만 실은 사회문제와 민족문제를 다루고 있다. 전문가와 학자의 차이를 두고 어느 지성인은 전문가는 자기만의 협소한 영역에서 존재적 의미를 찾고 그 세계에 만족해서 살지만 학자는 자기의 학문에 열중하면서도 자기가 가지고 있는 학문으로 지식담론을 만들어가지고 사회의 올바른 도덕과 가치를 구축한다고 하였다. 그러므로 진정한 학자는 자신의 인격적 수양을 중요시하며 모든 불의와의 타협을 거부한다. 뿐만 아니라 김 박사의 칼럼과 수필은 높은 예술적인 경지를 보여주고 있는데 이에 대한 전면적인 연구는 후학들에게 남겨놓는다.

　다만 그의 수필의 특징만을 간단히 보기로 하자. 그의 수필은 대부분 서사수필이다. 그는 재미나는 인물과 이야기를 수필에 끌어들일 줄 아는 뛰어난 '이야기꾼'이다. 어떤 수필은 배경, 인물, 사건에 대한 묘사가 주어져 소설을 방불케 한다. 그러나 그의 이야기는 단순히 재미에서 끝나는 게 아니다. 이야기나 일화를 통해 작중인물의 인격과 개성을 집약적으로, 생동하게 보여준다. 그 단적인 실례로 〈오오무라 선생〉을 들 수 있다. 작품은 조용하면서도 문제의 정곡을 찌르는 오오무라 선생의 성격미를 재미있는 일화로 보여준다. 말하자면 "오오무라 선생은 말수가 적은 편이지만 일단 입을 열면 좌중을 포복절도케 한다."고 하면서 한 가지 일화를 꺼낸다. 어느 국제학술회의 폐회식에서 주최자가 자신의 영어실력을 과시하느라고 긴 연설을 했다. 먼저 영어로 말하고 나서 스스로 통역까지 하니까 거의 반시간이나 걸렸다. 차려놓은 음식은 식어가고 좌중은 연회가 늦어진다고 수군수군하며 불쾌한 빛을 감추지 못하는데 오오무라 선생이 조용히 말했다고 한다.

"술 취한 사람이 무서운 게 아니라 자아도취에 빠진 사람이 더 무서운 법입니다. 우리 좀 참읍시다."

그 말에 좌중이 하마터면 홍소를 터뜨릴 번했다고 한다. 이런 일화는 오오무라 선생은 침착하고 참을성이 있는 분이지만 그 누구보다 문제의 본질을 꿰뚫어보는 분이라는 것을 쉽게 알 수 있다. 상기 수필에서 저자는 또 다른 일화로 인생의 끝자락에 서있는 김학철 선생의 정신적 경지를 보여주었을 뿐만 아니라 오오무라 선생의 또 다른 성격적 측면, 즉 삶과 죽음을 초탈한 그의 인생철학을 보여주었다.

"2001년 초가을 김학철 선생과 정판룡 선생이 둘 다 병상에 누워 경각을 다투고 있었다. 오오무라 선생은 연변의 두 어른과 모두 허물없는 사이였다. 오오무라 선생 내외가 찾아가자 김학철 선생은 '정판룡 선생은 어떠한지요?' 하고 물으면서 '내가 선배니까 먼저 가야 하겠는데…' 라고 하더란다. 이에 오오무라 선생이 '먼저 가는 게 이기는 겁니다!' 하고 한 마디 롱을 던지니 김학철 선생은 '이쯔 미데모 오오무라 센세이와 스바라시이 오도꼬데시다네!(언제 봐도 오오무라 선생은 멋진 사내야!)' 하고 빙그레 웃으시더란다."

김 박사의 수필은 또한 언어명수로서의 저자 특유의 언어구사능력을 보여준다. 그는 우리 조선족문단에서 달문으로 이름이 났다. 글재간은 어찌보면 천부적이라 하겠지만 꾸준한 노력과도 무관하지 않다. 조선문학사를 보면 많은 문장가들이 나온다. 춘원 이광수는 그 문맥의 흐름이 장강,

황하와 같이 거침이 없고 도도하였다. 그렇다면 단재 신채호의 정론은 천둥번개가 치는 것 같았다. 연암 박지원은 다음과 같이 말한 바 있다.

"글을 잘 짓는 사람은 병법을 잘 알고 있다. 말하자면 글자는 군사요, 글의 뜻은 장수요, 제목은 적국이요, 나라의 옛이야기는 싸움터의 보루다. 글자를 묶어서 구절을 만들고 구절을 합쳐서 장을 이루는 것은 대오를 지어 행진하는 것과 같으며 성운으로 소리를 내고 문채로 빛을 내는 것은 종이나 기발과 같다."

김 박사는 일찍 허문섭 교수의 문하에서 조선문학사를 배웠으니 연암 박지원의 문장관을 잘 터득하고 있을 것이다. 아무튼 그는 언어를 정확하게 사용할 뿐만 아니라 언제나 탁마가공하고 언어사용의 창조성도 보여준다. 수필 〈한 그루 무궁화〉에서 왕유 선생의 사랑을 "열두 폭 치마"에 비유하였는데 이는 은유를 통한 창조라고 하겠다. 또한 그의 수필에는 비유, 은유를 재치 있게 구사한 구절들이 적지 않다. 그는 문장을 하나의 유기체로 보고 언어사용이 정확하지 못하면 전반 글이 병이 들어 몸살을 앓는다고 했다.

우선 그의 글은 화려한 것으로 특징지어지고, 다음으로 유머와 위트가 넘친다. 글이 화려하다는 것은 문장을 아름답게 꾸민다는 것을 의미하고 유머와 위트가 넘친다는 것은 기지와 글 솜씨가 있음을 의미한다. 글의 화려함은 미사여구와는 달리 점잖고 우아함을 말하는데 그것은 인내와 끈기에서 나타난다. 또한 유머와 위트는 사물에 대한 통찰력을 전제로 하며 가벼운 웃음 속에 깊은 뜻을 숨겨놓는 수법이다. 김 박사의 글이 화려하고 유머와 위트가 넘치는데 이는 사물을 피상적으로 보지 않고 깊은 관찰과 사고를 거듭하는, 그리고 다정한 친구와 농담은 하되 상대를 비하하지 않는 그의 활달하면서도 유모아적인 성격과 서로 통하는 것이리라. 더 나아가서 사물을 관찰하는 그의 시각과 생활체험의 깊이, 그리고 풍부한 언어구사의 재치, 지식담론의 깊이와 갈라놓을 수 없을 것이다.

김 박사는 2018년 65세를 맞아 정년을 했으나 2019년에 세계일류학과건설대상—외국언어문학학과의 걸출한 인재로 선정되어 특별초빙 강좌교수로 여전히 과학연구와 인재양성에 바삐 보내고 있다. 이미 고희의 문턱에 다가섰지만 여전히 평론과 수필, 칼럼창작에 붓을 놓지 않고 있을 뿐더러 시조창작에서도 특기를 보이고 있다.

아무튼 김 박사는 달문에 달변이다. 이제 달관만 하면 '삼달문사(三达文士)'라는 칭호를 받을 수 있을 것이다. 장자는 "지낙은 무낙이요. 지예는 무예이다(至乐无乐, 至誉无誉)"라고 했다. 쉽게 풀이하자면 최대의 즐거움은 즐거움이 없는 것이요, 최대의 영예는 영예가 없는 것이라 하겠다. 고희의 나이가 되면 일의 즐거움과 그것에 따라 주어지는 명예 등을 적당히 피해야 한다. 달관의 경지에 이르려고 한다면 일을 적게 하고 속세를 떠나 허허로운 마음을 가지고 우주와 인생을 음미해야 하리라 생각한다. 김 박사도 이제는 일을 적당히 하고 달관의 경지에 올라 '삼달문사'가 되어 문단에 오래오래 남기를 진심으로 기원한다.

2023년 3월 17일

# 목차

제1편

# 청소년시절의 만남

2021년 청명에 가족 산소를 찾은 형제자매와 조카들

# 꿈결에도 동생들을 부르며 살아온 60년 세월

　망국노의 서러움을 안고 살길을 찾아 떠나야 했던 사람들, 이 밤도 얼마나 많은 이들이 모국에 있는 혈육들을 그리며 밤잠을 이루지 못하고 있을까? 중국 연변에 살고 있는 우리 아버지 김병기 역시 그런 망향의 한을 지닌 해외동포들 중의 한 사람이다. 근 60년을 하루와 같이 동생들을 애타게 찾아온 아버지, 3년 전 자식들의 도움으로 요행 모국에 살고 있는 동생들의 소식에 접했건만 이 날 이 때까지 만나보지 못한 아버지, 그 가슴 터지는 사연을 어찌 다 글로 적을 수 있으랴?


## 병일아, 너 어디에 있기에 소식 한 장 없느냐?

　아버지의 고향은 평양, 그러니까 만경대가 바라보이는 아름다운 대동강기슭이다. 광주 김씨의 후손으로 태어난 우리 할아버지 김명복은 과거에 뜻을 두고 한문을 익혔으나 나라가 망하는 바람에 뜻을 이루지 못하고 동평양 구석진 골목에 자그마한 가게를 차리고 대서업으로 가계를 이어나갔다. 글 모르는 가난한 이들의 편지를 대필해 주거나 축문, 지방(紙榜) 따위를 써주는 것으로 생계를 이어가던 할아버지는 늘 시운을 타고 나지 못한 자신을 한탄하던 나머지 차츰 술집에만 발길이 잦아지니 가뜩이나 마련이 없는 집안 살림은 더욱 궁색해졌다. 그래도 자식농사는 잘 되어 우리 아버지 아래로 병일, 유덕, 정옥, 윤옥 등 삼촌과 고모들을 연달아 두었다.

그래서 맏이인 우리 아버지는 학교 문전에도 가보지 못하고 열두 살 때부터 일본 집 "꼬즈까이"로 전전하면서 별 고생을 다하였고 집에 돌아오면 또 철모르는 누이동생들을 업고 집안일을 거들어야 하였다. 아무튼 어린 정옥 고모와 윤옥 고모를 번갈아 업어주느라고 잔등에 동생들 콧물자국이 마를 새가 없었다고 한다. 그래도 가끔 어린 동생들을 데리고 대동강변에 나가 고은 조각돌도 줍고 동생들의 놀란 눈길을 받으며 자맥질도 하고 넓은 대동강을 헤엄을 쳐서 건너갔다가 되돌아오기도 했다. 우리가 한창 자랄 때 아버지는 노상 빙그레 웃으며 고향자랑을 하군 했다.

"왜 평양이라고 하는지 알겠어? 갓 까난 병아리도 평양에 가고파서 '평양, 평양' 한다고 해서 평양이라고 했단 말이야!"

하지만 할아버지의 술주정은 날이 갈수록 심해졌다. 술만 마시고 돌아오면 밥상을 차고 자식들과 화풀이를 했다. 그 부산스럽고 찌든 환경 속에서나마 동생들은 하나하나 오금을 뜨고 학교에 다니게 되었다.

그 무렵 아버지는 "이젠 나도 사람구실을 해야지. 배운 재간 하나 없이 이 꼴 이 모양으로 어떻게 살 것인가?" 하는 생각으로 하루에도 몇 번 씩 먼 하늘을 바라보군 하였다. 그러던 어느 날 무작정하고 가만히 보따리를 싸가지고 경성으로 내려갔다. 아버지는 경성바닥이 좁다 하고 일자리를 찾아 헤매었으나 헛물만 켜고 말았다. 아버지는 그 사이 사귄 친구와 함께 부산에 내려가 얼쩡거리다가 요행 연락선을 잡아타고 일본 시모노세키에 닿았다. 그 해가 1934년이요, 조선인의 일본으로의 이주를 막던 때라 뭍에 으르기 바쁘게 경찰에 잡혀 사흘간 유치장 신세를 지다가 부산항에 강제로 송환되고 말았다. 아버지는 파김치가 되어 빌어먹다시피 하면서 평양에 돌아왔으나 할아버지에게서 야단을 맞을까봐 집으로 들어가지 못했다. 동구 밖에서 얼쩡거리던 아버지는 학교를 다녀오는 병일 동생을 불러 떡국집으로 들어갔다.

"병일아, 내 만주에 가서 돈 많이 벌어 가지고 돌아올 테니 네가 대신 몇 해만 큰 소질 해 다구."

그 때 병일이는 열한 살, "그럼 돈 많이 벌어가지고 얼씨덩 와요." 하고 떡국만 정신없이 퍼먹더란다. 아버지는 그러한 동생을 측은한 눈길로 내려다보다 말고 슬그머니 밖으로 나와 북행열차에 몸을 실었다. 그 해 아버지 나이 열일곱이었다.

돈을 벌어가지고 병일 삼촌 말마따나 "얼씨덩" 평양 고향집으로 돌아간다던 아버지는 한해 두해 미루던 나머지 광복이 나도 돌아가지 못했다. 1940년대 말에는 일본군들이 던지고 간 자동차를 조립해 꽤나 돈을 벌었으나 "6.25"사변이 터지는 바람에 고향으로 돌아갈 수 없었다. 아버지는 3년간을 불안 속에서 지내다가 1953년 7월 정전협정이 조인된 뒤에야 부랴부랴 평양으로 찾아갔다. 하지만 평양은 반쯤 허물어진 굴뚝만이 띄엄띄엄 외롭게 서있을 뿐 온통 잿더미로 되고 말았다. 폐허로 된 마을에 들어서니 강아지 한 마리 반겨 주지 않고 마을은 텅텅 비어 있지 않겠는가? 아버지는 기가 막혀 그 자리에 풀썩 물앉고 말았단다.

물론 평양을 떠난 후 부모형제들의 소식이 전혀 끊어진 것은 아니었다. 아버지도 가끔 편지를 보냈고 그때마다 병일 동생이 고향에 남아 있는 부모형제들을 대신하여 부친이 세상을 뜨고 병일 자신이 평양공업전문학교를 최우등으로 졸업하고 일본에 수학여행까지 가게 된 이야기를 자상히 전해왔다. 또 아버지가 봉천에 있을 때에는 아버지의 외삼촌 되는 림영수라는 이가 만주에 장사하러 왔다가 봉천에 며칠 묵고 간 적도 있었다. 아무튼 아버지는 병일동생의 편지를 받을 때마다 당장 보따리를 싸가지고 평양으로 내려가고 싶었지만 아무런 재간도 배우지 못했고 손에 잡은 목돈도 없는지라 맥없이 주저앉고 말았다고 한다. 하지만 돈푼이 생길 때마다 동생들에게 질기고 모양새 고운 만주 고무신이며 연필, 공책 등속을 사서 부쳐 보냈다. 병일이가 평양공업전문학교에 붙었다는 편지를 받고는 진종일 입을 다물지 못했고 두 달 월급에 맞먹는 돈 30원을 챙겨 부쳐 보내기도 했다. 아마도 고향에서 온 마지막 편지는 1947년 봄에 받은 것 같은데 "너의 아버지는 세상을 뜨셨고 큰 도움이 되던 유덕이도 시집을 가서 이 어미 혼자 몸으로 네 동생들을 데리고 살자니 여간 어렵지 않구나. 재봉틀이나 한대 있으면 바느질이나 해서 네 동생들을 먹여 살릴 수 있으련만…" 하는 어머니의 편지였다. 아버지가 부랴부랴 얼마 아니 되는 저축을 몽땅 털어 보냈음은 더 말할 것 없다.

만주에 들어온 아버지는 봉천 서탑에 있는 "춘일약국"에서 배달부로 일했다. 날마다 자전거를 타고 백여 키로나 되는 안산, 무순까지 약을 배달하다보니 자연 선수가 아닌 선수가 되어 만주국자전거경주대회에 나가 두 번이나 우승을 하였고 또 그것이 자본이 되어 자동차 운전기술을 배울 수 있었다. 그 뒤 목단강병원의 자동차운전수로 일하다가 해방을 맞았고 동료 둘과 손을 잡고 일본인들이 버리고 간 자동차부속품을 뜯어다가 자동차를 조립하기 시작했다. 비록 조수가 딸려야만 하는 목탄차였지만 1947년 무렵에는 세 친구가 각각 목탄차 한대씩 가지고 갈라져 신바람이 나게 돈을 벌수가 있었다. 그때 북만에는 사문동, 마희산 같은 토비가 빈번히 출몰하여 민가를 털던 때라 부잣집 식술과 가산을 연변 쪽으로 피난시켜 주면 중화민국 화폐로나마 한 자루씩 받을 수 있었다고 하니 벌이가 좋았던 셈이었다. 역시 토비들의 등살에 못 이겨 연변을 나온 아버지는 이젠 어머님과 동생들을 데려다가 남부럽지 않게 살 수 있겠다고 생각했는데 뜻밖에 '6.25' 사변이 터졌고 3년간을 불안한 마음으로 기다리다가 허둥지둥 평양으로 찾아가니 고향은 폐허로 되고 어머님과 동생들은 오간데 없이 사라졌던 것이다.

아무리 험악한 전쟁을 겪었다 한들 온 가족이 다 잘못 될 수야 없겠지! 그때로부터 아버지는 큰아들 봉웅의 손을 빌어 어머님과 동생들을 찾는 사연의 편지를 북한의 《로동신문》에 부지런히 보내기 시작했다. 물론 회답이 없었다. 아버지는 간혹 북한에 친척방문이나 공무로 나가는 사람을 만나기만 하면 돈을 넣은 봉투를 찔러주며 가족을 찾아주기를 부탁하군 하였다. 역시 종무소식이다.

언제부터인가 아버지는 북한, 남한방송에 귀를 기울이기 시작했다. 특히 지난 74년 3월부터 서울 KBS사회교육방송국에서 "망향의 편지"라는 프로를 통해 한국의 이산가족이 해외동포에게 보내는 편지와 해외동포가 한국의 친지들에게 보내는 편지를 방송하기 시작하자 하루에도 두세 번씩 그 방송을 들었다.

큰형 봉웅이 또 아버지의 분부를 받고 삼촌, 고모들을 찾는 절절한 사연의 편지들을 KBS에 보냈음은 더 말할 것 없다. 정말 인정미 넘치고 민음이 가는 KBS인들, 편지를 보내면 꼭꼭 답장을 주고 번마다 분에 넘치는 선물까지 보내주었다. 하지만 번마다 아직 선색을 찾지 못했으니 좀 더 기다려달라는 내용의 답장이다.

아버지는 KBS에서 보내온 선물 《가요반세기》노래집과 달력들을 귀중히 간수하고 철두철미 KBS의 해외가족이 되었으며 더욱 극성스럽게 KBS방송에 집착했다. 그 무렵 정년퇴직까지 했으니 밤낮 라디오를 마주하고 KBS방송만 듣는다. 어쨌든 동생 병일이만은 서울에 살고 있을 것 같았다.

"일제 때 조선에서 유명했던 평양공업전문학교의 수석졸업생이니 서울에 내려가서 더 공부하고 큰사람이 되어 가지고 꼭 어머님과 누이들을 데려갔을 거야. 아무렴, 서울에 살고말고!"

그래서 아버지는 단 하루도 KBS방송을 듣는 일을 빠뜨릴 수 없었다. 어느 날 문득 동생들이 "병기 형님, 병기 오빠!" 하고 방송을 통해 찾을 터인데 그걸 놓치면 큰 낭패가 아닌가? 아니, 죽을죄를 지을 것만 같았다.

밤낮 서울방송만 듣고 있으니 서울소식에는 서울시민을 뺨 칠 지경이었다. 하지만 동생들의 목소리는 종시 들려오지 않았다. 아버지는 매일 밤 늦게까지 서울방송을 듣다가는 맥없이 돌아누우면서 "병일아, 너 어디에 있기에 소식 한 장 없느냐?" 하고 같은 말을 중얼거리곤 하였다.

그러한 아버지의 모습을 보기가 참말 딱했다.


## 이 애비의 평생 한을 풀어주는 놈이 효자지

연변에서 KBS방송은 저녁 9시부터 아침 7시까지 잘 들린다. 낮에는 단파로도 잘 잡히지 않거니와 여러 가지 잡음에 눌려 도무지 들리지 않는다. 요행 KBS 전파를 잡아놓아도 2, 3분만 지나면 다른 방송국 전파가 불청객처럼 뛰어들어 곁방살이 코 고는 형국이 되니 대낮엔 아예 KBS방송 듣기를 단념해야 한다. 하지만 아버지는 낮에도 KBS을 들으려고 무진 애를 쓴다.

10여 년 전만 하더라도 한국은 적국이었던 것만큼 중국에서는 한국방송을 마음대로 들을 수 없었다. 그러나 아버지는 남이야 뭐라고 하든지, 밤낮 KBS방송만 듣고 있으니 이를 어떡한단 말인가? 속이 한줌만 해서 바깥 동정을 살피던 어머니가 자연 짜증을 낸다.

"여보, 그 소리를 좀 낮추어 주시구려. 밤낮 무시무시한 남조선방송이나 듣고 있으니 이건 속이 떨려서 어떻게 살겠소?"

어머니가 푸념을 시작하면 아버지는 잠시 말이 없고 소리만 조금 낮출 뿐이다. 어머니가 다시

"동생들이 여태껏 살아있다면 웨 소식 한 장 없겠어요? 허허 만주벌판에 외톨이로 와서 하나도 아닌 팔남매를 무병하게 길러 출세시켰으면 영감 팔자도 상팔자지. 웨 세상 무서운 줄도 모르고 밤낮 남조선방송만 왕왕 틀어놓고 있나 말이우? 애비라면 자식들의 입장도 좀 생각할 줄 알아야지…"

하고 바가지를 긁으면 아버지는 마침내 버럭 화를 낸다.

"닥쳐, 임자는 한평생 같이 살았어도 내 속을 몰라."

부모님이 이렇게 말다툼을 할 때면 자식이 된 우리는 몸 둘 바를 모른다. 남들은 용케도 갈라졌던 친척들을 찾고 부모님들을 모시고 씽씽 모국 나들이를 하는데 아들형제만 일곱이나 된다는 우리가 아버지의 평생 한

을 풀어주지 못해서야 되겠는가? 설사 삼촌, 고모들을 찾아 드리지 못한다 하더라도 부모님 생전에 모국방문은 시켜드려야 자식 된 도리가 아니겠는가?

어느 날 내가 연변대학 도서관에 앉아 《서울신문》을 펼쳐보았더니 자그마한 기사 하나가 확 눈에 들어왔다. '88서울올림픽' 준비위원회에서 박세직위원장의 이름으로 낸 통지였다. 서울올림픽에 해외의 스포츠경기에서 특출한 성적을 따낸 적 있는 해외동포들을 초청하고자 하니 혹시 세상에 알려지지 않은 명선수들이 있다면 자신의 스포츠 경력과 함께 메달, 우승컵 사본을 서울올림픽 준비위원회에 보내오기를 바란다는 내용이다.

나는 뛸 듯이 기뻤다. 아버지는 약방 점원시절에 전만(全滿)자전거경기대회에 나가 두 번이나 우승을 하지 않았던가? 아버지는 심양에서 목단강으로, 토비들에게 쫓겨 목단강에서 연길로 이사하면서도 우승컵 두개만은 버리지 않았고 지금도 소중하게 간수하고 있었다. 황차 연변대학 체육학부에 다니던 동생 영웅이가 운동하다가 상했을 때 우리 집을 방문했던 채송철 교수가 아버지의 우승컵을 보고 "우리 조선족의 스포츠 역사상 개인종목 우승자는 둘도 헤아리기 어려운데 한분이 두 번씩이나…" 하고 혀를 내두르지 않았던가?

나는 그날로 〈옛 서탑거리의 자전거 명선수 김병기〉라는 글을 써 가지고 사진과 함께 요녕성 심양의 우리 말 잡지 《갈매기》(1987년 12월호)에 발표하였고 또 그 잡지와 함께 아버지를 초청해 주십사 하는 내용의 편지를 박세직 위원장님 앞으로 부쳐 보냈다. 그래도 시름이 놓이지 않아 원고를 연변방송국에 있는 친구에게 억지로 떠맡겼다. 연변방송이 서울까지 들리는지 마는지는 내 알 바가 아니다. 덮어놓고 서울의 어르신님들 들어 주십사 하고 하루 세 번씩 연거푸 사흘간 방송케 했다.

나무아미타불!

역시 바다에 돌 떨어뜨린 격이다. 사상 처음 서울에서 열리는 올림픽이라 세계 각지에서 축하, 청탁, 질문 등 사연을 담은 편지들이 눈송이처럼 날아와 쌓였을 것이니 지체 높은 박 위원장님의 옥안(玉案)에는 오르지도 못하고 어느 데면데면한 사무원의 서류더미 속에 깔려 개봉도 되지 못했는지 누가 알랴?

내 딴에는 면밀히 짠 계획이 수포로 돌아갔다. 그래도 아버지에게 알리지 않고 슬그머니 진척시킨 것이 다행이었다. 입빠르게 아버지에게 알리고 했던들 얼마나 실망시켰겠는가? 아무튼 아버지는 변함없이 KBS방송만 듣고 계셨다.


## 지성이면 감천이라고 옛말 그른 데 없군

삼촌, 고모들을 찾는 일에 기적이 일어난 것은 1992년 봄이다.

그 해 여섯째 영웅이는 일본에서 공부하고 있었고 셋째 관웅이는 전라남도 금호문화재단의 후원으로 전남대학교에 가서 연수하고 있었다. 연변의 부모님은 여섯째 아들네 애들을 돌보아 주기 위해 여섯째네 집에 가 계셨는데 어느 날 초저녁에 문득 전남대학교에 가 있는 관웅이에게서 국제전화가 걸려왔다.

"아버님! 모국에 계시는 고모님들을 찾았습니다. 지금 작은 고모님 댁에서 전화를 드리고 있사온데 송수화기를 바꿔 드리겠습니다."

아버지의 가슴은 금시 쿵쿵 뛰었을 것이다. 아니, 이 녀석들이 살아 있다니, 이게 생시냐 꿈이냐? 조금 있으니 웬 여성의 흥분된 목소리가 다급히 들려온다.

"병기 오빠, 병기 오빠! 난, 난 막내 동생 윤옥이에요…"

"아이구, 이게 무슨 조화냐? 그래 모두 살아 있었단 말이냐? 어서 어머님하구 병일, 유덕, 정옥이를 바꿔 다구…"

"저… 어머님하구 병일 오빠, 유덕 언니는… 여기 정옥 언니 와 계시지만 기뻐서 울고만 있어요. 오빠, 성님도 잘 계신가요? 정말 보고 싶네요…"

초저녁에 몇 마디 통화를 하고 나서 밤중에 여섯째 동생네 집에 모이라는 '비상소집령'이 내려졌다. 우리는 차례로 서울에 있는 고모님들과 한마디씩 통화를 했고 그 소식을 일본에 있는 영웅이네 내외에게도 전화로 알려 주었다. 실로 바다를 사이 두었지만 한 가닥 전화선을 통하여 우리 온 가족이 흥분의 도가니 속에 빠졌던 하루 밤이었다.

그날 밤 우리는 밤 깊도록 헤어질 줄을 모르고 울고 웃으며 아버지의 이야기를 듣고 고모님들과의 상봉을 눈앞에 그려보았다. 할머니와 병일 삼촌, 유덕 고모가 세상에 계시지 않음은 무척 섭섭한 일이였으나 다사다난했던 긴긴 58년간의 세월에 어찌 다 건재하기를 바랄 수 있겠는가?

아버지의 평생 한을 풀어드린 '개국공신'은 서울에서 전화를 걸어온 셋째 관웅이었다.

죄송하지만 우리 팔남매 중 모국을 제일 먼저 밟은 것은 넷째인 나였다. 일본에 유학하던 중인 1990년 10월 재일조선족유학생 한국견학단 성원으로 모국을 찾을 수 있었던 것이다. 하지만 고베항에서 부산항까지 배로, 부산항에서 임진각까지 고속관광버스로 긴장하게 돌다보니 도무지

친척들을 찾을 경황이 없었다. 일본 고베항을 바라고 부산항을 떠날 때 갑판 위에 올라서서 부산 쪽을 돌아보면서 "삼촌, 고모님! 찾아뵙지 못하고 떠나서 죄송합니다!" 하고 속으로 용서를 빌었지만 연변에 계시는 아버지에 대한 죄책감만은 지워버릴 수 없었다.

물론 관웅형이라고 해서 석 달이라는 시간적 여유가 있었기에 고모님들을 찾은 것이 아니다. 연변의 소설가요, 첫 문학박사의 한 사람인 관웅형은 효성이 지극하고 성품이 끈질겼다. 특히 형의 소설가다운 추리력이 친척들을 찾는데 결정적인 도움을 준 것 같다.

형은 큰소리를 치지 않고 모국으로 떠났고 부모님과 우리 형제들도 삼촌, 고모들을 찾아보라고 새삼스럽게 당부를 하지 않았다. 하지만 모름지기 큰 기대를 걸었던 것만은 사실이다.

관웅형은 전남대학에 체류하면서 연구, 교수 생활을 하는 한편 어디서부터 착수할까 하고 궁리했다. 몇 해 전부터 수삼 차 편지를 띄워 방송을 했으니 새삼스럽게 또 KBS방송국을 통해 찾을 필요는 없을 것 같았다. 그럼 어디서 선색을 쥔단 말인가? 남들은 모국에 있는 종친회를 통해 친척들을 찾았다고도 한다. 하지만 우리 광주 김씨는 희성이 아닌가? 또 남한에 살고 있는 북도내기들이 함경도 도민위원회요, 평안도 도민위원회요 하는 민간단체들을 무어가지고 동향간의 친목을 돈독히 하고 여러 가지 자선사업을 벌리고 있다고 하는데 그리로 찾아가 볼가?

형은 이리저리 생각을 굴리던 끝에 먼저 병일 삼촌이 다닌 평양공업전문학교 동문회부터 찾아보기로 하였다. 왜정시기 조선에서 유명한 공업전문학교이니까 그 출신들이 살아있다면 틀림없이 동문회를 조직했을 것이고 황차 병일 삼촌은 수석졸업생으로 일본에 무료로 수학여행을 갔을 정도로 공부를 잘 했다고 하니까 살아있는 동창들이 꼭 기억해줄 것 같았던 것이다.

동문회 회장을 찾기까지 형은 무진 고생을 했다고 한다. 전남대학교 공과대학 교수들로부터 시작해서 여러 대학교와 산업연수원 및 연구소의 교수, 연구원들에게 인맥이 닿는 대로 묻고 가르침을 받아 평양공업전문학교 출신의 인물을 찾았다. 나중에 수십 번 장거리전화를 걸고 서울행 두 번째 만에 겨우 회장네 댁을 찾을 수 있었던 것이다.

"삼촌을 찾아 예까지 오다니 참 대단하십니다. 헌데 삼촌 되시는 분의 명함을 일본글로 어떻게 쓰시는지요? 죄송하지만 일제치하라 평양공업전문시절엔 본의 아니게 다들 일본이름으로 통했거든요."

형은 그만 오리무중에 빠지고 말았다. 삼촌의 이름은 병일이요, 평양공업전문의 졸업생이란 말은 귀에 못이 박히게 들었지만 삼촌의 일본이름이 무엇인지 어찌 알 수 있으랴. 형은 난감한 기색을 감추지 못하고 잠깐 실례를 하고 밖에 나와 공중전화로 연변에 전화를 걸었다. 아버지의 대답 역시 분명치 않았다.

"그때 내 일본성씨가 미하라(三原)였으니까 동생도 아마 미하라겠지."

형은 미타한 생각을 털어버리지 못하고 다시 회장을 찾아뵙고 방금 아버지한테서 들은 대로 여쭈었다. 그러자 회장은 새하얀 은발머리를 조용히 쓸어 넘기더니

"미하라? 우리 윗 학급에 미하라라고 꼭 한 사람 있었는데 아마도 '6.25' 때 전사했을 걸세."

하고 서재에 들어가 서류철을 들고 나왔다.

형은 마른하늘에서 생벼락이 떨어진 것만 같았다. 아니, 병일 삼촌이

죽다니?! 그럴 수 없다. 하지만 동문회 회장님이 내놓은 동문회명단에는 분명 "미하라, '6.25' 전쟁에 참전했다가 강원도 두솔산전역에서 전사"라고 분명히 적혀있었다. 형은 눈앞이 캄캄했다. 그처럼 총명하고 미남이었다는 삼촌이 장장 58년이나 애타게 기다리고 찾은 보람도 없이 새파란 젊은 나이에 전쟁에 휘말려 들어가 속절없이 숨지다니, 형은 억울하고 원통했다.

"이 미하라라는 사람이 꼭 저의 삼촌이라고 단정할 수는 없다고 봅니다. 이 미하라씨의 진짜 한국이름을 밝히고 묘소를 확인하기 전에는 저의 삼촌이 죽었다고 믿을 수 없습니다. 좀 분명히 확인할 수 있도록 도와주십시오."

열기 띤 형의 말에 연로하신 회장님은 난감한 빛을 감추지 못했다.

"미안하지만 우리 동문회가 여태껏 등한해서 미하라씨의 묘소마저 확인하지 못했구먼요. 앞으로 우리 동문회나 김 교수나 먼저 찾는 쪽에서 서로 알리기로 합시다. 그렇지만 고모님들은 생존해 계실지 모르니까 평안남도 도민회에 찾아가 알아보시죠."

형은 회장님의 주선을 받고 평안남도 도민회의 산하에서 발행하는 《평남일보》의 서울지국장을 만날 수 있었고 그분의 도움을 받고 평안남도 출신들의 명단을 찾을 수 있었다. 컴퓨터를 마주하고 반나절이나 앉아 있었지만 병일 삼촌의 이름은 물론이요, 세 고모의 이름도 입력되어 있지 않았다. 형은 쓸쓸하고 허전한 마음을 달랠 길 없었다. 설사 삼촌이 전사하였다고 하더라도 세분 고모 중 한 사람이라도 생존해 있을 게 아닌가.

두 고모님을 찾은 후에야 알게 된 일이지만 참으로 야속하기 짝이 없었다. '출가외인'이라고 고모님들은 시집을 간 후에는 평안남도 도민회의 활동에 일절 참가하지 않았던 것이다. 그러니 컴퓨터에 입력된 도민회의 명단에 고모님들의 이름이 있을 리 만무했다.

형은 지국장의 도움으로 《평남일보》에 "김병기의 아들 김관웅이 삼촌, 고모들을 애타게 찾고 있다"는 사연의 광고를 내고 울적한 기분으로 전남대학에 돌아오고 말았다고 한다.


## 우리도 병기 오빠를 호적에 그냥 두고 애타게 기다렸단다

광주로 돌아온 형은 한동안 밀린 연구를 하고 청탁받은 논문을 쓰느라고 잠시나마 친척 찾는 일을 까맣게 잊고 있었다. 그러던 어느 날 도서관에서 돌아온즉 카운터의 아저씨가 메모지 한장 건네준다.

"서울 김윤옥, 급히 김관웅 교수의 전화를 요구함. 전화번호: 02-394-2678"

김윤옥이라, 막내 고모가 아닌가? 형의 가슴은 순간 무섭게 뛰었다. 다시 보아도 김윤옥이라는 세 글자는 틀림없었다. 형은 한달음에 침실로 들어가 전화를 걸었다. 서울 쪽에서 기다렸다는 듯이 전화벨소리가 두어 번 울리기 바쁘게 전화를 받는다.

"아니, 자네가 병기 오빠의 아들이란 말인가?…"

"그렇습니다. 윤옥 고모님이시지요?"

"그래, 그래. 헌데 우리 병기 오빠가 여태 살아 계셨단 말이냐? 아이구, 세상에 이런 희한하구 반가운 일 또 어디 있겠느냐? 으흐흑…"

서울과 광주에서 단 한 번도 만나보지 못한 고모와 조카가 울며 웃으며 반나절이나 통화를 했다. 형은 고모를 찾은 일이 스스로도 대견스러웠고 고모는 병기 오빠의 아들이 가문의 역사는 물론 오래전에 저 세상 사람이 된 어머니 림례수며 아버지 김명복의 이름까지 줄줄 외우는 데는 깜짝 놀라지 않을 수 없었다. 작은 고모는 급히 서울로 올라오라고 했고 형도 마음 같아서는 당장 서울에 날아가고 싶었는지라 그 자리로 금오고속버스를 타고 서울로 향하였다. 전혀 찾을 가망이 보이지 않던 고모가 땅속에서 솟아난 듯 불쑥 나타나 먼저 전화를 걸어온 일이 놀라왔다.

일은 이렇게 된 것이다. 우리 아버지의 외삼촌으로 림영수란 양반이 있었는데 미국에 있는 아들 집에 가서 두어 달 지내다가 한국에 돌아와 심심파적으로 묵은 《평남일보》를 뒤적거린 모양이다. 그 어른 역시 평안남도 출신이요, 고모님들과는 달리 바깥양반인지라 늘 향수에 젖어 평안남도 도민위원회의 모임에도 가끔 나가고 《평남일보》도 정기구독을 하였던 것이다. 좌우간 두어 달 묵은 《평남일보》를 이리저리 보고 있노라니 홀제 김병기라는 익숙한 이름과 함께 그 아들이 삼촌, 고모들을 애타게 찾고 있다는 글이 확 안겨왔다. 아니, 병기가 여태 살아 있었단 말인가? 이 어르신은 깜짝 놀라 허둥지둥 전화로 작은 고모에게 소식을 알렸고 그리하여 작은 고모와 형과의 통화가 극적으로 이루어질 수 있었던 것이다.

동서울 고속 터미널 2층 다방에서 벌어진 두 고모와 관웅형의 눈물겨운 만남을 더 말해서 무엇하랴. 정옥 고모네 댁에 이르자 고모부는 물론 갓 퇴근한 외사촌들인 옥미, 관영, 옥영, 옥남이가 반갑게 맞아준다. 조촐한 주안상에 둘러앉자 몇 해 전에 중풍을 맞은 정옥 고모는 옷고름으로 눈물만 찍고 있을 뿐이데 작은 고모가 우리 아버지가 떠난 후의 일들을 자상히 알려 주더란다.

병일 삼촌과 고모네는 어머니와 함께 1947년 봄까지 평양 부근의 고향마을에 눌러 살았다고 한다. 그런데 병일 삼촌은 서울에 가 공부를 더 하고 싶다고 하면서 한사코 어머니를 설복했다. 이젠 하나밖에 없는 아들의 소원이라 온 가족은 솔가도주 하듯이 먼저 해주로 넘어왔다가 산을 하나 넘어 그 당시만 해도 남한땅이었던 개성을 거쳐 곧장 서울로 들어왔던 것이다. 물론 외삼촌 되시는 림영수 어른이 먼저 서울에 와 자리를 잡고 있었기에 그 어른을 크게 믿고 찾아온 것도 사실이다. 그 때 병일 삼촌의 나이 스물둘, 외삼촌이 도와준다고 하나 젊은 나이에 네 식구 살림의 총목을 메야 하였으니 얼마나 힘에 겨웠겠는가? 낮이면 거리에 나가 닥치는 대로 막일을 하고 밤이면 말 그대로 일확천금을 꿈꾸며 무엇을 쓰고 지우고 하면서 밤을 새우곤 하였다. 미군정시대라 별나라의 우주인들의 환상적인 생활을 그린 미국의 과학 동화책이 수입되었는데 영어를 깨친 병일 삼촌은 그것을 몽땅 번역해가지고 림영수 어른을 찾아 갔단다.

"삼촌, 이 그림책을 출판만 하면 큰 돈벌이가 될 겁니다. 좀 출판사에 주선해 주세요."

림영수 어른은 젊은 놈이 하는 일을 미심쩍어 했지만 하도 진국으로 청을 드는지라 자기 친구가 꾸리는 출판사에 주선해 주었다.

우둔한 놈이 범 잡는다고나 할까? 아니, 아동들의 취미에 맞는 별나라 사람들은 잘도 팔렸다. 20여 권씩 이어지는 계열동화집이라 삼촌은 출판사의 청탁을 받고 밤에 낮을 이어가며 번역을 했다. 아무튼 이 신비한 우주인들에 관한 과학동화책을 그 담당 출판사가 '6.25' 때 부산에 피난을 가서까지 두 번이나 재판하였다고 하니 나젊은 병일 삼촌의 뛰어난 식견과 재능을 가히 짐작할 수 있겠다. 그때 삼촌은 이 동화책의 원고료와 인세로 세 누이를 공부시켰을 뿐만 아니라 자기 자신도 소원대로 고려대학교에 들어가 공부할 수 있었다고 한다.

'6.25'가 터진 것은 병일 삼촌이 고려대학교 3학년을 다닐 때다. 동족 상잔의 참극이 벌어진 것이지만 젊음의 혈기가 넘치는 병일 삼촌은 대공을 세우고 돌아온다는 뜻으로 이름마저 성훈(成勳)이라고 고치고 해병대 소위로 참전했다.

"후에 병일 오빠 전우들의 말을 듣자니까 강원도 두솔산전역에 참가한 오빠는 자기 소대를 거느리고 고지 하나를 탈환했대. 아직 날도 저물지 않았고 힘들도 남아 있는지라 상급에 고지를 하나 더 공격케 해달라고 청시를 하니 '알아서 해!' 하고 대답을 주더라나. 그래서 오빠는 '돌격!' 하고 맨 앞장에서 산중턱을 치달아 오르다가 총탄을 맞고 쓰러졌다질 않겠니? 어이구! 아깝고 원통해서 어찌 살겠나? 얼마나 미남이구 총명했다구! 지금도 생각하면 가슴이 막 찢어지는구나. 가령 그 오빠만 살아 있다면 우리가 어찌 이 꼴 이 모양으로 살겠느냐?"

작은 고모는 눈물이 글썽해서 땅이 꺼지게 한숨을 내쉬었다. 할머니는 10여 년 전에 작고했고 유덕고모는 부산 신학교를 졸업하고 한평생 여성 전도사로 뛰어다니다가 몇 해 전에 돌아갔다. 정옥 고모는 평생 국민학교 교원으로 일하다가 몇 해 전에 정년퇴직을 했는데 그만 중풍을 맞고 겨우 바깥출입을 하고 있었다. 그리고 작은 고모는 10여 년 전에 남편을 잃고 자그마한 한복가게를 맡아보면서 어렵게 딸 하나와 아들 둘을 공부시키고 있었다.

이튿날 관웅형은 두 병약한 고모님을 모시고 동작동 국립묘지에 있는 병일 삼촌의 묘비를 찾아 제사를 지냈다. 병일 삼촌의 묘비 정면에는 '해병 중위 김성훈의 묘'라고 새겨져 있고 뒷면에는 '1951년 6월 10일 강원도 두솔산전역에서 전사'라고 새겨져 있었다. 형은 절을 올리고 대리석 묘비를 어루만지고 있노라니 저도 모르게 눈물이 걷잡을 수 없이 쏟아졌다. 아버님께서 근 60년을 그토록 애타게 찾았던 병일 삼촌, 스무 살 젊은 나이에 동화책을 번역해 어머니를 공양하고 어린 누이동생 셋을 공부시켰던 병일 삼촌, 적어도 지금쯤은 고려대학교나 연세대학교 교수쯤은 땅땅 하고도 남을 하나밖에 없는 삼촌이 20대 젊은 나이에 동족상잔의 총탄을 맞고 한줌의 흙으로 되어 묻혀 있다는 일이 형에게는 너무나도 억울하게 느껴졌던 것이다. 동작동의 골짜기와 언덕마다에 별처럼 총총히 내려앉은 비석들, 하긴 우리 한 가족만이 당한 비극이 아님을 말해주고 있었다.

셋째 날엔 경기도 광주군을 찾았다. 문득 광주군을 찾은 데는 까닭이 있었다. 야속하게도 두 고모님은 예순 고개를 넘도록 우리 광주 김씨의 본을 전라도의 광주로 알고 있었다. 사실 우리 광주 김씨의 본이 되는 광주의 '광'자는 빛 '광(光)'자가 아니라 넓을 '광(廣)'자였다. 중국에서 온 조카의 말을 듣고서야 비로소 깨도가 된 두 고모님은 얼굴이 뜨거워졌고 형이 이끄는 대로 광주행차를 하게 된 것이다. 물론 경기도 광주군에 가서 알아보았지만 희성인 광주김씨 종친회는 없었다. 그래도 광주군의회 정문 앞에서 기념사진을 남기는 형의 가슴은 뿌듯했다. 두 고모님도 다시 환생한 듯한 즐거운 기분이었다.

자기 성씨의 본마저 똑똑히 모르고 있었을망정 훌쩍 만주로 떠나간 우리 아버지에 대한 두 고모님의 그리움만은 끈질긴 것이었다. 어쨌든 고모님네는 1953년 말 보편적인 호구조사를 할 때까지 우리 아버지를 세대주로 등록하고 그야말로 일일삼추로 학수고대하였던 것이다.

혈육에 대한 고모님들의 그리움과 끈질긴 기다림! 모든 것을 말해 주고도 남음이 있는 그 묵은 호적등본을 보는 순간 형은 처음으로 왈칵 눈물이 솟구쳤고 그 호적 등본을 복사해온 후 우리 아버지 또한 얼마나 큰 충격을 받았는지 모른다.

"내가 죄를 지었군, 내가! 그 녀석들이 뼈도 굵기 전에 훌쩍 떠났으니 홀로 나신 어머님을 모시고 얼마나 고생들을 했을까? 그래도 이 못난 것을 전쟁이 끝날 때까지 기다려 주었으니 참으로 고맙구나!"

지금도 아버지는 그 묵은 호적 사본과 어머님, 동생들의 사진을 정히 넣은 앨범을 머리맡에 두고 하루에도 서너 번씩 펼쳐보군 하다가 두 눈이 붉어지군 한다. 그리고 동생들의 목소리가 나올 리 만무하건만 여전히 버릇처럼 그냥 KBS방송만 듣고 계신다. 몸은 비록 연변에 있어도 정신은 서울에, 고모들의 옆에 가 있는가 보다.


## 나는 안 가, 너희 고모들에게 폐를 끼치자고 부득부득 서울엘 가겠느냐?

관응형은 중국에 돌아오기에 앞서 평양 공업전문학교 동문회 회장님과 《평남일보》의 서울 지국장을 만나 일일이 인사를 드렸고 평양공업전문학교 동문회로부터는 명예회원의 자격까지 받았다. 난생 보지도 못한 삼촌을 찾아 한국땅을 메주 밟듯 찾아다닌 조카의 지성이 대단하다고, 황차 조카도 교수이니 동문회의 명예회원이 되고도 남는다고 치하를 하더란다. 형은 말 그대로 '개국공신'처럼 연변에 돌아왔다.

이제 남은 일은 불 보듯 환했다. 아버지와 두 고모님의 상봉을 시급히 마련해 드리는 것이었다. 이 일은 1992년 봄 한국외국어대학의 초청으로 두 번째로 서울에 가게 된 내가 해야 할 몫이었다. 나는 자신만만했다. 이 번 걸음엔 꼭 부모님의 초청서를 받아가지고 돌아오리라 하고 속으로 윽 별렀다. 하지만 아버지에게 언제쯤 서울에 다녀오는 게 좋겠느냐고 여쭈 어 보았더니 생각 밖으로 아버지 대답이 심드렁하다.

"나는 안 가, 너희 고모들을 도와주지 못하는 것만 해도 한스러운데 폐 를 끼치자고 서울에 가겠느냐?"

나는 아버님의 말씀을 귓등으로 들었다. 서울에 도착하자 그 날로 두 고모님네 댁을 차례로 방문했다. 이 이태사이에 형이 가져온 사진보다는 두 고모님이 훨씬 늙어 보였다. 정옥 고모는 중풍을 맞은 미열로 여전히 바깥출입을 못하고 있었는데 부석부석한 얼굴에 거뭇거뭇하게 검버섯이 돋아 있었다. 윤옥 고모 또한 두 아들의 대학공부를 뒷바라지 하느라고 요 통이 심한 몸을 간신히 지탱하면서 자그마한 한복가게를 간신히 경영하 고 있었다. 내가 와서 알게 된 일이지만 윤옥 고모의 남편 추씨는 대학을 나와 자그마한 출판사를 차렸는데 꽤나 경영이 잘 되어 윤옥 고모는 40대 중반까지는 돈 그리운 줄 모르고 쓰면서 귀부인으로 호강을 했단다. 70년 대 초반 남편 친구의 내외간들과 함께 눈 덮인 설악산이며 산꽃이 다투어 핀 제주도며 동해안, 서해안의 유명한 해수욕장에서 찍은 사진들이 그것 을 말해 주고 있었다. 헌데 경부고속도로를 닦을 때 이식이 높다고 남편 추씨는 김씨라는 부사장과 상론하고 출판사의 유동자금에다 개인 저축까 지도 몽땅 가져다 투자하기로 했는데 그 엉큼한 부사장이라는 자가 투자 하라는 돈을 몽땅 채가지고 미국에 가 잠적해 버렸단다. 마침내 출판사는 부도가 생겼고 남편 추씨는 부사장이란 자를 잡아다 족친다고 수차 미국 으로 날아가고 날아오더니 그만 화병을 얻어 덜컥 세상을 뜨고 말았다. 그

때로부터 팔자가 뒤틀린 윤옥 고모는 뒤늦게 바느질을 배워가지고 억지로 홍제동에 자그마한 한복가게를 차리고 손톱이 빠지게 일하지 않으면 안 되었다.

"너희 아버지를 서울에 모시자면 그래도 내가 큰 몫을 내야 하겠는데 금년 같아서는 전혀 여유가 없구나. 명년 봄이면 큰놈 영민이가 경희대학교를 졸업하게 되니까 명년 가을쯤에 모시면 안 되겠느냐? 중국에 돌아가거든 너희 아버지께 용서를 빈다고 전해 주렴아."

작은 고모의 딱한 사정이었다. 남편도 없이 여인의 홀몸으로 두 대학생 아들의 아름찬 등록금과 수업료를 대자니 얼마나 어렵겠는가? 나는 "한국은 눈부신 경제성장을 하였지만 아직도 천당과 지옥이 병존하는 사회다"라고 말한 작가 김학철 선생의 참뜻을 더욱 뼈저리게 느낄 수 있었다. 비좁은 아파트에서 아들네 식구와 하께 살고 있는 정옥 고모, 초라한 가구에 자그마한 구식 텔레비전을 보면서 자꾸만 아픈 다리와 허리만 주물러대고 있는 윤옥 고모, 참으로 모국 역시 수십 동의 고층 빌딩과 현대적인 아파트를 소유한 부호들도 있거니와 또 우리 고모들처럼 발편잠 한 번 시원히 자보지 못하고 밤낮 아득바득 살아가는 사람들이 많다는 사실이 모질게 나를 괴롭혔다. 하지만 아버지는 분명 올해 이른 여덟 고령의 노인이고 병약하고 부담 많은 두 고모님들도 한해가 다르게 늙어가고 있지 않는가? 만약 한해두해 미루기만 하다가 이들 중에 한분이라도 덜컥 세상을 뜬다면 이보다 더 억울하고 원통한 일이 또 어디에 있겠는가? 장장 60년 세월 애타게 찾아 헤매다가 요행 소식을 알았는데 끝내 만남을 이루지 못하고 눈들을 감아야 한단 말인가? 그래서 나는 죄송스런 마음으로 윤옥 고모의 말을 꺾었다.

"죄송하지만 이젠 시일이 급한데요. 부모님의 서울방문 경비는 몽땅 저희 형제들이 부담하겠으니까 고모님들은 초청만 해 주세요. 그리고 또 서울에서 만날 수도 있겠지만 두 분 고모님께서 연변에 오셔서 만날 수도 있지 않겠습니까? 그렇게 하시면 저희들이 천진공항까지 마중을 나가고 또 바래다 드릴 것이며 계시는 동안 불편 없이 잘 모셔드리겠습니다."

사실 내 말은 큰소리나 인사치례가 아니었다. 서울로 올 때 여러 형제들과 여러 가지 방안을 세세히 토론한바 있고 또 중국의 국민소득이 아무리 낮다 한들 거의 한개 분대나 되는 여덟 조카가 모국에서 오신 두 고모님을 한두 달 푸짐하게 대접하고 실컷 구경시키지 못하겠는가? 사실 관웅 형도 이태 전 고모님을 모시고 다닐 때나 서울 외사촌 형제들과 지낼 때 '중국놈'들이 가난하게 살고 있다는 느낌을 주기 싫어 택시비는 물론이요, 거리에서의 밥값이나 술값까지도 몽땅 자기가 다투어 냈던 것이다. 하지만 우리 윤옥 고모의 말씀을 들어 보시라.

"정작 가 보지는 못했어도 중국 사정은 우리도 알고 있어. 너희 아버지가 호랑이 같은 칠형제를 키우느라고 오죽이나 고생했겠느냐? 그건 그렇고 아무튼 너의 아버지 고국은 한반도이구 이 땅에서 갈라졌으니 역시 이 땅에서 다시 만나야 도리가 아니겠느냐? 한시 급히 만나고 싶은 마음은 피차일반이니까 한해만 더 참자꾸나."

여기에 무슨 말을 더 할 수가 있으랴? 나는 그만 말문이 막히고 말았다. 나는 임금님의 어명(御命)을 완수치 못한 사신처럼 어깨가 축 처져가지고 중국에 돌아오고 말았다…

이러구러 또 두해 남짓이 지나갔다. 지난 5월 나는 한양대학교의 초청으로 또 서울에 가게 되었다. 이번엔 연로한 고모님들이 뛰기 불편하니까 내가 대신 뛰어서라도 아버지의 초청서와 비자발급허가서를 떼여 보낼 생각이었다. 나는 서울에 도착한 그날 저녁으로 작은 고모네 댁에 전화를 걸었다. 한참 있으니 윤옥 고모가 그렁그렁 가래 끓는 목소리로 전화를 받는다.

"누구신가?… 어이쿠, 조카는 잘도 다니누만. 아버진 잘 계시냐? 헌데 여기 서울 친척들은 망태기로구나. 내가 요통이 도져 두어 달 입원했다가 퇴원하니까 언니가 대신 덜컥 입원을 했구나. 뇌수술을 두 번이나 받고 요행 살아나기는 했는데 통 기억이 흐리마리해서 가까운 사람조차 잘 알아보지 못하니 큰 탈이 아니겠느냐? 나도 요즘 퇴원은 했지만 허리가 쑤시고 다리가 뻣뻣해서 언니한테 가보지를 못해. 어이구, 이젠 다 병신들이 되고 죽을 때가 되었는가 봐…"

나는 가슴이 철렁했다. 마디에 옹이라고 이게 무슨 변인가? 졸지에 모든 것이 무너지고 꺼꾸러지는 것 같았다. 말씀으로는 아니 간다고 하지만 혹시나 해서 자나 깨나 동생들을 그리고 있는 우리 아버지가 이 소식을 알면 얼마나 놀랄까?

이튿날 나는 중국에서 가져온 안궁환과 과일 등속을 사 들고 지하철 2호선을 타고 가다가 성내역에서 내려 강변길로 서울중앙병원으로 찾아들어갔다.

정옥 고모는 16-64-34 병실에 입원했는데 웬 낯모를 아줌마가 옆에서 간호하고 있었다. 정옥 고모는 수술을 받느라고 머리를 흉하게 박박 깎았는데 뒤통수에 툭 튀어나온 수술자리가 벌겋게 부어 있었다. 중국에서 조카가 왔노라고 아줌마가 여러 번 큰소리로 알려 주어서야 고모는 두 눈을 멀거니 치뜨고 나를 흘겨보았다. 한참 있더니 병상에서 내려서려고 부득

부득 안간힘을 썼다. 아줌마가 안이 달아 왜 그러느냐고 물으매 고모는 후들후들 떠는 메마른 손으로 내 손목을 잡고 비틀거리며 일어섰다.

"조카가 왔으니 이… 이웃들에게 인사를, 인사를 시켜야지."

아줌마가 나를 보며 쑥스럽게 웃었다. 실로 나는 억이 막혔다. 지금 고모는 당신이 병원에 있는지 어디에 있는지를 모르고 있었다. 나는 아줌마를 도와 고모를 겨우 병상에 눕혔다. 고모는 누워서 그냥 나를 멀거니 쳐다보면서 중얼거렸다.

"밥 먹고 가, 밥 먹고 응…"

거의 인사불성이라 아버지의 문안 한마디 전할 수 없었고 그 무슨 위로의 말도 드릴 수 없었다. 나는 귤 하나 드리고 나서 멍청하니 고모님을 지켜보다가 병실을 나서는 수밖에 없었다. 아줌마가 뒤따라 나와 나를 바래주면서 묻지도 않은 말을 주어 셍긴다.

"석 달간이란 국민의료보험 기간도 이제 막 끝나니까 다음주일엔 부득불 퇴원을 해야 하나 봐요. 보험유효기간만 지나면 한 달에 적어도 1, 2백만 원은 드니까요. 아마 다음주일엔 저 고모님네 댁엘 가셔야 만날 수가 있겠지요."

서울 중앙병원구내를 나와 성내역으로 가는 강변길에 들어서니 가까스로 참았던 눈물이 왈칵 쏟아졌다. 두 고모님도 불쌍하지만 연변에 있는 아버지가 한없이 가엾게 느껴졌다. 바람에 흩어지는 구름조각처럼 혈육들이 갈라져 장장 58년 세월, 요행 소식을 알고도 또 3년 세월이 허무하게 흘러갔다. 이젠 양쪽이 다 마른 고목처럼 쓰러지고 있건만 만남의 날은 아득하기만 하다. 병상에 누운 고모들을 보고 아버지의 초청장을 내자는 말을 어찌 꺼내며 막상 아버지가 서울에 와 만난다 하더라도 올해 팔순고령의 아버지가 늙음과 병에 찌든 누이동생들을 보고 얼마나 놀라실까? 그래도 아버지의 평생 한을 풀어드리자면, 자식이 된 도리를 하자면 억지로라도 아버지를 서울에 모셔가야 하는가?

아, 그저 한 피 물고 난 형제들이 산지사방으로 갈라지고 흩어지지 않으면 아니 되었던 우리 민족의 수난사가, 병일 삼촌같이 총명한 이 나라 수천만 젊은이들을 피바다에 던져 넣은 동족상잔의 참극 '6.25' 전쟁이, 오늘도 천만 이산가족의 아픔을 덜어주지 못하는 국토분단의 현실이, 억울하게 지구촌 구석구석에 쫓겨 간 우리 해외동포들을 얼싸안고 감싸줄 힘이 모자라는 우리 모국의 현실이 한스러울 뿐이다. 더욱이 병약한 몸으로 자식들의 뒷바라지를 하고 있는 작은 고모님에게 자식의 수업료에 보태여 쓰라고 한화(韓貨) 몇 십 만원 내놓지 못하는 자신이, 중환에 계신 정옥 고모의 병 치료에 보태여 쓰라고 역시 보기 좋게 단돈 몇 십 만원 내놓지 못하는 내 자신이 더더욱 왜소하게, 더더욱 밉살스럽게 느껴졌다.

아, 모국이 통일되어 천애지각에 흩어진 우리 한민족 모두가 자유롭게 만날 수 있는 여유 있고 풍요로운 그 날이여, 어서 오라, 하늘에 빌고 빌 뿐이다.

1995년 12월

# 초년고생은 금 주고도 못 산다
## ─ 지식청년 하향운동 40주년에 즈음해

## 콧물이 흘러내려 동태국도 못 먹고

1970년 1월 그해 내 나이 17살이었다. 중학교에 들어와 1년도 공부하지 못하고 허울 좋은 지식청년으로 농촌에 가게 되었다. 2년 전 큰형이 대학을 졸업하고 흑룡강 북안현에 있는 군대농장으로 갔고 둘째 형은 고급중학교를 채 졸업을 하지 못하고 돈화현 대산주자에 가있었으며 셋째형은 초급중학 3학년을 졸업하고 연집공사 대암촌에 가있었다. 지식청년으로 농촌에 간다는 게 실은 무서운 고생을 하러 가는 것임을 나는 형들의 전례를 통해 벌써 알고 있었다.

둘째형이 돈화로 갈 때 담임선생님께서 집집이 돌아다니면서 학부모들을 동원하고 위안을 했다. 그이는 우리 부모님을 앉혀놓고 돈화현 대산주자를 선경처럼 이야기했다.

"어떤 곳인지 아십니까? 대산주자 아주머니들은 아침에 일어나 남편에게 이렇게 묻는 답니다. '오늘 아침엔 꿩고기 먹겠소? 노루고기 먹겠소?' 남편이 '거 좀 시원하게 꿩고기 국을 먹고 싶구먼.' 하면 아주머니는 일단 아궁이에 도목나무를 사려놓고 솥에 물을 씽씽 끓인 다음 문을 활짝 열어놓는 답니다. 그러면 꿩들이 훨훨 날아와 죽창(竹槍)처럼 솥에 꽂이지 뭡니까? 안성맞춤으로 끓는 물에 튀를 해서 납죽납죽 썬 무에 고추장까지 듬뿍 넣어 끓이면 시원한 꿩고기 국이 되는 거지요. 간혹 '거 오늘은 눈이 많이 와서 아무 일도 못하겠구먼. 술이나 한 잔 하게 노루고기로 회나 치지.' 하면 아주머니는 빨래 방치를 들고 절구통 같은 엉덩이를 휘두르면서 문밖에 나갑니다. 노루가 대여섯 마리나 서서 '나 때려 잡수.' 하고 기다리지 않겠습니까. 아주머니는 기중 살집이 좋은 놈을 보고 '에끼 이놈아, 오늘 우리 영감 술안주나 되어라!' 하고 빨래 방치로 탁! 하고 노루의 정수리를 친답니다. 거 노루고기로 만든 회, 입안에서 살살 녹는 게 둘이 먹다가 하나 죽어도 모르지요."

우리 아버지와 어머니는 그게 다 새빨간 거짓말인 줄을 번연히 알면서도 울며 겨자 먹기로 자식들을 차례로 농촌에 보내고 말았다.

하지만 북안현 군대농장에 간 큰형에게서는 보일러에 불을 때다가 물통을 엎질러 발등을 데웠다는 편지가 날아왔고 둘째형이 가 있는 돈화현 대산주자라는 마을은 꿩고기, 노루고기는 고사하고 1년 365일 돼지고기 한 칼 먹기 어려웠다고 한다. 워낙 수질이 나쁜 동네라 곱사등이가 많고 마을사람들 모두 참나무 옹이처럼 손가락 마디가 굵고 비틀어졌다. 둘째형도 목에 창이 생기고 손목과 무릎관절이 저려서 생고생을 했다고 한다.

이젠 넷째인 내가 농촌에 갈 차례인데 우리 어머니는 제발 셋째형네 집체호에 가라고 비난사정을 했다.

"명년에는 다섯째도 농촌에 가야 할 터인데 너희 형제들이 산지사방에 널려있으니까 아버지가 힘들단다. 그리고 셋째가 가있는 대암촌은 가깝지 않느냐? 너희 아버지를 생각해서라도 셋째형네 집체호에 가거라."

그때 우리 아버지는 연길시운수공사 8급 노동자라 88원 정도의 월급을 받았으니 많이 받는 폭이었지만 여기저기 널려있는 자식들에게 용돈을 쪼개서 보내고 나면 그야말로 입에 풀칠 할 수도 없는 형편이었다. 그래서 어머니는 농촌에 간 자식들의 뒷바라지를 하느라 삯바느질에, 이삭주이에, 자갈치기에 닥치는 대로 일을 했다. 나는 우리 팔남매를 키우느라 밤낮 소 갈 데 말 갈 데 가리지 않고 뛰어다니는 어머니의 당부를 물리칠 수 없었다. 그래서 우리 학급 친구들은 모두 연길현 이란공사 명랑촌에 갔지만 나는 닭 무리에 오리 끼이듯이 셋째형네 집체호에 들어가게 되었다.

이불짐을 메고 30리 길을 걸어 어슬녘에 대암 4대 집체호에 들어서니 소한추위라 개털모자에는 새하얗게 서리가 끼었지만 잔등은 물씬물씬 김이 서려 올랐다. 남성들은 모두 민공(民工)에 뽑혀 용정 쪽 공사장에 가 있었고 까투리 같은 여자들만 집체호를 지키고 있었다. 그녀들은 내가 온다는 전갈을 받고 동태찌개를 끓여놓고 기다리고 있었다. 설대목이라 생산대에서 한 사람 당 명태 두 마리씩 나누어주었던 것이다. 그때 취사담당은 주련순이라는 시원하게 생긴 여성이었는데 서둘러 밥상을 차려서 내놓았다. 누님뻘 되는 여성 네댓이 부뚜막에 앉아서 마치 신기한 동물을 구경하듯이 나를 건너다보며 귓속말로 소곤소곤했다.

"아이구, 형보다 더 잘 생겼구나. 이목구비가 수려한 게 〈춘향전〉에 나오는 이도령이 따로 없구나."

"이 애가 김칫국부터 마시는 것 보지. 동생뻘 되는 애를 두고 서방 비위를 하면 어떡하니?"

나는 귀뿌리가 화끈 달아올랐지만 제법 점잖게 앉아 밥상을 받고 시원한 동태찌개부터 한 숟가락 떠먹었다. 맵싸한 게 별미였다.

헌데 한겨울 30리 길을 걸어 문득 집안에 들어와 밥상을 차지하고 앉으니 얼었던 몸이 봄눈 녹듯 풀리면서 애꿎은 콧물이 주르르 흘러나왔다. 그걸 들이키자니 망신할 것 같았고 "잠깐 실례하겠습니다." 하고 바깥에 나가 코를 풀고 다시 들어와 앉을 수도 없는 노릇이었다. 제꺽 먹어버려야지 하고 숟가락목이 부러지게 밥을 떠먹었더니 이젠 주체할 수 없이 콧물이 쏟아져 내렸다.

"금방 밥을 먹고 왔더니 배가 불러서…"

하고 나는 자리를 차고 일어나 부랴부랴 바깥으로 나왔다.

"힝!" 하고 코를 풀고 나니 숨통이 열리는 것 같았다.

하지만 새뽀얀 기름이 동동 뜨는 동태찌개가 눈앞에 언뜻거렸고 다시 들어가 그놈의 동태찌개에 밥을 말아 후닥닥 먹고 싶었지만 이젠 다 행차 뒤 나팔이었다.

사춘기 소년이라 서푼 어치도 가지 않는 체면 때문에 그 맛있는 동태찌개를 다 먹지 못한 게 지금도 한이 된다. 그리고 이런 사춘기 소년소녀들을 지식청년이라고 농촌에 쫓아 보낸 "모우"라는 어르신이 원망스럽다.


## 구질구질 비는 내리고 하도 배가 고파서

대암촌은 연길에서 연집하를 따라 북쪽으로 20리 정도 올라가다가 남계고개를 넘거나 금성바위를 에돌아가면 나타나는 마을인데 연집하 기슭에 널어놓은 그물 같은 동네다. 평봉산이 둘러앉아 새둥지처럼 포근한 느낌을 주기도 하지만 워낙 물이 적어 논을 풀지 못하고 밭농사만 했다. 사철 샛노란 조밥에 싯누런 된장만 먹어야 하는데 그놈의 조밥이란 재채기만 해도 숟가락에 뜬 밥이 산탄처럼 사처로 날려갔다. 농촌에 살 바에는 도목나무에 쌀밥을 먹는 동네로 가야 할 터인데 허구한 날 강마른 조밥덩어리만 먹어야 하니 어머니가 조금은 원망스러웠다.

황차 고기 등속은 고사하고 콩기름도 마음대로 먹을 수 없으니 이건 그야말로 속에 털이 날 지경이었다. 가끔 닭고기나 두부찌개에 술 한 잔 할 수 있는 것은 생산대의 우차를 모는 상농꾼들이었다. 집집마다 초가을에 대암촌 북쪽 고개 너머에 있는 석인골에 가서 땔나무를 해놓으면 겨울에 그걸 우차에 실어왔다. 한 해 땔감을 장만하는 일이라 웬만한 집에서는 닭 한 마리 잡거나 두부를 앗아서 우차몰이들을 대접했다. 그들이 술 한 잔 대접받고 개선장군처럼 불콰한 얼굴을 해가지고 흥얼거릴 때면 참으로 입안에 군침이 돌아서 견딜 수가 없었다.

늦가을이면 우리 집체호 청년들에게는 간혹 우차를 몰고 연길에 갈 수 있는 기회가 생겼다. 황연(黃煙) 토리들을 우차에 싣고 연길 역 뒤에 있는 황연 수매소(收買所)에 바치는 일인데 그 날만은 맛있는 음식을 배가 터지게 먹을 수 있었다. 공가의 일로 다녀오는지라 하루 수당 2원이 주어졌다. 그러나 그 이상 더 쓸 경우에는 빚을 내는 격이 되어 연말에 반드시 갚아야 했다. 외상이면 소도 잡아먹는다고 우리는 허리띠를 풀고 먹어주었다.

이슬이 내리는 새벽에 대암촌을 떠나 아침에 금성촌이나 용연촌에 들려 닭똥과자 한 봉지씩 사서 와작와작 씹어 먹는다. 연길에 도착해서는 곧장 회족식당에 들린다. 지금의 성보호텔 자리인데 이른 아침부터 밀가루 튀김(油條)에 콩물을 팔았다. 지금은 두 가락도 먹지 못하지만 그땐 한 놈이 일곱 가락, 지어는 열 가락씩 먹었다. 어느새 부처님처럼 두둑하게 솟아오른 배를 두드리면서 황연 수구소(收购所)에 가서 줄을 섰다가 황연 토리들을 부려놓고 근을 달아 창고에 가려놓고 나면 뱃가죽은 다시 등에 가서 붙는다.

늦은 점심으로 열군속식당에 들려 유육편(溜肉片), 지삼선(地三鲜) 같은 안주를 시켜놓고 맥주 대여섯 사발을 마시고 나서 뒷골목에 가서 아무데나 실실 소변을 본다. 다시 식당에 들어와 마파람에 게 눈 감추듯이 한 놈이 국수 두 사발씩 먹어버린다. 지금은 국수오리를 가위로 잘라서 홀짝홀짝 먹는 게 법이지만 그 때는 황소가 깔을 감아먹듯이 두어 젓가락에 후루룩 후루룩 마셔버렸다. 그때 맥주 한 사발에 20전, 국수 한 사발에 38전이었던 걸로 기억하고 있다.

다시 빈 우차를 몰고 번잡한 거리를 지나 시골길에 들어서면 아예 우차에 올라가 사지를 던지고 대자(大字)로 눕는다. 소는 영물인지라 저절로 우차를 끌고 대암촌까지 덜커덩덜커덩 찾아간다. 우차에 실려 드렁드렁 코를 골며 돌아갈 때만은 그런 상팔자가 세상에 없는 것 같았다.

그때는 텃밭에서 나는 감자 한 알, 호박 하나도 장에 내다가 팔 수 없었는지라 대암촌 촌민들에게는 단돈 1원이 그리웠다. 공소사(供销社)에 가서 소금이나 미역 따위를 사도 외상 거래요, 술 한 근 받아 와도 외상 놀음이었다. 하지만 마을의 소문난 술고래들에게는 외상으로 술을 주지 않았다. 그녀들은 한해가 다 저물어도 시치미를 뚝 따고 외상 빚을 갚을 생각을 하지 않았기 때문이다. 그래서 신용을 잃은 마을의 술고래들은 촌 위생소에서 목정(木精)을 훔쳐다가 물에 타서 마시기도 했고 집체호 청년들의 보잘 것 없는 주머니를 털어 술을 마시기도 했다.

어느 날 비가 구질구질 내리는데 김은식 대장이 슬그머니 집체호 문을 떼고 들어와 빙글빙글 웃으면서 잠깐 보자고 했다. 문밖에 나가자 김대장은 독수리가 병아리를 채 가듯이 자기 우산 밑에 나를 잡아넣으면서

"자 가자구! 오늘 아침 산토끼 한 마리를 잡았지. 햇감자를 넣고 푹 끓이고 풋고추에 깻잎까지 썰어 듬뿍 넣었더니 천하별미야. 헌데 술이 없거든. 공소사에 가서 술 한 병 사오면 자네도 끼워주지."

"이 장마철에 무슨 놈의 산토끼를 잡았다고 그래요."

"아따 진짜라니까. 지금 다 끓여놓고 장임송 대장도 기다리고 있어."

실은 김은식도, 장임송도 다 현임 대장은 아니었다. 30호 되나마나한 마을에 한두 해씩 돌아가면서 생산대장 노릇을 해오는지라 생산대장을 아니 지낸 장정이 없었다. 그래서 모두 장대장이 아니면 김대장, 김대장이 아니면 박대장으로 통했다. 김은식 대장은 워낙 사람이 실속이 없고 얼렁뚱땅 남의 등을 쳐 먹기를 잘하는지라 좀 믿음성이 없었지만 말수 적고 듬직한 장임송 대장까지 산토끼국을 끓여놓고 기다리고 있다고 하니 나는 한 달음에 공소사에 달려가서 술 두 병을 받아왔다. 장정이 셋이니 술 한 병으로는 간에 기별도 가지 않을 것 같아서 큰맘을 먹고 술 두병을 받아왔다.

그때 흑룡강 북안에 가 있는 큰형은 월급 45원을 받았는데 달마다 산지사방에 널려있는 동생들에게 5원씩 부쳐 보냈다. 김은식 대장은 동네 어른들의 생일날까지 꼬박꼬박 기억해두었다가 술 한 잔씩 얻어먹는 위인이라 아마도 내게 돈 봉투가 날아든 걸 알고 있은 모양이었다.

산토끼고기는 처음 먹어보는데 역시 별미였다. 고기가 졸깃졸깃 해서 육미가 있었고 푹 익은 햇감자가 더 맛있었다. 술 두 병을 다 마시고 구수

한 국물에 밥까지 비벼서 배가 터지게 먹었다. 그야말로 뜻밖에 생일을 쉰 폭이 되었다.

헌데 이튿날 우사(牛舍)에 나갔더니 명철이 어머니가 동네 아낙들과 둘러서서 무슨 재미있는 이야기를 나누며 깔깔 웃다 말고 나를 뱅글뱅글 건너다보더니

"어제 산토끼 추렴을 잘 했겠지."

"예, 난생 처음 산토끼 고기를 먹어보았는데 별미입디다."

"아니, 집체호 젊은이들도 오리발을 내밀긴가. 우리 고양이를 내놓아요. 남이 8년이나 기른 가족 같은 고양이를 잡아다 술안주를 하다니 이제 천벌을 받을 거야!"

하고 길길이 뛰었다.

일 년 사철 고기 한 점 먹어보지 못했던 그 시절의 농부들, 기름진 안주에 술 한 잔이 얼마나 그리웠으면 남의 툇마루에 누워서 가물가물 자고 있는 고양이를 잡아다 술안주를 했겠는가. 고양이를 욕보이면 천벌을 받는다는 속설은 있지만, 장임송 대장은 천수를 다 누리고 몇 해 전에 천당에 갔고 김은식 대장과 나는 이 날 이때까지 천벌을 받지 않고 소처럼 든든하게 잘 지내고 있다. 백성은 밥을 하늘(民以食爲天)로 생각하는 법, 굶주린 백성이 고양이 한 마리 잡아먹었다고 하늘이 어찌 벌을 내릴 수 있으랴.


## 아침마다 종을 치는 생산대장 노릇도 해보고

1972년 봄 나는 본의 아니게 대장 노릇을 하게 되었다. 사원들이 만장일치로 선출을 했으니 오늘의 정치용어로 말하면 민선대통령은 아니고

민선 생산대장이 된 셈이다. 하지만 나는 이십사절기도(二十四節氣)도 모르는 놈이요, 밭갈이 한 번 해본 적이 없는 풋내기 농사꾼이었다. 사원대회 때마다 신문을 읽고 모주석의 저작을 학습시킨 것밖에 없는데 어떻게 30여 호 촌민들의 생계를 맡을 수 있단 말인가? 하지만 신범룡 정치대장은 사원들의 간절한 요구이고 노농들이 옆에서 도와 줄 터이니 한번 대담하게 해보라고 했다.

아무리 대담하게 한다 한들 농사일에 숙맥을 가리지 못하는 내가 대장 노릇을 잘 할리 만무했다. 아침에 신범룡 정치대장과 잠깐 상론을 하고 나서 우물가에 서있는 비술나무 가지에 걸려 있는 종을 두드리는 게 내 업이었다. 어디서 굴러다니던 일제 포탄 깍지를 거꾸로 달아맸는데 소리는 꽤나 맑지고 좋았다. 하지만 사원들은 한식경이나 지나서야 기지개를 켜고 껄껄 트림을 하면서 가물에 콩 나듯이 나올 뿐이었다. 신범룡 정치대장과 상론한 대로 일을 포치하고 한 떼의 인마를 이끌고 기음을 매러 콩밭에 들어서면 시시껄렁한 육담만 늘어놓는 놈, "아이고 배야!" 하고 구실을 대고 꽁무니를 빼는 놈, 먹다 죽은 귀신이 붙었는지 밤낮 먹을 소리만 하는 놈, 도무지 일축이 나지 않았다. 밤낮 벌떼처럼 쫓아다니면서 기음을 맸지만 밭마다 풀이 성해 호랑이가 새끼를 칠 지경이었다. 남의 일은 오뉴월에도 손발이 시리다고 호미 날을 땅에 깊숙이 박지 않고 슬쩍슬쩍 땅거죽만 긁었던 것이다.

등소평의 시대를 겪고서야 비로소 알게 된 일이지만, 자고로 농자유기전(農者有其田)이라고 농사꾼은 자기 땅을 갖는 게 소원이요, 자기 땅에서 일할 때라야 힘이 나는 법이다. 해방 후 토지개혁을 해서 농민들에게 무상으로 땅을 나누어준 것은 참으로 잘 한 일이나 4, 5년 만에 호조조요, 합작사요, 인민공사요 해서 땅을 집단소유, 국가소유로 만들었으니 땅에 대한 애착에서 비롯되는 농민들의 원초적인 열정에 찬물을 끼얹은 격이 되고 말았다. 하지만 그때만 해도 나는 나라의 기본 제도가 잘못 된 줄은 알 리 없었다. 내 인덕과 노력이 부족해서 그런 줄 알고 그야말로 솔선수범으로 뼈가 빠지게 일했고, 그래도 안 되면 입에 담지 못할 욕설로 사원들을 무섭게 닦아 세우기도 했다.

30호의 생계를 이어가자면 무슨 방책이라도 내야 했다. 마침 자형이 연길시운수공사에서 트럭 기사로 일했는데 석인골에서 채벌한 잡목들을 실어가고 있었다. 현지에서 채벌한 잡목을 5, 6미터씩 잘라서 무지무지 쌓아두었는데 그걸 트럭에 실어 연길역 구내에 가져다 부리는 작업이다. 아마도 그 잡목들은 산해관 이남 평원지대의 탄광에 실려가 침목으로 쓰이는 것 같았다. 세상물정을 모르는 우리 촌민들은 내 자형을 앞세우고 술병을 들고 가서 요행 일감을 맡아온 것이다.

일은 보통 밤중에 하게 되었다. 10여 대의 트럭에 잡목을 실은 후 팔목만큼 실한 밧줄로 든든하게 동이고 연길 쪽으로 달려가는데 우리 일꾼들은 산더미 같은 잡목 위에 앉아 밧줄을 잡고 위태롭게 가야 했다. 트럭이 웅덩이를 만나 덜컹 할 때 밧줄을 놓고 있다가는 허망 길바닥에 굴러 떨어져서 어깨가 박산이 나거나 엉덩이가 부수어질 수 있었다.

두툼하게 솜옷을 입었지만 한겨울이라 뼛속까지 스며드는 한기를 막을 길이 없었다. 우리는 아예 석인 공소사에서 빈 박스 하나씩 구해가지고 그 안에 머리를 틀어박고 칼바람을 막았다. 하지만 아랫도리는 와들와들 떨리다 못해 거의 동태가 되었다. 연길역에 가서 잡목을 부리고 하남가에 자리를 잡을 전셋집을 찾아 들어가면 뜨끈한 우거지 장국에 밥 한 그릇이 기다리고 있는데 우리는 언 몸을 녹이려고 술부터 찾았다. 그때 배운 술을 나는 아직도 달게 마시고 있다.

이렇게 뼈가 부수어지게 일했지만 내가 대장 노릇을 한 그 해 대암 4대는 한 공(工)에 마이너스 16전이었다. 쉽게 말하면 수입보다 지출이 많아 일한 자가 오히려 빚을 지는 폭이 되었다. 나는 대장 공수까지 받아 4대에서 최고 공수를 기록했지만 오히려 210원을 빚지고 말았다. 그 해 말, 가슴에 붉은 꽃을 달고 군에 입대하는데 신범룡 정치대장은 촌민들을 데리고 연집향 공사마을까지 와서 돈 30원을 내 손에 쥐어주면서

"사원대회의 토론과 합의를 거쳐 김대장이 진 빚은 생산대에서 안기로 했소. 이건 사원들이 십시일반으로 모은 부조금인데 군에 가서 보태 쓰오." 하고 허허 웃는데 나는 형언할 수 없는 서러움이 북받쳐 고개를 돌리고 말았다. 이 순진한 백성들을, 이 정직한 민초들을 배불리 먹이고 등 따뜻하게 입히지 못한 게 누구의 잘못이란 말인가! 세월이 하 수상해 꾀를 부리고 능청을 떨지만 마음바탕은 한없이 순박하고 아름다운 사람들이 아닌가!


## 민병련장의 신세는 언제 갚아야 하나

대암촌에서의 3년 생활, 한 어르신의 이야기를 마저 하지 않고는 이 글을 끝맺을 수 없다. 지금은 어디에 살고 있는지 모르지만 이름은 윤두천, 그때 대암대대 민병련장을 맡아했었다. 윤두천 민병련장이 아니었더라면 셋째형과 나는 군에 갈 수 없었을 것이고 우리 형제에게는 오늘이 없었을는지도 모른다.

그 시절 농촌의 탈출구는 추천을 받고 공농병학원으로 대학에 가는 길과 군에 가는 길밖에 없었다. 가끔 도시의 노동자로 추천을 받을 수도 있었지만 전반 나라경제가 파탄의 변두리를 헤매고 있을 때라 일자리는 많지 않았다.

대암촌에는 상해에서 온 지식청년들도 수십 명 있었는데 맘씨 고운 촌민들과 촌간부들은 그들만을 추려서 공농병학원으로 대학에 보냈다. 그래서 우리 본토박이 지식청년으로 놓고 말하면 농촌을 벗어나 출세하는 길은 군에 가는 길밖에 없었다.

기회는 준비된 자에게 차례지는 법, 1971년 연변군분구에서 특수병종(特殊兵種)을 모집하게 되었다. 특수병종이라 해야 축구, 농구, 배구 같은 운동을 잘 하는 청년들을 물색해 뽑아 가는데 그중에 번역인재도 포함되어 있었다. 셋째형은 워낙 총기가 좋고 부지런해서 소학교, 중학교를 모두 수석으로 졸업한 수재였다. 농촌에 간 후에도 손에 잡히는 대로 책을 읽으며 독학을 해서 대암촌의 박사로 불렸다. 촌민들의 편지를 대필해주는 일은 더 말할 나위 없고 대암촌에서 한어로 써야 하는 보고문이나 공문은 거의 도맡아 집필했다. 셋째형 앞에서는 상해에서 온 청년들도 무색해졌다. 번역인재를 물색한다니 윤두천 민병련장은 덮어놓고 셋째형을 추천했다.

그 무렵 진보도자위반격전이 일어나면서 중소관계가 긴장해졌고 급작스럽게 특수병종을 뽑았으므로 셋째형은 하루아침에 누운 소 타기로 군에 들어갈 수 있었다. 셋째형은 연길무장부에서 군복을 타가지고 집에 와서 바꾸어 입고 갔는데 부모님과 형제들이 배웅을 하고 돌아와 본즉 구들에 개미 같은 벌레가 종횡무진으로 기어 다니고 있었다.

"오동지섣달에 이게 웬 개미냐?"

하고 어머니가 한 놈 잡아보니 그건 개미가 아니라 보리알만한 이였다. 구들이 따뜻하니까 셋째형이 벗어놓은 옷이며 내복이며 팬티에서 이들이 얼씨구 좋다 하고 벌벌 기어 나왔던 것이다.

우리 형제들이 바삐 빗자루를 들고 이를 쓸어 모으는데 어머니는 셋째형의 옷을 그러안고 하염없이 눈물을 흘렸다. 공사장에서 목욕 한 번 해보지 못하고 밤이나 낮이나 단벌옷을 입고 일하고 뒹굴었으니 어찌 이가 득실거리지 않을 수 있으랴. 어쨌거나 나는 형이 두고 간 옷이며 신발을 물려받을 수 있어 군에 가기까지는 여벌이 생겨서 좋았다.

각설하고 1972년 말 내가 군에 들어갈 때는 사정이 달랐다. 2년 남짓이 농촌에 있었으니 군에 갈 자격은 되었지만 아버지의 역사문제가 내 가슴에 걸렸다. 황차 특수병종이 아니라 보통병종(普通兵種)이라 심사는 늦장을 부리며 까다로운 절차를 다 밟았다. "유일성분론"이 살판을 칠 때라 뭐니 뭐니 해도 출신성분이 좋아야 했고 사돈의 팔촌까지 청백해야 하였다.

그런데 평양 출신인 우리 아버지는 18살 젊은 나이에 혈혈단신으로 중국 봉천(지금의 심양)에 들어와 그야말로 산전수전 다 겪으면서 무진 고생을 했는데, 자동차 운전기술을 배우기 위해 얼마간 위만주국 자동차부대에 들어가 있은 적 있었다. 그런데 해방 후 이게 큰 문젯거리로 되었다. 아버지는 해방되자마자 자초지종을 조직에 교대했고 일반역사문제로 낙착이 되었지만 여러 가지로 괴로움을 당했고 우리 자식들도 '문화대혁명' 때 홍위병에 들기도 어려웠다.

나는 입오신청서(入伍申請書)를 받아놓고 아버지의 역사문제를 적을까 말까 반나절이나 망설였다. 일단 적어놓기만 하면 군에 갈 수 없을 것은 불 보듯 뻔했다. 셋째형이 탈 없이 군에 들어간 걸 보면 아무래도 윤두천 민병련장을 찾아가면 뾰족한 수가 생길 것 같았다.

이튿날 새벽에 나는 마을사람들의 눈을 피해 조용히 윤두천 민병련장네 댁을 찾았다. 찾아온 사연을 말씀드리고 속이 한줌만 해서 하회를 기다린즉 윤두천 민병련장은 굵직하게 담배를 말아 입에 물고 나서 득 성냥가치를 그어 불을 붙이더니

"군에 가는 게 어디 부귀영화를 누리려 가는 거요? 나라를 지키기 위해 가는 거지. 말하자면 젊은 피를 뿌리려 가는 건데 괜히 묵어 빠진 부모님 일까지 쓸 건 뭐요? 잘 왔소. 어서 아침이나 먹기우."
하고 껄껄 웃었다. 내가 마지못해 밥상에 앉은즉 윤두천 민병련장은 서둘러 부인더러 계란을 지지게 하고 바깥에 나가더니 움에 들어가 김이 문문서리는 김치를 꺼내왔다. 그때 윤두천 민병련장의 두 아들애는 밥상에 매달려 "삼촌, 삼촌" 하고 재롱을 부렸는데 그야말로 툭 털면 먼지밖에 없었던 나는 단돈 1원 쥐어주지 못했다.

군에서 돌아온 후 대암촌에 인사 차 찾아갔지만 윤두천 민병련장은 보이지 않았다. 연집공사에 가서 삼림관리소를 맡아본다고 누군가 알려주었다. 아무 때든지 만나면 큰절을 올리고 잘 대접을 해야지 하고 나는 별렀다. 그 후 대암촌 사람들은 이런저런 일로 자주 나를 찾아왔다. 하지만 윤두천 민병련장은 단 한 번도 나를 찾아오지 않았다. 아무튼 윤두천 민병련장의 깊은 궁량과 용단이 아니었더라면 우리 두 형제는 초년에 된서리를 맞고 쓰러졌을지도 모른다. 이 지면으로나마 깊은 감사를 드린다.

어언간 35년의 세월이 흘렀지만 대암촌의 종소리는 오늘도 내 귓전에 뎅경뎅경 들리는 것 같고 이미 작고하신 장임송 대장, 술고래 김은식 대

장, 그리고 우리 형제의 오늘이 있게 한 윤두천 민병련장의 얼굴을 잊을 수 없다. 집체호의 큰형들인 원수, 철산 형과 친구 동화와도 오래 동안 만나보지 못했다. 동태찌개를 끓여주었던 주련순 누님도 보고 싶다. 우리 모두 허황한 시대를 얼마나 용케 헤쳐 나왔는가.

잘은 모르겠지만, '모우'라는 어르신은 자기의 정치적 적수를 거꾸러뜨리기 위해 수천수만 젊은 세대들의 끓는 피와 열정을 빌어 10년 동안 전대미문의 '문화대혁명'을 강행했고 그 목적을 달성하자 그야말로 토사구팽 격으로 홍위병들에게 '지식청년'이라는 듣기 좋은 이름을 주고 '빈하중농의 재교육을 받아야 한다'는 당위성을 부여해 그들을 농촌에 보냈다. 정치경제학적으로 말하자면 10년 '문화대혁명'으로 황폐화된 국민경제의 붕괴, 이로 말미암은 수천수만 무직자들의 원성을 갈앉히기 위해 그들을 농촌으로 보냈다고 할 수 있겠다.

'모우'라는 어르신의 잘못으로 수천수만의 젊은이들, 특히 나와 같이 뼈도 굳지 않은 사춘기 소년소녀들이 농촌에 가서 갖은 고생을 겪었지만, 초년고생은 금 주고도 못 산다고 그것은 분명 우리 인생의 귀중한 경험으로, 자산으로 되었다. 그 삼간초옥에서 가졌던 아름다운 꿈과 그 험난했던 시절에 키운 쇠쪽 같은 의지가 있었기에 우리 모두의 오늘이 있었다고 생각한다.

언제 어디서나 인생은 순풍에 돛단 격이 될 수 없는 법, 오직 험난한 파도를 헤가르고 나가야만 행복의 피안에 이를 수 있다.

2008년 8월 20일

# 편집실에 걸렸던 작은 흑판 하나
## —연변인민출판사 창립 70주년을 축하하며

안녕하십니까?

연변인민출판사 창립 70주년을 맞은 이 축제의 마당에 축하의 말씀을 드릴 수 있어 더없는 영광을 느낍니다. 공화국 초창기에 탄생하여 파란만장한 역사의 파고(波高)를 넘어 지식의 보물고로, 우리 언어와 문자의 파수꾼으로, 우리 문화의 아지트로 우뚝 선 연변인민출판사에 영광의 꽃다발을 드립니다.

1976년 3월, 그때만 해도 대학입시가 없었던 시절이라 저는 군복무를 마치고 연변인민출판사 편집실에 배치 받을 수 있었습니다. 3년 동안 민병련장으로 열심히 뛰기는 했지만 책임편집으로 제 이름 석자를 내고 책 한권도 내지 못했습니다. 하지만 연변인민출판사는 저를 키워준 보금자리요, 저의 날개를 굳혀준 푸른 하늘이었습니다.

이 자리에서 저는 편집실에 걸려있던 작은 흑판 하나를 떠올립니다. 출판사에 문자에 밝은 문창덕이라는 중년의 미남편집이 계셨고 교정조는 윤동혁 선생께서 주임을 맡고 계셨는데 전날 교정을 보다가 발견한 비문

(非文)들을 적어 보내오면 편집실장이 그걸 작은 흑판에 반듯하게 적어놓 았습니다. 간략한 설명과 해석까지 곁들여 있어서 우리 같은 초학자들에 게는 큰 공부가 되었습니다. 날마다 출근하면 그 흑판에 적힌 문제를 공부 하는 게 저희들의 일과처럼 되었습니다.

그때 출판사에는 상해대학을 나왔고 신사군으로 일제와 싸웠던, 그리 고 한학과 영어에 조예가 깊은 김현대라는 석학이 계셨는데 대학의 교수 들도 그분 앞에서는 옷깃을 여미고 그분의 말씀을 경청했습니다. 어디 그 뿐입니까? 출판사의 삼총사로 김득순, 오기송, 김호연 선생이 계셨는데 그중 오기송 선생은 모택동저작 4권을 달달 외우는 분으로 소문이 났습 니다. 제가 있던 문예편집실만 보더라도 선후로 주임은 송기영, 허해룡 선 생께서 맡으셨습니다. 일본어를 잘 하는 남상현 선생, 노신의 문학에 일가 견을 가지고 있는 박정일 선생, 문자를 부드럽게 다루는 최유훈 선생이 계 셨고 김성휘, 김태갑과 같은 기라성 같은 시인들도 계셨습니다. 그 외에도 출판사에는 저의 문학계몽스승인 김봉웅, 리원길과 같은 소장편집들도 있었지요.

그때만 하더라도 컴퓨터가 없던 시절이라 우리 젊은이들의 소임은 새 까맣게 고친 원고를 다시 베끼고 정선하는 작업이었습니다. 엎지른 못 그 릇 같은 원고를 원고지에 다시 베끼는 작업은 단조롭고 힘들었지만 그때 비로소 문자에 어섯눈을 뜨게 된 것 같습니다.

저는 2년 남짓이 편집으로 있다가 대학입시가 회복되자 1978년 9월에 연변대학 조문학부에 입학했습니다. 하지만 조간생(调干生)으로 4년 간 출 판사에서 월급을 그대로 받았습니다. 특히 출판사에서 닦은 문자기량과 문학소양이 있었기에 대학시절에 수필과 단편소설을 속속 발표하면서 교수님들의 총애를 받았고 석사, 박사 학위를 취득하고 연변대학의 강사, 부교수, 교수를 거쳐 문과학술위원회 주석 등을 지내면서 열심히 일해 연변대학 와룡학술상, 길림성 고등학교 교학명사(敎學名師), 전국모범교원 등 영예를 지닐 수 있었습니다. 그 동안《중일한문화산책》(공저),《디아스포라의 시학》,《경계의 미학과 창조력》,《김학철문학과의 대화》(공저),《사서오경어록200조》,《중국조선족문학통사》(공저),《중국조선족문학대계》(전20권, 공저) 등 많은 책을 연변인민출판사에서 냈고 20여 년간 연변인민출판사 학술고문 직을 맡고 좋은 책을 선정, 출판하는데 동참해 오고 있습니다.

70년 간, 특히 개혁과 개방 40여 년간 연변인민출판사는 당의 출판 방침과 정책을 모범적으로 지키면서 수많은 조선문도서를 펴내서 조선족독자들의 지적 욕구를 충족시켰으며 우리 말과 글을 지키고 우리 문화를 발전시키는데 마멸할 수 없는 기여를 했습니다. 70년 간 우리 문자로 펴낸 책들의 갈피마다에는 조선족의 이주사, 정착사, 투쟁사, 건설사와 우리 민족의 번영과 발전의 발자취가 역력히 기록되어 있습니다. 또한 조선문으로 번역, 출판한《대중화문고》와 같은 책들을 우수한 중화문화유산을 세계에 널리 알리는 데 크게 기여하였습니다. 그러므로 연변인민출판사의 70년 역사는 우리의 말과 글, 우리의 민족적 정체성을 지켜온 역사이자 확고한 중화민족공동체의식을 가지고 중화민족의 우수한 문화유산을 세계에 널리 홍보한 자랑스러운 역사라 하겠습니다.

최근 중앙민족사업회의에서 습근평 주석께서는 "국가통용문자를 널리 보급하고 각 민족의 언어문자를 과학적으로 보호하며 소수민족언어문자에 대한 학습과 사용을 존중하고 보장해야 한다."고 말씀하셨습니다.

이제부터 우리 출판일군들이 감당해야 할 책임은 더욱 영광스러우면서도 무겁게 되었습니다. 송나라의 대시인 육유(陆游)는 《고순(苦笋)》이라는 시에서 "자고로 빼어난 인재는 비바람 속에서 나온다(人才自古要养成, 放使干霄战风雨)"고 했습니다. 이 시구의 뜻을 우리 시조로 표현해 봅니다.

소소리 높이 자란 대나무를 보아라
저 하늘 끝에서 비바람과 싸우누나
옳거니 자고로 인재는 모진 시련 겪는 법

저는 70년의 자랑스러운 역사를 기록한 우리 연변출판사는 인재를 널리 유치하고 양성해온 아름다운 전통, 즉 '인재전략'을 꾸준히 펼쳐 계속 우수한 편집진을 확보하고 내부로부터 끊임없는 개혁과 혁신을 통해 새로운 발전과 번영을 가져오리라 믿어 의심치 않습니다.

편집실문어구에 걸려있던 작은 흑판 하나, 그것은 영원히 저의 마음속에 소중하게 간직될 것이며 저 역시 미력이나마 견마지성을 다 할 것입니다.

연변인민출판사의 무궁한 발전을 기원합니다.

감사합니다.

2021년 9월 28일

# 인간은 만남으로 자란다
## —대학입시제도 회복 30주년을 기념하여

인간은 만남으로 자란다. 대학생활에 있어서는 새로운 친구와 스승들과 만나게 되고 새로운 책과 학문과 만나게 된다. 이러한 만남을 통해 자신을 부단히 충전하고 새로운 봉우리를 향해 도전을 하는 자만이 삶의 보람을 맛볼 수 있다.

## 대학교와의 만남

사실 나는 대학과는 인연이 없는 줄로 알았다. 중학교 1학년 때에 '문화대혁명'이 일어났고 그 후 3년간 홍위병들의 싸움구경이나 하며 실컷 놀다가 소위 "지식청년"으로 농촌에 내려가 3년 간 농사를 지었다. 군에 입대했다가 출판사에 용케 취직을 해서 견습편집으로 고참 편집들의 다룬 원고를 베껴 쓰기를 3년, 바로 이 무렵에 대학입시제도가 회복되었다.

출판사에는 우리 또래들이 일여덟 명 있었는데, 그때만 해도 대학졸업생이 귀한 시절이라 거개가 농촌에서 5-6년씩 일하다가 추천을 받아 왔거나 군복무를 마치고 운수가 좋게 입사한 젊은이들이었다. 설령 4년 후 대학교를 졸업한다 해도 출판사 같은 좋은 직장을 찾기는 어려울 것이라는 판단에 그들은 대학교 입학시험을 치르려고 하지 않았다.

하지만 나는 엎어놓은 못 그릇 같은 고참 편집들의 원고를 베껴 쓰는 일에 그만 신물이 났다. 그때만 해도 컴퓨터가 없는 세월이라 원고지에 철필로 잉크를 찍어 부지런히 베껴 써야만 했다. 소학교 생도도 아니건만 하루 여덟 시간 또박또박 원고만 베껴야 했으니 재미가 있을 리 만무했다. 고참 편집들이 수정한 원고를 베끼는 작업을 하노라니 차차 문자에 눈을 뜨는 느낌이 들었다. 하지만 이름 석 자를 박은 책임편집으로 되는 길은 묘연하기만 했다.

대학교는 나에게 분명 새로운 세계를 약속해주리라 생각했다. 그리고 가만히 생각해보면 중학교도 완전히 졸업하지 못한 주제에 그냥 허울 좋은 출판사 편집으로 눌러앉아있다는 자체가 낯 뜨거운 일이었다. 나는 아예 잠자리를 출판사에 옮겼다. 퇴근 후면 출판사는 나 혼자만의 천하가 되었다. 걸상들을 맞추어놓으면 훌륭한 잠자리가 되었다. 특히 출판사 자료실에는 안성맞춤으로 중학교와 고급중학교 교과서들이 서가에 꽂혀져 있었고 소가죽만한 대형 중국지도와 세계지도도 있었다.

약 반년 간 죽기내기로 공부했다. 하지만 첫해는 낙방거자의 신세를 면치 못했다. 다시 몇 달 간 불철주야 공부를 했다. 수학은 내 기초가 너무 낮아 유리수의 가감법 하나를 풀고 고작 5점을 맞았는데, 그 대신 《조선어문》, 《한어》, 《역사》 성적이 좋았고 《지리》는 87점으로 연변에서 최고 성적을 따낼 수 있었다. 밤마다 마치 전성사령관이나 된 것처럼 자료실의 괘도(掛圖)를 빌려다 편집실에 걸어놓고 열심히 공부한 보람이었다.

나는 총점 319점으로 연변대학 조문학부에 입학했다. 한편 우리 집에는 셋째 관웅이, 다섯째 철웅이, 여섯째 영웅이까지 네 형제가 한꺼번에 대학에 입학해 대경사가 생겼다. 대학입학통지서 4통이 하루아침에 날아들 때 부모님은 "다 등소평 어른의 덕택이야!" 하며 무등 기뻐했다.

## 친구들과의 만남

대학에 입학한 게 25살 때다. 지금 25살이면 대학 본과가 아니라 대학원과정을 졸업할 나이다. 하지만 내 나이는 학급에서 열서너 번째밖에 아니 되었다. '문화대혁명'으로 10년을 묵은 친구들이, 나이도 신분도 다른 친구들이 한 학급에 편입되었던 것이다.

60명 정원에 여학생은 10명밖에 되지 않는지라 아쉽게도 남녀비례는 실조(失調)인데, 아직 면도칼 신세를 져보지 못한 코밑이 감실감실한 젊은 이들이 있는가 하면 아침마다 온 얼굴에 시허연 비누거품을 일구고 벅벅 면도질을 하는 아기아빠들도 있었다. 술 냄새만 나도 가재걸음을 치는 풋병아리 같은 친구들이 있는가 하면 두주불사(斗酒不辭)하는 술고래들도 있었다.

학급의 좌상은 마흔 고개를 바라보는 태휘(太輝) 형인데, 시골집에 아내와 철없는 아들 둘을 두고 온지라 워낙 주머니사정이 여의치 않아 우리 같은 총각학생들과 어울려 밤낮 술타령을 부를 수는 없었다. 하지만 이왕 맛들인 술을 끊을 수가 없어 술병을 이불 밑에 감추어두고 숙소가 비면 한 모금씩 도둑 술을 마셨다. 이렇게 단작스럽게 놀아서 나이는 제일 많이 먹었지만 좌상 구실은 못했다.

하지만 태휘 형은 공부만은 열심히 했다. 시골집에 두고 온 아들놈들이 쓰다 던진 공책을 가져다가 다시 뒷면에 글을 쓰는데, 워낙 농촌소학교 교사 출신이라 참으로 명필이었다. 잘 여문 콩알 같이 일매진 글체인데, 태휘 형은 교수님의 강의를 거의 기침 소리 하나 빠뜨리지 않고 낱낱이 기록했다. 평소 너무 열심히 강의를 듣고 기록을 하는 태휘 형을 융통성이 없는 양반이라고 비웃는 친구들도 있었지만, 일단 기말이 되면 그의 공책은 학급의 보물로 되어 너도나도 다투어 돌려보았다.

1학년 때 습작학을 배우는데 담임은 최상철 교수였다. 그는 강의도 잘했지만 그 무렵 연변을 찾은 스톡홀름대학 조승복 교수에 대한 방문기를 발표한바 있어 학생들에게 인기가 높았다. 강의가 절반 쯤 나갔을 때 최교수가 인물과 사건을 다룬 산문을 써보라고 하기에 나는 이 궁리 저 궁리하던 끝에 〈산속에 핀 진달래〉란 제목의 글을 써서 바쳤다. 태휘 형을 모델로 하였는데, 산속에 핀 진달래라는 메타포를 구사해 눈먼 시아버님을 공양하고 어린 자식을 키우면서 일편단심 대학생 남편의 뒷바라지를 하고 있는 시골 여성을 노래한 작품이었다. 헌데 이 작품이 최상철 교수의 추천으로 《연변문학》 1979년 제4기에 실리게 될 줄이야! 나는 마치 하늘의 별을 딴 기분이었다.

내 소설의 첫 주인공 태휘 형은 공들여 닦은 지식과 재간을 다 펴지 못하고 일찍이 타계했다. 하지만 대학시절 어학에 반해 복수토 "들"만 연구해 "들박사"로 불렸던 전병선씨, 가끔 술주정을 부려 손아래 학우들의 빈축을 샀던 학급장 엄영준씨, 물 첨벙 불 첨벙 시를 쓰고 소설을 쓰고 민담을 쓰고 인물전을 쓰던 박문봉, 류연산, 리민덕, 리광인씨 모두가 자기가 맡은 분야에서 일가(一家)를 이루었다.

## 대학원입시제도와의 만남

그 무렵 조문학부에는 기라성 같은 교수들이 포진하고 있었다. 세계문학강좌에 정판룡, 허호일, 서일권, 림휘 교수가 있었고 조선문학강좌에 허문섭, 리해산 교수가 있었으며 중국문학강좌에 권철, 김영덕, 김병수, 허룡구, 김제봉, 김종수, 최건 교수가 있었고 습작학강좌에 박상봉, 전국권, 최상철, 김만석 교수가 있었다. 또한 문예이론강좌에 설인, 현룡순, 임윤덕, 김해룡 교수가 있었고 언어학강좌에 최윤갑, 김상원, 김기종, 김해수, 리득춘, 유은종 교수가 있었다.

학부생시절 아쉽게도 정판룡 교수의 강의는 듣지 못했다. 허호일, 서일권, 림휘 교수가 호머로부터 쉐익스피어, 발자크를 거쳐 고리키까지 세계문학사 강의를 했다. 허호일 교수의 강의는 논리성과 분석력이 뛰어났고 서일권 교수의 강의는 격정이 넘치고 제스처가 멋있었으며 임휘 교수의 강의는 마치 유명한 연극배우의 명대사를 연상케 했다. 언변보다는 글재간이 뛰어난 현룡순 교수의 강의는 좀 답답한 대로 실속이 있었고 글재간보다는 언변이 좋은 임윤덕 교수의 강의는 부드럽고 조리가 있었다. 말씀은 어눌하지만 판서(板書)는 일품인 최윤갑 교수의 강의, 무미건조한 언어학을 거의 예술에 가까운 표현력으로 이야기하는 김기종 교수의 강의 또한 얼마나 좋았던가.

학부생시절 술을 즐기고 친구가 많은데다가 2학년 제2학기 결혼까지 했지만 내 성적은 줄곧 학급의 상류에 속했다. 여기에 무슨 비방이라도 있다면 다음과 같다.

첫째, 구슬이 서 말이라도 꿰어야 보배라고 강의를 듣고 독서를 하되 그 내용에 대해 갈래를 나누고 체계를 세워 지식의 저장고에 차곡차곡 채

워둔다.

둘째, 문학은 최종적으로 많이 읽은 자가 이기는 법이니 될수록 문학사에 나오는 명작을 독파한다. 시간이 딸리면 영화로라도 대리 보충한다.

셋째, 문학과 더불어 역사, 철학 서적도 읽음으로써 세계에 대한 보다 포괄적인 지식과 안목을 갖추고자 노력한다.

넷째, 보고 듣고 느낀 바가 있으면 글을 쓴다. 특히 학부생 시절 여덟 번 주어지는 방학을 효율적으로 이용해 습작을 한다.

학부생시절 성적은 좋았지만 대학원과정에 진학할 생각은 별로 하지 않았다. 출판사에 복직할 수도 있었거니와 연변문학과 같은 잡지사에서도 채용하겠다고 했다. 황차 그 무렵 조선문학 관련 대학원생을 받을 수 있는 분은 허문섭 교수 뿐인데 전교에서 2명만을 받는다고 했다. 지원자는 20여 명이니 10대 1의 비례도 되지 않았다. 적어도 출판사에 복직할 수 있는 내가 대학원생 입학시험을 보면 다른 동창생들에게 손해를 줄 것 같아 나는 아예 마음을 비우고 허허롭게 지냈다.

그런데 대학원 입학원서 제출기한을 이틀 앞둔 어느 날, 허문섭 교수가 나를 조용히 불렀다.

"왜 호웅이는 연구생 시험을 보지 않는 거야?"

"지원자가 너무 많아서 걱정이 아닙니까?"

"아무튼 호웅이는 연구생시험을 보라구."

거의 명령조로 말씀하는지라 나는 한 마디 버릇없이 쐐기를 박았다.

"시험은 잘 볼 자신이 있습니다만 꼭 받아주셔야 합니다."

허문섭 교수가 귀띔을 해주는 바람에 나는 부랴부랴 연구생시험을 보았고 한어학부의 관용형과 나란히 2등 안에 들게 되었다. 형제 둘이 1등과

2등을 하게 되자 허문섭 교수도 난감한 표정을 지었고 다른 교수들도 "연구생 둘을 받는데 관웅, 호웅 형제가 다 차지하면 어떡합니까?" 하면서 못마땅한 표정을 지었다. 이때 시비를 갈라준 분이 정판룡 교수다.


## 스승과의 만남

정판룡 교수를 처음 뵌 것은 1964년 겨울 우리 집에서였다.

큰형 봉웅 역시 조문학부를 다녔는데 김일성종합대학에 다닐 생각으로 두만강을 건너 조선에 갔다. 쪽지 한 장을 달랑 남기고 자취를 감추었는지라 우리 어머니가 큰아들을 잃어버렸다고 대성통곡을 했고 평소 우리 집에 잘 놀러왔던 김창락, 한석윤, 유은종 등 학급친구들이 정판룡 교수를 모시고 득달 같이 우리 집을 방문한 것이다.

그때 정판룡 교수는 30대 초반의 젊은 교수였는데, 그는 우리 어머니를 보고 허허 웃으며

"이 집 아들이 어떤 아들입니까? 문학을 사랑하고 톨스토이를 숭배하는 젊은이가 아닙니까? 문학을 사랑하고 톨스토이를 숭배하는 사람은 부모님과 동생들을 버리지 않는 법입니다. 이제 사나흘 지나면 반드시 자기를 참회하고 어머니 곁에 돌아올 겁니다. 제가 봉웅이 어머니 앞에서 장담을 할게요."

하더니 김창락 등 학급 친구들을 둘러보면서

"봉웅이는 이삼일 후 분명 돌아오는 거야. 내가 알았으면 됐어. 호들갑을 떨며 학교에 보고할 건 없어. 봉웅이가 돌아온 후에도 내색을 내지 말고 이전처럼 스스럼없이 지내야 해. 알겠어?" 하고 다짐을 따고 나서

"봉웅이 어머니, 애들이 점심도 먹지 않고 헐레벌떡 쫓아왔으니 점심이나 차려주십시오. 저도 이 친구들에게 잡혀오다 보니 점심을 걸렀거든요."하고 비위 좋게 껄껄껄 웃었다.

정판룡 교수의 말대로 큰형은 이틀 만에 돌아왔고 무탈하게 대학을 졸업하게 되었다. 정말 신기한 일이었다. 그 때 우리 동생들은 토끼처럼 귀를 강구고 문틈으로 정주방의 동정을 살폈는데, 그 때 뵌 정판룡 교수의 준수한 얼굴과 서글서글한 눈매를 잊을 수가 없다. 큰형의 일이 있은 후 우리 형제의 눈에 정판룡 교수는 일개 교수가 아니라 예수 그리스도로 비쳤고 우리 형제들은 정판룡 교수의 말씀을 성자(聖者)의 예언처럼 믿게 되었다.

각설하고 관웅 형과 나의 대학원 진학문제를 두고 교수들 사이에 의논이 분분한데, 나중에 형제 둘을 다 입학시키기는 어려우니 동생인 호웅이가 양보는 게 좋겠다는 의견으로 가닥이 잡혔다. 최후로 정판룡 교수의 의견을 물었는데, 유머에 능하고 메타포를 잘 구사하는 정판룡 교수는 서둘러 의견을 내놓지 않고 이런 이야기를 하더란다.

"〈영원히 대오를 따라서〉라는 소련소설을 본 생각이 납니다그려. 독소전쟁 때 사령관을 지냈던 한 장군이 전쟁을 끝내고 마흔에 첫 보선으로 대학 문에 들어섰지요. 헌데 새처럼 날렵하게 교단에 올라서는 젊은 교수를 보니까 전쟁할 때 통신병으로 지냈던 친구란 말입니다.

한편 젊은 교수도 교수안을 펼쳐놓고 휙 좌중을 들러보다가 하마터면 기절초풍을 할 뻔 했지요. 조석으로 모시던 사령관께서 학생복 차림으로 교실 뒤쪽에 단정하게 앉아있는 게 아니겠습니까? 통신병 출신의 젊은 교수는 무슨 정신으로 강의를 마쳤는지 모릅니다. 강의를 마치자 다른 학생들은 우르르 문밖으로 나가는데, 젊은 교수는 허둥지둥 뒤쪽으로 달려와 장군에게 꾸벅 인사를 드리고 '죄송합니다'를 연발했지요. 그러자 장군이 일어서면서 하는 말씀이 뭐겠어요.

'전쟁터에서는 내가 사령관이고 자네가 통신병이었지만 평화시대에는 자네가 교수고 나는 학생인 거야. 영원히 대오를 따라가자면 각자의 위치가 바뀔 수 있는 거야. 다음 시간부터는 분명 교수답게 당당한 모습으로 강의하라구!'

학문에는 선후의 차별이 없고 성적 앞에서는 누구나 평등한 법이요. 공부하는 데 형제간이면 어떻고 부자간이면 어떻단 말이요? 다 자기 몫이란 말이요. 성적 순위대로 합시다."

쾌도난마(快刀亂麻)란 말을 바로 이런 때 쓰는 게 아닐까? 정판룡 교수의 메타포 한 마디에 중구난방으로 떠들던 교수들 모두가 수긍했고 관웅 형과 나는 나란히 4년간의 대학생활을 마치고 대학원생이 될 수 있었다. 1982년 초봄의 일이다.

세월은 유수와 같다더니 어느덧 대학 문에 들어선 지도 30년이 된다. 우리에게 인생과 학문의 길을 가르쳤던 허문섭, 정판룡, 권철 등 교수님들도 하늘나라에 갔다. 그 대신 우리가 그분들이 물려준 교단에 서서 후학들을 가르치는 입장이 되었다. 여러 스승들을 본보기로 늘 옷깃을 여미고 연구와 강의에 임해야 하리라 생각한다. 그리고 더욱 새로운 만남들이 내 인생을 풍요롭게 하리라 생각한다.

2007년 10월 20일

# 우리 집 한복 이야기

　나도 어느덧 칠순을 바라보는 나이가 되었다. 하지만 요즘은 장가드는 기분이다. 우리 안사람이 하루건너 무용교실에 나가기 때문이다. 대체로 아침밥은 운동 삼아 내가 하기 마련이다. 무용교실에 나가는 날이면 안사람은 대충 내가 해놓은 밥을 먹고 목욕을 하고 경대에 마주앉아 이리저리 파마머리를 빗질하고 입술이며 얼굴이며에 연지곤지를 살짝 바른다. 그리고 미리 준비해 둔 한복을 가방에 넣어가지고 바깥에 나가 드르릉— 자가용을 몰고 가는데 출근하는 샐러리맨들보다 더 바쁘다. 하지만 나는 안사람이 한복을 입고 춤을 추는 장면은 1980년 2월 나를 만나서 결혼식을 할 때, 그리고 10여 년 전 아들딸의 결혼식에서 잠깐 보았을 뿐이다.

　처음에 나는 아들딸에 손자를 셋이나 둔 어머니요, 할머니인 사람이 환장을 해도 단단히 했구나 하고 속으로 코웃음을 쳤다. 하지만 다이어트가 되고 젊어지는 것 같고 마음이 즐겁다고 하기에 모르는 체 하였다. 그저 안사람이 나간 후면 텅빈 집안에 걸려있는 여벌 한복을 보면서 혼자 시무룩하게 웃을 뿐이다.

　우리 민족의 옷을 노래한 시 가운데 조지훈의 〈승무〉와 김광균의 〈설야〉가 백미이다. 조지훈은 "이 밤사 귀또리도 지새는 삼경인데/ 얇은 사 하이얀 고깔은 고이 접어서 나빌레라" "소매는 길어서 하늘은 넓고/ 돌아 설 듯 날아가며 사뿐히 접어 올린 외씨보선이여!" 하고 노래했고, 김광균 은 "어느 곳의 그리운 소식처럼/ 한밤에 소리 없이 흩날리는 눈"은 "머언 곳에 여인의 옷 벗는 소리"라고 했다. 참으로 두 시인의 섬세한 감수성과 빼어난 상상력에 놀라지 않을 수 없다. 요즘 시조나 쓴답시고 떠드는 나지 만 이런 시들을 보면 팍 기가 죽는다.

수필과 소설의 경우에는 산전수전 다 겪으면서 가정을 지키고 자식들 과 남편을 보살펴온 여인들의 삶을 그린 문창남의 〈연변의 인심〉이나 〈동 집게〉, 리선희의 〈천 마리의 학〉도 좋거니와 림원춘의 〈몽당치마〉나 리원 길의 〈두루미 며느리〉도 좋다. 하지만 한국 서울대 교수요, 국립박물관 관 장을 지낸 바 있는 김원용 선생의 〈치마〉가 압권이라 하겠다. 이 작품의 줄거리를 추려보면 이러하다.

선생께서 어느 날 집에 돌아가 옷을 벗으려고 의걸이를 여니까 부인 의 치마가 몇 개 걸려 있었다. 모두 값싼 치마들이라 어딘지 초라하고 삶 에 찌든 부인의 모습과도 같아 연민의 정이 일어났다. 선생은 양복바지 위 로 치마 하나를 두르고 끈을 매여 보았다. 거울을 보니 꼭 머리 깎은 미친 년 같아 웃음이 저절로 튀어나왔다. 옷은 옷인데 아래가 훌렁훌렁해서 입 은 둥 만 둥 하며 하반신 전부가 노출된 것 같았다. 이런 옷을 입고 거리 를 활보할 수 있을까. 선생은 이 옷 같지 않은 옷을 걸치고 다리 하나를 슬 쩍 들어 보았다. 도무지 막을 곳이 없는 옷이다. 무방비 상태에 놓여있는 듯한 허전한 느낌이 든다. 이런 옷을 입고 다니니까 남자에게 점령당하고 남자들에게 눌려서 일생을 보내는 것 같다.

이 작품이 여기서 끝났다면 김원룡 선생도 페미니스트들이 들끓는 서울바닥에서 맞아죽기 십상일 것이다. 하지만 선생은 슬쩍 말머리를 돌린다. "내가 지금부터 처가 되고 처가 나의 남편이 되고 내가 앞으로 죽을 때까지 이 치마를 이렇게 걸쳐 입고 살아야 한다면 어떻게 될까?" 하고 말이다. 선생은 웃음을 멈추고 숙연한 마음이 되어 거울 앞에서 부동의 자세가되었다. 여자의 치마에 맺힌 슬픈 사연들이 얼마나 많을까. 얼마나 많은 눈물들이 이 치마를 적셔 왔을까. 이 치마 밑에서 아이가 나오고 이 치마 위에서 아이가 자라고 이 치마에 젖은 손을 닦으며 인생을 끝마치는 여자들, 그 모든 슬픔들을 여자의 치마는 덮어주고 가려준다. 내가 만일 여자가 된다면 제일 무서운 것이 아이를 낳고, 보기 싫은 남편을 섬기며, 아침저녁으로 부엌에 나가서 식사를 마련하는 일이 아닐까 생각한다. 부엌에 들어가 보면 빈 솥과 빈 그릇밖에 없는데 그 속에서 어떻게 밥이 나오고 반찬이 나오는지 상상할 수 없다. 그런데 부인은 그 부엌에서 왔다 갔다하더니 밥상을 차려온다. 참으로 위대하고 신기한 일이 아닐 수 없다. 선생은 "나는 여자가 되고 아내가 되어도 그런 신업(神业)은 못해낼 것 같다"고 하면서 부인의 치마를 입고 빈 방에 혼자 서서 남자로 태어나고 남편으로 된 기쁨을 스스로 느끼지 않을 수 없었다. 그리고 "미안합니다!" 하며 부인을 대하는 것처럼 거울 안의 나를 향하고 깊은 절을 하였다고 한다. 여성에 대한 깊은 동정과 이해, 그리고 감사의 마음을 해학적이고 유머러스한 이야기를 통해 설파한 재미있는 작품이라 하겠다.

이상에서 사례로 든 작품들도 좋지만, 그래도 이어령 선생이 20대 후반에 창작, 발표해 서울의 지가(纸价)를 한껏 높이고 우리《연변문학》에도 연재된 바 있는《흙속에 저 바람 속에》가 제일 좋을 것이다. 선생은 이 저서에서 우리 옷의 미를 설득력 있게 설명한다.

우선, 옷은 몸을 감추면서도 드러내 놓는 데에 그 아름다움이 있다고 했다. 특히 여성의 옷이 그렇단다. 중세 서양의 '로브'나 일본의 '기모노'는 한복에 비해 지나치게 복잡하고 부자연스러운 감을 준다. 옷이 인체의 선을 죽이기 때문이요, 사람이 아니라 옷에 먼저 눈이 가기 때문이다. 그러나 우리 옷의 경우에는 의상미와 육체미가 각각 분리되는 것이 아니라 서로 융합되어 비로소 하나의 미를 이룬다. 몸을 완전히 드러낸 것도 아니고 완전히 감추어버린 것도 아니다. 얇은 모시적삼으로 얼비치는 싱싱한 육체의 탄력이 바로 그런 것이요, 허리를 감고 흐르는 치마의 선이 바로 그런 것이다. 이어령 선생은 아래와 같은 민요를 례로 들었다.

모시야 적삼 앞섶 안에
연적 같은 저 젖 보라
많이야 보고 가면 병 되나니
손톱만치 보고 가소

농부들이 모를 심으면서 부르는 민요이다. 이 민요에서 보는 바와 같이 한복의 육감성과 그 매력은 '비키니족'의 그것처럼 노골적인 것이 아니라 안타깝고 은근한 데 있다. 단원 김홍도의 풍속도에서도 알 수 있듯이 저고리가 짧아 치마와 적삼 사이로 겨드랑이의 하얀 살결이 약간 드러난다. 그래서 옛날 고리삭은 샌님들은 그것을 복요(服妖)라고 하면서 눈살을 찌푸렸다.

다음으로 한복은 옷고름이 아름답다고 했다. 길게 드리워 바람에 날리는 옷고름, 그것은 단추처럼 실용적인 구실만 하는 게 아니다. 매고도 남는 그 긴 옷고름은 하늘을 향해 나는 선녀를 연상시킬 만한 비상(飛翔)의 율동감을 준다. 서양의 천사는 날개를 달고 있지만 동양의 선녀는 훨훨 나부끼는 옷자락의 리듬으로 그것을 대신한다. 그 편이 날개보다 훨씬 더 나는 것 같은 이미지를 준다. 따라서 우리의 옷고름과 치맛자락은 하나의 날개라고 하겠다. 지상의 현실을 박차고 아슬아슬한 천공의 푸르름을 꿈꾸는 모습, 부자유와 억압을 한 몸에 지니고 살아야만 했던 수난 많은 이 땅의 여심(女心)은 한 마리 새처럼, 나비처럼 천상으로 날아오르고 싶었던 것이다. 그 무의식 속에 잠재된 비상의 의지가 결국은 오늘의 그 저고리와 치마와 같이 의상이 되어 그네들의 상처를 감싸준 것이 아닐까.

이어령 선생의 명쾌한 분석과 결론에 나는 완전히 동감한다. 특히 여성 한복은 세계적으로도 그 아름다움을 인정받는다. 직선과 곡선이 어우러져 화려하고도 단아한 자태를 풍기는 치마와 저고리는 우리 고유의 전통 의상이다. 팔을 끼워 넣어 입는 저고리는 상체를 작게 보이게 하고 허리에 감아 입는 치마는 하체를 풍성하게 보이도록 만들어 균형을 잡아준다. 하기에 한복은 우리 민족 여성들의 체형에는 물론이요, 그 어떤 나라 여성들의 체형에도 무난하게 어울린다.

이러한 한복의 미학을 어느 정도 알고 입는지 모르겠지만 연길시의 수십 개의 무용교실에서 수많은 여인들이 한복을 입고 열심히 춤을 춘다고 한다. 그 중의 3분의 2는 한족을 비롯한 다른 민족의 여인들이라니 더더욱 놀랍고 신기한 일이다. 물론 다른 민족들은 입고 벗기가 편하고 몸을 넉넉하게 감싸주는 풍성함이 체형의 결점도 가려주기 때문에 한복을 입는지 모르겠다. 사실 그렇다. 중세의 서양 의상 로브나, 머리 부분과 목 부분을 가리는 무슬림의 히잡, 일본의 기모노와 중국의 치포를 입고는 도무지 훨훨 천공을 나는 새처럼, 나비처럼 춤을 출 수 없다. 아무튼 연길시의 무용교실에 나가는 여성들을 보면 1인 당 평균 두세 벌의 한복을 갖고 있는데 한 벌에 싸야 300원, 엔간히 좋은 것이면 7, 8백 원씩 한다고 한다.

내 머리에 조금 남아있던 가부장제의식을 확 털어버릴 수 있게 결정적인 계기를 만들어준 것은 연변군중예술관에 근무하는 나의 제자 김호씨다. 그는 우리 안사람을 무용교실에 추천했을 뿐만 아니라 핸드폰으로 춤을 추는 장면을 찍어 보내왔다. 흰 저고리에 옥색 치마를 입고 빙글빙글 돌아가는 우리 안사람, 그야말로 한 마리 새와 같고 나비와 같다. 더욱이 긴 소매를 떨치며 돌아설 듯 날아가며 사뿐히 접어 올린 외씨보선은 내 혼백을 다 빼앗아 가고 말았다. 내가 언제 이런 아름다운 여인과 살았던가. 그대로 절세가인 성춘향이 아닌가. 그렇다면 나는 이도령이다!

각설하고 이제 코로나가 끝나면 서울 명동의 최고 한복가게에 가서 집 사람의 한복 한 벌과 내 한복 한 벌을 사가지고 돌아오리라. 내 한복까지 맞추고자 하는 이유는 다음 글에서 고백하리라. 그리고 아들과 며느리, 딸과 사위 그리고 세 손주가 보는 마당에 안사람에게 정중히 선물을 하리라. 이제 노인절이 오면 남들이야 뭐라고 하든지 우리 내외가 한복을 입고 저 연길공원에 나가 너울너울 춤을 추리라.

그때 내 사랑하는 제자 김호씨를 부를 터이니 사진 한 장 더 찍어 주기 바란다. 술은 내가 한잔 근사하게 사리다.

2022년 임인년 정월 보름에

제2편

# 대학교에서의 만남

1994년 여름, 삼합에서 정판룡, 동훈 선생님을 모시고

# 주덕해의 일화

1962년이면 필자가 10살이 되던 해이다. 그해 9월 3일 열길공원 운동 장에서 펼쳐진 연변조선족자치주 창립 10주년 경축대회에 씨름구경을 갔다가 스무 살 미만의 약관의 나이에 우승을 한 마동일에게 황소 고삐를 넘겨주는 주덕회 주장과 연길시민들과 함께 너울너울 춤을 추는 그이의 모습을 처음 뵌 적 있다.

그렇지만 《김학철평전》,《교육가 림민호평전》,《정판룡평전》을 쓰면서 여러 자료들을 읽어보고 원로들의 이야기를 듣는 가운데 주덕해 주장의 전설 같은 일화들을 접하게 되었고 더더욱 그분을 존경하고 흠모하게 되었다. 오늘은 주덕해 주장의 몇 가지 일화를 가지고 그이의 소신과 철학, 아량과 지혜를 되새겨보고자 한다.

1949년 2월 1일《동북조선인민보》에 학생모집 공고가 나갔다. 위만주국시기 4년제 중학교 졸업생이나 현재 고급중학교 1학년을 마친 조선인 청년들 가운데서 입학시험을 보아 합격된 자를 신입생으로 뽑기로 한다고 하였다. 흑룡강 상지조선족중학교 3학년에 다니던 정판룡, 림성극, 전송림은 바로 이 공고를 보고 각자 어머니가 만들어준 시루떡을 싸서 들고 연길로 달려갔다.

세 젊은이가 지금의 연변일보사 자리에 있는 대학준비위원회를 찾아갔더니 머리가 좀 벗어진 림민호 부교장이 맞아주었다. 세 친구가 각자 자기소개를 하고 나서 불원천리 찾아온 이유를 말씀드리자 림민호 부교장은 세 젊은이를 번갈아 보더니

"자네들 지금 몇 살인가? 중학교 3학년에 다니는 학생은 시험자격이 없어. 고급중학교까지 졸업한 후에 대학에 들어오는 법이야. 고급중학교를 마치고 다시 와서 입학시험을 보게."

하고 꽤나 무뚝뚝하게 말씀했다. 림성극과 전송림이 정판룡을 보고 난색을 짓는데, 정판룡이 한 걸음 나서서 우리 민족의 대학이 섰기에 첫 대학생이 되고 싶다는 것과 초급중학교는 졸업하지 못했지만 지난 겨울방학에 고급중학교 1학년 과목들을 다 공부했다는 것, 그리고 입학만 시켜주면 공부를 잘 할 것이라고 또박또박 말씀을 드렸다. 하지만 림민호 부교장은 설레설레 고개를 저었다.

림민호 부교장의 집무실에서 쫓겨나온 세 젊은이는 어떻게 할까 궁리했다. 림성극과 전송림은 그야말로 낙태한 고양이 상이 되어 푹 고개를 떨어뜨리는데 정판룡이 둘의 어깨를 꽉 틀어잡고 말했다.

"귀뺨을 맞아도 은가락지 낀 손에 맞으라고 했어. 주덕해 동지를 찾아가자구!"

주덕해는 조선의용군 제3지대 정위로 있을 때 몇 년간 하얼빈에 있었다. 그래서 '북만지역'의 조선인들은 주덕해를 잘 알고 있었다. 정판룡네 또래들도 주덕해 정위를 직접 뵙지는 못했지만 어른들의 이야기를 들어서 조금은 알고 있었다. 주덕해 정위를 찾아가면 꼭 입학시켜 줄 것 같았

다. 셋은 여기저기 수소문해 가지고 연변의 제1책임자인 주덕해 정위를 찾아갔다.

"주 정위님, 저희들은 상지현 하동촌에서 왔습니다. 아직 초급중학교를 졸업하지 못했지만 대학에 입학만 시켜주시면 반드시 공부를 잘할 겁니다. 주 정위님도 하얼빈에 계셨지 않았습니까? 좀 도와주세요!"

정판룡이 선코를 떼자 림성극과 전송림도 미리 약속한 대로 가세를 했다.

"입학시켜줄 때까지 날마다 정위님 집무실에 와서 청소를 하면서 기다릴 겁니다."

주덕해 정위는 너무나 어이가 없어

"허허, 이놈들 비위가 노래기 회 쳐 먹겠네!"

하면서도 림민호 부교장에게 전화를 걸었다.

"머나먼 '북만'에서 공부를 하겠다고 여기까지 부득부득 찾아왔으니 얼마나 기특합니까! 이런 진취심이 있는 청년들이 많아야 합니다. 만약 시험자격을 줄 수 없다면 아예 시험을 보지 말고 입학시킵시다. 공부를 따라가면 그냥 두고 따라가지 못하면 도로 보내는 게 어떻겠습니까?"

림민호 부교장도 동의하는 모양인지 주덕해 정위는 송수화기를 놓고 세 젊은이를 보고

"공부를 잘해야 해. 공부를 따라가지 못하면 도로 잡아서 돌려보낼 거야."

하고 껄껄껄 웃었다. 세 친구는 꾸벅 절을 하고 "만세!" 하고 환성을 지르면서 뛰어나왔다. 이렇게 열여덟 살 나이에 주덕해 교장 덕분에 시험을 보지 않고 연변대학에 입학한 정판룡이 개천에서 용이 나고 왕후장상에 씨

가 따로 없다고 연변대학 명교수, 저명한 학자, 사회활동가로 된 일은 세상이 다 아는 일이다.

리희일(李羲一, 1918-) 선생은 '북만'에 있을 때부터 주덕해정위의 수하에서 일하면서 각별한 총애와 신뢰를 받았고 연길에 있었던 동북조선인민보사 사장을 거쳐 오랫동안 연변대학 당위서기를 지낸 분이다. 그는 회고록《숨차게 걸어온 길》에서 주덕해주장이 로기순 박사의 장례식에 참가했던 이야기를 전하고 있다.

로기순(卢基舜, 1893-1957) 박사는 연변을 대표하는 명의로서 그가 생명이 위급한 환자들을 구한 일은 너무 많아서 이루 다 말할 수 없다. 로 박사는 과학연구와 인재양성에서는 더없이 깐깐하고 엄격한 분이지만 일상생활에서는 더없이 부드럽고 친절하고 유머러스한 분이었다. 그는 바둑과 장기, 술을 특별히 즐겼다. 짬만 나면 동네의 노인들과 장기를 두었고 주덕해주장과도 장기를 두었다. 로박사와 주덕해 주장은 그 레벨이 막상막하여서 좀처럼 승부가 나지 않았다. 또한 로박사는 밥을 술에 말아 먹는다는 말이 떠돌 정도로 이름난 애주가였다. 병원에 입원해서도 술병을 옆에 놓고 두어 모금씩 마시곤 했다. 그가 술을 마시는 습관은 좀 특이했는데 언제나 끓여서 식힌 물에 술을 타서 마셨다. 평소에 술을 물에 섞어 컵에 담아 책상 위에 놓아두었다가 손님들과 이야기를 하면서 차물을 마시듯 두어 모금씩 마시곤 했다. 그래서 방안에는 언제나 향긋한 술 냄새가 은은하게 풍겼다. 동료들은 술에는 장사가 없는 법이니 신체를 돌봐서라도 술을 좀 적게 마시라고 권고하였다. 그러면 로 박사는 "나는 식사량이 적기 때문에 술로 부족한 칼로리를 보충하거든요." 하고 껄껄껄 웃곤 하였다.

주덕해 주장은 연변대학 의학원 원장인 로기순 박사를 아주 존중하고 신뢰하였다. 1950년대 초에 로기순 박사에게 연변지방병조사조 조장을 맡겨 여러 가지 병의 근원을 조사하고 효과적인 방법을 대서 극산병, 토질병, 갑산성종, 대골질병 등 지방병들을 통제하게 하기도 하였다. 1957년 초부터 로 박사가 병이 위중하여 입원치료를 받을 때 주덕해 주장은 여러 번 병원에 찾아가 위문하였다. 로 박사가 1957년 6월 7일 세상을 뜨자 주덕해 주장은 로 박사의 장례를 장중하게 치르라고 연변대학에 지시하였다. 그래서 로 박사의 영구는 우리 민족의 전통적인 장례풍습에 따라 상여에 실어 발인하게 되었는데 주덕해, 요흔, 전인영, 김명한 등 자치주 지도자들이 상여에 맨 검은 띠를 들고 앞에서 걸었다. 상여가 큰 거리에 나타나자 검은 띠를 들고 나선 주덕해 주장에게 시민들은 경의의 눈길을 보냈다. 그런데 이 일을 두고 '자산계급지식인'에 대해 예를 다해 존경하는 것은 '우경'이라고 비난하는 사람들도 있었다. 이에 대해 주덕해 주장은 다음과 같이 떳떳하게 말했다.

"당중앙, 모주석과 주총리께서는 지식인을 존중하고 관심하라고 지시하였소. 로 박사는 나라를 사랑하고 중국공산당과 사회주의를 옹호하였소. 그는 인민의 질고를 염려하여 필생의 정력을 인민의 건강을 지키는데 바치지 않았소?! 이런 지식인에게 우리가 애도의 뜻을 표하는 게 뭐가 잘못되었단 말이요…"

1957년이면 정직한 지식인들을 우파로 잡아넣던 반우파투쟁이 전국적인 범위에서 무섭게 일던 때였다.

요즘 채영춘의 칼럼 〈주덕해의 민중관〉을 잘 읽었지만, 주덕해의 아량과 지혜, 그 관후한 성품에 대해서는 김학철의 잡문 〈주덕해의 프로필〉에서도 볼 수 있다.

주덕해, 최채, 배극 선생은 가끔 김학철 선생네 댁에 모여서 장기를 두었다. 그들은 다 술에 대하여 별로 흥미를 느끼지 못했지만 담배는 김학철을 빼놓고 다 골담배군들이었다. 그래서 장기를 두게 되면 언제나 1대3으로 어울리게 되는데 1은 주덕해이고 3은 최채, 배극, 김학철이었다. 이건 《삼국연의》에서 유비, 관우, 장비가 여포와 맞붙은 형국이나 다름이 없었다. 주덕해주장의 장기수가 세 사람에 비해 월등히 세기 때문이었다. 최채와 김학철 선생은 겨우 뗘이나 알 정도이고 배극 선생은 제법 괜찮게 두는 축이었다. 하지만 수가 아무리 세다 하더라도 두 눈이 여섯 눈을 당해 내기는 어려운 일이었다. 최채와 김학철 선생이 양옆에 붙어 앉아서 배극 선생을 자꾸 뚱겨주면 주덕해 주장은 다급해나서 두 손을 홰홰 흔들고 장기판을 가리키며 "말할 내기 없어, 말할 내기 없어!" 하고 훈수를 들지 못하게 하였다. 그러다가 상대편의 말을 따 먹을 때는 신이 나서 '식사!', '에라 또 하나 식사!' 하고 창(唱)을 지르듯이 하였다. '식사'는 원래 김학철이 발명한 말인데 다들 감염이 되어서 장기판에 둘러앉으면 '식사' 소리를 노상 입에 달고 있었다. 이어서 김학철은 주덕해 주장을 두고 관후한 성품의 소유자요, 장자의 풍도가 있는 정치가라고 하면서 다음과 같이 말한다.

"…타고난 천성인지 수양의 힘인지 그것까지는 잘 모르겠지만 그는 장자의 풍도가 있는 정치가였다.

내가 농촌에 생활체험을 나갔을 때의 일이다. 어느 농민의 집에서 무슨 제사를 지내는데 온 마을 사람들이 다 일은 안하고 그 집에 모여서 북적북적하는 중에 당지부 부서기란 사람까지 한 몫 하는 것을 보고 나는 속으로 대단히 못마땅하게 여겼다.

'들일이 바쁠 때 저게 뭐람!'

이튿날 나는 전위에 돌아와서 주덕해 동지에게 이 사실을 반영하였다.

'일들 안 하고… 그게 뭡니까? 더구나 군중의 선봉에 서야 할 당지부 부서기란 게?'

나의 말을 다 듣고 난 주덕해 동지는 빙그레 웃고 나서 타이르듯 말하는 것이었다.

'지금 농민들이 다 배에 기름기가 부족하단 말이요. 무어 먹는 게 있어야지! 그런 무슨 잔치나 제사 같은 때 겸사겸사 한번 모여서들 먹는 거지… 먹이진 않구 자꾸 일만 하랄 수는 없거든.'

나는 머리가 아주 깡통은 아니니까 그 말뜻을 근량대로 다 받아들였다. 그래 인제 잘 알았다는 뜻으로 고개를 끄덕끄덕하였더니 그는 진일보 나를 일깨워주는 것이었다.

'지금 농촌에서 사사로이 술을 빚어먹는 걸 법으로 금하지만… 그것도 너무 융통성 없이 금할 수는 없단 말이요. 농촌 늙은이들이 막걸리동이나 담가놓고 컬컬할 때 한 복주깨(주: 놋그릇의 뚜껑) 떠내다가 부젓가락으로 화톳불을 헤집고 데워먹는 걸 어떻게 말리우? 그 재미로들 사는데! 그런 건 다 어물어물 눈감아줘야 하오. 일반 백성은… 배를 곯리면… 애국도 없거든. 그러니 그들의 어려운 형편을 잘 살펴보고 나서 글을 쓰도록."

당시 이렇게 나를 타일러주던 주덕해의 형상은 세월이 흐를수록 더 내 마음눈 앞에서 커져만 간다. 그는 아무리 어려운 환경에서도 좀처럼 들놀지 않는 무게 있는 볼쉐위크였다.

그리고 주덕해 주장은 투철한 국가관과 민족관을 가진 훌륭한 지도자였다. 1948년 당시 길림성정부 주석은 주보중 장군이었다. 그는 유명한 운남강무학당을 나왔고 중국의 동북과 소련의 연해주에서 장기간 유격전을 벌렸던 군인 출신의 지도자였다. 그는 일찍부터 조선족인민의 민족자치문제에 관심을 가지고 여러 번이나 연변전원공서 전원인 림춘추 동지를 보고 조선족인민들이 민족자치를 실현하자면 많은 민족인재, 특히 여러 방면의 고급인재를 키워야 한다고 일깨워주었고 연변대학의 창설에 전폭적인 지원을 하였다. 림민호 부교장과 박규찬 교무장이 타고 다니던 볼가 승용차도 주보중 장군이 선물한 것이라 한다.

한편 주보중장군은 중공중앙의 위탁을 받고 1948년 12월 길림시에서 연변을 비롯한 동북삼성 여러 지역에 살고 있는 조선족동포의 문제를 논의하기 위해 민족사업좌담회를 소집하였다. 여기서 연변대학 건립문제와 함께 연변의 귀속문제, 건설문제도 논의하게 되었다. 좌담회는 주보중 성장이 직접 사회를 했고 조선족인민의 대표로 연변에서 림춘추, 림민호가 참가하고 하얼빈에서 주덕해가 참가했다. 연변에 살고 있는 조선족동포의 문제를 논의할 때 세 가지 의견이 제기되었는데 좀처럼 좁혀들지 않았다. 림춘추는 연변을 조선에 귀속시켜야 조선족동포의 문제를 근본적으로 해결할 수 있다고 했고 림민호는 소련의 방식대로 연변을 점차 가맹공화국으로 만들어야 한다고 했다. 이 두 가지 의견에 대해 주덕해는 동의하지 않았다.

"연변을 조선에 귀속시키거나 소련식의 가맹공화국으로 만드는 건 모두 연변에 살고 있는 우리 동포들의 역사와 현실에 발을 붙이지 못한 추상적인 생각이고 공론(空论)이라고 생각합니다. 연변의 귀속문제는 중조 두 나라 차원에서 논의해야 할 문제이지, 이 좌담회에서 논의할 문제가 아닙니다. 또한 가맹공화국을 만들자는 건 중국의 국정에 맞지 않을 뿐더러 우리 민족 자체의 발전에도 불리합니다. 우리는 구역자치를 실시해야 합니다. 중국공산당과 중국정부의 통일적인 영도를 받는 구역자치를 실시해야 우리 민족은 편안하게 잘 살 수 있습니다. 연변은 중국의 불가분의 영토이고 미구에 탄생할 중화인민공화국 산하의 지방 정부 이상의 성격을 가져서는 아니 되기 때문입니다."

주덕해가 내놓은 구역자치에 관한 제안은 주보중 성장의 지지를 받았고 그 후 중공중앙에서도 각별한 관심을 가지게 되었다. 바로 이 좌담회 후에 동북국에서는 주덕해를 연변지구위원회 서기 겸 연변전원공서 전원으로 임명하였다. 주덕해는 림춘추의 뒤를 이어 연변의 전반 사업을 책임지고 연변대학의 교장도 겸임하였을 뿐만 아니라 1952년 9월 3일 연변조선족자치구인민정부 주석으로 선거된다.

공화국 창립 후 조선족동포들은 중국 공민으로의 편입과정에 박차를 가하면서 중국의 정치, 경제, 문화의 제반 영역에서 주인공의 자태로 특출한 활약상을 보였다. 일례로 조선전쟁이 터지자 조선족인민들은 '항미원조, 보가위국' 운동에 적극 참가했다. 2만여 명의 조선족장병들이 중국인민지원군에 편입되어 조선반도의 여러 전선에서 용감하게 싸웠는데 그들 중에는 김길송, 차린호, 리영태와 같은 전투영웅들도 나왔다.

하지만 조선족은 감정과 정서, 지어는 민족관과 국가관에서도 일부 애매모호한 인식과 혼란상을 보여주었다. 앞에서 본 바와 같이 조선족 지도층에서도 마찬가지였다. 이러한 문제를 해결해야 할 사명은 주덕해주장의 어깨에 떨어졌다.

주덕해는 연변에 온 후 지위(地委)의 명의로 80여 명의 여러 민족, 여러 분야의 대표들이 참석한 좌담회를 소집하고 먼저 민족과 조국에 대한 마르크스와 레닌의 사상을 학습하고 조국관의 문제, 민족풍속을 존중하며 민족교육을 발전시킬 문제를 가지고 토론하였다. 이때 교육계의 한 일군이 "무산계급의 조국은 소련이고 민족의 조국은 조선이며 현실의 조국은 중국이다."라는 다국적론을 제기하고 마르크스와 레닌의 저작에서 이런 관점을 입증할 수 있는 구절까지 찾아내서 열변을 토하는 바람에 삽시간에 많은 사람들의 호감을 샀다. 이에 대해 주덕해 주장은 "계급, 조국, 민족 등 단어를 마구 한데 버무려낸 이런 혼란한 개념은 논리적으로 보아도 성립될 수 없고 이론적으로 보아도 그릇된 것이며 실천면에서 보아도 해로운 것"이라고 비판하였다. 즉 조국이란 역사성과 정치성이 결합된 개념으로서, 교통도구와 문화적 교류가 활발한 현재에 한 나라에 문화와 풍속이 다른 여러 민족이 공존할 수 있다는 도리를 이야기하면서 조국과 국적은 직접 연관되어 있는 것으로서 한 사람에게는 오직 하나의 조국 밖에 있을 수 없으며 한사람이 동시에 부동한 국적을 가질 수 없다고 하였다. 이어서 그는 100여 년 동안 조선족은 기타 민족과 함께 피와 땀으로 이 땅을 개척하고 피와 목숨으로 이 땅을 지켰으므로 현재의 조선족은 중국의 정치, 경제, 문화 권리를 향수하고 중국국민의 의무를 이행하고 있다고 하였다. 아울러 중국의 조선족은 조선국토에 있는 조선반도의 사람들과 비록 같은 민족에 속하지만 부동한 공민권을 향수하고 있는 만큼 어디까지나 중국의 공민이라고 하였다.

주덕해 주장은 조선족은 중화인민공화국의 공민이라는 점을 강조했지만 그렇다고 해서 중국의 주류민족에의 동화는 절대 바람직하지 않다고 하였다. 그는 조선족은 자기의 특성을 살려야 한다고 했고 그들이 자기의 말과 글로 정치, 경제, 문화, 교육의 권리를 누릴 수 있어야 한다고 하였다. 하여 그는 조선문 신문과 잡지를 발행하고 언어연구기구를 설립해가지고 언어의 규범화를 밀고 나갔다. 또한 조선족의 풍속습관을 존중하여 정부에서 그들의 음식문화, 복식문화, 생산문화 등을 제도적으로 보장하도록 하였다. 이외에도 그는 조선족 대부분이 조선에 친인척이 있는 상황을 고려하여 그들이 상급정부의 허락을 받고 현지 공안파출소에서 발급하는 변경통행증을 가지고 자유롭게 출입국을 할 수 있게 하였다. 이리하여 조선족은 고국과 자유롭게 교류할 수 있어 자기의 민족적 정체성을 보존할 수 있게 되었다.

상술한 몇 가지 일화만으로도 주덕해 주장은 아량과 지혜, 관후한 성품을 가진 평민적인 지도자이며 김학철 선생이 말한 바와 같이 "아무리 어려운 환경에서도 좀처럼 들놀지 않는 무게 있는 볼쉐위크였다"고 하겠다.

세월이 흐를수록 주덕해 주장이 더더욱 그리워진다.

2022년 10월 21일, 연길 모드모아산장에서

# 한 러시아인의 혼백

연길에 오래 살아온 시민들은 연변대학의 다위도브 선생을 기억하고 있을 것이다. 다위도브 선생이라고 하면 잘 모르겠지만 지금 연길시 제1백화상점 뒷골목에 있었던 '시베리아식당'만은 기억하고 있으리라. 그 집 바깥주인이 바로 다위도브 선생이다. 나도 젊은 사람이라 다위도브 선생은 만나보지 못했지만 그 어른의 아들 샤샤(애명은 수라, 조선이름은 박성철)만은 러시아 원동지역에서 우연히 만나 보았는데 샤샤와의 만남이 요즘도 내 가슴에 잔잔한 파문을 몰고 온다.

## 다위도브 선생

다위도브(1899-1970) 선생은 시베리아의 오무스크 태생이다. 20세 미만의 젊은 시절에 짜리러시아군의 장교로 지내다가 중국의 동북지역에 들어와 장작림부대의 포병 교관을 지내기도 했고 하얼빈, 장춘, 심양, 무순, 연길 등 동북의 도시들을 거의 전전하며 러시아어 교사 또는 일본어

교사로 일했다. 지금도 떠도는 풍문에는 워낙 백파군 장교 출신이고 장작림부대에 파고들어가 군수품을 밀매했는데 소비에트정권의 힘이 원동까지 밀고 들어오는 바람에 귀국할 수 없었다고 하지만, 1946년 무렵에는 조선의 온성군 홍군사령부에서 번역으로 지낸 경력도 있었다. 연변사범학교 교사로 부임한 것은 1948년 7월이고 연변대학 러시아어, 일본어 교사로 부임한 것은 1949년 4월의 개교 초창기부터이다.

다위도브 선생은 새파란 20세 초반에 동북에 들어온 까닭에 조선여성과 결혼해 아들딸을 낳으며 살았는데 그의 둘째 아들이 바로 지금 원동에서 엄청나게 큰 오이농장을 경영하고 있는 샤샤이다. 재작년 연변대학 대표단 일원으로 원동대학을 방문하게 되었다. 정판룡 교수가 원동에 가면 아르죠므시에 있는 샤샤네 오이농장을 찾아가 보라고 했다.

"아무튼 내 이름 석 자만 대면 샤샤가 잘 대접해 줄 거야. 원동에서 토장국에 쌀밥을 얻어먹을 수 있는 곳은 샤샤네 농장 뿐이야."

정판룡 교수가 큰소리를 치는 데는 그럴만한 까닭이 있었다. '문화대혁명' 때 다위도브 선생은 '소련특무'로 몰려 교직을 박탈당하고 무진 고생을 하다가 1970년 10월 작고했는데 연변대학에서 조문객으로 찾아간 제자는 정판룡 교수 한 사람 뿐이라고 한다. 그래서 샤샤네 형제들은 정판룡 교수를 세상에 둘도 없는 인격자로 알고 있고 지금도 허물없이 러시아어로 '형님'이라 부른다고 한다.


## 다이도브의 아들 샤샤

장춘에서 비행기로 50분, 불라디 보스토크 공항에 내리니 반은 조선족이요, 반은 러시아인으로 보이는 샤샤가 정답게 웃으며 마중을 나왔다. 소년시절 연변의 빙상선수로 활약하던 스포츠맨의 탄력을 잃지 않은 훤칠한 체구의 사나이다. 샤샤는 우리 일행의 여권을 거두더니 그 복잡한 입국수속을 낭중취물, 그야말로 눈 깜짝할 새에 해낸다. 러시아어로 슬슬 농담까지 하면서 세관일군들과 말수작을 하는 품이 그야말로 흠잡을 데 없는 러시아 신사이다. 러시아어라고는 '스바시바(감사합니다)'밖에 모르는 우리 일행은 말 그대로 꿰온 보리자루처럼 서있을 수밖에 없었다.

블라디보스토크에 도착한지 나흘째 되는 날 우리 일행은 샤샤의 일본제 고급 승용차를 타고 40여분 달려 아르죠므시에 도착했다. 샤샤네 농장에 도착했을 때는 산더미처럼 쌓아놓은 오이넌출을 뒤번지면서 러시아 아낙네 대여섯이 오이이삭을 줍고 있었다. 앞으로 다른 지면을 통해 자상히 소개할 기회가 있을지 모르겠지만 샤샤네 농장은 아르죠므시 교외에 있는 깊숙한 골짜기에 길이 100미터, 넓이 10미터 되는 대형온실 47개를 가지고 있고 부지런한 중국의 채농(菜農)들을 데려다 오이를 주종으로 기타 남새들을 재배해 20만 인구를 가진 아르죠므시에 공급한다고 한다. 그외에 샤샤는 노무송출, 무역 등으로 한 해에 100여 만 원의 수입을 잡는다고 하니 과연 원동지역의 큰 지주나 다름없었다. 원동지역에서 성공한 비결을 물으매 샤샤는 싱그레 웃는다.

"제 자랑 같지만 이 지역에는 조선어, 중국어, 러시아어, 이렇게 3개국 말을 술술 하는 사람이 거의 없거든요. 특히 여긴 러시아땅이니까 러시아어를 잘해야 하는데 저희는 러시아어에 거의 막힘이 없어요. 다 아버지 덕이지요. 어릴 때 밤마다 우리 자식들을 꿇어앉히고 러시아어를 가르쳐 주었고 그 이튿날 올바르게 단어를 외우지 못하면 회초리를 들고 피가 나게 때렸어요. 중국에서 러시아어를 배워서 뭘 한다구? 그땐 아버지가 얼마나 야속하고 밉던지… 하지만 지금 생각하면 아버지가 우리 자식들에게 큰 유산을 남겨준 셈이지요. 저희 아우는 중국의 큰 무역회사에서 대 러시아 무역을 하고 있는데 작년에 상금만 50만원을 받았거든요…"

날마다 우유와 빵, 그리고 치즈만 먹은 탓에 속이 느끼해 쩔쩔 매던 우리 일행이 샤샤네 농장에서 새하얀 쌀밥에 시원한 토장국, 그리고 새파란 파며 상추며 오이며 하는 남새를 새빨간 고추장에 뚝뚝 찍어 실컷 먹은 것은 두말할 나위가 없다…

원동지역에 다녀온 지도 어언간 3년 철을 잡지만 나는 가끔 "아버지가 우리 자식들에게 큰 유산을 남겨준 셈이지요." 하고 말하던 샤샤의 얼굴을 그려본다. 아니, 그 험악한 세월에 세상 사람들의 눈을 피해 가면서 밤이면 밤마다 절반이나마 러시아인의 피가 흐르는 자식들에게 회초리를 들고 러시아어를 가르쳐온 다위도브 선생의 무서운 눈빛을 보는 것만 같다.

《연변일보》2001년 4월 10일

# 정판룡 선생의 에피소드

돌이켜 보면 정판룡 선생님을 가까이 모시고 인생과 학문을 배우며 허물없이 지낸 지가 어언 18년이나 된 것 같다. 지난 10월 7일 선생님을 훌쩍 떠나보낸 지 벌써 한 달 되어온다. 하지만 선생님의 꾸밈없는 소탈한 모습과 호탕한 웃음소리는 오늘도 눈에 삼삼 귀에 쟁쟁하다.

## 거짓말 한마디 할 줄 모르는 정 선생님

1997년 가을 한국의 대구에 있는 계명대학교에서 열린 "해외 한민족과 차세대—국제학술대회"에 정 선생님을 모시고 참가했다. 회의를 마치고 일주일간 전라남도의 함평, 나주, 해남, 목포, 진도 지역을 돌아보고 서울에 돌아와 시청 앞에 있는 프레지던트호텔에 묵게 되었다. 아침에 일어나 샤워를 하고 침상에 비스듬히 누워 일기를 쓰던 선생님께서 느닷없이 안경 너머로 나를 건너다보며 한마디 물었다.

"이 사람아, 서울서 제일 좋은 백화점이 어디야?"

"아니, 선생님도 쇼핑할 줄 아십니까? 서울에서 제일가는 백화점이야 바로 이 호텔 옆에 있지요. 신세계요, 현대요 하는 백화점들이 많지만 아마도 롯데백화점 이상은 없을 겁니다."

"오늘 오전에는 그리로 가보자구."

"정말요?"

나는 적이 놀랐다. 선생님은 연길에서 늘 남새바구니를 들고 장을 보기에 '모범남편'으로 소문이 났지만 실은 백화점에 가서 옷 한 벌 사 입는 법이 없었다. 한 해에 한두 번씩 일본이요, 미국이요, 러시아요, 독일이요 하고 해외나들이를 하지만 언제나 풍천으로 만든 가방 하나를 달랑 메고 빈 몸으로 갔다가 빈 몸으로 돌아오곤 했다. 그리고 워낙 성미가 데면데면한 선생님은 구두 하나 뻔쩍뻔쩍 윤이 나게 닦을 줄도, 넥타이 하나 깔끔하게 맬 줄도 모른다. 헌데 오늘은 백화점, 그것도 서울에서 제일 호화로운 롯데백화점으로 가보겠단다.

사연은 이러했다. 연길을 떠날 때 마침 독일에 가서 유학하던 며느리가 와 있었단다. 며느리는 박명희라고 부르는데 체육대학을 나왔고 키가 늘씬하고 성미가 워낙 시원시원했다. 하나밖에 없는 며느리라 선생은 그녀를 아주 귀여워했다. 그 귀한 며느리가 서울 나들이를 떠나는 시아버님에게 당돌하게 부탁하기를—

"아버님, 이번 서울 나들이엔 꼭 손녀의 옷을 사와야 해요. 하지만 남대문시장의 싸구려 옷가지를 사오면 던져버리겠어요. 꼭 일류 백화점의 옷을 사와야 해요."라고 하더란다.

"허, 우리 정씨가문을 위해 애를 둘이나 낳았다고 위세를 부리는군. 아무려면 이 할아버지가 남대문시장의 옷을 사오겠냐? 두고 봐라, 이 녀석아."

아무튼 우리는 엘리베이터를 타고 곧장 롯데백화점 7층으로 올라갔다.

아동복장 코너에는 아롱다롱한 여러 가지 옷가지들이 진열되어 있었다. 한국에서 만든 것도 있었지만 거개가 일본이나 이탈리아와 같은 나라에서 만든 브랜드 제품들이었다. 선생님을 모시고 쇼핑을 나왔다고 하지만 나도 물건을 고르고 흥정하는 데는 숙맥이었다.

두 살짜리와 네 살짜리 여자애가 입을만한 옷을 한 벌씩 골라 달라고 했더니 덧이가 살짝 난 예쁘장하게 생긴 판매원 아가씨는 배꽃 같이 화사한 미소를 머금고 어린애 옷 두벌을 내놓는데 한 벌은 수박 무늬의 색상에 예쁜 코끼리를 수놓은 것이고 다른 한 벌은 분홍색 바탕에 귀여운 사슴을 수놓은 것이었다.

"호호, 중국에서 오신 교포분 같네요. 우리 대한민국 수도에 오셨으니 한국제품으로 드리지요. 실은 외제에 조금도 뒤지지 않거든요. 값도 싸고요. 어때요? 마음에 드시지요?"

우리 둘은 꿔온 보리 자루처럼 서 있다가 얼결에 고개를 끄덕여 보였다. 판매원 아가씨는 빨간 은박종이로 곱게 포장하고 나서 재빠르게 영수증을 떼서 내놓는다.

"47만 5천원이에요."

(뭐야! 47만 5천원?)

나는 가슴이 철렁했다. 서너 살 되는 계집애의 옷 두벌에 중국 돈으로 5천원이라니 가슴이 철렁했다. 5천원이면 우리 대학에서도 제일 높은 대우를 받고 있는 정 선생님의 노임으로도 거의 석 달 봉급에 맞먹는 큰돈이 아닌가? 나는 정 선생님의 얼굴을 흘끔 훔쳐보았다. 선생님도 적이 놀란 듯한 표정으로 나를 뻔히 건너다보았다.

"부마이러바, 타이꾸이라(不買了吧, 太貴了!)"

나는 한어로 슬쩍 귀띔했다. 그러자 선생님은 나를 보고 찡긋 눈짓을 하더니 역시 한어로—

"이왕 포장까지 다 했으니 사야 해. 이제 와서 물린다면 우리 중국 사람을 얼마나 우습게 보겠어."

그야말로 막무가내였다. 우리는 세종대왕님의 용안이 찍힌 빨깍빨깍 소리 나는 새파란 만 원짜리 한화 마흔여덟 장을 고스란히 셈해 주고 거스름돈으로 5천원을 받고 다시 엘리베이터를 타고 내려왔다. 아동복 두벌을 포장한 빨간 박스를 하나씩 든 채 엘리베이터에 실려 내려오는 우리는 호기 하나 때문에 그만 도박장에서 큰돈을 잃고 쫓겨나오는 사람에 다를 바 없었다.

그날도 점심, 저녁은 선생님의 친구 되는 분들의 후한 대접을 받았다. 워낙 애주가이신 선생님은 한국의 명문대학교의 총장을 만난 자리나 대기업인을 만난 자리나 필요한 예의는 갖추되 전혀 꿇림이 없이 농담을 주고받곤 하였다. 한두 번 만나면 친구가 되고 오랜 친구들과는 대체로 형님, 아우로 허물없이 지냈다. 그런데 선생님은 한국에 가면 형님으로 자처하는 때가 거의 없고 달갑게 아우가 되어 주곤 했다. 전라남도 광주에 있는 금오문화재단 부이사장을 지내는 이강재 선생과도 그랬고 한양대학교의 이종은 교수와도 그랬다. 그분들은 술 한 잔 얼근하게 되면 정 선생님을 마주하고 덮어놓고 "아우, 아우"하면서 이야기를 했고 정 선생님도 "이형, 이형" 하며 잘도 비위를 맞추어주었다.

"왜 동갑또래들 앞에서 아우 노릇을 하는 겁니까? 저희가 이종은 교수

밑에서 공부한 바 있기에 잘 알지만 실은 선생님과 동갑인 줄로 알고 있는데요."

언제인가 내가 이렇게 뚱겨주자 선생님은 빙긋이 나를 건너다보면서

"그건 자네가 모르고 하는 얘기야. 형님 노릇을 하자면 잘 살아야 하구 써라, 먹어라 하구 베풀어야 하지 않겠어? 하지만 나는 가난한 중국 사람이라 그런 여유가 없어. 형님 대접만 해주면 제 옆구리의 갈비뼈도 뽑아주겠다구 하는데 왜 '형님'이라는 말 한마디에 인색해져? 호웅이도 서울에 와 술잔이나 얻어먹으려거든 절대로 한국분들과 부질없이 나이를 따지지 말어. 형님 한 마디만 올리면 술은 언제든지 생기는 법이야."

하고 껄껄 웃었다. 유머러스한 선생님의 넓은 흉금과 소탈하면서도 겸허한 성격 때문에 한국의 고관대작들은 물론 일본, 미국, 독일, 스웨덴, 러시아의 어른들 모두가 선생님을 좋아하는 것이다. 사실 한국의 류달영 선생과 구상 시인, 동훈 선생과 홍일식 전임 고려대학교 총장과 같은 분들은 선생님을 중국에 살고 있는 자랑스러운 아우로 생각하고 선생님이 자금을 지원해 달라고 하면 두말없이 자금을, 도서를 보내달라고 하면 도서를 보내 주면서 아름다운 형제의 정을 나누면서 지내고 있었다. 말하자면 선생님은 그 무슨 한 푼 어치도 가지 않는 체면이나 딱딱한 외사상식(外事常識)에 얽매여 촌스럽게 놀고 있는 지도자나 외사일꾼들과는 격이 달랐다.

그 날도 밤늦게 프레지던트호텔에 돌아와 차례로 샤워를 하고 자리에 누웠는데 신문을 보던 선생님은 느닷없이 혼자소리로 중얼거렸다.

"허허, 오늘은 연변의 촌놈 둘이 서울에 와서 큰 바가지를 썼군 그래. 애들 옷 두벌에 거금 50만원을 날리다니…"

그 소리에 나는 벌떡 일어나 앉았다. 나는 가끔 선생님과 버릇없이 농

담을 주고받는 사이라 한마디 골려줄 심산으로 말을 꺼냈다.

"선생님, 아까는 큰소리를 치시더니 이젠 배가 아파 잠도 아니 오시는 모양이구먼요. 아마도 내일 오전엔 제가 가서 옷을 물리든지 눅은 걸로 바꾸어 오든지 해야 하겠습니다."

"동네에 있는 구멍가게도 아닌데 물려줄까?"

"제가 수단껏 변통해 보지요 뭐."

"아니야, 됐어. 중국 사람도 그런 비싼 옷을 살 수 있다는 걸 한번 보여 줬으니 잘 한 일이야. 여기 와 불법체류를 하면서 온갖 괄시와 천대를 받는 우리 조선족형제들을 생각해 봐. 우리 같은 대학교수들까지 와서 망신할 수는 없어. 하지만 이 사람아, 애들 옷 두벌에 50만원을 주었다는 말을 절대로 왕 선생에게는 하지 말어."

"예, 저는 입을 다물 겁니다만 혹시 선생님의 입으로 새여 나갈까봐 오히려 걱정인데요."

"에끼 이 사람아, 나는 비밀을 지키는 사람이야!"

연길로 돌아온 후 그럭저럭 사나흘이 지나갔다. 어느 날 연변대학 서대문으로 들어서는데 뒤에서 "후슝(虎雄)—" 하는 소리가 들린다. 귀에 익은 왕 사모님의 목소리였다. 뒤돌아보니 왕 사모님이 가방을 들고 지나가다가 나를 불러 세운 것이다. 왕 사모님은 한 걸음 다가서더니 눈을 흘기며 다짜고짜 꾸중이다.

"애들 옷 두벌을 50만원에 샀다니 정말로 기절초풍할 일이야. 어쩌면 세상 물정을 모르는 정 선생에게 그런 바가지를 씌울 수가 있어. 후슝이는 옆에서 뭘 했어."

"아니, 사모님! 누가 50만원에 샀다고 그럽디까?"

"누군 누구야. 바로 정 선생이 그랬어."

그제야 나는 옷을 사게 된 일과 공수동맹을 맺은 일을 자초지종 이야기했다.

"그 양반 정말로 사람을 웃기네."

왕 사모님은 억이 막혀 혀를 끌끌 찼다.

사모님과 나는 한참 마주보며 어이없이 웃고 말았다.


## 왕씨 가문의 조선족 사위 — '판룽거'

왕 사모님의 친정집에서는 정 선생님을 '판룽거(判龍哥)'라고 부른다.

'판룽거' — 이 한마디 부름 속에는 조선족 사위에 대한 왕씨 가문의 깊은 신뢰와 사랑이 담겨져 있다.

선생님이 투병생활을 할 때 마지막 한 달간은 그분의 막내 동서 되는 송임원(宋林源)씨가 멀리 강소성 무석(無錫)에서 달려와 교대로 간호를 맡은 우리 제자 제씨들을 물리치고 왕 사모님과 더불어 밤낮으로 극진히 간호를 했다. 송씨도 역시 정 선생님을 '판룽거'라고 불렀다. 하루 밤에도 두 번, 세 번 정 선생님을 부축해 화장실을 나들었고 정 선생님의 입에 한술, 두술 미음을 떠서 넣으면서 온갖 정성을 다 고였다. 10월 7일 오후 5시 50분, 역시 정 선생님의 임종도 송씨가 왕 사모님과 더불어 지켜 주었다. 친형제인들 어찌 이 이상 더 잘 해 드릴 수 있을까?

우리 속담에 가는 말이 고와야 오는 말이 곱고 주는 떡이 커야 받는 떡이 큰 법이라고 했다. 정 선생님과 왕 사모님의 깊은 사랑, 정 선생님과 왕씨 가문 사람들 사이에 오고간 믿음과 사랑의 이야기는 우리 젊은이들에게 훈훈한 인간적 향기를 풍겨주고 있다.

선생님은 1950년대 후반, 모스크바 유학시절에 동방의 미인 왕유(王瑜) 사모님을 만났다. 왕유사모님은 어미지향(魚米之鄉)인 강소성 무석에서 자랐다. 옛날부터 소주(蘇州)와 항주(杭州)를 비롯한 강남 지역에서 미인이 난다고들 했지만 왕 사모님은 미모나 학식에 있어서 조금도 선생님에 비해 짝이 기울지 않는다. 백옥 같은 살결, 단아한 얼굴, 날씬한 몸매, 맑은 목소리, 차분하면서도 경우가 밝은 성품— 참으로 경국지색이 따로 없다고 하겠다. 아무튼 그 아름다운 자색으로 보면 참으로 전라도 참빗장수의 막내아들로 태어나 북만의 상지에서 자란 '촌바우'인 정 선생님에게는 분에 넘치는 연분이 아닐 수 없다.

왕 사모님은 선생님과 같은 시기에 레닌사범대학에서 러시아어를 전공했고 그 후에는 영어까지 정통한 연변대학의 일류 교수이며 학자이다. 하지만 왕사모님은 선생님에게 시집을 와서 낯설고 물 설은 연변에서 한평생 살게 된 일을 단 한 번도 후회하지 않았다. 소련유학을 할 때 장차 중국의 정계, 학계의 거물이 될 수 있는 수많은 총각들의 청혼을 물리치고 조선족 유학생인 정 선생님의 프러포즈를 쾌히 받았고 유학을 마치고 귀국할 때도 "내 걱정은 말고 대도시에 가 살라"는 정 선생님의 진정어린 권유에도 불구하고 북경, 상해를 버리고 연변을 선택했다.

선생님도 왕 사모님을 무척 아끼고 사랑했다. 1960년대부터 정 선생님은 삐걱삐걱하는 낡은 자전거를 타고 서시장에 가서 장을 보아 왔고 늘 그막에도 아침은 대체로 손수 지었다. 1960년대 초의 '3년재해' 때 신병을 앓고 한쪽 신장을 떼어낸 왕 사모님은 워낙 몸이 약한데다가 신경이 예민해 밤잠을 설칠 때가 많아 아침에는 좀처럼 자리를 일지 못했던 것이다.

1999년 5월초, 선생님은 불치의 병을 선고받은 후에 평생 꼭 쓰고 싶은 몇 권의 책을 쓰지 못하고 쓰러지게 될까봐 무척 근심을 했다. 그 중의 한권이 바로《나의 아내 ─ 왕유》라는 책이었다. 정 선생님은 복부의 동통을 참으면서 '나와 나의 안해'라는 제목으로 회상기를 써서《연변여성》에 연재했다. 이 글은 요즘도 연재되어 수많은 독자들의 심금을 울려주고 있다. 참으로 구구절절 왕사모님에 대한 깊은 사랑과 참된 조선족사나이의 의리와 책임감이 고여 있다고 하겠다.

선생님께서 북경 301병원에 입원했을 때 나는 연변대학 손동식 교장과 김병민 교수를 비롯한 여러 사형(師兄)들의 부탁을 받고 선후로 두 번 북경에 가서 입원수속과 퇴원수속을 하고 며칠 동안 간호한 적 있는데 그때도 선생님은 왕유사모님의 전기를 쓸 일을 두고 걱정을 했다.

"퇴원해 연변에 돌아가면 왕유에 대한 글을 써야겠어. 1960년대 초 왕유와 함께 연변에 온 후, 나는 왕유에게 세 가지 일을 꼭 해주리라 마음속으로 다짐했어. 첫째로 상해나 북경과 같은 대도시에 간 왕유의 동창생들보다 먼저 교수로 되게 하리라, 둘째로 상해나 북경에 간 왕유의 동창생들보다 더 많이 국제사회에 나가 볼 수 있는 기회를 마련해 주리라, 셋째로 조선족인 나에게, 그리고 연변의 조선족들에게 평생을 기탁하고 모든 정성과 사랑을 고여 온 왕유의 이야기를 글로 남겨 후세에 길이길이 전해주리라. 이 몇 십년간 나는 두 가지 일은 해낸 셈이야. 왕유는 북경, 상해로 간 동창생들보다 먼저 교수로 됐고 여느 동창생들보다도 세계를 더 많이 돌아보았어. 이제 남은 일은 왕유를 위해 전기를 쓰는 일이야…."

"선생님, 사모님에 관한 글을 쓰는 건 퇴원한 후에 생각할 일이구 지금은 그런 근심을 말구 치료를 잘 받아야 합니다. 실례지만 우리 속담에 부인 자랑을 하는 건 뭐라고 하던데요.”

내가 버릇없이 농담으로 뭉때려버리자 정 선생님은 또 “에끼 이 사람아!” 하고 말끝을 흐려버렸다. 그러나 병상에 누운 선생님의 초췌한 얼굴과 푹 꺼진 눈에는 분명 왕 사모님에 대한 끝없는 그리움이 촉촉이 젖어있었다. 그리고 퇴원해 연길에 돌아온 선생님은 사신과 박투하면서 끝내 십여만 자에 달하는 회상기—《나와 나의 아내》를 써내고야 말았다.

이제는 왕씨 가문에 유일한 조선족사위 정 선생님이 ‘판룽거’로 불리는 이유를 밝혀야 하겠다.

왕 사모님네 가문도 역시 무석시에서는 유명한 가문이다. 8남매가 모두 대학교 교수가 아니면 학자, 기사(工程師)로 일하고 있다. 왕씨 가문에 들어선 사위들도 모두 뛰어난 인물들인데 개중에는 복단대학교 부교장을 지낸 적 있는 엄소원(嚴紹宗)이라는 저명한 수학가도 있다. 왕씨 가문의 자식들은 모두 상해, 요녕, 길림과 같은 타고장에 살고 막내딸과 막내사위만 무석에 남아 노모를 모시고 살았다. 정 선생님과 왕 사모님은 결혼해 따님 홍(虹)과 아드님 진(辰)을 연년생으로 낳았고 갓 연변대학에 부임해 한창 바삐 보내던 차라 따님 홍이는 아홉 살까지 무석에 계시는 장모님께 맡겨 키우게 했다. ‘문화대혁명’ 때에는 연금되어 조리돌림을 당했고 왕 사모님까지 신병으로 앓게 되어 하는 수없이 아들 진이마저 무석의 장모님께 맡기지 않을 수 없었다. 그래서 선생님은 달마다 생활비를 보냈고 홍이와 진이를 데려온 후에도 달마다 왕 사모님 몫으로 100원, 정 선생님 몫으로 100원을 무석의 장모님 앞으로 부쳐 보냈다.

언제인가 정 선생님은 우리 집에 와서 술 한 잔 나누면서 우리 형제들을 앉혀 놓고 농담 반, 진담 반으로 훈계한 적 있다.

"부모님들이 자녀들 8남매를 키우느라 얼마나 고생을 했겠어. 난 상상하고도 남음이 있어. 그런데 말이야, 우리 처갓집을 놓고 보아도 자식들이 많다고 해서 꼭 부모님들이 호강을 하는 게 아니더라구. 형제들이 출세를 해서 뿔뿔이 흩어진 다음에는 공무가 있어서 한 해가 다 지나도록 부모님 한번 찾아뵐 수 없더라구. 한번 이 조선족사위가 구정(春節) 말미를 타가지구 무석에 가서 이른바 왕씨 가문의 '내각회의'를 소집했지. 요녕에 살고 있는 큰처남과 부교장을 지내는 동서랑 다 모였지. 아무튼 내가 맏사위니까 '내각회의'는 물론 내가 사회를 했지. 내 말은 그랬어─ '우리 모두 당원들이구 당비를 내지 않아. 똑같은 도리야. 부모님이 우리 자식들을 배 아프게 낳아서 젖을 먹여 키우고 공부를 시켰으니 그 은공을 갚아야 하는 거야. 까놓고 말한다면 당이라는 건 하나의 이념이고 인격적 실체가 분명치가 않아. 그렇지만 우리는 달마다 당비를 내고 있어. 하지만 우리를 낳아서 키워준 어머님은 분명 살아 계신데 모비(母費)를 내지 않아서야 말이 되겠는가?"

그 번 왕씨 가문의 '내각회의' 후부터 선생님은 명실공이 왕씨 가문의 '판룽거'로 인정을 받았단다. 다른 형제들이 그 번 약속을 어느 정도로 지켰는지는 딱히 모르겠으나 정 선생님네 내외간만은 연변대학교에서 노임을 주는 날이면 단 하루도 미루지 않고 왕 사모님 몫으로 100원, 정 선생님 몫으로 100원을 무석에 계시는 노모에게 부쳐 보냈다. 노모에게 송금하는 일은 왕 사모님의 몫이었는데, 그날이 왕 사모님에게는 생일날보다 더 기쁜 날이었다고 한다.

지난 9월 말, 선생님의 병실을 찾아갔다가 무석에서 온 송씨와 더불어 한담을 하다가 슬쩍 이 일을 내비쳐 보았더니 과연 송씨는

"쩐디(眞的, 그렇구 말고요), 적어도 우리 장모님께서 85세 고령으로 돌아가실 때까지 30여 년을 달마다 송금을 해주었지요. '판룽거'와 같이 형제의 의리를 지키고 효도를 하는 분은 세상에 둘도 없어요. 그래서 나는 '판룽거'를 좋아하고 존경하는 겁니다."

하고 엄지손가락을 내들었다.


## "정판룡 교수는 워낙 그릇이 커"

선생님은 1986년부터 중앙교육부에 의해 박사생지도교사로 임명된 후로부터 올해까지 15명의 문학박사를 키워냈다. 해마다 10월 2일, 선생님의 생일날이 되면 15명의 박사들이 주축이 되어 그분의 내외분을 모시고 축하 파티를 벌렸다. 매번 파티에는 "우리는 그분의 제자가 아니란 말이요? 왜 축에서 빼는 거요?" 하고 무작정 들이닥치는 '불청객'들을 막을 수가 없어 본의 아니게 3, 4십 명의 가지각색 제자들이 모여들었다. 개중에는 쉰 고개를 넘은 로동문 선생도 있고 수학이나 법학을 전공하는 최성일, 김영춘과 같은 선생도 있었다.

선생님은 생일날이면 그야말로 춘풍이 만면해 제자들이 권하는 술을 한잔도 거르지 않고 다 받아 마셨다. 그리고는 거나하게 취해 젊고 늙은 제자들과 더불어 허물없이 농담을 주고받았다. 나중에는 왕 사모님을 물리치고 자리를 옮겨 2차, 3차까지 제자들과 어울려 춤을 추고 노래를 불렀다. 물론 선생님의 애창곡은 러시아 노래로는 〈모스크바교외의 밤〉과 〈카츄샤〉이고 한국노래로는 〈눈물 젖은 두만강〉과 〈허공〉이었다.

올해는 선생님의 탄신 70주년이 되는 해이므로 우리 제자들은 《정판룡 교수 정년 기념 논문집—한국문학의 비교문학적 조명》이라는 책을 펴내면서 은근히 10월 2일 기념모임을 준비했다. 선생님도 제자들의 갸륵한 마음을 받아들였는지 10월 2일까지 용케 지탱해 주었고 기념모임에 몸소 나와 "사람은 세상에 태어난 이상 보람 있게 살아야 하는 법이야. 얼마간 남을 위해, 사회를 위해 좋은 일을 해야 하지."라는 요지의 이야기를 하기까지 했다. 하지만 칠순잔치를 지내고 난 후에는 병환이 급속도로 악화되었다. 허리에 차고 하루 24시간 맞아야 하는 마취제 점적주사를 맞지 않으면 복통이 나서 견딜 수 없었다. 그토록 총기가 좋고 기억력이 비상한 분이 아침나절에는 전혀 앞뒤가 맞지 않는 이상한 말씀을 하기도 했다. 하지만 정신이 좀 들면 지금 당신의 문하에서 박사학위공부를 하고 있는 제자들의 학위논문의 진척 상황이며 조문학부나 조선—한국학연구소의 교학, 연구 상황을 꼬치꼬치 캐묻기도 했다. 그러던 어느 날 선생님은 시중을 들고 있는 왕 사모님을 조용히 불렀다.

아닌 밤중에 홍두깨로 다짜고짜 집에 돈이 얼마나 있느냐고 물었다. 10만 원 정도 있다고 대답하매 그건 임자가 남겨 놓고 쓰라고 했다. 자식들도 멀리 일본에 가 있으니 늘그막에는 병에 걸려도 돈이 있어야 치료할 게 아니냐고 하시며 쓸쓸히 미소를 지었다. 다시 정색하고 그 돈을 내놓고 또 얼마나 있느냐고 물었다. 평소 노임을 타서는 봉투 채로 맡기고 좀처럼 옴니암니 돈을 따지지 않던 정 선생님이라 왕 사모님은 새삼스러운 눈길로 건너다보며 말 그대로 이실직고했다.

"이번 투병 기간에 정부와 학교, 그리고 동료, 제자들로부터 보내온 치료비와 위로금을 그대로 쓰지 않고 남겨 두었는데 10만원에 꼬리가 좀 붙을 것 같아요."

"그래, 죄송하지만 그 돈을 몽땅 학교에 내놓읍시다. 그리고 이 자리에서 나한테 약속해 줘요."

정 선생님은 긴 말씀을 하지 않았지만 사려 깊은 왕 사모님은 다 알고도 남음이 있었다. 1996년 정 선생님은 한국의 노벨상으로 불리는 KBS해외동포상을 수상했을 때도 10만원의 거금을 내놓아 정판룡교육기금을 설립해 올해까지 무려 30여 명의 가난한 대학생들에게 장학금을 주었다. 하지만 이태동안 불치의 병으로 수술을 받고 치료를 받으면서 학교나 나라의 돈, 특히 동료나 친구들의 위로금을 받은 것을 늘 미안하게 생각하고 있었다.

이러한 사정을 잘 알고 있는 왕 사모님인지라 조용히 고개를 끄덕여보였고 선생님이 세상을 뜨자 조의금(弔意金)까지 알뜰히 모아 가지고 인민폐 11만원을 연변대학에 장학금으로 내놓았다. 물론 연변대학 당국에서는 한사코 사양했으나 선생님의 유언이나 다름없는 마지막 소원을 기어코 실현코자 하는 왕 사모님의 아집을 꺾을 수 없었다.

여기서 정 선생님과 김학철 선생님과의 사이에 있었던 마지막 이야기를 하지 않을 수 없다. 지난 9월 중순 김학철 선생님의 아들 해양씨가 느닷없이 전화를 걸어왔다. 김 선생님에 대한 병문안을 하자 식음을 전폐하고 조용히 병상에 누워 계신다고 한다. 그리고 해양씨가 전화로 하는 이야기─

"우리 아버지가 정 교수님의 건강을 걱정하고 계신데 좀 문안을 전해 줄 수 있겠소? …평소에도 우리 내외간이 하찮은 일을 가지고 티격태격할 때마다 아버지는 나를 불러놓고 '연변대학의 정판룡 선생을 봐. 내외간이 민족은 달라도 늘 의좋게 살면서 큰일을 하고 있잖아. 너희들은 똑같은 민족이 부부로 살면서도 왜 그 꼴 그 모양으로 아옹다옹 하는 거냐!' 하고 나무람을 하시곤 했어요. 사실 오늘은 아버지가 장춘의 남영전 선생이 보내온 정 교수님의 글을 보셨어요. 정 교수님이 '장백산' 잡지에 연재하고 있는 〈작가일화—김학철편〉이지요. 병상에 누운 채로 돋보기를 끼고 겨우겨우 마지막까지 다 보셨어요. 그리고 하시는 말씀이 '정판룡은 워낙 그릇이 커. 내가 사라진 뒤에라도 그 양반을 따라 배우며 살아야 해'라고 하지 않겠어요…"

해양씨의 말에 나는 가슴이 뭉클했다. 해양형도 두 분 사이에 드리운 먹구름 때문에 얼마나 가슴을 조여 왔으면 이런 전화를 하랴. 아무튼 나는 해양형의 인사와 이 한 단락의 말만은 정 선생님에게 전해 주고 싶었다. 정 선생님도 얼마나 기뻐하실까?

세인들이 입을 모아 공인하는 바이지만 두 분은 우리 문단의 거목이요, 20세기 조선족사회가 배출한 가장 걸출한 문화명인이다. 김 선생님을 거대한 산맥에 비긴다면 정 선생님은 깊은 바다에 비길 수 있을 것이다. 평소에 김 선생님은 정 선생님의 넓은 도량과 해박한 지식, 소탈한 성격을 아끼고 부러워했고 정 선생님은 김 선생님의 강철 같은 신념과 의지, 그의 뛰어난 유머감각과 저항정신을 높이 평가해왔고 나이로 15년 이상인 김 선생님을 집안의 큰 어른처럼 존경해왔다.

그런데 어느 심사가 뒤틀린 작자들의 꼬드김을 받았는지, 아니면 한 입 두입 건너 와전(訛傳)된 헛소문을 듣고 진노했는지는 몰라도 김 선생님은 《연변문학》 1998년 5월호에 〈독불장군 앞〉이라는 글을 발표해 이른바 "평론계의 제1인자로 자부하시는 어느 분"을 신랄하게 야유하고 비판했다. 그 글을 본 우리는 놀라지 않을 수 없었고 문단은 일촉즉발의 팽팽

한 전투분위기에 휩싸였다. 우리 제자들 중에는 《연변문학》잡지사에 "왜 문단의 두 어른께 싸움을 붙이느냐?"고 항의하는 전화를 거는 친구도 있었고 김 선생님의 도전에 정 선생님도 결연히 응전해야 한다고 주장하는 친구들도 있었다. 하지만 정 선생님의 태도는 오히려 배포가 유하다고 할까? 아무튼 능청스럽기 짝이 없었다.

"나는 종래로 문단의 제1인자로 자처해본 적이 없어. 그분 역시 딱히 이름을 찍지 않았는데 내가 왜 길길이 뛰겠어. 어쨌든 김학철 선생은 역시 우리 문단의 대부(大父)야. 그분을 다치게 해서는 안 돼."

한평생 고금중외의 문학을 연구하고 수많은 정치운동의 소용돌이를 헤쳐 나온 정 선생님이니 어찌 김 선생님의 글에 실린 참뜻을 모를 수 있으며, 부처가 아니고 인간인 이상 어찌 기분이 나쁘지 않을 수 있겠는가? 하지만 선생님은 평소 존경해오던 어른에게서 한마디 꾸지람을 들었다고 해서 길길이 뛰거나 등을 돌리는 소인이 아니었다. 선생님은 문단의 단결과 평화를 지키기 위해 몸에 박힌 화살을 뽑아 다시 상대편에게 날릴 대신 조용히 꺾어버렸고 오히려 임종을 눈앞에 두고 김학철 선생의 인간적인 의지력과 드높은 인문정신에 깊은 감동과 찬사를 아끼지 않았던 것이다.

그 날 저녁 나는 김병활 선생과 함께 한국에서 온 손님을 대접하고 집으로 돌아오던 길에 정 선생님의 병실에 들렸고 해양 형에게서 온 전화 내용을 자초지종 이야기해 드렸다. 선생님은 가타부타 말씀이 없이 덤덤히 듣고만 있었다.

하지만 이튿날 왕 사모님은 나를 보고 "엊저녁 '후슝'이 왔다 간 뒤에 우리 정 선생이 그렇게 기뻐하는 모습을 처음 봤어."라고 무등 좋아했다.

아무튼 그날이 바로 김학철 선생이 눈을 감기 이레 전이요, 정 선생이 세상과 작별하기 20일 전인 9월 17일이었다. 두 분은 항간에 떠도는 헛소문을 일소하고 마음속에 묻어두었던 응어리를 풀고 나란히 손잡고 승천하신 것이다.

아무튼 나는 우리 모두가 존경하는 두 어른께서 구천에 가서도 즐겁게 고금의 영웅들을 논하면서 의좋게 지내리라 믿어 의심치 않는다.

2001년 11월 7일, 은사님을 잃고 한 달 만에

# 사랑과 믿음의 기적

나는 〈민중의 벗-정판룡 교수〉와 같은 글들을 쓴 후 〈림민호평전〉을 쓰면서 정판룡 선생이 림민호 교장을 많이 닮았고 림민호 교장은 소련의 저명한 교육가 마카렌코 선생과 너무 비슷하다는 느낌을 받았다.

마카렌코(1888-1939)는 소련의 불량아 보호시설 원장으로 3천여 명의 불량아들을 사회의 유용한 인재로 키워낸 유명한 교육가이다. 그는 교육의 뿌리는 자라나는 청소년들에 대한 사랑과 믿음라고 인정했고 "훌륭한 아이도 나쁜 환경에서 자라면 금세 어린 야수가 된다", 청소년들에 대한 "신임, 그것은 으뜸가는 중요한 법률"이라고 했다. 그의 교육소설 〈탑 위에 휘날리는 기발〉(1938)을 보면 "악마"와 같은 부랑아와 비행소년들을 "천사"로 키워낸 과정, 특히 이 교육시설에 숨어있는 "악마" 이고리 체르냐빈을 "천사"로 전변시키는 과정은 오늘도 잔잔한 감동으로 다가온다.

림민호 교장이 1928년에서 1932년까지 모스크바 동방대학에서 공부했으니 마카렌코의 사상과 철학을 배웠을 것이고 후에는 그의 소설들도 읽었을 것이다. 림민호 교장이 큰 사랑과 믿음으로 북만에서 물 첨벙 불첨벙 찾아온 열일곱 살 홍안의 소년 정판룡을 큰 인물로 키워낸 일은 세상이 다 아는 일이다. 하지만 나는 정판룡 선생을 두고 여러 편의 글을 쓰면서도, 더더구나 좋은 소재 하나를 손에 잡고서도 당사자가 동의하지 않아 쓰지 못했다. 그 이야기인즉 이러하다.

어느 날 아침, 정판룡 선생이 댁에서 양치질을 하는데 조용히 출입문을 노크하는 소리가 들렸다. "누구시오?" 하고 문을 따주니 얼굴이 통통 부은 남녀 두 학생이 고개를 숙이고 들어오더니 덮어놓고 넙죽 절을 한다.

"왜 이러는 거야, 무슨 일인지 이야기부터 해 봐."

그제야 남학생이 고개를 들고 정판룡 선생을 쳐다보다 말고 쿨쩍인다.

"선생님, 제가 혜자와 좋아하는 사이인 줄 아시지요?"

"그래, 조금은 알고 있지."

하고 정판룡 선생이 허허 웃는데 이 자식이 다시 넙죽 엎드려 절을 하면서

"저의 불찰로 혜자가 아이를 뱄어요. 이 일을 어떡하면 좋습니까?"

하고 닭똥 같은 눈물을 흘렸다. 혜자라는 여학생도 방울방울 눈물을 흘리더니 고개를 폭 숙인다.

"어허, 이런 녀석들을 봤나? 이런 녀석들을! 난 1, 2절 강의가 있어. 그러니 저녁에 다시 와."

하고 정판룡 선생은 가방을 들고 나갔다. 남학생의 이름은 진수, 대갓집 도련님처럼 이목구비가 수려한데 연변예술계의 거목 박 선생의 아들이다. 혜자는 진수가 남몰래 좋아하는 여학생인데 예쁘장하게 생겼고 공부도 썩 잘했다. 정판룡 선생은 혜자가 임신까지 할 줄은 꿈에도 생각하지 못했다. 온종일 강의에 여러 가지 사무를 처리하고 저녁에 댁으로 돌아올 때 정판룡 선생은 아침에 있었던 일을 잠깐 잊고 있었다. 문을 떼고 들어

서니 두 녀석이 또 넙죽 절을 한다. 정판룡 선생은 너무 억이 막혀 한참 창밖을 보다 말고 물었다.

"진수, 이 일을 아버님께서 알고 계셔?"

"감히 여쭙지 못했습니다."

"그럼 혜자는?"

혜자는 진수를 흘깃 건너다보더니 빌빌 울기만 한다. 정판룡 선생은 "에끼 못난 녀석들!" 하고 픽 웃더니

"진수는 아버님께도 귀빰을 맞을 각오를 하고 이실직고하란 말이야. 저 강 건너에 진수네 고모님이 살고 계신다는 이야기를 들었어. 내가 자네 아버님께 말씀을 드릴 터이니 일단 혜자를 고모님네 댁에 맡기는 거야. 거기서 애를 낳고 1년 간 있다가 돌아와 복학을 해요. 진수는 그냥 여기 남아 공부를 하란 말이야! 이 일은 나만 알면 됐어."

정판룡 선생의 하늘같은 음덕으로 무난히 세상에 나온 진수와 혜자의 아들이 연변1중을 수석으로 졸업하고 청화대학을 거쳐 미국에 가서 석, 박사학위를 받더니 유명한 국립연구소에 취직을 했다고 한다. 진수 선생네 내외는 그 아들 덕분에 여러 번 미국나들이를 했고 슬그머니 아들자랑을 하며 다녔다. 언제인가 진수 선생이 나를 보고

"호웅씨는 정판룡 선생과 같은 훌륭한 어른을 지도교수로 모셨으니 얼마나 좋겠어!"

하면서 정판룡 선생 덕분에 아들을 보게 된 일을 이야기한 적 있었다. 하지만 정작 이 에피소드를 〈정판룡, 우리 모두가 그이를 그리는 까닭〉이라는 글에 쓰고 그 초고를 진수 선생에게 보였더니

"처녀가 아이를 낳았다, 결코 자랑거리가 아닐세. 호웅씨도 알지만 우

리 집사람은 좀 예민한 편이거든. 제발 그 장면만은 빼주게!"
하고 신신당부를 하는지라 하는 수 없이 빼고 말았던 것이다...

각설하고 노신 선생도 말했지만 "교육의 뿌리는 사랑에 있다." 젊은 생명에 대한 사랑과 믿음이 없이 교육이 성립될 수 없다. 요즘 세상을 보면 옛 사람들의 말 그대로 경사는 만나기 쉬워도 인사는 만나기 쉽지 않다(经师易遇, 人士难遇). 즉 경서의 자구(字句)를 가르치는 선생은 세상에 얼마든지 있지만 제자에게 공정한 도의를 가르치고 사람이 가야 할 올바른 길을 인도해주는 진정한 스승은 만나기는 어렵다. 다양한 개성을 가진 학생들의 인격과 장끼를 인정하고 그 소중한 싹을 키울 줄 모른다. 천편일률적인 잣대로 젊은이들을 요구한다. 젊은이들은 실수를 하고 사고를 치기 마련인데 오늘의 교육시스템에서는 단 한 번의 실수나 사고로 일생을 망치기 십상이다.

문단의 경우도 마찬가지이다. 우리도 좀 마카렌코나 림민호, 정판룡 선생과 같이 젊은 작가, 예술인들에 대한 사랑과 믿음, 그리고 인내심을 가지고 그들을 지켜보고 키워주는 아량과 지혜를 보여줄 수는 없을까? 한 번 실수를 하거나 사달을 쳤다고 해서 단매에 때려눕힐 게 아니라 회과자신 할 수 있는 기회를 주는 게 어른이나 지도자가 할 일이다. 인간은 시련 속에서 자라는 법, 순탄하게 자란 애들보다 오히려 유명한 장난꾸러기나 애꾼이 그 어떤 계기, 또는 훌륭한 어른을 만나 대성하는 경우를 우리는 종종 보기 때문이다.

양산박의 영웅들이나 청석골의 영웅들을 보시라. 그들은 생김새와 성미도, 무예와 재능도 각각 달랐다. 여덟 신선이 바다를 건너면서 제각기 자기 솜씨를 보였다는 말도 있지만, 다 같이 호랑이를 잡았으되 무송과 이규 역시 성격이 판판 달랐다. 소심한 무송은 술 열여덟 사발을 마시고야 산에 올랐다. 하지만 이규는 아예 범의 굴에 들어가 박도를 쥐고 한잠 늘어지게 자면서 범이 돌아오기를 기다리지 않았던가. 이러한 다양한 개성의 인간들을 존중하고 묶어세우는 게, 천하의 영웅호걸들이 가슴을 터놓고 의좋게 지낼 수 있는 산채를 만드는 게 멋진 지도자의 재능이요, 리더십이라고 하겠다.

《길림신문》 2019년 12월 5일

# 한 그루 무궁화

　요즘 세상살이가 어렵고 인정이 메말라가고 있다고 하지만 가끔 빈 들판에 핀 가을 국화와 같이 아름다운 사람들을 만날 수 있어 이 세상이 한결 따스한 느낌이 든다. 왕유(王瑜) 교수가 바로 그러한 분이다. 왕유 교수라 하면 잘 모르실 분들이 많겠지만 이분이 바로 연변대학교의 저명한 영어교수요, 고(故) 정판룡 교수의 사모님이다.

　왕 사모님은 1934년 상해에서 태어나 1953년 중경 남개중학교를 졸업하고 1955년부터 1960년까지 구소련 모스크바 레닌사범학원 러시아 언어문학학부를 졸업했다. 왕 사모님은 거기서 만난 정판룡 교수를 따라 연변에 왔고 연변대학교에서 러시아어와 영어를 가르치면서 장장 46년 세월을 하루와 같이 조선족형제들과 함께 살고 있다.

　왕 사모님은 1996년에 정년을 했고 2001년 평생의 반려요, 지기인 정판룡 교수를 여의고 외기러기 신세로 지내고 있다. 딸 홍(虹)이네 식구와 아들 진(辰)네 식구가 모두 일본에 있어 혼자 지내는 왕 사모님의 모습이 안쓰러울 때도 있지만, 기실 그는 여전히 이 가을도 지칠 줄 모르고 꽃을 피우는 무궁화처럼 일에 바쁘고 사랑을 나누기에 바쁘다.

자, 연변대학교 서대문 옆에 있는 왕 사모님네 댁으로 가보자.

호쾌한 웃음을 짓고 있는 정판룡 교수의 유상이 벽 중앙에 걸려 있는데 그 아래에는 일본에 있는 손녀, 손자 녀석들이 할머니를 위로하느라고 빨갛고 노란 크레용으로 그려 보낸 크고 작은 그림들이 붙어 있다. 토끼나 노루와 같은 착한 짐승도 보이고 퉁방울 같은 눈을 부릅뜬 호랑이도 보인다. 서툴고 우습기는 하지만 애들의 천진난만한 동심과 환상력이 꼼틀거려 볼수록 웃음이 절로 나온다. 정판룡 교수가 앉아있던 안락의자에는 수염이 달린 큰 인형이 비스듬히 앉아 있다. 왕 사모님의 말씀으로는 정판룡 교수라고 한다. 묵직한 테이블 위에는 큰 화분에 자란 무궁화 한 그루가 탐스러운 꽃을 떨기떨기 피우고 있다.

왕 사모님은 바로 여기서 일하고 계신다. 자서전을 쓰고 후학들의 논문을 수정하고 영어강습반 강의안을 짜기에 늘 바쁘다. 정판룡 교수가 작고한 뒤로는 무궁화를 손보아 주는 일도 왕 사모님 혼자의 몫이라 이래저래 늘 바쁘다.

오늘은 왕 사모님의 에피소드 몇 가지만 이야기하고자 한다. 좀 버릇없이 왕 사모님의 비밀스러운 이야기를 해도 용서해 주기 바란다.


## 왕 사모님의 한복차림

우리 제자들은 왕 사모님을 두고 "연변의 왕소군"이라고 한다.

왕소군(王昭君)은 중국 한나라 원제(元帝) 때의 궁녀인데 기원전 33년 흉노(匈奴)와의 친화정책을 펴기 위해 흉노왕 호한야선우(呼韓邪單于)에게 시집을 갔던 절세의 미인이다. 《서경잡기(西京雜記)》에 따르면 원제는 화공들에게 궁녀를 그리도록 명하여 그림을 보고 마음에 드는 여자를 불러들였다고 한다. 궁녀들은 모두 화공에게 뇌물을 주고 아름답게 그려달라고 했으나 워낙 성품이 정직한 왕소군은 뇌물을 주지 않아 추하게 그려졌다. 원제는 그런 사실을 전혀 모르고 왕소군을 호한야선우에게 시집보내기로 하였다. 왕소군이 말을 타고 떠날 즈음에야 그녀의 뛰어난 미모를 알게 된 원제는 크게 후회하였다. 그러나 흉노와의 신의를 저버릴 수 없어 그녀를 보내고는 화공들을 죽여 버렸다고 한다. 아무튼 왕소군의 이야기는 후세에 널리 전송되었고 많은 문학작품에서도 다루어졌는데 원대(元代) 마치원(馬致遠)의 희곡《한궁추(漢宮秋)》를 최고의 걸작으로 꼽을 수 있을 것이다.

왕 사모님을 왕소군과 동일시하는 것은 심통한 비유라고는 할 수 없다. 왕소군은 흉노와의 화친을 위해 제물로 바쳐진 셈이지만 왕 사모님은 사랑하는 남편을 따라 연변에 왔고 평생 조선족형제들을 사랑하고 있기 때문이다. 하지만 왕 사모님은 성씨도 왕소군과 같은 왕씨(王氏)요, 자색에 있어서도 결코 왕소군에 짝지지 않으니 그녀에 비유해도 크게 어폐는 없으리라.

언젠가 왕 사모님네 댁에서 사진첩을 본적 있는데 20대의 나이에 러시아 볼가강에서 유람선을 타고 수줍게 웃고 있는 모습은 참으로 매력적이었다. 이 사진은 요즘 왕 사모님의 자서전《남에서 북으로 날아와 70년 세월(從南到北七十載)》에도 수록되었는데 가히 20세기 미스 차이나 반열에 올릴 만한 아름다운 용모였다.

왕 사모님은 이젠 칠십 고개를 넘은 분이지만 그냥 해맑은 얼굴에 날씬한 몸매를 간직하고 있다. 제자로서 사모님의 자색을 두고 품평을 하는 것은 예의에 어긋난 일이지만 우리 부모님의 회갑잔치 때 얼핏 본 그분의 백옥 같은 살결을 나는 영원히 잊을 수가 없다.

큰형 봉웅, 셋째 형 관웅, 그리고 넷째인 나까지 정판룡 교수의 문하에서 문학공부를 했는지라 우리 부모님의 환갑잔치에 정판룡 교수 부부를 모셨었다.

그 날 환갑잔치는 요즘처럼 화려한 호텔에서 한 게 아니라 연길시 광명가의 어느 널찍한 노인 독보조를 빌려서 했다. 아마도 지금의 코스모호텔 뒤에 있었던 것 같다. 환갑상을 차려놓고 어르신들을 모시는데 자연 정판룡 교수는 우리 아버지 옆에, 왕 사모님은 우리 어머니 옆에 모시게 되었다. 그런데 울긋불긋 풍성한 한복들을 차려입은 우리 어머니와 안사돈들 사이에 끼인 왕 사모님의 옷매무시가 도무지 어울리지 않았다. 수수한 남색 평복을 입고 오신 것이다.

연변박물관의 사진작가가 카메라를 들고 있다가 고개를 갸우뚱하더니 왕 사모님도 한복을 입었으면 좋겠다고 했다. 한 구들 되는 자식들을 다 출세시킨 집안의 환갑잔치라고 사진작품으로 만들어 연변박물관에 번듯하게 걸어놓을 심산으로 이른 아침부터 박물관에서 고풍스러운 병풍을 빌려오고 "어동육서, 홍동백서(魚東肉西, 紅東白西)요"하며 직접 환갑상을 차려온 사진작가인지라 그의 아집을 꺾을 수 없었다.

우리 형제들은 서로 눈치를 보면서 난색을 지었다. 누가 감히 한족인 왕 사모님을 보고 한복으로 갈아입으라고 권할 수 있으랴!

버르장머리 없는 비유지만, 결국 고양이 목에 방울을 다는 일은 내가 하는 수밖에 없었다. 나는 왕 사모님을 조용히 병풍 뒤쪽으로 모셔내다가

"오늘 환갑상을 받는 장면은 연변박물관에 영구히 전시한답니다. 죄송

하지만 사모님께서도 한복으로 갈아입었으면 하는 데요…"

하고 한 마디 조심스레 여쭈었다. 그랬더니 왕 사모님은 당신 자신의 옷매무시를 얼핏 내려다보더니

"나도 닭 무리에 오리가 끼인 격이라 생각했어. 헌데 한복이 있어야 입지."

하고 천만뜻밖으로 한복을 입겠노라고 했다.

나는 얼씨구 좋다 하고 이 소식을 형제들에게 알렸고 누님은 득달 같이 달려가 여벌로 장롱에 넣어두었던 한복을 받쳐 들고 달려왔다. 누님이며 큰형수며가 마치 황후를 모시듯 왕 사모님을 옹위해 가지고 옆방으로 들어가는데 얼마 뒤 방안에서 아낙네들이 호들갑을 떠는 소리가 새여 나왔다.

"과시 미인이야!"

이는 걸걸한 성격의 누님 목소리였고

"아이구, 어쩌면 살결이 저렇게 희지요. 떡가루 같아요."

이는 큰형수가 혀를 차는 소리였다.

나그네 귀 석자라고 나는 그 소리들을 다 들었고 호기심을 참을 길 없어 슬쩍 열린 문틈으로 들여다보았다. 누님과 큰 형수가 왕 사모님에게 치마를 입히고 나서 저고리를 입힐 차례였는데 두 팔을 벌리고 얌전하게 입혀주기를 기다리는 왕 사모님은 그야말로 그리스 신화에 나오는 여신처럼 아름다웠다. 비둘기 잔등 같은 동그란 어깨, 백옥 같은 두 팔, 이팔청춘 소녀처럼 홍조를 머금은 능금 같은 두 볼, 그야말로 화용월태(花容月態)라 눈이 부셨다.

쉰 고개를 넘어선 분이 저토록 아름다울진대 처녀시절에는 과연 얼마나 청순하고 싱싱했을까! 그래서 천하에 비위 좋고 넉살좋은 정판룡 교수

도 시퍼런 대낮에는 도무지 프러포즈를 할 엄두를 내지 못하다가 지지리 못나게도 둘이 암실(暗室)에서 사진을 현상할 때에야 아닌 밤중에 홍두깨 격으로 덥석 왕 사모님의 손을 잡았다고 하지 않는가.

그날 한복을 입고 앉은 왕 사모님의 모습은 참으로 한 떨기 꽃과 같이 아름다웠다. 더욱이 일개 대학교의 유명한 영어교수가 한복 치마저고리를 입고 조선족 노인네들 사이에 허물없이 앉아 있는 모습을 보고 우리 형제들은 물론이요, 연변박물관의 사진작가도 찰칵찰칵 사진을 찍어대며 흥분을 감추지 못했다.

후일 이 사진은 확대, 현상돼 연변박물관에 전시했는데 좋이 10여 년은 걸려있었다. 요즘 연변박물관이 진달래 광장 쪽으로 옮겨간 뒤로 그냥 걸어두고 있는지 한 번 확인해 보아야 하겠다.

아무튼 남방의 대도시에서 자랐으되 뽐낼 줄 모르고, 모스크바 유학까지 한 적 있는 영어교수가 가두의 노인네들과 허물없이 앉아 있는 모습, 철두철미 한족이지만 조선족의 풍속과 습관을 존중하는 왕 사모님을 우리 형제들은 우러러보지 않을 수 없었다.


## 왕 사모님 마음은 열두 폭 치마

한평생 서캐를 훑어야 하는 언어학을 전공한 까닭일까, 왕 사모님은 성미가 꼼꼼하고 날카롭다. 영어로 말하자면 노(no)와 예스(yes)가 분명하다. 그녀 앞에서 근신(謹身)하지 않고 흰소리를 치거나 게으름을 피운다면 그 상대가 남편이든, 교장이든, 제자이든 관계없이 따끔하게 일침(一針)을 놓는다. 우리 제자들은 정판룡 교수한테서는 별반 꾸중을 듣지 않았지만 왕 사모님에게서는 거개가 한두 번씩 코를 떼였다.

왕 사모님은 문자에 밝아 정년을 한 후에도 연변대학교의 최대 프로젝트라고 할 수 있는 《간명한국백과전서》를 비롯해 《조선-한국학연구총서》의 문자수정을 맡아했는데 구렁이 담 넘어가듯 얼렁뚱땅 원고를 낸 친구들은 모두 혼쭐이 났다. 원고만 수정해 연구소에 돌려주는 게 아니라 마치 소학생의 숙제검사를 하듯이 직접 당사자를 불러다놓고 깐깐하게 설명을 하고 해석을 하는지라 그네들은 진땀을 내야 했다. 왕 사모님은 설사 연변대학교의 석학으로 정평이 난 학자의 원고라 해도 새까맣게 고쳐서 되돌렸다. 그래서 왕 사모님을 경이원지(敬而遠之)하는 사람들도 더러 있지만 실은 그의 깊은 속내를 모르기 때문이리라.

왕 사모님은 원리원칙에는 한 치의 양보도 없고 학문적인 문제를 두고는 미주알고주알 캐고 들지만 일상생활에 있어서는 더없이 너그럽고 대범하다. 그야말로 왕 사모님의 마음씨는 열두 폭 치마라 하겠다. 남편인 정판룡 교수와의 사이도 그런 줄로 알고 있다.

정판룡 교수는 워낙 학식도 인품도 넉넉한 사람이요, 세상의 모든 여자들을 한 품에 안을 만한 호걸남아라 그를 따르는 여성들이 꽤나 많았다. 우리 문단의 해반주그레하게 생긴 여류작가들도 정판룡 교수를 졸졸 따라다녔고 우리 대학의 여성 교수들 중에도 은근히 정판룡 교수를 사모하는 이가 적지 않았다. 한 여교수는 얼굴이 반반하게 생긴데다가 노래를 썩 잘 불렀고 글재주도 좋았다. 정판룡 교수도 그녀를 퍽이나 예뻐해 주는 눈치였는데 그녀는 내놓고 정판룡 교수를 감싸고돌았다.

연변대학교 남녀 교수들이 가끔씩 연길시 중심가에 있는 근사한 식당에 가서 회식을 하고 돌아오면 정판룡 교수와 그녀는 우리와 함께 연변대학교 서대문까지 왔다가는 슬쩍 자취를 감추곤 했다. 다시 택시를 잡아타고 호젓한 다방을 찾아가 밤늦게 이야기를 나누곤 했던 것이다. 왕 사모님도 이를 모를 리 없었고 그래서 그녀를 좀 쌀쌀하게 대하는 눈치였다.

그런데 2001년 가을 정판룡 교수가 결장암에 걸려 2년 남짓이 고생을 하다가 운명을 하게 될 무렵인데 그 여교수가 조용히 왕 사모님을 찾아왔다.

"사모님, 제가 정 교수님을 하루 밤만 간호하고 싶은데요. 허락해 주시겠어요?"

왕 사모님은 그만 억이 막혔다. 사람이 어쩌면 이렇게 철면피할 수 있으랴 하는 생각이 들었다. 하지만 달리 생각해 보니 이해가 가더란다. 내 남편이 얼마나 멋지고 얼마나 좋았기에 피골이 상접해 임종에 직면한 이 마당에 하루 밤 모시겠다고 나서는 여인이 있단 말인가. 또한 남녀관계를 막론하고 세상의 인심이란 얻어먹을 게 있으면 아첨을 떨고 애교를 부리다가도 얻어먹을 게 없으면 등을 돌리기 마련이거늘 이 여자가 무엇을 바라고 정 선생을 모시고자 하는가. 그게 바로 이슬처럼 맑은 인간의 정이 아닌가. 이런 생각을 하니 그녀가 측은하게 보였고 하룻밤 정 선생을 모시겠다고 하는 그녀의 행실이 결코 밉지 않았다고 한다. 왕 사모님은 그녀더러 하룻밤 정 선생을 모시게 하였다.

물론 그 여교수는 이 일을 두고 왕 사모님을 더없이 감사하게 생각하고 있고 왕 사모님 또한 일생에 제일 잘 한 일 가운데 하나가 그 여교수더러 하룻밤 정 선생을 모시게 한 일이라고 생각하고 있다.

공자는 시 300수는 생각에 사악함이 없다(思無邪)고 했다. 왕 사모님이야말로 티 없이 맑은 거울과 같은 분이라 그분의 앞에 서면 경건해지지 않을 수 없으며 넋이 맑아짐을 경험하게 된다. 단순하고 천진하지만 인간적 깊이가 있고 아름다운 천품을 지녔지만 언제나 수수한 모습으로 다가오는 왕 사모님, 그야말로 "물은 깊으면 조용한 법"이라는 어느 명인의 격언을 떠올리게 한다. 왕 사모님의 믿음 속에 정판룡 교수를 하룻밤 시중든 그 여교수도 정성을 다 고였을 것이고 인생의 가장 아름다운 순간을 체험했으리라 생각한다.

## 왕 사모님의 지칠 줄 모르는 사랑

며칠 전 저녁을 먹고 텔레비전을 보는데 문득 전화가 걸려 왔다. 연변병원에 입원한 왕 사모님의 전화였다. 사모님은 요추(腰椎) 통증으로 오래동안 고생을 하다가 며칠 전 수술을 받고 연변병원 골과 병동에 입원을 하고 있었다.

"후슝(虎雄)—"

왕 사모님은 언제나 그러하듯이 일단 내 이름을 불러놓고

"오늘 점심 내 병실로 왔을 때 104호 병실에 있는 한 정실이라는 애를 보고 왔었지." 하고 말꼭지를 뗐다.

"예, 그랬는데요."

"글쎄 그 애가 엄마와 함께 방금 날 보러 왔지 않겠어. 고맙게도 음료를 사들고 말이야. 이태 전 정 선생이 만든 아동장학금을 탄 적 있다고 해. 그래서 감사를 드린다고 했어. 얼마나 착해. 헌데 엄마, 아빠가 다 하신을 잘 쓰지 못하는데, 설상가상으로 그 애마저 다리를 다쳐 아홉 달째 병원에 누워있다는 거야. 여봐 후슝, 요즘 자네들이 문병을 왔다가 부조한 돈이 5천 원은 좋이 되거든. 그걸 한정실의 입원비에 보태주고 싶어. 그래도 되

겠어?"

"왜 안 되겠습니까? 하지만 사모님도 입원한 신세고 이제부터 돈을 많이 써야 하겠는데요."

"아니야, 난 입원비를 못 낼 사람이 아니야. 이 돈은 내 돈도 아니구 여러 사람들의 정성이니 이를 정실이를 치료하는데 써야 하겠어."

막무가내였다. 일단 이 정도로 전화를 주고받았다.

한정실이란 연길시건공소학교에 다니는 소녀인데 올해 정초 이모와 함께 모아산 민속촌에 가서 눈썰매를 타고 쏜살같이 아래로 지쳐내려 오다가 그만 해묵은 소나무 등걸에 부딪치는 바람에 다리를 크게 다쳤었다. 정실이는 수술을 받았으나 골수염이 생겨 재차 수술을 받게 되었다. 그 애의 어머니 박금숙(45세)은 "애비, 어미 모두 다리를 쓰지 못하는데 정실이마저 다리를 잃으면 어떡해요?…" 하고 쌍지팡이를 짚고 병원 안팎을 드나들며 온갖 정성을 다했고 그 애의 아버지도 불편한 다리를 끌고 목기공장에 다니면서 아득바득 입원비를 벌고 있었다. 하지만 이미 4만원이나 들어간 입원비를 갚자면 그야말로 하늘에 장대 겨룸이었다.

이러한 사정을 알게 된 연변TV《사랑으로 가는 길》제작진에서는 사회에 향해 구원의 손길을 호소하게 되었다. 마침 우리 연변대학교에서는 정판룡 교수 서거 5주기(週忌)를 기념할 겸 9월 30일《사랑으로 가는 길》프로에 협찬을 하게 되었고 사전 준비로 나는 리광실 기자와 함께 한정실 학생을 방문하게 되었던 것인데, 그 자리에서 그 애에게 힘이 되라고 김학철 선생과 정판룡 교수의 이야기를 하다 보니 자연 왕 사모님이 지금 115호 병실에 계신다는 이야기를 했던 것이다.

아무튼 나는 왕 사모님의 진정어린 말씀에 그만 콧마루가 찡해났다.

얼마나 아름다운 마음씨인가? 당신 자신도 병상에 누워있는 신세건만 한 조선족 어린이를 위해 5천 원의 거금을 선뜻 내놓으려 하는 것이다.

기실 정판룡, 왕유 부부는 1996년 KBS해외동포상으로 받은 상금 10만 원을 장학기금으로 내놓았고 2001년 정판룡 교수가 투병생활을 하고 있을 때 많은 제자와 벗들이 문병 차로 와서 내놓은 부조금 11만 원을 한 푼도 쓰지 않고 모아두었다가 몽땅 장학기금에 보태주었다. 정판룡교육발전기금 설립 10주년을 맞는 오늘 이미 56명의 대학생들이 이 장학금을 받았다.

하지만 왕 사모님이 두 어려운 대학생을 도와준 이야기는 그 누구도 모르리라.

하나는 연변대학교 영어학과 학생인데 길림성 요원시(遼原市) 출신이다. 인형처럼 예쁘장하게 생기고 인사성도 밝고 공부도 열심히 했는데 홍반성 낭창(紅斑狼瘡)이란 몹쓸 병을 앓고 있었다. 이 일을 알게 된 왕 사모님은 이 학생에게 모름지기 1년 학비 5,000원 대주었고 이 소식이 알려지매 연변대학교 당국은 그 학생의 2년분 학비를 몽땅 면제해 주는 특전을 베풀었다. 왕 사모님에게 그 학생의 근황을 물었더니 "지금 소주에 살고 있지. 몸은 여전히 아픈 모양인데 내 둘도 없는 멜 커플이지! 가끔 재미있는 이야길 주고받지. 후승에게는 말해 줄 수가 없어."하고 방긋 웃는 것이었다.

다른 하나는 호북성의 오지에서 온 토가족(土家族) 대학생인데 왕 사모님이 가만히 보매 방학마다 집에는 가지 않고 빈 교실에 앉아 공부만 하고 있었다. 왜 방학에 집에를 가지 않느냐고 물어보았더니 차표를 끊을 돈이 없어서 가지 못한다고 했다. 차근차근 물어보니 방학에 한 번 갔다 오는데 800원이 드는데 부모님은 가난해서 그 돈을 댈 수 없고 설사 돈이 있어도 아까워서 차표를 끊을 수가 없다고 했다. 왕 사모님은 젊은 시절에 구소련에 가서 여러 해 공부를 했고 평생 나서 자란 상해, 무석, 중경과 수천리 떨어진 연변에 와서 살고 있으므로 부모형제를 그리는 그 학생의 마음을 짐작하고도 남음이 있었다. 왕 사모님은 그 학생에게 800원을 주어 차표를 끊고 3년 만에 고향에 돌아가 부모형제와 상봉케 하였다. 이 학생은 이제 곧 졸업을 하고 사회에 진출하게 된다고 했다.

## 무궁화는 영원히 피리라

정판룡 교수의 서재에 있는 무궁화에 대해 다시 이야기해보자.

1983년 이웃으로 살던 연변대학교 김지운(金址云) 선전부장이 정판룡 교수가 무궁화를 각별히 좋아하는 줄을 알고 자기네 자택 베란다에서 기르던 무궁화나무에서 한 가지를 베어 물병에 넣어 뿌리를 내리게 한 다음 예쁜 화분에 담아 선물한 것인데, 올해까지 23년 동안 왕 사모님네 댁에서 무탈하게 자라고 있다. 2001년 정판룡 교수가 작고했으니 18년은 정판룡 교수가 키우고 올해까지 5년 채 왕 사모님이 키우고 있는 셈이다.

요즘 왕 사모님은 썰렁한 가을바람이 불자 정판룡 교수가 그랬던 것처럼 여름에 베란다에 내갔던 무궁화 화분을 집안에 들여다가 테이블 위에 올려놓았다. 담홍색 꽃송이는 대여섯 송이 피었다가는 지고, 졌다가는 다시 피어서 온 객실에 은은한 빛과 향기를 던져주고 있다. 금시 호걸스러운 정판룡 교수가 껄껄껄 웃으며 서재에 들어와 안락의자에 앉아 구수한 이야기를 꺼낼 것만 같은 기분이 든다. 그래서인지 왕 사모님의 무궁화 사랑은 자별하다. 무궁화를 보면 저 하늘에 계신 남편을 보는 느낌이 든다고 했다. 왕 사모님이 이토록 무궁화를 아끼는 것은 이 꽃이 바로 남편의 모국인 조선이나 한국의 국화(國花)요, 그녀 자신이 또한 조선민족을 사랑하기 때문이다.

하지만 이 한 그루의 무궁화를 두고 우리 제자들은 왕 사모님과 조금은 생각을 달리하고 있다. 무궁화는 바로 거친 연변에 와서 뿌리를 박고 해마다 아름다운 꽃을 피우고 있는 왕 사모님을 상징한다고 생각한다.

따스한 남방의 대도시에서 나서 자랐고 남개대학교 러시아학과 교수 자리도 마다하고 연변에 온 왕 사모님, 그가 겪어야 했던 고생은 그야말로 일구난설이다. 기후와 풍토에 맞지 않는데다가 1960년대 초반 영양실조로 말미암아 한쪽 신장마저 떼어버려야 했던 왕 사모님이다. 더더구나 하늘같은 남편을 잃은 이 무렵 왕 사모님의 마음은 얼마나 쓰리고 허전하랴. 또한 왕 사모님에게도 귀한 자식들이 있고 그들은 일본에서 고학을 하고 있다.

하지만 왕 사모님은 이 모든 상처와 괴로움과 그리움을 약한 자에 대한 사랑으로, 조선족에 대한 사랑으로 승화시키고 있으니 그이야말로 왕 사모님이야말로 21세기의 왕소군이요. 한 그루의 무궁화가 아닐 수 없다. 찬 바람 부는 이 가을에 온 생명을 다 바쳐 한없이 피고 또 피는 무궁화, 그게 바로 왕 사모님이다.

왕 사모님네 댁 무궁화는 내년에도 후년에도 그냥 탐스럽게 필 것이다.

왕 사모님의 쾌유(快癒)를 빌면서 이 글을 마친다.

2006년 10월 1일, 깊은 밤에

# 두 학자의 풍경

작년에 상해에 진출한 젊은이들의 주택난을 다룬 최화의 단편소설 〈빈집〉이 《연변문학》 소설부분 신인상을 타더니 올해는 수필을 쓰던 리은실씨가 첫솜씨로 북경에 진출한 젊은 내외의 주택난을 다룬 단편소설 〈달팽이야, 달팽이, 어디로 가느냐〉를 〈연변문학〉에 냈다. 두 작품은 상해나 북경에 취직한 젊은이들이 겪은 집 없는 고생에 대해 썼는데 전자는 손에 땀을 쥐게 하는 탐정소설과 같은 플롯으로, 후자는 톡톡 튀는 인물들의 대화와 섬세한 심리묘사로 독자들을 매료할 것 같았다. 하지만 한국의 장백일 선생이 쓴 〈집〉이라는 수필을 사전에 보았으면 좀 더 상징성과 철리를 깔 수 있고 주제도 승화시킬 수 있었을 터인데, 하는 아쉬움이 남았다. 그래서 선생의 수필집 〈번데기의 양심 찾기〉를 다시 꺼내 들었다. 이 수필집에 그의 수필 〈집〉이 실려있다. 장백일 선생을 떠올리니 자연 권철 선생도 떠오른다.

권철 선생은 나의 은사 중의 한 분이다. 선생을 모시고 밤을 보내기는 두 번이다. 1990년대 초반 정판룡 선생이 이끄는 조선-한국학연구소 임원들이 1박 2일로 연변의 금강산이라고 하는 화룡의 선경대에 갔더랬다.

어느 농갓집에서 하루 밤 묵게 되었다. 복판에 부엌이 있고 동서 양쪽에 방 하나씩 있는 중국식 농가집인데 동쪽 방에는 정판룡 선생이 강순화, 김순녀와 같은 여선생들을 먼발치에 두고 위쪽으로 누웠고 나는 권철 선생과 서일권 선생을 모시고 서쪽 방에 들었다. 두 분이 코를 곯기로 유명한 줄 알았지만 둘이 번갈아 코를 곯아대는 데는 도무지 잠을 이룰 수 없었다. 죄송하지만 서일권 선생은 초저녁부터 새벽까지 풀무를 잦듯이 드렁드렁 코를 곯았고 권철 선생은 2, 3분씩 뜸을 들였다가 다시 기세를 돋우어 천장이 들썽하게 코를 곯았다. 잠깐 터널에 들어갔다가 다시 기적을 울리며 빠져나오는 기차를 방불케 했다.

그 때로부터 10년 후, 서울에서 다시 울며 겨자 먹기로 권철 선생을 모시고 이틀 밤 자게 되었다. 그 무렵 나는 배재대학교에 교환교수로 가 있었는데, 경희대학교에서 열리는 학술대회에 초청을 받고 갔다가 우연히 권철 선생을 뵙게 되었다. 그런데 대회 측에서는 2박만 호텔을 제공한다.

"어디로 모실까요?"

하고 물은즉 선생은

"자네가 가는데 가서 두어 날 신세를 지면 안 되겠어! 비싼 호텔은 싫어!"

하신다. 그래서 서울에 가면 반드시 들곤 하는 모텔에 모셨다. 종로3가 대로변에 있는 서울관광호텔 뒤에 있는데, 사우나탕과 함께 경영하는 모텔이다. 이 모텔에 들면 사우나는 무료로 할 수 있고 주변에 '청진옥'이요, '닭 한 마리'요, '양반집'이요 하는 술집들이 총총히 들어앉아서 친구들을 만나 술자리를 만들기도 좋았다. 특히 파고다공원은 왼쪽으로 걸어서 5분 거리, 교보문고는 오른쪽으로 걸어서 10분 거리다. 북쪽으로 난 샛길로 들

어가면 온갖 골동품가게들이 늘어선 인사동이 나온다. 내가 방 두 개를 잡자고 하니 선생은

"침대가 아니라 구들이군. 네댓 사람도 실컷 잘 수 있겠어."

하고 기어코 나와 같이 방 하나를 쓰자고 한다. 그래서

"선생님께서 드렁드렁 코를 골까봐 더럭 겁이 나서 그럽니다."

하고 이실직고했더니

"젊고 힘이 있어야 코도 고는 법이야. 난 이젠 늙어서 코를 골지 않아!"

하고 히죽이 웃었다.

그 날 밤, 사우나대접을 하고 자리를 펴고 선생을 모셨더니 금시 조용히 잠 드신다. 아침에 일어나 보니 여전히 부처님처럼 조용히 누워계시는데 이불 밖에 비죽이 나온 발가락들이 꼼지락거린다.

"선생님, 깨어나셨구먼요. 밤 편히 주무셨습니까?"

하고 아침인사를 드리니 선생은 조용히 눈을 뜨신다.

"깨어난 지야 한참 되었지. 좀 더 자라고 일어나지 않았어. 내가 깨난 걸 어떻게 알았지?"

"발가락들을 꼼지락거려서 알았습니다."

"하하하, 그게 바로 내 아침운동이야. 전신에 피가 돌게 하는 방법이야."

하고 일어나시더니

"오늘 점심에 장백일 교수가 날 보러 온다네. 자네도 일을 보고 나서 곧장 이리로 오게. 이 모텔 앞에 있는 '닭 한 마리'라는 집이래."

나는 갖고 온 술 두 병 중에 한 병을 내놓고

"두 분 맛있게 드세요. 저는 교보문고 쪽으로 가서 친구 좀 만날 일이 있습니다."

하고 모텔에서 멀지 않은 청진옥에 선생님을 모시고 가서 선지해장국에 밥을 말아 한 그릇씩 뚝딱 하고 갈라졌다. 연변문단에서는 조성일 선생을 두고 "조 닷근"이라고 하고 권철 선생을 두고 "권 두근"이라고 한다. 하지만 조성일 선생은 술은 즐기지만 별명에 걸맞지 않게 닷 근이 아니라 고작 서너 냥 정도 마시는 수준이다. 하지만 권철 선생은 별명에 걸맞게 두주불사하는 어른이요, 연변대학의 4대금강(四大金剛)의 한 분이다. 하지만 단 한 번도 실수하는 모습을 보인 적 없다. 옛날의 영웅호걸들처럼 호쾌하게 마시되 한 점 흐트러짐이 없는 분(豪飮而不亂)이다. 선생은 언제나 술 한 잔 마시고는 "거 술맛 좋다!" 하고 환하게 웃으신다. 그는 술을 마시고 "카—" 하고 낯을 찡그리는 사람들을 가장 경멸한다.

이 자리에서 솔직히 고백하지만 필자도 술을 좋아하지만 별로 실수를 한 적 없다. 하지만 어느 한 번은 권철 선생이 권하는 술에 취해서 자전거를 타고 귀가하다가 동네 담벼락에 얼굴을 비벼서 닷새나 출근하지 못한 적 있다. 그렇지만 단 2명밖에 받지 않는 박사시험에 관용형과 함께 부득부득 달려드는 나를 두고 정판룡 선생과 짜고 들어 일본 와세다대학에 방문학자로 빼돌린 분이 권철 선생이다. 3, 4년 뒤에 박사학위논문을 쓸 때 선생은 또 당신이 평생 수집한 귀한 자료들을 전부 제공했고 지도를 아끼지 않으셨다. 권 선생은 1950년대 후반 연변작가협회 비서장으로 일할 때 좀 좌적인 평론들을 발표해 일부 작가들에게 상처를 준 적 있는데, 후에 이를 깊이 반성하고 아예 현장비평을 접고 조선족문학의 자료수집과 정리, 이에 기초한 조선족문학사 편찬에 총력을 쏟아 큰 업적을 떠올렸다.

그 날 나도 친구 만나 한 잔 나누고 오후 2시 경에 모텔로 돌아오는데 길옆에 있는 "닭 한 마리"라는 술집에서 귀에 익은 말소리와 웃음소리가 들려온다. 널다란 창문으로 들여다보니 권 선생과 장 선생이 창가에 놓인 술상에 마주앉아 껄껄껄 웃으면서 대작을 하고 계신다.

그만 장백일 선생을 소개하지 못했다. 그의 본명은 장병희(張秉禧), 젊은 시절에 독일 하일델베르크대학에 가서 철학을 공부하는 게 꿈이었다. 하지만 워낙 집안이 가난한데다가 "6.25" 전쟁의 상처가 아물지 않아 독일유학의 꿈을 접을 수밖에 없었다. 독일유학을 못한 게 평생의 한이 되었기에 선생님은 필명도 베를린(伯林)에서 백(伯) 자를, 독일(独逸)에서 일(逸) 자를 뽑아 장백일이라 했다. 결국 선생은 전남대학교 철학과를 졸업하고 연세대학교에서 《김동인단편소설연구》로 박사학위를 받았다. 1974년 "문인간첩단사건"으로 옥고를 치르기도 했지만, 후에 복권이 되어 국민대학교 교수로, 한국문학평론가협회 회장으로 지냈고 수필창작에서도 일가를 이루었다. 1980년대 말부터는 김창걸의 소설을 비롯한 재만조선인소설문학에 각별한 관심을 갖고 여러 번 연변을 찾았는데 정판룡, 권철 선생과 함께 용정 장재촌에 김창걸문학비를 세웠고 국민대학교에 서일권, 최명식, 김해룡과 같은 연변대학의 가난한 학자들을 초청해 극진하게 대접했다. 권 선생과는 막상막하의 주신(酒神)인데 장 선생 쪽은 특별히 보신탕을 즐겼다. 연길의 보신탕집에 가면 반드시 '해구신(海狗腎)', 까놓고 말하면 수캐의 거시기를 볶은 요리를 시켜가지고 우리 젊은이들에게 억지로 한 가락씩 먹였다.

"바다의 물개나 육지의 삽살개나 다 개는 개야. 이 놈이 최고의 강장제거든. 이걸 서울에서 먹자면 구하기도 어렵거니와 산삼 값이야. 자네들은 하나씩만 먹어, 하나씩만. 남는 건 다 권 교수님과 내 것이야! 어허, 이놈의 '해구심' 덕분에 10년은 더 살 것 같다!"

하고 술 한 잔에 한 가락씩 그야말로 엿가락 빼듯 했다.

오랜 만에 서울에서 뵈었으니 술 한 잔 대접해야 했다. 나는 슬그머니 모텔로 가서 술병을 찾았다. 헌데 술병이 보이지 않는다. 귀신이 곡할 노릇이다. 살그머니 한 병만 꺼내고 트렁크 안에 강아지 잠재우듯이 눕혀놓았는데 보이질 않는다. 아차, 이 어른들이 개평을 했나? 하고 "닭 한 마리"라는 술집에 들어가니 두 분이 불콰한 얼굴로 엉거주춤 일어나 나를 반긴다. 내가 권 선생을 보고 "선생님!" 하고 술병이 사라진 이야기를 꺼내려고 하는데 장 선생이 홰홰 손을 휘젓더니

"권 교수님이 단작스럽게 술 한 병을 들고 왔지 뭐야. 둘이 마파람에 게눈 감추듯이 다 먹어버렸어. 그래서 내가 한 병 더 가져와요, 내 눈에는 모텔에 감추어둔 술이 훤히 보이는데요, 하고 쿡 찔러 말하니까 '호웅이가 들고 온 건데' 하기에 '호웅이가 들고 왔든지 호랑이가 들고 왔든지 두 말 말고 들고 오시우!' 해서 가져다 먹기 시작한 거야. 미안하지만 이 봐! 아직 서너 냥 남았어."

하고 한 잔을 철철 넘치게 따라준다.

닭고기육수에 메밀국수를 한 그릇씩 말아먹고 자리를 뜨는데 장 선생은 권 선생 옆에 놓인 책 한 권을 독수리 병아리 채듯이 가져다가 나에게 준다.

"내 에세이집이야. 닭 한 마리는 서울의 주인 내가 샀고 술 두 병은 호웅씨가 내놓았으니 이 에세이집은 자네에게 선물하는 거야. '권철 선생님 혜존'이라 사인을 했지만 읽어보는 데는 매마찬가지가 아니겠어."

"제가 먼저 읽어보고 권 선생님께 드리지요."

하고 대답하자 장 선생은

"그건 마음대로 해요. 좌우간 거 〈집〉이란 작품부터 읽어봐요. 이 장백 일이가 서울에서 얼마나 집 고생을 했는가 보란 말이야. 자네가 권 선생을 이 모텔에 모시기를 잘했어. 사우나도 공짜로 할 수 있지 이만하면 천당이야. 내가 집 고생하던 이야기를 좀 들어 볼라나."

하고 입가심으로 맥주 두 병을 더 시키고 나서 운을 뗀다.

"난생 처음 내 집을 마련한 건 우리 큰딸애가 여섯 살 때니까 1964년 봄의 일이지. 어느 날, '오늘 좀 일찍 오시구려.' 하는 아내의 전화를 받고 바람에 날려가듯 택시를 잡아타고 집에 들어섰지. 집이 싼 게 났으니 서둘러 사자고 해요. 무허가 집이기는 하지만 일 년쯤 지나면 정식으로 불하가 난다는 겁니다. 대지 23평, 건평 16평에 방이 셋이라고 합디다. 나는 아내의 말만 믿고 복덕방과 계약을 체결했어요. 집을 마련하는 감격에 손이 떨려서 아내가 대필해 주기도 했습니다. 집은 허술했지만 마당에 우물이 있어 그것이 마음에 들더군요. 그런데 집을 살피고 막 골목길을 빠져나올 때 웬 노인이 길을 막으며 '집 산 기분에 소주 한 잔 사시구려.' 하겠지요. 그렇잖아도 자축이라도 하고 싶던 차에 잘됐다 싶어 쾌히 응했어요. 노인은 이 일대를 잘 알고 있는 터줏대감인데 몇 순배 술잔이 오간 뒤에 청천벽력 같은 소식을 전하겠지요. 이 일대는 옛날 공동묘지였고 내가 산 집 바로 대문 옆에 주인 없는 뼈가 묻혀있다고 하지 않겠습니까. 노인님은 그걸 나더러 산에 옮겨다가 묻어주라고 하면서 그건 복 받을 일이라고 했습니다. 결국 집사람 몰래 날짜를 택해가지고 이장을 하게 되었지요. 향을 피우고 술잔을 올리고 재배를 끝내자 노인님은 날더러 망령에게 한 마디 하라고 하네요. 기가 차서 미칠 것 같은데 말까지 하라니요. 눈을 딱 감고 노인님이 시키는 대로 했어요. 일을 마치고 노인님과 함께 통금이 끝날 때까지 술을 마셨지요. 노인님이 상두가(喪斗歌)까지 지어 부르는데 이름도 모를 망인의 이장이었건만 꼭 혈육을 묻고 오는 그런 심정이 되더란 말씀입니다. 그 상두가 한 소리 들어보실래요?”

하고 장 선생이 벌떡 일어서는데 권 선생이

　“장 교수, 여긴 북망산이 아니라 술집이야.”

하고 어깨를 잡아 주저앉혔다. 장 선생은 그만 머쓱해서 술잔을 잡았다.

　그 날 들은 이야기가 〈집〉이라는 작품에 실려 있는데 마지막 부분이 일품이다. 그대로 옮겨본다.


　　집, 집은 사는 사람에게도 절대적인 것이지만 죽은 자에게도 필요한 것이지요. 살아있는 사람의 집을 가(家)라 하고 죽은 자의 집을 총(塚)이라 합니다. 따지고 보면 산 자와 죽은 자의 차이는 결과적으로 획(劃) 하나 차이가 아니겠습니까. 산 자와 죽은 자의 거리가 멀면서도 이토록 가까움을 새삼스럽게 느끼게 되었지요.


　술집에서 나와 권 선생을 먼저 모텔에 모시고 장 선생과 어깨동무를 하고 지하철역까지 가는데 선생은 주흥이 도도해서 〈상두가〉를 불렀다.


　　나는 가오 나는 가오, 북망산에 나는 가오.
　　한 많은 이승 두고, 나두 가오 저승 가오.
　　처자식 남겨두고, 내가 가오 내가 가오.


　가로등 불빛이 어린 안경너머로 눈물이 글썽한 장 선생의 큰 눈이 유난히 빛나는데 나도 어쩐지 서러움이 북받쳐서 고개를 돌렸다. 장 선생의 십팔번은 〈목포의 눈물〉인데 〈상두가〉가 오히려 내 마음을 더 울려주었다.

험난한 세월 한평생 가난하게 살았으되 삶의 신조와 학문적 집념을 가지고 풍성한 문학적 업적을 일구어내신 두 어른, 벼슬도 금전도 바라지 않고 박주 한 잔으로 가슴을 적시면서 우정을 키워온 두 어른, 젊은이들에게 흔쾌히 자신의 모든 사랑과 지혜를 고스란히 넘겨주신 두 어른! 이런 멋진 자리를 또 한 번 만들 수는 없을까.

술을 즐기고 천하의 호걸들과 널리 사귀던 권 선생은 2007년 78세를 일기로 타계하셨고 4년 후배인 장 선생도 2010년 77세를 일기로 타계하셨다. 버릇없는 이야기지만 "해구신"은 최고의 강장제인지는 몰라도 장수와는 별로 관계가 없는 것 같다.

아무튼 장자가 〈제물론(齐物论)〉에서 말하다시피 사람이란 사는 것도 죽는 것도 아니다. 삶이 있으면 죽음이 있고 죽음이 있으면 삶이 있는 법(方生方死, 方死方生), 천리(天理)를 따를 수밖에 없다. 장 선생의 말씀을 빌어 쉽게 풀이하자면 집 가와 무덤 총은 획 하나 차이다. 하지만 30년 세월이 흘렀지만 나는 왜 이 두 분을 잊지 못할까, 이승과 저승이 길 하나 사이 두고 있기 때문일까.

아니다, 모진 가난과 세파에도 기죽지 않았던 망자의 기개와 기품, 그 따뜻한 우정과 사랑이 아름다운 풍경으로, 술 향기로 내 가슴을 적셔주기 때문이다. 아마도 이래서 중국의 어느 한 시인도 말하지 않았던가, 어떤 사람은 살아있어도 이미 죽었고 어떤 사람은 죽었지만 살아있다고…

《도라지》 2020년 제1기

# 격정과 낭만의 화신 —림휘 교수

2018년 5월 1일 아침, 연변의 천산만야에 연분홍 진달래가 꽃구름처럼 피고 있는데, 연변대학 조문학부의 1기 졸업생이며 저명한 교수인 림휘(林輝) 선생께서 88세를 일기로 천수를 다 누리고 승천하셨습니다.

선생네 가문의 원적은 함경북도 명천군, 선생은 1930년 연길현 덕신구 안방촌(德新區安邦村)의 가난한 농가에서 태어났습니다. 선생은 덕신소학교, 룡정중학교를 거쳐 1949년 4월 연변대학에 입학하였습니다. 선생은 정판룡, 권철, 최윤갑 등 동창생들과 함께 불철주야 열심히 공부했습니다. 1952년 12월부터 1956년 2월까지 3년 반 동안 동북사범대학 연구부에서 소련문학을 전공하였고 1956년 2월부터 연변대학 조문학부에서 주로 러시아문학과 소련문학을 강의하셨습니다. 선생은 외국문학교연실 강좌장, 전국고등학교 동방문학연구회 이사, 길림성 외국문학연구회 부회장, 연변외국문학학회 부회장 등 직책을 맡고 열과 성을 다해 일했습니다. 하여 선생은 1984년 길림성 고등학교 우수교사로 표창을 받았습니다.

선생은 이목구비가 수려한 미남인데 젊은 시절부터 팔방미인으로 불릴 만큼 다재다능했습니다. 학생연극단의 배우 겸 감독으로 뛰어난 연기와 리더십을 선보였고 학생시절에는 축구장을 주름잡는 미드필더로 맹활약을 하였습니다. 한 때 연변대학 학생축구팀 코치를 맡기도 했습니다. 교수시절에는 연변대학 조문학부 축구팀 감독으로 '장기집권'을 하였는데 선수 선발도 엄격하게 했지만 아무리 유명 선수라 해도 개인영웅주의를 뽐내면 가차 없이 갈아치우곤 했습니다. 후보 선수들은 선생의 지시에 따라 그라운드 밖에서 이리 뛰고 저리 뛰고 하면서 몸을 풀기도 했지만 정작 그라운드를 밟는다는 것은 하늘의 별 따기였습니다.

한번은 저도 림휘 코치님의 지시대로 운동복을 입고 그라운드 밖에서 이리 뛰고 저리 뛰고 하면서 몸을 풀었는데 후반전이 끝날 때까지 경기장에 넣어주지 않았습니다. 경기가 끝난 후 "왜 넣어주지도 않으면서 공연히 몸을 풀게 했습니까?" 하고 항의를 하니까 림휘 교수님의 말씀이 걸작입니다.

"이 사람아, 예비운동이라도 해야 저녁에 술 한 잔 먹지!"

애주가이신 선생은 권철 선생 버금으로 두주불사하는 호연지기를 자랑하기도 했습니다. 하지만 호음이불난(豪飮而不亂)이라고 호쾌하게 마시되 단 한 번도 흐트러지는 모습을 보이지 않으셨습니다. 선생이 계시는 장소는 늘 흥성거렸고 선생이 없는 조문학부의 놀이판은 상상할 수 없었습니다. 하기에 연변대학 조문학부의 창립자이며 소설가인 김창걸 선생은 "림휘는 천재야! 천재!" 하고 치하를 했다가 정치운동 때 학생들에게 영웅사관을 고취했다고 반성까지 한 적 있습니다.

선생의 강의는 연변대학에 정평이 나있고 거의 예술에 가깝다고 해야하겠습니다. 학생들을 단번에 휘어잡는 정열적인 눈빛, 조리정연하면서도 격정으로 넘치는 강의, 때로는 소련의 가곡이나 아리아까지 부르는데 그 노래솜씨 또한 프로가수를 뺨 칠 지경이었습니다. 이 시각도 "아 고요한 돈의 물결은 아버지와 어머니들의 눈물로 넘치누나." 하고 노벨상 수상자 숄로호프의 문학에 대해 강의하시던 모습이 눈에 삼삼 귀에 쟁쟁합니다.

선생의 제자사랑은 남 다른 데 있었습니다. 선생은 정색을 하고 학생들에게 설교를 하거나 학문적인 문제만 미주알고주알 캐는 고리타분한 교수가 아니었습니다. 선생은 학생들의 친근한 벗이 되어 주었습니다. 그 어려운 세월에도 학생들은 물론이요, 대학을 찾아오는 학부모들까지 따뜻하게 식사대접을 해주었습니다. 술 한 잔 사주면서 허물없이 인생을 론하고 문학과 철학을 논하던 선생, 그래서 우리 제자들은 선생을 영영 잊을 수 없습니다.

선생은 사모님께서 오랜 병환으로 고생하는 바람에 강의와 연구에 많은 애로가 있었습니다. 황차 선생은 박봉으로 노모를 모시고 동생과 네 자녀를 키우고 공부시키면서 어렵게 지냈습니다. 하지만 외국문학에 대한 풍부한 지식과 탁월한 안목을 가지고 훌륭한 저서들을 펴내기도 했습니다. 선생은 정판룡, 허호일, 서일권 등 교수들과 함께 부지런히 붓을 날려 1980년에 조문판으로 《세계문학간사》를 펴낸 데 이어 1985년에 중문판으로 《동방문학간사》을 펴냈으며 허문섭 교수와 손잡고 《조선고전문학선집》 전 20권을 펴내는데도 큰 역할을 하셨습니다. 특히 《동방문학간사》는 국내 22개소의 대학 교수들이 편찬한 국가통용교과서인데 선생께서 소련문학부분을 맡아 집필하셨습니다. 이 저서는 유럽중심주의 문학사관을 뒤엎고 동방문학을 세계문학의 중심적 위치에 놓고 서술한 최초의 시도로 평가를 받고 있습니다.

선생은 언제 어디서나 명리와는 담을 쌓고 달갑게 "제2바이올리니스트"로 일하셨습니다. 사실 선생은 정판룡 선생보다는 두어 살 선배이지만 평생 그분을 도와 성심성의로 일했습니다. 이처럼 정판룡, 림휘, 허호일, 서일권 네 분 교수가 일심동체가 되어 수십 년을 하루와 같이 노력했기에 외국문학교연실은 국내 일류의 교연실로 평가를 받았고 국내 외국문학연구를 리드할 수 있었습니다. 또한 선생은 평생 강좌장 이상의 벼슬은 한 적 없지만 언제나 학자의 양심과 혜안을 가지고 학과건설에 나서는 문제들을 정곡을 찔러 지적했고 자라나는 제자들을 이끌어주고 밀어주셨습니다. 축구감독의 혜안은 신진교사 양성에도 그대로 나타났는데 김관웅, 최웅권, 우상렬 등 박사도 선생께서 알심 들여 선발하고 키워준 덕분에 일가를 이루게 되었습니다.

노년에 사모님을 잃고 중풍으로 고생하던 선생께서 이제는 만단시름을 털고 하늘나라에 가셨습니다. 그러나 선생께서 남긴 고매한 인격, 격정과 랑만, 그리고 선생의 빛나는 업적과 아름다운 일화는 우리 모두의 귀감으로 될 것이며 우리 학원 내지 우리 대학 발전의 소중한 자산으로 될 것입니다.

우리 속담에 우물을 마실 때 우물을 판 사람을 잊지 말라고 했습니다. 선생과 같은 원로 교수님들의 헌신적인 봉사와 가르침이 있었기에 오늘 우리 학원은 국가중점학과를 거쳐 글로벌 일류학과 프로젝트에 선정되는 쾌거를 일구어낼 수 있었습니다. 저희들은 선생께서 물려준 계주봉을 이어받아 우리 민족의 말과 글을 비롯한 민족의 전통과 문화를 반석 위에 올려놓기 위해 대를 이어 노력할 것입니다. 마지막으로 조선왕조 최고의 명기 황진이의 시조로 우리 모두의 안타까운 마음을 달래고 선생의 명복을 빌고자 합니다.

산은 옛산이로되 물은 옛물이 아니로다
주야에 흐르니 옛물이 있을소냐
人傑도 물과 같아야 가고 아니 오노매라

평생의 지기(知己)들인 정판룡, 허호일, 서일권 등 친구들을 앞세우고 선생께서도 하늘나라에 가시게 되었으니 오랜만에 서로 얼싸안고 술 한 잔 나누면서 그간의 회포를 푸시기 바랍니다.

그리고 저 하늘의 별이 되어 우리 제자들이 가는 길을 비추어 주시옵소서!

2018년 5월 2일

# 백금, 스승의 고향을 찾아서

영철씨:

잘 지내고 있겠지?

자네가 백금향 당위서기로 본때 있게 일하는 모습을 가끔 친구들의 위챗이나 TV를 통해 보고 있다네. 자랑스럽네, 의리와 정애의 사나이 영철씨!

몇 해 전 한국 국문학계의 거목 조동일 교수를 모시고 삼합에 갔다가 용정에 들렸을 때도 귀한 송이버섯을 들고 번개같이 달려왔었지. 어제 또 친구들과 함께 백금향을 찾아가 또 큰 폐를 끼쳤네. 자네가 급히 중요한 회의에 가는 바람에 술 한 잔 나누지 못한데다가 송이철이 지나서 맛을 보지 못한 것은 좀 아쉽지만 백신향의 술은 흠뻑 마셨네그려.

지금 백금의 주인은 자네지만 백금은 오래전부터 내 마음의 고향이었다네. 백금은 산이 높고 물이 맑아 인걸들을 많이 냈지. 하지만 그 중에서도 김성휘 시인과 서일권 교수를 잊을 수 없네. 김성휘 시인은 문학의 스승이요, 서일권 교수는 학문의 스승이기 때문이야.

김성휘 시인을 처음 뵌 것은 아마도 1976년 봄이었던 것 같아. 정규 대학생들이 아직 배출되지 않던 때라 나는 군복무를 마치고 연변인민출판사 문예편집실에 들어갈 수 있었어. 송기영, 최유훈, 남상현, 김영, 강범구, 김성휘, 김태갑, 김길련, 박정일과 같은 기라성 같은 문인들이 포진하고 있었는데 대체로 술고래들이었어. 그중 김성휘 시인만이 별로 술을 마시지 않았어. 술을 즐기고 장난을 좋아했던 김태갑 시인은 술 한잔 하지 않고 꼬장꼬장 앉아만 있는 김성휘 시인을 늘 안주로 삼고 '샌님'이라고 놀려주었어. 하지만 김성휘 시인은 별로 개의치 않고 술꾼들과는 일정한 거리를 두고 시 창작에만 전념하는 것 같았어. 눈이 펑펑 내릴 때는 책상 앞에 비스듬히 앉아 창밖을 내다보는데 그렇게 멋질 수가 없었어. 눈이 멎으면 모두들 넉가래나 삽 따위를 들고 바깥에 나가 눈을 치는데 김성휘 시인만은 그냥 편집실에 앉아 창밖만 하염없이 내다보는 거야. 젊은 시절 폐결핵으로 고생하다가 한쪽 폐를 수술한 일이 있어 찬바람을 맞으면 안 되기에 그를 보고 눈을 치지 않는다고 뒷소리를 하는 사람은 없었어요.

나도 명색이 편집인데 시 한수 발표하지 못해서야 말이 되나? 마침 그 무렵에 서지(徐遲)라는 작가가 깊이 있는 조사와 연구를 통해 골드바하의 추측을 증명한 진경윤(陈景润)이라는 수학자의 사적을 썼지. 이 보고문학이 히트를 쳤고 조선어로 번역되어 〈연변일보〉에 실리기도 했어요. 나는 진경윤의 사적에 큰 감동을 먹고 〈한 수학자의 용기와 지혜〉라는 시를 원고지 5매 정도 썼어요. 스스로도 잘 쓴 것 같아 큰형에게 보였더니 김성휘 시인을 찾아가 가르침을 받으라고 했어요. 그때 김성휘 시인 댁은 청년호 부근의 단층집이었는데 노모가 계셨던 걸로 알고 있어요. 알량한 자존심 때문에 편집실에서 가르침을 받지 않고 과일 등속을 사가지고 댁을 찾아갔었지. 그런데 김성휘 시인이 내 작품을 두어 번 훑어보더니

"호웅이, 자네는 시인은 못 되겠어. 앞으로 줄글을 써 봐, 줄글을!"

하고 원고를 돌려주지 않겠어요.

"줄글이 뭐지요?" 하는 눈치를 채고

"시는 장황하게 이야기를 늘어놓는 게 아니야. 그러니 수기, 수필 같은 줄글을 쓰란 말이야. 앞으로 소설을 쓰면 더 좋고!"
하고 툭 잘라 말씀했어요.

적어도 "괜찮아, 내가 좀 손보아서 연변문학에 추천해 주지!" 하고 흔쾌히 도와주리라고 생각했는데 그야말로 내 정수리에 찬물을 끼얹는 것이지요. 하지만 나는 김성휘 시인의 가르침을 받아들여 소설을 공부했고 대학시절에 벌써 10여 편의 단편소설을 발표했어요. 그리고 김성휘 시인의 시를 각별히 좋아했어요. 특히 1987년 3월에 지은 〈흰옷 입은 사람아〉를 좋아했지. 산지사방으로 흩어진 형제자매들을 "흰옷 입은 사람"으로, 말하자면 천애지각에 흩어져도 우리의 민족적 정체성을 지키면서 살자고 노래했던 그 시를 좋아했지.

> "……//흰옷 입은 사람아 우습다/ 해도 물도 우리를 속였던가/ 누구보다 깨끗하라 지어주신/ 흰옷은 왜 검어졌느냐// 차라리 우리 어머님 나에게/ 검은 옷 지어주셨더라면/ 나도 그늘 밑에 시름없이 뒹굴며/ 도야지 개신세로 살아가련만// 아니 못한다/ 나는 죽어도 골백번 죽어도/ 어머님 베틀에 짜주신/ 흰옷은 벗지 못해// 흰옷 입고 창가에 앉아/ 깊은 산 외진 하늘아래/ 형제들 그리며 슬피 묻노라/ 흰옷의 검은 때 언제면 씻으려나."

30여 년 전에 벌써 풍전등화같이 흔들리는 우리 교육, 문학과 예술의 상황을 예견하고 미리 경종을 울려준 작품이라고 하겠네. 골백번 죽어도 그늘 밑에서 시름없이 뒹구는 돼지나 개 신세로 살 수는 없다고 말일세.

같은 백금 출신이라 하지만 서일권 교수는 김성휘 시인과 달리 성품이 너그럽고 호쾌하게 술을 마시는 분이였네. 김병민 선생이 〈우리 학부장 서일권 교수님〉이라는 글에서 자상히 소개한 바 있지만, 여기서는 내가 겪은 일만 한두 가지 이야기하겠네.

서일권 교수는 1932년 3월생이지. 그러니 김성휘 시인보다는 한 해 선배라네. 김성휘 시인이 백금에서 태어났다면 서일권 교수는 조선 함경북도 무산군에서 태어났지. 위로는 누님 한분이 계셨다고 해요. 서일권 선생이 태어나던 해에 그의 아버지와 어머니는 살길을 찾아 어린 딸애의 손을 잡고 갓 태어난 아들애를 품에 안은 채 허위허위 두만강 얼음판을 건너 백금에 이주했다네. 서일권 교수는 어릴 때부터 남달리 총명한데다가 호기심도 많아 공부를 썩 잘했다고 하지. 하지만 학비를 댈 수 없어 고중에 진학하지 못하고 연변사범학교에 지망할 수밖에 없었다네. 시험준비를 하던 중에 교사자격시험을 보아 통과되었고 1950년 백금 현지의 소학교 교원으로 취직할 수 있었다네. 1954년, 벌써 두 딸을 둔 아버지가 되었지만 독학으로 대학입시에 응시해 연변대학에 입학했지. 대학시절 서일권은 김창걸, 현남극과 같은 교수들의 가르침을 받으면서 열심히 공부해 1958년 우수한 성적으로 대학을 졸업하고 조문학부 외국문학 교원으로 되었지. 서일권 교수는 부인 김분옥과 함께 두 딸을 연길로 데려와 단란한 가정을 꾸렸다네. 하지만 부인이 중병으로 시름시름 앓기 시작했는데 그런 와중에도 자식 넷이나 더 낳았다네. 혼자의 박봉으로 6남매를 키워야 했는데 손목시계도 없었거니와 엉덩이를 기운 바지를 입고 교단에 서야 했다네. 1969년 큰아들이 뇌막염으로 요절했고 1977년 마흔 다섯 되는 해에 부인을 잃었지.

이 무렵에 나는 서일권 교수를 역시 연변인민출판사 문예편집실에서 가끔 뵙게 되었네. 그때 나는 군복무를 마치고 연변인민출판사 문예편집실 편집으로 있었지. 그 무렵 연변대학의 리해산 교수가 편집실에 와서 실습하고 있는 연변대학 공농병학원들이 번역한 《수호전》을 수정, 윤색하였는데 서일권 교수는 리해산 교수도 볼 겸 편집실에 자주 들렸어요. 그때 서일권 교수는 허름한 초립을 깊숙이 쓰고 다녔는데 조선왕조 말기의 풍자시인 김삿갓을 방불케 했다네. 리해산, 최유훈과 같은 선생들과 한담을 하고 나서 술자리가 생기지 않으면

"당신들은 하루 세끼 부인네가 만들어준 따뜻한 밥을 먹고 다니지요. 하지만 이 서 아무개는 하루 세끼 찬밥을 먹고 다닌다오. 나에게도 좀 마누라감을 주선해 주시우. 말이 났으니 말이지만 나같이 발자크나 스탕달, 푸쉬킨이나 톨스토이를 공부하는 남자는 혼자 살 수 없단 말이요."
하고 능청을 부렸고 그게 재미가 있다고 편집들은 박장대소를 했다네. 내 어린 나이에도 서일권 교수가 참으로 구슬프게 보이더구만.

1980년대 중반부터 서일권 교수는 학부장으로 취임을 했고 교원들의 집을 방문한다는 명목으로 젊은 교원들의 댁을 골고루 돌면서 술대접을 받았다네. 1988년 가을에 있었던 일 같은데 나를 부학부장으로 발탁시킨다고 하면서 허룡구 교수를 앞세우고 두 번이나 우리 집을 찾아오셨더라네. 첫 번은 내가 대여섯 근들이 비닐통에다가 맥주를 사들고 들어왔더니 별로 안색이 좋지 않아보였어요. 두 번째는 열근들이 비닐통에 맥주를 사들고 들어왔더니 대번에 얼굴에 화색이 돌더란 말이에요.

"그렇지! 오늘은 호웅이가 체통 값을 하네그려!"

하고 입이 귀에 걸리지 않겠어요.

　선생은 배갈보다 맥주를 즐겼고 호쾌하게 마시되 한 점 흐트러짐이 없었어요. 흠이라면 시간을 너무 길게 끄는 것이었지요. 아마도 가정살림이 어려워서 그 한을 술로 달랬던 것 같아요. 아무튼 우리 젊은 교원들은 서일권 교수와 술을 마시기를 좋아했어요. 속심을 털어놓을 수 있고 인생과 학문에 대한 가르침을 받을 수 있었기 때문이지요.

　1989년 12월에 있은 일이에요. 나는 연변대학의 추천을 받고 일본 와세다대학에 방문학자로 가게 되었어요. 그런데 집사람과 나의 박봉으로 오누이를 키우며 살았는지라 전혀 저축이란 게 없었어요. 그래서 항공권을 구입할 수 없었어요. 이 사연을 알게 된 서일권 교수는 나의 손목을 잡고 재무처로 찾아가 자금대출신청서에 보증인으로 사인을 한 뒤

　"이 친구가 빚을 물지 못하면 학부장인 내가 물어야 하겠구먼."
하고 껄껄껄 웃으면서 재무처에서 나와 나한테 축하한다고 하면서 술 한 잔 사주었어요. 이처럼 선생은 학부장으로 계시는 동안 차세대 학자들을 키워내기 위해 열과 성을 다해 일했지요. 그리고 김명숙 여사를 새 부인으로 맞아들인 후부터는 용케도 술과 담배를 끊고 당구를 즐기시다가 천수를 다 누리고 하늘나라에 가셨어요.

　영철씨, 오늘 백금 출신의 두 훌륭한 어른의 이야기를 새삼스럽게 꺼내는 것은 우리의 현실이 몹시 걱정스럽고 이런 마당에 두분 같은 훌륭한 문학인과 교수가 많이 나왔으면 하는 바람 때문이에요. 그리고 영철씨와 같은 젊은 일군들이 아름다운 역사와 전통을 간직한 백금을 잘 지켜주기 바라는 마음 때문이에요.

　영철씨, 지금 재직으로 민족학 박사과정을 밟고 있으니 변계효용론을

잘 알겠지. 한 지역이나 나라의 발전 여부는 그와 잇대어있는 다른 지역이나 나라와의 상호 개방성 또는 역동적인 교류와 협력 여부에 의해 결정된다는 이론이지. 현재 백금은 "죽음의 변두리"에 놓여있어요, 하지만 조만간에 두만강 이남은 개혁과 개방을 하게 될 것이고 그때면 백금을 비롯한 두만강 연안은 동북아지역의 "찬란한 변두리"로 떠오를 것일세.

어제 오전에 연길에서 떠나 용정, 대신땜을 거쳐 용신촌에 도착했고 여기저기 마을을 돌아보면서 쓴 〈백금기행〉이라는 연시조로 이 글을 끝맺으려고 하네. 백금향의 어르신들과 함께 재미로 읽어주면 고맙겠네.

> 오랑캐령 어디메냐 두만강이 보이잖네
> 흰옷 입은 무리들이 마을을 이루었네
> 두어라 산이 높고 물이 깊어 涸轍之鮒 되었구나
>
> 림씨형제 춘희여사 용신촌 태생이요
> 성휘 시인 일권 교수 백금촌 출신이네
> 좋구나 이 고장 인걸들 세상을 빛냈구나
>
> 서기는 영철씨, 부향장은 수남씨
> 연변대 조문학부 내 제자가 아니더냐
> 장하다 백금에 산채 잡고 새 역사를 쓰누나
>
> 궁하면 변하고 변하면 통하리니
> 사통팔달 길을 닦고 두만강이 풀리면
> 백금향 천혜의 땅에 인파가 넘실대리

2020년 10월 22일

# 음주의 미학

　평생 술을 즐기는 사람치고 버릇없이 술상을 치며 손윗사람을 훈계한다거나 비칠거리다가 얼굴에 생채기를 낸다거나 아무튼 실수를 하지 않은 사람은 없을 것이다. 옹기종기 모여 사는 시골마을이고 도시의 자그마한 회사이고 간에 술에 관한 재미있는 일화 한두 가지는 다 전해지고 있다. 점잖은 교수아파트 동네에도 만취해서 전선대와 '키스'를 하고 주먹을 휘둘렀다거나 한겨울 맥주를 마시고 문밖으로 들락날락거리면서 '배수(排水)' 해 만든 얼음판에 자기 자신이 미끄러져 넘어졌다거나… 아무튼 울지도 웃지도 못할 수많은 에피소드가 전해지고 있다.

　우리 대학교에도 배갈 두어 근씩 마시고도 태산처럼 끄떡하지 않는 '팔대금강(八大金剛)'이나 '주중팔선(酒中八仙)'이 여전히 건재해 계신다. 그 어르신님들의 에피소드 하나만 소개하기로 하자.

　술 한 잔이 귀했고 술에 인이 박힌 술꾼들이 가끔 위생소의 알콜을 훔쳐다 물에 타먹었던 시절의 이야기이다. 우리 대학교의 임윤덕 교수는 관내에 있는 조카사위가 부부동반으로 찾아왔다가 인사하고 가는 바람에 귀한 두강주(杜康酒) 두병을 받게 되었다. 조카사위와 함께 반병쯤 마셨으니 한 병 반은 남은 셈, 워낙 사람 좋은 임 교수는 그 술을 깊숙이 감춰두고 혼자 마실 수는 없었다. 임 교수는 연구실에 나온 술친구 김종수 교수와 리해산 교수를 보고 점심에 술 한 잔 낼 터이니 자기 집에 와 달라고 '광고'를 했다. 강의를 마친 임 교수는 안주로 두부 졸임(豆腐干)에 땅콩이라도 놓으려고 골목시장에 들렸고 "이게 웬 떡이냐!" 하고 걸신이 든 김 교수와 리 교수는 한발 앞서 임 교수네 댁에 들렸다. 둘은 제법 아랫방을 차지하고 찧고 빻고 하며 가지각색 양주를 논하고 중국의 10대 명주를 논하면서 임 교수를 기다렸다.

"하 참, 번듯하게 광고만 하구 왜 안 오시지?"

하고 김 교수가 투정을 부리더니 슬금슬금 앉은걸음으로 다가가 찬장을 열고 기웃거렸다. 술잔을 살짝 덮어놓은 두강주 반병이 보였다. 김 교수는 군침을 삼키면서 리 교수를 돌아보더니

"이거 명 짜른 놈 턱 떨어지겠네."

하고 한 잔을 찰찰 부어 쭉 들이마시고 또 한 잔 부어 다짜고짜 리 교수에게 넘겨준다. 리 교수 또한 문 쪽을 둘러보며

"이렇게 임 교수 몰래 개평을 했다가는 야단을 맞겠는데…"

하면서도 입이 포도청이라 술잔을 받아 단숨에 마시고 주먹으로 입술을 훔쳤다. 제법 권커니 작커니 두어 순배 돌매 술병은 금방 비여 버렸다. 이를 어쩐담? 김 교수는 빈 술병을 들고 부엌으로 나가더니 상수도물을 반병쯤 넣어 가지고 돌아와 찬장에 도루 집어넣었다. 리 교수는 입을 싸쥐고 킥킥거릴 뿐.

문소리와 함께 임 교수가 들어오자 김 교수와 리 교수는 시치미를 뚝 따고 잡담을 주고받는 체 하는데 임 교수는 부지런히 술상을 차려 내놓았다.

"좀 적지만 두어 잔씩은 돌아갈 것이여, 그래도 두강주가 아닌가?"

하고 어깨를 으쓱하며 술잔에 찰찰 부어 권하는데 김 교수와 리 교수는 속은 비여 가지고도

"귀한 술 한 잔 남겼다 줘서 고맙소이다."

하며 술잔을 받는다. 하지만 물인 줄 번연히 알면서도 쭉 마시기란 가슴이 찔리는 일이라 술잔만 받고 임 교수의 눈치만 슬슬 보는데 임 교수는

"왜 먼 산만 쳐다보고 있어. 한잔 쭉 따세그려." 하고 권한다. 세 교수는 동시에 쭉 술잔을 비웠다. 술맛이 틀렸다. 이왕 내친걸음이라 김 교수와 리 교수는

"카- 거 술맛 좋은데…"

"어… 독하다! 과시 두강주로군!"

하고 맞장구를 치면서 땅콩 한 알씩 먹었다. 하지만 임 교수에게는 분명 엊저녁 마시던 술맛이 아니다. 하지만 두 친구가 다 술맛이 좋다고 야단이다. 임 교수는 고개를 갸웃하다가 다시 술 한 잔 따르더니 먼저 한잔 쭉 비웠다. 금시 날콩을 씹은 얼굴이 된다. 하지만 의뭉스러운 김 교수와 리 교수는 또 한잔 단숨에 쭉 들이키더니

"카- 술맛 좋다!"

하고 입맛을 다신다. 그러자 임 교수도 덩달아

"아무렴 술맛 좋고 말구." 하고 중얼거렸다.

그 바람에 김 교수와 리 교수는 더는 참지 못하고 "으하하!…" 배를 그러안고 웃어버렸다. 임 교수가 어안이 벙벙해서 둘러보는데 김 교수가 임 교수를 보고

"이거 참, 임 교수도 눈 가리고 아웅 하면 되는 겁니까? 죄는 제가 받

겠지만 실은 우리 둘이 개평을 하구 그 대신 상수도물을 넣었거든요. 능청을 부리지 말고 술 한 병 더 내놓으시우…” 하고 낄낄낄 웃었다.

넉살좋은 김 교수와 리 교수가 장롱 속에 깊이 감추어 두었던 술 한 병 더 얻어먹고 즐겁게 농담을 하다가 자리를 파했음은 더 말할 것 없다.

하지만 그때로부터 30년 세월이 지났건만 요즘도 동료교수들이 가끔 술판에 앉으면 “아무렴 술맛 좋고 말구!” 하고 그 어처구니없는 에피소드를 들먹여서 임 교수는 딱 질색이라고 한다…

참으로 술이 없는 세상이란 상상할 수 없다.

슬퍼도 술이요, 기뻐도 술이요, 길사에도 술이요, 흉사에도 술이니 말이다.

아무리 아늑한 분위기가 감도는 레스토랑이라 해도 과일에 오렌지쥬스나 홀짝거리며 앉아있는 연인들은 보기에도 촌스럽다. 찰랑이는 빨간 포도주 한잔 앞에 놓아 보라. 금시 오가는 눈길엔 정열이 뛰고 수줍음과 점잖음의 고요를 깨뜨리고 키스의 폭풍이 터질 것만 같다. 더욱이 문인들이야 술 한 잔 없이 어떻게 상상의 나래를 펼 수 있으랴? 시선(詩仙) 리백은 술 한 두(斗)를 마시면 시 삼백 수를 지었고 시성(詩聖) 두보도 술 취한 몸으로 말 달리다가 떨어져 크게 상했지만 여전히 문병을 온 술친구들과 더불어 대작을 하며 시를 읊조리지 않았던가?

연인들과 문인들만 술맛을 안다고 하면 어폐라 하겠다.

모내기철 냉기가 뼛속까지 스며드는 논에서 우둘우둘 떨다가 인품 좋은 이웃집 아줌마가 건네주는 술잔을 받아 단숨에 들이켜고 고춧가루 양념으로 얼큰하게 버무린 삶은 돼지대가리 한 점, 아니면 미나리무침 한 젓가락 먹어 보라. 순식간에 추위는 가뭇없이 가셔지고 한겨울 외양간에서

더운 여물 먹는 황소처럼 온몸이 후끈 달아오르고 기운이 솟구칠 것이다. 퇴근 무렵에 허물없는 동료와 함께 뜨끈뜨끈한 갈비에 술 한 병씩 비우며 울분을 토하고 스트레스를 푼다면 역시 맛 나는 인생이라 하겠다.

일본에를 가보니 신주쿠(新宿)역 다리 밑에 비둘기장만한 술가게들이 총총히 들어앉았는데 대체로 5, 6백 엔씩 하는 싸구려 안주에 따끈따끈한 일본청주를 팔고 있었다. 퇴근길에 지나가는 샐러리맨(월급쟁이)들을 겨냥하고 있는 '대폿집' 들이다. 온종일 일에 쫓기고 상사(上司)에게 훈계와 책망을 받은 월급쟁이들은 이 싸구려술집에 들려 일주를 기울이며 맘껏 상사의 흉을 보고 상사를 욕질한다.

"오사께 못데 고이(술 가져와)!"

하고 고래고래 소리를 지르는 놈이 있는가 하면 눈이 찢어지게 상사를 욕하다 못해 문어귀에 달려가 고무로 만든 허수아비에게 한주먹을 안기고는 시뚝해서 돌아와 앉는 놈도 있었다. 주인은 내내 온화한 얼굴로 새앙쥐처럼 드나들면서 술시중만 들고 있는데 화풀이를 하라고 문어귀에 세워놓은 허수아비의 모가지에 'xx과장' 아니면 'xx부장' 이라는 패쪽까지 걸어놓은 주인의 꾀바른 상술에는 혀를 내두르지 않을 수 없다.

한국에 가보아도 술집으로 '만나서 또 한잔' 이요, '친정집 엄마 솜씨' 요, '멍텅구리네 돼지갈비집' 이요, '바보네 술집' 이요 하는 재미있는 이름의 술집, 대포집들이 많다. '만나서 또 한잔' 이니 아무리 호주머니가 비었을망정 덤덤히 지나칠 친구나 동료가 어디 있을 것이며 '친정집 엄마 솜씨' 라니 괜히 고향생각에 끌려 남의 사위된 놈이고 남의 며느리 된 년이고 간에 덥석 문고리를 잡기 마련이다. 그 약아빠진 상술은 대뜸 밑바닥이 들여다보이나 매일 손님으로 들끓는다. '멍텅구리네 돼지갈비집' 이고

'바보네 술집'이라, 멍텅구리와 바보가 경영하는 집이니까 술값이 쌀 것만 같고 설사 똑같은 술값을 주고 먹고 마셨더라도 싸게 먹고 마신 것 같은 기분이 들어 좋다. 더욱이 주인이 멍텅구리이고 바보이니까 실컷 취해서 소리를 쳐도 무방하겠고 주인이 드릉드릉 코를 곯든 말든 밤새껏 술잔을 주고받아도 설마 축객령이야 내리지 않겠지. 모두들 그런 심사로 찾아드는가보다.

사실 친구를 사귀여도 너무 똑똑한 사람과 만나면 조금 망설여지는 것과 마찬가지로 술집이름도 너무 요란하고 장중하면 술꾼이 오히려 주눅이 들어 피해가기 마련이다. 친구나 기분에 따라 선술집이나 포장마차에서 마셔야 할 술이 따로 있고 '63빌딩'의 고급 뷔페에서 마셔야 할 술이 따로 있는 법이다.

각설하고 이 세상에는 명주도 많고 음주법도 각양각색이다. 나도 다는 마셔보지 못하고 대체로 얻어들은 풍월로 알고 있지만 세상에는 프랑스의 포도주와 브랜데, 영국의 위스키, 독일의 와인과 샴페인, 일본의 마사무네(正宗), 중국의 모태주와 오량액, 러시아의 보드카… 별의별 명주가 다 있단다. 하지만 점잖은 파티에서 위스키같은 고급양주를 막걸리 마시듯 죽죽 들이킨다면 촌스럽게 보일 것이요, 요행 모태주와 같은 중국산 명주가 생겼다고 시허연 김치대가리를 안주로 벌컥벌컥 마신다면 역시 꼴불견일 것이다. '치킨―호프'라는 말도 있지만 생맥주는 튀긴 통닭을 안주로 마셔야 제격이고 모태주는 고기만두나 구운 오리고기를 안주로 마셔야 제 맛이 난다. 일주는 '사스미'나 '스시'에 마셔야 입맛이 개운하고 진로소주는 바닷가의 회집에서 오징어나 세발낙지 회를 놓고 마셔야 그 청신하고 향긋한 맛을 알 수 있다.

또한 우리 조상들은 술은 사양하는 맛에 권하고 권하는 맛에 사양하면서 마시고들 있다. 그래서 조선시대의 호걸남아인 백호 임제도 황진이의 무덤 앞에서 "잔 잡아 권할 이 없으니 그를 슬퍼하노라" 하고 노래했을 것이다.

하지만 코 큰 서양인들은 스스로 잔을 들고 가서 술을 따라오고 제 손으로 안주를 집어다먹는 '각테일 파티'에 습관되어 있다. 권하는 사람도 없고 사양하는 사람도 없는 그런 '파티'야말로 우리 눈에는 야박하고 무미건조하게 보이지만 말이다. 그리고 그러한 '각테일 파티'에 가서는 남이 술잔을 권하기를 기다리거나 권하는 것을 보려고 꿰온 보리자루처럼 앉아있다가는 술 한 잔 얻어 먹을 수 없다. 나같이 양주도 즐기는 양반이라면 제잡담하고 부지런히 가져다 먹고 따라다 마시는 게 상수인 줄 알고 있다.

우리 모두 날마다 향긋한 프랑스요리에 포도주, 기름진 중국요리에 모태주를 마실 수 있는 공, 후, 백작도 아니고 고위급 관리나 부호도 아닌 것만큼 평민백성이나 시인묵객의 올바른 음주법을 익혀두면 그만일 것이다. 물론 나도 젊은 혈기로 과음을 해서 얼굴에 생채기를 내고 일주일이나 출근을 못한 적이 있는 사람이니 남의 흥을 볼만한 자격은 되지 못한다. 하지만 리영근 선생도 소품《열사증문제》에서 개탄했지만 요즘 술을 마시는 풍조를 볼작시면 참으로 눈깔이 뒤집혀지고 혀를 내두르게 된다.

첫째로 엄청난 술 소비량이 문제다. 자랑스러운 일인지, 부끄러운 일인지는 몰라도 우리 연변의 일인당 술 소비량이 전국에서 으뜸이라는 사실을 이제는 온 세상이 다 알고 있다. '일조룡(一條龍)'인지 '3차'인지가 수입되어 풍성한 요리에 '1, 2, 3' 권주법으로 실컷 술을 마시고도 성이 차지 않아 노래방이나 나이트클럽에 쓸어가서 또 호기 있게 깡통맥주를 터뜨리며 야단 법석을 떤다. 사우나탕을 거치고는 또다시 양고기꿰집에 둘러앉아 불꽃을 튕기며 맥주병을 딴다. 밤마다 술고래들이 떼를 지어 허우적거리는 연길의 밤거리는 참으로 가관이다. 까놓고 보면 우리의 살림형편이 너나없이 흥청 망청 먹고 마시기에는 태반부족이지만 그 못난 체면과 오기가 꼬리를 치기 때문이리라. 그리고 그 체면과 오기는 공금의 남용으로만 세울 수 있는 독 버섯이라는 점을 꼬집어 말해야 하겠다.

둘째로 이 구실 저 구실로 시도 때도 없이 먹고 마셔대니 음주빈도가 높은 게 문제다. 집집마다 산삼, 녹용은 몰라도 오미자나 구기자 아니면 알로에를 담근 큰 술병 한두 개쯤은 다 있으니 아침저녁으로 반주는 너나 없이 들고 있다. 명절도 아니요, 일요일도 아닌데 아침출근을 하는 어른들 이 두어 잔 마시고 나서는 데는 외국인들이 고개를 빼빽 젓고 있고, 오후 에도 근무를 할 일군이 점심에 독한 배갈 반병씩 마시고 얼굴이 불콰해서 활개를 치며 직장에 들어서는 데는 말 그대로 취한(酒漢)은 천자(天子)도 피한다는 논리를 그대로 받아들일 수밖에 없다. 그리고 일 년에 한두 번, 연말 총화나 망년회 같은 때에는 동료들끼리 하루 저녁 2차, 3차로 실컷 마셔도 괜찮겠지만 이건 구실이 없으면 구실을 만들어서, 말하자면 갖은 명분에 명목을 고안해서 마셔들 대니 그야말로 그 능글맞은 꾀와 수작에 는 제갈량(諸葛亮)이나 포청천(包青天)도 속수무책이리라. 우리 주변에 작 년에 마신 술이 오뉴월, 구시월에도 깨지 않았다는 양반들이 꽤나 되는데 요즘에는 머리가 허연 양반들까지 고망년의 소학교, 심지어는 유치원동 창들까지 구석구석 용케 찾아내서 동창회를 열고 서로들 껴안고 치근거 리면서 연일 퍼마시니 참으로 소 웃다 꾸러미 터질 노릇이다. 아무튼 사람마다 고주망태가 되어 흔들거리는 광경, 그것은 결코 여유 있고 행복한 모습으로 보이지 않는다. 다만 우리 사회 생활의욕의 상실과 타락을 반증하고 있을 뿐이다.

셋째로 술을 많이 마시고 자주 마시니 술버릇이 고약해질 수밖에 없다. 옆에 어르신님들이 앉았거나 말거나 술판에서 고래고래 소리를 지르고 요란스럽게 가위바위를 비기는가 하면 농민형제들이 모내기를 하든지 벼 가을을 하든지를 막론하고 철딱서니 없이 산으로 강으로 쏘다니면서 유흥을 즐기고 있다. 아니 마시겠다는 사람의 귀를 잡아 비틀며 입에 술을 쏟아 넣는 놈, 술 두어 잔 되면 장광지설 제 자랑부터 시작해서 여편네자랑에 자식자랑까지 하는 놈, 상하좌우가 없이 눈깔을 부라리며 걸고드는 놈, 좋은 술을 마시고 집에만 돌아가면 여편네나 애들 보고 공연히 화를 내고 밥상을 뒤엎는 놈… 지어는 대학생들마저도 손목시계에 학생증까지 전당을 잡히고 외상술을 마시고 싸움질을 하고 다니니 참으로 꼴불견이다.

넷째로 술이 상거래나 진급과 같은 간교한 목적을 달성하기 위한 수단으로 쓰이고 있는 게 더 큰 문제이다. 술잔에 부어놓은 것은 찰찰 넘치는 인간의 정이 아니라 모략과 간계가 번뜩이는 독액이며 오가는 따뜻한 마음이 아니라 차디찬 작탄이라는 이야기이다. 한국의 괜찮은 규모를 가진 회사에서는 회장이나 사장 아래에 상무(常務) 여럿을 두고 있는데 개중에는 '술상무'라는 특별한 배역이 있다고 들었다. 상거래를 할 때 술판에서 '폭탄작전'의 맹장으로 활약하기 마련인데 필요에 따라서는 회장이나 사장의 술까지 대신 마신다고 한다. 위스키 한 병, 두 병 마시는 수준이 아니라 필요에 따라서는 네 병, 다섯 병씩 마시는 프로급 술꾼이다. 물론 직업으로 매일 폭주를 하니까 제명을 다 살고 죽는 상무는 아주 희소하다고

한다. 요즘 우리 사회에서도 직업적인 '술상무'들이 많은데 술판에 마주
앉으면 눈웃음을 살살 치며 달려드는 그들의 시커먼 속이 들여다보여 입
맛이 쓸 때가 많다. 시성 이백은《장진주(將進酒)》라는 천고의 걸작에서 호
걸남아라 할진대 양 잡고 소 잡아 한번 마시면 360잔은 마셔야 한다고 노
래했지만 등을 치고 간을 빼먹을 상대가 뻔한데야 어찌 술맛이 날 수 있
겠는가?

　참으로 마음 놓고 술 마시기도 어려운 세상이다. 주변의 술고래들과
상대하자니 몸을 망칠 것 같고 이 구실 저 구실 대고 시도 때도 없이 퍼마
시는 친구들, 쩍하면 걸드는 친구들을 멀리 하자고 보면 자연 "좀스러
운 놈, 인정머리 없는 놈!"이라는 핀잔을 받을 것 같다. 더욱이 웃음 속에
칼을 품고 달려드는 '술상무'들의 꼬임에 빠지지 않으려거든 푸줏간에 들
어가는 소처럼 언제나 부자연스럽게도 눈을 부릅뜨고 대응하지 않으면
아니 된다. 그러니 술맛이 영 틀려질 수밖에 없다. 나는 술꾼들의 포위 속
에서 겨우 빠져나와 탈주범처럼 택시를 잡아타고 돌아올 때마다 우리 스
승님들이 엮은 그 재미나는 일화를 떠올리곤 한다.

　명색이 교수라는 양반들에게도 술 한 잔이 귀했던 시절, 옛날 시골의
술꾼들처럼 추접스럽게 술 동냥을 다녔던 시절은 다시 돌아와서는 아니
되겠고 다시 돌아올 리도 없겠지만 그 어렵던 시절에 가까운 친구들과 한
잔 나눴던 술추렴은 영영 잊을 수 없는 법이다. 땅콩에 술 한 잔, 해학과
유머, 가벼운 농담과 육담을 곁들여 얼마나 즐겁게 마셨던가? 술도 쌀로
만든 물이니 귀하게 마시고 기억에 영영 남을 술을 마셔야 하리라. 술이란
삶의 희로애락을 음미하며 평생 마셔야 하거늘 욕심을 부리고 너무 급하
게 마셔 마흔 살이나 쉰 살 전에 무서운 병을 진단 받고 병원신세를 지고

는 술판에서 맑간 생수 잔만 받아놓고 앉아 '형벌'을 받고 있는 양반들을 보면 불쌍한 생각이 든다.

두 푼어치도 가지 않는 체면과 오기를 헌신짝처럼 버리고 우정과 사랑으로 마실 때 설사 간소한 저녁상에 탁주 한 잔 받쳐져 올라왔다 해도 진수성찬보다 더 맛이 있으리라. 예로부터 호기 있게 대작하되 시종 몸가짐이 흐트러지지 않는 자를 양반(豪飮而不亂爲高)이라 했거늘 2차, 3차로 대작을 했더라도 일단 집에 돌아가면 '어험!' 점잖게 헛기침을 떼고 문고리를 잡는 법부터 배우자. 그리고 코밑에 진상으로 청하는 술판은 되도록 피하는 게 지혜로운 처사다. 황차 똑똑한 정신을 가지고도 속임을 당하고 사기를 당하는, 말하자면 속된 말로 눈 감으면 코 베여먹을 세상이니 되도록 적게 마시고 한 대엿새씩 건너뛰기로 마시자. 자고로 과음을 해서 일신을 망치고 주색잡기로 나라마저 망친 자들이 얼마나 많았던가? 참으로 남의 일이 아닌 줄 안다.

주제넘게 술 권하는 세상, 술 마시는 이들의 허물은 보았으되 나도 평생 술만은 끊지 못하리라. 하지만 이제부터라도 술의 참맛을 아는 사람이 되리라 다짐한다. 나는 이 시각도 연길 밤거리에 명멸하는 불빛을 바라보면서 포도주 한잔 따라놓고 소동파의 명시 한 구절 음미해본다.

"향긋한 차 한 잔, 아름다운 여인에 비길레라(佳茗似佳人)"

아니, 그 명시를 한 글자만 고쳐서

"향긋한 술 한 잔, 아름다운 여인에 비길레라(佳酒似佳人)"

하고 읊조려본다.

《연변일보》1997년 12월 13일

# 정애와 의리의 사나이 — 강은국 교수

지난 6월 2일 오후 김병민, 김영수 선생과 함께 연변병원 12층 병실에 가서 중병으로 입원한 강은국 선생을 방문하였다. 코로나 세월이라 한 번에 문병객을 세 명 안으로 제한하는 바람에 내가 번번이 끼이지 못해 너무 늦게 찾아간 것 같다. 연변병원 로비에 있는 가게에서 우유와 망과음료와 생수 한 박스씩 사서 들고 들어가니 침상에 누워있는 강은국 선생은 잠깐 커다란 눈만 멀거니 뜨고 있을 뿐 말이 없다. 사모님이 빗으로 곱게 빗어준 까닭일가, 새하얀 머리는 머리카락 한 오리 흩어진 게 없다. 하지만 안색은 말이 아니다. 두 눈이 우멍하게 들어갔고 얼굴이 부석부석하다. 김병민 선생이

"강 선생은 워낙 스포츠맨이고 강단이 있으니까 밥만 잘 드시면 얼마든지 살 수 있을 거요."

하면서

"내가 누구지요?"

하고 물으니 강 선생은 가볍게 고개를 끄덕인다. 며칠 전에 두부를 먹고 싶다고 해서 영수 선생이 사가지고 간 두부를 몇 숟가락 드는 모습을 핸

드폰 화면으로 본 적 있다. 그런데 요즘은 도무지 밥은 넘길 수 없어 영양죽을 콧구멍으로 주입해 넣는다고 한다. 그런데 피가 섞인 죽이 파이프로 역류한다고 하면서 사모님은 눈물을 주체하지 못하고 남편의 배만 살살 어루만진다. 배가 홀쭉하게 들어갔다. 환자복 바짓가랑이로 비죽이 나온 새하얀 두 다리를 보니 그야말로 피골이 상접하다. 옛날 축구장에서 좌충우돌하던 미드필더의 쇠기둥 같은 다리가 아니다.

화양호텔에 격리 중인 두 아드님은 언제 나오느냐고 사모님께 물었더니 6일 저녁에야 나온다고 한다. 오늘이 2일이니 아직도 나흘은 기다려야 한다. 열흘 전 아버님이 위독하다는 소식을 듣고 상해에서 두 형제가 서로 핸들을 바꾸어 잡고 30시간 자가용을 달려 연길에 도착했지만 코로나방역규정에 따라 연변대학 앞에 있는 화양호텔에 두 주일간 격리를 당하게 된 것이다. 코로나 세월이라 하지만 세상에 이렇게 답답하고 원통한 일이 어디에 또 있을까? 두 아드님의 손을 잡을 때까지 살아야 하겠는데 이를 어쩌는가? 그야말로 일일천추(一日千秋)에 학수고대(鶴首苦待)란 말이 실감이 난다.

3일 새벽 5시 경, 쌍봉산장에 가있는데 문득 핸드폰이 울린다. 민덕 선생의 명함이 뜬다. 불길한 예감이 든다.

"강 선생이 돌아갔수다! 우린 병원에 있는데 여기로 올 필요는 없어요."

일단 김영수, 려문호 등 교수들과 함께 장의사(葬仪师)를 불러 시신을 수습해 영안실에 모셨고 두 아드님이 격리상태에서 풀려 나오기를 기다려 장례를 치르기로 했다고 한다.

어제 병문안을 한 게 얼마나 다행스러운지 모르겠다. 말은 나누지 못했지만 강 선생 생전에 얼굴을 보고 손이라도 잡아보았으니 말이다.

강 선생을 알게 된 것은 1978년. 강 선생은 나보다 4년 선배다. 대학입시제도가 회복된 후 강 선생은 연변대학의 첫 조선어 석사생으로 입학했고 나는 조문학부 본과에 입학했다. 이때 그와 함께 공부한 류은종, 전학석, 최희수 등이 열심히 공부해서 연변대학의 명교수, 어학계의 거목으로 되었음은 세상이 다 아는 이야기이다.

강 선생을 가까이 모시고 일하게 된 것은 1990년 초반. 먼저는 김병민 선생이 학부장, 강 선생이 부학부장, 내가 당총지서기였다가 김병민 선생이 교무처 처장으로 발탁된 후에는 강 선생이 학부장, 내가 여전히 당총지서기였다. 교학과 연구를 중심으로 학과건설을 하면서 국제학술회의를 만들고 자습대학을 꾸리고 외자를 유치해 민족문화교육원 건물을 일떠세우면서 정말 신명나게 일했다.

강 선생은 안도현 송강 출신이요, 대학에 오기 전에 생산대 회계로 일했기에 계산이 빠르고 천부적인 경영 노하우를 가지고 있었다. 그런데 일은 하지 않고 뒷소리를 하거나 위인이 칠칠하지 못하고 엄살을 부리면 선배든 후배든 가리지 않고 호되게 까주거나 훈계했다. 그래서 일부 선배교수들이 앙앙불락이고 학교 지도부에서도 강 선생의 "군중관점이 좋지 못하다"고 한두 번 데려다 담화를 한 적 있다. 하지만 언제나 확고한 신념과 목표를 가지고 모든 일을 치밀하게 기획하고 강력하게 밀어붙이는 그의 추진력에 대해서는 다들 높이 사 주고 있었다. 한마디로 그는 진짜 쇠쪽같이 강한 사나이고 학문은 물론이요, 뛰어난 행정능력도 갖춘 교수였다.

그 무렵 외국손님들도 많이 왔지만 중요한 일들을 성과 있게 마무리하고 나면 우리는 공원다리 너머 서시장 부근에 있는 식당에 가서 생활개선을 하였다. 그때 연변대학 부근에는 좋은 식당이 없어서 공원다리 너머에 있는 식당에 가면 체면이 좀 서는 것 같았다. 우리는 술 한 잔 거나하게 되면 무조건 노래방으로 쳐들어가군 했다. 그 무렵 나는 일본 와세다대학 객원연구원으로 1년 반, 한국에도 두어 번 다녀왔기에 노래방에 들어가면 마이크를 잡고 나훈아의 〈사랑〉과 같은 노래를 열창하고 아가씨들을 껴안고 춤을 추었다. 그런데 강 선생은 아가씨를 물색해 옆에 앉혀주어도 무대에 데리고 나가 노래를 부르거나 춤을 추지 않고 언제나 꿔온 보리자루처럼 저만치 앉아서 아가씨들을 하나씩 차지하고 춤을 추는 후배들을 시무룩이 건너다볼 뿐이었다.

한번은 내가 한바탕 춤을 추고 나서 아가씨와 함께 자리로 돌아오니 강 선생이 자기 옆에 앉은 아가씨와 나의 옆에 앉은 아가씨를 삐딱한 눈길로 번갈아 보더니

"모두 곱게들 생기고 노래도 잘 부르고 춤도 잘 추는군. 그런데 평생 이런 소도둑 같은 사내들을 모시고 노래나 하고 춤이나 춰야 하겠소? 아직 나이들이 어린 것 같은데 공부를 해야지 공부를!"

하고 훈계한다. 그래서 내가 강 선생을 흘겨보면서

"아니 내가 소도둑이란 말씀이시요? 귀한 돈을 팔아가지고 노래방에 들어왔으면 실컷 노래도 부르고 춤도 출 것이지 괜히 아가씨들에게 사상교육을 하고 앉았구먼."

하니까 강 선생은 "그래 내 말이 틀렸소?" 하고 조금은 노기를 띠고 나를 쏘아보았다.

강 선생은 분명 머리가 안 도는 "안도 촌늠"이었다. 그는 여자를 다루는 재간도 없거니와 여자들의 특별한 사정을 헤아릴 줄도 모르는 것 같았

다. 물론 후에는 기말총화 같은 때 여성교원들에게 끌려 나가 마지못해 춤을 추기는 했지만 마이크를 잡고 노래를 부르는 것을 나는 단 한 번도 본 적 없다.

어느 날 연변대학 정문 옆에 있는 장수보신탕집에서 연회를 할 때 젊은이들에게 끌려 나가 전인복 선생과 춤을 추었다. 깃발을 쳐들듯이 한 손으로 인복 선생의 오른 손을 추켜잡고 다른 한 손으로 그녀의 허리를 잡고 돌아가는데 인복 선생의 몸이 특별히 무겁게 느껴지더란다. 그래서

"인복씨, 몸이 좀 난 것 같구먼."

하고 아닌 밤중에 홍두깨 같은 소리를 했다. 인복 선생이 생글생글 웃으면서

"학부장님은 아들 둘이나 어떻게 보셨지요? 그렇게 눈치코치가 없고서야 사모님이 좋아하시겠어요!"

하는데 그래도 눈치를 채지 못하고 강 선생은

"아무튼 몸이 좀 난 것 같으니 한번 체중을 체크하고 다이어트를 해야겠어."

하고 정색하고 말하더란다. 그런데 사흘 후 인복 선생이 학부장실로 조용히 찾아올 줄이야! 며칠 후 출산을 하게 되니 청가 좀 주세요, 하더란다. 그제야 깨도가 된 강 선생이 "아차, 실수를 했구나!" 하고 자신을 크게 뉘우쳤음은 더 말할 것 없다. 실례지만 나는 가끔은 이 일화를 거들어 강 선생을 보고 "뚱뚱한 여자와 임신한 여자를 갈라볼 줄도 모른다면 이건 숙맥불변이지요!" 하고 놀려대군 했다.

강 선생은 여자는 잘 모르지만 축구는 물론이요, 추렴과 낚시질 역시 프로이다. 1990년대 강 선생네 댁은 연변대학 서문 옆에 있었다. 연변대

학은 옛날 관동군사령부였고 서쪽에 일본군 장교 가족들이 살던 단층연립주택들이 있었는데 모두 구들을 놓고 석탄을 땠다. 반백년이 지난 집은 좀 허름했지만 부엌에 큰 솥이 걸려있고 집 앞에 널찍한 텃밭이 있어서 추렴을 하기 안성맞춤이었다. 그 무렵 조문학부의 추렴은 대체로 강 선생네 댁에서 하기 마련인데, 개를 사다가 볏짚에 불을 질러 가죽을 그슬리고 각을 뜨고 물에 여러 번 씻어 솥에 넣는 일은 물론이요, "개장즙"이라고 하는 양념도 강 선생이 도맡아 만들었다. 사모님도 리화옥(李花玉)이라는 예쁜 명함 그대로 무척 사람을 좋아하고 인품이 좋은 분이라 군말 없이 채소를 다듬고 반찬을 만들어 내놓았다. 우리 술꾼들은 점심부터 저녁까지 코가 비뚤어지게 술을 마시고 보신탕에 밥을 말아먹고는 밤늦게까지 바가지를 엎어놓고 젓가락장단을 치면서 놀았다. 이튿날 이른 아침이면 술꾼들이 또 기신기신 찾아와서 뼈를 우린 물까지 다 퍼마시고야 자리를 떴다. 그런데 이 추렴에는 대체로 중년교수 이상이나 나 같은 간부는 참가할 수 있지만 새파랗게 젊은 교원들은 끼어들 수 없었다. 그래서 리광재라고 지금은 청도해양대학 교수지만 그때는 이마빡에 피도 마르지 않은 20대 중반의 신규교원인지라 추렴에 끼어들지 못해 심술이 나는 바람에 강 선생네 울바자에다 목탄으로 "개장집"이라고 대문짝만하게 휘갈겨 놓았다. 그래서 강 선생네 댁은 한때 "개장집"으로 통했다.

강 선생의 흉을 한두 가지만 더 보기로 하자. 이름난 골초요, 술꾼이다. 담배는 중남해표 담배만 피우고 낚시터에 앉으면 하루 두세 갑을 피운다. 술은 52도 이상의 배갈만 마시는데 벌컥벌컥 맥주만 마시는 사람들을 아주 경멸하고 상대를 하지 않는다. 술자리에서 먼저 나앉는 법이 없다. 죄송하지만 덩치 큰 나 같은 주성이나 서울대학교 윤여탁 선생과 같은 주신과도 끝까지 버티고 앉아 술을 마신다. 출장을 나가면 호텔 밥상에서도 반주로 두어 냥 해야 식사를 한다.

강 선생은 중한수교 이후 중국 전역에서 한국어 붐이 일자 1995년 북단대학 한국학과 주임교수로 초빙되어 갔다. 나는 어학자가 아니라 잘은 모르지만 그 동안 강 선생은 복단대학을 비롯한 남방 여러 대학의 한국어교육을 일으켜 세우는데 중심적인 역할을 했다. 그리고 중국 조선어학회 상무리사, 중국 한국어교육학회 회장 등 직책을 맡고 중한문화교류의 물고를 틀고 다양한 학술활동을 벌리면서 뛰여난 리더십을 보여주었다.

뿐만 아니라 상해 연변대학 학우회 초대회장으로 활약했다. 복단대학에 연수하러 가는 많은 연변대학 젊은 교원들을 여러 학과에 추천하고 숙소를 잡아주고 하면서 스폰서로 성심성의로 일했으며, 연변대학의 많은 교원 또는 가족들이 상해에 가서 진단을 받고 입원하려고 할 때마다 현지 명의의 진찰을 받고 입원할 수 있도록 결정적인 도움을 주었다. 그야말로 월급을 받지 않고 일하는 연변대학의 특명전권대사인 셈이었다.

강 선생이 상해로 간 후에는 별로 만날 기회가 없었는데 2015년 4월 중앙민족대학의 리암 교수와 함께 대학본과평가 차 상해외국어대학에 갔을 때 뜻밖에 강 선생 내외의 따뜻한 환대를 받게 되었다. 상해에 도착한 지 여러 날이 되도록 전화로 인사도 드리지 못했는데 리암 선생과 내가 상해에 왔다는 소식을 듣고 특별히 자리를 마련한 것이다. 그것도 말로만 듣던 숭명도(崇明島) 산장에서 말이다. 숭명도는 우리나라에서 대만과 해남도 다음으로 큰 섬인데 장강 하구에 자리를 잡은 명승지가 아니던가.

상해외국어대학 리춘호 선생의 자가용을 타고 한 시간 반쯤 달려 강 선생네 산장에 도착해 한 바퀴 둘러보고 나는 깜짝 놀라지 않을 수 없었다. 낡은 컨테이너 두 개를 사다가 안으로 덧벽을 쌓아 알뜰하게 내부 장식을 하였는데 집 뒤로 5백 미터 되는 거리에 고속도로가 놓여있었고 집 옆으로는 강폭이 10여 미터 되는 운하가 넘실넘실 흐르고 있었다. 산에 있는 산장이 아니라 물을 낀 전형적인 강남 수향(水乡)에 자리를 잡은 집이었다. 나도 팔도 쌍봉촌에 농갓집을 짓고 주말이면 전원생활을 하고 있지만 우리 산장의 규모는 아무것도 아니다. 강 선생네 산장은 적어도 6천 평은 되는 것 같았다. 왼편에는 채마밭이요, 중간에는 못을 두개 조성했는데 하나는 민물게(河蟹)를 키우고 다른 하나는 물고기를 키운다고 했다. 제일 오른 편에 그물을 둘러치고 뽕나무를 심었는데 울긋불긋한 토종닭을 100여 마리나 치고 있었다. 안도에서 나서 자라 연변대학 교수를 거쳐 상해의 시민이 되고 명문대학 교수로 되었지만 "안도 촌놈"의 본성은 변할 줄 모르는구나 하는 생각이 들었다.

토종닭 두 마리를 잡아 닭곰을 하고 잉어를 넙죽넙죽 썰어 매콤한 매운탕을 끓였다. 우리는 금시 주흥이 도도해졌다. 내가 강 선생과 사모님을 보고

"이솝우화에 나오는 당나귀는 황금보다 짚을 더 좋아한다더니 이게 무슨 짓입니까? 복단대학의 명교수가 농장을 만들어가지고 닭을 치고 고기를 기르고 농사를 짓다니요."

했더니 강 선생이 나를 보고 "에끼 이 사람아!" 하고 웃는데 사모님이 남편을 곱게 흘겨보더니 한 마디 한다.

"촌놈은 어디 가나 촌티를 벗지 못하는 법이지요. 우리 두 아들도 제 애비를 닮아서 이 산장을 무척 좋아하거든요. 이 잉어는 지난 주말에 우리 큰아들이 잡아서 냉동한 것이랍니다."

돌아오는 길에 강 선생과 함께 상해로 온 강보유 선생의 말을 듣자니 강 선생은 65세 되는 해에 정년을 했는데 아무리 연장초빙을 하려고 해도 말을 듣지 않았다고 한다. 그 이유는 오직 하나—

"늙은이가 자리를 내지 않으면 젊은이들이 크지 못해!"

그래서 중국조선어학회 상무리사, 중국한국어교육학회 회장도 한 임기씩만 하고 후배들에게 넘겨주고 이 농장을 꾸렸다는 것이다. 그리고 이 농장은 상해 여러 대학에서 일하는 조선족 젊은이들의 아지트요, 향수를 달래고 우정을 나누는 "큰집"이 된 것이다.

강 선생이 고향이 그립고 친구들이 그리워서 연길에 아파트를 마련하고 겨울은 상해에서, 봄과 여름과 가을은 연길에서 지낸지도 어언 5년 철을 잡는다. 주석 자리에 앉아 연변대학의 박사학위논문심사도 하고 조선어문잡지사 고문으로 원고심사도 하지만 많은 경우 아파트단지에 텃밭을 일구고 화룡 숭선에 가서 버들치를 낚는 일로 소일한다. 우리는 강 선생이 잡아오고 사모님이 만든 버들치매운탕에 술 한 잔 하는 게 큰 낙이었다. 그런데 이제 더는 먹을 수 없게 된 것 같다. 큰 나무에 기대듯이 강 선생과 버릇없이 농담을 주고받고 늘 이러저런 고충을 털어놓고 가르침을 받았는데, 이제는 강 선생의 사내다운 구레나룻도, 강태공처럼 낚싯대를 드리우고 강변에 앉아 세월을 낚는 그의 모습도 볼 수 없게 되었으니 이게 웬일인가? 무엇이 그리 급해서 사모님을 두고 두 아드님과 작별도 하지 않고 총총히 떠난단 말씀이시오? 실은 작년부터 병원신세를 진 후 단칼에 담배와 술을 끊었을 뿐만 아니라 가뜬하게 틀니도 하고 상해와 연변을 오가면서 만년을 즐기고자 했지만 병마는 끝내 강 선생의 생명을 앗아간 것이다.

강 선생, 어제 저녁 댁에 찾아가 선생의 유상 앞에 술 한 잔 올리면서 약속을 드렸지만 인명은 재천이요, 누구나 다 가는 법이니 조만간에 우리 모두 하늘나라에서 다시 만납시다. 아무쪼록 고기를 많이 잡아 어죽을 끓여놓고 우리를 기다려 주십시오…

이 몇 년간 강 선생과 함께 연변의 여러 명소들을 답사했는데 지난 4월 29일 조양천 태동촌에 갔을 때 쓴 〈진달래〉라는 연시조에다 한 수 더 얹어 이 글을 마무리해야 하겠다. 사모님께도 조금은 위로가 되었으면 좋겠다.

> 코로나 시끄러운 도심을 빠져나와
> 아늑한 호숫가에 친구들 모였구나
> 옳거니 연변의 유서 깊은 태동촌이 아닌가
>
> 강형은 호숫가에 낚싯대 드리우고
> 아우들 술잔 들고 우정을 나누는데
> 얼씨구 고기 굽는 누이들 꽃보다 더 곱구나
>
> 태동의 산과 들에 봄빛이 넘치는데
> 강 교수 내외가 멋진 포즈 취했구나
> 아서라 진달래는 령감이 부인께 드려야지
>
> 아무나 좌상 되고 아무나 어른 되나
> 어죽을 끓여놓고 아우들을 기다리던
> 오호라 털보 형님께서 학을 타고 가셨네

《연변문학》 2022년 11기

# 나를 넘어 새로운 나와 만난 학자
## —김병민 교수의 《녕해만필》을 읽고

김병민 교수가 몇 해 전에 인물로 보는 연변대학의 역사와 전통, 쉽게 말하자면 연변대학의 "사기열전"이라 할 수 있는 《와룡산일지》(2013)를 펴내더니 요즘 또 《녕해만필》을 펴냈다. 고희의 나이에 펴내는 작품집이라 특별히 축하의 말씀을 드리고 싶다.

이 글에서는 전기적, 문화학적 비평방법, 그리고 문예미학의 관점으로 김병민 교수의 인생, 그의 사상과 철학에 대해 살펴보고 주로 《녕해만필》에 수록된 수필, 칼럼과 문학평론들을 장르 별로 분석, 논의하고자 한다.

김병민 교수를 처음 알게 된 것은 아마도 1978년 9월인 것 같다. 필자 역시 "문화대혁명" 때문에 농촌생활과 군부대생활, 그리고 출판사 편집생활을 거쳐 스물다섯 되는 나이에야 비로소 연변대학 조문학부에 입학할 수 있었다. 그때 우리 학급의 담임선생이 바로 김병민 교수였다. 어느 날 김병민 교수가 나를 조용히 불러놓고 학급의 학습위원을 맡아주면 좋겠다고 했다. 나보다 2년 선배라고 들었는데 직접 만나서 뵈니 키는 좀 작은 편이고 애티가 가시지 않은 동안(童顔)의 젊은이였다. 특별히 두 눈이 어

글어글하고 눈썹이 짙었다. 후에 김병민 교수 자신도

"내 키가 작다고 허물하지 말고 내 목 우를 보란 말이야! 내 얼굴만 보면 미남이지!"

하고 농담을 했지만 참으로 이목구비가 수려한 미남이요, 얼핏 보기만 해도 왕의 혈통인 경주 김씨답게 정신이 번쩍 드는 분이었다. 그날 나는

"죄송하지만 기숙사에 들지 않고 집에서 통학을 하기에 학습위원을 하기는 좀 불편합니다."

하고 솔직하게 말씀을 드렸더니

"좀 아쉽네그려. 아무튼 출판사에서 편집생활을 하다가 왔으니 공부도 잘 하고 여러 가지 활동에서도 모범을 보여주어야지."

하고 씩 웃는데 교수라고 하기에는 아직 총각 티를 벗지 못한 새파란 젊은이였다.

그때로부터 40여 년 동안 같은 대학, 같은 학과에서 공부하고 일했으니 김병민 교수도 이 아우뻘 되는 사람을 알 만큼 알 것이고 필자 역시 형님 같은 김병민 교수를 조금은 알고 있다고 생각한다.

개천에서 용이 나고 왕후장상에 씨가 따로 없는 법. 김병민 교수는 녕안현 발해진 향수촌 태생이다. 검푸른 목단강이 마을을 에돌아 흘러가고 머지않은 곳에 푸른 물결이 출렁이는 현무호가 있어서 북방의 어미지향이라 할 만한 동네이다. 하지만 김병민 교수네 집안은 워낙 째지게 가난했다. 5남매가 있었는데 그 중 김병민 교수가 막내였다. 그가 세상에 태어난지 50일 되는 날에 집안의 하늘같은 아버님께서 촉한에 걸려 덜컥 세상을 뜨는 바람에 막내아들은 아버지의 얼굴도 보지 못했고 "아버지!" 하고 한 번 불러보지도 못했다.

그의 큰형님의 존함은 김병수, 녕안지역의 유명한 중학교 교장이었다. 김병민 교수가 〈나의 큰형, 나의 스승〉이라는 글에서 소상히 기록한 바 있고 필자도 서울에서 며칠 동안 김병수 교장님을 모시고 지낸 적 있어서 두루 들어 아는 바이지만, 김병민 교수는 큰형님의 각별한 사랑과 관심 속에서 성장했다. 어릴 적부터 특별히 총기가 좋고 공부를 잘하는 막내 동생을 자식처럼 키우고 큰 기대를 걸고 이끌어준 게 큰형님이었다. 농촌에서 일하는 막내 동생을 기자로 만들겠다고 이를 악물고 달려든 것도, 군복무를 하는 막내 동생에게 반드시 한어로 편지를 쓰게 한 것도, 기어코 문학을 하라고 연변대학 조문학부에 보낸 것도 큰형님이다. 막내 동생이 김일성종합대학에 갈 때는 녕안에서 칠색송어 30근에 입쌀 20근, 콩기름 2근을 둘러메고 밤도와 연길에 달려와서 막내 동생의 스승님들을 모셔놓고 대접한 분도 큰 형님이다. 그때 김종수 교수님 댁에서 술상을 차렸는데 필자는 심부름을 한다는 턱을 대고 점심에 칠색송어를 개평해서 매운탕을 끓여 먹은 적 있는데 둘이 먹다가 하나가 죽어도 모를 그 맛을 지금도 잊을 수 없다.

연변대학에 입학한 김병민은 큰형님의 기대를 저버리지 않고 정판룡, 허문섭, 림휘, 허호일과 같은 스승들의 그늘 밑에서 열심히 공부했고 중산대학, 김일성종합대학, 서울대학교를 거쳐 큰 학자로 되었다. 그는 연변대학 교장으로 10년, 연변대학 캠퍼스통합공사를 마무리하고 투철한 현대대학의 이념을 가지고 교학과 과학연구를 중심으로 내부로부터 끊임없는 개혁을 진행해서 연변대학의 중흥을 일구어냈다. 생후 50일 만에 아버지를 잃은 불우한 소년이 날마다 나를 넘어 새로운 나와 만나면서 연변대학의 명교수, 명교장으로 된 신화를 창조했다고 하겠다.

특히 20여 년간 학부장, 처장, 원장, 교장 직을 맡고 신명을 다해 일하면서도 학문을 버리지 않고 열심히 연구해 수많은 저서를 펴냈고 국가의 중대한 과제를 5개나 쟁취해 원만하게 완성했다. 우리 주변에서도 쉽게 볼 수 있지만 적잖은 분들은 보직을 몇 해 하면 금세 벼슬 맛을 알고 목에 힘을 주고 다니거나 술독에 절어 정신을 추지 못한다. 그러다가 감투를 벗게 되면 하던 강의도 못하겠다고 나눕는다. 하지만 김병민 교수는 달랐다. 대학 교장 두 임기로 10년, 전국인민대표대회 대표 두 임기로 역시 10년 가까이 일했지만 단 하루도 책을 손에서 놓지 않았다. 하기에 2012년 교장직무를 내놓은 후 본격적으로 통문화연구센터를 출범시키고 의욕적인 연구를 진행하여 세상을 놀라게 하는 업적을 일구어낼 수 있었다.

필자가 알기로는 김병민 교수는 어릴 적에 섬약했고 1960년대 초 대식품시절에는 위염, 폐염에 걸려 고생한 적 있다고 한다. 그는 8, 9십년대만 해도 맥주의 달인이고 맥주만은 이른바 주신으로 대접받는 이 아우와 더불어 대작할 수 있었다. 하지만 새로운 세기에 들어와서는 술을 끊다시피 하였다. 그리고 날마다 한 시간씩 수영을 하였다. 요즘은 여건이 여의치 않자 걷기로 대신하는 것 같은데, 위챗에 있는 운동코너를 보면 1년 365일 하루도 빠짐없이 만보걷기를 견지하고 있다. 농담이지만 적어도 술을 마시지 않으니 하루건너 취생몽사하는 우리 같은 술꾼들보다는 배로 시간을 더 가지는 게 아닌가 한다. 그의 목표에 대한 집념과 그 실현을 위한 초인적인 의지력과 추진력은 나 같은 사람들의 추종을 불허한다고 해야 하겠다.

필자가 40여 년 동안 김병민 교수를 보좌하고 있고 사석에서 술 한 잔 하면 호형호제하면서 모름지기 관찰한 바에 의하면 그의 삶의 신조는 다음과 같다고 하겠다. 언제나 감사한 마음을 간직하고 되돌아보며 살고 자신을 반대하는 사람은 되도록 따뜻하게 포용하며 절대 권력을 남용해서 보복을 하지 않는다. 학문적 관점이 다른 사람을 존중하고 절대 비하하지 않으며 목표를 가지고 성실하고 끈질기게 살며 남을 돕는 것을 천직으로 삼고 일단 도와주면 끝까지 도와주는 것이다. 이런 삶의 신조를 가지고 있기에 용재상, KBS해외동포상을 받았을 때 12만원의 거금을 학생처에 맡겨 가난한 학생들의 장학금으로 쓰게 하였을 뿐만 아니라고 이 일을 공개하지 못하게 하였다. 교장으로 10년 봉직했지만 봉투놀음을 하는 사람은 의도적으로 발탁, 등용하지 않았고 연변대학캠퍼스통합공사에 무려 15억 원이라는 자금을 투자하였지만 담배 한 보루 술 한 병 받지 않았다. 하지만 대역사를 벌리고 나서 고혈압불안증과 실면으로 시달렸다. 그는 너무 지쳐서 댁에 돌아가 여러 번이나 쓰러졌고 너무 기가 막혀 혼자서 통곡하기도 했다. 그때 아프고 괴롭던 일을 생각하면 지금도 소름이 끼친다고 한다.

옛사람들은 글은 그 사람이라고 했고 그 나무에 그 열매라고 했다. 대체로 작품 속에는 작가의 경력과 인생관, 기질과 성품, 사상과 철학이 고스란히 깃들어있기 마련이기 때문이다. 한마디로 작품은 작가의 분신인 셈이다. 그래서 노신 선생도 분수에서 나오는 것은 물이요, 혈관에서 나오는 것은 피라고 하지 않았던가. 아래에 김병민 교수의 인간적, 학자적 모습을 좀 더 구체적으로 살펴보면서 그의 인격과 철학이 그의 《녕해만필》에 어떻게 구현되고 있는가를 보기로 하겠다.


먼저 이 작품집에 실린 수필들을 보기로 하자.

김병민 교수의 가장 큰 인격적 매력은 자기가 나서 자란 고향과 부모

형제, 자기를 키워준 은사님들과 연변대학, 동고동락을 하는 친구와 제자들에 대한 뜨거운 보은지심(報恩之心)과 사랑이다. 평교수로 있을 때도 그는 남에게 진 신세는 꼭 갚으려 했고 스승이나 동료들의 애로상황을 풀어주려고 천방백계로 노력하였다. 특히 처장, 원장, 교장 등 보직을 맡은 후 적어도 조문학부의 거의 모든 교원들이 그의 관심과 사랑을 받았고 한두 가지 어려운 일들을 해결하였다. 연변대학 캠퍼스에 서있는 정판룡문학비도 김병민 교수가 주축이 되어 교내외 인사들을 설득하고 자금을 유치해 세웠으며 용정 비암산기슭에 있는 강경애문학비도 김병민 교수가 한국 학자들의 지원을 유치해 세웠다. 한국에 가서 학위공부를 하는 후배나 제자들의 장학금을 주선해준 사례는 이루 다 헤아릴 수 없다. 이러한 보은지심과 사랑은 그의 수필의 중심적인 주제라 하겠다.

"녕해(寧海)"는 물론 녕안의 녕(寧)자에, 발해진의 해(海)자, 즉 고향의 이름에서 따온 김병민 교수의 호라고 하겠고 "만필(漫笔)"은 어떤 주의나 체계가 없이 붓 가는 대로 쓴 글이라고 하겠다. 김병민 교수는 평생 조선-한국문학을 강의하고 연구한 학자라 조선조시대의 최고 국문소설가 김만중(金万重, 1637-1692)의 《서포만필(西浦漫笔)》에서 힌트를 받고 "녕해만필"이라고 제목을 단 것 같다. 김만중이 만년에 선천(宣川)이라는 유배지에서 《서포만필》을 쓴 것과 마찬가지로 김병민 교수 역시 교장 직을 내놓은 후 본격적으로 수필과 같은 가벼운 글을 쓰고 있는 것 같다. 물론 그의 수필, 특히 회고록이나 축사와 같은 글들은 청탁을 이기지 못해 쓴 경우가 더러 있다. 하지만 그러한 글들에는 고향의 자연과 인간에 대한 깊은 사랑을 표현한 〈고향서정〉(2020), 〈천혜의 고장〉(2020), 〈영웅부대의 일등공신 관국형을 그리며〉(2020)와 같은 글이 있는가 하면 대학교 시절의 은사님들을 기리고 추모한 〈우리 학부장 서일권 교수님〉(2018), 〈우리 학부의 대부 김해수 교수님〉(2016)과 같은 글도 있다. 또한 동료교수들의 환갑이나 정년을 축하해 쓴 〈어학자 강은국 교수〉(2015), 〈연변대학의 신사 최성일 교수〉(2013)와 같은 글들도 있다. 이 가운데서 축사의 형식을 취한 수필들이 일품이라 하겠다.

20여 전 한국의 유명한 국문학 학자 한분이 연변대학에 와서 10여 일 동안 묵으면서 좋은 강연을 했고 정판룡 교수의 저서를 선물로 받았는데, 하루 저녁에 대강 훑어보고 이튿날 만난 자리에서

"선생님, 어제 주신 책을 다 읽어보았는데 왜 선생님 책에는 '서문' 이나 '축사' 가 그리 많습니까?"

하고 물었다. 이에 정판룡 교수는 허허허 웃으면서

"연암 박지원의 문집을 보시지요. 역시 발문, 축사가 많지만 위대하지 않습니까?"

하고 대답해서 그 교수가 아차 실수를 했구나! 했고 후일 두고두고 후회했다는 일화가 있다. 요즘 환갑잔치나 정년기념모임에 가서 보면 당자의 인생과 업적, 인품과 인격에 대한 아무런 요해도 없이 두루 짜서 맞춘 축사, 지어는 남이 써준 축사를 가지고 와서 마치 자기가 쓴 것처럼 큰소리로 읽는 장면을 심심찮게 볼 수 있다. 하지만 김병민 교수는 평교수로 있을 때는 물론이요, 대학의 최고 책임자로 있을 때도 은사님이나 동료들의 정년기념모임 때는 진정을 고여 축사를 작성한다. 당사자의 인생편력과 업적은 물론이요, 그의 성품과 기호, 덕성까지도 꼼꼼히 짚어 이야기를 하는데 가끔은 재미있는 일화를 섞어 좌중의 기분을 돋구어준다. 아마도 이런 의미에서 정판룡 교수는 서문이나 축사도 정성을 고이고 품위 있게 쓰

면 훌륭한 작품이 된다고 했던 것 같다.

일례로 이 책에 실린 〈우리 학부장 서일권 교수〉는 연변대학 개교 70주년을 기념해 조문학부의 학부장으로 성심성의로 일한 서일권 교수를 기리기 위해 썼는데 그의 생평에 대해서는 물론이요, 그의 가식 없는 소탈한 성격과 넉넉한 인품에 대해서, 그의 인간적인 모습을 보여준 재미나는 일화까지도 곁들여 그야말로 돋을새김으로 그렸다. 아마도 유가족은 물론이요, 서일권 교수도 하늘나라에서 이 회고록을 보고 빙그레 웃으면서 술 한 잔 드셨으리라 생각한다.

강은국 교수나 최성일 교수의 정년기념모임을 위해 쓴 축사도 깊은 동지애와 시적 정취, 유머와 위트가 일체를 이루었기에 읽는 이들에게 인생의 철리와 함께 커다란 즐거움을 준다. 강은국 교수의 정년기념모임에 김병민 교수는 산동성 위해에서 상해 복단대학에까지 날아가 축사를 드렸는데 여기서 잠깐 보기로 하자. 이 이야기는 강은국 교수의 제자들도 앉아 있어서 차마 입 밖에 낼 수 없었다고 하지만 이런 재미있는 일화가 없이 어찌 성격을 부각하며 축제의 분위기를 돋굴 수 있겠는가. 그 일화는 이러하다.

"1980년대 후반의 어느 날, 연집강에 가서 큰 솥을 걸어놓고 개고기추렴을 하였습니다. 찜통더위에 술 한 잔 거나하게 했더니 모두들 온몸이 불덩이처럼 달아올랐습니다. 우리는 더위를 덜려고 알몸뚱이로 첨벙첨벙 물에 들어가 미역을 감고 나서 각자 풀밭에 누워 바람을 쏘였습니다. 그런데 허룡구 교수께서 저에게 달려와 '은국이는 정말 호남아! 자네도 가서 응국이의 물건을 보게!' 하는지라 그 말을 들은 김해룡 교수가 '허 교수는 괜히 호들갑을 떠시는구려. 거시기야 다 같은 거지. 그리구 거시기란 건 겉만 봐서는 몰라요!' 하고 농담을 했습니다. 내가 슬그머니 강 교수 쪽으로 건너가서 '강형, 저두 한번 좀 봅시다요. 선생님들 모두 강형의 물건이 대단하다고 하시던데요' 하고 한 마니 농을 걸었습니다. 강 교수는 선잠을 깬 듯이 한동안 어리둥절 앉아있더니 한 손으로 앞을 가리고 앉더니 '에끼, 이 사람!' 하고 웃었습니다.

이 이야기를 저는 강 교수를 만나 술잔을 나눌 때마다 꺼냅니다. 그러면 강 교수는 허허 사람 좋게 웃기만 합니다. 여기 계신 연변대학 조문학부 출신 교수들은 다 아시겠지만, 김상원 교수의 '하다 강좌', 임윤덕 교수의 '랭수 한 병 놓고 손님을 청한 이야기', 그리고 강은국 교수의 '호남아의 물건 이야기'는 조문학부의 3대 설화라고 생각합니다. 훗날 이 3대 설화의 텍스트를 강호 제현께서 재해석해서 세상에 널리 알려도 무방하리라 생각합니다."

글이 이쯤 되면 청중들은 듣지 말라고 해도 듣고 독자들은 읽지 말라고 해도 서로 빼앗아가며 읽는다. 문학은 약이 아니기에 억지로 먹일 수 없다. 그러나 사탕을 발라놓은 당의정(糖衣錠)은 누구나 다 달갑게 먹는다. 그리고 문학은 뛰어난 형상적 기억력을 가진 자만이 할 수 있는데, 이러한 기억력은 고향에 대한 지극한 사랑, 스승과 동료에 대한 뜨거운 존경과 사랑에서 비롯된다. 상대에 대한 존경과 사랑이 없이는 그들의 일화를 오랫동안 기억해두었다가 적재적소에 쓸 수 없다.

다음으로 김병민 교수의 칼럼을 보기로 하자.

김병민 교수는 명석한 두뇌의 소유자이며 오랜 교수생활과 행정사업을 통해 동서고금을 아우르는 풍부한 지식과 예리한 정치적 안목을 가지게 되었다. 그는 국내외의 정세변화, 특히 대학의 변화에 대해 주시한다.

그는 다각도로 사물의 본질을 제시함과 아울러 그 대안을 내놓는 탁월한 혜안과 지혜를 갖고 있다. 특히 은사인 정판룡 교수의 바통을 이어 받은 학자, 연변대학의 최고 행정지도자로서 현대 대학의 이념과 중국 특색의 대학경영방식을 결합해 211공정, 서부개발건설지원대상을 힘 있게 추진하였다. 또한 연변대학을 성부공건(省部共建)대학, 세계쌍일류학과건설대학의 반렬에 올라서게 하였고 총설계사의 역할을 유감없이 수행하였다. 특히 그 자신이 청렴결백한 자세로 이신작칙의 모범을 보여주었을 뿐만 아니라 하나의 격식에 구애됨이 없이 인재를 널리 물색해 등용하였다. 이러한 의미에서 우리는 김병민 교수를 두고 "연변대학의 유방(刘邦)"이라고 말한다. 특히 그는 지엽적인 문제를 가지고 꼬치꼬치 물고 늘어지는 지도자들과 달리 오직 뛰어난 학식과 재능을 가진 학자라면 그의 성격, 취미 여부를 따지지 않았으며 아무리 괴짜교수라 해도 안아주고 중용했다.

필자의 실형인 김관웅 교수는 평안도 출신이라 성격이 좀 과격한 편인데 김병민 교수는 가는 곳마다

"김관웅 교수는 기억력이 비상하고 다문박식하고 글재주가 좋아. 이런 대학자는 적어도 우리 대학에서는 다시 나오기가 쉽지 않을 걸!"

하고 칭찬을 아끼지 않았다. 김관웅 교수가 필화로 억울함을 당했을 때는 직접 상급 지도자를 찾아가서 해명하여 사태를 수습하는데 결정적인 역할을 했다. 또한 김관웅 교수의 학문수준을 인정하고 연변대학 동방연구원 원장 직에 적극 추천하기도 했으며 그가 퇴임하고 장춘으로 거취를 옮겼으나 일류학과 건설을 위해 다시 초빙하도록 적극 주선하기도 했다. 김병민 교수는 상벌을 분명히 따지되 일을 잘한 교수들에게 상을 주고 이러저런 실수를 한 교수들에게 잘못을 바로잡을 수 있는 기회를 준다. 이러한

그의 행정 철학이 그의 칼럼에서도 빛을 발하고 있다.

이를테면 〈대학정신과 교장, 그리고 보직자들〉에서는 채원배, 매이기, 장백령, 장몽린, 호적, 광야명 등 명문대학 총장들의 일화를 통해 대학의 행정화경향에 대해 날카롭게 비판하면서 대학은 교수가 영혼이요, 중심이 되어야 한다고 하였다. 그리고 〈물이 깊어야 큰 고기가 노니는 법〉에서는 고향의 깊은 물에서 큰 고기를 잡던 이야기를 메타포로 던진다. 물이 깊어야 큰 고기가 노니는 법, 인재를 아끼는 문화적 풍토가 이루어져야 큰 학자들을 키울 수 있다고 했다. "반우파투쟁" 때 북경대학에서 일부 머리가 좋고 똑똑한 청년교원들이 그만 말을 잘못 하여 우파로 몰렸다. 그때 북경대학 교장은 이들 청년교원들을 농촌으로 보내지 않고 학교의 도서관이나 학부의 자료실에서 사서(司书) 또는 자료원으로 일하게 했다. 그래서 이들 청년교원들은 도서관이나 자료실에서 일하면서 열심히 책만 읽었다. 물론 북경대학 교장의 본의는 젊은 영재들을 숨겨두고 살려주기 위한데 있었다. "문화대혁명"이 끝나고 우파모자를 벗겨주자 이들 젊은 영재들은 다시 교단에 서게 되었고 거의 다 유명한 교수로 되었다. 그 가운데 저명한 철학자 탕일개, 비교문학의 대가 악대운, 저명한 문예이론가 김개성도 있었다. 그들은 북경대학의 "물"이 깊었기 때문에 20여 년간 숨어서 많은 공부를 할 수 있었고 큰 학자로 될 수 있었다. 이어서 작자는 다음과 같이 의론을 전개한다.

"한 대학의 물이 깊으냐 옅으냐, 이는 그 대학의 교장이 어떤 리념을 갖고 있는가에 의해 좌우지된다. 이러저러한 시시비비를 슬그머니 묵과해 버리는 지혜가 있어야 하고 진리를 창출하기 위해 민주와 자유를 보장할 수 있는 제도적 장치를 모름지기 만들어내야 한다. 살벌한 정치투쟁의 소용돌이 속에서 총명과 패기로 넘치는 젊은 영재들을 깊이 숨겨두고 키워주었다는 것은 북경대학이나 청화대학 교장의 소신과 의지와도 관계되겠지만 무엇보다 먼저 그들의 정치적 안목과 철학, 지혜가 뛰여났기 때문이라고 생각한다. 대학의 자율성과 진리를 추구하기 위한 그들의 철 같은 리념과 철학이 없이는 도저히 불가능한 일이다."

칼럼은 보통 "일화나 인용 - 평가 - 의견이나 주장"으로 구성된다고 하겠는데 작자의 사상이나 철학을 암시 또는 대변할 수 있는 명인들의 일화, 역사적인 사례나 전고(典故)를 떠올리는 게 아주 중요하다. 참신하고 함금량이 높은 이러한 일화나 인용은 자연히 매력적인 문체를 낳게 되고 독자들을 사로잡을 수 있다. 상기 칼럼을 보면 고향의 이야기와 북경대학의 이야기 자체가 암시하는 바가 커서 자연스럽게 의견이나 주장을 이끌어낼수 있었을 것이다.

이외에도 이 작품집에는 〈꽃 달아주기와 교육의 시스템〉, 〈상장을 연구하는 교수와 학문을 연구하는 교수〉, 〈'인재쟁탈전'과 '양귀비꽃'〉, 〈교수는 한 우물을 파야 학문에서 대성한다〉와 같이 대학가의 부정과 부패, 대학들 사이의 인재쟁탈전과 교수의 몸값 부풀리기, 급급히 명예를 따기 위한 일부 교수들의 치졸한 작태 등을 신랄하게 비판하고 그에 대한 극복대안을 제시하고 있다. 이러한 작품들에는 풍부한 경륜을 가진 참된 지성인의 비판정신이 빛나고 있다.

마지막으로 이 작품집에 실린 문학평론들을 보기로 하겠다.

김병민 교수는 현대대학의 성격, 이념과 정신에 대해 투철한 이해를 가지고 있을 뿐만 아니라 언제나 지행합일, 솔선수범의 모범을 보여주고 있다. 그는 대학의 성격은 인류의 문화를 전승하고 지식을 창조하는데 있고, 대학의 사명은 인재를 양성하고 과학을 연구하며 사회에 봉사하는데 있으며, 따라서 대학의 정신은 진리를 추구하기 위한 과학정신과 인류의 복지를 증진하기 위한 인문정신에 있다는 그러한 확고한 신념을 갖고 있다. 그런데 지방대학, 특히 연변대학과 같은 민족대학일 경우에 이러한 현대대학의 성격, 이념과 정신은 지역발전 또는 민족문화의 발전에 기여하는데 있다고 보았다. 따라서 그는 새가 두 날개로 하늘을 날듯이 정부와 민간단체가 서로 손을 잡고 대학과 문단사회가 서로 협력하여 연변 내지 조선족의 문학과 예술의 발전을 이룩해야 한다고 보았다. 하기에 그는 연변대학 교장으로 재임할 때 조성일 선생이 이끄는 연변조선족문화발전추진회 행사에 적극 참가함과 아울러 모름지기 컴퓨터와 활동자금을 지원하거나 주선해 주었으며 지금도 연변조선언어문화진흥회 고문, 용정윤동주연구회 고문으로 일하고 있다. 그의 전공은 조선 근현대문학이지만 조선족의 역사와 현실, 문학과 예술에 대해서도 비상한 관심을 가지고 현장비평의 선두에 서고 있다. 이 작품집에 실린 그의 문학평론들을 주제 별로 아래와 같이 나누어 보고자 한다.

첫째, 중진 작가들의 작품에 대한 심층 분석과 가치평가이다. 역시 청탁에 의해 쓴 글들이 더러 있지만 〈채영춘의 지식담론과 그 위상〉(2020), 〈생명의 가치에 대한 성찰과 정체성에 대한 담론〉(2020)은 각각 두어 달의 품을 들여 쓴 무게있는 작품이다. 〈생명의 가치에 대한 성찰과 정체성에 대한 담론〉은 20여 부의 시집을 펴낸 조선족의 중견시인 김학송의 시 문학에 대한 총체적 조명, 분석과 평가라고 한다면 〈채영춘의 지식담론과 그 위상〉은 채영춘의 에세이집《고향관》에 대한 작품론이다. 채영춘은 연변TV 국장, 연변조선족자치주 신문출판국 국장에 선전부 부부장을 역임한 바 있는 지도간부였는데 정년한 후 연변조선언어문화진흥회 등 여러 시민단체의 리더가 되어 다양한 시민운동을 전개함과 아울러 수필과 칼럼 창작에 정진해 괄목할만한 성과를 거두었다. 김병민 교수는《고향관》이전의 여러 수필집까지 통독하고 나서 지식담론의 시각과 관점으로 채영춘의 수필과 칼럼을 초창기, 성장기, 성숙기, 황금기로 나누고 주로《고향관》에 수록된 수필과 칼럼에 대해 깊이 있는 분석을 가하고 있다. 특히 채영춘 수필의 서사특징에 대한 분석과 개괄이 백미요, 압권이라 하겠다. 채영춘의 수필과 칼럼은 지식담론을 전개할 때 정치서사와 문화서사, 사건전개와 인물묘사, 이성적 호소와 정감적 표현을 유기적으로 결합하고 있을 뿐만 아니라 정론과 칼럼의 제반 요소를 아우르고 있어 장르적 경계를 자유롭게 넘나들고 있다고 하였다. 또한 지식이 담론으로 이어질 때 모름지기 하나의 "권력"으로 작동하여 제도와 규칙에 못지않게 사회에 긍정적인 영향을 줄 수 있다고 하였다. 채영춘의 지식담론은 연변의 신문과 방송, 출판과 문학예술계에 무형의 힘으로 작용하여 이러한 부서에 종사하는 일군들의 시대인식과 사업방향에 큰 계시를 준다고 하면서 그의 지식담론은 "역사적 텍스트와 텍스트의 역사"로 높이 평가되어야 마땅하다고 하였다. 채영춘과 그의 에세이에 대한 재래의 인상주의비평의 한계를 넘어서는 본격적인 비평, 즉 문화학과 형식주의비평의 시각을 아우르는 수작이라고 하겠다.

둘째, 조선족문화의 거장 정판룡 교수의 사상과 철학에 대한 탐구와 조선족사회의 성격과 진로에 대한 탐구이다. 이러한 작업은 선인들이 남긴 정신적 유산을 비판적으로 계승하고 작자 자신의 정신적 좌표를 새롭게 설정하기 위한 작업의 일환으로 되었다. 작자는 정판룡 교수의 제자요, 후에 대성해서 연변대학 조문학부에서는 김창걸, 정판룡의 뒤를 이어 제3세대의 대표로 되었다고 할 수 있다. 작자는 정판룡 교수의 임종에 성심성의로 시중을 들면서 〈득도와 달관의 경지에서〉(2001), 〈그이는 사랑의 큰 품이여라〉(2001)와 같은 수필을 쓴 바 있다. 이러한 작품에서는 우리 민족공동체와 연변대학에 대한 정판룡 교수의 헌신적인 사랑과 득도와 달관의 경지를 두고 눈물 나는 이야기들을 전달하고 있다. 하지만 〈정판룡과 그의 문학에 대한 문화학적 고찰〉(2002)은 그의 기행, 수필, 회고록, 문학사 연구와 문학평론에 대해 여러 번 정독한 기초 위에서 문화학적인 시각으로 깊이 있는 분석과 논의를 전개하고 있다. 정판룡 교수의 문학 활동과 연구는 시종 그의 문화의식의 핵심인 유물론적 사고방식과 인도주의적 정열, 실사구시의 정신, 민족적 사랑, 다원문화의식과 밀접하게 연계되어 있다고 하면서 그의 문학에 나타나는 풍부한 식견, 역사와 사회문제에 대한 예리한 통찰력, 다원문화에 대한 지향, 언어와 문체의 통속성, 그리고 그의 문학연구에서 볼 수 있는 진지한 탐구정신과 참신한 연구시각은 모두 상술한 문화의식의 산물이며 인도주의에 바탕을 둔 그의 넓은 흉금, 실사구시의 정신과 직결된 그의 성실하고 소탈한 인격의 투영이라고 하였다. 특히 아래와 같은 평가는 처음 주어지는 것이라 특별히 주목된다.

"정판룡은 조선족사회와 역사를 만들어간 뛰어난 문화지성인이다. 그럼에도 불구하고 그의 문학 활동은 기능주의적인 지성인으로서의 일정한 한계를 지닐 수밖에 없었다. 학문연구와 문학평론에서는 전략가적인 자세를 충분히 보여주었으되 전술가적인 세밀하고 확실한 이론탐구에는 약세를 보였으며 문학창작에서도 미학적인 감흥을 위한 작가적인 예술적 집착은 어딘가 흐려져 있었다. 그의 실사구시의 정신 속에는 실용주의철학이 배제되지 않아 시각의 일관성이 결핍된 점도 없지 않아 있었다. 그는 우리 시대와 자신이 지닌 한계성을 벗어날 수 없었던 것이다. 과연 그의 문학도 자기가 뿌리를 내린 조선족의 문화토양의 생산능력과 자신의 생리기능과 정비례될 수밖에 없었다."

정판룡 교수를 기능주의적인 지식인으로 보아야 하는가 하는 문제는 재고의 여지가 남아있다. 기능주의는 심리학적 개념으로서 의식의 중요성을 강조하고 의식에 의해 자아 또는 자기가 속한 공동체가 환경에 적응하고 따라서 자아 또는 자기가 속한 공동체의 목적을 충족시키려고 하는 그러한 공리주의적 요소가 다분하기 때문이다. 역시 난세를 살아온 정판룡 교수의 슬기요, 지혜라고 보면 어떨까 한다. 하지만 그분의 문학창작과 연구에서 드러난 미시적 관점의 부족, 실용주의적 관점과 시각과 논지의 일관성 부족, 문장력의 부족 등에 대한 지적은 적절하다고 하겠다. 자기의 은사인 정판룡 교수에 대한 이러한 논의는 우리 조선족사회가 낳은 걸출한 인물들을 덮어놓고 신격화하면서 그 우수한 점은 부풀리고 그 부족한 점은 감추어왔던 종래의 관행과 평가에 대해 대담하게 의문을 던지고 그러한 걸출한 인물들의 인간적인 모습을 환원시키고자 한 최초의 분석과 평가라고 하겠다. 수십 년간 정판룡 교수를 모시고 그의 사상과 철학을 배우고자 했던 제자의 솔직하면서도 객관적인 판단이라고 생각한다. 이제는 정판룡 교수는 물론이요, 김병민 교수를 넘어서는 제4세대의 새로운 인물들이 나와야 할 시점에서 이 평론은 우리 모두에게 시사하는 바가 아주 크다고 하겠다.

셋째, 우리 민족사회의 주체성, 정체성과 진로에 대한 모색이다. 김병민 교수는 일찍 1980년대부터 신채호, 류자명, 조소앙, 리두산 등 중국에 와서 항일독립투쟁을 한 조선의 망명지사들에 대한 연구를 해왔고 박사 생시절부터 조선조 후기 북학파문학 관련 연구를 해왔으며 최근에는 중한 근현대문학교류사의 문헌정리와 연구와 같은 중요한 작업들을 하고 있다. 명청교체기 북학파문인들이 겪었던 명분과 실리의 모순, 망명지사들의 정체성의 갈등과 고뇌, 특히 동아시아 3국을 비롯한 세계의 다양한 문학사조와 유파들의 각축장으로 되었던 조선과 중국에서 선택의 고뇌와 수용의 편차를 경험한 근, 현대 조선문인들의 정신적 방황과 끈질긴 추구를 김병민 교수는 피부로 느꼈을 것이다. 더욱이는 개혁개방, 특히는 코리안 드림 이후 민족적 정체성과 주체성을 잃고 우왕좌왕하는 조선족사회와 문단의 상황을 두고 깊은 반성과 성찰을 하고 지성인의 책임감을 절실하게 느낀 것 같다.

그의 평론〈민족문화교류사에 대한 반성과 전망〉은 1992년에 쓴 글이지만 상고시대에서 오늘에 이르는 중조문화교류사에 대해 거시적인 시각으로 회고, 반성하면서 주체적인 민족사관을 제시하고 있어 특별히 주목된다. 장구한 세월의 중조문화교류사를 수직적인 관계로 보는 견해가 있는가 하면 평행적인 관계로 보는 견해도 있는데 김병민 교수는 불평행적인 교차적 교류의 관계로 보고 있다. 쉽게 말하자면 조선문화의 경우, 받는 경우가 많았던 반면에 주는 경우가 적었으며 설사 무엇을 줄 경우에도 귀환영향(回返影响)의 형식을 취했다는 것이다. 이처럼 기본상 문화수용자의 배역을 놓았기에 장구한 세월 한민족(汉民族)의 문화적 힘에 기댈 수밖에 없었으며 조선문화 자체의 창조성, 주체성, 민족성은 약화될 수밖에 없었다고 하였다. 이러한 반성과 성찰을 하고 나서 이제는 우리 문화의 발전을 다른 민족의 문화적 영양소에만 의거하는 그러한 수동적인 자세에서 벗어나 주체적인 창조자의 자세를 가져야 한다고 하였다. 뿐만 아니라 한 민족의 문화와 적극적으로 대화, 교류하되 일방적인 수용에서 벗어나 세계의 문화라는 큰 배경 속에서 한민족의 문화에 대한 가치평가를 새롭게 해야 하며 우리의 역사와 전통 속에서 합리적인 요소를 발굴하고 이를 키워 다른 문화에 수송할 수 있는 능력을 키워야 한다고 했다.

이러한 주체적인 수용의 원리를 문학의 분야에 한정시켜 명쾌하게 논지를 펴면서 분석하고 논의한 글이 바로 〈문화수용관과 우리 문학예술의 발전〉(1991)이다. 이 글은 지면의 제한으로 독자들의 열독과 판단에 맡기겠지만, 주체적인 수용의 원리에 대해 논의하되 원론적인 명제를 생동하는 사례를 들어 설득력 있게 분석, 논의하고 있다. 이러한 면에서 김병민 교수는 자기의 은사인 정판룡 교수의 실용주의적 관점을 지양하고 다원 공존의 사상에 입각한 민족적 정체성과 주체성의 확립 및 주체적인 수용의 원리를 보다 더 유력하게 천명했다고 하겠다. 주체성과 창조성을 통한 민족적 자존과 자립, 그리고 다원문화에 대한 적극적인 기여, 이는 김병민 교수의 철학적 소신이요, 적어도 신채호와 류자명을 거쳐 정판룡에 이르는 선각자들에 대한 김병민 교수의 비판적 계승의 소산이라 하겠는데 이에 관해서는 후학들의 연구에 맡기고자 한다.

말이 길어졌으니 이젠 이 글을 마무리하기로 하겠다.

우리 "50후" 세대들은 어려운 시대를 살았고 적어도 소년시절에는 배불리 먹지 못하고 따뜻하게 입지 못했다. 특히 김병민 교수는 생후 50일 만에 아버님을 잃고 어머님과 큰형님의 슬하에서 아픔과 서러움을 많이 겪었지만 평생 각고의 노력을 경주해 날마다 나를 넘어 새로운 나와 만나면서 연변대학의 중흥을 일구어낸 교장으로, 중국 경내 한국학연구의 대표적인 학자로 되었다. 요즘도 그는 중국 국내에서 한어로《녕해문집》을 펴냈고 최근 5년간의 연구 성과를 모아 한국에서《근대한국 망명지사들의 문학연구》를 펴냈다. 참으로 초인적인 노력과 의지력의 소산이라고 생각한다.

김병민 교수는 보은지심과 뜨거운 사랑을 가진 학자, 교수로서 그의 최대의 매력은 명석한 두뇌와 빼어난 총기, 청렴결백한 성품과 탁월한 리더십이라 하겠는데 이러한 인간성이 그의 작품에 고스란히 녹아있다. 특히 김창걸, 정판룡 교수의 대통을 이은 학자, 교수로서 중국 경내 한국학 영역에서 총설계사, 선두주자로 많은 일을 했고 세인을 놀라게 하는 연구 업적을 일구어냈다. 따라서 연변대학은 김병민 교수와 같은 학자를 키워냈지만 또 그와 같은 훌륭한 교수, 지도자를 품고 있었다는 것은 큰 자랑이 아닐 수 없다. 그의 스승, 동료, 제자들도 멋진 제자, 친구, 스승을 만났으니 이보다 더 큰 행운과 기쁨이 없으리라 생각한다.

요즘도 김병민 교수는 사비로 총명한 따님을 영국에 보내서 박사학위 공부를 시키랴, 한 구들 되는 조카들을 보살피랴 무진고생을 하고 있다. 더더구나 국가중대과제를 완성하기 위해 그야말로 천군만마를 지휘하는 한고조 류방처럼 밤과 낮이 따로 없이 일하고 있다.

김병민 교수는 최성일 교수의 정년기념모임에서 지족(知足)과 지지(知止), 즉 무엇이 넉넉하고 족한 줄 알고 자기의 분에 지나치지 않도록 그칠 줄 알아야 한다고 충고한 바 있다. 하지만 필자는 김병민 교수에게 그런 충고를 드리고 싶지 않다. 그런 충고를 해야 아무 쓸모도 없기 때문이다. 그의 학문적 집념과 고집은 꺾을 수 없고 세상이 열두 번 변해도 그의 질주는 계속될 것이 때문이다.

이 불민한 제자, 아우도 김병민 교수의 사랑과 관심을 너무 많이 받았다. 참으로 백골난망이라 하겠다. 하지만 이 글의 객관성을 기하고자 인사를 드리지 못했다. 만약 명년에 칠순잔치를 차린다면 그때 다시 인사를 올리도록 하겠다.

사모님과 더불어 내내 건강히 지내시기를 두 손 모아 빈다.

2020년 11월 30일, 와룡산 연구실에서

제3편

# 교육가, 작가들과의 만남

1997년 "불굴의 투혼" 김학철 선생님의 서재에서

# 규암 김약연 선생의 영전에 올리는 글

존경하는 규암 김약연 선생,

올해 우리는 유례없는 폭염과 무더위를 이겨내고 마침내 천고마비의 가을을 맞았습니다. 오늘은 선생의 탄신 150주년이 되는 날입니다. 용정 윤동주연구회 임원들이 여기 선바위 기슭에 자리 잡은 선생의 묘소에 찾아왔습니다. 삼가 선생의 영전(靈前)에 맑은 술 한 잔 부어 올리오니 쾌히 흠향(歆饗)하시옵소서!

선생의 본관은 전주, 1868년 10월 24일 함경북도 회령에서 탄생하셨습니다. 1899년 선생의 제안으로 함경북도 종성에 살던 네 가문 141명 남녀노소가 두만강을 건너 북간도로 이주하였습니다. 여기 장재촌에 도착한 선생은 동가(董家)라는 중국인 지주의 임야(林野) 수백 정보를 구입해 개간을 서두르면서 동방을 밝힌다는 뜻으로 이 마을의 이름을 명동촌이라 했습니다. 선생께서는 농사일을 하면서 인재를 기르는 것이 급선무라는 것을 깨닫고 1901년 규암재라는 사숙을 만들었습니다.

물론 명동서숙에 한 발 앞서서 간도로 망명해 온 애국지사들이 1906년 서전의숙(瑞甸義塾)을 설립해 민족의 자유와 독립을 고취하였습니다.

그러나 숙장 이상설 선생이 고종의 밀사로 헤이그만국평화회의에 참석하여 자리를 비운 사이, 설상가상으로 통감부 간도파출소의 탄압에 의해 1907년 9월 서전의숙은 폐교되고 말았습니다. 서전의숙에 적을 두었던 선생의 종제(從弟)인 김학연이 명동촌에 돌아오자 1908년 4월 27일 선생께서는 명동서숙을 설립하셨습니다. 개교 당시 학생 수가 42명이었던 명동서숙은 명예숙장에 박무림, 숙감에 김약연, 재정에 문치정, 교사에 김학연, 남위언, 김하규 등이었습니다. 그들은 학생들에게 한문, 수학, 역사 등을 가르쳤습니다.

1909년 서울 청년학관 출신인 정재면이 교사로 영입되면서 명동서숙은 기독교적 성향을 띠게 되었습니다. 교세(校勢)는 날로 커져 1910년 3월 명동중학으로 교명을 바꾸고 선생께서 교장에 취임하셨습니다. 이후 황의돈, 박태환, 장지영, 김철 등 우수한 교사들을 영입하였습니다. 1911년에는 명동여학교를 설립하여 여성교육에도 힘을 기울였습니다.

김약연 선생, 선생께서는 평생 흰 두루마기를 입고 콧수염을 기르셨지요. 그 누구도 범접할 수 없는 매서운 선비의 절조와 기품을 보여주셨다고 들었습니다. 그런가 하면 명동촌의 리종순 노인의 추억에 따르면 선생은 언제나 조용한 분이었다고 합니다. 눈앞에서 천둥번개가 쳐도 끄떡하지 않을 그런 분이었다고 합디다. 구변도 능하고 사리에 밝고 인정스러운 분이였습니다. 어린애들이 부모님들을 따라 교회에 나오면 선생께서는 그 애들을 일일이 업어주기도 했습니다. 선생은 남을 욕하는 법이 없었습니다. 강의를 하다가도 누구든지 강의에 집중하지 않으면 회초리를 들고 자기의 종아리를 쳤습니다. 학생들을 책망할 대신 자기가 잘못했기 때문이라고 스스로 자책을 하고 벌을 받았습니다. 정말 하느님처럼 선량한 분이라고 리종순 노인은 말했습니다. 아마도 이런 경우를 두고 "산이 높지 않아도 신선이 있으면 이름난 산이요, 물이 깊지 않아도 용이 있으면 신령한 못이다(山不在高, 有仙则名. 水不在深, 有龙则灵.)"라고 옛사람들이 노래했던 것 같습니다. 마침내 명동학교는 연해주나 조선 국내에까지 널리 이름이 알려져 배움을 열망하는 젊은이들이 구름같이 달려와 공부하는 명문학교로 되었습니다.

1910년 3월, 선생께서는 중국 당국의 인가를 받은 북간도 한인들의 첫 사회단체인 간민교육회(墾民教育會)에 임원으로 참여하였으며, 1913년 4월 간민회총회에서 회장으로 선출되어 한인자치에 힘쓰셨습니다. 1919년 2월 간도지역 한인대표로 러시아 니콜스크에서 열리는 전로한족중앙총회(全露韓族中央總會)에 참석하셨습니다. 1919년 3월 13일 용정에서 만세사건이 일어나고 명동학교가 일제에 의해 소각되었습니다. 게다가 선생을 상해임시정부 각료로 추대하였다는 소식을 듣게 되자 급히 북간도로 돌아오던 중, 중국정부에 연금되어 연길감옥에서 3년간 옥고를 치렀습니다.

1925년 명동중학교가 용정에 있는 은진중학교에 편입되면서 15년 동안 가꾸고 다듬었던 교육사업은 축소되었습니다. 하지만 선생께서는 명동소학교를 유지하는데 온갖 정성을 다하셨습니다. 그리고 1929년 평양 장로교신학교에 가서 1년간 수학한 후 명동교회 목사로 부임하셨습니다. 1937년 용정으로 이사를 간 뒤로는 은진중학교 이사장으로 있으면서 뒷바라지를 하셨습니다. 선생께서는 1942년 9월 12일 광복의 날을 보지 못한 채 "나의 행동이 곧 나의 유언"이라는 말씀을 남겨놓고 용정의 자택에서 별세하셨습니다.

선생께서는 북간도 한인사회의 교육과 문화의 터전을 닦아놓았으며 북간도의 "한인 대통령"으로 불릴 만큼 반일민족운동의 선구자, 지도자로 성심성의로 일하셨습니다. 하지만 광복 후 적어도 두 가지 일로 부당한 대접을 받았습니다. 저 모서리가 험하게 부수어져 날아간 김약연공덕비가 이를 증언하고 있습니다.

하나는 귀화입적, 즉 명동촌 사람들을 설득해 조선국적을 중국국적으로 바꾼 일입니다. 실은 농토를 가지기 위해서였습니다. 또한 일본세력의 암해와 추적을 피하기 위해서는 중국국적을 가져야 하였습니다. "열지자도 가요, 습지자도 가(裂之者可, 拾之者可)"라는 말이 있습니다. 병자호란을 당하자 항복문서를 찢거나 그걸 다시 주워 붙이는 자들 모두가 충신이라는 뜻입니다. 청나라에 맞서 결사항전하자는 김상헌과 항복해서 실리를 따르자는 최명길의 선택을 두고 하는 말입니다. 선생의 경우도 임야를 사들이고 명동에 법적으로 뿌리를 내리자면 어차피 귀화입적을 하지 않을 수 없었습니다. 그것은 아부와 굴종의 표현이 아니라 치욕을 무릅쓰고 우리 민초들의 생존과 발전을 꾀한 풀의 정신이요, 지혜라고 보아야 할 것입니다.

다른 하나는 1908년부터 명동학교를 기독교계통의 학교로 만들고 1929년부터는 명동교회 목사로 일한 일입니다. 사실 외세에 맞선 구국운동의 경우, 동서를 막론하고 여러 당파와 종교단체가 일심동체가 되어 싸웠습니다. 특히 공산당이 성립되기 전과 그 영향이 북간도에 퍼지기 이전의 민족운동은 대체로 종교단체들이 주도했습니다. 1909년 무렵 선생께서는 유교사상을 접고 근대적인 민주, 민권, 자유, 평등의 사상을 받아들이기 위해서 부득불 기독교를 선택할 수밖에 없었습니다. 사실 선생은 기독교라는 방패를 들고 항일을 했고 근대적인 사상과 철학을 가지고 젊은 세대들을 키워냈던 것입니다. 사실 명동학교와 명동교회는 연변의 반일

민족운동의 중심으로, 근대 교육과 문화의 발상지로 되었습니다.

　제가 〈야브네학교와 명동학교〉라는 칼럼에서 이야기한 바 있지만, 유대인의 유명한 랍비 벤 자카이가 유대민족의 운명이 풍전등화처럼 흔들릴 때 로마장군을 설득해 야브네학교를 보존하고 이 학교를 통해 유대인의 민족고전을 지켜내고 수많은 영재들을 키워냈듯이, 선생 또한 북간도 명동학교를 통해 우리말과 글, 우리의 역사를 가르치고 수많은 민족운동가, 교육자와 문학예술인들 키워냈습니다. "3.13" 만세운동의 주역들, "15만원 탈취사건"의 주역들 대부분이 명동학교 출신들이고 우리가 잘 알고 있는 연변대학의 초대교수이며 소설가인 김창걸, "행동하는 지성" 송몽규, 그리고 "별의 시인" 윤동주가 바로 명동학교 출신들입니다.

　저의 대학동창인 류연산 작가는 일찍 명동촌을 답사하고 〈김약연 목사의 유언〉이라는 글을 남겼는데 그 글에서 다음과 같이 말한 바 있습니다. "윤동주는 바로 명동교회에서 유아세례를 받았다. 할아버지 윤하연은 명동교회의 장로였다. 교회에서의 영적인 성장이 없었다면 윤동주의 시가 그처럼 아름다울 수 없었을 것이다. 윤동주는 명동학교에서 5년 세월을 공부했다. 그의 아버지 윤영석도 이 학교 출신이다. 독립운동가를 양성하는 것을 목적으로 한 명동학교에서 조선역사와 민족독립사상 교육을 받지 않았다면 그의 시는 순수한 서정에 흐르고 말았을 것이다. 흘러간 역사를 뒤돌아보면 명동의 주역은 결코 윤동주가 아니다. 윤동주와 같은 인물이 자라날 수 있는 기반(基盤)을 만든 사람일 것이다."라고 하면서 그 기반을 마련한 사람이 바로 규암 김약연 선생이라고 했습니다. 저도 류연산 작가의 견해에 전적으로 동감을 표시합니다.

　김약연 선생, 로마시대의 정치가이며 웅변가였던 키케로는 "자기가 출생하기 전의 역사를 모르는 사람은 영원히 미숙아로 남게 된다."고 했습니다. 단재 신채호 선생도 "역사를 잊은 민족에게는 미래가 없다"고 했습니다. 인간의 삶은 내가 누구인가를 알아가는 과정이자 내가 누구여야 하는가를 이루어가는 과정이라고 생각합니다. 인간은 그 자신을 구성해온 과정, 즉 역사를 알지 못하면 진정으로 자신이 누구인지를 알지 못할 뿐만 아니라 무엇이 될지도 모르게 된다고 합니다. 이러한 의미에서 역사는 인간의 근본, 또는 민족의 정체성을 형성하는 뿌리로 된다고 생각합니다. 뿌리가 없으면 나무가 말라죽듯이 역사를 모르면 인간 또한 혼이 없는 허깨비로 살게 됩니다. 역사는 단순히 그가, 그의 가족이, 또한 그의 민족이 살아온 과정에만 머물지 않습니다. 그와 그들의 혼을 구성하는 주요한 요소로 되며 그와 그들이 당당하게 미래로 나갈 수 있는 동력으로 됩니다.

참으로 늦게 찾아와서 죄송합니다만, 이제부터라도 우리는 이 땅에 근대적인 민족교육의 요람을 마련하고 우수한 항일운동가, 교육자, 종교인, 문학인들을 키워낸 선생의 높은 뜻을 이어받아 말과 글을 비롯한 우리 역사와 문화의 전통을 굳게 지켜 나갈 것입니다.

마지막으로 선생을 모시고 우리 함께 〈명동학교 교가〉를 부르고자 합니다.

> 흰 뫼 우뚝 솟아 은택이 호대한
> 한배검 깃 치신 이 터에
> 그 씨앗 크신 뜻
> 넓히고 기르는 나의 명동……

2018년 10월 24일

# 한 교육자의 철학과 혜안

일전에 3박 4일 일정으로 남경대학을 돌아보았다. 이 대학에 한국어학과를 앉힌 것은 2006년, 그때 윤해연과 최창록이라는 연변대학 조문학부 출신의 두 박사가 선후로 초빙을 받고 갔는데, 어느새 남경에 둥지를 틀고 학과를 탄탄하게 만들었다. 자료실만 보아도 한국의 최신학술도서와 자료들로 꽉 찼다. 수십 년의 역사와 전통을 자랑하지만 최신 도서는 거의 없는 우리 학과의 자료실이 내심 부끄러웠다. 아무튼 해연씨와 창록씨가 연변대학에서 공부할 때 몇 과목을 가르쳐주고 조금 도와준 적 있을 뿐인데 그 은혜를 갚는다고 일부러 특강자리를 만들어가지고 나를 초청한 것이다.

첫날은 목단강출신의 리연이라는 대학원생의 안내를 받아가지고 유서 깊은 옛 남경대학 캠퍼스에 있는 박물관을 견학했다. ㄷ자형으로 된 전시관을 반나마 돌았을 때 머리가 벗어지고 강력한 턱을 가진, 그러나 안경너머의 두 눈만은 유난히 인자해 보이는 웬 노인의 사진과 마주쳤다. 찬찬히 보니 1950년대 길림대학 교장으로 있을 때 이 대학의 기틀을 잡아놓았고 1963년 남경대학에 자리를 옮겨가지고 두 번이나 당위서기 겸 교장을 역임한 어른이다. 채원배, 호적, 마인초 등과 함께 20세기 중국의 10대 대학교장의 반열에 오르는 저명한 교육가이며 학자인 광아명(匡亞明, 1906-1996) 선생이다.

전시관은 광아명 교장의 이력과 그의 업적들을 간략하게 소개했다. 여러 사진자료들을 보고서야 나는 길림대학에 광아명 선생의 동상과 그의 이름으로 명명된 건물이 있고 남경대학에도 광아명학원이 있다는 사실을 알게 되었다. 그런데 전시관만 돌아보아서는 이 어른이 남긴 재미있는 일화와 미담들을 다 알 수 없다. 연변대학의 초대교장 림민호의 평전을 쓸 때 두루 자료를 찾다가 광아명 교장의 방명을 알게 되었는데 이번에 남경대학에 가서 광아명 교장의 이야기를 많이 듣게 되었다. 여기서 한두 가지하고 싶다.

길림대학 교장으로 있을 때 외부에서 웬 손님이 교무처로 찾아왔다. 그런데 교무처가 텅텅 비어있는지라 직접 교장집무실로 찾아왔다. 광아명 교장은 손님을 보고

"미안합니다. 오늘 헛걸음을 하셨구만요. 일단 오늘은 돌아가십시오. 내일 선생네 회사에 사람을 보낼 터이니 거기서 일을 보십시오."
하고 말했다. 손님은 물론 주소와 이름을 남기고 돌아갔다. 사무실에 돌아온 광아명 교장은 수위를 불러다가 교무처에 걸린 간판을 당장 떼어오라고 하였다. 수위는 시키는 대로 하는 수밖에 없었다. 얼마 뒤에 교무처에 돌아온 교무장은 문설주에 매단 간판이 보이지 않는지라 여기저기 기웃거렸다. 수위가 교장실에 가보라고 했을 때에야 교무장은 아차 자리를 비워서 화를 자초했구나 하고 무릎을 쳤다. 교무장은 고개를 떨어뜨리고 교장집무실에 들어섰다. 광아명 교장은 버럭 화를 내더니 준엄하게 꾸짖었다.

"이 패쪽은 길림대학의 얼굴이요. 선생은 오늘 길림대학의 얼굴에 먹칠을 했소."

이만하면 약과다. 어느 날 교원대회에서 광아명 교장은 마이크를 잡고 연설을 했다. 헌데 중도에 마이크가 벙어리가 될 줄이야! 광아명 교장은 사전에 모든 시설에 대한 점검을 제대로 하지 않았다고 총무장의 월급을 한 급 깎고 마이크를 설치한 전공을 해고시켰다. 그때로부터 광아명 교장의 지시는 거침없이 하달되었고 가차 없이 집행되었다.

이처럼 광아명 교장은 대학의 행정인원들에 대해서는 호랑이처럼 무서웠다. 하지만 젊고 유능한 교원에 대해서는 파격적으로 진급시켰다. 평소에 광아명 교장은 별로 큰일이 없을 때는 뒷짐을 지고 교실들 사이를 오가기를 좋아했다. 그러다가도 조용히 교실 뒷문으로 들어가 강의를 듣곤 했다. 어느 날 웬 젊은 교원의 강의를 들었다. 한동안 잠자코 강의를 듣던 광아명 교장은 조용히 집무실에 돌아오자 책상을 치며 좋아했다.

"이 젊은이가 정말 대단해! 대단하고 말구!"
하고 중얼거리더니 즉각 이 젊은 교원이 속해있는 학과의 류단암(刘丹岩) 학과장을 불렀다. 광아명 교장은 이 젊은이가 교수로 될 만한 자격이 있느냐고 물었다. 류단암 학과장은 그만 오리무중에 빠져서 한참 멍청하니 서 있다가 자격이 된다고 할 수도 있고 자격이 되지 않는다고 할 수도 있다고 여쭈었다. 학술수준으로 보아서는 충분히 자격이 되지만 아직 너무 젊기 때문에 직접 부교수로 진급시키면 규정에 어긋난다고 했다. 그러자 광아명 교장은 이렇게 말했다

"능력이 있다면 된 거지요. 류 선생은 잠자코 있어요. 내가 알아서 하겠어요."

그 무렵 마침 직함을 평의하고 있었다. 광아명 교장은 이튿날 그 젊은이더러 신청서를 내게 했다. 하지만 이 일을 두고 적잖은 교원들이 볼이 부어서 중구난방으로 떠들었다. 마침내 교원대회가 열렸다. 광아명 교장은 문을 떼고 들어서자마자 이렇게 말했다.

"오늘 두 가지 일만 말하겠소. 첫째, 이 젊은이를 부교수로 진급하는 일은 내가 특별히 비준한 거요. 의견들이 있다면 뒤에서 이러쿵저러쿵 하지 말고 직접 나를 찾아오기 바라오. 둘째, 난 평소에 좀 관료주의적이오. 누가 이 젊은이만한 학술수준이 있는지 잘 모르오. 이 젊은이만한 학술수준을 갖추었다고 생각하는 사람은 신청서를 내기 바라오. 오늘 회의는 이만 합시다."

광아명 교장 덕분에 파격적으로 부교수가 된 젊은이가 후에 대성해서 중국철학계의 거물(泰斗)급 학자로 되었다 그가 바로 고청해(高淸海) 선생이다. 그의 나이 고작 26살 때의 일이다. 그때로부터 길림대학은 "형식에 구애받지 않고 인재를 뽑는 전통(不拘一格降人才)"을 수립하게 되었다고 한다.

남경대학에 있는 동안 윤해연, 최창록 등 제자들이 이 "연변의 주신(酒神)"을 모시느라 무척 땀을 흘렸을 것이다. 윤해연씨는 워낙 맺고 끊을 줄 아는 깔끔한 여성이요, 최창록씨도 별로 술을 반기는 친구가 아닌지라 나를 동무해 대작은 하지 않았고 나도 구태여 술을 권하지 않았다.

아무튼 이들은 저녁식사 후 술자리를 파하면 나를 호텔까지 안내하고 나서 어김없이 연구실로 올라갔다. 그들만이 저녁에 연구실에 나가는 게 아니라 거의 모든 교수들이 연구실에 올라간단다. 그래서 자기들도 이젠 습관이 되었단다. 하지만 나는 좀 다른 생각이 들었다. 광아명 교장이 만들어낸 비옥한 학문의 풍토 즉 지식을 숭상하고 교수를 대학의 주체로 생각하는 풍토에서 어찌 골보를 싸매고 공부하지 않을 수 있을가. 작년에도 남경대학의 두 젊은 교원이 과로로 인해 연구실과 교단에서 쓰러졌다고 한다. 하지만 이들은 교수의 대접을 받고 학문의 보람을 느끼기 때문에 죽기내기로 공부하는 게 아닐까 생각한다.

물이 깊어야 큰 고기나 노닐고 큰 나무 아래는 시원한 바람을 쐬기 좋은 법, 참으로 부러운 일이다.

2017년 1월 7일

# 빛나는 우정

　친구간의 우정을 이야기하는 사자성어는 너무 많다. 대나무로 만든 말을 타고 놀던 어릴 적 친구는 죽마고우(竹馬故友)라 하고, 뜻이 맞고 허물없이 사귄다면 막역지교(莫逆之交)라 한다. 서로 높고 맑은 뜻을 가진 친구간의 사귐이라면 지란지교(芝蘭之交)라 하고, 쇠붙이나 돌처럼 변함없는 우정이라면 금석지교(金石之交)라 한다. 또한 동아시아 3국에 널리 알려진 아름다운 우정에 관한 이야기로 "관중과 포숙아의 이야기(管鮑之交)", "백아가 거문고 줄을 끊은 이야기(伯牙絶絃)"가 있다. 백아가 거문고 줄을 끊은 이야기만 보기로 하자.

　백아는 거문고를 잘 연주했고 종자기(鍾子期)는 백아의 연주를 잘 감상했다. 백아가 거문고를 탈 때 그 뜻을 높은 산에 두면 종자기는 "훌륭하구나. 우뚝 솟음이 태산 같도다"라고 했고, 그 뜻을 흐르는 물에 두면 "멋있구나. 넘실넘실 흘러감이 흐르는 강물과 같도다"라고 했다. 백아가 뜻하는 바를 종자기는 다 알아맞혔다. 종자기가 죽자 백아는 더 이상 세상에 자기를 알아주는 사람이 없다고 말하고 거문고를 줄을 끊어버리고 종신토록 연주하지 않았다. 상대의 값어치나 속마음을 알아주는 우정, 아니 우정의 최고 경지인 지기(知己)나 지음(知音)에 대한 이야기라 하겠다.

우리는 이런 아름다운 우정을 나눈 사람을 많이 알고 있다. 하지만 윤동주와 정병욱의 우정만큼 진한 감동을 주는 사례는 드물 것이다. 윤동주가 세상에 알려지고 그의 유작 《하늘과 바람과 별과 시》가 수많은 독자들의 가슴을 울리게 된 데는 정병욱의 빛나는 우정이 결정적인 역할을 했다고 해도 대과는 없을 것이다. 북간도 명동에서 나서 자란 윤동주(1917-1945)와 조선 전라남도 광양군에서 나서 자란 정병욱(鄭炳昱, 1922-1982)은 1940년 연희전문학교에서 처음 만났다. 정병욱의 말을 들어보자.

"내가 동주를 알게 된 것은 연희전문 기숙사에서였다. 오똑하게 쭉 곧은 콧날, 부리부리한 눈망울, 한 일자로 굳게 닫은 입술, 그는 한마디로 미남이었다. 투명한 살결, 날씬한 몸매, 단정한 옷매무새, 이렇듯 그는 멋쟁이였다. 그렇다고 그는 꾸며서 이루어지는 멋쟁이는 아니었다. 천성으로 우러나는 멋을 지니고 태어났었다. 바람이 불어도 눈비가 휘갈겨도 태산처럼 요동하지 않는 믿음직하고 씩씩한 기상을 지니고 있었다. 그는 몹시 단정하고 결백했다. 모자는 비스듬히 쓰는 일이 없었고, 신발은 언제나 깨끗했다."

정병욱은 윤동주에 비해 연희전문학교 2년 후배이고 다섯 살 아래였다. 윤동주는 정병욱을 아우처럼 사랑했고 정병욱은 윤동주를 형처럼 따랐다. 식사시간이면 윤동주는 으레 정병욱의 방에 들러 그를 데리고 나가 식탁에 마주앉아야 밥술을 들었다. 정병욱은 책방에 가서 책을 뽑아 들었을 때도 윤동주에게 물어보고야 그 책을 샀고 시골에 있는 동생들에게 선물을 보낼 때도 윤동주가 골라주는 것을 샀다. 그들은 교회나 영화관도 함께 다녔으며 저녁식사 후에는 한두 시간씩 함께 산책하기도 했다. 후에는 소설가 김송씨네 집과 북아현동에 있는 하숙에도 함께 들었다. 하기에 정병욱은 〈잊지 못할 윤동주의 일들〉이라는 글에서 "오늘의 나에게 문학을 이해하고 민족을 사랑하고 인생의 참된 뜻을 아는 어떤 면이 있다면, 그것은 오로지 동주가 심어준 씨앗임을 나는 굳게 믿고 있다"고 했다.

연희전문시절 윤동주는 그의 대표작으로 알려진 〈또 다른 고향〉, 〈별 헤는 밤〉, 〈서시〉, 〈간〉을 썼다. 윤동주는 덜 익은 시를 함부로 원고지에 써놓고 이리저리 고치지 않았다. 몇 주일, 지어는 몇 달씩 마음속에 넣고 숙성시킨 다음에야 원고지에 적어놓았다. 그러면 곧 한 수의 시가 탄생하군 했다. 그렇지만 윤동주는 자기의 작품에 대해 고집하거나 집착하지 않았다. 〈별 헤는 밤〉은 워낙

> 따는 밤을 새워 우는 벌레는
> 부끄러운 이름을 슬퍼하는 까닭입니다.

로 끝났다. 윤동주가 이 시를 정병욱에게 보여주자 "어쩐지 끝이 좀 허한 느낌이 드네요." 하고 솔직하게 말했다. 그 후 윤동주는 시집 제1부에 해당하는 부분의 원고에 〈서시〉까지 붙여서 정병욱에게 주면서 "지난번에 정형이 〈별 헤는 밤〉의 끝부분이 허하다고 하셨지요. 이렇게 끝에다가 덧붙여보았습니다." 하고 말했다. 정병욱의 의견을 받아들여 덧붙인 4행의 시구가 〈별 헤는 밤〉에 금상첨화가 되었으니 지금 보는 〈별 헤는 밤〉은 다음과 같이 끝난다.

> 그러나 겨울이 지나고 나의 별에도 봄이 오면
> 무덤 위에 파란 잔디가 피어나듯이

내 이름자 묻힌 언덕 위에도
자랑처럼 풀이 무성할 거외다.


　윤동주는 연희전문학교 졸업 기념으로 자필로 엮은 자선시집《하늘과 바람과 별과 시》를 3부 만들어 하나는 자기가 간직하고 하나는 은사인 이양하(李敭河) 선생께 드리고 다른 하나는 정병욱에게 선물하였다. 그런데 윤동주가 간직했던 것은 그가 1945년 2월 26일 일본 후쿠오카 감옥에서 옥사할 때 인멸된 것 같고 이양하 선생께 드린 것도 찾을 길 없게 되었다. 오직 정병욱에게 준 것만이 보존되어 1948년 2월에 출판되었는데 여기에 깊은 사연이 있다.

　1943년 태평양전쟁이 막바지에 다다르면서 정병욱은 학병(學兵)으로 징병되어 전선으로 나가게 되었다. 그때 정병욱은 어머께 자신의 물건과 함께 윤동주에게서 받은《하늘과 바람과 별과 시》를 맡기면서 특별히 "일본사람들에게 발각되지 않게 잘 보관해주세요. 혹시 제가 전장에서 죽고 돌아오지 못하거든 해방을 기다렸다가 연희전문에 가지고 가서 여러 선생님들께 보여드리고 발간을 상의해 보세요." 하고 간곡히 부탁했다. 전쟁이 끝나자 정병욱은 구사일생으로 고향에 돌아오게 되었다. 그의 어머님은 명주보자기로 겹겹이 싸서 간직해두었던 윤동주의 시고를 자랑스레 내주시면서 기뻐하였다.

　그렇다면 이 자필유고가 어떻게 되어 윤동주 유가족의 품으로 돌아갔을가? 정병욱이 자기의 여동생 정덕희와 윤동주의 아우 윤일주가 혼인하도록 다리를 놓았고 이를 계기로 이 자필유고는 윤동주 유가족의 품으로 자연스럽게 돌아갔던 것이다. 이 자필유고가 1999년 민음사를 통해 출판

되는데 여기에 또 기막힌 사연이 있다.

윤동주의 자필유고가 있다는 말을 듣고 여러 사람들이 그것을 보려고 접근을 시도하였다. 그 중에는 한 장이라도 고가로 구입하겠다고 찾아오는 골동품수집가도 있었다. 그러던 중에 자필유고가 TV영상으로 소개되었다. 하지만 원본을 연구하겠다고 하는 연구자는 좀처럼 나타나지 않았다. 정병욱과 윤일주의 노력으로 출판된 1948년 판《하늘과 바람과 별과 시》에만 의존한 연구서들이 발표되고 윤동주에 대해서는 더 이상 연구할 것이 없다는 분위기도 생겨났다.

1985년 윤일주 교수가 작고하자 그의 부인 정덕희 여사는 더더욱 윤동주의 자필유고를 쉽게 내놓을 수 없었다. 그러던 중 윤동주 연구자 오오무라 교수가 나타났고 그와 뜻을 같이 하는 왕신영, 심원섭이 정덕희 여사와 그의 아들 윤인석을 설득해《사진판 윤동주 자필 시고전집》을 내게 되었다. 윤인석은 윤동주의 조카요, 윤일주와 정덕희 여사의 큰아드님인데 성균관대학교 건축학과 교수이다. 필자는 1991년 1월 일본의 오오무라 교수 댁에서 도쿄대학에서 건축학 박사학위공부를 하고 있던 윤인석씨를 만나 1988년 판《하늘과 바람과 별과 시》를 선물로 받았고 그 후 서울과 연길에서 여러 번 만났다. 그는 어머니가 윤동주의 자필유고를 공개하게 된 경과에 대해 다음과 같이 추억했다.

"사실 어머니는 당시 중학생시절이었던 일제 말기, 집안의 귀중품, 형제들의 혼례 때 필요한 혼수품 같은 것과 함께 고향집 마루 밑 항아리 속에 숨겨져 있던 큰아버지의 원고를 가슴 졸이며 보아왔습니다. 결혼 후 안방 깊숙이 귀중하게 보관해 왔던 터라 세상에 공개한다는 것이 참으로 어려웠으리라 생각합니다. 더구나 아버지가 돌아가신 다음에는 아버지를 대신하여 이 '보물'들을 '책임진다'는 것이 어머니로 하여금 결정을 더욱 어렵게 했을지도 모르겠습니다. 광복 후 여학교시절 오빠인 정병욱 교수로부터 국어과목을 수강하던 때, 아직 윤동주가 누구인지 잘 모르던 시절, 그 자필원고들을 가지고 와서 수업도중에 한편씩 낭독해 주다 원고로 얼굴을 가리고, 목이 메어 계속 읽지 못한 채, 교실 창가로 가서 먼 산을 쳐다보며 눈물을 닦던 오빠의 모습을 기억하고 계시었습니다. 그래서 어머니는 마치 오래 된 친구를 먼 길 보내는 심정으로 원고 공개를 결심하셨으리라 생각합니다."

이처럼 윤동주의 생전에 애경(愛敬)의 마음을 다해 그의 참다운 벗이되었고 그의 사후에도 그의 유고를 생명처럼 간주하고 지켜주고 세상에 널리 알린 정병욱, 그 빛나는 우정은 그의 어머니를 거쳐 녀동생에게까지 이어졌다. 그 덕분에 우리는 윤동주와 그의 시를 알게 되었다.

노신은 "인생은 지기(知己) 한 사람으로 족하다(人生得一知己足已)"고 했다. 하지만 윤동주와 같이 훌륭한 인격과 재능을 가진 사람에게는 지기가 결코 한둘이 아닌 것 같다. 윤동주에 대해서는 그의 친구들이 입을 모아 칭송했다. 장덕순은 "동주는 외미내미(外美內美)의 인간이다. 그의 시가 아름답듯이 그의 인간도 아름답고 그의 용모가 단정우미(端正優美)하듯이 그의 마음도 지극히 아름답다."고 했고, 문익환도 "그를 회상하는 것만으로 언제나 나의 넋이 맑아지는 것을 경험한다."고 했다. 오늘은 또 얼마나 많은 사람들이 그의 삶과 시를 기리고 있는가.

나는 윤동주의 시집을 펼쳐들 때마다 윤동주와 정병욱의 빛나는 우정을 떠올리게 되고 나 스스로에게 가만히 물어본다. 나에게도 지기라고 말할 수 있는 미더운 벗이 있는가, 나는 친구의 지기가 될 만한 자질과 품격을 갖추었는가? 사실 나는 스승에게서, 또는 선배나 동료들에게서 너무나 많은 것을 가졌다. 하지만 내가 그들의 사랑과 은공에 갚은 것은 별로 없다. 치열한 경쟁사회에 앞만 보고 달리다보니 주변의 아픔과 슬픔을 별로 느끼지도 못했다. 애오라지 도전과 성공만을 인생의 최고 가치로 알았다. 참으로 윤동주와 정병욱의 우정이라는 맑은 거울에 비추어보면 금시 얼굴이 뜨거워지지 않을 수 없다.

깊은 물에 큰 배가 뜨는 법, 이는 우정에도 통하는 이치라 하겠다. 이제부터라도 나를 알아주는 사람이 없다고 한탄하기에 앞서 내가 먼저 남을 인정하고 사랑하는 가슴과 아량을 가져야 하겠다. 남의 지기가 될 줄 알아야 나에게도 지기가 생기는 법이니까.

2017년 청명에

# 선비는 죽일 수는 있되 욕보일 수는 없다
## ㅡ김학철 탄신 100주년에 즈음하여

　김학철이라 하면 두 장면이 먼저 눈앞에 떠오른다. 하나는 1975년 그가 공판(公判)을 받던 장면이요, 다른 하나는 1980년 그가 무죄판결을 받던 장면이다.

　1966년 김학철은 최고지도자의 개인숭배와 지식인에 대한 탄압을 비판한 정치소설《20세기의 신화》를 창작한 까닭에 "문혁" 시기의 공안당국에 의해 철창에 갇혔고 마침내 7년 4개월 만에 공판을 받게 되었다.

　1975년 4월 3일, 연길시 노동자문화궁전에는 1천 3백여 명의 인파가, 그야말로 입추(立錐)의 여지도 없이 꽉 들어찼는데 김학철은 두 무지막지한 경관에 의해 단상에 끌려 올라왔다. 외다리에 엽장을 짚고 서있는 김학철의 눈빛은 날카로웠고 그는 고개를 숙이지 않았다. 경관들은 그의 뒤통수를 치며 내리눌렀다. 김학철은 뒤통수를 내리치면 다시 고개를 번쩍 쳐들었다. 그날은 자아변호도 용허되지 않았다. 김학철이 자신의 무죄를 두고 항변하자 경관들은 부랴부랴 걸레를 뜯어다가 그의 입에 아갈잡이를 했다. 김학철은 아예 엽장을 내던지며 그 자리에 주저앉아버렸다. 삽시에 단상은 아수라장이 되고 공판은 뒤죽박죽이 되고 말았다. 군자는 죽어도 관(冠)을 벗지 않는다고 김학철은 일거수일투족을 다 의식적으로 했던 것이다.

1980년 김학철은 24년이라는 비극적인 생활을 마치고 무죄판결을 받게 되었다. 다른 사람이라면 감지덕지해서 눈물을 흘릴 일이지만 김학철은 달랐다. 공판을 받을 때처럼 무죄판결 공포대회에 1천 3백 명의 시민이 참가하지 않으면 불참이라고 선언했다. 12월 15일, 무죄판결 공포대회는 당교(當校) 회의실에서 열렸는데 다른 당사자들은 눈물 콧물을 흘리면서 이제라도 살려주어 고맙습니다, 하고 "만세! 만만세!"를 외쳤다. 하지만 김학철은 다음과 같이 소감발표를 했다.

"나는 북간도땅에 이렇게 긴 땅굴이 있으리라고는 꿈에도 생각을 못했다. 사람 잡이를 업으로 삼는 인간백정들의 말로(末路)에 쾌재를 부른다." 하지만 지난날 함께 싸웠던 친구들을 볼 수 없어 가슴이 아프다고 하면서 광신(狂信)과 맹동(盲動)으로 소란스러웠던 "문혁"의 시대를 신랄하게 비판했다. 그리고 초연히 회장을 떠나버렸다.

이처럼 김학철은 신념과 의지의 사나이다. 그는 비정한 권력에 아부하고 굴종할 줄 몰랐다. 그는 자신의 파란만장한 일생을 통해 여러 번이나 "죽일 수는 있되 욕보일 수는 없다(士可殺不可辱)"는 선비의 덕목과 위용을 생생하게 보여준 혁명투사요, 참다운 문학자였다.

젊은 시절, 그는 망국노가 된 마당에 일신의 영달과 부귀만을 위해 공부만 할 수는 없었다. 그는 분연히 고국을 떠나 상해로 갔고 황포군관학교를 거쳐 태항산에서 일제와 싸우다가 한 다리에 총상을 입었다.

그는 일본군에 잡혀 나카사키형무소에서 수감생활을 했지만 비굴하게 전향서(轉向書)를 쓰고 치료를 받으려고 하지 않았다. 결국 총상을 입은 다리는 썩어서 잘라낼 수밖에 없었다. 그 다리는 지금도 감옥담장 옆에 묻혀 있을 것이다.

새파란 나이에 한 다리를 잃었으니 무엇을 할 것인가? 집안의 기둥 같은 오빠가 한 다리를 잃었으니 우리는 어떻게 살겠소? 하고 누이동생 성자가 눈물로 얼룩진 편지를 보내오자 김학철은 다리 한 짝쯤 없어도 별문제다, 인간은 결코 인력거를 끄는 동물이 아니기 때문이야, 라고 답장을 보냈다.

그는 총대를 붓대로 바꾸어들고 문학창작에 매진한다. 어디 그뿐인가? 광복 후에도 아시아의 독재자들과 차례로 맞서 싸우면서 수많은 사람들이 서쪽으로 밀려갈 때 혼자서 해 솟을 동쪽으로 달려갔다.

65세에 복권이 되고 85세에 운명하기까지 김학철문학이라는 탑을 쌓아올리고 삶에 연련하지 않고 20여 일 곡기(穀氣)를 끊은 끝에 조용히 이 세상을 떠났다.

그는 비정한 권력에는 물론이요, 인간의 생리적인 한계와 죽음의 공포마저도 이겨낸 이 시대의 강자요, 철인(鐵人)다.

김학철은 권세에 아부굴종하고 권력의 앞잡이로 무고한 사람을 물어뜯은 "설치류(齧齒類)"들, 명철보신하고 시세에 편승하는 "숙주나물"들, 더욱이 자신의 과오와 허물을 감추고 오리발을 내미는 "카멜레온"들, 벼슬에 미친 "벼슬중독자들"을 눈이 찢어지게 미워했다. 아니, 절대 용서를 하지 않았다.

"편안하게 살려거든 불의를 외면하라, 그러나 사람답게 살려거든 그것에 도전하라." 적잖은 사람들은 이를 김학철의 유일한 유언으로 알고 있지만 기실 유언이 또 하나 따로 있다. 김학철은 세상을 떠나면서 12명의 후배작가들을 불렀다. 유언 한장을 남기고 아드님더러 타이핑을 해서 출력한 후 하나하나 사인을 했다. 그 유언인즉 이러하다—

내가 여태껏 지켜본 바에 의하면 리, 임, 장 아무개는 자신을 뉘우칠 줄 모르는 전대미문의 악인이고 박 아무개는 세상에 드문 어진 사람이다, 이를 세상에 알리고 가노라, 대개 이런 뜻이다.

이 세 "악인"이란 유다처럼 김학철을 팔아먹었지만 단 한번도 찾아와 반성하지 않은 배신자요, 악한들이다. 김학철은 평생 노신을 좋아했는데 그 역시 물에 빠진 개는 호되게 때려야 한다는 생각을 갖고 있었다.

요즘 이탈리아를 대표하는 유태계 작가이자 화학자 프리모 레비의 증언문학 《이것이 인간인가》(1947)를 보았다. 이 책은 아우슈비츠 수용소에서 벌어진 잔악한 행위와 비굴한 행위를 두고 "인간이 이처럼 잔혹할 수 있는가? 또 인간이 이처럼 비굴할 수 있는가?" 하는 근원적인 질문을 던졌다. 김학철 역시 인간의 잔혹함과 권력의 비정함을 질타함과 동시에 권력에 비굴하게 빌붙어 동지를 팔아먹고 일신의 부귀와 영화를 꾀한 자들을 가차 없이 비판했다. 이들은 때가 되면 비정한 권력의 온상(溫床)이 되기 때문이다.

한국 원광대학의 김재용 박사는 하북성 원씨현 호가장에 김학철과 김사량 두 분의 항일문학비를 세우는데 중요한 역할을 한 분이다. 소쩍새 우는 호가장의 모텔에서 나는 김재용 박사를 보고 왜 한국과 중국 사이를 넘나들면서, 호가장이라는 이 오지까지 찾아와서 김학철항일문학비를 세우고자 애를 쓰는가 하고 물었더니 그는 이런 이야기를 들려주었다.

"김학철 선생님을 처음 뵌 것은 서울 파고다공원 길 건너에 있는 자그마한 2층 모텔에서였어요. 좁은 목조계단으로 삐걱삐걱 올라가면 2층에 5, 6평 되나마나한 방이 있는데 선생님은 아드님과 함께 거처하고 계셨습니다. 그 날 선생님 부자간을 모시고 육개장 한 그릇씩 나누어 먹는데 제가 '선생님은 어떻게 이 험악한 세상을 헤쳐 나올 수 있었고 이처럼 큰 인간승리의 탑을 세울 수 있었습니까? 선생님의 신조(信條)는 무엇입니까?' 하고 물었지요. 그랬더니 선생님은 싱그레 미소를 짓더니 '역사의 신(神)은 우리 인간들이 풀 수 있는 숙제만 주는 거야. 우리 인간이 풀 수 없는 역사의 숙제란 없어. 다만 사람에 따라 인간의 존엄성을 가지고 목숨을 걸고 싸우느냐 마느냐의 차이가 있을 따름이야.' 하고 말씀을 하시지 않겠어요."

김재용 박사는 이 말을 듣는 순간 얼굴이 확 뜨거워지더라고 했다. 그 때부터 김재용 박사는 김학철 선생을 무조건 숭배하게 되었다고 한다.

나도 김재용 박사와 같은 생각을 가지고 있다.

우리 모두 역사를 관장(管掌)하는 신(神)이 있다고 생각하고 약하고 어질고 성실한 자들의 편에 서서 비정과 불의에 목숨을 걸고 도전해야 한다. 하지만 우리는 마음이 약하고 겁이 많다. 제 일신의 영달 때문이 아니더라도 일가족 생계 때문에, 자식의 진로 때문에 상하좌우 눈치만 본다. 밤중에 술판에서는 비분강개한 선비가 되지만 날이 새고 일상으로 돌아오면 또다시 산토끼처럼 조심스러운 소시민이 되고 만다. 이 눈치 저 눈치만 보다가 몸을 사리는 여우같은 인간이 되고 만다. 참 부끄러운 일이다.

그래서 우리에게는 김학철이 필요하고 그의 의로움과 의젓함과 세상을 꿰뚫어보는 그의 추상같은 눈매가 필요한 것이다.

2016년 5월 29일

# 아름다운 노래는 세월의 언덕을 넘어

　　지난 12월 초 조룡남(趙龍男) 시인과 함께 길림성장백산문예상 시상식에 참가하기 위해 2박 3일로 장춘을 다녀오게 되었다. 최근 선생은 중병으로 여러 번 병원신세를 졌다고 하지만 오진이 아닐까 의심이 들 정도로 건강하고 낙관적이었다. 하룻밤은 열차에서, 하룻밤은 자그마한 호텔에서 원로시인과 얼굴을 마주하고 앉아 재미있는 이야기를 많이도 들었다. 선생이 한창 시적재능을 꽃피우던 20대 초반에 재수 없이 "우파"로 몰려 장장 20여 년 동안 이 풍진세상에서 무진고생을 하였음은 세상이 다 아는 일이다. 하지만 선생의 지지리 고달팠던 인생의 갈피갈피에 기막힌 이야기들이 그렇게 많을 줄은 미처 몰랐다. 그 눈물겨운 이야기의 하나가 〈황성의 달〉이라는 일본가곡에 얽히고설킨 일화라 하겠다.

　　맨 처음 〈황성의 달〉이라는 일본가곡에 접한 것은 국민학교 교과서를 통해서란다. 그리고 일본사람들이 이 노래를 미칠 듯이 좋아한다는 것을 알게 된 것은 어느 자그마한 양복점에서였다. 1940년대 초반 선생네 일가족은 러시아 연해주와 이웃한 훈춘의 어느 자그마한 읍내에 살았다. 이 동네에는 아낙네들의 허드레치마나 애들의 옷가지를 만들어주거나 기워주는 조그마한 양복점 하나 있었고 또 동네에서 4, 5리 떨어진 산기슭에는 일본군병영이 있었다. 주말이면 젊은 일본군인들이 삼삼오오 떼를 지어 와서 읍내 장터를 돌아보거나 양복점에 들려 훈련 중 찢어지거나 구멍이 난 군복 따위를 수선해가지고 돌아가곤 했다. 그런데 이 토끼장만한 양복점 바람벽에 바이올린 하나가 댕그라니 걸려있었다. 이 집에는 애들도 보이지 않는데 이놈의 바이올린을 누가 켜는 걸가? 군복을 맡겨놓고 걸상에 앉아 기다리던 일본군인들이 재봉사를 보고

"저 바이올린은 주인장이 켜는 겁니까?"

하고 물으매 사람 좋은 재봉사 아저씨는 잠깐 고개를 돌리고 안경너머로 일본군인들을 뻐끔히 건너다보더니

"심심할 땐 가끔씩 한곡 켜지요 뭐."

하고 한 손으로 재봉기 바퀴를 그냥 돌리는데 일본군인들이 중구난방으로

"자, 그럼 어디 한곡 좀 들어봅시다."

하고 청을 드는지라 재봉사 아저씨는 마지못해 일어나더니

"이거 오늘 망신하게 되었구려. 무얼 켜드린다?… 〈황성의 달〉을 한 번 켜 볼가요."

하고 벽에 걸린 바이올린을 벗겨가지고 활을 당겨 몇 번 음을 조정하더니 애수에 젖은 비장한 곡을 연주하기 시작했다. 그런데 놀라운 것은 일본군인들이 재봉사 아저씨의 연주에 맞추어 침울한 어조로 노래를 따라 부르더니 다들 시뻘겋게 눈시울들을 적시고 있는 것이 아닌가. 그중 한 녀석은 고개를 돌리고 벌써 쿨쩍이고 있었다.

바로 그때 꿰진 홑바지를 들고 문지방 옆에 서서 오도카니 차례를 기다리던 개구쟁이 소년이 있었으니 그가 바로 조룡남이었다. 아니, 이게

〈황성의 달〉이라는 노래가 아닌가. 이 노래가 국민학교 교과서에 실려 있어서 소년은 진작 배워서 알고 있었던 것이다.

그해 여름 국민학교에서 무슨 연주회가 있었는데 여선생님의 손풍금 연주에 맞추어 조룡남네 학급의 단발머리 소녀가 새하얀 원피스를 입고 나비처럼 하늘하늘 독무를 추었다. 그때 연주한 노래 역시 〈황성의 달〉이었다. 이 공연은 차차 학생들과 선생님들의 합창으로 번져갔고 마침내 연주가 끝나자 앞좌석에 앉아있던 일본인 교장이 성큼 무대 위로 뛰어올라가더니 소녀를 닁큼 안고 한 바퀴 빙 도는 것이었다. 팔자수염을 기르고 평소 근엄한 표정으로 교사와 학생들에게 무섭게 굴던 교장의 눈가에도 이슬이 맺혀있었다. 조룡남은 이 이상야릇한 관경을 보고 다시 한 번 놀라지 않을 수 없었다. 〈황성의 달〉이라는 노래만 들으면 왜 바늘로 찔러도 피도 나지 않을 일본인들이 눈물을 보이는 것일가?

선생이 두 번째로 〈황성의 달〉에 접한 것은 1950년대 중반이었다. 연변사범학교에서 공부할 때인데 자료실에 있는 묵은 책들을 뒤적이다가 우연히 일본잡지 몇권을 발견했고 그것을 심심풀이로 펼쳐보았는데 그 잡지에 〈황성의 달〉이라는 노래가 실려 있었다. 선생은 가사를 반복적으로 뜯어서 읽어보았다. 뜻은 대개 알만 한데 어려운 한자와 평소 잘 쓰지 않는 일본 고유어들이 많았다. 국민학교시절 일본인 군인들과 교장 선생님이 이 노래를 듣고 눈물을 짓지 않았던가. 선생은 이 일본가곡을 우리말로 확실하게 옮겨가지고 갖고 싶었다. 하지만 선생의 일본어 수준으로는 어림도 없는 일이었다. 게다가 일본어사전도 없을 때였다. 이리저리 고심(苦心)하던 끝에 휴식시간에 백호연(白浩然) 선생을 찾았다. 그 무렵 백호연 선생은 연변사범학교에서 교편을 잡고 있으면서 소설을 창작, 발표해 꽤나 문명을 날리고 있었다. 뿐만 아니라 일본어도 일본사람을 뺨치게 잘한다는 소문이 돌았다. 백호연 선생은 잡지를 받아 얼핏 보더니

"일본의 명곡이거든. 헌데 이를 번역해선 뭘 하려나?"

"어릴 때 불렀었는데 곡도 좋고 가사도 맘에 들어서 그럽니다."

"그럼 수업이 끝나거든 교연실로 와."

45분 수업이 끝나자 교연실로 천방지축 뛰어갔더니 백호연 선생은 원고지에 정히 번역한 원고를 건네주면서 빙그레 웃는다. 꾸벅 큰 절을 올리고 원고지를 받아가지고 교실에 돌아와 읽어보니 단편소설〈꽃은 새 사랑 속에서〉를 쓴 작가답게 우리말로 미끈하게 번역해놓았다. 그 후 선생은 〈황성의 달〉의 일본어가사와 함께 백호연 선생이 번역한 조선어가사를 몽땅 외웠는데 지금까지도 한 글자 빠짐없이 기억하고 있었다.

"홍위병들이 백호연 선생 친필 번역문을 압수해가는 바람에 아쉽게도 영영 분실하고 말았지요. 하지만 내 머릿속에서는 한 글자도 빼앗아가지 못했지요. 그러다가 개혁개방이 되자 나는 여러 가지 언어로 된 번역본들을 두루 수집하기 시작했어요. 지금 우리 집에는 이 노래가 실려 있는《일본의 노래(日本のうた)》1, 2, 3집과 삽화와 사진까지 실려 있는 대형일본가곡집《고향의 노래(ふるさとのうた)》가 있어요. 내가 보건대는 한국의 번역, 중국의 번역, 지어는 김학철 선생의 번역까지 다 가져다 비교해보아도 백호연 선생의 번역이 단연 으뜸이라고 생각해요. 노래를 완전히 감정화하고 번역한 것이니 그렇게 좋을 수 없지요. 그것도 단 45분, 수업 보는 시간에 번역한 것이니 감탄할 수밖에 없거든요. 정말 아까운 인재였지요. 어느 술자리에서 내가 한번 백호연 선생의 번역으로 된〈황성의 달〉을 읊었더니 그때 자리를 같이하고 있던 임효원 시인이 '누군지 참 멋지게 번역했

구먼!' 하고 찬탄하던 일이 기억되는군요."

아무튼 조룡남 선생은 은사님이 번역해 준 일본가곡을 보배처럼 정히 간수했다. 그런데 이 일본가곡 때문에 또 한 번 졸경을 치를 줄이야 어찌 알았으랴.

선생은 "우파"로 낙인이 찍혀 훈춘지역의 구석진 시골을 전전하면서 말단교사로 일했는데 "문화대혁명"이 터지자 홍위병들이 선참으로 달려들어 가택수색을 하는 바람에 자료함에 정히 보관해두었던 〈황성의 달〉이 나왔던 것이다. 홍위병들과 그 막후에 있는 좌파교원들은 "우파"가 일본가곡을 번역해 사사로이 숨기고 있다는 사실에 일단 주목했고 황성(荒城)을 천왕폐하가 있는 황성(皇城)으로 해석하면서 "네놈이 지금도 황성의 달을 그리고 있느냐?"고 무섭게 닦달질을 했다. "우파" 감투를 쓰고 시골 소학교에서 조용히 살던 선생은 날마다 고깔모자를 쓰고 조리돌림을 당해야 했고 선생네 댁은 하루아침에 풍비박산이 났다.

〈황성의 달〉이라면 신물이 날 법도 한데 그때로부터 또 18년이 지난 1983년, 조룡남 선생은 김학철 선생의 《항전별곡》을 읽다가 세 번째로 〈황성의 달〉과 마주치게 된 것이다. 조선의용군은 중국 태항산지역에서 싸울 때, 밤마다 일본군과 "대화(對話)"라는 것을 하였다. 말하자면 적진 150미터쯤까지 접근하면 우선 징소리 대신 수류탄 한발을 터뜨려 "개막"을 알렸다. 고요한 적막이 뒤덮인 끝없는 전야에 이 느닷없는 폭발음에 놀라 깨지 않는 놈은 없다. 그런 다음 "프롤로그"로 일본여자 이무라 요시코(井村芳子, 당시 스물한 살인 포로)가 고운 목소리로 〈황성의 달〉, 〈반딧불의 빛〉과 같은 일본노래를 부른다. 적군의 살벌한 마음을 녹이기 위한 수단이다. 연후에 반전(反戰)을 종용하는 강화(講話) 즉 정치선동을 한다. 모두 끝나면 "에필로그"로 밤하늘에 대고 총 몇 방을 쏜다. "안녕히 주무세요."라는 뜻인 셈이다.

조룡남 선생이 어느 날 김학철 선생을 찾아뵙고 《항전별곡》에 나오는 〈황성의 달〉에 관한 이야기를 재미있게 읽었다고 하니까 김학철 선생은 그 특징적인 천진무구한 미소를 짓고 껄껄 웃더란다.

"아무렴 잊을 수 없는 곡이지요. 그 구슬픈 노래를 들으면 일본군인들이 향수병에 걸려 밤잠을 설쳤고 전의(戰意)를 상실해간 것은 더 말할 나위가 없지요. 사실은 그 무렵 태항산에는 일본의 반전작가(反戰作家) 가지와다루씨와 그의 부인 이께다 사찌꼬씨가 와있었어요. 그때 나는 일본놈이라면 무조건 악귀, 살인귀로만 보여서 이를 갈았는데 이들 부부를 보고서야 '이런 일본사람도 있구나!' 하고 시야가 갑자기 넓어진 느낌이 들다구요. 밤에는 가끔 오락회를 열곤 했는데 사찌꼬 부인이 〈황성의 달〉을 불렀고 어느새 만좌(滿座)가 다 같이 따라서 불렀지요. '봄날의 높은 누각에 꽃놀이 잔치, 돌고 도는 술잔에 그림자 비치고…' 하고 말입니다. 가지씨 부부도 그렇고 조선용군 젊은이들도 그렇고 일본제구주의가 망하지 않으면 다들 고국땅을 밟아볼 수 없는 신세들이였기 때문이지요. … 마침 잘 됐어요. 며칠 후면 오오무라 선생이 연변에 오시게 되는데 그 양반이 무슨 선물을 할까 하고 고민을 하기에 〈황성의 달〉을 담은 녹음테이프 하나 구해달라고 부탁을 했지요. 우리 해양에게 말해서 조 선생에게도 하나 복사해드려야지요."

오오무라 선생은 일본 와세다대학 교수요, 해양(海洋)씨는 김학철 선생의 아드님인 줄은 독자 여러분들도 잘 아시리라. 해양씨는 녹음테이프를 CD로 바꾸어 드린다고 했으나 워낙 바쁜 사람이라 차일피일 미루고 있었다. 그만 참을 줄이 끊어진 조룡남 선생은 한국 원광대학교에서 유학하고 있는 아들에게 부탁해 〈황성의 달〉과 함께 10여 명의 일본 유명가수들이 부른 노래파일을 이메일로 받았다고 한다. 조룡남 선생은 요즘도 〈황성의 달〉을 틀어놓고 소파에 앉아 두 눈을 지그시 감고 옛일을 되새기는 것이 하나의 큰 즐거움이라고 하였다.

그 날 장춘에서 돌아오는 길에 조룡남 선생은 언제든지 한번 놀러오면 들려주겠노라고 하였지만 나 역시 참을 줄이 끊어져 집에 돌아오자마자 컴퓨터를 켜놓고 한메일 검색창에 '황성의 달'을 입력했다. 몇 초 사이에 일본의 남녀가수들이 부른 〈황성의 달〉이 떠오를 뿐만 아니라 이 가곡의 작사자와 작곡자에 대한 상세한 소개와 해석도 실려 있었다. 그중 하나를 풀어놓았더니 애수에 젖은 비창한 멜로디가 흘러나온다.

봄날 고루(高樓)에 꽃의 향연
돌고 도는 술잔에 그림자 비치고
천년송(千年松) 가지 사이로 비추는 달빛
그 옛날의 달빛은 지금 어디에

전쟁터의 가을에 서리 내리고
울며 날아가는 기러기 몇 마리
빛나던 긴 칼에 비추이던
그 옛날의 달빛은 지금 어디에

황성의 밤하늘에 떠있는 저 달
변함없는 달빛은 누굴 위함인가?
성곽에 남은 건 칡넝쿨뿐

소나무에 노래하는 건 바람뿐

밤하늘의 모습은 변함이 없건만
영고성쇠(榮枯盛衰)는 세상의 모습
비추려함인가 지금도 역시
아아, 황성의 달이여

    가만히 들어보니 "나라는 망해했어도 산천은 의구해/ 봄 깃든 성곽에 초목만 우거졌네."라고 노래했던 당나라 대시인 두보의 명시 〈춘망(春望)〉을 연상케 하는 노래요, "황성옛터에 밤이 드니 월색만 고요해/ 폐허에 실린 회포를 말하여 주노라"라고 노래했던 1930년대 초 우리 유행가 〈황성 옛터〉에 큰 영향을 끼친 노래가 아닌가 하는 생각도 들었다. 하지만 가사는 일본 고유의 음영의 미(陰影の美)가 서려있고 곡은 비창하면서도 장중한 느낌이 들었다. 4절로 된 노래를 다 듣고 보니 부서진 성터, 옛날의 부귀(富貴)와 영화(榮華)는 오간데 없고 천년 묵은 솔가지 사이로 무심한 달빛만 흘러드는데 영고(榮枯)와 성쇠(盛衰)는 세상의 섭리인 듯 어디선가 거친 바람소리가 들려오는 듯싶었다.

    이 노래를 반복적으로 풀어놓고 다른 자료들을 검색해보았다. 이 노래는 도이 반스이(土井晩翠, 1871-1952) 작사에 타키 렌타로(瀧廉太郎, 1879-1903)의 작곡으로 되어있었다. 도이 반스이는 동경제국대학 영문학과 출신의 유명한 시인으로서 오랫동안 문명을 날리면서 81세를 살아 천수(天壽)를 다 누렸지만 타키 렌타로는 24살의 애젊은 나이에 요절한 천재적인 작곡가였다.

    타키 렌다로는 1879년 8월 24일 도쿄에서 태어났다. 그의 아버지 요시히로(弘吉)는 대장성에서 근무하다가 내무성의 지방관리로 전직하여 가나카와현, 토야마현, 오이타현 다케다시 등지로 자주 이사를 하였다. 그래서 타키 렌타로는 어릴 때부터 부모를 따라 일본 각지를 떠돌게 되었다. 그는 1894년 도쿄음악학교(현재는 도쿄예술대학)에 입학해 1994년 본과를 졸업하고 연구과에 진학해 작곡과 피아노로 재능을 키워갔다.

명치시대 전반기에 많은 번역창가가 생겼으나 일본어가사를 무리하게 끼워 넣은 어색한 노래가 많아 일본인 작곡가에 의한 오리지날의 노래를 바라는 소리가 높아지고 있었다. 그러한 요청에 가장 빨리 응한 작곡가가 바로 타키 렌다로였다. 그의 대표작으로는 〈황성의 달〉, 〈하코네 80리(箱根八十里)〉, 〈꽃(花)〉, 〈사계(四季)〉 등이 있는데 그중 〈황성의 달〉은 1900년, 그러니까 그가 21살 때 지어서 1901년 3월 《중학창가(中學唱歌)》에 처음 발표한 작품으로서 일본을 대표하는 불후의 명곡이었다. 이 곡을 구상한 곳은 오이타현 다케다시에 있는 오카성지(岡城址)다. 성안에는 타키 렌타로의 동상이 세워져있고 지금도 다케다역(竹田驛)에 열차가 도착할 때면 이 곡을 들려주고 있다고 한다. 이 곡은 세계로 펴져나가 1910년에서 1930년까지 유럽의 벨기에서 찬송가로 부르기도 하였다.

타키 렌다로는 1901년 일본인 음악가로는 두 번째로 문부성 장학생으로 뽑혀 독일의 Leipzig음악원에 유학해 피아노와 대위법(對位法) 등을 배우게 되었다. 하지만 불과 2개월 후에 불행하게도 폐결핵을 얻게 되어 1년 만에 귀국했고 부친의 고향인 오이타현에서 요양하지 않으면 아니 되었다. 하지만 1903년 6월 29일 그는 24살이라는 꽃다운 나이에 아쉽게도 세상을 하직하고 말았다.

인생은 짧고 예술은 길다는 했던가. 아름다운 예술작품은 국경을 넘고

민족과 이념의 벽을 넘어 영원히 정직한 인간들의 마음속에 메아리로 남게 된다는 사실을 다시 한 번 절감하게 된다. 그 험난한 항일전쟁시절에 벌써 흑백논리를 벗어나 오히려 적국(敵國)의 아름다운 멜로디를 가지고 향수를 달랬던 우리 조선의용군용사들의 넓은 흉금과 안목을 생각할 때, 무릇 자본주의나라의 작품이면 덮어놓고 "황색가곡"이라고 벌벌 떨거나 길길이 뛰었던 우리가 얼마나 초라하고 부끄러운 존재였던가를 깊이 반성하게 된다. 더욱이 모진 세파에 부대끼면서도 〈황성의 달〉, 〈반딧불의 빛〉과 같은 명곡을 가슴에 안고 살아왔고 또 그러한 명작들을 밑거름으로 인생의 아픔을 딛고 〈반딧불〉, 〈황소〉, 〈옥을 파간 자리〉와 같은 주옥같은 명시들을 남긴 우리 원로시인 조룡남 선생의 한평생은 참으로 아름답다고 생각한다.

참으로 진정한 예술작품은 그 누가 만들었는지를 막론하고 그것은 역사의 상흔(傷痕) 밑에 돋아나는 새살이요, 세계의 모든 인종과 민족의 마음을 소통시키는 맑은 영혼의 샘물이며 별빛이라고 생각한다. 하기에 요즘도 나는 조룡남 시인의 바이러스에 전염되어 〈황성의 달〉을 내 애창곡의 하나로 간주하고 짬만 나면 컴퓨터를 틀어놓고 흥얼거린다.

"봄날의 높은 누각에 꽃놀이 잔치, 돌고 도는 술잔에 그림자 비치고…"

2012년 1월 10일

# 지성의 덕목
## —조성일 회장을 말한다

조성일 회장은 어떤 사람이냐고 묻는 한국의 독지가(篤志家)들을 가끔 만나게 되는데 나는 구구히 설명하지 않고 "연변의 대표적인 지성이요, 최후의 애국자"라고 말한다. 그리고 조성일 회장만은 좀 도와달라고 청을 든다.

고작해야 대학교의 평교수인 내 힘이 얼마나 먹혀들어 갈까마는, 윤동주사상선양회 박영우 회장과도 그렇게 청을 들었고 겨레얼살리기국민운동본부 한양원 이사장과도 그렇게 말씀을 드렸으며 심양 한국총영사관 오갑렬 총영사와 함께 한 자리에서도 그렇게 간곡히 부탁을 드렸다.

왜냐하면 조성일 회장은 지성의 덕목을 갖춘 우리사회의 참 지도자이기 때문이요, 내 개인으로 놓고 말하면 김학철, 정판룡 선생 이후로 가장 존경이 가는 원로이기 때문이다.

## 불의에 저항하는 지성

지식인과 지성인은 다른 개념이다.

지식인은 어느 한 분야나, 지어는 여러 분야에 걸쳐 해박한 지식과 기능을 갖고 있는 사람을 말한다. 경제학을 전공해 대기업의 안방살림을 맡아하는 사람도 지식인이라 할 수 있고 언론학을 전공해 큰 일간지의 사장이나 편집국장 직을 맡은 사람도 지식인이라 할 수 있으며, 대학교의 교단에 서서 후학들을 가르치는 교수도 지식인이라 할수 있고 시를 쓰고 소설을 엮고 평론을 하는 문인도 지식인이다.

공자는 인(仁), 의(義), 례(礼), 지(智), 신(信)이라는 선비의 덕목에서 의로움을 최고의 가치(義爲最上)로 삼았다. 공자의 말씀은 여전히 오늘날 지식인과 지성인을 가르는 시금석으로 된다 하겠다. 지식인은 정의감과 사회적 책임감이 있느냐 없느냐에 따라 완연히 성격이 다른 두 부류의 인간으로 갈린다. 어느 한 분야의 권위자라 해도 그 지식을 팔아 일신의 부귀와 영달만을 꾀한다면 그야말로 단순한 지식인에 머물게 된다. 개중에는 부패한 권력에 빌붙고 조동모서(朝東暮西), 조진모초(朝秦暮楚)로 간에 가 붙고 쓸개에 가 붙는 지식인들도 적지 않은데 그들은 썩은 선비, 더러운 지식인이라 하겠다.

지성인은 해박한 지식을 갖추었을 뿐만 아니라 언제 어디서나 진리를 추구하고 민중을 대변해 악에 저항하는 의로운 사람이다. 지성인이라면 아무리 존귀한 임금이라 해도 그가 벌거벗었다면 벌거벗었다고 말하고 아무리 무서운 왕님이라 해도 그의 귀가 말귀면 말귀라고 말한다. 지성인은 천만 사람이 서쪽으로 달릴 때 홀로 해 솟는 동쪽으로 걸어가는 사람이다. 지성인은 고리키의 소설에 나오는 단꼬처럼 자기의 심장을 뽑아 횃

불을 만들어 높이 쳐들고 민중의 앞장에 서며 권력과는 언제나 일정한 거리를 두고 비판의 화살을 날린다.

지식과 의로움의 결합이라는 지성의 첫째가는 조건으로 볼 때 조성일 선생은 무엇보다 먼저 문학에 대한 해박한 지식을 갖춘 학자이다. 그는 천품이 총명하고 부지런한 사람이라 연변대학교 조문학부 출신들 가운데서 손꼽히는 수재로 정평이 나있다. 연변대학교의 교수로 발탁되었지만 사교성과 활동성이 강한 자기의 기질과 능력을 잘 알았기에 교수직을 버리고 사회에 진출했다. 그는 발로 뛰는 연구를 해서 《시론》(1979), 《민요연구》(1983), 《조선민족의 다채로운 민속세계》(1986), 《조성일문화론》(2003) 등 무게 있는 저서를 펴냄으로써 민간문학연구에서도 일가(一家)를 이루었고 1958년부터 조선족문학사 편찬사업에 몰입해 갖은 시련과 역경을 이겨내고 최초로 《중국조선족당대문학개관》(1988), 《조선족문학사》(공저, 1990) 등 장편논문과 저서를 펴냈다.

문인의 무대는 문단이요, 문인의 정의감과 사회비판성은 그의 글을 통해 구현된다. '문화대혁명' 시절 조성일 선생 역시 많은 문인들이 그랬던 것처럼 이른바 계급투쟁의 이론에 기대어 문학작품에 대한 정치적 평가에만 급급한 적이 있었지만 그는 자신을 반성할 줄 아는 문인이었으며 탈퇴환골의 변화를 가져올 줄 아는 문인이었다.

우선 그는 개혁개방 후부터 오늘에 이르기까지 우리문단의 중심에 서서 작가들을 선도해나가고 있다. 우리는 1985년 용정에서 당대문학평론 좌담회를 열어 고루한 문학관을 깨고 새로운 문학관을 정립할 데 대해 호소하던 조성일 선생의 열띤 목소리를 잊을 수 없다. 특히 2001년 눈 먼 망아지 워낭 소리 따라가듯 일부 얼빠진 문인들이 친일문인 김문학씨를 세기적인 영웅으로 추대하고 입에 침이 마르게 칭찬할 때 "노!" 하고 제동을 걸고 "'김문학현상'과 비교문화의 시각과 방법론" 학술회의를 발기하고 조직한 사람 역시 조성일 선생이다.

다음으로 그는 언제나 약한 자의 편에 서주고 시비가 전도돼 양지가 있고 재능이 있는 작가들이 부당한 대접을 받을 때 무섭게 항변한다. 그는 문단의 비리, 비정과 타협할 줄 모르며 언제나 부패한 권력에 도전장을 던진다. 한 때의 실수로 직업마저 잃은 리광인과 같은 문인을 거두어 주고 그의 재능과 열정이 빛을 발하게 한 사람이 바로 조성일 선생이며 김관웅과 같이 진리를 고수하다가 피해를 입은 학자를 위해 항변을 하고 그를 우리문단의 재능 있고 용감무쌍한 "흑마"라고 공정하게 평가한 사람이 바로 조성일 선생이다.

그래서 조성일 선생이 있는 자리는 기본과 상식이 통하고 조성일 선생이 기치를 들면 군사가 모인다.


## 위기 극복의 해법을 찾은 지성

사회가 발전을 하자면 지성인들이 주축이 되고 중산층을 바탕으로 각양각색의 민간단체를 결성해 탄탄한 시민사회를 구축해야 한다. 이러한 시민사회 내지 시민단체는 민주주의적인 대화와 논쟁을 통해 합의를 도출하고 목표를 설정하며 그 실현을 위해 매진함으로써 하나의 자율적인 사회적 역량으로 부상한다. 시민단체는 대중의 힘과 지혜를 모아 정부의 힘이 미치지 못하는 지역과 특정 영역에서 전반 사회의 발전을 위해 일을 벌이기도 하고 또 정부의 권위는 존중하되 일부 지도자의 도덕적 부패를 꼬집고 사회의 비정과 비리를 고발하면서 시민의 권익을 대변하고 보호한다.

새가 좌우의 날개로 날듯이 건전한 사회는 정부와 시민단체가 갈등과 충돌을 통해 균형과 조화를 이루면서 공존, 공생한다. 하기에 국가나 지역의 현명한 지도자는 시민사회의 역할을 중요시하며 열린 행정을 구사해 시민사회의 건설적인 의견을 수렴해 당국의 정치를 개선한다. 이러한 의미에서 시민사회의 구축은 해당 국가나 지역의 정치, 경제, 문화 발전의 주춧돌이 된다.

우리 조선족사회의 경우, 이러한 시민단체의 효시(嚆矢)로 되는 것이 언제 어디서 발족했는지는 좀 더 깊이 있는 조사와 비교를 해야 하겠지만, 아무튼 그간 그럴듯한 민간단체가 많이도 나왔었다. 혹자는 출범잔치만 요란하게 하고 우야무야 자취를 감추었고 혹자는 인격이나 자격 미달의 문인이 만든 단체라 폐가(廢家)처럼 썰렁하고 또 혹자는 비슷한 단체들을 이중삼중으로 만들어 공연히 정직한 시민들을 어리둥절하게 만들었다.

하지만 1996년 조성일 선생이 최일균, 김기형, 림원춘, 박서암, 김경암 등 원로들과 손잡고 만들어낸 연변조선족문화발전추진회(이하 추진회로 약함)는 풍전등화 같이 흔들리는 조선족사회의 위기를 극복하기 위해 출범했고 조선족공동체 살리기의 해법을 시민의식과 시민운동에서 찾은 것이다. 그런즉 추진회는 현대적 의미에서의 전형적인 시민단체요, 우리 시민운동의 실적을 대표한다고 해도 과언이 아닐 것이다.

추진회에서는 간행물 《문화산맥》을 펴냄과 아울러 사이트 koreancc. com을 열었고 해마다 무려 5000여 명의 학생들이 참가하는 조선족소학생중학생글짓기경연대회, 우리말 웅변대회, 조선족전통음악제, 연변지용

음악제, 민족교육진흥상 수여식 등 굵직굵직한 행사를 10여 차씩 거행했다. 비정기적으로 하는 행사지만 소설가 정세봉, 최홍일, 시인 김학송, 작곡가 한정자의 작품토론회나 21세기조선족인구문제학술심포지엄, 21세기 다원공생시대와 민족문화 살리기 특별 강연회 등 행사에서 보다시피 문단에서 소외를 받은 작가예술인들을 발굴, 홍보하고 첨예한 사회문제나 맹점들을 포착해 좌담회나 학술회의를 함으로써 명실공이 조선족시민 사회의 구심점으로 되었다.

물론 이러한 멋진 행사들의 중심에는 언제나 조성일 선생이 있었다. 그는 탁월한 리더십으로 매번 행사를 기획하고 자금을 유치했으며 맹호같이 날렵한 젊은 일꾼들을 거느리고 진두지휘를 했다. 지난 해 처음으로 연길경기장에서 열린 글짓기경연대회를 견학한적 있는데 높은 단상에 올라 5000명 글짓기신동들의 모습을 굽어보는 조성일 회장의 모습은 그야말로 전선 사령관에 다름없었다.

미국의 케네디 대통령은 취임식에서 미국의 국민은 국가가 자기에게 무엇을 해주는가를 생각할 것이 아니라 국민으로서의 내 자신이 국가를 위해 무엇을 할 것인가를 생각해야 한다고 말한바 있는데 민족과 국가를 위한 자각적인 봉사, 이게 바로 시민정신이요, 이러한 의미에서 조성일 선생은 시민정신의 화신이다.


## 초인적인 정열과 행동하는 지성

시시비비를 가를 수 있는 명철한 판단력을 가졌다 한들, 또는 기발한 아이디어를 내놓았다 한들 그것을 실천할 수 있는 용기와 행동력을 갖추지 못한다면 모두 한 장의 백지로 남고 만다. 오늘 우리문단에는 화려한 꿈과 기획은 갖고 있지만 그것을 실천하지 못하는 무기력하고 나태하고 우유부단한 오블로모프주의자들이 적지 않다. 체면이 서지 않아서 못하고 시간이 없다고 못하고 나이를 먹어서 못한다고 한다. 권력자의 비리와 비정을 보고 속으로는 끙끙 앓고 있으면서도 명철보신 감히 말을 꺼내지 못한다. 분명 고양이 목에 방울을 달아야 하겠지만 광동의 원숭이들처럼 슬슬 남의 눈치만 본다. 남이 선불을 놓고 승산이 있어야 소리를 치고 참여를 한다. 이게 우리문단의 아이러니한 현실이다.

하지만 조성일 선생은 다르다. 그는 연설할 때 "역동적"이라는 수식어를 많이 쓰지만 실제로 그는 행동하는 지성이다. 그는 분명 지행합일(知行合一)이라는 참선비의 덕목을 갖추고 있다. 말과 행동이 가지런하고 자신의 판단과 기획을 현실화 할수 있는 용기와 정열, 행동력을 갖고 있다.

추진회를 경영하자면 뭐니 뭐니 해도 자금을 끌어들여야 한다. 하지만 남의 호주머니의 돈을 쓰기가 어디 쉬운 노릇인가? 추진회는 지금도 햇빛이 들지 않는 연변도서관의 구석진 단칸방에서 곁방살이를 하고 있지만 애초에는 자금난으로 다섯 번이나 쫓기듯이 이사를 해야 했다. 조성일 회장은 체면을 무릅쓰고 한 해에도 두세 번씩 한국을 드나들고 있고 수십 일씩 사구려 여인숙에서 라면으로 끼니를 에우면서 지내기도 했다. 고관대작이나 독지가를 만나기가 어디 쉬운 노릇인가? 명함도 내지 못하고 코를 떼이기가 일쑤였고 건방진 자들의 냉대와 괄시를 받기도 다반사였다. 조성일 선생에게 무엇을 좀 베풀었다고 생각하는 일부 한국인들이 그를 마치 소학생처럼 훈계하는 장면을 나도 몇 번 보았다. 하지만 조성일 선생은 추진회를 위해 분노를 참을 줄 알았으며 언제나 보기에 민망스러울 정도로 자신을 낮추었다. 하지만 나는 시도 때도 없이 객기를 부리고 화를 내는 게 용기가 아니라 바로 조성일 선생처럼 대의(大義)를 위해 자신을 욕보일 수 있는 게 진짜 용기라고 생각한다.

조성일 선생은 시대의 추이와 변화에 민감하며 노익장의 정열로 전자네트워크시대에 적응하고 있다. 그의 사전에는 '불가능'이라는 낱말이 없다. 시민단체가 전자네트워크시대를 외면하면 도태된다는 것을 직감한 조성일 선생은 몇 년 전 끝내 컴퓨터 타이핑 기법을 익혔고 이젠 메일을 주고받거나 지기(知己)들이 보내온 첨부파일을 받아 사이트에 올리는 일까지 무난하게 해낸다. 조성일 선생이 꾸리는 사이트에 들어가 보면 조선족사회의 최근 움직임을 중심으로 정치, 경제, 문화 일반과 국제문제까지 포괄적으로 다루고 있어 그야말로 큰 도움을 받게 된다. 그래서 나는 학생들에게 조선족 역사와 문화 관련 사이트 1번지로 언제나 koreancc.com을 추천한다. 자고로 인생 칠십은 고래희(人生七十古來希)라고 했거늘 칠십 고개를 넘은 분이 컴퓨터를 자유자재로 다룬다는 게 어디 쉬운 일이겠는가. 초인적인 열정과 행동력이 없다면 불가능한 일이다.

조성일 선생은 칠전팔기(七顚八起) 좌절을 딛고 일어선 사람으로서 자신의 신념과 철학대로 살아가는 줏대가 있는 사람이다. 이 몇 해 사이만 해도 사랑하는 둘째 아들을 잃었고 외할아버지네 집에 놀러 온 외손자가 베란다에서 뛰놀다가 떨어져 절명하고 말았다. 살붙이들을 연이어 잃은 조성일 선생의 아픔을 누가 알랴. 더더구나 부인은 지병으로 자주 병원 신세를 지고 있다. 하지만 가끔 부인을 배동해 쇼핑을 하고 외식을 하면서 잠깐의 '행복 만들기'를 하는 외에는 주말에도 어둠침침한 추진회 사무실에 나와 컴퓨터와 씨름하고 사이트를 경영한다. 그의 유일한 조수요, 참모는 한정자 여사이다. 조성일 선생은 한정자 여사를 막내 누이동생처럼 아끼고 한정자 여사 또한 조성일 선생을 큰 오라버님처럼 따른다. 이들 둘은 손발이 척척 맞아 둘이서 열 사람, 스무 사람의 일을 거뜬히 해낸다. 세상의 소인배들은 이들 둘의 사이를 시샘하고 질투한다. 하지만 조성일 선생은 배짱이 두둑하다. '한정자아동음악작품발표회'를 열고 국내외 출장도 둘이 그림자처럼 함께 다닌다. 노장군이 아름다운 비서를 두고 있음은 고금의 통례, 무엇이 나쁜가. 멋있지 않은가. 뒤에서 험담을 하는 소인배들은 열 번 죽었다 살아도 그런 멋진 모습을 보일 수 없을 것이다.

이만하면 조성일 선생이 어떤 사람인가를 알 수 있겠고 나 같은 제자, 후배들이 왜 조성일 선생을 사령관처럼 모시는가를 알 수 있을 것이다.

이 글을 읽는 모든 이들에게, 특히 국내외 기업인들에게 한 가지 부탁을 하고 싶다. 추진회의 사령부를 하나 번듯하게 짓는데 좀 도움을 달라는 부탁이다. 사령부가 너무 비좁고 초라하다. 일을 좀 더 통이 크게 벌리기에는 이젠 한계를 넘어섰다. 우리 노회장의 임기 기간 우리 시민정신의 산실이요, 우리 민족문화의 구심점인 연변조선족문화발전추진회 청사 하나 지어보자는 제안을 한다. 회원들이 십시일반으로 출자를 하고 국내외 독지가들이 도와준다면 그게 그렇게 어려운 일이겠는가. 청기와에 곱게 단청을 입힌 연변조선족문화발전추진회 청사 옥상에서 꽃구름 피는 연변 땅을 굽어보는 우리 조성일 선생의 모습을 보는 게 내 한 사람의 소원일가. 두 손 모아 빌고 빈다.

2006년 국경절 연휴에

# 두 화백의 에피소드

저는 속된 말로 하면 글쟁이요, 점잖은 말로 하면 일개 문학자일 뿐입니다. 가끔 엉뚱한 생각이 떠오르면 예전에는 철필이나 볼펜으로 몇 글자 적었고 요즘에는 컴퓨터 키보드를 부지런히 두드립니다. 밤낮 다루는 게 빛깔도 냄새도 맛도 없는 문자기호입니다.

문학도 언어예술이라고 하니 저도 예술인으로 자처해도 무방하겠지만 미묘한 오선보에 곡을 달고 바이올린이나 피아노를 다루는 작곡가들이나 성악가들, 특히 동양화나 서양화를 그리는 화가들을 보면 기가 죽습니다. 사실 저의 음악수준이라 해야 고작 간보(簡譜)를 보고 행진곡이나 시창할 수 있는 수준이고 저의 미술수준이라 해야 고작 코흘리개들을 달랠 수 있는 병아리나 강아지를 그리는 수준 밖에 되지 않기 때문입니다. 하지만 예술인들을 마음속으로부터 존경해서 연변의 가야금 연주가인 김진 선생네 자제분들과 각별히 친하게 지낸 적 있습니다. 1970년대 초반에는 전쟁준비로 동희철 작곡가와 함께 연길공원 뒷산에서 방공호(防空壕)를 판 적 있는데 어설픈 가사를 써가지고 곡을 붙여달라고 졸라댄 적도 있습니다.

오늘은 여러 예술인들 중 두 화가와 상종하게 된 이야기를 하고자 하는데 이분들에게 찬미가 될지 누가 될지 저도 잘 모르겠습니다. 이웃동네에 사는 문외한이 예술인들을 형님처럼 믿고 칭얼대는 소리라고 생각하고 용서해 주시기 바랍니다.

제가 화가들과 상종하게 된 것은 좀 불순한 목적을 갖고 있었기 때문입니다. 1980년대 말, 30대 중반에 연변대학의 추천을 받고 일본 와세다대학에 유학을 가게 되었는데 마땅한 선물을 마련할 수가 없어 큰 걱정이었습니다. 모태주, 오량액과 같은 귀한 술이나 인삼, 녹용 같은 약재는 마련할 수 없는, 고작 100여 원의 월급을 받는 알량한 강사가 아닙니까. 저를 초청해준 오오무라 마스오 교수와 저에게 장학금을 제공할 동훈 선생께는 아무래도 값진 선물을 마련해야 하였습니다. 고육지계로 연변의 이름난 화가들의 그림 두어 폭을 갖고 가기로 하였습니다.

연변인민출판사에 근무하던 큰형님의 주선으로 장홍을 화백에게서 수묵화 한 폭을 얻었습니다. 구름 덮인 백두산을 그린 작품인데, 흰 구름에 휘감긴 백두산이 한결 더 웅장하고 신비하게 안겨왔습니다. 토끼장만한 전셋집에 살 때인데 불고기를 해놓고 조촐한 술상을 마련했더니 장홍을 화백은 저의 큰형님과 더불어 장밤 대작(對酌)을 하면서 동서고금의 문학과 예술을 논하였습니다. 장홍을 화백은 문학에 대해서도 해박한 지식을 갖고 있어 문학의 백과사전으로 자부하는 저의 큰형님에게 조금도 꿇리지 않았습니다.

그 무렵 장홍을 선생은 연변의 문학지에 세계적인 화가들과 명화들을 소개하는 글을 발표하고 있었습니다. 그 미끈한 문체도 좋았지만 동서고금을 아우르는 미술사 지식, 명쾌하면서도 유머러스한 분석이 일품이었습니다.

특히 저는 1980년 초반 장흥을 화백이 그린 《아, 두만강이 풀린다》라는 그림을 좋아합니다. 이 그림은 지금 한국의 청화대에 걸려 있습니다. 화폭 저쪽의 먼 산발들이 여전히 흰 눈을 떠이고 있는데 새봄을 맞은 두만강이 산더미 같은 성엣장들을 싣고 소리를 치며 바다로 흘러들고 있지요. 오늘 다시 이 그림을 보면 두만강지역의 역사적인 해동(解凍)과 화해, 합작과 번영의 내일을 예감하고 그것을 장쾌한 예술적 화폭에 담은 장흥을 화백의 선견지명과 예술혼에 새삼스럽게 혀를 내두르게 됩니다.

하도 술을 좋아해 너무 일찍 하늘나라에 간 장흥을 화백, 조선예술영화 《금희와 은희의 운명》에 나오는 아버지처럼 어글어글한 눈빛에 시원한 이마, 마르크스처럼 뒤로 길게 넘긴 머리, 연변인민방송국의 바이올리니스트이며 인형처럼 예쁘게 생긴 부인과 함께 손 잡고 연길 광명거리를 거니는 장흥을 화백의 모습을 더는 볼 수 없다는 사실이 우리 모두의 가슴을 얼마나 쓸쓸하게 합니까?

아무튼 장흥을 화백이 그린 백두산을 보고 역시 화가였던 오오무라 마스오 교수의 부인 아키코 여사가 국보급 보물이나 얻은 듯 "아리가또 고자이마스!"를 연발하던 정경이 지금도 눈앞에 보는 것 같습니다그려.

그림 한 폭은 연변대학교 예술학원의 정동수 교수에게서 구했습니다. 연변인민출판사 미술편심으로 일하는 남용철씨와 저는 총각시절의 친구요, 편집시절의 동료인데 그가 바로 정동수 교수의 제자였습니다. 남용철씨는 저의 청을 거절할 수 없어 정동수 교수에게 호랑이 한 마리를 그려달라고 어려운 부탁을 드렸습니다. 저는 이름이 호랑이 호(虎)자에다가 수컷 웅(雄)자인지라 호랑이 한 마리를 그려서 장학금을 제공해줄 동훈 선생께 드리고 싶었습니다. 연변의 화가들 중에 정동수 화백이 호랑이를 잘 그린다는 말을 들었고 그래서 남룡철씨를 통해 정동수 교수에게 청을 드린 겁니다.

10여 일 만에 그림이 다 되었다는 소식을 듣고 남용철씨를 앞세워가지고 찾아갔는데 그 무렵 정동수화백은 예술학원 남쪽 담장 너머에 있는 아파트 2층에 살고 있었습니다. 정동수 화백은 장홍을 화백과는 달리 평상복을 입고 머리를 짧게 깎은 점잖은 선비였습니다.

정동수화백은 벽에 비스듬히 세워놓은 호랑이그림을 보여주었습니다. 호랑이는 금방이라도 우리의 머리 위로 훌쩍 날아올 것만 같았습니다. 드센 바람에 밀려 고삭은 잡목들이 뒤쪽으로 쏠렸는데 그 속에서 싯누런 호랑이 한마리가 내달아옵니다. 맞바람을 안고 앞으로 질주하는 호랑이라 그야말로 동감(動感)이 넘쳤습니다. 임금 왕(王)자가 찍힌 머리를 번쩍 쳐들고 두 앞발은 천근같은 무게로 엇걸었는데 줄무늬가 선명한 유연한 허리에서 우러나는 의젓함이 굵고 긴 꼬리로 이어지면서 천지를 휘두를 듯이 기개가 넘쳤습니다.

"마음에 드시오?"

정동수 교수가 정겹게 웃으며 용철씨와 저를 번갈아보았습니다. 용철씨가 먼저 이리저리 그림을 다시 뜯어보더니

"산중지왕 호랑이의 위엄이 잘 살아난 것 같습니다."

라고 했고 저도

"참 마음에 듭니다. 호랑이가 바람을 맞받아 달려오니까 동감(动感)이 넘치고 호랑의의 육중한 양감(量感)도 느껴지는 것 같습니다."

하고 유식한 체를 했더니 정동수 교수가 싱그레 웃으며

"이 그림이 주인을 제대로 만난 것 같구먼. 용철씨가 하도 떼를 쓰는 바람에 강의를 하고 돌아와 짬짬이 그렸어요. 나도 모르게 그림에 깊숙이 빠져들게 되더라구요. 김 선생과 약속한 그림이 아니라면 내 집에 그냥 두고 싶소. 이왕 약속한 일이니 일본의 명문 와세다대학에 가서 좋은 공부를 하기 바라고 이 그림을 선물로 내놓겠소. 헌데 연길에는 표구(表具)를 잘하는 가게가 없으니까 북경이나 장춘에 가서 표구를 하면 좋을 거요."

하고 장춘의 길림예술학원 근처에 있는 표구가게를 소상히 알려주기까지 했습니다. 저는 정동수 교수를 모시고 거리에 나가 술 한잔 대접하고자 했지만 한사코 사양하는지라 거듭 절을 하고 귀한 그림을 받아 안고 도망치듯 나와 버렸습니다. 후일 저는 용철씨가 귀띔해 주는 대로 선지(宣紙, 서화에 쓰이는 중국종이) 한 묶음을 사서 보냈을 뿐입니다. 그리고 일본에 갔다가 돌아오면 꼭 한 번 모시리라 다짐했지만 여태껏 찾아뵙지도 못했습니다. 이처럼 요사스러운 게 세상의 인심인가요.

그 뒤 장춘에 가는 길에 호랑이 그림을 반듯하게 표구해왔음은 물론인데 이 진품에 사족(蛇足)을 달았음은 일본 도쿄에 가서 동훈 선생 앞에 내놓았을 때에야 알게 되었습니다. 이미 엎지른 물이요, 그야말로 후회막급이었습니다. 동훈 선생은 박정희 대통령의 사정비서관(司正秘書官)으로 일했기에 한국을 방문하는 외국사절들이 들고 온 선물들을 많이 보아왔는지라 미술작품을 보는 남다른 안목을 갖고 있었습니다. 동훈 선생은

"이거 호랑이가 호랑이를 가지고 왔구먼."

하고 농담을 하고 나서 그림을 찬찬히 보시더니

"참 잘 그린 그림입니다. 호랑이의 형태는 물론 그 생명력까지 고스란히 화폭에 묻어나는 것 같습니다. 조선왕조 김홍도의 〈송하맹호도(松下猛

虎圖〉〉를 호랑이그림의 백미로 칩니다. 김홍도는 바늘처럼 가늘고 빳빳한 붓으로 터럭 한올 한올을 무려 수천 번 반복해서 세밀하게 그려냈는데, 그런 극사실(極事實)의 묘법으로 고양이과 동물 특유의 민첩하고 유연한 생태까지 실감나게 표현했습니다. 그런데 이 그림은 큰 붓질로 여백의 미를 보여주면서 호랑이의 혼과 위용을 두드러지게 드러냈습니다. 이게 중국화의 묘미가 아니겠습니까?"

하고 말씀했습니다. 저는 선물을 받을 분도 마음에 든다고 하니 한결 신바람이 나서 정동수 교수는 중앙민족대학 예술학과에서 중국화를 전공한 분이라고 횡설수설 말씀을 드리기에 바빴는데, 홀연 다시 그림을 보시던 동훈 선생의 얼굴이 어두워졌습니다. 아쉬워하는 표정이 역연했습니다. 동훈 선생은 그림의 좌편 상단을 가리켰습니다.

"이런 좋은 작품에다가 누가 누구에게 드린다는 걸 쓰지 않는 법이라네. 이 좋은 그림을 나 동훈 한 사람만 보아서야 되겠어?"

실은 장춘에 가서 표구를 할 때 표구사(表具師)에게 일부러 부탁을 해서 "존경하는 동훈 선생님께, 제자 호응 삼가 드림"이라는 글귀를 적어 넣었던 것인데, 이게 사족이 될 줄이야 어찌 알았겠습니까. 동훈 선생이 아쉬워하는 표정을 보면 값어치가 반감이 된 것 같았습니다. 지금 생각해도 정동수 화백에게 얼마나 죄송한지 모르겠습니다.

두 화백의 소중한 그림을 받은 지도 어언 20년이 넘었습니다.

강산이 두 번 변했으니 요즘 세월에 이름난 화가를 찾아가 "그림 한 장 주십시오." 하고 비위 좋게 달려들 놈도 없겠지만 화가들도 그림을 쉽게 내놓지 않을 것입니다. 시장경제시대요, 금전만능의 시대가 아닙니까. 세상 사람들 모두가 장사속이 있으니까요. 이젠 호랑이 담배 피울 때 일이 되었지만 공부하러 해외로 나가는 후배를 위해 흔쾌히 그림을 내놓거나 열흘 품을 팔아 호랑이를 그려주던 두 화백의 모습을 떠올리면 지금도 눈시울이 젖어듭니다.

청정바다처럼 순수했던 두 화백의 그 아름다운 내면 풍경, 그들의 예술혼이 담겨있는 그림 한 폭은 일본 도쿄 근교에 살고 있는 오오무라 마스오 교수 댁에, 또 한 폭은 한국 서울 강남에 살고 있는 동훈 선생네 댁에 정히 걸려있으리라 생각합니다. 이제 일본이나 한국에 갈 기회가 생긴다면 이 두 폭의 그림을 사진이라도 찍어가지고 돌아와 예술인 여러분과 함께 감상하고 저의 서재에 걸어놓고 싶습니다. 후배에 대한 두 화백의 사랑과 믿음이 깃들어 있고 이 그림 또한 다시 구할 수 없는 걸작이기 때문입니다.

2010년 11월 25일

# 우리 문단의 반듯한 선비—장정일 선생

장정일 형은 언제 보아도 장정일(張正一)이라는 그 이름처럼 반듯한 선비다. 말하자면 바를 정(正)자 하나(一)를 목숨같이 지켜온 올곧은 선비다.

물론 장형은 장신의 체구에 이목구비가 수려한 미남 스타일은 아니다. 중키가 될까 말까한 키에 강마른 몸매, 가무스레한 얼굴에 보라매처럼 예리한 눈을 가졌는데 그는 언제나 단정하게 안경을 걸고 있는 모습이다. 그래서 장형을 볼 때마다 박정희 대통령을 연상하게 되는 것은 아마도 나 혼자의 느낌만은 아닐 것이다.

장형에게 군모를 씌우고 선글라스를 선물하라. 허리에 새까만 권총 한 자루만 더 질러 주라. 아마 한국의 영화감독들이 박대통령의 배역을 맡기려고 다투어 스카우트 해가리라.

일개 연변의 선비를 일국의 대통령에 비기는 것부터가 어폐(語弊)라 하겠지만, 아무튼 장형은 오늘 이때까지 권력과 부귀영화를 누리기는 고사하고 의연히 청빈한 선비로 살고 있다.

일보사의 부총편까지 지냈으니 권력도 잡아본 셈이라 하겠지만 그것은 사람을 다루고 돈을 주무르는 권력이 아니고 밤이나 낮이나 고리타분한 일간지를 펴내는 신문쟁이의 일이다. 밖에서는 멋도 모르고 "장총편, 장총편!" 하고 부르지만 지방 일간지의 자질구레한 칼럼, 논설, 문예란이나 주관하는 부총편 자리이고 보면, 그것은 떵떵 큰소리를 치는 벼슬자리가 아니라 1년 365일 원고를 안고 방아를 찧어야 하는 구질구질한 직업이다. 하지만 그는 남들이 꺼리는 신문쟁이노릇을 사랑했고 신문사 담 너머에는 왼눈도 팔지 않고 애오라지 신문쟁이로 정년을 맞았다.

장형은 부귀영화와는 더더욱 인연이 없는가보다. 출판사에서 일하던 아버님은 지병으로 앓다가 일찍 돌아가셨다. 장형은 어렵게 대학을 나와 석현제지공장 선전부 간사로 배치를 받았지만 역시 글쟁이의 박봉(薄俸)으로 노모를 모시고 두 동생을 공부시키면서 살아야 했으니 그야말로 평생 가랑이 째지게 살아온 셈이다. 최근 몇 년간 다른 직종의 사람들은 모두들 셈평이 폈다고 하나 장형은 신문사에서 일하다보니 지난해까지 무려 7-8년 동안을 60%인가, 70%인가의 월급밖에 받지 못했다. 지난달에는 2005년분 신문, 잡지를 주문하고 보니 월급으로 달랑 800원밖에 나오지 않았다고 한다. 이만하면 이 어려운 시대를 살고 있는 우리 선비들의 궁색한 돈주머니 사정을 엿볼 수 있지 않겠는가.

책 말이 나왔으니 하는 말이지만 장형네 댁을 찾은 것은 역시 책 때문이다. 1978년 9월의 일이니까 벌써 27년의 세월이 흘렀다. 연변대학 조문학부에 입학해 현룡순 교수의 강의로 《문학개론》을 배우게 되었는데, 금방 '문화대혁명'이 끝난 무렵인지라 교과서를 구할 수 없었다. 대학시절 장형과 더불어 문학친구로 지냈던 우리 큰형이 뚱겨주는데 정일형네 댁에 가면 십중팔구는 구할 수 있을 것이라고 한다. 큰형이 써준 쪽지를 갖고 연변병원 앞에 있는 장형네 댁을 찾아갔다.

지금 연변병원 앞 광명거리는 화려한 층집들이 서있지만 그때만 해도 포장도 되지 않은 길 양쪽에 동서 방향으로 앉은 게딱지같은 단층집들로 총총했다. 장형네 댁을 용케 찾아 들어가니 30대 초반의 장형은 멋지게 바이올린을 켜고 있었다. 내가 들어서자 바이올린을 책상에 놓고 검객(劍客)처럼 활만을 비스듬히 비껴 내리는데 그 모습이 그렇게 우아할 수가 없었다.

그런데 장형네 댁을 둘러보니 그야말로 북간도에 흘러들어와 두부장수를 했던 소설가 최서해 선생네 집을 방불케 했다. 20평 될까 말까한 두 칸짜리 단층집인데 윗방은 장형의 허름한 책상과 투박한 책장이 차지하고 있어 비좁은 집에서 노모에 사모님, 그리고 호랑이 같은 두 남동생, 이렇게 다섯 식구가 어떻게 살까, 그만 억이 막혔다. 하지만 장형은 내 눈치는 전혀 모르고 대학생활과 문학을 두고 많은 이야기를 했던 것 같다.

"호웅이, 자네 형제들 모두 머리가 좋으니까 열심히 공부를 해서 큰 작가가 되라구!"

그때 중국의 유명한 문학이론가 이군(以群)의 《문학의 기본원리》라는 책을 빌려 주면서 갓 대학에 입학한 나의 어깨를 다독여주던 장형의 야윈 얼굴과 빛나는 눈빛을 지금도 보는 것만 같다.

며칠 전 《중국조선족명시 간행기념모임》에 갔다가 장형을 모시고 한자리에 앉게 되었다.

"형님, 우리가 자랄 때만 해도 바이올린은 잘 사는 집의 애들이나 다루는 고급악기였는데 형님은 바이올린을 어떻게 갖추고 어떻게 배웠수?"

내가 넌지시 묻자 장형은 싱긋이 웃더니

"소학교에 다닐 때 내가 너무 음악을 좋아해서 외할머니가 돼지를 길러 팔아 사준거야."

하회(下回)를 들으매, 장형은 소학교 3학년 때 연길시소년합창대 대원으로 뽑혀 유명한 작곡가 정진옥 선생의 합창지도를 받았고 그가 지휘하는 관현악대와 더불어 심양에까지 가서 레코드 취입을 한 적이 있다고 한다. 장형은 옛날 소년합창단시절의 일을 회상했는데 그의 얼굴에는 소년시절의 찬란한 꿈이 다시 어리는 듯싶었다.

그러나 세월은 얼마나 무정한가. 그 토끼장만한 집에서 문학과 예술에 미쳐 책을 읽고 바이올린을 켰던 장형도 이젠 초로(初老)의 인생에 접어들었다. 하지만 그때 그 젊은 선비의 눈동자에서 빛나던 문학의 불씨는 27년이 지난 오늘도 장형의 눈동자에서 여전히 꺼질 줄 모르고 빛나고 있다.

나는 적어도 아래와 같은 몇 가지 점을 미루어 장형을 큰 선배처럼 믿고 따른다.

장형은 꾸준히 책을 읽고 자신을 재충전할 줄 아는 문학인이다. 장형은 중국의 《문회보》, 《참고소식》, 《세계문학》, 《수필》 등 신문과 잡지를 달마다 주문해 보고 있고 한국의 중요한 일간지도 뒤져보고 있다. 그 외에도 문학, 예술, 철학, 역사 분야의 많은 신간서적들을 꾸준히 탐독한다. 하기에 장형과 만나면 귀동냥으로도 많은 공부가 된다. 그가 앉은 자리면 시시껄렁한 육담이나 하고 남의 뒷소리나 하는 문인들도 자연히 깊은 문학담론에 빠져들게 된다.

공부하는 선비의 글이기에 장형의 글은 동서고금을 아우르는 풍부한 지식을 선보이고 있고 언제나 예지와 슬기로 번뜩인다. 장형은 기사, 논설, 칼럼, 수필, 문학평론 그 어느 장르나 막힘이 없으니 그야말로 우리 문학계로 말하면 18반 무예를 정통한 용장(勇壯)이요, 우리 언론계로 말하면 둘도 없는 칼럼리스트이다. 특히 문학평론가인 장형은 〈'격정시대'—숭고한 인생의 뽀에마〉,〈김학철 산문의 유모아적풍격〉,〈변두리문학의 모종 가능성〉,〈영혼의 현대적 갱생을 위한 처절한 몸부림〉 등 평론에서 풍부한 체험과 혁명적 낙관주의에 바탕을 둔 김학철 문학의 본질과 특징을 명쾌하게 구명했고 우리 조선족문학의 출로와 가능성이 어디에 있는가를 제시했으며 중견작가 정세봉 소설의 예술적 성취를 꼼꼼하게 짚어주었다. 그는 〈궂은 날 즐기기를 배우다〉,〈불온의 미〉,〈호수가의 명상〉 등 많은 수필을 펴냈을 뿐만 아니라 〈수필문학의 대두에 관한 사고〉 등 논고들을 통해 수필문학을 이론적으로 정립하는데 기여했고 현장비평가로서의 깊은 통찰력과 예리한 분석력을 유감없이 보여주었다. 장형은 시세(時勢)에 편승하거나 권력자의 눈치만 살피면서 만세만을 부르는 속된 평론가들과는 워낙 격이 다르다. 그는 우리 문학의 역사와 현황을 면밀히 주시하면서 작은 심사평도 혼신의 정성을 고여 열심히 쓰고 있으며 문단의 시시비비를 대쪽 같이 가른다.

　장형은 새로운 역사시기의 벽두부터 오늘까지 우리 사회와 문단을 선도해온 대표적인 지성인의 한 사람이다. 지식인(知識人)과 지성인(知性人)은 다른 개념이다. 지식인은 부패한 권력에 이용될 수 있지만 지성인은 부패한 권력에 저항한다. 민족의 위기에 직면해 지식인은 움츠러들고 일신의 안위를 위해 전전긍긍할 수 있지만 지성인은 그 시대를 밝혀주는 횃불이고 그 시대의 미래지향적인 좌표를 제시해주는 예언자이다. 말하자면 지성이란 지식의 축적된 량에 의해 규정되는 것이 아니라 주어진 상황 속에서 바람직한 방향으로 자기 자신과 그 환경과의 조화를 기하면서 창조적으로 그 스스로를 변화시키고 상황에 영향을 미칠 수 있는 능력을 말한다. 이러한 의미에서 나는 언론계의 대표적인 지성인 장형을 좋아한다.

물론, 어떠한 의미에서 장형은 여전히 족쇄를 찬 무녀(舞女)이다. 하지만 그의 얼굴에는 비굴한 표정이 없으며 눈빛은 언제나 저 구름너머의 찬란한 미래에 가 있다. 서양의 고전음악을 즐기고 사색하기를 즐기는 장형, 그는 자기의 칼럼들에서 생명의 존엄을 노래하고 정신의 풍요로움을 찬미했으며 문학과 예술을 지향하고 인간의 다양한 정서와 표정을 찬송했다. 이에 반해 나태와 답보, 억압과 무질서를 비난하고 비리와 비정(非情)에 야유와 냉소를 퍼부었다.

나는 또 장형의 안빈낙도(安貧樂道), 독립오세(獨立傲世)의 삶의 철학을 좋아한다. 한 가지 에피소드만 더 이야기하자.

1997년 늦가을 남영전 선생의 초청을 받고 김재국의 장편수기《한국은 없다》를 토론하는 회의에 갔다가 장춘 청화원(清華苑)빈관에 묵게 되었는데 장정일 선생과 한 방에 들게 되었다. 그 날 저녁 회의주최 측의 풍성한 술대접을 받고 흠뻑 취해 빈관에 돌아와 쓰러졌는데 이튿날 아침에 일어나 보니 밤새 도적이 들어 돈만을 빼가고 돈지갑은 탁상 위에 살짝 놓고 가버렸다. 각각 600여 원씩 털린 셈이다. 회의주최 측에서 달려와 빈관 측과 시비를 걸며 야단법석을 떨었고 나도 기가 막혀 공연히 장형을 보고 두덜거렸다.

"형님, 나는 워낙 고주망태가 되었으니 그놈들이 묶어가도 몰랐겠지만 형님은 술 한 잔도 하지 않았는데 이게 무슨 망신이요?"

그런데 빙긋이 웃고 있는 장형의 대답이 걸작이다.

"이 사람아, 그저 오늘은 액땜을 했다고 생각해. 밤중에 두 사내가 자고 있는 침실에 뛰어든 놈이 빈손에 들어왔겠어. '레 미제라블'에 나오는 주교님처럼 꿈나라에 들어갔기에 망정이지 하마터면 도적놈의 철퇴에 맞을 번했어."

그 말에 나도 웃을 수밖에 없었다.

몸매는 가냘파도 매운 사람, 체통은 작아도 넉넉한 사람이었다.

장형의 유일한 취미는 등산이다. 술은 거의 입에 대지 않지만 커피는 누구보다도 즐기고 명상을 즐기는 스타일인지라 아직 담배를 끊지 못한다. 정초 아침 저 멀리 오스트리아의 음악도시 윈의 오케스트라 연주를 들으면서 조용히 명상에 잠기고 담배를 태우는 때가 그에게는 가장 행복한 시간이다.

그래서 술값보다도 커피 값과 담배 값이 훨씬 많이 든다. 그래도 어려운 시절에 만난 부인은 바가지를 긁지 않는다. 수신제가평천하(修身齊家平天下)라고 좋은 학문을 깨치고 두 아들을 키워냈으며 이 사회에 소금과 빛이 될 글을 부지런히 쓰고 있는 남편이 그녀에게는 그대로 하늘이기 때문이다.

장형은 사색이 무르익으면 바이올린을 켜던 그 섬세한 손과 감각으로 컴퓨터 앞에 앉아 토닥토닥 키보드를 두드린다. 간혹 문우들과 만나는 자리에서는 스코틀랜드의 아름다운 민요 〈작별〉(한어로는 '友誼天長地久')을 신나게 부르는데 노래솜씨 역시 프로가수가 울고 갈 지경이다.

매서운 표정이로되 지내보면 은은한 향기가 풍기는 장형, 달변은 아니로되 고금을 아우르는 박식함, 꼼꼼하고 자상하되 가식을 모르는 장형, 초로의 인생이로되 식을 줄 모르는 문학과 예술에의 정열, 그래서 친구가 많고 여성문인들과도 썩 잘 어울린다. 청빈한 선비의 삶이로되 장형의 생활은 항상 넉넉하고 즐겁다.

을유년 새해에 장형의 건강과 건필을 빈다.

2005년 1월 10일 새벽에

# '부지런한 농부'—리원길 선생

　우리 문단에서는 리원길, 정세봉, 박선석 선생을 두고 "농민작가"라고 부르는 이들도 더러 있다. 정세봉, 박선석 두 분은 어떻게 생각하는지 모르겠으나 원길 선생 자신은 별로 수긍을 하는 것 같지 않다. 나도 그렇다. 비록 매하구 시골에서 자랐지만 20대 중반에 연변대학을 졸업하고 북대황에 가서 단련을 받다가 고향에 돌아가 중학교 부교장을 지냈고 1978년 대학입시제도가 회복한 뒤 첫 패로 중앙민족대학의 연구생이 되고 북경대학교 석사학위를 취득했다. 그 뒤 중앙민족대학교 강사로 교편을 잡다가 연변으로 나와 연변작가협회 전직작가 겸 부주석으로 일하였다. 그 후로는 출판사 부총편을 거쳐 중앙민족대학에 도로 가서 교편을 잡았다. 대학교 교수로 정년을 했으니 "농민작가"라 한다면 좀 어폐가 되지 않을까?

　하지만 원길 선생은 농촌과 농민들을 사랑한다. 또한 전반기 그의 소설의 배경은 기본상 농촌이요, 그의 주인공들은 다 무지렁이 같은 순박한 농민들이다. 특히 이러한 배경과 사건, 성격들을 통한 그의 소설의 기본 주제는 어디까지나 민본사상, 요즘 말로 한다면 이인위본(以人为本)의 사상이다. 원길 선생은 총명하나 꾀를 부리지 않고 밤이 새도록 말해도 끝이 없는 말장수이지만 제 자랑을 하거나 허세를 부릴 줄 모른다. 웬만한 벼슬은 다 했지만 위인이 좀 어수룩하고 우직하다. 술은 좋아서 마시는 게 아니라 친구들을 만나 이야기를 나누는 게 좋아서 마시는 것 같다. 그의 유일한 취미는 낚시질이다. 연길에 오면 호형호제하는 리성권 사장과 강으로, 호수로 나가서 허구한 세월 강태공 낚시질을 한다. 나는 단 한 번도 그들이 잡은 고기를 맛본 적 없기 때문에 "강태공 낚시질"이라 한다. 잡은 고기로 한 번 근사하게 지지고 볶고 해서 대접한다면 진짜 낚시꾼으로 모시고 한 수 배우겠지만.

우리 광주 김씨 형제들은 원길 선생의 안팎을 거의 속속들이 다 알고 있다고 자부한다. 왜냐하면 우리 큰형 봉웅과 원길 선생는 연변대학 조문학부에서 공부할 때부터 절친한 친구였기 때문이다. 원길 선생은 연길에 있을 때 자주 우리 집에 놀러 왔고 우리 집안의 일이라면 대소사를 불문하고 꼭꼭 참가해 부조를 하고 도움을 주었다. 한편 우리 큰형은 1943년 생으로서 원길 선생보다는 나이도, 학년도 한해 선배인지라 원길 선생을 각별히 아끼고 좋아했다. 큰형은 늘 우리 동생들을 앉혀놓고

"원길이는 천재야. 공부도 전 학년에서 으뜸이고 조선어와 한어를 다 얼음에 박 밀듯 한단 말이야. 이제 두고 봐, 원길이가 큰일을 칠거야! 동생들도 원길이의 독서력과 글재주는 배워야 해."

그래서 우리 큰형은 가족의 호적을 북경에 붙이지 못해 갈팡질팡하는 원길 선생을 연변으로 불러들였고 원길 선생의 처녀작 〈다시 찾은 청춘〉의 산파 노릇을 하기도 했다. 일명경인(一鳴惊人)이라고 한 번 울면 세상을 깜짝 놀라게 한다는 말도 있지만 원길 선생이 우리 문단에 큰 충격을 준 것은 아마도 1980년 《연변문예》에 〈백성의 마음〉이라는 긴 단편을 발표

한 일이라 하겠다. 그 무렵《연변문예》소설편집으로 한수동이라는 어른이 계셨는데 원길 선생이 투고한 〈백성의 마음〉을 읽어보고 깜짝 놀란 것이다. "리원길"이라고 그야말로 초아침 장에 보지도 못하던 이름인데 소설적 언어가 그야말로 일품이 아닌가. 재미있는 별명과 구수한 비유로 풍성하고 성격들이 하나같이 살아 움직였던 것이다. 그때는 김학철 선생도 금방 복권이 되어 주로 〈항전별곡〉과 같은 회상기를 쓰시던 때라 한수동 선생은 한 무명작가의 작품에 그만 혼백을 빼앗긴 나머지 여기저기 전화를 걸면서 즐거운 비명을 질렀단다.

"우리 문단에 리기영이 태어났소, 리기영이!"

리기영은 1930년대 조선 프로문학의 기수요, 〈민촌〉, 〈서화〉, 《고향》, 《땅》, 《두만강》과 같은 소설로 조선 현대문학을 빛낸 언어의 거장이요, 농촌소설의 명작들을 속속 펴낸 문호가 아닌가. 기실 원길 선생은 리기영의 문학은 더 말할 것 없고 천세봉, 석윤기의 소설도 많이 읽은 것 같다. 지금도 갖고 있는지는 모르겠으나 원길 선생네 댁에 놀러갔을 때 보니까 거의 너덜너덜해서 폐기처분해야 할 천세봉의 《석개울의 새봄》과 석윤기의 《시대의 탄생》과 같은 작품들이 허름한 책장에 얹혀있었다. 김학철 선생이 벽초 홍명희의 《림꺽정》을 수없이 읽었다면 리원길 선생은 리기영을 비롯한 조선 현대소설이라는 "곰탕"을 그 뼈는 물론 국물까지 다 마신 것 같다. 물론 옛이야기들을 들려준 어머님의 영향이나 주로 평안도방언을 구사하는 일가친척들의 언어적 영향도 컸겠지만 원길 선생의 폭넓은 독서력이 "큰일"을 친 것 같다.

말 한 마디 천량 빚 갚는다고 했던가. 여기서 우리 형제가, 특히 관웅 형과 내가 원길 선생의 사랑과 도움을 톡톡히 받은 이야기를 해야 하겠다.

1990년대 초반 원길 선생과 우리 큰형은 한국 동광출판사나 신원문화사의 부탁을 받고 《화산론검(华山论剑)》이요, 《옹정검협도(雍正剑侠图)》요 하는 대하무협소설들을 번역하였는데 관웅형과 나도 끼워주었다. "4인방번역소조"인데 원길 형이 조장이요, 우리 큰 형이 부조장인 셈이다. 200자 원고지 한 매 당 10원씩 번역료를 받은 것 같은데 하루에 1만 자 정도 번역하면 500원은 벌 수 있었다. 그 무렵 500원이면 우리 강사나부랭이들의 한 달 로임에 맞먹는 큰돈이다. 아무튼 두 분의 덕에 어려운 박사과정을 마치면서 처자식을 먹여 살릴 수 있었고 또한 그 번역작업을 통해 우리 큰형과 원길 선생의 문장력과 번역기교를 많이 배울 수 있었다. 그때만 해도 컴퓨터를 사용할 줄 몰랐던 때라 원고지에 육필로 번역해놓으면 두 어른이 수정을 했고 그걸 다시 보면 큰 공부가 되었다. 특히 한국 쪽에서 번역료가 오면 일한만큼 나누어주었고 원길 선생네 댁이나 큰형네 댁에서 "생활개선"을 하는데 특히 원길 선생네 댁은 음식도 좋거니와 형수님의 말대접이 좋았다. 형수님은 종갓집 며느리처럼 씨억씨억한 성품인데 우리 큰형을 반드시 아주버님이라 불렀고 관웅형과 나를 두고는 생원이라고 불렀다. 생원이란 조선시대에 소과의 하나인 생원시에 합격한 사람을 지칭하는 용어가 아니던가. 관웅형과 나는 그 호칭이 좀 촌스럽게 느껴지면서도 정답게 느껴졌다.

형수님의 이야기가 나온 김에 귀빰 하나 맞을 셈 하고 원길 선생과 형수님이 연애를 하던 이야기를 만천하에 공개해야 하겠다. 물론 우리 큰형에게서 들은 이야기지만 그 진위를 다시 확인하기 위해 요즘 병상에 누워 있는 연변대학의 최건 교수(이들은 모두 북대황시절의 절친한 친구들이다)에게 "원길 선생에 관한 재미나는 일화 좀 없어요?" 하고 문자를 보냈더니 "원길이의 약혼 이야기가 압권이지!" 하고 아래와 같은 문자를 보내왔다.

"원길이는 문혁시기 연변군관회(延边军管会)의 파견으로 왕청주둔부대의 좌파지지 상황을 알아보러 왕청현으로 갔다가 당시 고중 재학 중인 지금의 부인을 알게 되었고 그 후 연애도 별로 못 해 보고 급히 그녀와 약혼을 하고 북대황군대농장에 몰려가게 되었다네. 그녀의 부친은 당시 석현제지공장의 8급 로동자였는데 일제 때 세운 공장의 초대형 굴뚝을 옮기는데 큰 공로를 세웠다네. 북대황 부대농장에 있을 때 우린 원길이가 갖고 온 처녀의 사진을 보았어. 동실동실한 얼굴이 꽤나 예쁘게 생겼더군. 그런데 어느 날 원길이가 나와 봉웅이를 불러 놓고 장인한테서 온 편지를 보여주면서 조언을 구했네. 원길이가 무슨 바람이 불었는지 처녀한테 그만두자는 내용의 편지를 써서 보냈던 모양이야. 이 일을 알고 그녀의 부친이 노발대발해서 편지를 보내왔지 뭐야. '원길이, 너두 대학생이었더냐? 한 혓바닥으로 몇 가지 소리를 하는 거냐?' 하고 부대농장에 찾아오겠노라고 으름장을 놓았단 말이야. 우린 그 편지를 보고 아연실색했지. 노동자 출신이요, 초대형 굴뚝도 성냥가치 옮기듯 하는 그 어르신이 우리 농장으로 찾아올 게 불 보듯 뻔했거든. 우리는 원길에게 사과의 편지를 써서 보내라고 충고했지. 원길이도 안 되겠는지 그 처녀에게 잘못을 인정하고 회과자신을 하겠다는 편지를 써서 보냈던 모양이야. 원길이의 연애풍파는 이로써 막을 내렸다네."

생전에 우리 큰형도 이 일을 여러 번 재미있게 이야기한 적 있고 최건 교수도 이를 증언했으니 원길 선생은 이 한 단락의 연애풍파를 시인해야 할 것이다. 원길 선생이 시인하건 말건 그때 형수님과 갈라졌더라면 얼마나 큰 낭패를 보았을까? 지어는 리원길이라는 작가가 존재할 수 있었을지

의문이 간다. 두 딸에 아들 하나를 보란 듯이 낳고 키워주지 않았던가. 심지어 중년에 상처한 시형네 딸자식까지 맡아서 시집보내주고 나이 어린 시동생을 키워 장가보내고 홀시아버님이 천수를 다 누릴 때까지 효성을 다 한 게 누구였던가. 낚시질은 좀 하는 줄로 알지만 집안일은 별로 안 하는 골방샌님 같은 남편을 일구월심 보살펴준 게 누구였던가. 원길 선생도 이를 알고 있는 것 같다. 꽤나 주견이 세서, 못된 놈에게는 곁도 주지 않는 원길 형님이지만 형수님 앞에서는 꾸뻑 죽어지내는 시늉을 하고 있기 때문이다.

원길 선생에게는 미스터리가 또 하나 있다. 1995년 〈직녀야 니나 내려다고!〉라는 단편소설을 발표한 후부터 2017년까지 20여 년간은 "리원길 문학의 공백기"라는 점이다. 그래서 여러 가지 추측이 난무한다. 매하구를 떠난 후 농촌소재를 더는 다룰 수 없고 그렇다고 도시소재는 아직 익숙하지 못해서라고 하기도 하고, 대학교의 교수로서 이젠 교과서나 연구논문 쓰기에 바빠서 창작을 할 만한 틈이 없었다고도 한다. 실은 이 20여 년간 원길 선생은 하루도 쉬지 않고 중국 고전의 번역에 매진해 왔음을 시중에 나오는 번역 작품들을 보면 확인할 수 있다. 그렇다면 어차피 다 글쓰기인데 왜 창작을 접고 번역에만 매진했을까? 3년 전에야 나는 그 비밀을 알 수 있었다.

원길 선생네 내외가 여름이면 피서 삼아 무더운 북경을 떠나 연길에 있는 큰 딸네 집에 와서 달포씩 지내는 줄 아는지라 연변대학에 오셔서 중조번역에 관한 특강을 좀 해 주십사 하고 부탁을 했다. 요즘 번역에 관한 이론이 무성하지만 번역이야 원문에 대한 충실성과 역문에 대한 순통성이 기본이 아니겠느냐 하면서 주로 당신이 《삼국연의》,《수호전》,《홍루

뭉》과 같은 중국의 고전명작을 번역하면서 느낀 바를 이야기하는데 한어와 조선어의 차이, 특히 한어와 조선어의 어순 차이 등에 대한 견해는 참으로 소중한 것이었다. 그 날 따라 원길 선생의 목소리가 갈앉아서 좀 안타까웠지만 이론과 실천이 똑 부러지게 들어맞는 소중한 강연고를 남기고 가서 지금도 나는 가끔 이 그 강연고를 이리저리 재단해서 쓰기도 한다. 그날 연변대학 측에서 근사한 만찬을 준비했지만 원길 선생은 다른 요긴한 일이 있다고 해서 내가 연변대학 앞에 있는 냉면집에 모시고 가서 점심식사를 간단히 하게 되었다. 그 자리에서 내가

"똑같은 글쓰기작업인데 왜 소설을 접고 번역만 하셨수?"
하고 물으매 원길 형은 젓가락으로 집었던 소고기 편육을 든 채로

"이 아우가 뻔히 알면서 묻네그려. 자네 형수와 나는 말이야. 좀 남아선호사상이 있어서 아들 하나 보고자 자식 셋을 낳았어. 큰딸은 의과대를 나와 의사 노릇하고 연길에 살고 있으니 별문제야. 하지만 북경에 데리고 간 작은 딸과 아들놈에게는 시집, 장가를 보내고 아파트를 사주어야 할 게 아니야. 창작원고료는 몇 푼 안 나오지 그래서 번역을 했지. 아마 줄잡아 60권은 번역했을 거야. 그래서 우리 내외가 사는 집에다가 작은 딸과 아들놈에게 각기 아파트 하나씩 사준 거야. 이젠 알겠지!"

나는 그제야 완전히 깨도가 되어 원길 형님의 얼굴을 건너다보았다. 가무잡잡한 얼굴이 한결 겉늙어 보였다. 하지만 유순하면서도 예지로 넘치는 두 눈만은 변함이 없었다. 그는 안경너머로 나를 뻐끔히 건너다보더니 소처럼 씩 웃었다. 나는 어쩐지 가슴이 뭉클했다. 아, 이게 오늘의 지식인 또는 소설가들의 모습인가! 20여 년 간 그 뛰어난 총기와 글재주를 아파트 세 채와 바꾸지 않으면 안 되었다고 생각하니 가슴이 아팠다. 가난에

허덕이는 지식인의 모습을 그린 현진건의 단편소설 〈빈처〉에 나오는 남주인공의 모습이 떠오름은 나 혼자만의 생각일가?

최근에 원길 선생을 뵌 것은 지난 5월 초다. 한국문학번역원과 연변대학 조선문학연구소 공동 주최로 〈기억하는 문학: 조선족문학의 어제와 오늘〉이라는 학술모임과 중한작가대담을 하게 되었는데 워낙 참가하기로 했던 중앙민족대학 오상순 교수가 갑자기 건강이 여의치 않아 결석을 하게 된 것이다. 북경지역의 중량급 인사를 초청해야 하는 우리 주최 측으로서는 난감하기 짝이 없었다. 리광일 소장이 요녕성에 강의 차 나가 있는 나에게 "이거 죄송합니다만 리원길 선생님을 모실 수 없을까요? 좀 알아봐주세요." 하고 전화를 걸어왔다. 나는 울며 겨자 먹기라 할까, 고양이 목에 방울을 달기로 조심조심 원길 선생에게 전화를 드렸더니

"알았어. 거 오상순 선생 대신이든 뭐든 다 좋아. 나야 연길에 가서 아우랑, 여러 친구들 얼굴을 보는 게 중요하지. 꿩 대신 닭이든 뭐든 다 좋아!"

원길 선생이 회의에 참가했고 사흘 동안 사회를 보고 토론을 하고 한국의 작가들과 대담을 하면서 즐겁게 보냈음은 더 말할 것 없다. 농부처럼 틀거지를 부릴 줄 모르고 상하좌우 모든 이들과 스스럼없이 이야기를 나누는 원길 선생, 그 진솔하고 겸허한 성품이 원길 선생의 또 하나의 매력 포인트라는 점을 알게 되었다.

글이 길어지니 북경으로 돌아간 후, 5월 10일 나에게 보내온 편지로 이 글을 끝맺기로 하자.

호웅 아우님:
전일 아우님의 덕으로 의미 있는 학술회에 참석하여 많은 좋

은 얘기들을 들었고 또 최상등 대접까지 받아 대단히 감사하오다.

졸작 《치열》의 제1부인 《역관집 두 형제》를 보내니 귀중한 시간이지만 할애하여 좀 자세히 심열해 주기 바라오. 상편은, 역관집의 형이며 이 소설의 주인공의 하나인 경철이의 일이고 하편은, 역관집의 아우이며 이 소설의 다른 한 주인공인 경식의 이야기요. 형의 이야기는 주로 동북해방전쟁에서의 조선족백성들의 이야기이고 아우의 일은 주로 동북해방전쟁시기 남만 조선족부대 리홍광지대의 이야기요.

신체적 여건이 되면 이 소설은 장차 3부작으로 쓸 계획이오. 제1부 《역관집 두 형제》는 1945년 8.15부터 1946년 2월 통화반혁명폭란진압까지이며, 제2부 〈버드내 사람들〉은 1946년 봄부터 1946년 겨울까지 토비숙청을 비롯한 근거지 건립에서의 조선족 군민들의 눈물겨운 이야기들이며, 제3부 〈만발하는 산화〉는 1946년 11월부터 시작된 '사보림강(四保臨江)' 전역으로부터 우리 군의 대반격으로 매하구 해방까지의 리홍광지대와 통화지구 조선족 인민들의 가열한 전투와 비장한 희생을 담으려고 하오. 각부의 내용은 상대적인 독립성을 유지하면서도 서로 연관되게 할 예정이오.

늘그막에 여러 아우님들의 충고도 불고하고, 나이에 걸맞지 않게 접었던 창작의 필을 다시 드는 것이 무리한 일이겠지만 그리고 천금만금 소중한 아우님의 시간을 할애시키려는 것이 염치없는 일이지만 아우님의 혜안으로 한번 보면 글의 약점이나 결점이 단번에 드러날 수 있다고 믿어지기에 작품을 진일보 완성시키려는 욕심으로 이런 어려운 부탁을 아우님께 드리오. 중이 제 대가리 못 깎는다는 말이 있지 않소? 더욱이 생활의 논리나 서사시점의 변동이 합리한지 보아주기 바라오.

작품이 작품 같지 않으면 이제라도 그만 둘 각오는 하고 있으니 기탄없이 지적해주기 바라오.

제1부의 초고와 제3부까지의 자세한 제강과 간략한 내용소

개는 후에 다 작성되면 보내겠소.

　아무쪼록 수고 좀 해주시오.

　신체건강과 가내제절의 일안을 기원하오.


　그런데 후에 듣자니 신체상황 등 만일의 경우를 고려하여 당분간은 장편소설의 총제목 '치열'을 쓰지 않고 각부의 단독 제목으로, 이를테면 장편소설 《역관집 두 형제》식으로 발표하고 후에 3부가 모두 완성되어 책이 나가면 총제목을 달기로 편집부와 의논하였다고 한다.

　아무튼 20년간의 공백기를 넘어, 아니 번역을 통한 언어적 재충전을 거쳐 내놓은 역작이라 믿어 의심치 않으면서 독자들과 더불어 꼼꼼히 읽어보고자 한다. 원길 선생 특유의 감칠맛 나는 소설적 언어와 해학과 유머, 정제된 구성의 미, 특히 생생히 살아 움직이는 여러 성격들이 벌써부터 우리 눈앞에 나타나고 있는 것 같다.

《장백산》 2019년 제4기

# 꿩을 쫓아가던 영춘 형, 그 높푸른 이상과 격정

영춘 형이 네 번째로 에세이집 《내일은 오늘에서 모양 짓는다》를 펴냈다. 겨울방학인데다가 워낙 영춘 형의 글을 좋아하던 터라 이틀사이에 재미있게 다 읽었다. 역시 영춘 형다운 열정과 패기, 해학과 유머가 넘쳤다. 나는 새삼스럽게 영춘 형의 높푸른 이상과 격정에 매료되지 않을 수 없었다.

영춘 형은 나의 친구 채성춘의 형이요, 우리 두 집은 연길시 광명가에서 울바자 하나 사이 두고 의좋게 지냈다. 영춘 형과는 서로 호형호제하며 지내는 허물없는 사이라 나는 그의 인간성과 에피소드를 얼마간 보고 들어서 알고 있다. 이미 적잖은 글에서 그의 성장과정과 무용담을 두루 소개했다. 하지만 한가지만은 아직 지면에 나가지 않은 것 같으니 영춘 형에게 야단을 맞을 각오를 하고 여기다 털어놓고자 한다.

1960년대 초반 3년이나 지속된 재해로 말미암아 중국에서 3천만 명이나 되는 무고한 백성들이 굶어죽었다. 연길의 사정도 어렵기는 마찬가지였다. 서민들은 강냉이떡이나 죽으로 연명했고 한해가 저물도록 고기 한칼 먹지 못했다. 1963년 겨울 연변지역은 큰 눈이 내려와 꿩들이 먹이를 찾아 연길의 공원이며 강바닥에 내려앉았다. 그래서 어른들은 "훠이-휘이-" 소리를 지르면서 꿩을 쫓아다니기도 했고 가끔은 재수 좋게 눈속에 대가리를 처박은 꿩을 잡기도 했다.

하루는 영춘 형이 학교에서 돌아오니 얼굴이 부석부석한 어머니가 갓난아기를 안고 주섬주섬 밥상을 챙겼다. 어머니는 "남들은 눈판에 처박힌 꿩을 잘도 주어온다던데 너의 형제들 눈에는 보이지 않더냐? 꿩이라도 한 마리 주어온다면 꿩국이라도 해먹지 않겠느냐!" 하고 싱긋 웃었다. 이 구차한 세월에 아기를 낳고 얼마나 속이 출출했으면 이런 말씀을 하실까, 영춘 형은 못내 가슴이 아팠다.

이튿날 오후 우리 동네 아이들은 영춘 형의 휘동 하에 맨주먹으로 꿩사냥을 떠났다. 마침내 부르하통하에서 꿩들을 발견했다. 대여섯 마리는 좋이 되었다. 놈들은 강뚝에 앉아 무엇을 쪼아 먹기도 아고 우둘우둘 떨면서 사위를 두리번거리기도 했다. 우리는 "우와-" 하고 쫓아갔다. 놈들은 화닥닥 날개를 치면서 저만치 날아가 다시 눈판에 내렸다. 금시 손에 잡힐것 같아 다시 "우와-" 하고 쫓아가면 또다시 화닥닥 날개를 치면서 날아오르곤 했다. 이렇게 쫓고 쫓기면서 전쟁판의 병정들처럼 수십 번을 돌진했으나 우리는 헛물만 켜고 말았다. 눈 덮인 논판을 지나 더기밭에 이르니 눈속에 묻힌 콩단들이 더러 보였다. 우리는 꿩 사냥을 포기하고 콩서리를 하기로 했다. 하지만 영춘 형은 혼자서 논밭을 가로질러 모아산 쪽으로 쫓아갔다. 우리가 그만 돌아오라고 소리를 쳤지만 영춘 형은 그야말로 산양떼를 쫓아가는 칼리민자로의 표범처럼 뒤도 돌아보지 않고 끈질기게 쫓아가고 있었다.

어둑어둑 땅거미가 질 무렵에야 우리는 코가 새까맣게 돼가지고 마을로 돌아왔다. 제각기 집으로 돌아가 밥상에 앉았을 때 영춘 형의 어머니가

"우리 영춘이는?" 하고 허위허위 우리 집을 찾아왔다. 그제야 관웅 형과 나는 영춘 형과 논판에서 갈리진 일을 떠올렸고 그가 돌아오지 않은 줄 알게 되었다. 그날 저녁 온 동네 어른들이 총출동했다. 모아산 자락에서 오들오들 떨고 있는 영춘 형을 찾아가지고 동네로 돌아온 것은 밤 10시… 아무튼 영춘 형의 지극한 효심과 목표를 향한 끈질긴 집념과 도전정신을 단적으로 보여준 에피소드라 해야 하겠다.

꿩을 쫓던 이 우직한 소년이 대성해서 연변TV방송국 국장, 신문출판 국 국장을 거쳐 주당위 선전부 상무부부장으로 맹활약하다고 2010년 정년을 맞았다. 영춘 형은 정년을 한 후에도 조선족문화건설의 진두에 서서 글을 쓰고 연설을 하고 기획을 하고 자금을 유치하면서 우리 모두에게 지행합일의 모범을 보여주었다. 그 나무에 그 열매이요, 그 인간이자 그 글이라고 했던가. 나는 이 에세이집의 가치와 매력을 아래와 같은 세 가지로 나누어보고자 한다.

첫째로, 영춘 형은 다재다능한 팔방미인이다. 워낙 이목구비가 수려하고 카리스마가 넘치는데다가 글도 잘 쓰고 연설도 잘하고 노래도 잘하고 그림은 더욱 프로급이다. 또한 그는 축구판을 주름잡는 공격수요, 연변의 유명한 등산애호가이며 두주불사(斗酒不辞)하는 주성(酒聖)이다. 그래서 젊은 시절부터 채주력(蔡主力)이라는 별호를 갖고 있었다. 하지만 나는 영춘 형의 독서범위와 활동범위가 이렇게 넓은 줄은 미처 몰랐다. 또한 그의 시야와 관심사 역시 이렇게 넓을 줄은 미처 몰랐다. 그의 에세이 소재를 보면 지역적으로는 연변을 중심으로 한국, 일본 지어는 구미 여러 나라까지 망라한다. 거시적으로는 정치, 경제, 문화를 아우르고 있고 미시적으로 언어, 문학, 예술, 독서, 지리, 문물, 심리, 풍속, 스포츠 등 많은 분야를 포괄한다.

따라서 이 에세이집은 적어도 개혁과 개방 후 조선족사회의 고민과 고뇌, 변화와 발전의 궤적을 보여준다. 특히 새로운 출구를 찾기 위해 몸부림을 친 우리 조선족지성인사회의 축도로 된다. 특히 해외에 나간 조선족근로자들까지 널리 포섭해 그들의 진로를 밝히고 중국정부의 관심과 배려를 촉구한 〈코리안과 조선족〉, 〈'미꾸라지'의 악행과 우리의 책임〉, 〈재한차세대를 위한 바람직한 발상〉과 같은 글들은 참된 당지도일군의 드넓은 흉금과 안목, 투철한 민족적 책임감과 참신한 발상을 일목요연하게 보여준다.

영춘 형은 수십 년간 연변의 문학과 예술, 방송과 신문을 관장(管掌)해온 지도일군이지만 위에서 내려온 지시만을 그대로 집행하는 것을 능사로 생각하는 간부들, 상급의 눈치만 슬슬 보면서 시세에 편승하고 명철보신하는 간부들과는 워낙 격이 다르다. 더욱이 비서가 써준 연설문을 읽을 줄밖에 모르거나 여기저기서 각을 뜯어다가 맞춘 연설문을 가지고 제법 주먹으로 탁상을 치고 목청을 돋우는 그러한 간부들과는 격이 다르다. 이 에세이집에 실은 서문이나 칼럼, 연설문들은 100%로 그 자신이 밤을 지새워가며 육필로 집필한 것이다. 그는 언제나 당과 정부의 지시정신을 전면적으로 투철하게 이해한 기초 위에서 깊은 사고를 거쳐 연변의 구체적인 실제에 맞는 그 자신의 독특한 시각과 관점, 합리적인 건의와 실천적인 대안들을 내놓고 있다. 그래서 그의 서문과 칼럼, 특히 연설문은 패기와 용단으로 넘친다. 이를테면 〈중국주류사회에서 서성거리는 조선족문학〉이라는 칼럼에서는 조선족문학과 영상매체의 접목을 통해 언어예술에 활력소를 주입하고 문학의 부가가치를 창출해야 한다고 하면서 연변지역에서 조선족간부를 등용할 때 그들의 조선어구사능력과 연소화요구를 동등하게 취급함으로써 조선족문학 독자층의 저변확대를 꾀하고 연변지역 조선어사용의 일대 부흥을 일으켜야 한다고 제안한다. 또한 〈숨 쉬는 연변의 느낌 공간 만들기〉와 같은 글에서는 연변의 용가미원이나 파리의 루브르박물관에서 받은 인상에 대해 쓰고 나서 연변에 미술의 전당을 만들 것을 제안하며 예술가의 안목을 십분 살려 그 공간내부까지 구체적으로 설계한다. 그래서 영춘 형의 에세이는 독창적인 안목과 참신한 아이디어, 유머와 위트로 번뜩인다.

셋째로, 영춘 형은 "오래된 것을 충실히 지켜나가고 새로운 것을 기꺼이 받아 들인다"는 괴테의 시를 제일 좋아하고 이를 삶의 좌우명으로 삼는다. 이게 바로 온고지신(溫故知新), 즉 옛것을 익히고 그것을 통하여 새것을 알게 된다는 말이 되겠다. 공자는 "옛것을 익히고 새것을 알면 남의 스승이 될 수 있다"고 했다. "온고지신"은 문학의 본령, 특히 에세이의 본령과도 맞닿아있는 진리라고 하겠다. 칼럼은 정곡을 찌르는 날카로운 분석과 비판도 필요하지만 작자가 말하고자 하는 뜻을 다른 사물을 통해 비유적으로 말하거나 에둘러 말하기 일쑤다. 이른바 다른 사물이 바로 "옛것"이 된다. 이 "옛것"은 전례(典例)나 고사(故事)가 될 수도 있고 작가의 견문이 될 수도 있다. 영춘 형의 글들은 자신의 풍부한 체험과 다문박식함을 충분히 살려 "옛것"이라는 거울에 비추어 오늘을 관조하거나 반성하고 있어 한결 더 재미와 설득력을 가진다. 이를테면 〈'유산' 귀속문제〉, 〈관행론〉, 〈명인효과 개발론〉, 〈'소 잃고 외양간 고치기' 론〉, 〈나의 축구격정〉과 같은 글이 그러하다.

이 에세이집의 백미(白眉)요, 압권(压卷)은 〈나의 축구격정〉이라는 글이다. 이 작품에서는 〈수호전〉에 나오는 고구의 이야기를 슬쩍 메타포로 던진다. 우연히 왕궁에 심부름을 갔다가 자기에게 굴러온 공을 맵시 있게 차서 왕의 환심을 사게 되어 벼락출세를 했다는 이야기다. 이어서 영춘 형은 자기 자신이 축구와 인연을 맺게 된 사연, "축구격정문화만들기"에 앞장을 서던 이야기를 하고 나서 축구에 미친 자기의 일화 두 가지를 꺼낸다. 하나는 연변선전일꾼 고찰단을 이끌고 운남에 갔을 때 파격적으로 현지 선전부와의 축구경기를 하기로 제안해 멋진 경기를 펼쳤던 일이요, 다른 하나는 김림성사회과학일군대표단 일원으로 이집트에 갔을 때의 일이다. 지중해와 홍해를 잇는 수에즈운하를 돌아보게 되었는데 운하 옆에 있는 광장에서 이집트 젊은이들이 한창 편을 갈라가지고 축구공을 갖고 놀고 있었다. 그들이 놓친 축구공이 면바로 영춘 형에게로 데굴데굴 굴러왔다. 가뜩이나 발이 근질거리던 참이라 영춘 형은 패스가 아니라 이집트 젊은이들에게 새매처럼 두 팔을 벌리고 왼쪽으로 몸을 비스듬히 눕히면서 슈팅을 했다. 그 멋진 슈팅에 이집트 젊은이들은 환성을 질렀고 같이 놀자고 청했다.

> "에라, 모르겠다! 나는 체면이고 뭐고 없이 무작정 이집트 젊은이들에게 휩쓸려들었다. 〈수호전〉의 고구와 같은 상황이 벌어졌구나 하는 생각이 문득 뇌리를 스쳤다. 이집트 젊은이들과 20, 30분가량 정신없이 공을 차고 나니 광택이 흐르던 내 구두는 완전히 흙먼지범벅이 되었고 흰 적삼은 땀과 먼지에 절어 그야말로 꼴불견이었다…"

이 글이 여기서 끝났다면 아마추어 축구선수의 재미있는 무용담으로 되었겠지만 영춘 형은 한 술 더 뜬다. 말하자면 화룡점정(画龙点睛), 기승전결(起承轉結)의 묘미를 살려 독자들에게 깊은 사고를 유발한다. "2010년,

43년의 공직자 생활을 마무리하면서 생각해보니 축구는 개구쟁이시절부터 지금까지 한시도 내 곁을 떠나지 않았다. 나는 축구경기에 임하는 자세로 공직자의 삶을 격정으로 타오르게 할 수 없을까 늘 생각한다." 경기에 임하는 프로 선수처럼 격정을 가지고 공직에 임하는것, 이게 영춘 형의 불변의 신조(信條)요, 스타일이며 또한 그래서 영춘 형의 글은 격정과 더불어 익살과 유머로 넘친다.

셋째로, 옛사람들은 백행지본(百行之本)은 효(孝)라고 했다. 영춘 형은 연변의 으뜸가는 효자다. 억울하게 "우파분자"로 몰려 조선 황해도 산간벽지에 은거한 아버지를 19년 만에 모셔다가 철저히 복권시키고 천륜지락에 천수를 다 누리도록 지극정성을 다한 게 영춘 형이다. 어버이를 잘 모시는 사람은 이웃도 잘 보살피고 나라님도 잘 모시기 마련이다. 영춘 형은 피와 땀으로 연변을 개척하고 공화국의 창립과 번영에 기여한 선현들을 사랑하고 연변의 일초일목을 사랑한다. 영춘 형의 〈'유산'귀속문제〉, 〈친환경도시개발론〉, 〈도심론〉, 〈생태변천론〉과 같은 글들을 보면 선도구국가전략, 연룡도일체화전략을 펴나감에 있어서 유적지건설을 포함시켜야 할뿐만 아니라 연변의 독특한 생태환경을 우선적으로 보호해야 한다고 제안한다. 한국의 미학사가 유홍준 교수는 "사랑하면 알게 되고, 알게 되면 보이나니 그 때 보이는 것은 전과 같지 않으리."라고 말했다. 참으로 영춘 형의 경우도 그의 높푸른 이상과 격정, 선견지명과 아이디어는 그의 지극한 혈육애, 동포애, 연변사랑의 마음에서 피어난 한 떨기 현란한 꽃이라고 생각한다.

자고로 해와 달을 좇아가고 무지개를 좇아갔던 우직하면서도 엉뚱한 소년들이 세계사를 뒤흔든 큰 인물이 되었다. 가난한 연변에서 나서 자랐기에 영춘 형은 꿈을 좇아갈 수밖에 없었다. 하지만, 연변에서 나서 자랐기에 망정이지 좀 더 큰 무대가 주어졌더라면 영춘 형은 더 큰 일을 해내고 더 큰 인물이 되었을는지도 모른다. 아무튼 재직 40년간 영춘 형은 우리의 "오래된 것"을 망각하고 이른바 "새것"만 좇아가는 그러한 경망스러운 행태를 질타하면서 "오래된 것에 충실하고 새로운 것을 적극 받아들이는 자세"로 우리 민족문화의 전승과 발전을 위해 신명을 다 바쳤다. 지금도 영춘 형의 드높은 이상과 격정은 식을 줄 모르고 활활 햇불처럼 타오르고 있다.

이 글을 마무리하면서 나는 우리 당과 정부에, 우리 문단과 대학가에도 이런 드높은 이상과 격정을 가진 인물이, 문자 그대로 덕재겸비(德才兼备)에 재화횡일(才华横溢)하는 지도일군들이 더 많이 나오기를 바란다.

2016년 벽두에

제4편

# 한국과 일본의 학자, 기업인들과의 만남

2007년 6월 6일, 연변대학을 찾은 김준엽 총장과 지청 교수

# 우리 시대의 마지막 선비 — 김준엽 선생

## 1. 들어가며

컴퓨터 앞에 마주 앉은 이 순간, 2007년 6월 6일 김준엽(金俊燁, 1920-2011) 선생께서 미수(米壽)의 고령에 고려대학교 지청(池淸) 교수와 함께 우리 연변대학을 찾아주고 명예교수 칭호를 기쁘게 받으시던 일이 떠오른다. 이미 선생께서는 북경대학을 비롯한 중국 경내 10여 개 대학에서 명예교수 칭호를 받으셨지만, "우리 동포 자녀들이 가장 많이 공부하는 연변대학"에서 받으셨다고 크게 기뻐하셨다.

6월 8일, 필자는 김준엽, 지청 두 분 선생을 모시고 백두산을 등반했다. 정상에 오르기 전에 군인 외투를 빌려서 김준엽 선생께 입히고 지청 교수와 함께 양쪽에서 부축하여 올라갔다. 천지는 여전히 얼음이 녹지 않아 그야말로 푸른 옥돌이 깔린 옥황상제의 나라를 방불케 하였다.

"백두산은 겨울도 절경이네! 어, 공기 좋다!"

하고 선생은 조금은 흥분한 기색인데, 문득 나를 보고

"김 박사, 내가 부르는 번호대로 핸드폰을 좀 눌러 봐요."

하기에 가르쳐주는 대로 전화번호를 눌렀더니 통화가 되었다. 선생께서는 핸드폰을 받아 쥐고 귀에 갖다 대더니

"여봐요, 나 지금 어디 있는 줄 아시우? 여긴 백두산이야! 백두산의 정기를 나 혼자 마실 수 없어 보내니까 임자도 마셔보구려."

하고 천진한 소년처럼 웃으시더니 지청 교수와 나를 보고

"우리 집사람이 혼비백산을 했을 거야. 집에 돌아가면 만용을 부렸다고 욕먹게 생겼어."

하고 껄껄껄 웃으셨다.

지금도 나는 선생을 떠올리면 겨울을 이겨낸 청보리의 풋풋함과 설한풍을 이겨낸 송백의 의젓함을 떠올리게 된다. 올 연초 필자는 한 달간의 품을 들여 선생의 회고록 《장정》 전5권을 통독하면서 이런 인상을 더욱 강하게 받았다. 말하자면 선생은 평생 선비의 지조와 절개를 지켜온 한국의 대표적인 선비요, 지성이며 우리 모두의 스승이라 하겠다.

선비의 가장 중요한 덕목은 정의를 따르고 정의를 지키는 것이다. 유교의 인, 의, 예, 지, 신(仁義禮智信)이라는 참된 선비의 덕목에서 정의감 또는 의로움을 최고의 덕목(義爲最上)으로 여긴다. 맹자는 의로움(義)과 삶(生)을 두고 하나를 선택하라고 한다면 사생취의(捨生取義), 즉 목숨을 버리고 의로움을 선택하겠다고 했다. 의로움이 있느냐 없느냐, 이는 참된 선비와 썩은 선비를 가르는 시금석으로 된다.

요즘의 용어로 선비를 지성인이라고 해도 대과는 없을 것이다. 지성인이란 교육받은 엘리트들이 공적인 참여와 활동을 담당할 때 칭하는 이름이다. 지성인은 문인, 성직자, 철학자, 사상가, 대학교수 등 공적 담론을 이끌어가는 이들이다. 사회학자 칼 만하임(Karl Mannheim, 卡爾·曼海姆)은 이

런 지성인을 가리켜 "사회의 파수꾼(Wächter)" 이라고 하였다. 에드워드 사이드(Edward Said, 愛德華·薩義德)는 지식인과 지성인은 다르다고 하였다. 지식인이 제도권에 흡수되어 비판적 태도를 상실한 전문지식의 소유자인 데 반하여, 지성인은 신성(神性)과 권위에서 독립해 진리와 정의를 능동적으로 지키는 사람으로서 부당한 권력에 맞설 수 있는 용기와 분노를 지닌 존재라고 하였다. 지성인은 지식과 함께 진리를 추구하는 학문 정신이 바탕이 된 냉엄한 비판 정신을 갖고 밖으로부터 밀려오는 부당한 권력과 금력을 막아내는 2차적 의무까지 이행하고 실천할 수 있어야 한다. 따라서 지식인은 정의감과 사회적 책임감이 있느냐, 없느냐에 따라 성격이 다른 두 부류의 사람으로 갈라진다. 어느 한 분야의 권위자라 하더라도 지식을 팔아 일신의 부귀와 영달만을 꾀한다면 단순한 지식인에 머물게 된다. 개중에는 부패한 권력에 빌붙는 지식인도 적지 않은데 이들은 썩은 선비요, 더러운 지식인이다. 하지만 지성인은 해박한 지식을 갖추었을 뿐만 아니라 언제 어디서나 진리를 추구하고 민중의 앞장에 서서 부정한 권력과 금력에 저항하는 의로운 사람이다.

　김준엽 선생의 파란만장한 인생과 그의 빛나는 업적에 대해서 이미 많은 학자들이 연구했고 언론에서도 많이 다루었다. 이 글에서는 주로 사회 역사적 비평과 전기적 비평, 서사미학과 선비 또는 지성인의 덕목에 비추어 김준엽의 시대와 인생을 돌아보고 그의 회고록 《장정》의 서사 기법과 책략을 분석한 기초 위에서 선생께서 파란만장한 인생의 중요한 고비마다 어떻게 자신의 진로를 선택하고 결단을 내렸는지, 역사의 신을 믿어 의심치 않고 학문을 통한 자아실현, 민족을 위한 헌신과 나라에 대한 기여라는 청년기의 초지와 결심을 어떻게 조금의 동요도 없이 지켜왔는가를 살펴보면서 우리 시대의 마지막 선비이며 최고의 지성인 김준엽 선생의 사상과 철학이 어떠한 인식적, 교양적 의미를 가지는가에 대해 논의하고자 한다.

## 2. 《장정》, 그 서사기법과 책략

《장정》은 "마지막 광복군"—김준엽 선생이 16년간의 뼈를 깎는 노력을 경주해 집필한 회고록으로서 격랑의 한국 현대사를 파노라마처럼 펼쳐 보인 명저이다. 김준엽은 이 회고록으로 1988년 한국일보에서 시상하는 제28회 한국출판문화상을 수상했다.

주지하다시피 1940년대에 들어서서 일본이 무조건 항복할 때까지 중국 산해관 이남에서 치열하게 항일무장투쟁을 계속한 것은 연안파로 알려져 온 조선독립동맹 휘하의 조선의용군과 대한민국임시정부 산하의 광복군이라 하겠는데, 전자의 경우를 기록한 것이 김태준(金台俊)의 〈연안기행(延安紀行)〉(1946), 김사량(金史良)의 《노마만리(駑馬萬里)》(1947), 신상초(申相楚)의 《탈출》(1966), 김학철의 《최후의 분대장》(1995)이라 하겠고 후자를 기록한 것이 김구의 《백범일지(白凡逸志)》(1947), 장준하(張俊河)의 《돌베개》(1971), 이범석(李範奭)의 《우등불》(1971), 김준엽의 《장정(長征)》이라 하겠다.

특히 김준엽과 장준하는 학병 탈출자로서 1944년 7월 초순 중국 서주 지역 국부군 산하의 유격대에서 만나 친형제 이상으로 가깝게 지냈으며, 1975년 8월 장준하가 별세할 때까지 연인처럼 고락을 함께 하였다. 일본군 학병으로 징집되었다가 탈출해서 6천리 장정을 거쳐 중경에 있는 임시정부를 찾고 일제와 싸우다가 국내 작전을 하기 위해 한국 국내에 들어가기까지의 경력에 대해서는 장준하가 1971년에 《돌베개》라는 회고록에서 기술한 바 있는데, 이 과정을 김준엽 역시 《장정 상, 하: 나의 광복군시절》에서 다루고 있다. 하지만 두 작품은 서로 다른 서사구조와 기법을 선보이고 있다.

첫째, 만약 장준하의 《돌베개》가 광복군 시절의 체험과 견문을 생생하게 기록하고 언어나 장면화에서 보다 더 문학성을 기하고 있다면, 김준엽의 《장정》은 자신의 체험을 보다 정확하고 구체적으로 기록하고 있는데, 장준하가 놓친 중요한 부분들도 기록하고 있어 더더욱 사료적 가치가 높다고 하겠다. 이를테면 중경 등지에서 저자가 만난 임시정부 요원들에 대한 인상기와 광복군 제2지대에서 OSS훈련을 받던 기록은 그 이전의 기록에 비해 더 구체적으로 그려진다. 김구(金九), 김규식(金奎植), 이시영(李始榮), 조소앙(趙素昻), 김원봉(金元鳳), 지청천(池靑天), 이범석 등 임시정부 요원으로 활동한 분들의 임정시대 회고록은 김구의 《백범일지》가 가장 상세한 편이다. 그러나 김구의 《백범일지》나 장준하의 《돌베개》를 비롯한 모든 임시정부 관련 기록들 가운데 그 개개인의 "인간성"에 대해 기록한 것은 거의 없다. 《장정》은 저자가 중경에서 3개월간 생활하는 동안 직접 만난 임시정부 요원들에 대한 인상을 상당한 분량으로 기록하고 있는데, 이는 조국과 민족을 위해 모든 것을 다 바친 그들의 인간적인 면을 좀 더 깊이 알고 싶어 하는 독자들의 욕구를 완전히 충족시켜주는 정도는 아니지만, 지금까지의 어느 기록보다 상세히 전해주고 있어 그들에 대한 인간적인 접근을 어느 정도 가능하게 한다.

둘째, 상호텍스트성(互文性)의 관점과 자유모티프(自由母題)의 관점[01] 으로 볼 때, 김준엽은 역사학자이기 때문에 그의 체험과 견문을 철저하게 역사적 시각에서 서술하고 있으며 저자 개인의 생각과 행동을 모두 이 시기의 역사적 상황을 배경으로 설명하고 있다. 김준엽 자신이 학병으로 강제지원을 당하는 부분에서는 침략전쟁의 막바지에 몰린 일본이 식민지 지식인을 무장시키는 위험까지 무릅쓰고 그들에게 전쟁협력을 강요하게 된 역사적 상황이 잘 설명되어 있고, 김준엽이 학병 지원을 하면서 탈출을 결심하게 되는 경위도 역사적 배경을 통해 충분히 설명되고 있다. 학병으로 끌려가 중국에 배치되는 과정에서는 그 시기 중일전쟁의 상황을 구체적으로 설명하고 있으며, 탈출에 성공하여 국부군의 유격대에 참가했을 때는 국부군, 팔로군, 왕정위군, 일본군 사이의 사파전(四巴戰)적 상황을 적절하게 설명함으로써 단순한 개인의 회고록이 아니라 저자의 체험을 중심으로 엮은 중일전쟁사 내지는 중국 내전사적 성격까지도 지니게 하였다. 일례로 왕정위에 대해서 장준하의 《돌베개》에서는 "왕정위(汪精衛)— 중국 국민당의 중심인물로 있으면서 장개석과 함께 손문(孫文)을 보좌하다가 그의 사후 장개석과 대립되어 마침내 중경을 탈출하고 대일화평을 구실로 괴뢰정권인 남경정부를 세웠다."[02] 라는 정도로 간략하게 소개하고 있지만, 김준하의 《장정》에서는 "왕정위 괴뢰정권" 이란 소절을 설치하고

---

**01** 모든 텍스트는 예외 없이 인용의 모자이크이거나 다른 텍스트를 흡수하여 변형시킨 것이라고 보는 관점이다. 한정모티프(限定母題)는 작품의 내용과 긴밀히 관련되어 있어서 줄거리나 사건의 인과관계를 파악하는데 필요한 모티프를 말하고 자유모티프는 이야기의 흐름에서 논리적이거나 본질적인 부분은 아니므로, 삭제되어도 서사의 일관성에 손상을 주지 않는 모티프를 말한다.

**02** 장준하, 《돌베개》, 세계사, 2004, 33쪽.

무려 5페이지의 편폭으로 왕정위에 대해 상세히 소개함으로써 사파전의 원인과 배경을 충분히 설명하였다.

셋째, 김준엽의《장정》은 작자의 성격과 행동과는 직접적인 관계가 없는 중국의 역사와 사회, 자연과 인간에 대해 소개함으로써 중국에 대한 독자들의 깊은 이해에 도움을 주고 있다. 김준엽 자신이 "역사를 전공하는 사람들의 버릇이 있다. 어디를 가나 옛날을 따진다."고 말했듯이 그는 사지(死地)로 가면서, 탈출지인 서주로부터 중경까지 6천리 장정을 하면서, 또는 중경, 서안, 상해, 천진과 같은 곳에 잠깐 머무를 때 그 주변의 역사유적을 답사하군 하였다. 이러한 역사적 고찰, 자연지리와 역사적 인물에 대한 소개는 이 작품의 무게를 더해주며 독자들의 시야를 넓혀주는 데 일조하고 있다. 이를테면 학병들과 함께 기차를 타고 서주로 갈 때 산동 구간에서 태산을 보고는 진한(秦漢)시대부터 황제들이 봉선(封禪)예식을 많이 하던 곳이라고 했고 곡부(曲阜)는 공자가 탄생한 곳으로서 주대(周代)에 벌써 공자의 고택지(古宅地)에 문묘(文廟)를 창설하였다고 하면서 달리는 기차 속으로 멀리 까마득히 보이는 것이 문묘가 틀림없을 것이라고 하였다. 서주에 대해서는 좀 더 구체적으로 소개한다.


"서주라면 춘추시대의 팽성(彭城)으로서 중국 역사상 전쟁터가 된 일이 많은데 그것은 서주가 지형이나 교통 상으로 대단히 중요한 위치에 있기 때문이다. 최근세에 와서는 진포선(天津-浦口)과 용해선(連雲港-寶雞)의 교차지로서, 중일전쟁 발생 후 1938년 봄의 서주대회전(徐州大會戰)으로 왜놈들이 떠들썩했기 때문에 국내에서는 모르는 사람이 없는 곳이다. 다만 서주라는 명칭은 당대(唐代)에 붙여진 이름인데, 이런 것은 중국사를 공부한 나 같은 사람이나 알 것으로 짐작했으나 확실한 것은 알 길이 없다."[03]

6천리 장정 구간에 본 황하, 하늘땅을 뒤엎은 황충떼, 국부군의 사단병력이 이동할 때 사단장이나 고급 간부의 처첩(妻妾)들을 태운 가마행렬이 뒤따르는 장면, 제갈공명이 나서 자란 남양(南陽)의 와룡강(臥龍崗)에 대한 소개, 한수와 양자강이 합류하는 호북성 가어현(嘉魚縣)에 있는 적벽대전(赤壁大戰)의 옛터…등에 대한 소개와 묘사가 그러한데, 이러한 상호텍스트성 또는 자유모티프는 독자들에게 적절한 숨 돌리기와 함께 역사와 문화의 향연을 제공하고 있다. 뿐만 아니라 나관중(羅貫中), 스탕달(Stendhal), 헤밍웨이(Ernest Hemingway), 펄벅(Pearl Buck) 등의 소설에 나오는 이야기가 적재적소에 깔려 분위기를 돋구어주고 작품의 이해를 증폭시켜 주기도 한다.

## 3. "학병탈출 1호": 식민지 시대 한 청년의 선택과 결단

김준엽의 《장정》을 제대로 읽으려면 과거의 역사를 연구하는데 머물지 말고 중요한 순간마다 그 자신의 선택과 결단이 앞으로 어떻게 역사의 심판을 받게 될 것인가를 심사숙고하는 역사적 행위자의 고민과 실존적 결단을 읽어내야 한다. 복잡다단한 국내외 정세 속에서, 특히 일제에 의해 국권을 빼앗기고 노예로 살았던 식민지 시대에 국민 하나하나의 자유 선택과 실존적 결단은 민족과 나라의 운명을 바꿀 수 있는 중요한 요인으로

---

**03**　김준엽,《장정1: 나의 광복군 시절》상권, 나남출판, 2003, 128쪽.

되기 때문이다.

김준엽은 1920년 평안북도 강계에서 태어났다. 그는 일본 게이오대학 재학 중에 학병으로 징집되어 중국 전선으로 투입되었다가 탈출한다. 그 때 김준엽은 스물세 살의 새파란 청년이었다. 장준하는 그의 《돌베개》에서 서주 외각의 국부군 유격대에서 김준엽을 처음 보았을 때의 느낌을 두고 "중국 군복을 입은 홍안의 미청년이었다. 어쩐지 말도 내기 전인데 호감이 가는 인상이었다."[04]고 쓰고 있다. 김준엽은 이 세상에 나왔다가 나 개인이나 가족은 말할 것 없고 내 조국을 위해서 아무 일도 하지 못하고 죽는다면 이 얼마나 허무한 일인가! 그보다도 내가 일본군에서 탈출하지 못하고 그들의 앞잡이로 우리 독립군이나 연합군에 총질하다가 죽는 일이 생긴다면 이 얼마나 수치스럽고 죄스러운 일인가! 생각만 해도 소름이 끼쳤다고 한다. 하여 그는 총칼로 우리 민족을 학살하고 탄압하는 일제에 대한 증오심과 복수심을 가지게 되었고 치밀한 탈출계획을 세우기에 이른다.

김준엽 등 학병들이 중국 등 여러 전선에 투입되기 전에 예비훈련을 받기 위해 서울에 집합한 게 1943년 12월, 이때 한국 국내 사정을 보면 소위 민족의 지도자로 자칭하는 박춘금(朴春琴), 최남선(崔南善), 이광수(李光洙)와 같은 친일파들이 여전히 총독부를 들락거리고 고이소 구니아키(小磯國昭) 총독의 뒤를 졸졸 묻어 다녔다. 그들은 부민회관(府民會館)에 전체 학병들을 불러놓고 장행회(壯行會)를 한답시고 온갖 궤변을 늘어놓고 있었다. 김준엽은 그자들의 구역질나는 이야기를 듣기 싫어 그 모임에 참석하

---

**04** 장준하, 앞의 책, 2004, 64쪽.

지 않고 명동으로 빠져나와 탈출에 필요한 물품들을 구입했다. 전선 어디에서 탈출하든 꼭 필요한 나침판, 지도, 포켓용 중국어 회화책을 구입했고 야간에 활동하기 위해서 자기의 회중시계를 어머니의 야광시계와 바꾸었다. 중국 병사나 연합군을 만나면 그 자신이 조선인 학생이라는 것을 증명하기 위해 흰 저고리에 두건을 두른 어머니와 함께 찍은 사진을 마련하였던 것이다. 왜놈에게 잡힌다면 어떻게 할 것인가 궁리하던 끝에 독약은 구하기도 어려울뿐더러 만일 사전에 왜놈에게 발각되는 날에는 변명할 방법이 없을 것으로 판단하고 독약 대신 아버지가 남긴 주머니칼을 가지고 가기로 했다. 그리고 돈은 물론이요, 형들과 주고받을 암호도 미리 정해놓았다. 이러한 탈출 준비는 그의 선택과 결단, 치밀한 기획력과 뛰어난 행동력을 보여주고도 남음이 있다.

1944년 2월 13일, 김준엽 일행은 기차로 평양역을 떠나 안동, 심양, 산해관, 천진, 제남, 곡부를 거쳐 2월 16일 3박 4일 만에 서주에 도착한다. 그들은 대허가(大許家)에 있는 일본군 경비 중대에 배치된다.

김준엽은 치밀한 사전 조사를 거쳐 3월 29일 탈출에 성공해 중국 유격대에 편입되었다가 6천리 장정을 해서 중경 임시정부에 도착하는데, 이 과정은 그야말로 소설가라 해도 상상할 수 없는 위험과 모험, 기아와 혹한으로 점철된 고난의 길이었다. 특히 김준엽 일행은 몸에 이가 들끓고 옴이 생겨서 고생이 막심했는데, 아래와 같은 장면은 마치 소설적인 복선과 조응의 기법을 활용한 것처럼 아이러니해서 읽는 이들이 눈물 어린 미소를 짓게 한다.

"어느새 갈아입은 옷에도 이가 급속도로 번식하는 것이었다.

가다가 쉬는 시간이 있으면 낮에는 웃통을 벗고 이 사냥을 전개하였는데 눈 위에 떨어뜨린 이들이 추위에 못 견디어 불그렇게 통통 부어오르면서 동사하는 것을 보고 쾌재를 불렀다. 처음에 서주역에 도착하여 병사(兵舍)로 가는 도중에 거지가 상반신의 옷을 벗고 이를 잡아먹는 광경을 본 것이 머리에 다시 떠오르기도 했다. 옴이 심한 동지들은 엉기엉기 기다시피 하면서 행군을 계속해야 했다."[05]

김준엽은 후세들에게 부끄러운 조상으로 남아서는 안 된다, 반드시 우리 민족을 일제의 사슬에서 해방시키고 우리나라의 국권을 되찾는 데 목숨을 바침으로써 자랑스러운 한국인으로 역사에 기록되어야 한다는 일념을 안고 천신만고 끝에 임시정부를 찾아갔다. 그는 선후로 철기 이범석 장군의 부관과 지청천 사령관의 부관으로 일하면서 일제와 맞서 용감히 싸웠다. 1945년 7월 말, 김준엽은 제1기생 50명과 함께 OSS특수훈련을 받고 국내정진군(國內挺進軍)으로 편성되어 비행기를 타고 8월 18일 한국 여의도공항에 착륙하였으나 여전히 비행장을 관리하고 있던 일본군의 반대로 다시 중국 서안으로 귀환하게 되었다.

여기서 김준엽은 일본군을 탈출하여 독립군을 찾아가려고 계획했던 것처럼 또다시 정계에 투신하였다가 벼슬길에 오를 것인가? 아니면 학자의 길을 걸을 것인가를 놓고 선택의 고뇌에 빠진다. 김구 주석을 따라 귀국하면 틀림없이 정계에 발을 들여놓게 될 것이지만 김준엽은 학자의 길을 택하기로 했다. 우선, 일제의 투항으로 정세가 일변했다. 일제의 식민지하에서는 민족의 해방과 독립이 지상의 과제였기에 그것을 위하여 목

---

**05** 김준엽, 앞의 책, 2003, 418쪽.

숨까지도 바치려고 하였으나, 이제 독립이 되어 건국사업이 전개되는 마당에서 국민이 해야 할 일은 정치뿐만 아니라 경제, 문화, 사회, 군사에 걸친 제반 건설사업이기 때문에 국민 각자가 자기의 적성에 맞는 일에 투신하여 최선을 다해야 한다. 그렇다면 김준엽은 자기의 적성은 학문이라는 것을 절감하게 되었다. 게다가 강제징집으로 학업을 중단하였기에 대학을 졸업하지 못하지 않았던가! 게이오대학에서의 전공과목이 중국사였기 때문에 중국사를 연구하기 위해 일부러라도 중국에 와야 할 것이 아닌가! 둘째로 그는 정치에는 흥미도 없을뿐더러 권모술수나 머리를 숙일 줄 모르는 자기의 반골적인 성격은 관료로는 맞지 않다고 판단했다. 셋째로 김준엽은 일본 메이지 초기의 정치가들, 이를테면 사이고 다카모리(西鄕隆盛), 오쿠보 도시미치(大久保利通), 이토 히로부미(伊藤博文)의 역할보다는 게이오대학을 창설하고 현대문화의 발전에 크게 기여한 후쿠자와 유키치(福沢諭吉)의 역할이 더 중요하다고 생각했고, 현대 일본의 도조 히데키(東條英機)보다는 게이오대학의 총장 고이즈미 신조(小泉信三)의 역할이 더 중요하다고 느꼈다. 중국사에서도 원세개(袁世凱), 장작림(張作霖), 단기서(段祺瑞) 등 군벌보다는 북경대학의 채원배(蔡元培) 총장이나 호적(胡適) 박사가 더 훌륭하다고 생각했다. 마지막으로 임신 중에 있는 아내를 만나야 했고 공부도 끝내고 아내의 해산을 기다려 세 식구가 함께 금의환향하여 그리운 어머님, 형님과 누님들과 만나리라 하고 마음을 다졌던 것이다.

이때의 김준엽의 선택은 그의 일생을 지배하였다. 그는 고려대학교에서 정년퇴임할 때까지 40년간 그때의 결심을 조금도 동요됨이 없이 지켰고 총리 직을 비롯한 12차의 벼슬 유혹을 받았으나 아무 거리낌 없이 물리칠 수 있었다. 그것은 국가 발전에서의 자신의 역할에 대한 확고한 소신이 있었기 때문이다.


## 4. "역사는 두 다리로 공부한다": 김준엽의 학술업적

　지식에 대한 탐구욕, 폭넓은 독서, 현지답사와 여행에 대한 열정, 자기 자신에 대한 깊은 성찰과 반성은 김준엽을 세계적인 학자로, 적어도 중국사와 한국 공산주의 운동사, 임시정부와 광복군의 항일독립운동사 분야의 최고 학자로 되게 하였다. 잠깐 그의 행적을 보기로 하자.

　중국에 남은 김준엽에게는 학계로 진출할 수 있는 행운이 찾아왔다. 중경에 있는 국립동방어언전문학교(아래에서는 동방어전으로 약함)에서 한국학과를 신설하였기에 1946년 2월 16일부터 전임강사로 취직하게 된 것이다. 후에 동방어전이 남경으로 옮겨가는 바람에 김준엽 일가는 생후 두 달밖에 안 되는 아들 홍규(鴻圭)를 안고 배를 타고 양자강을 따라 40일 만에 남경에 도착한다. 김준엽은 한국어와 함께 한국사를 강의면서 일본어학과 학생들에게 일본어 강독(講讀)을 지도하기도 하였다. 이 시기에 그는 국립중앙대학교 대학원에 입학해 곽정이(郭廷以, 1904-1975) 교수를 지도교수로 모시고 중국 최근세사를 전공하였다. 그러나 신장결석이 생겨 귀국하는 수밖에 없었다. 수술을 받고 다시 남경에 돌아왔을 때는 국민당이 패퇴하여 대만으로 도망치는 바람에 학위공부를 끝내지 못하고 또다시 간난신고 끝에 한국으로 귀국하게 되었다. 하지만 동방어전 때 가르쳐준 학생들 중에 후에 대성해서 북경대학의 교수로 된 양통방(楊通方)과 같은 석학들도 있었는데, 이들은 1988년 이후 김준엽이 다시 대륙으로 진출할 때 중요한 역할을 한다.

또한 "역사는 두 다리로 공부한다."는 소신을 갖고 남경은 물론이요, 천진과 북경, 소주와 항주 등 중국의 북방과 남방의 유명한 도시들을 답사함으로써 중국의 인문지리와 국공관계에 대해 폭넓게 체험하고 공부할 수 있었다. 김준엽은 "서호를 바라보며 소흥주와 게 맛을 보는 것은 그야말로 천하일품"이라고 하면서 "해방 직후 김구 선생을 따라 귀국하지 않은 것을 정말로 잘한 결정으로 새삼 느꼈으며 소주와 항주를 찾아본 것을 여간 다행스럽게 생각하지 않았다."[06] 김준엽은 1944년 2월에 학병으로 도화(渡華)하여 만 5년간의 중국 생활을 끝내고 1949년 1월 21일 상해에서 배를 타고 한국으로 가면서 다음과 같이 자신을 성찰한다.

"나는 과연 그동안 열심히 살았는가? 내 나이 스물여덟인데 이 시대에 태어난 대한민국의 남아로서 역사에 부끄럽지 않은 일을 했는가? 한 시간 한 시간 쌓인 것이 나의 일생이 될 것인데 매 시간을 헛되이 보낸 일은 없는가? 나는 다지고 또 다졌다. 나는 일생에 대한 정밀한 설계도를 그려놓고 벽돌 한 장 한 장을 옳게 쌓고 있는가? 나는 지나간 날과 앞으로의 생을 곰곰이 생각하면서 각오를 더욱 굳게 하였다."[07]

1949년 2월 김준엽이 한국으로 돌아왔을 때는 국내에 전문인재가 부족하여 여러 대학에서 그를 초빙하려고 하였다. 하지만 그는 고려대학교를 선택하였다. 김준엽은 중국 최근세사, 동서문화 교류사, 동양사 등 과목을 개설하고 일본 최근세사, 중국 공산당사와 같은 특강을 담당하였다.

---

**06** 김준엽, 《장정2: 나의 광복군 시절》 하권, 나남출판, 2003, 449쪽.

**07** 김준엽, 위의 책, 458-459쪽.

그의 전공은 중국 최근세사인데 가장 중점을 두고 연구한 것은 중국의 근대화과정이었다. 중국, 한국, 일본의 근대화과정을 비교하면서 중국이나 한국이 근대화과정에서 어찌하여 일본에 뒤떨어지게 되었으며 또한 동양이 서양보다 낙후하게 되었는가 하는 원인을 규명하는 데 초점을 두고 연구하였다. 또한, 관심을 둔 것은 나라에서 금기로 되어있는 사회주의권에 대한 연구인데, 이것은 한반도의 통일과 직결되어 있기 때문이었다. 그리고 그가 독립운동사에 관심을 두고 연구한 것은 그 자신이 독립운동에 참가했기 때문이기도 하지만 한민족의 정기(精氣)를 북돋우어 주기 위해서였다.

김준엽은 "연구(업적) 없이 독립 없다"는 신념을 갖고 있었고 학자라면 "교학과 실천을 통한 사회봉사도 중요하지만 그 바탕은 연구"라고 여러 차례 강조했다. 김준엽은 한국사회의 중요한 일차적 인간관계 집단의 모임, 말하자면 동창회, 향우회, 종친회에 단 한 번도 참여한 적 없었다. 이는 그가 자신에게 섬뜩하리만치 엄격한 사람이고 연구와 공적 활동에 대한 헌신의 의지가 얼마나 강력한가를 보여준다. "평생 새벽 4시에 일어났다"는 습관을 통해서도 알 수 있지만, 그는 자신이 한 번 세운 원칙을 스스로 깨는 일이 없었다. 하기에 그의 업적은 타의 추종을 불허할 만큼 풍성하다. 김준엽과 김창순(金昌順)의 공저인《한국 공산주의 운동사》(전5권)는〈출판저널〉에 의해 "21세기에 남을 고전"으로 선정되었고, 앞에서도 이야기했지만 그의 회고록《장정》은 1988년 한국일보에서 시상하는 "저작상"을 받았다. 이외에도《중국공산당사》,《중국최근세사》,《석린 민필호전(石麟閔弼鎬傳)》등 20여 권의 저술과《중쏘외교사》,《중국 안의 소련》등 번역서 5부,《구한국외교문서 및 부속문서》,《북한연구자료집》(공편),

《한국공산주의운동자료집》등 11부를 펴냈다.

한 학자의 학문적 업적에는 마이크로한 업적과 매크로한 업적이 있다. 마이크로한 업적에는 학자 개인의 저서나 논문 등이 포함되고, 매크로한 업적에는 연구소의 공동연구 기획과 실행, 교육과 기회제공을 통해 양성한 신진학자 등도 포함된다. 평교수 33년 동안 김준엽이 주력한 것은 물론 연구와 강의였으나, 그중 25년간(1957-1982)은 아시아문제연구소의 운영에 심혈을 기울였다. 고려대학교는 상술한 바와 같이 여러 가지 장점을 가지고 있지만 보수적이기 때문에 국제화가 잘되지 않았다. 민족지상이라는 생각은 흔히 배타적이 되기 쉽다. 그래서 국내에서 공부한 학자들은 해외, 특히 미국 유학을 하고 그곳에 남아 학술 활동을 하는 사람들을 비애국자로 취급하였고, 해외에 있는 학자들은 국내 교수들을 낙후된 퇴물(退物)로 업신여겼다. 그 무렵 고려대학교 교수들 중에는 옛날 일본에 가서 유학한 사람은 꽤 많았으나 기타 지역이나 나라에서 유학하고 돌아온 사람은 몇 명밖에 없었고 고려대학교를 찾는 외국학자도 극히 드물었다. 김준엽은 이래서는 고려대학교가 발전할 수 없다고 판단하여 국제학술교류에 있는 힘을 다 기울였다. 그는 아시아문제연구소 소장으로 재직할 때 미국, 중국과 일본의 유명한 교수 50여 명을 고려대학교에 초청했고 제자들을 대만, 홍콩, 미국, 유럽으로 유학시키는 동시에 교수들의 해외 시찰을 적극 지원하는 한편, 미국 유학을 마치고 그곳에서 교수 생활을 하던 김경원(金瓊元), 서상철(徐相喆) 등 7명의 교수와 미국이나 유럽에서 학위를 받은 서진영(徐鎭英), 최장집(崔章集) 등 3명의 박사, 일본과 대만에서 학위를 받은 최상용(崔相龍), 신승하(辛勝夏) 등 6명의 박사를 고려대학교에서 초빙하게 하였다. 동시에 아시아문제연구소 주최로 15차에 걸친 국제학술대회를 성공적으로 개최함으로써 많은 저명한 외국 교수들을 고려대학교로 불러들였다. 박명림(朴明林) 교수가 지적한 바대로 "그는 우리 문제를 처음부터 동아시아와 세계적 수준에서 보았고, 따라서 이 좁은 한국을 넘어 누구보다도 해외와의 지적 교류를 중시했다."[08]

아시아문제연구소를 경영하자면 전문학자들도 있어야 하지만 연구소의 운영비, 연구비, 전문도서, 간행비 등이 필수적인데 그 당시 나라 사정도 어렵거니와 대학의 재정도 어려웠다. 결국, 밖에서 모금할 수밖에 없었다. 그 대상은 가장 풍요한 미국이었다. 김준엽은 아시아문제연구소 초창기부터 소장 직을 사임하기까지 25년간, 그 후 총장 시절까지 모금하느라고 그 자신의 말 그대로 "얼굴에 철판을 깔고 거지 노릇"을 했다. 아시아문제연구소 시절은 "작은 거지"로, 총장 시절은 "큰 거지"로 되어 각처에서 모금하기에 바빴다. 일례로 1958년부터 3년간 미국의 포드재단(Ford Foundation)과 교섭해 1962년에 마침내 25만 5천 달러의 지원을 받음으로써 아시아문제연구소 도약의 계기를 마련할 수 있었다. 뚜렷한 목표와 동기, 솔선수범, 자율과 책임의 운영원칙을 핵심으로 하는 김준엽의 리더십은 아시아문제연구소를 세계 5대 사회주의권 연구소로 성장시켰다. 하기에 김준엽은 "동아시아 학계의 마당발"로 통했다. 주한 미국대사를 지낸 리처드 루이스 워커(Richard Louis Walker) 교수는 〈한국의 추억〉이라는 글에서 김준엽은 "한국에서 최고 수준의 학자와 행정가로서의 명망"[09]을 가지고 있다고 하였다.

---

**08** 박명림, 〈김준엽 "장정" 전 5권 완간에 부쳐〉, 石源華, 金俊燁 共編, 《申圭植, 閔弼鎬 韓中關係》, 나남출판, 2003, 790쪽.

**09** 《한국일보》, 1997년 12월 15일.

여기서 특기해야 할 것은 김준엽 자신의 외국 유학과 객원교수 생활을 통해 모범을 보여주었다고 할까, 많은 동료 교수들의 부러움을 샀다는 점이다. 김준엽은 생전에 "역사는 두 발로 공부"하는 것인데, "뜻이 있고 어느 정도의 능력만 있으면 돈 들이지 않고도 여행할 수 있다."고 늘 젊은이들에게 말하곤 했다.[10] 그는 일생동안 항일독립운동, 유학생활, 해외여행 등으로 약 20년간을 외국에서 살았다. 일본 게이오대학과 중국의 국립중앙대학에서 공부한 바 있고 평교수 시절에는 1951년에서 1955년까지 대만대학 역사연구소에서 연구생활을 했으며, 1958-1959년은 미국의 하버드대학, 1968-1969년은 미국 하와이대학과 프리스턴대학에 가서 객원교수로 있었다. 해외 체류 시기에 현지의 인정세태를 피부로 체험하고 많은 유적을 답사했다. 이런 외국 유학과 객원교수 생활은 그의 연구나 국제정세 인식에 중요한 영향을 주었을 뿐만 아니라 그의 회고록의 깊이와 넓이를 확보하는데 중요한 밑천이 되기도 하였다.

김준엽은 한국사회과학원 이사장, 아주대학교 재단이사장을 맡아 헌신적으로 일하면서 다시 대륙으로 진출했다. 28년간 김준엽 총장의 비서로 일한 문원보(文源寶) 선생은 〈많은 가르침을 주셨던 총장님〉이라는 글에서 중국과의 수교가 1992년인데, 김준엽 총장은 수교 이전부터 2009년 4월까지 한해에 3-4차례씩 도합 63차례 중국을 방문하여 상해 임시정부 복원, 최치원 기념비와 고려사 건립, 중경 임시정부 복원과 정비사업을 하고, 독립유공자 유해를 모셔다가 국립묘지에 안장하는 사업에 전력을 다하였다. 특히 중국 경내 11개의 유명 대학에 한국학연구소를 설립함으로

**10** 김준엽,《장정5: 다시 대륙으로》, 나남출판, 2001, 70쪽.

써 한국학의 성장과 발전에 획기적인 기여를 했다.

　여기서 반드시 이야기하고 싶은 것은 양가 부모님과 일가친척, 더 나아가 애국선열들에 대한 김준엽의 각별한 책임감이다. 유교 경전인 《대학》에서도 수신제가치국평천하(修身齊家治國平天下)라고 하지 않았던가. 독립운동가나 광복군 전사들은 국권을 회복하기 위하여 부모 형제와 일가친척은 물론이요, 자신의 귀중한 생명까지 바쳤다. 그중에는 타국의 산과 들에 무주고혼으로 남아있는 분들도 적지 않다. 1948년 5월 김준엽은 서울에 돌아와 신장 수술을 받은 후 오류동(梧柳洞)에 집을 마련하고 북에서 허둥지둥 남하한 가족을 보살폈다. 먼저 셋째 형을 경신학교에, 둘째 형을 화교 중학교에 취직시켰고 8월 정부 수립 이후에는 이범석 국무총리의 도움으로 맏형을 대한중석회사에 취직시켰다. 조그마한 집이 생기고 형들이 취직이 해결되자 가장 기뻐한 것은 어머님이었다고 한다. 김준엽 또한 부모님이나 형님들의 은혜에 조금이라도 보답한 것 같아 여간 기쁘지 않았다고 한다.

　처가 집에도 마찬가지였다. 1949년 1월 25일, 김준엽은 서울에 돌아왔다. 귀국해서 해결해야 할 기본적인 일은 직장을 찾고 셋집이라도 마련하여 어머님을 모시는 일이었는데, 당장 급한 일은 대만에서 장인 식구들을 하루바삐 국내로 모셔오는 일이었다. 김준엽은 우선 백범 선생을 찾아가서 그동안의 사정을 말씀드리고 이시영 부통령과 이범석 국무총리를 찾아가서 장인이 대만으로 가게 된 경위를 말씀드리고 속히 귀국할 수 있게 해달라고 부탁했다. 이어서 박찬익(朴贊翊) 선생에게서 여비를 구해가지고 38년이나 중국 대륙에서 독립투쟁을 한 장인 민필호 선생과 그 일가족을 대만, 홍콩을 거쳐 서울로 모셔왔다. 그리고 중국 복단대학 석원화(石源

華) 교수와 함께《신규식, 민필호와 한중관계》(2003)라는 책을 펴냄으로써 신규식 선생의 외손녀 사위이자 민필호 선생의 사위로서의 의무와 책임을 다하였다. 뿐만 아니라 애국지사들과 그 가족들의 귀국에 방만한 태도를 보였던 임시정부 총령사 신국권(申國權)을 언론에 고발하고 정부에 보고해 파면케 하는 단호함도 보이기도 한다. 공과 사를 분명히 가르되 자기의 권리와 대우도 분명히 챙기는 게 김준엽이다. 황차 이는 항일독립운동에 대한 올바른 역사 인식과 민족의 정기를 살리는 작업의 일환으로 되기 때문이다.

## 5. "역사의 신": 진리와 정의와 선은 반드시 승리한다

세계사의 전개 과정을 보면 진리와 정의와 선(善)을 마침내 실현해내는 역사의 신(神)이 존재한다. 그러므로 현실에 살지 말고 역사에 살아야 한다. 학자, 교육자로서 조국에 이바지할 것이며 절대로 관계(官界)에 뛰어들지 않는다. 절대로 못난 조상이 되지 않도록 노력한다. 설사 실패와 좌절을 겪더라도 진인사대천명(盡人事待天命)이라는 신조를 갖고 담담한 마음으로 천명, 즉 역사의 신이 강림하여 심판하기를 기다려야 한다. 이는 김준엽의 일생을 관통하는 신조이며 철학이다. 우리는 보통 역사는 반복되며 역사는 오늘을 비추어 보는 거울이라고 생각한다. 하지만 선생은 이러한 역사순환의 관점과 함께 역사를 관장하는 신이 있다고 굳게 믿었고 진리, 정의, 선은 반드시 승리한다는 확고한 신념을 갖고 있었다. 이러한 신조와 철학은 고려대학교 총장 시절의 이야기와 총리 등 고위 관직 제의에 대한 고사(固辭)에서 유감없이 드러난다.

김준엽이 고려대학교 총장 임명장을 받은 것은 1982년 8월 5일이다. 그는 《조선일보》와 《동아일보》에 〈현대사회와 지식인의 역할〉이라는 글을 발표하기도 하고 현대대학의 이념과 사명에 대해 심사숙고하기도 했는데, 그중에서 대학의 자율성에 관한 견해는 그 당시로는 대단히 참신하고 용기 있는 견해이면서도 독재 권력에 의한 김준엽의 강제사임을 예견할 수 있게 해준다.

"대학 본연의 임무를 옳게 수행하기 위하여 자율성이 절대로 필요하다는 것이다. 그렇다고 해서 대학이 사회로부터 분리된 어떤 특권을 가져야 한다는 뜻이 아니라 학문과 교육이 정부나 정당, 종교단체, 기업 등 다른 사회기관의 특수 목적에 봉사하는 수단적 지위에 있어서는 안 된다는 뜻이다. 대학의 발전을 위해서는 대학의 자율성과 학문적 권위가 충분히 존중되어야만 한다. 오늘날 현대사회의 관료화로 말미암아 대학을 하위체계로 만들고 있는데, 이것은 대학의 창조적 기능을 없애는 결과를 초래할 것이다. 현대사회는 지식사회이고 과학기술 문명사회인 동시에 대단히 복합적 구조를 지니고 있다.

사회체계의 복합성의 관리를 위한 이론적 지식의 창조적 기능은 대학밖에 없다고 한 다니엘 벨(Daniel Bell)의 말을 명심해야 될 것이다. 대학의 질서는 학문적 질서와 인격적 질서로 유지되는 것이고 대학에는 그 어떤 물리적 힘이 없다는 것을 정부나 사회 그리고 교수와 학생들이 잘 인식해야 할 것이다."[11]

김준엽 총장의 재임 기간은 4년 임기를 다 채우지 못한 2년 8개월, 역

---

**11** 김준엽, 《장정3: 나의 대학총장 시절》, 나남출판, 1990, 38쪽.

대 총장 중에서도 단기였음에 틀림없다 하지만 학내외적으로 가장 어려웠던 시기에 고려대학교 총장으로서 사명감을 가지고 역사 앞에 부끄럼 없는 길을 걸었다. 독재 권력에 의해 "사임의 길"을 택할 수밖에 없었지만 김준엽의 자세는 민족 지성을 길러내는 지도자적 양심의 귀감을 보여주었다.

김준엽은 사립대학 발전의 요체는 재단, 학교, 교우가 삼위일체가 되어야 한다는 확고한 신념을 가지고 고려대학교 중흥을 위해 동분서주했다. 시간이 허락하는 한 교우 모임에 반드시 참석하여 모교의 발전을 위해 졸업생들의 협조를 구했고 유력기업인들을 찾아가 때로는 구걸하다시피 재정지원을 애소했다. 그러한 과정에서 고려대학교는 침체의 탈을 벗고 중흥을 향한 사기진작이 이루어져 시설 확충 면에서 획기적인 결실을 보았다. 또한, 학문 진작을 위해 대학원 교육에 충실을 기하고 국학과 동양학의 폭넓은 기반을 다졌으며, "과학고대(科學高大)"의 슬로건을 내걸고 산업화에 따르는 대학교육의 기본방향을 제시하는 한편 외국어교육 강화, 외국 명문대학과의 유대 강화, 전임교수를 4백 명 선에서 6백 명 선으로 늘리고 도서관을 확충하는 등 교육의 내실을 기하는데도 크게 기여했다.

김준엽이 교내에서 남긴 업적에 못지않게 일구어낸 더욱 큰 업적이라면 민족사학을 이끌어 가면서 학원 자율화와 교육자로서 제자를 진심으로 아끼는 스승의 자세일 것이다. 김준엽이 신군부에 맞서 학원의 자율성을 지킨 과정에 대해서는 서진영 교수가 〈김준엽의 또 다른 독립운동—김준엽 총장과 학원 자율화 투쟁〉에서 소상히 소개한 바 있다.

"김준엽 총장님의 일생을 돌이켜보면 두 번의 중대한 결단이 그분을 보통 사람들과 구별 지었다고 할 수 있다. 그 첫 번째 결단은 두말할 것도 없이 1944년 초 학병탈출을 감행해 광복군에 투신한 것이었고, 두 번째 결단은 고려대 총장으로 재직하면서 신군부에 맞서 학생들을 보호하고 대학의 자율성과 존엄성을 지키려다가 마침내 총장직에서 강제퇴직하게 된 것이라 할 수 있다. 이 두 번의 결단을 통해 김준엽 총장님은 시류에 영합하지 않고 대의를 위해 헌신하는 지식인이요, 우리 사회의 큰 스승으로 우리에게 깊이 각인되었다."[12]

학생들을 보호하고 학원의 자율성을 지키기 위해 결사적으로 싸운 점만 보아도 김준엽은 그 자신이 평소에 존경하였던 중국 북경대학의 채원배 총장을 방불케 한다.

다음으로 김준엽은 왜서 평생 높은 관직 제의를 고사하고 학자의 외길을 걸어왔을까? 그 과정에 대해 살펴보기로 하자. 이는 〈서상철 박사와 나〉라는 글에서 잘 나타난다. 앞에서 언급한 바 있지만 20세기 5,60년대 한국 학계는 국내 학자와 재외(주로 미국) 학자가 서로 멸시하는 기류로 가득 차 있었다. 이러한 폐단을 극복하기 위해 김준엽은 우수한 재미 학자들을 국내 대학에 유치하는 일에 각별히 정신을 기울였다. 1971년 12월 초 김준엽이 포드재단의 재정지원을 받으려고 뉴욕을 방문했을 때, 널리 인재를 찾는 그의 뜻을 잘 아는 뉴욕대학의 김경원 박사가 자신과 서울고등학교, 서울대학교, 하버드대학교 동기동창인 서상철 박사를 소개하였다. 서상철 박사는 당시 세계은행에 EDI교수로 있었는데, 이때 그는 귀국할 기회를 찾고 있었다. 김준엽은 초대를 받고 서상철 박사의 자택에서 그의

---

**12** 사회과학원,《김준엽과 중국-한국의 중국학 중국의 한국학》, 나남출판, 2012, 39쪽.

부인 이정희 여사가 정성껏 만든 한식에 술한잔 하면서 즐겁게 담소를 나누었다. 이때 서상철 박사의 나이는 30대 중반이었는데 김준엽은 첫눈에 그의 점잖은 인품과 학식이 마음에 들었다. 그 자리에 동석한 김완순(金完淳), 이봉서(李鳳瑞) 박사 역시 하버드대학에서 경제학박사를 받은 우수한 젊은이들이었다. 김준엽은 마치 "큰 금광이라도 발견한 듯한 흐뭇한 마음"으로 권하는 대로 술을 마셨고 한국의 발전을 위하여 세 분 다 귀국하라고 역설했으며 또 귀국만 한다면 고려대학교에 자리를 만들 자신이 있다고 했다. 결국, 김준엽의 소원대로 서상철 박사가 다음 해 8월에 먼저 귀국했고 그 뒤로 김완순, 이봉서 박사도 한국에 돌아와 많은 업적을 남겼다.

서상철 박사는 1972년 8월부터 1982년 5월까지 10년간 고려대학교에 재직했다. 그는 뛰어난 학문적 능력과 원만한 인품으로 짧은 시간 내에 동료 교수와 학생들의 존경을 받았다. 그런데 1982년 5월 하순의 어느 날, 서상철 박사가 긴히 의논을 드릴 일이 있다고 하면서 문득 부인과 함께 김준엽의 집으로 찾아왔고 건설부 차관(한 달 후에 동력자원부 장관)으로 입각(入閣)하게 되었다고 하였다. 물론 김준엽은 강력히 반대했고 서박사의 부인도 반대했다. 김준엽이 너무 심하게 반대했기 때문에 서상철 박사는 아무런 설명도 하지 않고 나갔는데, 결국 입각한지 2년도 채 되지 못해 버마의 랑군에서 참변을 당하고 말았다. 서상철 박사와 함께 참변을 당한 사람들 가운데는 함병춘(咸秉春), 김재익(金在益) 박사 등 김준엽과 가까운 사람이 여럿 있었는데 국가적으로 커다란 손실이 아닐 수 없었다. 김준엽은 서상철 박사의 입각을 반대했던 이유와 소신을 다음과 같이 이야기한다.

"나는 우리나라 사람들에게 깊이 뿌리박혀 있는 관존민비 사상을 타파하기 전에는 근대화를 쉽게 이룩할 수 없다고 생각하고 있었다. 학계나 언론계, 기업계, 심지어 예술계나 종교계에 있는 사람들도 벼슬만 준다면 하루아침에 자기의 전공 분야를 버리고 관계(官界)에 뛰어들어 권력투쟁의 와중(渦中)에 휩쓸리는 한심한 현상으로 말미암아 우리나라는 발전이 늦어지고 각계에 큰 인물이 나타나지 않는다고 생각하고 있었다.

더욱이 5.16 이후의 학자로서 군사독재정권에 협력한다는 것은 옳지 못한 것으로 나는 생각하고 있었다. 자유, 정의, 진리를 추구하는 고려대 교수로서 어떻게 부자유, 불의, 허위에 가득 찬 군사정권에 참여할 수가 있겠는가! 자유와 민주, 그리고 정의를 부르짖다가 학원에서 쫓겨나고 투옥된 정든 동료 교수나 사랑스런 제자들이 많은데 어찌 군사독재자들의 앞잡이가 될 수 있단 말인가!"[13]


김준엽은 이러한 생각과 소신을 가지고 있었기 때문에 1974년 박정희 대통령이 통일원 장관을 맡아달라고 제의했을 때 이를 고사했다. 고려대 총장직 사퇴 이후 노태우, 김영삼 대통령이 국무총리로 모시려고 했지만, "대학교수 중 누구 한 사람이라도 고위 관직을 거절해야 수천 명 대학교수들이 긍지를 가지고 진리탐구와 연구에 평생을 바치지 않겠는가."라고 하면서 모두 고사하였다. 특히 노태우 대통령과의 두 번의 만남은 권력을 초개같이 생각하는 김준엽의 모습을 보여주고도 남음이 있다. 이러한 고위 관직을 여러 차례 고사한 김준엽의 유연하면서도 꿋꿋한 모습을 보면 "부귀도 그 마음을 혼란스럽게 못하고, 빈천도 그 지조를 변하게 하지 못

---

**13** 김준엽, 앞의 책, 2001, 259-265쪽.

하며, 위세나 무력도 그 뜻을 꺾지 못했으니 가히 대장부라 하겠노라"[14]고 했던 맹자의 말씀을 떠올리게 한다. 김준엽이 독재정권에 의해 부득불 사퇴하게 되자 고려대학교 학생들은 "총장사퇴 반대 데모"를 일으켰고 김준엽은 생전에 국무총리 이상의 존경을 국민들로부터 받았다.


## 6. 나가며

김준엽 선생은 2000년 7월 11일 중국교육부에서 수여하는 "중국어언문화우의상(中國語言文化友誼獎)"을 받은 바 있지만, 중국 학술계의 태두였던 계선림(季羨林, 1911-2009) 선생은 《백범일지》 중국어판 서문에서 다음과 같이 쓰고 있다. "80년대 양통방과의 관계를 통해 그의 은사이며 한국의 대교육가, 원 고려대학교 총장 김준엽 박사를 알게 되었다. 김 박사는 열정적이고 순박하고 부드럽고 정직한 분인데 그 어떤 방면으로 보아도 동방의 최고 윤리 도덕의 표준에 도달한 분이었다. 우리는 첫 대면에서 옛 친구와 같이 친해졌는데 이런 상황은 내 일생에서 극히 드문 일이다."[15] 김준엽의 《장정》은 김준엽 자신의 일기와 탁월한 기억력에 기초하고 있고 작가 자신이 중국 근세사와 한국독립운동사 전문가이니 만치 20세기 전반기의 세계정세, 일본의 침략과 항일독립투쟁이라는 동아시아 격변기의 상황들, 중국 국공 양당의 관계와 중국의 인문, 지리, 세태 등을 소상히 깔면서 민족의 해방과 조국의 독립을 위해 용감하게 싸운 김준엽이라는 젊

---

**14**  富貴不能淫, 貧賤不能移, 威武不能屈, 此之謂大丈夫.《孟子·滕文公下》

**15**  宣德五, 張明惠譯,《百凡逸志》, 韓國民主與建設出版社, 1994.

은 선각자의 일대기를 그렸을 뿐만 아니라 광복 이후에서 21세기 초에 이르는 시공간 속에서 "한국 최고 학자이며 행정가"인 김준엽의 학원 자율화와 민주주의를 지키기 위한 헌신적인 노력, 비정한 권력과의 고투와 투철한 선비정신을 그리고 있어 그야말로 "체험의 한국 현대사" 또는 "개인사와 전체사"[16]를 아우르는 명작으로 되었다고 하겠다.

회고록을 망라한 전기(傳記)적 작품의 가치는 그 전주(傳主)의 가치에 의해 결정된다고 해도 대과(大過)는 없겠는데, 김준엽은 약관의 20대 초반에 민족과 조국의 운명을 두 어깨에 짊어지고 학병탈출 1호로 되는 선택과 결단을 했으며 중경에서 김구, 조소앙, 지청천, 이범석 등 당대의 최고 민족지도자들을 일일이 찾아 가르침을 받고 민족의 미래와 자신의 진로에 대해 심사숙고하였으며 광복하자마자 초지를 잃지 않고 학자의 외길을 걸어 큰 업적을 남겼다. 그는 고려대학교 아시아문제연구소 소장, 고려대학교 총장 등 보직을 맡고 학문의 독립과 학원의 자율화를 지키기 위해 독재정권과 싸웠으며 "무직 시절"에 높은 벼슬의 유혹을 여러 번이나 물리치면서 인생의 장정을 계속함으로써 한국 국민은 더 말할 것 없고 아시아 내지는 세계 여러 나라 지식인들의 보편적인 존경을 받았다. 특히, 역사의 신을 믿고 진리와 정의와 선을 지켜 평생 싸운 그의 도덕적 힘과 지혜, 인간적 매력은 자라나는 세대들의 영원한 귀감으로 되리라 생각한다.

---

**16** 박명림, 앞의 책, 2003, 781-798쪽.

# 여중호걸─박경리 작가

박경리의 대하소설 《토지》를 중국어로 번역해 출판하자면 작가의 동의를 받아야 했기에 연세대학교 출신들인 최유찬 교수와 조남철 교수의 안내로 강원도 원주에 있는 토지문화관을 찾았다. 아마도 2003년 여름에 있었던 일인 것 같다.

텃밭에서 풋고추를 따던 박경리 선생이 "어이쿠-" 하며 허리를 펴고 일어선다. 훤한 이마를 타고 구슬처럼 흐르는 땀방울, 선생은 왼쪽 옆구리에 싱싱한 고추를 담은 광주리를 들었는데 오른 손으로 허리에 찬 수건을 꺼내서 이리저리 땀을 훔쳤다.

"땡볕에 나오셔서 왜 이런 고생을 하십니까?"

하고 최유찬 교수가 성큼 달려가 고추를 담은 광주리를 받는데 선생은

"젊은 작가들에게 밑반찬 하나라도 더 놓자고 그러는 거지. 내가 좋아서 하는 일이야!"

하고 웃더니 집안으로 안내한다. 으리으리한 토지문화관 아래쪽에 따로 지은 단층집인데 집안 벽들을 모두 소나무로 장식을 했다. 일여덟이 둘러앉을만한 원탁도 불긋불긋한 소나무뿌리로 만든 것이라 든든하게 보였고 송

진 냄새가 나는 것 같았다. 선생은 최유찬 교수와 조남철 교수를 둘러보며

"여기까지 부득부득 올 게 뭔가? 전화 한 통이면 될 걸 가지고."

하고 나를 건너다보더니

"중국어로 《토지》를 번역하겠다, 거 참 고마운 일일세. 앞으로 최 교수
와 조 교수와 토론하면 다 되는 거지."

하고 다시 최유찬 교수와 조남철 교수를 건너다보았다. 미더운 아들자식
을 건너다보는 어머니의 눈길이라 할까, 당신의 문학을 연구하는 두 젊은
교수를 더없이 아끼고 신뢰하는 것 같았다. 이런저런 이야기를 나누고 보
니 저물녘이다. 옛 북간도의 젊은이가 모처럼 찾아왔으니 당신의 단골집
인 청기와집으로 가잔다.

넷이 둘러 앉아 돼지갈비에 막걸리 두어 순배 돌리자 내가

"박 선생님, 죄송하지만 선생님은 1926년 생이더군요. 저의 어머니도
1926년 생으로 범띠거든요."

하고 좀 아는 체를 했더니 선생은

"그래요. 어머님은 몇 시 생이지? 난 새벽에 태어난 범띠라서 기가 세
고 좀 사납다네."

하고 빙그레 웃으신다. 술상이 파할 무렵, 최유찬 교수가 살그머니 일어나
카운터 쪽으로 가는데 박경리 선생이 조 교수와 나를 번갈아 보면서 한
눈을 찡긋 하고

"최 교수가 눈치는 백단이지만 고리타분한 대학교수의 돈을 누가 받
아?"

하고 말하는데 장난기 심한 시골의 처녀애들 같다. 최유찬 교수가 바삐 돌
아와

"아니 참, 선생님께서 벌써 내셨다고 아무리 사정해도 술값을 안 받네요."

하고 난색을 짓는다. 선생이 담배 한 대를 뽑아 물고

"어서 불이나 붙여줘요, 최 교수!"

한다. 최유찬 교수가 엉거주춤 앉으면서 성냥가치를 그어 불을 붙여드리는데 선생이

"대학교 교수들이 그렇게 눈치만 빨라서야 어디다 쓰겠어? 허긴 요즘 남자들이 다 그렇더라. 거 요즘 서울시장인가 뭔가를 하는 양반은 왜 사내답지 못하게 이 늙은이의 치맛자락만 잡고 놓지를 않지?"

하는데 최유찬 교수가

"아니, 선생님! 그건 또 무슨 천방야담 같은 이야기죠?"

하고 물으니

"거 지난 번 이순신 장군의 순국 600주년을 기념해 거북선을 제조했을 때 일이지. 그 양반이 왜 인천부두까지 부득부득 와서 꼭 나하고 거북선을 타고 통영엘 가자고 하지? 점잖게 고속철 타고 통영엘 먼저 가서 이 늙은이를 맞아주면 모를까. 허, 그 양반이 인천서 통영엘 가는 동안 내내 무식한 소리만 하고 동문서답으로 말귀를 알아듣지 못해서 영 재미가 없더라. 아마도 내 귀띔을 받고 서울 청개천을 복원해서 민심을 얻더니 또 무슨 떡고물이 있나 해서 따라 다니는 것 같았어."

하고 최유찬 교수와 조남철 교수를 번갈아보면서 껄껄껄 웃었다. 내가 말끈을 잡고

"선생님께서 쓰신 《만리장성의 나라》라는 기행을 본 적 있습니다만, 용정을 어쩌면 그리 소상히 잘 아십니까?"

하고 물었더니 선생은

"총독부 문헌자료를 나만큼 본 사람이 있으면 좀 나와 보라 해요. 그래서 선비는 시골에 앉아있어도 세상을 다 아는 법이라고 하지요. 이제 다시 연변에 갈 수 있을는지 모르겠네만, 연변에 가면 범띠 동갑인 김 선생 어머님하고 막걸리 한 잔 해야 하겠어요. 연변, 거 참 공기도 맑고 음식도 좋고 사람도 좋더라. 최 교수와 조 교수라면 내 치맛자락을 잡고 따라와도 좋아요."

하고 농담을 하자 여태껏 가만히 듣고만 있던 조 교수가

"왜 선생님을 따라가요? 저희들이 모시고 가야지요. 제가 연변통인 줄 모르십니까? 이 김 교수네는 팔남매인데 그 중에 아들형제만 일곱이고 박사, 교수만 대여섯 된답니다."

하고 여쭈자 선생은

"어허, 과연 호랑이 어머님시구나! 김 선생 어머님과 마주 앉아 막걸리 두어 초롱 하면서 장밤 이야기를 듣고 싶네."

하고 막걸리를 시원스럽게 한 모금 마시더니 우리 세 젊은이에게 일일이 막걸리를 따라 준다. 선생의 땀 배인 얼굴을 마주하고 보니 연변의 저명한 문학사가 권철 선생을 뺨치게 용정의 인문지리를 소상히 알고 오히려 주객이 바뀔 정도로 용정을 두고 이야기하던 《만리장성의 나라》의 장면들이 하나하나 떠오른다.

아들 벌 되는 교수들과 거침없이 고금의 영웅들을 논하는 이 세상의 제일 큰 여성을 보고 나는 그만 혼비백산하고 말았다. 선생의 사위 김지하 시인이 긴 옥살이를 하고 그의 부인이자 선생의 하나밖에 없는 따님 김영주씨가 옥바라지를 하게 되자 외손자 원보를 데리고 강원도 원주에 왔고 1969년부터 1994년까지 장장 26년 간 붓을 달려 5부 16권에 달하는 대하

소설 《토지》를 펴냈다. 《토지》는 소설로 쓴 한국의 근, 현대사요, 20세기 한국문학의 금자탑이 아니던가. 어디 이뿐인가? 《토지》로 받은 원고료 20억 원(한국 토지공사에서 20억 원을 협찬했으니 모두 40억 원)을 내서 젊은 문인들이 마음을 놓고 독서를 하고 글을 쓸 수 있는 토지문화관을 세우지 않았던가.

아마도 여중호걸이라는 말이 이래서 생겨났나 보다.

물론 우리 문단에서도 허련순, 리혜선과 같은 여성작가들이 맹위를 떨치고 있다. 또 여성작가 철응이 중국작가협회 주석으로 되더니 최근에는 조선족 여성작가들인 김인순이 길림성작가협회 주석으로, 정봉숙이 연변작가협회 주석으로 당선되는 쾌거를 일구어냈다. 이분들 모두 박경리 선생과 같은 큰 작가로 되기를, 작가협회 행정에서도 따뜻한 모성애와 여성 특유의 섬세함과 부드러움으로 천하의 인걸들을 끌어안고 우리 문학을 살리는 대업을 이룩하기를 바란다.

이게 나 한 사람의 바람일까?

2019년 11월 25일

# '북청 물장수'—동훈 선생

세상을 살아가노라면 두터운 정치서적이나 철학저서에서보다 한 인간과의 만남에서 더욱 많은 것을 배울 수 있는 경우가 있다. 1990년대 초 일본에서 1년 반, 1995년대 중반 한국에서 1년 간 동훈(董勳) 선생의 슬하에서 얼마나 많은 사랑과 가르침을 받았던가?

달이 가고 해가 바뀔수록 더더욱 그리운 그 얼굴, 그 목소리! 오늘도 선생님네 가족과 함께 찍은 사진을 보면서 아름다운 추억의 강을 거슬러 올라간다.


## 1. "북청 물장수"의 이야기

선생을 처음 만나 뵌 것은 1989년 12월 중순, 일본 와세다대학 정문 앞에 있는 자그마한 라면집에서였다. 이른 점심시간이라 아직 손님은 별로 없는데 안쪽에 앉아있던 50대 중반의 신사가 조용히 일어나며 반겨주었다. 중키의 다부진 체구, 이마는 약간 벗겨졌는데 안경 너머로 한 쌍의 근엄하면서도 부드러운 눈매가 조용히 미소를 머금고 있었다. 정판룡 교수님의 사진첩에서 뵌 얼굴이었다.

선생은 밥상을 사이 두고 좌정하자 우리 대학교의 박문일(朴文一), 정판룡, 주홍성(朱紅星) 등 교수들의 안부를 하나하나 자상히 물어왔다. 표준적인 서울말씨였으나 함경도 억양이 얼마간 섞여 있는 것 같았다. 선생은 여러 해 객지에서 외롭게 지내다가 문득 지나가는 고향사람을 만난 것처럼 반가움을 감추지 못했다.

선생은 1984년 8월 말 우연히 연변을 다녀간 후 우리 연변대학교 중진 교수들과는 깊은 교분을 갖고 있었고 중국에 우리 민족의 대학을 꾸리고 있는 일이 너무나 대견해 젊고 유망한 학자들을 일본에 데려다 장학금을 지급하면서 공부시키고 있었던 것이다.

"김군, 부모님은 다 건재하신가?"

"예, 두 분 다 계십니다."

"아버님의 고향은?"

"저희 아버지는 평남 평양 출신이고 어머니는 함경도 출신입니다."

"함경도? 난 함남 북청사람일세."

"죄송하지만 잘 모르겠습니다. 함경남도 북청(北靑)이라면 지금은 북한의 사과산지로 유명하지만 옛날에는 '북청 물장수'의 고향으로 유명한 고장이 아닙니까? 옛날 북청사람들은 약수 길어 팔아서 자식들을 공부시켰다고 하던데요."

내가 한마디 알은 체를 했더니 선생은 빙그레 웃으며 말을 받았다.

"허허, 그런 이야기를 북청내기들에게 했다가는 귀뺨을 맞는다구요. 자식만을 공부시킨다면 북청 물장수가 아니지요. 북청 물장수 물 길어 팔아 사촌을 공부시키고 마을 젊은이들을 공부시킨다구 해야 할 것일세…"

후에 선생의 주선으로 북청 출신의 사람들과 많이 사귀고 두루 책자를 보고 알게 된 일이지만 예로부터 북청은 교육을 숭상하고 그 자제들이 열심히 공부한 고장으로 소문이 높았다. 조선왕조시대의 유명한 재상 이항복(白沙 李恒福 1556-1618)은 "내 만일 북청에 귀양 오지 않았더라면 어찌 높은 학문과 고결한 지조를 갖춘 북청선비들과 교유할 수 있었겠는가?"라고 했고 백범 김구(白凡 金九, 1876-1949) 선생은 가는 곳마다 글 읽는 소리가 낭랑하게 들려오는 북청을 돌아보고 "독립된 후 우리나라를 북청과 같은 고을로 만들고 싶다"고 술회한 바 있다. 그래서 "교육 없이는 북청을 논하지 말라"고들 한다.

북청 물장수가 최초로 문헌에 기록된 것은 조선왕조 철종년대(1849-1863)이다. 당시 권세가였던 안동 김씨 김좌근(金左根, 1797-1869)의 서울 저택에 북청 출신의 김서방이 물을 길어댄 일이 있다고 기재되어 있다. 그러나 북청 물장수들이 서울에 모여들어 본격적으로 물장수를 하기 시작한 것은 고종년대(1863-1907)부터이다. 1868년 북청군 신창 토성리 출신인 김서근(金瑞根)이라는 사람이 서울 돈화문 앞 단칸방에서 기거하면서 과거를 보려고 서울로 올라오는 고향 선비들의 시중을 들었다. 물을 길어다 밥을 짓고 빨래를 했는데 물은 주로 삼청동 공원 안에 있는 약수터 물을 길어왔다. 부지런하고 인품 좋은 북청사람 김서근은 차차 물지게와 물통을 가지고 이웃 주민들에게도 물을 길어다 주었는데 상수도가 없던 시절이라 그 소문은 이웃으로 번져가 물을 배달해달라는 집들이 하루가 다르게 붙어났다. 그리하여 김서방 혼자서는 감당하기 어려워 고향에 연락하여 친구들을 불러다 물도가(都家)를 만들었다. 이것이 북청 물장수의 시작이며 수방도가(水房都家)의 원조(元祖)로 된다.

수방도가는 점차 서울의 명물로 등장했고 북청 물장수들은 물지게로 물을 길어 벌어들인 수입으로 자식들을 서울에 데려다 공부시켰다. 그리고 많은 북청출신의 젊은이들이 서울에 올라오면 수방도가를 거쳐 갔다. 말하자면 지금의 아르바이트 식으로 잠시 수방도가에 행장을 풀고 물지게를 지고 학자금을 벌었던 것이니 만국충절(萬國忠節) 이준(李儁, 1859-1907)도 17세 때 서울에 올라와 수방도가를 거쳐 갔다.

수방도가는 1920년대에 들어와서 수십 개로 불어났다. 그리하여 그들은 상호 연계를 맺고 서로 협동하여 체계적인 운영을 모색했다. 그 산물이 《북청청우회(北靑靑友會)》인데 이 장학회는 여러 수방도가에서 출자하는 자금을 기금으로 하여 북청군 출신 학생들에게 정기적인 장학금을 지급하면서 활발하게 뒷바라지를 했다.

1930년대에 들어와서 집집마다 상수도가 들어서면서 북청 물장수도 점차 자취를 감추었지만 그 권학사상(勸學思想)에 투철한 북청인의 교육열은 식을 줄 모르고 날이 갈수록 열기를 더해 서울에만 중산고등학교, 고명상업고등학교와 같은 10여 개 소의 학교를 설립했고 수많은 인걸들을 길러냈다. 이러한 북청 물장수들을 두고 시인 김동환(1901-미상)은 그의 시 〈북청 물장수〉(1924)에서 다음과 같이 노래한 바 있다.

새벽마다 고요히 꿈길을 밟고 와서
머리맡에 찬 물을 쏴아 퍼붓고는
그만 가슴을 디디면서 멀리 사라지는
北靑 물장수

물에 젖은 꿈이
北靑 물장수 부르면
그는 삐걱삐걱 소리를 치며
온 자취도 없이 다시 사라진다.

날마다 아침마다 기다려지는
北靑 물장수

　동훈 선생은 함경남도 북청 니곡면(泥谷面) 출신인데 그의 삼형제는 서울에 올라가 하숙을 잡고 공부를 하던 중 "6.25"전쟁이 터지는 바람에 그만 서울에 주저앉고 말았다고 한다. 선생은 전임 국무총리 이홍구(李洪九) 선생과 동기동창으로 1957년 서울대학교 법과대학을 우수한 성적으로 졸업했고 1964년부터 1971년까지는 〈서울신문〉, 〈경향신문〉의 논설위원을 거쳐 1968년부터 1974년까지 대통령비서관(政務, 司正 담당), 1975년부터 1979년까지는 통일원 차관(남북 당국회담 대표) 등 정부 고위직에 있다가 1980년 남북평화통일연구소를 창립했고 1989년대 초반 전두환 군사정권이 나오자 정계에서 은퇴했는데 1985년부터는 일본 동경대학 객원연구원으로 지내면서 남북통일연구에 집념하고 있었다.

　그 날 점심으로는 초밥(壽司) 한 접시에 라면 한 그릇씩 올랐다. 맥주 한잔 청하지 않는다. 처음 뵈옵는 어른 앞이라 술은 주어도 사양하겠지만 빈 말이라도 "맥주 한잔 들지 않겠어?" 하고 물어주지 않는 데는 객지에 온 몸이라 얼마간 서운한 마음이 들었다.

## 2. 잊을 수 없는 가이겐(外宛)의 불고기 맛

지금도 젊은이들은 일본에 가면 돈닢이 우수수 떨어지는 줄로 알고 있다. 그러나 일본은 일본인들의 천국이지 가난한 나라에서 간 유학생들에게는 결코 천국이 아니다.

매일 학교에 나가 수업을 받고 자료를 수집, 정리해 리포트(소논문 형태의 숙제)를 작성하고 아르바이트를 하고 나면 하루가 눈 깜빡할 새에 지나버리고 삭신은 물러날 것만 같다. 나와 같이 장학금을 받는 젊은이들은 그래도 얼마간 점잔을 빼며 지낼 수 있지만 사비유학생들은 1년 365일 다람쥐 채 바퀴 돌리듯 뛰어다녀야 한다. 개중에는 일본에 3, 4년씩 있었다 해도 술집 출입 한번 해보지 못한 사람도 있다. 웬만한 식당에 가도 맥주 한 병에 500엔(인민폐로 35원 좌우), 불고기 1인분에 5,000엔(350원)씩 하니 중국의 한 달 월급을 팔고 팔자 좋게 술집 출입을 할 유학생이 어디 있겠는가? 친구가 좋다고 한번 모여 불고기 파티를 열어 보라. "와리깡(割勘)"—제 각기 돈을 내여 계산을 해도 1인당 1만 엔(인민폐로 500원)씩은 내야 하니 친구 만나기도 무서운 게 일본이 아닐 수 없다.

일본에 가면 그래도 드문드문 대접은 받을 수 있지 않겠는가? 역시 천만에 말씀이다. 나는 일본에 1년 반이나 있었지만 지도교관 오오무라 교수 댁을 제외하고는 그 어느 일본인의 집에도 초청을 받아본 적이 없다. 대학원생이요, 조교요 하는 대학가의 친구들 사이 역시 야박한 "와리깡"이니 중국에 처자를 두고 온 유학생들, 번쩍번쩍 금띠를 두르고 금의환향하기를 바라는 부모처자를 생각하면 슬쩍 구실을 대고 술좌석을 피하는 수밖에 없다. 참으로 부자의 나라 일본이라 하지만 술 한 잔, 기름진 요리 한 접시가 얼마나 그리웠던가?

바로 이렇게 궁상스럽게 지내고 있는 조선족 유학생들 앞에 귀인이 강림했으니 그분이 바로 동훈 선생이었다. 우리는 선생의 지도와 후원을 받고 재일조선족유학생친목회를 조직했고 현지조사, 학술토론회 같은 행사를 자주 가졌다. 1919년 "2.8" 독립선언서를 작성했다는 동경기독교회관을 견학했고 고구려 후예들이 건너와 살았다는 사이다마현(崎玉縣)의 유명한 고마진쟈(高麗神社)도 참관했으며 일본 제일의 관광명소 하꼬네(箱根), 닛꼬(日光)도 답사했다. 사꾸라 피는 4월, 단풍이 드는 11월이면 아름다운 신주쿠교엔(新宿御苑)의 푸른 잔디 위에 노천 파티를 벌리고 춤을 추고 노래를 부르면서 향수를 달래기도 했다.

파티는 요요기(代代木) 부근에 있는 가이겐(外苑)이라는 불고기집에서 많이 했다. 나는 그렇게 맛있는 불고기를 다시는 먹어볼 것 같지를 않다. 늘 공부와 아르바이트에 지칠 대로 지치고 기름기 있는 음식을 먹지 못해 늘 속이 출출하던 우리는 사흘 굶은 호랑이처럼 기름진 불고기를 포식했다. 선생은 한 구들 되는 자식들에게 어쩌다가 좋은 음식을 얻어다가 배불리 먹이고 있는 어버이처럼 내내 입을 다물지 못했고 실없이 젊은이들과 농담을 주고받기도 했다. 그리고는 자꾸 술이며 안주를 새록새록 청했다. 술과 안주도 당신 자신이 직접 청하지 않고 나를 보고

"간사장 동지, 술이 좀 부족허구만. 한 잔 더 하지요. 고기도 좀 더 시키고…"

하고 화기 오른 안경을 벗으며 두 눈을 끔뻑해 보였다. 내가 친목회의 간사장 직무를 맡고 있다고 일부러 "간사장동지, 간사장동지" 하고 일본식으로 개여 올리는 것이었다. 당신 자신은 친목회의 보통 회원이고 질긴 술꾼인 것처럼 말이다.

선생은 낮에는 절대로 술 한 잔 하지 않았고 일본 소주보다 맥주를 더 즐기는 편이지만 일단 저녁에 우리 젊은이들을 만나 기분이 좋으면 2차, 3차로 대작을 하곤 했다. 그리고 술값은 꼭 당신 자신이 내곤 했다. 눈치 빠른 친구가 먼저 결산을 하면 크게 화를 냈다.

"이 봐, 동경바닥의 주인은 내가 아닌가? 썩 물러서게. 자네들의 술대접은 연변에 가서 받겠어!"

우리 유학생들이나 방문학자들 뿐만 아니었다. 학술회의나 무역상담 차로 일본에 온 중국의 조선족 학자들, 기업인들 모두가 동훈 선생의 신세를 지고 있었다. 선생이야말로 우리 중국조선족들에게는 동경의 급시우 송강(急時雨 松江)이었다.

1990년 8월 제2차 오사카조선학국제학술대회에 참석한 중국 측 대표 96명이 동경을 거쳐 귀국할 때 역시 가이겐 불고기집에서 대접을 했다. 미닫이들을 활짝 밀어놓고 두 줄로 길게 차린 불고기상이 장관을 이루었다. 8월 삼복염천이라 후끈후끈한 화기가 진동하고 불고기 굽는 소리가 요란한 가운데 앉은걸음으로 이리 저리 자리를 옮기면서 술잔을 권하는 선생의 모습, 이마며 콧등에는 땀이 송골송골 돋아 있었다. 참으로 보기에 민망했다. 연변사람들에게 무슨 신세를 졌기에, 중국 조선족과 무슨 인연이 있기에 바람처럼 지나오고 지나가는 사람들을 이처럼 극진하게 대접하는 것일까?

말 타면 경마 잡히고 싶다고 그 무렵 우리는 조상의 나라 한국에 가 보고 싶었다. 1990년도라 그때만 해도 친척 초청이 아니고는 한국에 가기가 하늘의 별 따기였다. 그래도 일본에 있는 중국조선족 학자라면 찬스를 잡을 수 있었지만 아직 학문적 깊이가 없는 우리들을 어느 대학교에서 초청해 주며 설사 초청을 해준다 해도 아르바이트로 살아가는 우리 고학생들이 무슨 자금으로 한국나들이를 한단 말인가?

우리의 말 못하는 사정을 손 끔 보듯 하는 선생은 그 당시 오사카 국제해상운수주식회사 사장으로 계셨던 허영준 선생을 찾았던 모양이다. 그때만 해도 허영준 사장은 재일동포들 중에 손꼽히는 기업인이요, 자산가였다. 그는 일본의 고베항(神戸港)과 한국의 부산항을 나드는 기선(輪船)과 화물선을 가지고 있었고 부산에 크라운호텔, 서울 강남에 리버사이드호텔도 가지고 있었다.

"허사장님, 지금 중국에 살고 있는 우리 동포 젊은이들이 동경대학, 와세다대학과 같은 일본 명문대학에 와서 공부하고 있습니다만 한국을 모른답니다."

"일본은 알고 자기의 모국은 모르다니요?"

격장법(激將法)이 바로 들어맞았는지라 동훈 선생은 한 술 더 떴다.

"허리띠를 졸라매고 고학을 하는 젊은이들이 아닙니까? 무슨 돈이 있어서 한국관광을 하겠습니까? 하나같이 머리들이 총명하고 열심히 공부들을 하니까 장차 큰 재목이 될 건데 참, 나도 옆에서 보기가 딱하군요…"

"아니, 돈이 없어서 모국도 가보지 못하고 있단 말씀입니까? 그 돈은 제가 내놓을 테니 동 선생께서는 주선만 해 주십시오."

마침내 동훈 선생의 주선으로 우리 조선족 유학생 25명(그 가운데 金壽錄씨의 10살 먹은 딸과 金光林씨의 7살 먹은 아들놈도 있었다)은 고베(神戸)에서 오림피아호 기선을 타고 부산을 바라고 떠날 수 있게 되었다. 부산의 크라운 호텔에 묵으면서 3박 4일, 서울의 리버사이드호텔에 묵으면서 5박 6일, 토끼장 같은 다다미방에서 살던 우리는 금시 중동 석유왕국의 왕자가 된 기분이었다. 매일 관광버스를 타고 노래를 부르면서 모국의 도시와 명승고적들을 돌아보았고 저녁이면 저마다 널찍한 호텔 방을 차지하고 오랜만에 늘어지게 발 편 잠을 잘 수 있었다. 동훈 선생은 허영준 사장네 팀과 함께 서울까지 날아와 우리들에게 일일이 용돈을 주었고 대통령 각하도 가끔 찾아오신다는 유명한 신라술집에서 연예인들까지 불러 풍악을 잡히며 풍성한 환영만찬을 베풀어주었다.

그 때 그 감격과 감동을 어찌 한 입으로 다 말할 수 있으랴!

### 3. "코리아인도 문화민족임을 알려 줘야지요"

선생은 사모님과 아들 동헌(董憲)과 함께 동경에 살고 있었고 그분의 큰따님은 미국에서, 작은따님은 서울에서 공부하고 있었다. 선생네 가족은 동경에서 아파트를 전세 맡고 살았는데 내가 일본에 있는 사이에도 신주쿠구(新宿區)에서 시부야구(涉谷區)로, 다시 나카노구(中野區)로 자주 이사를 했다.

아직도 음으로 양으로 민족차별을 하고 있는 나라가 일본이다. 요사스러운 일본인 부동산 업주들은 한국인에게 좀처럼 세를 주지 않았고 세를 주었다가도 마음에 내키지 않으면 이런 저런 구실을 대고 아파트를 내게 했다. 선생네가 신주쿠구 쪽에서 시부야구 쪽으로 옮길 때, 우리 유학생 친구들 몇이 달려가 이사를 거들어준 적 있었다.

요통(腰痛)을 심하게 앓고 있는 사모님까지 나오셔서 짐을 싸고 있었다. 우리는 운송회사 직원들을 도와 짐을 메여 나르느라고 땀을 뻘뻘 흘렸는데 선생만은 부지런히 화장실에서 욕조를 닦고 있었다. 당장 내야 할 집인데 괜히 부득부득 청소할 건 뭔가? 오히려 옆에서 보기가 민망스러웠다.

공자님 이사에 책 보따리밖에 없다더니 무슨 책 상자가 그렇게 많았던지! 우리가 5층에서 1층까지 이삿짐을 다 메여 내렸건만 선생은 화장실을 청소하고 나서 구들에 물수건을 놓기에 여념이 없었다. 선생은 허리를 펴고 우리를 둘러보더니

"짐을 다 내려갔으면 창문들을 닦아주게."

하고 걸상을 내주었다. 나는 어처구니가 없었다.

"당장 낼 집인데 청소를 해선 뭘 합니까?"

선생은 가타부타 말이 없었다. 선생은 물수건으로 문고리들을 샅샅이 훔쳐내고 있을 뿐인데 사모님이 곱게 눈을 흘기며 끌끌 혀를 찼다.

"저 양반은 이사할 때마다 저런 답니다. 새로 드는 집주인에게 코리아인들도 문화민족임을 알려 줘야 한다고 말예요. 열 번 지당한 말씀이지만 고양이 손이라도 빌려 써야 할 땐데 번마다 참 코 막고 답답하지요."

그제야 우리는 얼마간 깨도가 되어 선생을 거들어 일손을 놀렸다.

이젠 집안 어디를 보나 신접살림처럼 알른알른 윤기가 돌았다. 나는 분명 내일 찾아들 주인의 휘둥그런 눈동자를 보는 것만 같았다.

참으로 우리민족 한 사람 한 사람이 세계의 어디에 가서 살든지 밝고 깨끗한 모습을 보여줄 때, 자기의 인격과 품위를 지킬 때 세계인들도 우리를 다른 눈길로 볼 것이 아닌가?

이뿐만이 아니었다. 선생은 사사건건, 구석구석에서 우리 촌뜨기 유학생들에게 귀감을 보여주었다. 우리와의 약속을 단 한 번도 어긴 일 없었고 약속 장소에는 단 1분도 지체하지 않고 와 계셨다. 그렇게 술을 즐기는 분이지만 낮에는 단 한 모금도 술을 하지 않았다. 언제나 남색 정복에 반듯

하게 넥타이를 매고 다니는 신사 풍의 깔끔한 모습, 그분의 단정하고 빠른 걸음은 우리 젊은이들도 무색케 했다.

"옛날 개념으로는 부자들 모두가 뚱뚱보로 되어 있지만 현대 부자들은 모두 날씬한 편이거든. 여기 일본의 마쯔시다나 쏘니의 회장도 그렇고 한국의 정주영, 김우중 회장도 그렇단 말이야. 그러니 호웅씨도 부자로 되려거든 체중부터 줄여야 하겠어."

선생은 체중이 90킬로그램 육박하는 나를 두고 가끔 농을 걸기도 했다.


## 4. 넉넉한 유머와 백성의 통일논리

동훈 선생과 앉으면 언제나 우리 젊은이들 쪽에서 찧고 까불면서 이야기를 많이 한다. 선생은 빙그레 웃으면서 다만 젊은이들의 이야기를 들어줄 뿐이지 절대로 당신 자신의 인생경력이나 인생철학을 도도하게 펴내지 않는다. 혹시 좌중에 젊은이들을 상대로 고담준론을 펴내는 어르신네가 있으면 슬쩍 우스운 이야기를 꺼내 화제를 돌리군 했다.

하지만 선생은 박문일, 정판룡 등 선생들과 함께 앉은자리에서는 가끔 허물없이 농담을 주고받거나 진한 육담마저 꺼내군 했다. 그런 자리에서 귀동냥으로 들은 〈바나나〉, 〈저희야 동그라미가 있어야지요〉와 같은 이야기는 영영 잊을 것 같지 않다. 실례지만 이 자리에서 하나만 옮겨보고자 한다.

대한민국 어느 기업의 회장 어른께서 양쪽에 쭉 중진들을 앉히고 중요한 회의를 하는 판인데, 비서란 놈이 살그머니 다가와 귀에 대고 한마디 여쭈지 않겠습니까?

"그분께서 오셨는데요!"

비서가 말하는 "그분"이란 물론 회장 어른이 비밀리에 좋아하는 젊은 여자지요.

"왜 또 왔지?"

회장 어른이 못마땅한 표정을 짓는데 비서란 놈이 슬쩍 원탁 밑에 오른 손을 넣더니 먼저 왼손 장지(長指)와 식지(食指)로 동그라미를 만들어 보이며

"이것 아니면…"

하고 다시 오른손 장지를 식지와 중지 사이에 삐죽이 넣고 주먹을 불끈 쥐더니

"이것 아니겠습니까?"

하고 소곤거렸습니다.

왼손 장지와 식지로 동그라미를 만들어 보이는 건 돈을 의미하고 오른손 장지를 왼손 식지와 중지 사이에 삐죽이 넣어 보이는 건 섹스를 의미함을 회장 어른도 잘 알고 있었습니다.

"지금 회의 중이지 않은가? 임자가 알아서 잘 모시도록 하게!"

회장 어른이 난색을 하면서 비서를 물리치고 다시 회의를 주최했습니다…

이튿날 아침이었습니다. 문서를 들고 들어오는 비서를 보고 문득 어제 있었던 일이 생각나는지라 회장 어른이 물었습니다.

"이 사람아, 어제 그분은 잘 모셨는가?"

그러자 비서란 놈이 싱글벙글 웃으면서 또다시 왼손 장지와 식지로 동

그라미를 지어 보이면서

"저희야 동그라미가 있어야지요. 그래서 이것으로 잘 모셨지요!"

하고 오른손의 시뻘건 장지를 왼손 식지와 중지 사이에 삐죽이 넣으면서 주먹을 불끈 쥐어 보이는 것이었습니다.

이쯤하면 좌중은 그만 포복절도하게 된다. 말뚝이가 양반을 야유하고 골려주는 〈봉산탈춤〉의 현대판이라 하지 않을 수 없다. 그래서 선생을 모신 자리는 늘 즐겁고 배울 것이 많다.

이러한 선생의 따뜻한 인간애와 뛰어난 유머 감각은 그의 칼럼에서도 유감없이 드러난다. 서울법대를 졸업하고 30대 초반에 〈서울신문〉과 〈경향신문〉의 논설위원으로 맹활약을 했던 선생, 최근에도 〈동아일보〉와 〈문화일보〉에 칼럼들을 실어 세계정세의 추이와 한반도의 분단 상황을 면밀히 분석하고 현 당국의 통일정책의 문제점을 날카롭게 진단하고 있다. 마침 여기에 필자가 눈에 띄는 대로 스크랩해 두었던 선생의 칼럼 몇 편이 있다. 〈統一의 논의-'政治打算' 해선 안 된다〉(88.7.1), 〈北京 東京 平壤서 본 서울〉(97.12.15), 〈개혁의 2가지 필요조건〉(98.2.4), 〈통일정책 大道로 가라〉(98.2.13), 〈이산가족문제 접근법〉(98.3.8), 〈남북대화 大局的으로〉(98.4.10), 〈'소떼 訪北' 남북해빙 계기로〉(98.6.15), 〈北韓 상공에서의 묵상〉(98.12.29), 〈욕심보다 '차가운 머리로'〉(00.6.19) 등 9편이다. 이는 선생께서 지금까지 제출했고 발표했던 수많은 보고, 칼럼, 논설을 놓고 보면 그야말로 빙산의 일각에 지나지 않지만 이 9편의 칼럼을 통해서도 선생님의 사상과 철학을 얼마간 엿볼 수 있다.

첫째, 선생 역시 1천만 이산가족의 한 사람이기 때문에 그의 통일철학은 철두철미 순박한 백성의 소원과 논리에 뿌리를 두고 있다. 선생은

1947년 봄, 병석에 계시는 어머님과 어린 동생들을 두고 북청을 떠났는데 그 동안 아버님은 옥살이와 강제노역으로 끝내는 참혹하게 죽음을 당했고 누이동생 경희와는 생이별이 되고 말았다. 하기에 선생은 말한다. "50년 세월을 하루같이 헤어진 혈육의 정을 못 잊은 채 끝내는 북녘을 향해 머리라도 돌려서 숨 거두게 해달라는 실향민들의 애통된 호곡에 이제 정말 귀를 기울려야 한다. 한을 안은 채 한줌의 잿가루가 된 어버이 유해를 휴전선 북녘에 날려 보내며 흐느끼는 비운의 겨레를 외면하면서 거기에 무슨 민족이요, 통일이요를 외쳐대겠다는 건가."

선생은 이산가족의 아픔은 도외시하고 제 잇속만을 채우려는 당국자들을 비판한다. "쌀을 주면 군인이 먹으면서 남침할 기운을 차릴 것이기 때문에 주어서는 안 된다고 한다. …통일을 해서는 안 된다고도 한다. 독일통일이 어쩌고저쩌고 하면서. 요는 북한동포와 함께 살게 되면 돈이 많이 든다는 것. 비유하자면 옹졸한 졸부 집안에서 노부모도 귀찮고, 남루한 친척 왕래도 싫고 남남으로 살아야 내 돈이 축나지 않는다는 요지다. 결코 축복받지 못할 것이다. 순박한 백성들 사이의 흐뭇한 겨레사랑, 그리고 역사 감정을 함께 이어가는 것이 통일의 원점이 아닐까."

둘째, 선생은 통일문제를 백성의 논리로 접근하고 있는 것만큼 "통일정책은 민족의 역사에서 큰 발전을 향한 웅대한 과제이므로 그 기조로부터 표현문구에 이르기까지 후대의 기록에 부끄러움이 없을 만큼 격조 높은 것"이어야 하며 "그 동안 쌓인 갖가지 자가당착의 모순과 불합리를 청산, 정리하고 이치에 맞고 원칙에 충실함으로써 통일정책은 당당하고 대도(大道)로 가야할 것"이니 "남북관계에서 대결과 승패의 관념은 극복되어야 하고 "너"와 "나"가 "우리"로 되게 하는 데는 정직과 성실이 근본이

돼야 할 것이라고 주장한다.

선생은 "오늘날 대명천지에 잔꾀나 속임수에 넘어갈 사람도 없고 공작이나 술수에 의해 나라가 통일되지 못한다는 것은 상식이다. 무슨 기발한 계략을 내놓는 경쟁이 된다든지 나라 안팎의 하찮은 관중석을 의식해서 무엇을 보여주기 위한 행사나 연출 같은 발상은 하지 말아야 한다"고 충고한다. "남북 사이의 접촉, 통일 논의에는 결코 '단독'도 '밀실'도 없다. 가상(假想)이지만, 남과 북이 마주하는 곳마다 육안으로는 보이지 않으나 자리 하나가 마련돼 있다. 그것은 다름 아닌 '역사의 눈'이 임하는 자리다. '역사의 눈'은 실로 냉철, 엄격하며 후대 역사에 진실을 전하고 시비를 분별해 줄 것이다." 그리고 "역사의 눈"은 민족사적 정통성 위에서의 민족 발전과 민주주의의 상궤(常軌)를 일탈하지 못하도록 예의 주시할 것이다."

셋째, 선생은 통일정책은 북과의 상관관계에서만 볼 것이 아니라 국내 정책의 연장선에서 보아야 한다고 주장한다. "장차 통일된 나라에서 이룩하고자 하는 이상적인 사회상을 미리 우리 주변에서부터 구현시켜 나가는 다양한 노력이 바로 통일정책"이며 "청결한 정부, 질서 있는 공평한 사회를 이뤄 바람직한 통일의 모태를 만드는 개혁이 바로 중요한 통일정책"이기 때문이라고 한다. 동훈 선생은 특히 개혁이 번번이 실패하는 원인을 꼬집고 나서 "개혁의 두 가지 필요조건"을 말한다. 첫째는 개혁의 추진주체부터 깨끗해야 한다는 것이고, 둘째는 사법이라는 반성기능이 정상 작동되어야 한다는 것이다. 첫째 필요조건을 논하면서 선생은 다음과 같이 형상적으로 비유한다.

"개혁은 개혁을 이끌 사람들이 '규격(規格)'에 맞아야 할 것이다. 수없이 반복된 지난날 개혁시도마다 좌절된 경우를 '반면교사(反面教師)'로 알 수 있듯이, 개혁을 추진하는 사람들이 규격에 맞을 때에만 국민은 한편이 돼주고 그래서 성취도 남겼다. 그 규격이란 어떤 것일까. 간단명료하다. 개혁을 들고 나왔으면 개혁의 전 과정에서 자신에게 엄격함으로써 흠 잡힐 일을 하지 말아야 한다. 감히 남(국민)에게 도덕률 준수까지 당당히 강청할 수 있자면 그들 자신이 행적과 도덕성에서 양심(良心)으로부터의 합격판정을 받을 수 있어야 한다. 만일에 규격의 잣대가 헷갈리면 이런 경우를 상상해 보아야 한다.

"세상에 알려진 사기, 변절, 방탕에다가 이혼경력도 있는 사람이 어느 날 말끔히 단장하고 주례석에 서서, 인간이란 정직해야 하고 지조도 있어야 하며 조강지처와는 백년해로 운운하면서 진지한 표정을 짓는 것을 보는 손님들은 실소(失笑)할까, 존경할까."

한마디로 동서고금을 주름잡는 해박한 지식, 역사와 현재와 미래를 꿰뚫는 긴 안목, 종횡무진의 비유와 풍부한 유머, 그래서 우리는 선생의 칼럼을 좋아한다. 바꾸어 말하면 선생을 통해 우리는 열 대학 교수들에게서 배운 것보다 더욱 많은 것을 배웠다.

## 5. "연변대학교를 잘 가꾸어야 조선족사회가 살아납니다"

일본에서 어느덧 1년 반의 유학생활을 마치고 귀국하게 되었다. 선생은 신주쿠에 있는 스미도모(住友) 빌딩 55층에 있는 대동문(大同門) 한식관에서 우리 부부를 위해 환송 파티를 차렸다. 그 때 일본에 있던 큰따님과 아드님은 물론이요, 사모님까지 불편한 몸에 쌍엽장을 짚고 나와 주셨다. 초밥에 불고기, 그 외에도 이름 모를 안주들을 많이 청해놓고 양껏 술잔을 내며 이야기꽃을 피웠다. 그 때 남긴 사진은 지금도 나의 가장 귀중한 기념물로 남아있지만 그 날 연변의 한 젊은 학도에게 남긴 한마디 말은 지금도 나의 가슴을 울리고 있다.

"연변의 명동학교가 유명했다는 말을 들었어요. 안수길 선생의 소설에도 배경으로 나오지만 김약연 선생과 같은 반일투사가 교편을 잡았구 윤동주, 송몽규 같은 민족시인들도 많이 배출했다구 하더군… 일본에 왔기에 하는 말이지만 일본에도 유명한 학교가 있었어요. 저 야마구치현에 가면 쇼오카손쥬쿠(松下村塾)라는 유명한 사숙이 있어요. 명치유신을 주도하고 일본의 근대화를 선도해나간 유명한 인물들, 말하자면 다카스키 신사쿠(高杉晉作), 이도 히로부미(伊藤博文), 구사카 겐즈이(久坂玄瑞), 요시다 도시마로(吉田稔磨), 마에바라 이츠세이(前原一誠), 시나가와야 지로(品川彌二郞)와 같은 거물들을 길러냈단 말일세. 자그마한 시골 사숙에서 명치정부의 중신(重臣)들을 거의 전부 키워냈다는 말이 되겠지.

아무렴, 왕후장상에는 씨가 따로 없는 법이지. 우리말로 하면 개천에서 용 나고 말이야. 아무튼 일본에서 공부하고 돌아간 친구들이 연변대학을 잘 꾸려주게. 연변대학을 잘 가꾸어야 조선족사회가 살아납니다. 헌데 요즘 나를 바라고 일본에 오는 중국의 젊은이들이 뼈가 없단 말이야. 여기 3류, 4류 대학에 와서 뭘 하나. 동경대, 와세다대 같은 명문대학이 아니면 안 돼요. 그런 명문대학에서도 일본인들을 젖히고 수석(首席)을 차지해야지…"

그 날 밤 동훈 선생은 사모님과 자제분들을 먼저 보내고 우리 부부를 데리고 동경의 밤거리를 거닐다가 자그마한 닝교(人形)들을 벽장에 총총 앉혀놓은 토속음식점에 들어가 또 술상을 마주 하고 앉았다. 선생은 우리 내외에게 정교한 손목시계 하나씩 선물하고 봉투 하나를 건네준다.

"일제 텔레비전이 좋다고들 하니까 이 돈으로 부모님께 텔레비전 한 대 사다가 선물하게. 일본 유학을 하고 돌아가는 아들놈이 선물이 없어야 안 되지."

얼마나 마셨을까? 점점 말씀이 적어지고 술잔만 내는 선생, 이 새파란 젊은이와의 작별을 그토록 아쉬워하던 선생의 모습이 지금도 눈앞에 선하다.

마지막 작별은 아카사카(赤坂) 역에서였다.

"잘 다녀가. 그리고 일본에도 늙은 형 하나 있다고 생각해 주게. 아무리 바쁘더라도 일 년에 한 번씩 연하장이야 주겠지 허허…"

선생은 물기 어린 두 눈을 슴벅거리면서 돌아섰고 나는 승객들 속으로 사라지는 선생의 뒷모습을 보노라니 눈물이 앞을 가렸다.

10여 년 전 선생께서 북청 물장수의 사랑으로 키워준 가난한 유학생들이 자랑스럽게 일본 명문대학의 박사학위들을 따냈다. 김희덕씨와 김광림씨는 동경대학에서 박사학위를 받았고 이상철씨는 죠지대학(上智大學)에서, 한족인 노학해씨는 쯔꾸바대학(築波大學)에서 박사학위를 받았다. 그리고 동훈 선생께서 길러준 20여 명의 장학생들 중 그 대부분이 귀국해 연변대학의 중견 교수로, 지도일군으로 맹활약을 하고 있다. 사범학원 원장으로 있는 이학박사 최성일씨, 외사처 처장으로 있는 황건씨, 일본어학과 학과장으로 있는 권우씨, 도서관 관장으로 있는 한철씨, 그 외에도 조문학부의 김병활 교수, 체육학부의 김영웅 제씨들도 중견교수로 열심히 일하고 있다. 참으로 선생께서 심고 가꾼 자그마한 솔씨들이 낙락장송으로 자라난 것이다.

선생은 연변대학의 성장과 발전을 위해 인재들을 양성했을 뿐만 아니라 연변대학의 기초건설에도 많은 기여를 하셨다. 1980년대 중반 선생께서는 대우그룹의 지원을 유치해 한화로 3,000만원에 달하는 한국의 최신 학술도서 1,500권을 기증했다. 지금 전국의 수많은, 대학 가운데서 가장 아름답고 웅장한 연변대학교 정문도 한화로 2억 원 이상의 자금이 들었는데 역시 선생의 노력이 결정적인 역할을 했다.

고마운 동훈 선생, 지금은 동경의 어느 거리를 거닐고 계실까, 아니면 서울의 대우빌딩에 있는 남북평화통일연구소에서 칼럼을 집필하고 계실까? 대한민국 통일고문회의 고문, 동아일보사 21세기평화재단 이사, 명지대학교 교수(겸), 사단법인 평화포럼 이사, 남북평화통일연구소 소장 등 중책을 맡고 일하는 선생은 1989년 이래 남과 북의 교류를 위해 10여 차 조선을 방문했는데 지금도 노익장의 정열로 한반도의 평화와 통일을 위해 혼신의 정열을 쏟아 붓고 있다.

연하장 한 장 띄우면서 선생의 건강과 가족의 평안을 두 손 모아 빌 뿐이다.

1998년 12월 20일

# 오오무라 선생

"오오무라 선생이 오신다네요."

그날도 피치 못할 술자리가 있어 술 한 잔 걸치고 집에 들어서자 집사람이 반색을 하며 알린다.

"언제요?"

"북경에 있는 따님 댁에서 전화를 주신다고 하셨는데 내일 저녁 일곱시 10분 연길공항 도착이랍니다."

왜 오실까? 올봄 정년을 했고 지난해 말 서울대학교 세미나에서 그분의 제자인 호테이 토시히로(布袋敏博) 씨를 만났을 때《오오무라 교수 정년 기념 논문집》을 내니까 논문 한편 보내 달라는 부탁을 받았었다. 이젠 정년을 하셨으니 부득부득 연변에까지 와서 자료를 찾을 리도 없다. 황차 2년 전 연변에 오셨을 때 선생은 다시 연변에 올 것 같지 못해서 부인과 함께 정든 연변대학교 캠퍼스를 한 바퀴 돌았다고 했다. 그 때 선생의 얼굴에 비꼈던 쓸쓸한 미소를 보는 것 만 같은데 또 연변에 오신다니 잘 믿어지지 않았다.

아무튼 다시 연길에서 오오무라 선생 내외분을 뵙게 된 일이 기뻤다.

언제나 그림자처럼 붙어 다니는 그들 내외분의 정다운 얼굴이 선히 떠오른다.


## 연변을 찾은 일본인 교수

1985년 4월 12일, 연변대학 캠퍼스에 동부인을 한 미남형의 일본인이 문득 나타났다. 이 분이 바로 일본 와세다대학(早踏田大學校) 교수인 오오무라 선생이다. 그 무렵 나도 석사과정을 밟고 있었는지라 가끔 도서관에서 선생 내외분의 얼굴을 뵐 수 있었다. 50대의 오오무라 선생은 머리에 흰 서리가 내렸지만 수려한 얼굴에 짙은 눈썹, 언제나 조용히 미소를 짓는 모습이었다. 그의 부인 아키코(秋子) 여사는 제주도 출신의 한국인인데 서화에도 능했고 말솜씨도 좋았다. 그녀는 언제나 생글생글 미소를 머금고 오오무라 선생의 옆에서 시중을 들고 난감한 장면이 벌어질 때마다 재치 있게 농담으로 넘겨버리곤 했다. 한국여성이라 하지만 말 그대로 부군의 손과 발이 되어 부지런히 움직이는 예의 바른 "옥상"이었다.

일본어깨나 하는 연변대학 학생들은 자신의 일본어 실력을 테스트해 보려고 싱글싱글 웃으면서 다가가 말을 걸곤 했다. 오오무라 선생은 온화한 얼굴에 조용히 미소를 지을 뿐인데 그 대신 사모님이 상글상글 웃으며 말을 받아 주었다. 나는 명색이 대학원생이라 주책머리 없이 일본어로 말을 걸 수도 없어 후배들의 짓거리를 재미있게 건너다 볼 뿐 선생네 내외분에게 직접 인사를 드리지 못했다.

오오무라 선생을 연변에 초청한 분은 정판룡 선생이었다. 그 무렵 정판룡 선생은 연변대학교 부총장으로 외사부문도 관장하고 있었는데 어느 날 전경(田京) 외사부장으로부터 한 일본인이 연변대학에 와서 조선족문학사도 배울 겸 무료로 일본어를 강의해 주겠다고 한다는 보고를 받았다. 그래서 서류를 본즉 일본의 명문 와세다대학교 교수였다. 한창 일본어 교수가 부족하던 때였으니 이야말로 설중송탄이 아닐 수 없었다. 서둘러 초청장을 띄워 보냈고 마침내 오오무라 선생 내외는 연변땅을 밟게 되었다.

오오무라 선생은 1933년 생, 1957년 와세다대학 정치경제학부를 졸업했다. 아무리 명문대학이라 해도 모든 학부가 다 유명해야 한다는 법은 없다. 와세다대학 하면 정치경제학부와 문학학부가 유명하다. 그런데 선생은 정치경제학부를 다녔지만 문학을 좋아했다. 그래서 대학을 졸업하자 도쿄도립대학 대학원에 입학해 중국문학을 전공했고 그 후에는 한국문학에 매료되었다. 한국문학을 연구하자면 한국어를 배워야 했다. 그래서 오오무라 선생은 시나노마치(新濃町)에 있는 조선회관에 가서 조선어를 공부했다. 바로 거기서 우연히 아키코라는 조선인 처녀를 만나 서로 사랑을 속삭이게 되었다. 민족은 달랐지만 두 청춘남녀는 서로 아끼고 사랑하면서 조선어를 배우고 한국문학을 널리 탐독했다. 특히 최서해, 김정한, 정지용, 이육사, 윤동주의 작품에 몰입했다.

그런데 호사다마라고 이들의 사랑은 양쪽 가정의 극심한 반대를 받았다. 정치경제학을 공부해 일본경제를 주름잡을 경제인으로 대성하기를 바랐던 오오무라의 부친은 애초부터 자식이 경제학을 포기하고 문학을 좋아하는 일을 고깝게 생각하던 차 조선인처녀와 결혼을 하겠다고 하자 결사반대를 했다. 고집스러운 노인은 임종을 앞두고도 자식을 용서해주지 않았다. 노인은 세 아들에게 똑같이 유산을 남겨놓았으되 막내아들 오오무라 마스오에게만은 "그놈의 몫은 남겨두었다가 회과자신을 하거든

주어라”고 큰아들에게 유언을 남겼다고 한다. 아키코 여사의 가정도 그녀가 일본인과 결혼하는 것을 한사코 반대했다.

오오무라와 아키코는 와세다대학 초대총장을 지낸 오오쿠마(大隅)의 이름으로 되어 있는 오오쿠마강당(大隅講堂)에서 조촐하게 결혼식을 올렸다. 물론 양 쪽 부모들이 참가하지 않은 쓸쓸한 결혼식이었다. 오오무라 선생의 큰형이 부친 몰래 참가해 얼마간 위안이 되었다고 한다.

결혼은 했지만 오오무라 선생이 고등학교 국어교사를 지내면서 받는 몇 푼 아니 되는 월급으로는 자택을 마련할 수 없었다. 여기저기 옮겨 앉으며 토끼장만한 셋방에서 살아야 했다. 하지만 선생은 눈물을 속으로 삼키며 더욱 열심히 공부를 했고 아키코 여사도 군소리 하나 없이 선생의 박봉으로 용케도 살림을 꾸려나갔다. 고진감래라고 1964년 오오무라 선생은 하늘의 별 따기나 다름없는 와세다대학 전임강사로 발령을 받았다. 이에 오오무라의 형님들은 가문을 빛냈다고 막내 동생을 용서하기로 하고 그의 몫으로 남겨두었던 유산으로 살림집을 마련해 주었다.

오오무라 선생 내외는 슬하에 아들 둘에 딸 하나를 두었는데 따님은 벚꽃같이 화사하게 생긴 전형적인 일본미인이다. 그런데 이름은 미찌노이다. 말하자면 조선의 삼천리강산을 사랑한다는 뜻으로 미찌노(三千野)라고 이름을 지었다. 이젠 이 딸도 세 아들의 어머니가 되었다. 처녀시절 북경대학에 유학을 와서 중국어를 배우다가 역시 같은 대학에 유학을 온 이탈리아 총각과 사귀게 되었는데 지금은 남편이 북경 주재 이탈리아회사에 근무하고 있어 일가족 다섯 식구가 북경에 살고 있다고 한다. 젊은 내외에 사내자식 셋이다.

“사내놈 둘을 낳았는데 올해 또 사내놈 하나를 낳았다오. 우리 사위나

딸년이 다 욕심꾸러기지! 이렇게 계속 가을무 뽑듯이 낳다가는 아들만 한 개 분대를 낳을 거야!"

언제인가 아키코 여사가 나를 보고 혀를 끌끌 차던 일이 떠오른다.


## 한 점 한 점 바둑을 두듯이

연길에 다녀 갈 때마다 먼빛으로만 뵈어 오던 오오무라 선생과 깊은 인연을 맺게 된 것은 1980년대 말이었다.

1989년 초봄, 나는 연변대학의 추천을 받고 방문학자로 일본에 갈 수 있는 기회를 잡았다. 우리 조문학부 교원들 중에서 처음으로 일본에 가는 판이라 그야말로 모두의 부러움을 한 몸에 받았다. 월 12만 엔(약 1,000달러)의 연구기금은 연변대학을 후원해 주고 있는 한국 민간재단의 지원을 받게 되었으니 나를 초청해 줄 일본의 대학만 찾으면 되었다. 일본에 전혀 인맥이 없는 나로서는 앞이 캄캄했다. 나는 또 정판룡 선생을 보고 떼를 쓸 수밖에 없었다. 정판룡 선생은 그 때 마침 연변에 와 있던 오오무라 선생에게 부탁을 해보자고 했다.

정판룡 선생이 일러 주는 대로 연변빈관에 머무르고 있는 오오무라 선생 내외를 찾아갔다. 내가 어설픈 일본어로 인사를 드렸더니 오오무라 선생은 오히려 표준적인 한국말로 맞아주었다. 일본에 돌아가면 와세다대학 당국에 제출해 보겠다고 했다. 먼저 전임교수회의, 그 다음 관리위원회의 인가를 받아야 한다고 했는데 초청 절차가 꽤 까다로운 것 같았다.

앞으로 크게 신세를 질 분이라 저녁을 대접하고 싶었다. 그러나 오오무라 선생은 선약이 있노라고 하면서 굳이 사양했다. 중국에서는 식사대접을 사양하면 대체로 부탁한 일을 건성건성 해치우기 마련인지라 나는 오오무라 선생이 진짜로 힘을 써줄는지 적이 근심이 되었다.

하지만 귀국 후 어김없이 서류를 보내주었고 연구계획서를 쓰는 요령까지 자상히 적어 보내왔다. 1989년의 "6.4사태" 때문에 오히려 내 쪽이 발목을 잡혀 시간을 많이 지연시켰지만 오오무라 선생은 느긋하게 기다려 주었다. 겨우 출국수속을 마치고 동경에 도착하는 일자를 알리매 와세다대학에서 10분 걸리는 곳에 있는 와게이쥬끄(和敬塾)라는 숙소까지 잡아주었다. 마에가와(前川)라는 기업인이 헌금해 지은 학생기숙사인데 방은 좀 비좁았지만 별도로 자체의 도서관을 가지고 있었다. 정원은 숲이 우거지고 소형 배구장, 테니스장 등이 구전해 참으로 공부하는 사람이 지내기가 좋은 곳이었다. 나는 거기서 편히 지낼 수 있었지만 한 달 숙박비 7만 엔씩 고박꼬박 내야 했다. 연변의 가난한 대학 강사로 놓고 말하면 너무나 비싼 편이었다. 호사스럽게 지내다가도 달마다 숙박비로 7만 엔의 거금을 낼 때는 우리 중국에서 온 젊은이들의 어려운 사정을 잘 모르는 오오무라 선생이 적이 원망스러웠다.

처음으로 와세다대학에 나간 날, 오오무라 선생은 나를 데리고 와세다대학 중앙도서관이며 여러 학과에 있는 자료실들을 돌아보며 관계 부서 인원들에게 인사를 시켰다. 실은 오오무라 연구실에 있는 책만 다 보자 해도 몇 년이 걸릴 것 같았다. 그때만 해도 연변에서는 한 책도 구할 수 없는 한국의 문학관계 서적들과 《한국문학》, 《문학사상》과 같은 문학잡지들이 사면에 둘러선 높다란 책장에 무너지게 꽂혀있었다. 두어 달 후 오오무라 선생네 자택에 갔다가 더욱 놀랐다. 과수원 속에 자리 잡은 아담한 2층 양옥인데 1층 절반은 거의 자료실로 쓰고 있었다. 중국문학, 일본문학, 세계

명작은 더 말할 것 없고 중국조선족 관련 도서가 거의 빠짐없이 꽂혀 있었다. 그야말로 자그마한 도서관을 방불케 했다. 이 많은 책을 언제 보나?

일단 오오무라 연구실을 함께 쓰기로 했다. 나는 문학부의 필요한 강의도 방청하고 도서관도 다녔으며 가끔 선생을 따라 여러 가지 학회도 참가해 귀동냥을 하기도 했다. 하지만 가만히 보니 일본의 학자님들이 공부하고 연구하는 모습은 그야말로 착실한 국민학교 생도 같았다. 죄송하지만 오오무라 선생 역시 마찬가지였다. 선생은 한 달에 한 번씩 나를 데리고 동경외국어대학에 가군 했는데 거기서는 "한국문학을 읽는 모임"이 열리고 있었다. 이 모임의 회원 중에는 머리가 허연 대학 교수도 있고 새파랗게 젊은 대학원생도 있었다. 심지어 문학을 사랑하는 작업복 차림의 보통 직장인도 있었다. 동경에서 기차나 버스로 서너 시간 걸리는 해변도시 닝아다(新潟)에 사는 젊은 시간강사도 번마다 빠짐없이 참가하군 했는데 이들은 모여 앉아 최서해의 〈탈출기〉나 김동리의 〈무녀도〉와 같은 단편소설들을 읽고 있었다. 오오무라 선생도 새파란 젊은이들 속에 앉아 한국소설을 열심히 읽고 토론을 했다. 모임이 끝나면 동경외국어대학 정문 앞에 있는 자그마한 찻집에 들려 차 한 잔을 나누고 갈라지는데 서울이나 연변에서처럼 술타령을 부르는 자는 한 놈도 없었다. 차 한 잔을 마셔도 자그마한 나무 접시에 담겨져 나오는 영수증을 받고 그 대신 500엔씩 각자가 돈을 내군 했다. 간혹 오오무라 선생 같은 연장자가 찻값을 몽땅 내면 좌중이 경건한 모습으로 일어서서 "아링아도우 고자이마스(감사합니다)!"를 연발했다.

와세다대학교 사회과학연구소 산하 부회모임도 자잘하게 놀기는 대동소이했다. 중국문화부회요, 조선문화부회요 하는 부회가 20여 개 남짓이 되는데 오오무라 선생은 조선문화부회의 책임자였다. 먼저 부회의 간사장이 회원들에게 모임을 알리는 왕복 엽서를 보낸다. 그러면 회원들은 되돌아가는 엽서 쪽에 참가 여부를 명시한다. 간사장이 참가자 수에 따라 오벤또(도시락)를 주문하면 회의가 끝날 무렵에 어김없이 배달된다. 회원들은 오벤또를 달게 먹고 자리를 뜨는데 "술 한 잔 걸치고 갈라지세" 하고 소리치는 놈은 역시 한 놈도 없다. 우리 연변이라면 학술모임을 끝낸 다음에는 으레 술집에 몰려가서 진수성찬을 차려놓고 취토록 마시지 않는가!

어느 한번은 다카바시(高橋)라는 젊은 시간강사가 〈재일조선인이 만든 첫 영화―'조국'〉이라는 제목을 가지고 발표를 하는데 종전(終戰) 직후에 나온 영화라 필름이 낡아서 스크린에 비추어지는 화면은 그야말로 고분의 벽화와 같았다. 젊은 시간강사는 스크린에 비친 화면을 설명하기도 하고 그 당시 신문에 실린 광고며 관중들의 반향 등을 소개하기도 하면서 이 영화는 재일동포예술사에서 중요한 의미를 갖고 있노라고 역설했다. 좀 지루한 느낌이 들어 가만히 오오무라 선생의 눈치를 보매 조용히 머리를 끄덕이는 품이 좋은 발표로 인정하는 것 같았다. 과연 돌아오는 길에 오오무라 선생은

"좋은 발표였어요. 새롭게 발굴한 자료를 처음으로 학계에 소개했어요. 실속이 없는 거창한 담론은 문제를 해결하지 못해요. 한 점 한 점 바둑을 두듯이 열심히 조사를 하고 발굴을 해서 역사의 진실을 하나하나 밝히는 작업이야말로 가치가 있거든요."
하고 찬사를 아끼지 않았다.

바둑 이야기가 나왔으니 하는 말이지만 오오무라 선생의 바둑 두는 수준은 거의 프로급이다. 나는 바둑을 둘 줄 모르지만 연변문단의 바둑대왕

으로 소문난 고 김성휘 시인도 오오무라 선생 앞에서는 무릎을 꿇었다고 한다. 술 한 잔 마실 줄 모르고 아키코 여사를 내놓고는 여자도 모르는 백면서생 오오무라 선생, 공부하다가 머리가 아프면 동네의 기원(棋院)을 찾아가 바둑을 두는 게 그의 유일한 취미란다. 사실 그는 연구도 바둑을 두듯이 그렇게 열심히 한다. 말하자면 그는 거창한 가설을 내놓고 도도하게 논리를 펴는 그러한 스타일의 학자가 아니다. 그야말로 한 점 한 점 바둑을 두듯이 세파에 매몰되고 인멸된 사료를 발굴해 문학사의 공백을 매우는 그러한 치밀한 스타일의 학자이다. 그는 문학연구의 기초는 원전 검토이며 그것은 연구의 성과와 직결된다고 확신하고 있으며 오직 학자의 성실성과 피타는 노력으로 연구대상에 대한 실증적 엄밀성을 기하고 있을 뿐이다. 바로 이러한 연구자의 자세와 그의 발로 뛰는 조사, 연구에 의해 〈윤동주의 사적(事跡)에 대하여〉, 《사진판 윤동주 자필시고 전집》, 〈조양천농업학교시대의 김조규〉, 〈김학철의 발자취〉 등 학계가 공인하는 무게 있는 논문과 저서들을 펴냈다.

하기에 서울대학교 김윤식 교수는 오오무라 선생을 두고 그 "탐구자로서의 열정 및 그 밀도의 지속성"이 경이롭다고 했고 중앙대학교의 임헌영 교수는 "우리 민족이 아닌 학자로 우리 문학에 대하여 오오무라 교수처럼 해박한 지식을 갖춘 인사는 아마 찾기 어려울 것"이라고 했다.


## 윤동주 시인을 찾아준 오오무라 선생

처음 연변에 온 후 선생 내외는 이미 작고하신 전임 총장 박규찬 선생네 이웃에 자리를 잡았다. 그리고 선생은 연변대학에서, 아키코 여사는 연변농학원에서 열심히 일본어를 가르쳤다. 하지만 정판룡 선생의 말마따나 "비둘기는 콩밭에만 마음이 있다"고 오오무라 선생은 짬만 나면 지프를 구해 가지고 용정으로 내달렸다. 조문학부의 권철, 리해산 등 교수들이 배동하군 했다. 그것은 한 시인의 무덤을 찾기 위해서였다. 그 시인이 바로 28세의 젊은 나이에 일본 후코카 감옥에서 옥사한 시인 윤동주(尹東柱)였다. 선생은 윤동주의 묘소를 찾기 위해 연변에 온 것이다.

선생은 젊은 시절부터 윤동주 시인에게 크나큰 매력을 느끼고 깊이 파고들었다. 그는 윤동주의 시집 《하늘과 바람과 별과 시》를 처음 읽었을 때의 그 감동과 흥분을 영원히 잊을 수 없다고 노상 말하곤 한다. 그는 윤동주의 작품을 더욱 깊이 이해하고 그의 인간적인 면을 좀 더 깊이 알려고 하던 끝에 1984년 여름 우연한 기회에 일본 도쿄에서 윤동주 시인의 아우 윤일주 선생을 만나게 되었다. 윤일주 선생은 성균관대학교 건축학과 교수이며 동시작가인데 학술회의 참가 차 잠깐 도쿄에 왔던 것이다. 오오무라 선생은 도쿄 히비야(日比野)에 있는 한 자그마한 다방에서 윤일주 선생을 만나 약 2시간가량 그의 형 윤동주 시인에 관한 많은 사연들을 들을 수 있었다. 윤일주 선생은 40여 년 세월이 흘렀음에도 윤동주 시인이 일본 유학시절 가지고 있던 책 보따리 속에 어떠어떠한 책이 들어있었다는 것을 기억하고 있었고 윤동주의 무덤은 옛 은진중학교로 이어지는 구릉의 옛 동산교회 묘지에 있다고 하면서 약도까지 그려 주었다. 오오무라 선생은 윤동주의 묘소와 그가 살던 고향을 찾고 싶은 강한 욕구를 느꼈다. 윤동주를 요절케 한 일본인의 한 사람으로서, 그의 묘소를 참배하고 그의 한(恨)을 위무하며 그를 더욱 진실하고 깊이 이해하기 위해, 그의 고향을 찾아야 한다고 생각했던 것이다.

오오무라 선생은 연길에 도착한 후 사람을 띄워 윤동주의 묘소를 찾게 했다. 그들은 동산교회묘지를 구석구석 뒤지고 다녔지만 끝내 찾지를 못했다. 연길시만은 1985년 2월 개방도시로 돼 외국인도 자유롭게 다닐 수 있었지만 윤동주의 묘소는 연길시가 아니라 용정진의 교외에 있었다. 공안국의 허가증이 나오자 오오무라 선생 내외간은 연변대학의 지프를 타고 용정으로 향했다. 연변대학의 권철, 이해산 선생이 동행했다. 먼저 옛 대성중학교 터에 있는 용정중학교를 방문하고 현지 역사에 밝은 한생철 교원을 동행으로 요청했다.

옛 동산교회묘지로 올라가는 흙길, 지프로는 도저히 올라갈 수 없는 구릉의 급경사지에 밭과 어설픈 숲이 여기저기 흩어져 있었다. 조선의 회령으로 이어지는 길이 서북에서 동남으로 비껴가고 그 좌측에 끝없이 이어진 구릉의 여기저기에 무덤과 묘비가 어설프게 누워 있었다. 산기슭 쪽의 묘비들은 부서지고 넘어진 게 상당히 많았다. 일행은 윤동주의 묘지를 찾아 헤매기 시작했다. 축구 선수 출신이라 앞장을 서서 걸어가던 리해산 선생이 가슴을 치는 비석 앞에 가서 정면을 보니 "시인윤동주지묘(詩人尹東柱之墓)"라는 한문 글발이 보였다. 끝내 찾아낸 것이다.

다시 사위를 둘러보니 윤동주의 묘소는 산기슭에서부터 지프로 10-15분 올라가서 비탈길을 조금 내려온 곳에 있었다. 5월 중순이건만 동토의 땅 연변의 날씨라 새싹은 아직 돋아나지 않았고 묵은 풀대가 을씨년스럽게 덮여있었다. 원래 봉긋하게 성토를 했을 봉분, 그 앞에 서남쪽을 향해 묘비는 서있었다. 묘비에 새겨진 비문을 한문 투로 훈독(訓讀)하면 다음과 같다.

아! 그 선조가 파평인 고 윤동주 시인. 어린 시절 명동소학교를 졸업하고 화룡현립제일교 고등과에 편입한 뒤 다시 용정의 은진중학교에서 3년의 학업을 마치고 평양의 숭실중학으로 전학하였다. 학업을 닦느라 그 곳에서 한 해를 보내고 다시 용정으로 돌아와 마침내 우수한 성적으로 광명중학부를 졸업하였다. 1938년 경성의 연희전문학교 문과에 진학하여 4년의 겨울을 지내고 졸업을 하였다. 공부는 이미 성공의 지경에 이르렀으나 아직 미진타 하여 이듬해 4월에는 책을 싸들고 일본으로 건너가 동지사대학 문학부에서 진리의 탁마에 정진하였다. 그러나 어찌 뜻하였으랴. 배움의 바다에 파도가 일어 몸은 자유를 잃고 형설의 생애는 조롱에 갇힌 새의 운명이 되었다. 게다가 병이 깊어져 1945년 2월 16일을 기해 운명하였으니 그때 나이 스물아홉, 사람됨은 당세에 큰 인물이 됨직 했고 그의 시 비로소 세상에 울려퍼질만 했는데 춘풍이 무정하고 꽃은 피고도 열매를 맺지 못했나니 아아, 애석하도다 그대여. 하현어른의 손자이며 영석 선생의 아들인 그대, 영민하고 배우기를 즐겨하며 신시를 좋아해 작품이 많았으니 필명은 동주라 하였도다.

1945년 6월 14일 해사 김석관 짓고 씀
동생 일주 광주 삼가 세움

그날은 묘 주위의 마른 풀대들을 꺾어버리고 돌멩이들을 치우기만 하고 산을 내렸다. 5월 19일 오오무라 선생은 정판룡, 권철, 리해산 등 연변대학의 선생들, 그리고 연변민속박물관의 심동검 관장, 연변박물관의 정영진 관장 등과 함께 지프 2대에 분승해 윤동주 묘소에 가서 제사를 지냈다. 연변박물관의 제기(祭器)들을 빌려다가 그 위에 두만강에서 잡은 송어, 조선산 명태 등속을 놓고 순전히 조선식으로 제사를 지냈다.

윤동주의 묘소를 찾은 뒤를 이어 오오무라 선생은 용정중학교에서 윤동주의 학적부를 발견하고 윤동주와 함께 옥사한 반일청년 송몽규의 무덤, 윤동주의 생가터, 명동교회를 비롯하여 윤동주의 삶의 궤적과 그 주변의 많은 사실들을 소상히 밝혀냄으로써 윤동주 연구의 새로운 지평을 열었다. 그의 연구 결실은 연변에 윤동주의 붐을 몰고 왔으며 문학인들을 비롯한 연변사람들은 이 땅에서 나서자랐고 지금도 이 땅에 묻혀 있는 위대한 시인의 처절한 삶과 주옥같은 시편들을 두고 커다란 흥분과 감동의 도가니에 잠기게 되었다. 윤동주는 연변이 낳은 불멸의 시인으로 각광을 받았고 그의 시집《하늘과 바람과 별과 시》는 서로들 다투어 가며 읽을 정도로 애독서가 되었다. 독자들의 열망에 부응해 연변의 문인들은 1985년 11월《문학과 예술》제6기에 처음으로 윤동주 시 10수를 실었다.

오늘 한국과 연변 지성인들의 공동의 노력에 힘입어 윤동주 생가와 명동교회가 복원되었고 그의 삶의 발자취가 스며있는 명동촌, 용정중학교, 옛 동산교회 묘지 등은 일약 역사유적과 관광명소로 각광을 받아 수많은 국내외 관광객을 불러들이고 있다. 한 정직한 일본인 학자의 노력에 의해 "윤동주가 고향에 돌아온 것"이다.

이외에도 오오무라 선생은 연변 소설가들의 소설들을 추려서 일본어로 번역해《시카코 복만이》이라 제목으로 일본에서 출판했고 젊은 소설가 최홍일씨의 중편소설집《도시의 곤혹》을 일본어로 번역해《새로운 중국문학》총서에 넣어 장건공(陳建功), 장승지(張承志), 지리(池莉) 등 중국문단의 중견작가들과 나란히 세워주기도 했다. 뿐만 아니라 최근 몇 년간에는 김조규(金朝奎)의 사진자료를 새롭게 발굴해 학계에 소개했고 김학철 선생과의 수십 차에 걸치는 대담을 기록해 발표하기도 했으며 다년간의 연구 성과를 종합해 《중국 조선족문학의 역사와 전개》라는 저서를 일본에서 출판함으로써 우리문학을 세계화하는데 커다란 기여를 했다. 하지만 오오무라 선생은 늘 겸허하게 말한다.

"난 문학을 잘 몰라요. 여러분들이 연구할 수 있도록 원전을 찾고 고증을 할뿐이지요. 우리 같은 사람들이 철길은 닦아놓겠지만 기차를 운전해 목적지까지 가는 작업은 진짜로 문학을 전공한 사람들의 몫이겠지요."

학자는 정년이 없다

우리 부부는 연길공항에서 오오무라 선생 내외분을 맞아 상우호텔에 모셔갔다. 기내식으로 저녁을 드셨다고 하기에 잠깐 호텔 방에서 한담을 나누었다. 오오무라 선생은 새로 펴낸 《조선근대문학자와 일본》이라는 책을 꺼내더니

"김호웅 선생님께, 대촌익부, 2004년 9월 19일"

라고 정히 사인해 선물한다. 이 젊은 사람에게 책을 선물할 때마다 "님"자까지 붙여주어 민망하기 짝이 없다. 오오무라 선생은 권철, 김동훈 등 옛 친구들을 만나볼 겸해서 왔노라고 하면서 심호수 선생 댁에 한 번 더 가보고 싶다고 했다. 그제야 나는 얼마간 깨도가 되었다.

"오, 또 심련수 때문에 오셨구나."

정년은 했지만 연구만은 계속하고 있는 오오무라 선생에게 고개가 숙여졌다.

심련수(沈連洙, 1918-1945)는 위만주국시기의 조선인 시인인데 1945년 8월 8일 광복을 며칠 앞두고 흑룡강성 영안현에서 용정으로 돌아오던 도중 왕청현 춘양진에서 위만군에 의해 살해되었다. 이 시인이 남긴 230여 수의 시와 기타 유고, 책들을 그의 동생 심호수씨가 반세기 넘게 보관해

오다가 학계에 내놓아 큰 진동을 일으킨바 있다. 그런데 연변학자들의 경험부족으로 말미암아 2001년 8월에 간행된 《심련수문학편》을 보면 많은 첨삭이 가해져 텍스트의 신빙성이 많이 떨어지고 말았다. 오오무라 선생은 2002년 심련수의 시들은 복사해 갔지만 그가 남긴 일기와 문학서적들을 다시 확인하고 싶었던 것이다. 처음으로 찾아갔을 때 심연수의 가족은 일기와 장서만은 복사를 허락하지 않았던 것이다.

9월 20일 정오, 자가용을 가지고 있는 소설가 장지민 선생이 핸들을 잡고 권철, 김동훈 선생이 배동해서 용정 쪽으로 내달렸다. 그 날 저녁은 오오무라 선생을 뵙지 못했는데 이튿날 아침에 권철 선생이 나에게 전화를 주기로는 다시 용정으로 간단다.

그 날 저녁은 우리 집에서 조촐한 저녁상을 차렸다. 오오무라 선생 내외분을 모시고 들어서던 우람진 체구의 권철 선생이 "아이구, 오오무라 선생한테는 손을 들었어!"라고 하면서 혀를 내두른다.

사연은 이러했다. 심호수씨는 한 외국인 연구자의 애착과 집념에 감동되어 일기와 책을 내놓았고 오오무라 선생 내외는 심련수 시인이 보던 100여 권의 책을, 그것도 권철 선생의 말을 빈다면 쥐가 썰어놓은 것 같은 너덜너덜한 책들을 하나하나 털고 닦으면서 책명과 출판사, 출판 일자 등을 상세히 기록했다는 것이다. 이번 조사를 통해 책 여백에 적혀 있는 심련수 시를 몇 수 더 발굴했고 특히 심련수가 인도의 시성 타고르(1861-1941)의 시에 얼마나 심취되어 있었는가를 알 수 있었다고 한다.

오오무라 선생은 온종일 시골집에 앉아 자료를 뒤지고 기록했는지라 안면에 좀 피곤한 기색이 돌았다. 그러나 송이버섯과 두부를 맛있게 들었다. 이젠 오랜 친구가 된 권철 선생과 아키코 여사가 실없이 농담을 주고

받았고 어디서 들었는지 나더러 무슨 생뚱 같은 장(長)으로 출마해야 한다
느니, 하지 말아야 한다느니 하고 옥신각신 쟁론을 했다. 나도 술 한잔이
된 김에 무슨 열변을 토했던가 보다. 오오무라 선생은 들었는지 말았는지
수걱수걱 음식만 들었다. 손님을 바랜 후 집사람이

"언제 뵈도 오오무라 선생님은 참 무거운 분이예요. 주인인 당신까지
왜 그리 떠들어요."

하고 넌지시 나를 빗대고 고시랑거렸다. 사실 우리 집사람은 모르고 하는
소리이다. 오오무라 선생은 말수가 적은 편이지만 일단 입을 열면 좌중을
포복절도케 했다. 2000년도 하와이 조선학학술대회에 참가했을 때다. 폐
회식은 만찬 장소에서 했는데 한국정신문화연구원 원장으로 있던 한 아무
개라는 선생이 폐회사를 했다. 그런데 이 어른이 한국어로 한 단락 웅변을
토하고 나서 다시 영어로 자작 통역을 해대는데 이건 200여 명 학자들 앞
에서 내놓고 영어실력 자랑을 하는 격이었다. 폐회사는 거의 반시간이나
지속되었다. 차려놓은 음식은 식어가고 좌중은 연회가 늦어진다고 수군수
군하며 불쾌한 빛을 감추지 못하는데 오오무라 선생이 조용히 말했다.

"술 취한 사람이 무서운 게 아니라 자아도취에 빠진 사람이 더 무서운
법입니다. 우리 좀 참읍시다."

그 말에 우리는 하마터면 홍소를 터뜨릴 뻔 했다.

내친 김에 오오무라 선생의 일화 한두 가지 더 하자.

2001년 초가을 김학철 선생과 정판룡 선생이 둘 다 병상에 누워 경각
을 다투고 있었다. 오오무라 선생은 연변의 두 어른과 모두 허물없는 사이
었다. 오오무라 선생 내외가 찾아가자 김학철 선생은 "정판룡 선생은 어
떠한지요?" 하고 물으면서 "내가 선배이니까 먼저 가야겠는데"라고 하더

란다. 이에 오오무라 선생이

"먼저 가는 게 이기는 겁니다!"

하고 한 마디 농을 던지니 김학철 선생은

"이쯔 미데모 오오무라 센세이와 스바라시이 오도꼬데시다네!(언제 봐도 오오무라 선생은 멋진 사내야!)"

하고 빙그레 웃으시더란다.

한번은 고려대학 교환교수로 있을 때 어느 방송사 기자의 인터뷰를 받았는데 철딱서니 없는 기자가

"선생께서는 윤동주의 자필시고를 조사, 검토해 책을 내고 그 외에도 한국문학 관계 논문을 많이 발표하셨는데 이러한 연구의 밑바탕에는 한국에 대한 깊은 사랑이 깔려있다고 생각합니다. 선생은 한국과 일본 가운데서 어느 쪽을 더 사랑합니까?"

하고 묻더란다. 오오무라 선생이 답하기를

"나는 일본사람입니다. 그런즉 일본을 더 사랑하지요. 연구야 밥을 먹기 위해 하는 것 아니겠습니까?"

하고 웃어넘기더란다. 생방송이었으니 기자나 방송사 측에서 얼마나 민망스러웠겠는가.


## 맺는 말

9월 23일 오후 4시 경, 오오무라 선생 내외를 택시로 연길공항까지 바래다주었다. 아키코 여사는 시원하게 펼쳐진 부르하통하 수면을 바라보면서 소녀처럼 흥분되어 있었다.

"참으로 연길이 크게 변했어요. 저렇게 땜을 만들어 물을 잡아넣으니 얼마나 좋아요. 어제 밤에는 호텔에서 나와 저 연신교를 거닐었어요. 수면에 천자만홍 불빛이 내려 앉아 그야말로 서울의 한강에 온 느낌이 들더군요. 오오무라 선생, 어제 밤 참 좋았지요?"

하지만 오오무라 선생은 공항으로 나가는 길에 한 마디 말도 없이 묵묵히 앉아 무슨 생각에 잠겨 있었다. 나는 오오무라 선생을 거들어 짐을 부치고 나서 승강기를 타고 2층으로 올라갔다. 선생은 개찰구 앞에서 나의 손을 잡아 주면서 느닷없이 한마디 당부를 했다.

"호웅 선생, 나도 좀 생각해 보았는데, 어제 저녁에 얘기가 있었던 그 무슨 장(長)인지 하는 벼슬은 하지 마시지요."

나는 오오무라 선생의 깊은 속내를 얼마간 짐작할 수 있었다. 더는 벼슬에 미련을 두지 말고 열심히 공부를 하고 글을 써달라는 주문이다.

오오무라 선생은 검사대를 지나 젊은 여성 관원의 앞에 가서 검사를 받았다. 선생은 두 손을 번쩍 들었다. 처녀 관원은 할아버지 벌 되는 오오무라 선생을 이리저리 돌려세우면서 불경스럽게 시커면 탐지기를 이리 대고 저리 쓸고 한다. 하지만 선생은 여전히 포로병처럼 손을 든 채 곰상곰상 검사에 응했다.

그 모습을 지켜보는 나는 눈시울이 뜨거워졌다. 칠십 고령의 노학자가 무엇을 바라고 이 거친 연변을 찾아오는가? 한평생 학장 한번 해보지 못하고 평범한 학자로 살아온 오오무라 선생, 하지만 민족을 뛰어넘는 깊은 사랑, 역사의 진실을 파헤치려는 치밀한 실증정신, 그의 약속과 믿음의 힘, 말수가 적고 겸허하나 가담가담 내비치는 기지와 유머는 우리 모두를 매료시키고도 남음이 있다. 임헌영 선생의 말 그대로 "진지한 학자이며 원만한 인격자요, 진보적인 지식인이라는 삼위일체"로 오오무라 선생은 영원히 우리 민족의 기억 속에 살아남을 것이다.

그리고 진정한 학자에게는 영원히 정년이 없는 법이니 명년에도 오오무라 선생 내외는 아름다운 철새 한 쌍처럼 어김없이 연변을 찾아오리라 생각한다.

2004년 9월 28일, 한가위에

# 무한경쟁시대의 '손자병법'

　몇 해 전 한국 근대화의 주역들인 정주영, 김우중 회장의 자서전을 보고 큰 감동을 받았었다. 하지만 이재욱 회장의 에세이《NOKIA와 영혼을 바꾸다》는 더욱 신선한 충격과 감동으로 다가온다. 정주영 회장의 《실패는 있어도 시련은 없다》와 김우중 회장의《세계는 넓고 할 일은 많다》는 혈전만리를 달려온 노장군의 무용담이라고 한다면 이재욱 회장의 《NOKIA와 영혼을 바꾸다》는 춘추전국시대를 제패한 명재상이 지은 진귀한 병서(兵書)라고 할 수 있다. 쉽게 표현하자면 전자는《삼국지연의(三國志演義)》요, 후자는《손자병법(孫子兵法)》이라 하겠다.

　《손자병법》에서는 남을 알고 자기를 알면 백전백승한다고 했다. 이재욱 회장은 예리한 국제적 감각과 투철한 역사의식을 가진 전문경영인 대표이사이다. 그는 세계정세의 변화를 주도면밀하게 분석하고 나서 오늘의 세계는 무한경쟁시대이며 한국이 나아갈 길에는 위기와 기회가 병존하고 있다고 알려준다. 동북아(東北亞)만 보더라도 일본, 중국, 러시아와 같은 강대국이 한국을 조여 오고 있다. 특히 연 10% 이상의 급성장을 거듭하고 있는 13억 중국이 커다란 잠재적 위협으로 다가오고 있다. 어찌

보면 사면초가(四面楚歌)의 궁지에 빠질 형국이다. 하기에 이재욱 회장은 "우리는 어떠한 경우에도 샴페인을 터뜨려서는 아니 된다"고 경고한다. 그는 현재의 위기를 새로운 도약과 발전의 기회로 전환시키는 길은 "원래 총명하고 영리한 우리나라 사람들이 하나로 똘똘 뭉쳐 신바람을 불러내는 것이라고" 했다.

"신바람을 불러내는 것", 그것은 이재욱 회장의 독창적인 신바람의 경영학이다. 그는 구미 선진국의 경영철학을 맹신하지 않는다. 그는 흥과 힘이 절로 나는 사물놀이에서, 전 국민이 일심동체를 이룬 붉은 악마의 열띤 응원에서, IMF가 터졌을 때 집안 깊숙이 보관해 두었던 금붙이들을 들고 나와 줄을 섰던 국민들의 얼굴에서 신바람의 원형을 발견한다. 말하자면 한국인은 아무리 어려운 상황에 놓인다 하더라도 분명한 목표와 동기부여만 주어진다면 힘이 솟구치는 민족이다. 그렇다면 한국인의 마음속 깊이 잠자고 있는 신명을 불러일으키는 방법은 무엇인가?

이재욱 회장은 신바람을 이끌어내자면 국민에게 확고한 비전과 충분한 동기를 부여할 수 있는 지도자, 리더십을 발휘할 수 있는 높은 도덕성과 책임감을 가진 지도자를 만드는 일이 시급하다고 했다. 바꾸어 말하면 신바람 나는 일을 만들고 그것을 신바람 나게 하도록 동기를 부여하고 용기를 북돋아 주는 경영자야말로 새로운 시대의 최고 경영자이다. 그는 충무공 이순신 장군을 최고의 CEO의 사표로 내세우면서 회사 구성원들 간의 믿음과 신뢰, 솔직한 대화와 합리적 분배, 부부처럼 친밀한 노사관계의 확립 등으로 회사원의 신바람을 불러일으켜야 한다고 일깨워주고 있다.

이재욱 회장은 신바람의 경영학을 내놓고 있을 뿐만 아니라 국민의 신바람에 찬물을 끼얹을 수 있는 한국사회의 구조적 병폐를 꼬집으면서 그

개선책을 내놓고 있다. 그것들로는 여성의 사회적 지위를 남성과 대등하게 보장함으로써 그녀들의 사회참여의 폭을 넓힐 문제, 사교육의 팽창 등 현행 교육 제도와 내용을 혁신할 문제, 민족의 장래를 위해 서로 양보하고 힘을 보태 하나로 뭉쳐나갈 문제, 소모적인 저녁식사와 술문화를 바꿀 문제, 위인(偉人)을 많이 만들어 그들의 좋은 점을 본 받을 문제, 정부 측의 강압적인 경제제도를 갱신할 문제 등이다. 일례로 사교육과 입시전쟁은 국민의 부담을 가중하고 서울과 지역의 격차를 조장하며 서민의 위화감을 증대함으로써 국민의 신바람에 찬물을 끼얹는 결과를 초래한다.

이재욱 회장의 에세이는 그의 심오한 경영철학과 함께 한국사회의 새로운 비전을 제시했으되 동서고금을 아우르는 풍부한 지식, 소박하면서도 기발한 격언과 생동한 비유를 구사해 읽는 이들에게 잔잔한 미소와 함께 큰 깨달음을 선물한다. 이를테면 〈노사관계는 부부처럼〉, 〈일을 놀이처럼 하라〉, 〈일은 자전거를 타는 것과 같다〉와 같은 제목은 얼마나 간명하면서도 유머러스한가? 그리고 "마라톤에는 결승점이 있지만 국가 간의 경쟁은 종착역이 없다."라는 문장은 무한경쟁시대의 특징을 격언 식으로 쉽게 표현하고 있으며, 경영자는 신뢰와 믿음으로 아래 사람들의 책임감과 창의력을 유도해야 한다는 도리를 자전거를 타는 일을 가지고 풀이한다. 일단 "자전거가 탄력을 받아 가고자 하는 방향으로 달려 나가면 핸들을 그리 꽉 잡지 않아도 된다. 너무 꽉 잡으면 작은 장애물에도 자칫 자전거가 심하게 요동칠 수 있다는 점을 알아야 한다." 참으로 위트와 유머가 넘쳐 그야말로 읽을수록 신바람 나는 글이다.

이재욱 회장의 에세이를 읽노라면 자연 율곡 이이(1536-1584)의 근엄한 눈빛과 얼굴을 떠올리게 된다. 율곡 이이가 임진왜란을 앞두고 십만양

병(十萬養兵)을 주청했던 것과 마찬가지로 이재욱 회장도 급변하는 국제정세를 진맥하고 전화위복의 지혜로 제2의 한강의 기적을 창출할 수 있는 철학과 대안을 내놓고 있다. 그러니 우리 어찌 옷깃을 여미고 경청하지 않을 수 있겠는가? 한국의 젊은 세대들이 애국, 애족의 충정과 행동하는 지성의 슬기와 지혜가 깃든 이재욱 회장의 "병서(兵書)"를 깊이 깨치고 한마음 한 뜻으로 실천해 나간다면 대한민국은 이 무한경쟁시대에서도 영원히 불패의 기반(基盤)에 설 수 있을 것이다.

이에 한국 독자들의 일독(一讀)을 권유함과 아울러 이 귀중한 에세이집이 중국어, 일본어, 러시아어로 번역되어 중국, 일본, 러시아에 살고 있는 해외동포들이 민족적 정체성을 되찾고 민족적 긍지를 가질 수 있는 계기로, 한국을 둘러싸고 있는 동북아 3국이 한국인의 무궁무진한 저력을 알 수 있는 계기로 되기를 간절히 바란다.

2004년 6월 25일

# 서경식 선생, 한 디아스포라의 고뇌와 시각

일본의 서경식(徐京植) 선생을 우리 조선족문단에서도 괜찮은 독서인이라면 그 명함을 익히 알고 있을 것이다. 서경식 선생은 2012년 민주주의의 실현과 소수자들의 인권신장에 기여한 공로로 한국 전남대학교에서 주최하는 제6회 후광 김대중 학술상을 수상했다. 서경식 이전에 수상한 학자들로는 한양대의 이영희, 서울대의 백낙천, 고려대의 강만길 등 교수들이고, 외국인으로는 미국 뉴욕대의 부르스 커밍스, 일본 도쿄대의 와다 하루키 교수와 같은 기라성 같은 인물들이다. 그렇다면 일가족의 무서운 불행을 이겨내고 디아스포라의 독특한 시각으로 미술, 음악, 문학을 아우르는 명저들을 속속 펴낸 서경식 선생의 노력과 업적도 마땅한 평가와 대접을 받은 것이다.

서경식 선생은 1951년 일본 교토(京都)에서 재일조선인 2세로 태어났다. 할아버지는 충청남도 청양군의 농민이었는데 1920년대에 살길을 찾아 단신으로 일본으로 건너갔다가 후에 아내와 어린 아들, 즉 서경식 선생의 부친을 불러들였다. 서경식 선생에게는 형이 셋, 누이동생이 하나 있었다. 다들 일본에서 나서 자랐는데 1965년에 한일협정이 체결되고 3년 뒤에 그의 둘째형 서승(徐勝)과 셋째형 서준식(徐俊植)은 서울대학교에 가서 유학을 했다. 그러나 군사독재가 맹위를 떨치던 1971년 '학원간첩단사건'의 주모자로 지목되어 보안사령부에 의해 체포되었다. 일본에서 멸시와 차별 속에 살다가 조선인으로서의 민족적 정체성을 찾기 위해 '조국'이라고 찾아왔건만 서경식 선생의 두 형은 따뜻한 격려나 장학금 대신에 차가운 땅바닥에 내동댕이쳐진 것이다. 잔혹한 고문을 받던 서승은 수사관과 경비병이 자리를 비운 사이에 경유 난로를 뒤집어쓰고 자살을 시도했다. 다행이 목숨은 건졌지만 그는 끔찍한 화상을 입게 되었다. 1988년 5월 17년간의 옥중생활을 마친 셋째형이 출옥하고 1990년 2월 말 둘째형도 19년간의 옥중생활을 마치고 출옥했다. 하지만 그 사이 면회와 차입을 위해 60여 차례 감옥을 들락거리던 어머니는 1980년 자궁암 재발로 세상을 떠났고 아버지 또한 대장암으로 어머니가 간 3년 뒤에 세상을 떠났다.

서경식 선생이 와세다대학 3학년을 다니던 스무 살 때에 형들의 투옥 사건에 일어났고 그때로부터 형들을 구축하기 위한 모든 노력을 하는 것이 그의 "생활"로 되었다. 일본에서 이방인으로 차별과 천대를 받다가 오매에도 그리던 고국을 찾아갔지만 역시 '간첩'이라는 터무니없는 죄명을 들쓰고 철창에 갇혀 잔혹한 고문을 받게 된 두 형, 서경식 선생은 우리 형제들은 누구인가, 우리 형제들의 집은 과연 이 세상에 있는 것인가 하고 절규했다. 그것은 좀 더 보편적인 대의(大義)로 이어지는 길이기도 했다. 그는 두 눈을 똑바로 뜨고 이 운명의 형태들을 속속들이 지켜보도록 스스로에게 명령했다. 그 과정에서 역사와 인간, 민족과 개인, 고향과 류망(流亡) 그리고 고통과 죽음 같은 것들에 대해서 거듭거듭 생각하게 되었다. 특히 죽음이 설사 내 자신의 것은 아니라 하더라도 언제나 내 몸 가까이에 있다는 느낌이 들었다. 하지만 그러한 느낌이나 생각은 언어로 표현하기에는 불명확한 "응어리"였다. 그런데 예상치 못한 일이 일어난 것은 아버지가 돌아간 후 유럽을 여행하면서 온갖 종류의 서양미술, 특히 다수자에 쫓기고 살해당하면서 남긴 디아스포라 화가, 작가들의 작품들을 보면서 그것들과 마음속으로 대화를 하게 되었고 그 가운데서 그의 가슴속에 있던 불분명한 "응어리"들이 분출되기 시작했다.

1990년부터 서경식 선생은 재일조선인과 역사문제에 대한 강의를 해왔고 2000년부터는 도쿄경제대학 교수로 "인권과 마이너리티"라는 강좌를 맡았다. 그가 그 동안 지은 책으로는 《소년의 눈물》, 《나의 서양미술 순례》, 《청춘의 사신》, 《디아스포라기행》, 《시대의 증언자 쁘리모 레비를 찾아서》, 《난민과 국민 사이》, 《언어의 감옥에서》, 《시대를 건너는 법》, 《나의 서양음악 순례》, 《고뇌의 원급법》, 《디아스포라의 눈》 등 20부 남짓이되는데 여기서는 그의 책 두 권만을 간략하게 소개하고자 한다.

《소년의 눈물》은 1995년 일본 에세이스트 클럽상을 받은 작품인데 데라다 도라히코에서 프란츠 파농까지 읽은 청소년시절의 독서편력과 그의 정신적 성장과정을 보여준다. 말하자면 역사의 소용돌이에 휘말려 일본에서 태어난 저자가 성숙한 인간으로 자라기까지의 불안과 고통, 소수자의 실의와 절망, 이를 삶의 원동력으로 바꾸기까지의 역정을 차분하게 그린 자전적 에세이다. 그는 이 책의 초판본 후기에서 다음과 같이 쓰고 있다. "'고통'이라고, 슬픔이라고 표현해야 할 상황을 인식하지 못한 채 일본사회에서 크나큰 정신적 대학살(genocide)로 내몰린 재일조선인 젊은이들에게 나는 이 책을 전하고 싶다. 그리고 그들, 그녀들을 자신의 참다운 친구로 여기는 일본인들도 부디 이 책을 읽어주었으면 하는 바람이다. 두 민족의 대화와 이해, 우애와 연대, 이것이 내가 바라는 바이다. 이에 도달하기 위해서는 다른 무엇보다 먼저 쓰디쓴 현실을 인식하고, 이 현실과 맞서는 일부터 해야만 한다."

《디아스포라기행》은 서경식 선생이 영국의 런던, 오스트리아의 잘츠부르크, 독일의 카셀, 한국의 광주 등지를 여행하면서 각각의 장소에서 접한 사회적 양상과 예술작품들을 텍스트로 현대 디아스포라의 삶의 유래와 의의를 탐색했다. 제2차세계대전시기 나치의 강제수용소에서 살아남은 증인이며《아우슈비츠에서의 생존》의 저자인 쁘리모 레비,《유대인 증명서를 들고 있는 자화상》을 그린 유대인화가 펠릭스 누스바움, '동베를린사건'으로 한국에서 옥고를 치렀고 끝내 망명지 베를린에서 객사한 저명한 작곡가 윤이상 등 많은 디아스포라 출신의 작가와 예술인들의 고난에 찬 행적을 재일조선인의 현실과 대조하면서 그리고 있다. 이 책에서는 공산주의운동의 창시자 맑스도 디아스포라로 규정하고 있어 흥미롭다. 서경식 교수는 "마르크스가 런던으로 망명한 것은 1849년으로, 프리드리히 엥겔스와 함께 〈공산당선언〉을 저술한 이듬해의 일이었다. 이후 34년간을 망명지인 영국에서 살다가 1883년 12월 2일 세상을 떠났다."고 했다. 이 책은 근대 제국주의국가들에 의한 세계분할과 식민지쟁탈전 이후, 전 세계에서 얼마나 많은 사람들이 눈물을 머금고 나서 자란 땅을 뒤로 했는지 모른다고 하면서 그들 디아스포라들은 옮겨간 땅에서도 언제나 이방인이며 소수자였다고 말한다.

서경식 선생을 재일조선인이라는 소수자, 군사정권시대의 정치범 가족, 소수자 문제를 가르치는 교육자라는 세 가지 정체성으로 규정할 수 있다면 그의 글을 관통하는 기본 테마는 디아스포라이다. 디아스포라 또는 마이너리티(소수, 비주류) 입장에서 "국민주의"를 비판하는 것, 모든 차별에 반대하는 것, 그것이 그의 강의와 강연을 관통하는 일관된 메시지이다. 그렇다면 미술, 음악, 문학 등 다방면에 걸쳐 문필활동을 하고 있는 그의 글에서는 식민지배와 전쟁 등 가혹한 진실을 응시하면서 상처받는 이들의 증언에 귀를 기울이려는 지향성이 시종 두드러지게 나타난다. 따라서 그의 글은 자신이 머조리티(다수, 주류)의 일원이라는 사실을 의심해본 적 없는 많은 독자들에게 신선한 시야를 제공해주고 있다.

서경식 선생의 책을 한국어로 번역한 한승동 선생은 서경식 선생의 감수성은 평온한 삶에서는 참으로 나오기 힘든 감수성이라고 하면서 다음과 같이 말한다.

"그의 글은 깊숙한 곳에서 길어 올린 울림이 있으나 현학적이지 않다. 자신의 고통을 호소하는 사람의 말이라면 어렵고 현학적일 수 없다. 평론은 너무 어려웠고 예술이론이나 사회이론은 '이론가'들의 암호였다. 서경식 선생은 전공이 없다. 그는 비전문가이고 그가 가르치는 것은 교양이다. 교양은 없고 전공만 있는 시대에, 인문학적 기초는 없고 붓질만 남은 시대에, 다른 사람의 고통에 대한 관심은 없고 나만 봐달라고 아우성치는 시대에, 때로는 타인의 고통마저 우아하게 소비되는 시대에 서경식 선생은 고통과 기억의 감수성이라는 신발을 신고 역사의 보고(寶庫)로 가는 길을 내고 있다."

서경식 선생은 1990년대초 연변을 예방했고 허련순, 리철호 등 조선족 작가와 화가들과도 만나 잠깐이나마 환담을 나누었다고 한다. 하지만 나는 연분이 없어 그때는 만나지 못하고 2007년에야 우연히 그의 명저 《디아스포라기행》을 통해 알게 되었다. 이 책에 매료되어 그의 다른 저서들을 구해 읽던 중 2009년 여름 한국 건국대학교 학술회의에 갔다가 우연히 서경식 선생을 만났고 주최 측의 배려로 같은 호텔에 묵게 되어 사흘 동안 아침식사를 같이 하면서 적잖은 이야기를 나눌 수 있었다. 지난 해 늦가을에는 부산대학교에서 열린 학술회의에 갔다가 3년 만에 서경식 선생과 재회하게 되었고 최근 펴낸 귀중한 책들을 선물로 받게 되었다. 서경식 선생은 성악가인 일본인부인과 함께 참가했는데 중절모를 쓴 모습이 농부처럼 두리두리한 그의 얼굴에 잘도 어울렸다.

"우리 연변에도 좀 오시지요? 우리 대학교에서 두만강포럼이라고 해마다 하거든요."

내가 초청을 하자 서경식 선생은

"강의를 빼먹을 수는 없지요. 아무튼 강의와 모순만 되지 않는다면야… 두만강포럼은 해마다 언제 하죠?"

하는데 솔직하고 쾌활한 서경식 선생 부인이 듣고 있다가 부쩍 구미가 동해서

"연변에는 나도 갈래요. 김 선생, 나도 끼워주는 것으로 하죠 뭐."

하고 부군을 대신해 아예 결정해버렸다.

올 10월 중순이 기다려진다. 디아스포라의 고뇌와 한계를 극복하고 그 장점을 충분히 살려 소수자의 독특한 시각으로 한일 양국을 무대로 미술, 음악, 문학을 아우르는 저술활동과 한일 양국의 역사현안과 현실문제에 대한 날카로운 논평을 하고 있는 서경식 선생은 우리 조선족문단에도 신선한 바람을 몰고 올 수 있기 때문이다.

2002년 1월 5일

# 수필가 고태우 형

연길시도 이젠 제법 산업화, 도시화 되어 처마 끝에서 지저귀는 참새한 마리, 장마철 연집하를 낮게 선회하는 제비 한 쌍 보기 쉽지 않다. 하지만 간혹 보이러 굴뚝이 수풀을 이룬 하늘밑으로 이름 모를 작은 새 한 마리 울음을 남기며 총알같이 날아갈 땐 저 두만강, '3·8'선 너머의 서울에살고 있는 수필가 고태우 형을 그려본다.

오동통한 얼굴에 작달막한 키, 종종걸음으로 1년 365일 동서남북으로 뛰어다니고 날아다니는 고태우 형, 참으로 고태우 형은 한 마리의 작은 새다.

열반을 꿈꾸는 봉황인지, 아오라비 접동을 부르는 접동새인지는 몰라도 좌우간 고태우 형은 한 마리 새다.

제주도 섬사람, 해녀의 아들 고태우 형.

무슨 가슴 아픈 사연을 지니고 태어났기에 휴일도 모르고 밤낮 책상에마주앉아 펜을 날리고 매일 방송국, 신문사 그리고 세미나가 열리는 곳이면 전차 타고 버스 타고 뛰어다니며 열변을 토하고 있는지?

왕십리역 부근의 간이식당에서 고태우 형을 처음 만난 것은 1995년 5월의 어느 날 저녁. 작은 눈, 손을 내밀며 히죽 웃는 동글동글한 얼굴, 참으로 딱 바라지게 생긴 사나이다.

메밀국수에 오징어를 곁들여 무친 비빔회 한 접시에 소주가 올라왔다.

고태우 형은 소주 한잔 따라 주고 나서 별로 나에게는 권하지도 않고 단숨에 술잔을 냈다. 술잔을 입술에 대지 않고 훌 날려서 마신다. 하지만 첫 대면에 너무나 초라한 술상이라 오히려 내 쪽에서 민망스러웠다. 나도 연변에서는 원수 급은 몰라도 장군 급에 속하는 술꾼이지만 술잔이 넘어 가지 않았다. 슬그머니 둘러보아도 비빔회에 소주밖에 없는 간이식당이 라 비위를 부려도 더 상에 오를 것이 없었다.

그 뒤에도 한 달에 두어 번씩 만났지만 더 좋은 대접은 기대할 수 없었 다. 우리 앞에는 언제나 안주 한두 접시에 소주 두 병씩이었다. 한 사람 당 한 병 폭, 물론 제2차, 3차는 없었다. 영등포시장에서 돼지 대가리를 저민 안주에 역시 소주 두 병이고 남대문시장에서도 역시 삶은 돈족(豚足)에 소 주 두 병이다.

뒷골목의 구멍가게나 번잡한 시장거리만 찾아 다녔다. 깨소금에 살짝 찍어먹는 생간, 새파란 겨자에 역시 살짝 찍어먹는 오징어회, 노량진어물 시장의 대구탕, 아무튼 서울의 싸구려식당과 장거리는 다 구경시킬 잡도 리였다. 언제인가는 장안동에 있는 술집에서 청주의 특산 검정 염소고기 에 소주잔을 기울이기도 했다. 가끔 취흥이 도도해 열변을 토하고 말다툼 을 하다가 소주 네댓 병을 까서 먹기도 했다.

하지만 사람은 정에 울고 정에 웃는 법이다. 나는 점차 '63' 빌딩의 고 급 뷔페나 안국동 선천요리집에서는 맛볼 수 없는 맛을 느낄 수 있었고 고태우 형의 숨은 정과 사랑에 가슴이 뭉클해지기 시작했다. 어느 날 고태 우 형은 또 자기의 음주철학을 떠들썩하게 늘어놓았다.

"이렇게 장거리에서 더운 순댓국에 소주잔을 부어놓고 앉아보게. 시뻘건 삶은 돼지대가리들이 작은 산처럼 늘어섰는데 우린 오고가는 가지각색의 인간들을 보면서 술잔을 기울이고 인생을 즐긴단 말이야. 왜 가랑잎처럼 돈을 날리며 두 겹, 세 겹으로 칸을 막고 휘장까지 드리운 요정에 숨어들어 도둑 술을 마신단 말인가? 다 쓸개 빠진 연놈들이지!"

"아무튼 서울에 와서 많이 보고 많이 사귀고 많이 벌어 가지고 가게. 우리 같은 글쟁이가 다른 재간이 있는가? 글로 벌수 밖에 말이야."

고태우 형은 나를 의식적으로 문인들의 모임에 끌고 다녔다. 수필공원의 동인들을 만났고 《자유공론》의 김부장, 심지어 《대한의사협회지》의 송부장도 다 그런 자리에서 만났다. 그 때마다 나의 글 한편씩 싣게 만들었다. 고태우 형이 점잖은 자리에서 너무 나를 내세우고 나의 글을 실어줄 것을 부탁하매 참으로 난감할 때가 많았지만 그의 뜨거운 동포애에는 눈시울이 뜨거워졌다.

그러던 어느 날 느닷없이 전화를 걸어왔다.

"지금 조선족동포들이 수모를 당하고 있는데 자네들은 올방자를 틀고 앉아 공부만 하면 쓰겠는가? 친구들과 합의해 방책을 대야지. 저녁은 내가 사겠네."

사실 그 무렵 한국에 간 우리 조선족들은 '불법체류자'로 낙인을 받았고 아무런 법적보호도 받지 못하고 서러움과 울분을 삼키며 숨어 살고 있었다. 고태우 형은 용산에 있는 중국노동자센터를 찾아다니며 중국조선족의 피해 사례들을 조사하고 방송국, 신문사를 찾아다니며 조선족들의 처지 개선을 피나게 호소하고 있었다. 나는 결국 고태우 형의 행동에 가책을 받고 〈중국 조선족과 모국국민간의 갈등과 그 극복을 위한 제안〉이라는 글을 쓸 수 있었다. 고태우 형이 또 술을 사고 벙글벙글 좋아했음은 물론이다.

사실 고태우 형은 제주도사람이요, 우리 조선족과는 인연이 없는 사람이라고도 할 수 있다. 하지만 그는 연변에 살고 있는 조선족들은 독립투사들의 후손이요, 가장 어렵던 시기에 독립의 불씨를 지켜온 고마운 사람들이라는 것을 알고 있은 한국인이었다. 그리고 중국조선족이야말로 월급을 받지 않는 대한민국의 외교관이요, 통일의 척후병이니 그네들은 모국의 짐스러운 존재인 것이 아니라 고마운 존재임을 잘 알고 있는 한국인이었다. 하기에 적잖은 모국의 졸부들이 연변에 와 "연변의 땅값이 얼마냐? 내가 다 사지" 하고 허풍을 치고 "한국에 시집을 보내 주오, 한국에 연수를 보내주오" 하고 얼렁뚱땅 조선족들을 사기를 쳐서 먹을 때 고태우 형은 "역사의 뒤안길로 사라진 것들과 사라져가는 우리의 옛 모습"을 연변 땅에서 보고 흥분을 감추지 못했다. 그는 연변의 초가집, 삽살개, 꿀꿀거리는 토종 돼지에게도 정겨운 미소를 던지며 물 한 그릇 마시러 들어갔다가 사귀게 된 조선족소녀 해연이와도 그토록 감동적인 인연을 맺었다. 해연에게 보낸 수십 통의 편지, 그것은 동포애로 넘치는 이 세상의 가장 감동적인 이야기의 편린들이 아닌가? 해연이가 병에 걸려 대학입시자격을 취소당했다는 소식을 접하고 안절부절 못하던 고태우 형의 땀 배인 얼굴을 지금도 그려본다.

고태우 형은 연변의 가난한 서예가들을 서울에 불러 서예전을 개최해 주고 낯모를 조선족노인을 집에 모시고 와 일자리를 주선해 주기도 했으며 불갈비집에서 땀동이를 흘리며 뛰어다니는 조선족아줌마의 행운을 빌기도 하면서 우리 조선족들이 텔레비전, 자가용을 사놓고 "아리 아리 아리랑"을 부를 수 있는 그날을 얼마나 바랐던가?

헌데 고태우 형이 지난 해 어느 세미나에서 뇌일혈로 졸도하여 병상에 누운 몸으로 되었단다. 우리 연변의 형제들이 십시일반으로 자금을 모아 중약을 사서 보냈지만 아직도 자리를 일지 못한다니 한스럽기 짝이 없다. '한국바람'으로 조선족사회가 무너진다고 아우성이고 '페스카마호' 선상 살인사건으로 모국 국민과 조선족의 갈등이 첨예화되고 있는 이 안타까운 시점에서 고태우 형의 존재는 얼마나 고마운 것인가? 잘잘못은 양쪽에 다 있고 원체 한 피를 물고 난 형제자매이니 우리 모두가 고태우 형과 같은 인간성과 동포애로 만나고 안아준다면 우리 민족의 미래는 얼마나 밝아질까?

"하늘못(天池)으로 가는 그 길은 꽃길이었고 나는 그 우를 날고 있는 한 마리 작은 새였다. 나는 나의 님을 찾아 푸른 하늘을 훨훨 날아 하늘못에서 기다리실 그이를 꿈꾸며 날고 있었다. 하늘을 마냥 날고 있는 한 마리 작은 새가 된 나에게는 모두가 웃는 얼굴에 감동에 겨운 얼굴들이었다. 미인소나무(美人松)들이 바람에 너울너울 춤을 추고 나무숲우를 날을 때라 잠시 쉬고 싶은 마음도 일었지만 빨리 가고만 싶었다…"

그의 수필 〈하늘못 가는 길〉의 한 단락이다. 모국의 명문 서울대학에서 종교학을 공부했지만 통일의 그날을 당겨오기 위해 잠시 종교학을 젖혀놓고 북한의 지리와 민속을 연구기 시작한 고태우 형, 다시 연변을 통해 끈끈한 민족의 동질성을 확인한 고태우 형, 자나 깨나 통일이라는 하나의 소원을 안고 한 마리 작은 새가 되어 동서남북을 날며 애타게 울었던 고태우 형, 그의 정신이 살아 있는 한 꺼꾸러질 수는 없는 법, 조만간에 병마를 물리치고 다시 한 마리의 새가 되어 창공을 날아예리라 믿는다.

1997년 여름, 고태우 형의 건강을 빌면서

# 연변에 사는 안동의 선비 — 안병렬 교수

지난 주말 과학기술학원 영어학과에 다니는 딸애가 문득 집에 돌아왔다. 우리 광주 김씨 가문의 족보를 써 바쳐야 한다고 하면서 다짜고짜 일가친척들에게 전화를 걸기 시작한다. 나도 과학기술학원의 교수들은 더러 면식이 있는 터이라 한마디 넌지시 물었다.

"도대체 어느 교수님이 무슨 과목을 강의하시기에 그렇게 까다로운 숙제를 냈느냐?"

"한국사 과목이에요. 어느 교수님이겠어요? 바로 아빠도 잘 아시는 그 괴짜, 안병렬 교수님이시거든요. 족보를 만드느라 애들 모두 난리가 났어요."

그 말에 나는 "역시 안 교수님이시구나!" 하고 속으로 혀를 찼다.

부끄러운 일이지만 연변의 경우 자라나는 애들은 물론이요, 어른들도 자기 가문의 족보를 잘 알지 못한다. 학생들에게 굳이 가문의 족보를 만들어 오게 하는 안 교수님의 깊은 의중이 얼마간 짐작이 갔다. 학생들의 가슴에 자기의 혈통과 뿌리에 대한 관념을 심어주려고 은근히 애를 쓰고 계시지 않는가!

연변에 안 교수님을 초청한 사람은 바로 나다. 이 분을 초청한 일을 두고 나는 지금도 잘 한 일인지 못한 일인지 대중을 잡을 수 없다. 내가 시치미를 뚝 따고 초청만 하지 않았더라도 안 교수님은 산 좋은 물 좋은 경북 안동땅에서 후학과 이웃들의 존경을 받으면서 노년을 편하게 지내고 계실 것이다. 밤이고 낮이고 허둥지둥 뛰어다니는 안 교수님을 뵐 때마다, 더욱이 연변의 소인배들이 지껄이는 뒷공론과 무함을 받고 가끔 속을 꿍꿍 앓고 있는 안 교수님을 뵐 때마다 죄송한 마음을 금할 수 없다.

안 교수님을 초청하게 된 사연은 이러했다. 5년 전 연변대학교 조문학부 학부장을 지낼 때인데 박문일 총장님께서 한국의 교수 한분을 초청해 달라고 했다. 고전문학을 전공했고 안동대학교에서 인문대학장을 지낸 유명한 교수인데 안식년 말미를 받아 가지고 연변에 오게 되었으니 조문학부에서 교환교수로 1년간 모시는 게 어떠냐고 제안을 했다. 총장님이 추천하는 분이니 서둘러 초청장을 냈다.

그때로부터 두어 달 지났을까, 안 교수님은 한 마디 기별도 없이 문득 조문학부 학부장실에 나타났다. 구척장신의 강마른 늙은이였는데 기름한 얼굴에 안경을 걸고 있었다. 볕에 탄 주홍빛 얼굴, 느릿느릿한 경상도 억양에 수수한 평복 차림, 대학교 교수가 아니라 수수한 경상도 촌로의 모습이다.

전화 한 통 없이 이렇게 문득 오시는 법이 어디에 있느냐고, 그래서 마중도 나가지 못했으니 이런 결례가 어디 있느냐고 우리 쪽에서 안절부절 못 하는데 안 교수님은 오히려 빙긋이 웃을 뿐 말이 없었다. 안 교수님은 연변에 먼저 온 친구들의 도움으로 벌써 전셋집까지 맡아놓았으니 강의 과목과 날짜만 알려 주면 된다고 했다. 안 교수님은 여느 한국 손님들과는 달리 괜히 어깨에 힘을 주거나 서둘러 선물을 내놓으면서 부산을 떨지 않았다. 산처럼 묵중하게 앉아 차 한 잔을 들고 자리를 일었다.

안 교수님은 학생들에게 한국고전문학을 가르쳤다. 가만히 학생들의 반응을 알아본즉 강의가 아주 좋다고 한다. 안 교수님은 학교에 강의하러 나올 때마다 잠깐 학부장실에 들렀다. 그때마다 안 교수님은 차 한 잔 받아 마시고 먼 산을 쳐다보다가는 멋없이 자리를 일곤 했다. 좀 무뚝뚝하게 느껴질 정도로 말수가 적은 분이었다. 그 뒤로 가끔 식사도 함께 하곤했는데 술 한 잔 들지 않았고 좌중이 얼근하게 취해 갑론을박으로 떠드는 자리에서도 별 말 없이 수걱수걱 음식만 들었다. 술을 하지 않는 대신에 구척장신의 체구에 걸맞게 식사는 아주 잘 하셨다.

안 교수님은 댁에서도 말수가 적고 별로 처자식들에게 잔정을 주지 않는 것 같았다. 아무튼 사모님의 음식 만드는 솜씨가 일품인데 특히 그분이 만든 추어탕은 둘이 먹다가 하나가 죽어도 모를 지경이었다. 나도 두 번인가 과학기술학원의 양대언 교수에게 끌려 안 교수님 댁에 가서 추어탕 맛을 본적 있다. 우거지를 썰지 않고 기름기름하게 넣고 푹 익히고 나서 파며 풋고추를 듬뿍 친 추어탕인데 구수하고 얼큰한 맛이 술맛을 부쩍 돋우어 주었다. 두어 순배 술이 돌자 이중(현재 숭실대학교 총장) 교수와 양대언 교수가 찧고 까불면서 롱을 주고받는데 안 교수님은 그냥 우연히 지나다가 들린 식객처럼 식사에만 여념이 없었다. 그야말로 주객이 전도된 진풍경이다.

평지풍파라고 할까, 뜻밖에 안 교수님의 노한 얼굴을 보게 될 줄이야. 아마도 1999년 여름방학을 보내고 새 학기를 시작한 첫날이었던 것 같다. 별로 긴한 용건도 없이 한 주에 한 번씩 학부장실에 들려 차 한 잔 마시고

자리를 뜨던 안 교수님이 어느 날 학부장실에 조용히 들어서더니 안경 너머 나를 건너다보며

　"김 학부장, 나 좀 보면 안 될까요?"

한다. 하던 일을 밀어놓고 잠깐 쳐다보니 주홍빛 얼굴에 적이 노기가 서렸다. 조용히 옆방으로 모시고 들어간즉 안 교수님이 버럭 화를 낸다.

　"학생들을 이렇게 가르쳐서야 쓰겠습니까? 오늘 새 학기 첫 강의인데 지난 학기 나에게서 강의를 들은 학생들을 복도에서 만났어요. 헌데 이 놈들이 교수를 보고도 인사를 하지 않아요. 한 학기나 가르쳤는데 여름방학 사이에 교수의 얼굴을 잊어 먹었나? 새 학기에 교수를 만났으면 분명하게 인사를 해야지, 이건 송아지 제 형 보고 웃듯이 씨물씨물 웃으면서 비실비실 비켜 간단 말이에요. 에끼, 싸가지 없는 놈들, 이 놈들에게 버르장머리를 가르쳐 주어야 해요."

　학생들을 잘못 가르쳤으니까 학부장인 내가 야단을 맞은 것은 당연지사겠지만, 그 뒤 알아본즉 안 교수님께 인사를 제대로 하지 않고 지났던 두 학생은 큰 곤욕을 치렀다고 한다. 그 후도 안 교수님은 마치 "학생처장"이나 된 것처럼 인사를 하지 않고 지나는 학생들을 보면 당장 불러 세우고 인사를 시키고 인사를 받았다. 우리도 안 교수님의 제안을 받아들여 교수들과 학생들에게 인사범절을 강조했음은 더 말할 것 없다. 그랬더니 우리 조문학부 학생들의 얼굴이 달라지기 시작했다. 어느 사이 연변대학교 캠퍼스에서 조문학부 학생들이 제일 얌전하게 인사를 한다는 소문이 돌게 되었다.

　이러구러 겨울에 접어들었다. 어느 날 안 교수님은 잠깐 학부장실에 들렸다가 차 한 잔 들더니

"김 학부장, 나 좀 한 주일만 휴가를 줘요. 한국에 잠깐 들어갔다 와야 하겠어요."

"왜요? 이제 한 달이면 종강인데요?"

내가 적이 놀라 물으니 안 교수님은 어줍게 웃으면서 대답한다.

"우리 내자의 생일이 다음 주에요. 그 사람도 이젠 육순 고개에 접어들었어요. 한국에 있는 자식들이 기어코 저희들 어머니 생일을 쇠여 드린다고 하니까 별수 없어요. 애들의 성의는 받을 때는 받아야 하지 않겠소."

나는 회심의 미소를 금할 수가 없었다. 이 어른이 친자식들에게도 무섭게 굴리라는 생각이 들었던 것이다. 하지만 사모님을 모시고 안동에 가서 생일상을 받는 일, 이를 통해 역시 자식들에게 가르침을 주고 또 자식들의 효성을 헤아려주는 어버인 된 사람의 깊은 속내를 알 수 있었다. 사실 안 교수님은 제자나 손아래 사람들에게 엄하게 굴지만 가슴은 더없이 따뜻한 분이다. 우리 딸자식에게 들은 바로는 학생들이 꾸민 서클에도 초청하면 꼬박꼬박 참석해 뒷좌석에 묵묵히 앉아 지켜보다가는

"잘 했어. 흠뻑 땀들을 냈으니까 냉면이나 한 그릇씩 먹어."

하고 2백 원, 3백 원씩 내놓고 자리를 뜬다고 한다. 그래서 학생들은 이 괴짜교수님을 좋아한다고 했다.

안 교수님은 약속대로 일주일 만에 돌아왔다. 그런데 무서운 폭탄선언을 하지 않는가.

"김 학부장, 이젠 이 늙은이를 조문학부에서 맡아주어야 하겠소. 이번 걸음에 안동대학교를 2년 앞당겨 정년을 해 버렸구면."

"아니, 무슨 말씀이시지요?"

"젊고 유능한 젊은 박사들이 한 마당 줄을 서서 교수자리 나기를 기다

리고 있어요. 구질구질하게 한두 해 더 하겠다고 안동대학교에 돌아갈 것 없어요. 내가 할 일은 연변에 있다고 판단을 했어요. 내자도 내 뜻을 따르기로 했거든요. 그런즉 일단 한 해만 더 초빙해 주시오."

물론 한 학기 더 초빙을 했고 그 다음 학기부터는 과학기술학원으로 자리를 옮겼다.

안 교수님은 본격적으로 일을 시작했다. 그의 일솜씨는 대단했다. 연변에서 독서운동을 펼쳐야 할 필요성을 절감한 안 교수님은 한국에 있을 때부터 뜻이 맞았던 친구 정옥동(연변대학교 복지병원 이사장), 함갑수(서울 명지고등학교 전임 교장) 선생님과 함께 각각 1만 달러씩 출자해 연변조선문 독서사를 만들었다. 이들 셋은 얼마 되지 않는 연금을 털어 달마다 운영비를 대면서 몸소 강의에 나서서 독서지도원을 양성하고 꼬마들에게 사랑을 주고 꿈을 심어주었다. 가끔 독서사에 가보면 코흘리개들의 새콤한 땀 냄새, 방귀냄새가 진동하는 가운데 시골의 할아버지처럼 앉아 옛말을 들려주고 강의를 하는 안 교수님을 볼 수 있었다.

안 교수님은 대학에 나와 강의를 하고 독서사를 지도하는 외에, 짬만 나면 문짝이 비걱거리는 허름한 택시도 좋고 버스도 좋고 닥치는 대로 잡아타고 연변의 산과 들을 누볐다. 그는 조선족동포들이 옹기종기 모여 사는 마을이기만 하면 왕청의 산골마을도 좋고 저 멀리 장백조선족자치현이며 호태왕비와 장군총이 있는 집안을 답사하면서 부지런히 글을 썼다.

원래 안 교수님은 평생 고서를 뒤적이며 논문이나 쓰던 분인데 수기, 수필, 기행, 칼럼 같은 글은 연변에 와서 쓰기 시작했다고 한다. 첫 솜씨로 펴낸 장편수기 《동토가 아니에요, 꽃이 핍니다》는 단행본으로 나간 후 독자들의 요청에 의해 길림조선문보에 반년 간 연재하기도 했다. 그는 고구려, 발해 유적과 항일전적지에 깃든 민족의 발자취를 노래했고 김학철, 정판룡과 같은 연변지역의 민족지도자들과 깊은 정을 나누기도 했다. 안 교수님은 김학철 선생을 일컬어 연변의 "참선비"라고 칭송을 했고 정판룡 선생을 잃고는 〈땅을 치며 통곡하여라〉는 눈물겨운 조시(弔詩)를 쓰기도 했다.

저 창공에 큰 별이 있으매
우리 쳐다보고 갈 길을 찾았더니
이제 우리 누굴 보고 따라 갈고?
동포여, 땅을 치며 통곡하여라

넉넉한 가슴, 구수한 말씀
언제 어디서나 스승 계신 곳은 훈훈한 사랑방
고단한 자 쉼을 얻고 병든 자 치유를 받더니
이제 우리는 누굴 찾아 품에 안기울고?
동포여, 땅을 치며 통곡하여라.

정판룡 선생의 서거를 두고 안 교수님이 지은 시인데 이 시를 읽고 얼마나 많은 사람들을 눈물을 흘렸는지 모른다.

그런데 안 교수님은 조선족동포를 덮어놓고 얼싸안는 것은 눈먼 사랑이라고 했다. 그는 조선족사회를 칭찬하는 경우보다 비판하는 경우가 더 많았으며 특히 지식인사회의 고질적인 병폐는 눈감아 주지 않고 날카롭게 꼬집어 비판했다. 바로 이러한 대쪽 같은 선비의 기질과 비판정신이 배여 있기에 그의 글을 두고 늘 찬반이 엇갈렸고 한 쪽 구석에서는 그를 두고 "뜨개소"라고 했다.

몇 해 전의 일이다. 연변의 문인들이 웬 한국 독지가의 협찬을 받아 김창걸문학비를 세웠다. 김창걸(1911-1991)은 일제 때부터 활약한 저항문인이요, 연변지역의 향토소설가이다. 말하자면 조선족문학의 진짜 아버지인 셈이다. 김창걸문학비를 세우는 것이 연변 동포문인들의 오랜 꿈이었는데 요행 한국 독지가의 지원을 받아 문학비를 세웠으니 어떻게 보면 잘된 셈이라 할 수도 있다.

그런데 안 교수님이 보는 눈은 달랐다. 연변작가협회 산하에 무려 5백여 명의 회원이 있는데 십시일반으로 자금을 모은다면 왜 비를 세우지 못하겠는가? 아무리 굶어 죽게 되었다 하더라도 아비의 비는 자식들이 세워야 하지 않겠는가? 광복을 맞은 지도 반세기, 그분이 작고한지도 2십여 년 되었는데 아침 장에 보지도 못하던 한국인의 돈을 받아야 비를 세울 수 있단 말인가? 부끄러운 줄 모르고 신문, TV에 떠들썩하게 자랑들을 하고 있으니 참으로 어처구니가 없다고 했다. 자금을 대준 한국인도 뻔뻔스러운 놈이다. 헌금을 했으면 조용히 물러나야 할 일이지, 남의 가문의 비석에다 자기의 함자를 대문짝만하게 새길 필요는 없지 않느냐고 싸잡아 비판을 했다. 다들 쓸개가 빠진 놈들이라고 했다.

이 글이 나가자 연변의 문단사회는 단솥에 물을 끼얹은 것 같이 소란해졌다. 남의 잔치에 웬 간섭이냐 하고 떠드는 사람도 있고, 단돈 한 푼 내놓지 않은 주제에 웬 시비냐고 안 교수님을 아니꼽게 보는 사람도 있었다.

하지만 자고로 좋은 약은 입에 쓴 법이요, 충언은 귀에 거슬리는 법이 아니던가. 까놓고 말해서 안 교수님의 직언은 한 마디도 틀린데 없고 우리 모두 그런 욕을 먹어도 할 말이 없다고 본다. 사실 우리 사회가 남이 베풀기만을 바라고 너무나 추접스럽게 살아왔다.

내가 안 교수님을 알면 얼마 알랴. 안 교수님의 신상에 대해서는 이만 이야기를 하기로 하고 이번에 펴낸 장편수기 《사랑을 파는 로인》을 보기로 하자. 첫 장편수기 《동토가 아니에요, 꽃이 핍디다》에 비해 어쩐지 처량한 색조가 어린 제목이다. 사실 안 교수님은 허무맹랑하고 몰렴치한 일부 연변사람들을 보고 짜증을 내고 화를 내기도 했고 일부 관리들의 "종교선전"이요, "문화침투"요 하는 뒤소리에는 그만 기가 죽고 힘이 빠지기도 했다. 사랑이 보상을 받기는커녕 의혹과 불신의 징표로 된 데는 너무나 큰 배신감과 허탈감을 느꼈을 것이다. 하지만 안 교수님은 남을 탓하기에 앞서 자기를 더욱 깊이 반성한다. 그리고 사랑과 가르침을 목마르게 기다리는 어린것들의 눈동자를 외면할 수 없어 다시 일어선다.

참으로 눈물 없이는 읽을 수 없는 수기이다. 안 교수님이 연변사람들에게 무슨 죄를 지었기에 이처럼 무서운 고행을 해야 하는가? 돌아서기만 하면 그에게도 효성스러운 자식들의 부름이 있고 정다운 이웃들이 반겨주는 고향이 있다. 하지만 아직은 가난하고 철없고 무식한 사람들이지만 어쨌든 뿌리칠 수 없는 혈육이요, 동포이기 때문에 이 거친 연변을 떠나지 못하고 있는 것이다. 이심전심(以心傳心)이라고 했다. 우리 연변사람들도 이제는 그분의 뜻과 충정을 감사하게 생각하고 마음속으로나마 안 교수님께 힘을 실어주어야 할 것이다.

연변에 자리 잡은 안동의 참선비─ 안병렬 교수님과 사모님의 건강과 장수를 빈다.

2004년 11월 8일

# 교수와 명견

　　연변의 여름은 한국 손님들에게 도적을 맞히는 법이다. 시도 때도 없이 찾아오는 한국 손님들을 배동하다 보면 귀한 여름방학을 하루도 쉴 수 없기 때문이다. 하지만 강태근 교수와 같은 손님은 그야말로 벗이 먼 곳에서 오니 이 아니 기쁠소냐라는 공자님의 말씀을 떠올리게 한다. 며칠 전 지승스님과 강태근 교수가 하얼빈과 밀산을 에돌아 연길에 왔다. 누가 주선했는지 모르겠으나 연변병원 앞에 있는 영등포여관이라는 자그마한 모텔에 자리를 잡았다. 워낙 방이 토끼장처럼 비좁은데다가 냉방장치가 전혀 되어 있지 않아 떡시루처럼 찌물쿠었다. 지승스님은 워낙 격이 없이 털털한 사람이고 연길에 자주 오는 사람이지만 강태근 교수는 연길에 처음 오는 양반이라 보기에 좀 민망했다. 하지만 이미 예약금을 지불했는지라 부득부득 다른 호텔로 자리를 옮길 수도 없었다. 나로서는 요리도 깔끔하거니와 더더욱 콩국수가 일품인 코스모식당으로 모시는 것으로 예의를 차리고 성의를 다할 수밖에 없었다. 2003년, 나는 한국 대전에 있는 배재대학교에 가서 1년간 교환교수로 있었다. 그 때 여러 번 강태근 교수의 융숭한 대접을 받았었다. 강 교수는 어느 대학교 교수로 있을 때 민주화운동에 참가했는데 당시 독재정권의 눈치를 보던 재단에서 무단적으로 그를 제명해 버렸다. 그래서 그는 10여 년간 배재대학교에서 겸임교수로 강의하면서 복직을 하기 위해 소송을 걸어놓고 있었다. 강 교수는 영어를 잘해 서방의 문학이론에 해박했고 소설가로서도 꽤나 명성을 날리고 있었다. 하지만 겸임교수는 시간강사와 마찬가지로 정규직이 아니다. 우리 중국말로 "무쇠밥통"이 아니라서 대학사회에서는 찬밥에 도토리 신세로 지내고 있었다. 하지만 강 교수는 반드시 승소(勝訴)한다는 신념을 갖고 있었고 학생들을 친자식처럼 사랑했으며 자기가 맡은 강의에 열과 성을 다했다. 강 교수는 종강(終講)을 하는 날이면 전체 학급 학생들을 데리고 대전을 가로지르는 류등천에 나가 삼겹살을 구어 대접했다. 그는 외롭게 혼자 있는 사람이라고 나를 꼭 불러서 끼워주었다. 안주라야 삼겹살에 김치나 깍두기가 전부였지만 강 교수의 껄껄껄 웃는 웃음소리를 들으며 학생들과 나누는 술맛이 일품이었다. 강 교수는 우리 식구가 왔을 때도 사모님과 함께 근사한 횟집에서 대접해 주었다. 한 번은 지승스님이 주지로 있는 충북 가산사(佳山寺)에서 단군제(檀君祭)를 지내는데 강 교수의 승용차를 타고 가서 귀한 삼합 안주에 동동주를 실컷 마셨다. 신흥사의 주지스님은 지승스님과 절친한 친구라 귀한 삼합을 비닐박스에 서너 개나 담아가지고 왔는데 초저녁에 현지에 도착한 우리는 자정에 열리는 무당들의 굿을 보기 위해서 마음을 느긋하게 가지고 기다리는 수밖에 없었다. 삼합은 삭힌 홍어와 삶은 돼지고기 삼겹살을 김치에 싸먹는 안주인데 그야말로 별미였다. 그 날 300여 명의 인파가 몰려왔지만 대체로 얌전한 신도들이라 식사만 하고 자리를 냈다. 결국에는 신흥사 주지스님과 강 교수, 그리고 나까지 셋이서 허리띠를 풀어놓고 삼합 안주에 밤늦게까지 술잔을 기

울이었다. 신흥사 주지스님이 마침내 강 교수의 주량을 당하지 못해서

"술에는 장사가 없고 술에는 양이 있는 법이거든요. 옛날부터 일배불가(一杯不可)라 했으니 술 한 잔은 아예 말도 아니 되는 법이고 삼배소(三杯小)라 했으니 석 잔으로는 성이 차지 않는 법이며, 오배의(五杯宜)라 했으니 다섯 잔이면 맞춤하다는 말이 되겠고 칠배가(七杯可)라 했으니 일곱 잔이면 충분하다는 말이 되겠습니다. 하지만 구배불가(九杯不可)라 했습니다. 벌써 아홉 잔이 아니라 열아홉 잔은 마신 것 같습니다그려. 실례지만 저는 좀 먼저 일어나야 하겠습니다."

하고 슬쩍 일어나고자 하는데 강 교수가 신흥사 주지스님의 손목을 덥석 잡아 앉히며

"아니, 중국 배갈이라면 몰라도 이 샛노란 동동주도 술입니까? 그럼 저도 좀 문자를 써봅시다. 옛날부터 술꾼은 오불고(五不顧)라고 했어요. 첫째로 청탁불고(淸濁不顧)라 했으니 청주든 탁주든, 배갈이든 양주든 가리지 않는 법이지요. 둘째로 원근불고(遠近不顧)라 했으니 술만 생긴다면 십리 길이든지 백 리 길이든지, 가깝고 먼데를 마다하지 않는 법이거든요. 셋째로는 염치불고(廉恥不顧)요, 넷째로는 처자불고(妻子不顧)라고 했구먼요…"

하고 동동주 한 잔을 단숨에 들이켜고 삼합 한 점을 김치에 싸서 넙죽 입 안에 넣는데 신흥사 주지가 저도 몰래 귀가 솔깃해서

"그럼 다섯째는 뭐지요?"

하고 채근하자 강 교수는

"생사불고(生死不顧)지 뭐겠소! 주지스님, 술친구가 오래 만에 만났는데 이렇게 혼자 훌쩍 떠나면 인사가 되우? 나와 김 교수만 이 가산사 깊은 골

에서 술독에 빠져 죽어라 그 말씀이시우?"

하고 짐짓 화를 냈다. 신흥사 주지스님은 하는 수 없이 주저앉아 술잔을 잡고 말았다. 기실 나도 여러 번 눈치를 보다가 자리를 뜨려고 하였지만 번마다 강 교수가 그 우악스러운 손으로 내 팔목을 잡고 놓아주지 않는 바람에 그야말로 그 날은 코가 비뚤어지게 술을 마셨다.

또 한 번은 강 교수가 국문과 학과장으로 일하는 정문권 교수와 나를 조용히 불러놓고 귀한 소곡주를 구해 왔으니 퇴근하는 길로 자기네 집에 오라고 했다. 그 무렵 강 교수는 유등천기슭에 있는 단독주택에서 살고 있었다. 집은 낡은 기와집인데 파란 잔디를 입힌 앞뜰이 꽤나 넓고 운치가 있었다. 정 교수의 자가용을 타고 강 교수네 자택 앞에 이른즉 불현듯 개 짖는 소리가 온 동네를 들썩하게 만들었다. 두 놈인 것 같았다. 한 놈은 철책(鐵柵) 안에 갇힌 사자나 범이 으르렁거리는 소리를 방불케 했고 한 놈은 앙칼진 암캐의 소리가 분명했다. 우리는 감히 벨을 울릴 엄두를 내지 못하고 고개만 빼들고 담장 안을 주억거리는데 집안에서 거쿨진 체격의 강 교수가 큰소리로 개를 물리치고 대문을 열었다. 강 교수의 뒤를 따라 들어가니 대문 안에 수위(守衛)처럼 진돗개 두 마리가 양쪽으로 갈라서는데 두 놈 다 두 귀가 뾰족하고 털빛이 새하얀 진돗개였다. 왼편에 있는 암컷에 비해 오른 편에 있는 놈이 껑충 더 큰 수컷이었다. 수컷은 시답지 않다는 눈길로 나와 정 교수를 흘끔흘끔 쏘아보면서 컹컹 짓다가 "이 놈 수돌아, 좀 가만있지 못할까!" 하고 소리를 치는 강 교수의 매서운 눈길에 기가 죽어 꼬리를 끼고 굴속으로 들어 가버렸다. 우리 셋은 잔디밭에 술상을 놓고 둘러앉았다. 강 교수는 며칠 전 우연히 한산에 갔던 김에 소곡주 두 통을 사왔다고 하면서 나를 보고

"우리나라에도 안동소주요, 문배주요, 소곡주요 하는 전통주가 많거든요. 그 중에서 나는 한산소곡주를 제일로 치거든요. 천오백년 전 백제왕실에서 즐겨 마셨다고 하는데 이 소곡주 맛을 들이면 자리에서 일어날 줄 모른다고 해서 일명 '앉은뱅이술'이라고도 하지요."

하고 내내 싱글벙글거렸다. 과연 구수하면서도 톡 쏘는 맛이 있어서 술맛이 일품이었다. 나는 술잔을 받아 마시면서도 진돗개 쪽으로 자꾸 눈길이 가게 되었다. 나는 강 교수의 허락을 받아가지고 돼지갈비뼈 두개를 집어들고 일어나 하나는 암컷에게 던져주니 그 놈은 덥석 받아 물고 꼬리를 살랑살랑 저었다. 그런데 갈비뼈 하나를 수컷에게 던져주려고 하자 그 놈이 와락 사슬을 채며 달려들었다. 나는 화들짝 놀라 바삐 갈비뼈를 던져주고 술상에 돌아와 앉았다.

"저 놈이 왜 저렇게 사납지요?"

강 교수는 허리를 잡고 껄껄껄 웃다 말고

"김 교수도 개를 좋아할 줄은 몰랐구려. 우리 집에서는 저 암컷을 참돌이라 하고 저 수컷을 수돌이라 하지요. 두 놈 다 2년 전 친구네 집에서 강아지 때 데려왔는데 내게는 천하에 둘도 없는 친구지요. 헌데 저 수돌이란 녀석이 워낙 성질이 사나워서 대문밖에 조금만 동정이 있어도 무섭게 짖어서 동네 어른들 보기가 좀 민망하지요. 우리 다섯 식구들에 대해서도 유독 나만을 왕으로 모신단 말씀이요. 먹이는 우리 어머니와 마누라가 주는 건데 걸핏하면 으르렁거리면서 대들지를 않겠어요. 우리 마누라는 두 번이나 물릴 번했거든요. 하지만 난 찬밥 한 덩이 던져준 적 없지만 나만 보면 꼬리를 흔들면 반기거든요. 가장(家長)을 알아주니 명견이 아니겠소. … 헌데 저 수돌이란 녀석이 사달을 친 건 지난 봄이지요. 글쎄 먹이를 주는 우리 노모에게까지 달려들지 않았겠어요. 내가 퇴근해서 집에 돌아와 보니 온 집안 식구들의 얼굴에 전혀 화색이 없더라구요. 내가 식사를 끝내고 밥상을 물리자 우리 마누라와 어머니, 두 아들놈까지 미리 약속이나 한 것처럼 내 앞에 와서 마주 앉지 않겠어요. 서로들 눈치를 보더니 우리 마누라가 마침내 말을 꺼내더라구요. 수돌이란 녀석이 오늘은 먹이를 주는 어머님까지 물어놓았으니 다른 집에 주든지, 처분을 해야 하지 않겠느냐는 것이었어요. 황차 너무 짖어서 이웃들의 눈치를 보게 된다는 것이었어요. 그 때 내가 뭐라고 말했는지 아시우? 이 염량세태(炎凉世態)에 강 태근이를 알아주는 사람이 세상에 없는데 저 수돌이 녀석만이 알아준단 말이다. 그래도 저 수돌이 녀석을 남에게 주겠느냐? 이 한 마디 말에 모두들 잠자코 있는데 우리 노모가 앉아 있다가 '난 별로 다친 데도 없어. 너희들 애비 말이 맞아. 망할 놈의 세상이지. 요즘 세상에 너희들 애비의 인금을 알아주는 게 저 수돌이 녀석밖에 더 있더냐?'라고 말씀해 주셔서 수돌이 녀석을 그냥 우리 집에 두게 되었지요."

정 교수와 나는 한바탕 웃었다. 하지만 뒤끝은 그 어떤 이름 못할 연민이 밀물처럼 가슴에 번졌다. 저 타고난 천부와 문학적 재간을 가진 분이 교수직에서 제명되고 그 동안 이 냉혹한 세상에서 얼마나 큰 상실감과 소외감을 느끼면서 살아왔을까? 그야말로 오불고(五不顧)라할가, 술고래라할까, 밤낮 술로 스트레스를 풀며 살아오는 강 교수의 슬픔과 고충을 우리 모두 다는 알지 못한다. 한 마리 개에게서나마 빼앗긴 자신의 인간적인 자존과 믿음을 찾고자 했던 강 교수가 아닌가. 사실 한국에 가보면 명문대를 나온 박사들이 불혹(不惑) 지어는 지천명(知天命)의 나이가 되도록 시간강사로 떠돌아다니는 애처로운 모습을 볼 수 있다. 대학가에서 머슴처럼 혹사를 당하고 착취를 당하지만 어디에 가서 하소연할 데도 없는 시간강사들, 토끼꼬리만한 강의료를 들고 오는 그네들은 가정에서도 남편 되고 애비 된 자의 존엄과 권위를 세울 수 없다. 죄송한 이야기지만 강 교수는 그래도 인간적인 자존과 권위를 알아주는 수돌이가 있다. 또 수돌이의 일장풍파를 통해 날개 꺾인 가장의 존엄과 권위를 다시 인정하고 따르게 된 가족이 있다. 그 날 코스모식당에 좌정하자 나는 술 한 잔 권하고 나서 수돌이는 잘 있는가를 물었다. 강 교수의 대답이 걸작이다.

"우리 집 수돌이를 기억해 주어 고마우이. 그 놈이 나를 믿어주고 인정해 준 덕분에 내가 복직을 한 게 아니겠어요. 이젠 그 놈도 할배가 되었어요. 이제 나와 함께 천당에 갈 것일세."

아무튼 강 교수와 만남을 통해 인간은 신뢰와 존엄을 먹고 사는 "사회적 동물"이라는 사실을 다시 한 번 절감하게 되었다.

2012년 8월 15일

# 황송문 교수
## ―순수와 정열, 넉넉한 사랑

## 시골 아저씨 같이 순수한 사람

황송문 교수는 하나의 산이요 호수이다. 산처럼 높으나 생각이 깊고 호수처럼 고요하나 정열의 빛이 일렁이고 있다. 그는 거짓과 가식을 모르는 사람이다. 그는 언제나 소년의 순수함을 잃지 않고 있으나 정이 많고 심오한 시적 경지에서 사는 사람이다.

하지만 이러한 황송문 교수의 아름다운 인간성에 매료되기는 조금은 시간이 걸린 것 같다.

연변대 조문학부장으로 있을 때인데 부학부장으로 있었던 윤진 박사가 수필집 한 권을 들고 와서 한국 선문대 황송문 교수를 소개했다. 유명한 시인이고 학자인데 연구년 말미를 맡아 가지고 연변대 조문학부에 와서 반년 간 지내고 싶다고 했다.

한국에는 국어국문학과가 수십, 수백 개 소 되지만 중국에는 북경 민족대와 연변대에 두 개소 있을 뿐이라 우리 학부를 바라고 찾아오는 한국의 교수, 학생, 기자가 너무 많았다. 여름철 두어 달은 한국에서 찾아오는 귀빈들을 맞이하고 여러 가지 행사를 벌리다 보면 귀한 여름방학을 귀양 보내기가 십상이다. 그래서 든든한 어른이 추천하거나 크게 신세를 진 교수가 아닌 경우에는 아예 명함도 내놓지 못하게 했다.

헌데 다른 사람도 아니고 날마다 얼굴을 맞대고 일하는 윤진 박사가 추천하는지라 울며 겨자 먹기로 받기는 했지만 조문학부의 강의는 줄 수가 없다고 했다. 특강은 두어 번을 하도록 조처하겠지만 연구실은 중조한 일문화비교센터 연구실을 빌려 쓰게 했다. 윤진 박사가 그쪽의 부주임을 겸해 하고 있었던 것이다. 황송문 교수를 모시기는 하되 양쪽에서 반반씩 부담하자는 심산이었다.

윤진 박사가 내놓은 간 황송문 교수의 수필집을 얼추 뒤번져보다가 그중 한 편을 읽게 되었다. 아마도 〈시인의 날〉이라는 수필인 것 같다. 쭉 읽어보니 황송문 교수의 얼굴과 됨됨이가 한눈에 보이는 것 같았다.

대체로 시인, 작가들이 다 그러하듯이 황송문 교수도 젊은 시절에 아주 어렵게 지낸 것 같았다. 토끼꼬리만한 원고료에 매달려 겨우겨우 살아가는지라 사모님 앞에서도 주눅이 들어 지낸 것 같았다.

그러던 어느 날 쥐구멍에도 볕들 날이 있다고 "시인의 날"이란 게 생겨 시인 친구들과 술 한 잔 거나하게 마시고 귀가했다. 헌데 재수 없게 집 대문이 잠겨있지 않는가. 난생 처음으로 문을 쾅쾅 잡아 두드리며

"이놈의 마누라가 시인도 몰라. 오늘은 천지개벽 시인의 날이란 말이야!"

하고 호통을 쳤다는 이야기이다. 산업화의 초창기요, 군부독재시절인지라 글쟁이들의 어려운 사정을 말하고 있었다.

나는 황송문 교수의 수필을 읽고 나서 "허허, 또 술고래를 모시게 됐군!" 하고 개탄을 했다.

하지만 그때로부터 두어 달 지나 연변대를 찾아온 황송문 교수를 보니 어깨가 딱 바라진 중키의 중년이었다. 그런데 일부 한국의 교수들의 몸에 풍기는 오기와 독선은 보이지 않았다. 좀 쑥스러워하는 눈치인데 마치 초라하게 새끼 도야지 두어 마리를 안고 기름진 마소들이 즐비하게 늘어선 장터에 나선 시골 아저씨를 방불케 했다.

연길에서는 돈 천여 원(한화 십여만 원에 해당함)이면 꽤나 번듯한 아파트를 쓰고 예쁘고 젊은 식모까지 둘 수 있지만 황송문 교수는 국제교류센터에서 외국에서 온 유학생들과 마찬가지로 방 하나를 맡아 가지고 기숙사생활을 했다. 물론 하루 세 끼 유학생들과 함께 식당에서 쟁반을 들고 줄을 서서 밥을 타서 먹었다. 우리는 아파트를 하나 전세 맡아 지내는 게 좋지 않겠느냐고 권유했다. 그러자 황송문 교수는

"기숙사에서 지내는 게 편해요. 젊고 예쁜 식모를 두고 싱숭생숭해서 어떻게 밥을 먹지? 그렇다고 아파트 하나를 차지하고 혼자 살자면 아낙처럼 앞치마를 두르고 밥을 하고 반찬을 만들어야 하겠는데 난 죽어도 그런 걸 못해요…"
하고 손사래를 쳤다.

평소 황송문 교수의 얼굴은 좀처럼 뵐 수 없었다. 밤낮 사면을 답답하게 막은 토끼장만한 간이연구실에 앉아 자료를 뒤지고 논문을 쓰는 것 같았다. 주말이면 현지 백두문인산악회 회원들과 함께 연변의 산을 누비고 다녔고 다시 월요일이 되면 여전히 기숙사, 식당, 도서관, 연구실 사이를 오갔다.

## 모범택시 기사님 같이 따뜻한 사람

2003년 봄 나는 한국 배재대학교 가서 1년간 강의를 하게 되었기에 황송문 교수를 자주 만날 수 있었다.

황송문 교수는 나 같은 시골선비를 선문대학교에 초청해 특강을 하게 하였고 동아일보 문화센터에 초청해 특강을 하게 했다. 리상각 시인이 갔을 때도 그랬고 김관웅 교수, 류연산 소설가가 갔을 때도 그랬다. 또한 이런저런 명분을 대고 인터뷰를 하고는 꼭꼭 10만 원씩 챙겨주곤 했다. 이름 없고 가난한 중국동포 학자와 문인들을 한국사회에 당당하게 내세워 주고 돈푼이나 벌게 하기 위해서였다.

황송문 교수의 인터뷰를 받는 것은 하나의 즐거움이요, 많은 것을 배울 수 있는 기회로 되었다. 우선 황송문 교수는 허술한 카세트 녹음기를 내놓고 사전에 치밀하게 기획한 인터뷰 안(案)에 따라 꼼꼼히 질문을 하고 슬쩍슬쩍 뚱겨주기도 하는데 인터뷰를 받는 사람은 자기도 모르게 대화에 깊숙이 빠져들어 거침없이 대답을 하게 된다. 인터뷰를 마치면 그 내용을 억양까지 살리면서 현장감 있게 정리해 다시 메일로 보내오는데 그 속도 또한 대단하다. 100매 분량의 내용을 하루 저녁에 정리해 보내오는데 거의 완벽에 가깝다. 밤새 녹음기를 틀어놓고 타이핑을 한 모양이다. 그런 성의와 집념에 누가 감히 태만을 부리랴. 조금 손보아 보내면 멋진 인터뷰가 된다.

인터뷰를 하거나 특강에 초청할 때는 으레 승용차를 몸소 몰고 왔다. 7, 8년 잘 굴러다닌 검은 색 소나타였는데 뒷좌석에는 《문학사계》며 여러 신문 잡지들이 지저분하게 널려있었다. 그뿐이 아니다. 승용차 뒤쪽 트렁크에는 가방만 해도 두세 개 있는데 하나는 선문대학에 강의를 나갈 때 쓸 교수안을 넣은 것이고 다른 하나는 동아일보 문화센터와 같은 곳에 강의 하러 갈 때 쓸 자료들을 넣은 것이며 또 하나는 비상용이란다. 황송문 교수의 자가용은 그야말로 이동식 침실이요, 서재요, 연구실인 셈이다. 내가 뒷좌석에 앉을라치면 황송문 교수는

"앞에 앉아요. 앞에! 죄송하지만 뒷좌석은 고물시장이라서… "
하고 바른 편으로 몸을 기울여 앞문을 열어준다.

황송문 교수의 운전 솜씨 또한 일품이었다. 댁은 서울에 있고 선문대는 천안에 있는지라 하루 절반은 차에서 산다고 해도 과언이 아니었다.

한 번은 대전에서 서울로 올라가는데 비가 억수로 쏟아졌다. 창살 같은 빗줄기를 가르며 내달리는 소나타, 핸들을 잡고 전방을 주시하는 황송문 교수의 형형한 눈빛, 얼마나 멋진지 몰랐다. 나를 서울 인사동 부근에 내려놓고 핸드폰을 꺼내들고 여기 저기 전화를 걸고 나서 다시 보얀 비안개를 헤가르며 강원도 쪽으로 가족여행을 떠나는 황송문 교수, 그야말로 야전사령관에 진배없었다.

"이젠 10년을 굴렸으니 고물차라 하겠지. 하지만 연변에서 온 귀한 손님을 모시고 다니기에는 전혀 불편이 없거든요. 그렇지 않아요, 호웅 선생?"

황송문 교수는 껄껄 웃었다.

참으로 황송문 교수님의 소나타 신세를 얼마나 많이 졌는지 모른다. 배재대학교 교환교수생활을 마치고 귀국할 때도 이 소나타에 짐을 싣고 대전에서 공항까지 장장 3시간을 달렸고 그 후 한국을 다녀올 때마다 바로 이 소나타로 영종도 공항으로 나가군 했다.

아침은 유명한 청진옥에서 해장국을 시원히 먹고 출발을 한다. 모범택

시 운전수를 뺨 칠 정도로 운전을 잘하는 황송문 교수가 핸들을 잡은 소나타에 몸을 싫으면 서울행차에서 얻은 노독이 다 풀리고 기분은 둥둥 뜬다. 그런데 유감스러운 것은 황송문 교수는 늘 본이 아닌 모범택시기사 노릇을 하는 까닭에 술 한 잔 들 수 없었다. 내가 하도 민망해서

"이제 연변에 오시면 원수를 갚지요."

하고 번마다 말하고 있으나 황송문 교수는 일이 바빠 연변을 오지 못한다. 그러니 일방적으로 신세만 질수밖에.

지난해에 갔을 때는 인문대학장이 되었다고 따님과 사위가 새 차 한 대 뽑아 드려서 황송문 교수는 은근히 좋아하는 눈치였다. 삐까번쩍하는 새 승용차가 가난한 연변의 시골선비나 모시고 다니는 줄 안다면 따님과 사위가 얼마나 서운해 할까?


## 문학의 불씨를 간직한 사람

황송문 교수 사모님의 존안은 한 번도 뵈지 못했지만 어느 예술대를 나온 피아니스트인 것만은 알고 있고 두 분 사이의 금슬이 좋다는 걸 연변의 원로시인 이상각 선생의 말씀을 들어 조금은 알고 있다. 사모님은 황송문 교수를 뵈러 연변에 딱 한 번 찾아왔었는데 나는 워낙 무사분주한데다가 분복이 없어 뵈지 못했다.

문제는 연변에서 외롭게 지내는 황송문 교수를 찾아왔는데 이 어른은 술판에 앉아 진지하게 문학을 담론하다보니 그만 부인이 오는 걸 감감하게 잊어버린 것이다.

그 날 김관웅 교수(필자의 실형임)네 댁에서 술판을 벌렸는데 모두들 연

변문학을 두고 열띤 토론을 벌렸단다. 연변문단은 500여 명의 시인, 작가, 평론가들이 포진하고 있는데 개중에 서로 제가 잘 났다고 뻐기는 친구가 많고 대체로 서열의식에 매여서 작품을 평가했다.

그 날 술좌석에 앉은 친구들이 방관자청(傍觀者淸)이라고 밖에서 온 사람이 오히려 문제를 공정하게 볼 수 있는 법이니 황송문 교수의 의견을 물었던 것이다. 황송문 교수는 진지하게 이야기를 나누다보니 그만 사모님이 오는 날임을 까먹은 것이다. 물론 여러 날 전에 역서에 정히 메모를 해두었고 그날 아침부터 마중을 나갈 차비를 해 두었지만 일단 문학담론에 깊이 빠지다 보니 부인이 오는 시간을 깜빡 잊어먹은 것이다.

한편 연길공항에 내린 사모님은 아무리 휘둘러보아야 남편의 얼굴이 보이지 않자 어지간히 속이 달았다.

가물에 콩 나듯 비행기가 드문드문 이착륙하는 자그마한 공항은 어느새 썰렁해졌는데 여전히 남편의 그림자는 보이지 않는다. 바삐 공중전화로 황송문 교수의 기숙사에 전화를 했지만 붕- 붕- 소리만 날뿐 여전히 받는 이가 없다.

버스나 타고 왔으면 되돌아가고 싶었다. 사모님은 공항 대기의자에 앉아 반나절 기다리다가 혼자 트렁크를 끌고 밖으로 나와 요행 조선족 택시 기사를 만나 연변대 국제교류센터까지 올 수 있었다.

한편, 뒤늦게야 부인 마중을 가야함을 알게 된 황송문 교수는 아차! 하고 혼비백산해 일어났고 그 낌새를 알아챈 김관웅 교수가 부랴부랴 동행을 해서 공항에 나가본즉 사모님의 그림자는 보이지 않는다. 둘은 부리나케 국제교류센터로 달려왔던 것이다.

김관웅 교수가 대신 손이야 발이야 사과를 했고 저녁식사까지 대접하였지만 사모님의 기색은 풀리지 않았다. 그 날 저녁 황송문 교수는 그만 돌아간다고 일어서는 부인을 눌러 앉히느라고 진땀을 뺐다고 했다.

누군가 황송문 교수를 두고 문학지상주의자라고 했지만 사실 황송문 교수의 이런 문학에 대한 집념과 애착이 그의 문학과 학술의 풍성한 열매를 가능케 했으리라.

황송문 교수는 귀국한지 반년도 되지 않아 연변체험을 시적으로 노래한 《연변의 백양나무》라는 시집과 《중국조선족 시문학의 발전 양상》이라는 저작을 보내왔다.

연변에 대한 사랑이 진하게 묻어나는 시들도 좋았지만 조선족의 시문학을 깊이 있게 해석하고 그 문제점들도 꼼꼼하게 짚어준 저작은 더욱 좋았다. 황송문 교수는 조선족시단의 서열의식을 깨고 작품의 문학성 여하에 따라 시인을 평가했고 현지 평론가들이 스쳐지나간 좋은 시들을 발굴해 일일이 평을 달았다. 특히 연변시단의 제왕으로 자부하는 원로시인들이 아니라 조선족문학의 중심지에서 멀리 떨어진 북만(北滿) 지역에 묻혀 있던 이삼월 시인의 시들을 높이 평가했다.

연변문학에 대한 관심과 사랑은 해가 갈수록 깊어졌고 당신이 출간하고 있는 《문학사계》에 연변지역 시인, 작가들의 작품을 지속적으로 내주었다. 뿐만 아니라 한국시인들의 시에 연변 조선족 작곡가들이 곡을 붙이도록 주선함으로써 모국과 연변지역 예술가들의 연대성을 꾀하기도 했다.

이젠 연변의 문인과 예술인들에게 있어서 황송문 교수는 가장 미더운 평론가로 되었고 《문학사계》지는 연변의 시인, 작가들의 주요한 활무대로 되었다.

모국의 한 성실한 지성인의 사랑과 집념이 서울과 연길사이에 아름다운 악장과 같은 교류와 화합의 물고를 튼 것이다.

황송문 교수가 정년을 맞았다니 도무지 믿어지지 않는다. 산처럼, 호수처럼 고요하고 부드러우나 가슴 깊이에 활화산을 안고 있는 황송문 교수, 그에게 정년이라니 당치도 않다. 드바쁜 교수생활을 그만 두었으니 이제 문학창작과 문화교류의 전초에서 더욱 맹활약을 할 것이다. 안성맞춤으로 새 승용차도 갖추었으니 그는 더욱 힘차게 달릴 것이다.

이젠 정년을 하셨으니 연변에도 오시어 후학들을 가르치며 즐겁게 지내기를 바란다. 여기에 황송문 교수의 원수를 갚을 친구들이 하도 많기 때문이다.

2006년 6월 10일

# 이성연 교수를 그리며

청송컵 백일장을 두고 몇 글자 쓰자고 보니 이성연 교수의 인자한 얼굴과 조용한 목소리가 눈에 삼삼 귀에 쟁쟁하다. 몇 해 전 병환에 계신다는 소식을 듣고 메일로 병문안을 했으나 회신이 없는지라 여러 번 전화를 했었다. 역시 통하지 않았다. 구차한 모습을 보이지 않으려고, 지인들에게 폐를 끼치지 않으려고 저 하늘나라에 가기까지 일절 회신도, 통화도 하지 않았다는 말을 들은 것은 썩 후의 일이다. 철새처럼 해마다 봄이면 연변을 찾아오던 이성연 교수가 영영 하늘나라 사람이 되다니 참으로 믿어지지 않는다.

이성연 교수를 처음 뵌 것은 1990년대 초반인데 여럿이 앉은 자리라 별로 대화도 나누지 못했었다. 1996년 여름인가, 그 때 연변대학교 사범학원 원장을 지냈던 김병민 현임 연변대학교 총장께서 조문학부 학부장으로 있던 필자와 고 최용린 교수를 불러놓고 조선대학교의 후원으로 청송컵 백일장을 펼치게 되었으니 잘 해보라고 부탁을 했다.

오후 조문학부를 찾아온 한국 손님을 보니 다름 아닌 이성연 교수였다. 그때로부터 이성연 교수는 백수인 교수 등과 함께 해마다 청송컵 백일장 심사차로 연변을 찾았다. 어느새 우리는 그야말로 허물없는 친구가 되었다. 이성연 교수는 동안(童顔)에 날씬한 몸매인데 비해 백수인 교수는 중키에 미남이었으나 머리에 흰서리가 내려서 오히려 형벌되는 사람 같았다. 후에 알고 보니 이성연 교수는 오히려 필자보다 서너 살 선배이고 백수인 교수는 필자와 동갑이었다. 약주를 즐기는 대신 말수가 적은 백수인 교수와는 달리 이성연 교수는 약주는 한두 잔 정도밖에 하지 않았지만 조곤조곤 재미있는 유머를 구사해서 좌중을 즐겁게 했다.

한 번은 가을철에 백두산 천지에 올랐다가 지프를 타고 천리림해(千里林海)를 굽이굽이를 자아 내려오는데 단풍이 든 백두산은 그야말로 거대한 칠색치마를 두른 것 같았다. 이성연 교수가 "우리가 지금 백두 여인의 속살을 헤집고 어디로 가는 거지?" 하고 우스개를 했다. 귀국할 때면 우리가 으레 "이삼일 더 놀다 가시지요." 하고 인사를 하면 "뭘요, 가는 손님은 뒤꼭지가 예쁜 법인데요" 해서 우리 모두 박장대소를 했다. 특히 시상식을 할 때면 고금중외 위인의 일화를 가지고 청소년 수상자들에게 영원히 기억에 남을 이야기를 하곤 했는데 나폴레옹의 일화나 라파엘로의 일화는 너무도 재미가 있어 나는 내 글에 슬쩍 써먹기도 했다.

청송컵 백일장은 10회를 하고 한 단락 마무리를 지었는데 연변지역의 백일장 가운데서 가장 수명이 긴 셈이었다. 조선대학교 쪽 총장님이 바뀔 때마다 이성연 교수와 백수인 교수가 천방백계로 설득을 해서 이어나간 줄로 알고 있는데, 아무튼 청송컵 백일장을 통해 수많은 신동(神童)들을 발견했고 글짓기 명수들을 키워냈다. 제1회 청송컵 백일장에서 최우수상을 받은 이영실씨는 지금 연변의 명문 연변제1고급중학교에서 조선어문 교수로 일하고 있고 우수상을 받은 이해영씨는 서울대학교 국어교육과에서 박사학위를 받고 지금 청도해양대학교에서 한국어학과 교수로 근무하고 있다.

이성연, 백수인 교수는 연변 현지에 와서 한글의 불씨를 심는 작업을 했을 뿐만 아니라 연변대학교의 우수한 청년 강사들을 조선대학교에 데리고 가서 박사로 키워주었다. 현재 연변대학교 조선한국학원 부원장으로 일하는 이봉우씨도 이성연 교수의 문하에서 공부했고 신문학과 학부장으로 일하고 있는 서옥란씨도 이성연 교수의 문하에서 박사학위를 받았다. 백수인 교수의 문하에서 박사학위를 받은 전영근씨는 광동외어외모대학교(廣東外語外貿大學校) 한국어학과 학과장으로 일하고 있는데 이들 모두가 중국 경내 한국학 교수와 연구의 중심 멤버로 맹활약을 하고 있다.

기실은 필자 자신도 이성연 교수의 신세를 많이 졌다. 서울에 갈 때마다 이성연, 백수인 교수를 뵈러 전남 광주 쪽으로 내려가곤 했는데 두 분은 마치 개선장군을 맞이하듯이 동료교수들을 한 구들 불러놓고 진수성찬으로 대접해 주었다. 한 번은 내자와 함께 내려갔더니 이성연 교수는 사모님까지 모시고 나와 전남의 맛스러운 한식을 대접해 주었고 우리 부부를 위해 무등산 산중턱에 있는 호텔을 잡아 주기도 했다. 어느 나라 대통령도 묵어갔다고 하는데 밤에 창가에 서면 불야성을 이룬 광주시가 한눈에 깔려보였다.

필자의 내자는 연변대학교 중앙도서관 연구관원으로 근무하고 있는데 이성연 교수는 조선대학교 중앙도서관 관장으로 부임하자 특별히 필자의 내자를 초청해 견학을 시켰고 부부 동반으로 제주도까지 구경시켜 주었다. "연변에서 우리 민족의 혼을 지키는 사람이니 칙사 대접을 해야지요." 하고 이성연 교수는 신바람이 나서 안내를 하고 명승고적에 깃든 일화들을 들려주시더란다.

　앞에서 잠깐 이야기했지만 이성연 교수는 이봉우씨에 이어 서옥란, 신철호씨를 제자로 받아 키워주었는데 실은 이봉우씨와는 한 단락 오해와 마찰이 있었다. 이성연 교수는 독실한 기독교신자요, 교회사회에서도 존경을 받는 지도자인데 그는 이봉우씨를 보고 교회에 나왔으면 좋겠다고 은근히 권유를 했었다. 하지만 성미가 직방배기인 이봉우씨는 "죄송합니다만 저는 중국공산당 당원입니다. 교회에는 나갈 수 없습니다."라고 물리쳤다고 한다. 그 뒤로 이성연 교수와 이봉우씨는 알게 모르게 간격이 생기게 되었고 이봉우씨는 이성연 교수가 자기를 너무 쌀쌀맞게 대해준다고 생각하고 학업을 중도이폐하고 귀국하고 말았다.

　그때로부터 한두 해 지났을까? 이성연 교수는 국제전화로 김 선생의 제자 한 사람 추천해 주면 책임지고 박사로 키우고 싶다고 했다. 아마도 이봉우씨의 일로 늘 마음이 아팠던 모양이다. 나는 석사학위를 받고 우리 학과에 갓 취직한 서옥란씨를 추천했고 그녀는 3년간 이성연 교수의 따뜻한 사랑과 가르침을 받고 무난히 박사학위를 받고 귀국했다. 한편 이성연 교수는 연변에 올 때마다 이봉우씨를 찾았고 막내 동생처럼 이봉우씨를 아끼고 보듬어 주었다. 뿐만 아니라 이봉우씨의 부탁을 받고 흔쾌히 신철호씨를 제자로 받아주기도 했다. 오늘도 이봉우씨는 "날마다 이성연 교수께서 선물한 전기밥솥으로 지은 따뜻한 쌀밥을 먹을 때마다 내가 얼마나 어리석고 당돌했는가를 참회하게 됩니다. 참 훌륭한 인격자였지요."
라고 말한다.

　이념과 체제를 뛰어넘은 지극한 동포애, 오만과 독선이 아니라 언제나 깊은 자기 참회와 낮은 자세로 남을 섬기면서 다가오는 이성연 교수, 그래서 우리에게는 이성연 교수가 더 사무치게 그리워진다.

이성연 교수의 정성과 지혜가 깃들어 있는 청송컵 백일장, 이 자그마한 솔씨가 다시 10년을 기약하면서 연변땅에서 낙락장송으로 커가기를 빈다.

2010년 7월 6일, 연길에서

# 힘차게 달려온 중·한 청소년친선문화제

안녕하십니까?

중한 청소년친선문화제가 해를 거듭해 제20회 성화(聖火)를 올리게 되었습니다. 진심으로 축하합니다.

이 행사를 기획하고 추진했던 김종림 이사장과 김윤휘 본부장과 같은 원로님들은 벌써 저 하늘나라에 가셨고 꿈과 혈기로 넘치던 4십대 중년이었던 저희들도 이순(耳順)의 나이를 넘어 귀밑머리에 이슬이 내렸습니다. 지나간 20년을 되돌아보니 가슴에 넘치는 감구지회를 이루 다 말할 수 없습니다.

그 동안 우리는 항일의 봉화가 타오르던 연길과 용정, 왕청과 화룡, 그리고 심양과 하얼빈에서 중한 청소년들의 만남의 장을 마련했고 서로 축구경기를 하고 붓을 날려 시문(詩文)을 짓기도 했으며 두만강기슭에 화톳불을 피워놓고 분단의 한을 달래면서 지역주민들과 함께 덩실덩실 춤을 추고 노래를 부르기도 했습니다.

이 뜻 깊은 자리에서 그 동안에 있었던 일화 세 가지만 말씀드리고자 합니다.

그때만 해도 우리는 캠프파이어가 무엇인지, 축제행사를 어떻게 해야 하는지 잘 몰랐습니다. 밤에 낯선 지역에서 축제마당을 만들자면 뭐니 뭐니 해도 조명이 제일 중요했습니다. 보통 현지 학교 베란다에 탐조등을 서너 대 가설하고 대형 화톳불을 여러 개 지펴야 했습니다. 왕청현제2중학교 운동장에서 축제행사를 할 때 먼저 두 젊은 교원을 뽑아 선발대로 보냈습니다. 이들이 현지에 와 보니 학교청사 베란다에 안성맞춤으로 탐조등 2대가 가설되어 있고 주변에 콜타르에 절은 낡은 침목들이 무더기로 쌓여있었습니다. 이들은 누운 소 타기로 축제마당을 만들게 되었다고 쾌재를 불렀습니다. 이들 둘은 주변의 음식점에 들어가 맥주잔을 기울이며 본대가 오기를 기다렸습니다. 하지만 이들은 유비무환(有備無患)이라는 옛사람의 가르침은 더 말할 것 없고 삶은 돼지도 묶어놓고 각을 떠라는 속담도 몰랐습니다. 일단 사면팔방에서 위무당당하게 본대가 도착하는데 날은 각일각 어두워졌습니다. 그런데 탐조등은 눈이 멀었고 목침은 너무 굵어 불이 붙지 않습니다. 그제야 이들은 불 난 강변에 덴 소 날뛰듯 했지만 탐조등을 급히 바꿀 수도 없었고 침목을 대신할 땔나무도 구할 수 없었습니다. 누군가 천방지축 주변의 주유소에 달려가 휘발유 두 통을 가져왔고 각 팀에서 타고 온 버스들을 대각선으로 마주 세워 헤드라이트를 켜놓았습니다. 이렇게 불빛을 얻어 행사를 마치기는 했으나 이 두 젊은 교원은 행사 뒤에 호되게 비판을 받았고 함흥차사(咸興差使)라는 별명을 달게 되었습니다.

　　몇 해 후 흥사단의 초청으로 평화백일장 수상자 18명이 한국견학을 하게 되었습니다. 서울의 명소들도 좋았지만 청주 보라매수련원에서의 중·한 청소년들의 만남은 더욱 즐거웠습니다. 하지만 서울에 돌아와 학원로에 있는 "놀부네 집"이라는 한식집에서 점심식사를 하고 나오자 화룡에서 온 최미옥이라는 학생이 살그머니 종적을 감추었습니다. 글은 잘 짓지만 대학에 갈 만한 자신이 없는지라 한국에 남기로 미리 작정한 애인 것 같았습니다. 이 애는 자리를 뜨면서 쪽지 한 장 남기지 않았고 어둑어둑 땅거미가 졌지만 전화 한 통 하지 않았습니다. 인솔자인 저는 속이 바질바질 탔고 흥사단 지도자들을 뵐 면목이 없었습니다. 일부 한국 측 인사들은 급히 경찰에 신고해야 한다고 했습니다. 제가 김종림 이사장님께 이실직고(以實直告)했더니 이 어른은 허허 웃으면서

"아니, 모국에 왔는데 왜 찾습니까? 여기 있는 친척이나 친구를 만나러 갔겠지요. 경찰당국에 굳이 신고할 필요는 없어요."

하고 저의 마음을 풀어주었습니다. 후에 중국에 돌아와 알아보니 어머니가 한국에 가 있었고 이 애는 어머니에게로 간 모양입니다.

흥사단과의 활동을 통해 중·한 청소년들은 친구가 되었고 통일에 대비한 폭넓은 네트워크를 만들 수 있었습니다. 특히 흥사단 관계자들은 중국의 청소년들을 위해 한국의 명문대에서 공부할 수 있는 기회를 마련하고 재외동포재단장학금 등 많은 장학금을 알선해 주셨습니다. 이 활동의 주역이었던 이봉우, 우상렬, 서옥란 등은 선후로 한국의 명문대에서 박사학위를 받고 연변대에 돌아와 중진교수로 일하고 있고 지금도 전은주, 리위, 로계선 등 수많은 연변대 출신들이 한국의 서울대, 연세대와 같은 명문대에서 공부하고 있습니다. 그리고 연변대 학생들에게 해마다 기러기장학금을 보내주었고 유종렬, 박원철, 나종목 등 지도자들은 가끔 한국에서 어렵게 공부하는 우리 학생들을 불러 식사대접을 하고 여기저기 명소들을 찾아 여행을 시키고 있습니다. 제가 한국에 체류할 때는 저의 학

생들까지 불러가지고 KBS홀과 예술의 전당에서 열리는 귀한 국악공연을 관람하게 하고, 특히 사모님까지 모시고 나와서 귀한 식사대접도 해주셨습니다.

중·한 청소년친선문화제 20성상, 이 만남을 통해 우리 중·한 청소년들은 체제와 이념의 장벽을 부수고 혈육의 정을 나누고 우리의 찬란한 역사와 문화를 배웠으며 중·한 친선의 다리를 놓고 동북아 평화와 발전에 하나의 주춧돌을 놓았습니다. 이 활동에 참가했던 학생들은 지금 중국의 방방곡곡, 그리고 동아시아 3국에서 자기의 재능과 슬기를 유감없이 발휘하고 있습니다.

저는 이 자리에서 중국 동북3성에서 오신 여러분을 대표하여 우리 재외동포들을 친형제처럼 아끼고 사랑하면서 민족통일의 대업을 실현하기 위해 20성상 열과 성을 다 바친 홍민통 관계자 여러분들께 깊은 감사의 인사를 드리고자 합니다.

20년이 지났으니 강산이 두 번 변한 셈입니다. 하지만 남북의 대립과 반목은 계속되고 있습니다. 북측은 핵실험과 같은 불장난을 계속하고 있고 남측은 사드배치논란에 휩싸여 여전히 아시아적 정체성을 잃고 우왕좌왕하고 있습니다. 하지만 홍사단 민족통일운동본부는 무실(務實), 력행(力行), 충의(忠義), 용감(勇敢)이라는 도산정신(島山精神)을 받들고 통일에 대한 인문학적 접근을 통해 자라나는 세대들을 꾸준히 키워나가고 있습니다.

통일은 7천만 우리민족의 염원이며 민심은 천심이라고 했습니다. 앞으로 홍민통과 중국 현지의 여러 동포단체와의 아름다운 유대가 일취월장 더욱 발전하고 더욱 풍성한 열매를 거두리라 믿어 의심치 않습니다.

새천년 벽두에 저희들이 중국의 시선 이백의 명시《행로난(行路難)》에서 두 구절을 뽑아 연변의 서예가 왕문빈(王文彬) 교수의 글을 받아 홍사단에 드린 바 있습니다만, 이 시구는 2014년 7월 4일 중국의 습근평 국가주석께서 서울대에서 강연할 때도 사용한 바 있습니다. 오늘도 이 시구로 저의 회고사를 마무리하고자 합니다.

> 갈 길도 험해라, 갈 길도 험해라
> 갈림길도 많은데 지금 또 어디?
> 이제 때가 오리니 웅대한 포부 안고
> 구름 같은 돛 높이 달고 저 푸른 바다 건너가세.
> (行路難, 行路難, 多岐路, 今安在?
> 長風破浪會有時, 直挂雲帆濟滄海)

2017년 8월 11일

# 정수장학회와의 아름다운 만남
## —제15회 정수장학금 시상식 개회사

여러분,

안녕하십니까?

꽃이 피고 새가 우짖고 만물이 소생하는 봄입니다. 이 좋은 봄날에 정수장학금 시상식을 가지게 되어 더 없이 기쁩니다.

워낙 지난해 말에 시상식을 가지려고 하였습니다만, 코로나19 사태가 반복되고 여러 기관과 학교를 봉쇄 관리하는 바람에 봄 학기를 맞아 비로소 시상식을 가지게 되었습니다. 여전히 상황이 여의치 않아 정수장학회 김삼천 이사장님을 비롯한 임원 여러분께서 오시지 못해 아쉽기 짝이 없습니다.

그렇지만 올해까지 15년간 정수장학금 시상식에 각별한 관심을 가지고 지지, 성원해 주신 연변대학교 김웅 전임 총장께서 오셨고 연변대학교 여러 지도자님들과 교육기금회 김종범 비서장님도 오셨습니다. 모두에게 감사의 말씀을 드립니다.

오늘 이 자리에 오신 대부분 학생들이 처음으로 정수장학금을 받는 것 같아 잠깐 정수장학회에 대해 소개의 말씀을 드릴까 합니다.

정수장학회는 한국 근대화의 금자탑을 쌓아올린 박정희 대통령과 영부인 육영수 여사의 명함에서 비롯된 아름다운 장학재단입니다. 70여 년간, 정수장학회는 한국의 수많은 영재들을 키워냈을 뿐만 아니라 중국 연변대학교와 베트남 하노이대학교를 비롯한 여러 나라 대학교에도 커다란 도움을 주고 있습니다. 특히 정수장학회는 연변대학교에서 공부하는 학생들 중에 항일유공자 후예들이 많다는 사실에 특별히 무게를 두고 2007년부터 지속적으로 장학금을 지원해 주고 있습니다.

제15회 정수장학금 시상식을 가지는 이 마당에, 팔순 고령에 연변대학교를 찾아 학생들의 손을 하나하나 잡고 장학금을 쥐어 주시고 따뜻한 격려의 말씀을 해주셨던 최필립 전임 이사장님, 또 그분과 함께 오셨던 임원 여러분을 잊을 수 없습니다. 특히 해마다 연변을 찾아주시고 연변대학교 임원들과 환담을 나누었을 뿐만 아니라 서울을 찾은 연변대학교 교수들을 따뜻하게 환대해 주신 김삼천 이사장님을 잊을 수 없습니다.

옛사람들은 "소나무와 잣나무의 푸른 기상은 겨울이 되어야 알 수 있고 환난을 겪어야 진정한 벗을 알 수 있다(岁寒知松柏, 患难见真情)"고 하였습니다. 2006년 사드 배치 논란으로 중한관계가 얼어붙었을 때도, 지난 3년간 코로나19로 한국경제가 커다란 어려움을 겪었을 때도 정수장학회에서는 차질없이 장학금을 지원해 주셨습니다. 최근 복잡다단한 세계정세 속에서도 정수장학회에서는 중국인민과 손을 잡고 항일투쟁을 전개한 단재 신채호와 예관 신규식, 도산 안창호와 백범 김구와 같은 선현들, 그리고 안중근과 윤봉길과 같은 의사들의 뜻을 이어 명년에도 정수장학금을 계속 지원해 주기로 하셨습니다. 이에 김삼천 이사장님을 대표로 하는 정수장학회 임직원 여러분께 깊은 감사의 말씀을 올립니다.

오늘 《정판룡》이라는 책을 여러분께 한 권씩 드렸습니다만, 정판룡 교수는 조선족사회가 배출한 걸출한 교육가이며 학자였습니다. 그이는 한국 전라남도 담양의 가난한 죽세공(竹細工)의 아들로 태어났고 여섯 살 어린 나이에 아버지의 등에 업혀 압록강을 건너 중국으로 건너왔습니다. 높푸른 이상과 격정, 지칠 줄 모르는 도전정신과 근면성을 가지고 모스크바대학교에서 박사학위를 받았고 전략가다운 혜안과 헌신정신으로 연변대학교의 특성과 우세 및 방향을 제시했으며 연변대학교를 중국 국내 최고 민족대학으로 끌어올리는 데 중요한 기여를 하셨습니다. 또한 그이는 자라는 세대들을 위해 당신이 받은 한국 KBS해외동포상 상금 전액을 내놓아 교육발전기금을 마련함으로써 제자들에 대한 사랑, 기부문화의 모범을 보여주었습니다. 만년에 그이는 2년 동안 병환에 계셨는데, 그때도 제자와 친구들이 가져온 위로금을 모아두었다가 10여 만 원의 거금을 내놓으셨습니다. 정수장학금은 열심히 공부해 우리 대학의 미래를 짊어질 젊은 학도들에게, 장차 지역사회와 국가의 발전, 더 나아가 중한 친선관계와 세계평화에 기여할 수 있는 젊은이들에게, 말하자면 "미래의 정판룡"에게 주어진다고 생각합니다. 아무쪼록 수상자 여러분께서 이 장학금을 더욱 소중하게 여기고 여러 가지 어려움을 이겨내고 절치부심 학업에 매진하기 바랍니다.

여러분,

프랑스 대문호 알렉상드르 뒤마는 그의 소설 《몬테 크리스토 백작》에서 "인간의 지혜는 한두 마디 속에 있다. 기다리라, 그리고 희망을 가지라."라고 하였습니다. 오늘은 한국의 시인 이성부의 〈봄〉이라는 시로 인사의 말씀에 갈음하고자 합니다.


    기다리지 않아도 오고
    기다림마저 잃었을 때에도 너는 온다.
    어디 뻘밭 구석이거나
    썩은 물웅덩이 같은 데를 기웃거리다가
    한눈 좀 팔고 싸움도 한판 하고
    지쳐 나자빠져 있다가
    다급한 사연 듣고 달려간 바람이
    흔들어 깨우면
    눈 부비며 너는 더디게 온다.
    더디게 더디게 마침내 올 것이 온다.
    너를 보면 눈부셔
    일어나 맞이할 수가 없다.
    입을 열어 외치지만 소리는 굳어
    나는 아무것도 미리 알릴 수가 없다.
    가까스로 두 팔을 벌려 껴안아 보는
    너, 먼 데서 이기고 돌아온 사람아.


감사합니다.


2023년 4월 6일

제5편

# 친구와 후배들과의 만남

2015년 제자 전은주씨가 연세대학교에 박사학위공부를 하러 갈 때

# 한 사학자의 집념과 열정
## —리광인씨의 최신작 《최음파평전》의 출간을 축하하며

불광불급(不狂不及)이라고 미쳐야 미친다는 말이 있습니다. 역시 광인씨에게도 통하는 사장성어라 하겠습니다. 광인(光仁)씨의 별명은 광인(狂人)입니다. 노신의 〈광인일기〉에 나오는 광인을 염두에 두고 친구들이 허물없이 불렀던 별명입니다. 이 별명에 걸맞게 광인씨는 대학교시절부터 오늘에 이르기까지 장장 30여년을 항일투쟁사에 미쳐서 자료 발굴과 집필에 온몸을 불살라 왔습니다. 광인씨는 연변에 있을 때 수많은 항일투쟁사자료를 발굴, 정리했고 절강성 소흥에 간 후에는 보다 넓은 시야와 안목을 가지고 양림, 무정, 최음파 등 기라성 같은 항일 명장과 음악가들의 평전을 펴냈습니다. 참으로 광인씨의 집념과 열정에 탄복하지 않을수 없습니다.

저는 광인씨의 대학시절 동창생이니 한두 가지 일화만을 이야기하겠습니다. 우리는 연변대학 조문학부에 1978년에 입학해 1982년에 졸업하였습니다. 우리 학급에 조선족역사에 관심을 가진 화룡 출신의 류연산씨와 리광인씨가 있었는데 대학시절부터 항일투쟁전적지를 찾아다니고 자료를 정리하고 항일투사나 항일이야기들을 지면에 발표하였습니다. 사학과에 들어갔더라면 더 좋았을 친구들이였지요. 류연산씨는 졸업한 후 연변인민출판사, 후에는 연변대학에 몸을 담고 맹활약을 했고 꾸준히《심연수평전》,《유자명평전》,《최채평전》과 같은 책들을 펴냈습니다. 우리 학급은 60명이나 되였는데 저는 다른 학급을 다 주어도 연산씨와 광인씨와는 바꾸지 않는다고 롱담 반 진담 반으로 말하기 좋아했습니다. 학급에서 나이는 어린 편이였지만 이들 둘이 우리 학급의 지가(紙價)를 엄청 올려주었기 때문이지요.

그런데 류연산씨가 몇 해 전 과로에다가 불치의 병까지 겹쳐 세상을 떠난 일은 여기 앉아 계신 분들도 다 알고 있을 것입니다. 얼마나 아쉬운 일입니까. 광인씨는 류연산씨가 중병에 걸리기 전에 벌써 하루아침에 알거지로 나앉게 되였습니다. 친구들에게서 듣자니 연변일보사 기자 직을 사직하고 룡정 세전벌에 청룡 무술관인가 권투관인가를 꾸렸다고 하는데 워낙 경영에 숙맥인지라 몇해만에 파산을 당했다 이겁니다. 돈을 벌어가지고 개인연구소를 꾸릴 생각으로 여기저기 돈을 빌려가지고 벌린 일인데 그만 부도(不渡)를 내고만 것입니다. 주먹깨나 쓰는 교관들이 으르딱딱거리는지라 월급은 월급대로 주고 주인인 광인씨 만이 손 털고 나앉게 되였습니다.

광인씨가 어렵게 지내는 줄 알고 밥이라도 한 끼 나누어먹어야 하겠다고 생각하면서도 차일피일 미루다보니 여러 해 서로 얼굴도 보지 못하고 지냈습니다. 그러던 중 어느 하루 연변과학기술대학에서 열린 학술회의에 갔다가 광인씨를 만났습니다. 제가 연변대학 앞에 있는 우육면집으로 무작정 끌고 들어갔지요. 오랜만에 만나 생맥주 두어 잔을 드니 흥이 돌기 시작했고 재미있는 이야기를 많이 나누었습니다. 광인씨는 중학교시절 저의 집사람과 같은 학급에서 공부했기에 술좌석에서 저는 광인씨를 보고 "처남, 처남" 한답니다. 그러면 광인씨는 씨익 웃기만 할뿐 "자형" 대접은 아니 하고 너나들이로 달려듭니다. 이건 좀 버릇없지요.

각설하고 광인씨는 부인과 결혼해서 아들 하나에 쌍둥이 딸을 키웠지요. 아들은 신수가 멀쩡하고 수십 년 전의 일력도 손금 보듯 하는 특수기능을 갖고 있지만 조금은 지력장애가 있어 애비, 어미의 마음을 많이 썩였습니다. 그런데 따님 쌍둥이는 둘 다 예쁘게 생기고 공부도 잘했습니다. 연변1중 입학시험에 큰 녀석은 제 성적으로 입학했는데 작은 녀석은 5, 6점 모자라서 1만 8천 원의 돈을 내고 입학시켰다고 합디다. 제가 너무도 어이가 없어

"처남 사정이 이렇게 어려운데 1만 8천원이나 내고 입학시켜? 꿩 대신 닭이라고 연길시2중도 있지 않아?"
하고 나무람을 했더니 광인씨는

"다문 한두 살이라도 터울이 나는 자매라면 몰라도 한 날 한 시에 이 세상에 나온 쌍둥이가 서로 차이가 생기면 안 되는 거요."
하고 오히려 저를 훈계하지 않겠습니까. 저도 두 남매의 애비지만 딸 쌍둥이를 키우는 애비의 마음은 또 다르구나 하는 생각이 들었습니다.

그 날 우리 둘의 화제는 연변을 떠나 절강성 소흥에 있는 월수외국어학원에 가야 하느냐 마느냐 하는 것이었습니다. 월수외국어학원에 한국어학과를 창설한 류은종 교수가 우리 대학시절에 조선어문법을 강의하셨고 워낙 제자를 아끼고 사랑하는 분인지라 광인씨의 애처로운 모습을 보고 소흥에 오라고 했던 모양입니다. 그런데 이렇게 데굴데굴 굴러들어온 떡을 광인씨가 차버린 거지요. 연변을 떠나면 항일투쟁사연구를 할 수 없

다는 게 광인씨의 지론(持論)이였습니다. 그날 나는 너무 기가 막혀서

"이 사람아, 우리민족이 항일을 어디 동북에서만 했어? 임시정부지만 정부를 가지고 한 게 남방이야. 조선의용군과 광복군은 팔로군, 국민당군대와 함께 큰 싸움을 한 거야."

하고 말했지만 워낙 소고집인 광인씨를 돌려세울 수 없었지요.

이튿날인가 광인씨의 부인 림선옥씨가 문득 저의 연구실에 찾아왔어요. 림선옥씨로 말하자면 연변대학 한어학과를 나와 한어와 조선어에 두루 막힘이 없었습니다. 그 무렵 연변대학 출판사 편집으로 열심히 일하고 있었지요. 특히 남편이 하는 일을 묵묵히 도와주고 풍비박산이 난 집안을 지키면서 세 자식을 말없이 키운 이 시대 보기 드문 현모양처랍니다. 그날 림선옥씨가 조용히 저를 찾아와 이야기를 하기를,

"어제 우리 남편이 김 선생을 만나고 돌아와 온밤 궁싯거리면서 한잠도 자지 못했답니다. 남방에 가면 항일투쟁사연구를 할 수 없다고 합니다. 하지만 김 선생도 아시지만 우리 집 형편이야 먹고 사는 게 중요하지 않습니까. 저 하나의 월급을 가지고는 도무지 세 자식을 키울 수 없거든요."

"먹고 살 수 있을 뿐 아니라 절강에 가면 더 큰 연구를 할 수 있답니다. 신채호, 신규식, 김구, 김원봉, 석정, 유자명, 양림, 무정, 정률성과 같은 굵직굵직한 인물들이 어디 백두산에 숨어있었습니까. 다들 광활한 중국대지를 누비며 일제와 싸웠지요. 형수께서도 광인씨가 절강에 가야 한다고 생각하신다면 내일 당장 광인씨를 여기에 보내주세요."

그래서 이튿날 광인씨를 저의 연구실에 불러 이런저런 득실을 따져가며 설득해 월수외국어학원에 가야 하겠다는 마음을 굳히게 하였습니다. 그날 저희 조선-한국연구센터에서 편찬하는 《조선-한국명인연구》에 리광

인씨는 〈홍군장령 양림〉을, 림선옥씨는 〈전설적 영웅 무정〉을 집필하기로 하였습니다. 두어 달 후 둘 다 훌륭한 원고를 냈음을 더 말할 것 없습니다.

광인씨가 남하(南下)한 것은 2006년 9월이니 올해까지 노신의 고향 소흥에서 10년을 살아온 셈입니다. 항산(恒産)이 있어야 항심(恒心)이 생긴다고 맹자는 말했습니다. 일정한 수입이 있어야 안정된 마음을 가지고 공부할 수 있다는 말도 되겠지요. 대학교 교수는 고정된 월급을 받을 수 있고 게다가 1년에 여름방학, 겨울방학으로 3개월이란 시간이 주어지지 않습니까? 광인씨는 주말과 두 방학을 이용하여 중국대륙을 무른 메주 밟듯 가로세로 많이도 답사하였습니다. 중국에서 활동한적 있는 신라의 지장보살 김교각, 고려의 의천 대각국사, 신라의 시인 최치원의 발자취를 찾아 절강, 강소, 안휘, 복건, 섬서, 사천 등지를 답사하였습니다. 또한 양림과 무정 장군의 평전을 쓰고자 강서 남부와 복건 서부를 중심으로 하는 중앙혁명근거지와 광주, 운남 등지를 답사하였으며 설산과 초지를 넘으면서 2만 5천리 장정의 주요 구간을 답사하고 연안과 하북, 산서 등 항일근거지를 답사하였습니다. 이런 현지답사에 기초해 지난 10년 간 연구논문만 30여 편, 연구저서 20여 부를 펴냈습니다. 참으로 우리 모두의 혀를 내두르게 하는 학자의 집념과 열정입니다. 그 집념과 열정의 바탕은 우리 민족의 빛나는 역사와 전통을 영원한 기록으로 남기고자 하는 민족적 책임감과 사명감이라 하겠습니다.

광인씨가 이번에 펴낸《최음파평전》은 각별한 의미를 가지는 역작이라 하겠습니다. 섭이, 섭성해, 정률성을 중국 현대의 3대 혁명음악가라고 한다면 정률성과 더불어 한유한(韓悠韓, 원명 韓亨錫), 최음파는 중국혁명에 아름다운 멜로디로 헌신한 3대 코리안 디아스포라 음악가라고 하겠습니다. 정률성은 팔로군과 의용군 작곡가로 주로 연안과 태항산에서 활동했고, 한유한은 국민당부대 작곡가로 나중에는 광복군 작곡가로 되어 주로 중경, 서안, 산동 등지에서 활동했으며 최음파는 이들보다 앞선 시기에 홍군작곡가로 주로 정강산 근거지에서 활동했습니다. 이들은 역사에 길이 남아야 할 우리민족의 음악가들이고 한중예술교류에 선구적인 기여를 하신 음악가들입니다. 특히 최음파의 경우는 거의 알려지지 않은 상황이고 기성 연구성과가 아주 적은 형편에서 광인씨는 발로 뛰는 피타는 조사와 연구를 거쳐 《최음파평전》을 펴냄으로써 우리민족의 항일투쟁사와 음악사의 한 폐지를 화려하게 장식하였습니다.

최근 광인씨는 월수외국어학원 교수생활을 그만두고 남방과 동북을 나들수 있은 길목이요, 아름다운 해변도시인 산동 위해에 아파트를 장만해가지고 보다 폭넓은 연구를 한다고 합니다. 평생 먹을거리를 장만했는지, 어쩐지 대학교 교수생활을 접은게 좀 아쉽기만 합니다. 요즘 한 대학에서 정년을 맞은 교수들이 다른 대학에 자리를 옮겨 여전히 교수생활을 하는 게 통례가 아닙니까. 항일투쟁사연구로 나오는 원고료는 답사비용도 되지 않는 게 오늘 조선족사회의 실정이요, 그래도 월급을 받아야 먹고 살 수 있는 게 오늘의 현실입니다. 아무튼 광인씨의 속사정은 저도 잘 모르니까 감 놓아라, 배 놓아라 할 수는 없습니다. 동창으로서 다만 한 가지, 광인씨가 현실주의자로 살 때는 성공하지만 낭만주의자로 살 때는 실패의 고배를 마실 수 있다는 것을 충고하고 싶습니다.

《최음파평전》의 출간을 새삼 축하드리면서 광인씨의 건필과 가정의 행복을 기원합니다.

2016년 9월 19일

# 소리 없는 북 —김경훈 박사

경훈이, 이젠 어디쯤 갔지? 안도, 돈화 지나 하발령을 넘었나? 아니면 이도백하를 지나 백두산 기슭에 닿았나? 저 백두정상까지는 조금 시간이 걸리겠지. 자넨 백두정상에서 스키를 타고 내처 연길까지 내려오는 게 꿈이라고 했지.

이 못난 아우야, 뭐가 그리 급해? 잠깐 다리쉼을 하면서 이 형의 말 좀 들어봐.

자네가 떠나는 날 눈도 많이 내렸어. 온 겨울 메마른 찬바람만 불어치던 연변에 하늘이 무너지게 눈이 내렸어. 해양 선생이 좀 같이 가자, 씨 빠졌다는 《김학철전집》 네 권을 택시비 삼아 갖고 갈 터이니 한 자리 남겨줘, 하고 문자를 보내왔겠지. 그래서 우리 학과의 베테랑 운전기사 민덕 선생의 차에 모셨지.

핸들을 잡은 민덕 선생이 하는 말, "경훈씨가 스키 타고 하늘나라에 가라고 이렇게 펑펑 눈이 내리는가 봐요!" 새하얀 눈은 하염없이 내리고 경도릉원으로 가는 길은 꽁꽁 막혔어. 하지만 고별식장은 인산인해를 이루었어. 여기저기서 자네의 제자들이 서로 부둥켜안고 흑흑 흐느끼는 소리가 들렸어. 어느 구석에서인가 느닷없이 "나를 두고 왜 가요, 나를 두고 왜 가요…" 하고 목이 터지게 우는 소리가 들려왔어. 거의 실성하다 싶이 된 자네 부인이 땅을 치며 대성통곡하는 소리야. 우리 모두의 가슴도 갈기갈 기 찢어졌어.

이 못난 아우야, 말이나 툭 털어놓고 가야지. 자넨 좀처럼 남에게 속을 주지 않고 가타부타 말이 없는 게 병이야. 우리 학과에 20년 전통을 가진 탁사모, 말하자면 탁구를 사랑하는 모임이라는 게 있지. 철철 땀이 흐르 게 탁구를 치고 나서 목욕을 하고 캘리포니아 우육집에 가서 시원한 생맥 주 한 잔 하는 게 우리 모두의 낙이지. 생맥주 두어 잔 들면 이건 중구난방 으로 떠들어대지. 제 자랑을 하는 놈, 시국을 한탄하는 놈, 시시껄렁한 육 담을 하는 놈, 왜 우리 학과에는 말장수가 이리 많지? 하지만 자네는 조용 히 듣고만 있었어. 남의 말허리를 끊고 일장설화를 하기는 고사하고 언제 나 바보같이 히죽이 웃으며 듣고만 있었어. 입담 좋은 친구들이 시도 때도 없이 이죽거려도 자넨 그저 빙그레 웃을 뿐이야. 참말 자네의 속에 무엇이 들어앉았는지 모르겠어.

자넨 자기의 의사를 똑 부러지게 내놓지 않는 게 흠이야. 자네 부인의 말 그대로 표현을 할 줄 모르는 게 흠이야. 하지만 자네를 제자들이 왜 그 처럼 따르는지, 이건 정말 미스터리야. 자네가 눈을 감은 이튿날 영이라는 제자가 서울에서 연길로 날아왔어. 자네의 문하에서 박사공부를 하겠다고 젖먹이 아이를 어머니께 맡기고 허둥지둥 달려왔지. 하지만 자넨 무슨 일 이 급해서 애제자도 만나주지도 않고 총총히 가버렸나? 눈물범벅이 된 영 이의 갸름한 얼굴이 이 시각도 내 눈에 삼삼히 밟혀오네.

경훈이, 자네의 제자나 후배들이 뒤에서 당신을 어떻게 부르는지 알어? 자네 별명이 "까도남"이라네. "까도남", 까칠한 도시 남자를 줄여 이르는 말로, 성격이 까다롭고 쌀쌀맞은 분위기의 세련된 남자를 일컫는 신조어지. 또 우리 집사람은 하루건너 이태백처럼 친구들과 휩쓸려 술 마시고 다니는 나를 두고 "경훈 선생처럼 좀 '샤프'하게 놀아요, 이건 거의 날마다 술타령이니…" 하고 잔소리를 하거든. 단정하고 말쑥하여 빈틈이 없는 남자를 "샤프"하다고 하는 모양이야. 그래도 최국철 소설가의 비유가 제일 절묘해. 자네를 "소리 없는 북"이라고 하네. "소리 없는 북", 북의 모든 구조를 가졌지만 좀처럼 소리를 내지 않는 북, 하지만 그 속에 웅장한 소리를 간직하고 있지. 그 북이 한 번 울리면 천하가 요동칠 게 아닌가!

모두 일리가 있는 이야기지만 난 교수의 자대로 자네를 평가하고 싶어. 교수는 대체로 세 가지 타입이 있지. 하나는 제자의 고민이 무엇인지, 무슨 생각을 하는지도 모르고 이 놈들 내 말 좀 들어라 하고 고담준론을 펴는 타입이야. 둘째는 제자들과 대화를 하되 공식적인 일문일답으로 가르침을 주는 타입이지. 셋째는 제자들의 고민과 아픔, 지어는 사생활적인 이야기까지도 조용히 들어주는 타입이야. 이런 의미에서 자네는 상담술의 달인이라 하겠어. 자넨 학생들의 고민과 아픔을 참을성 있게 들어주고 모름지기 풀어줄 뿐이지, 절대 설교를 하고 훈계를 하는 법이 없어. 언제나 큰형이나 큰오빠처럼 조용히 웃으면서 진중하게 학생들의 이야기를 들어주지. 물론 나중에 한두 가지 가르침을 주기는 하지만. 바꾸어 말하면 자넨 말로써가 아니라 행동으로 보여주는 교수였어. 아마 그래서 학생들은 자네를 좋아하고 자네를 따르는가 봐. 물론 "경훈 선생이 예쁜 학생들을 데리고 다방이나 노래방에 너무 다닌다."는 뒷소문도 좀 들려오긴 하지만 말이야.

경훈이, 자넨 연변대학의 1호 신사지. 요즘 말로 하면 젠틀맨이라 하겠어. 자네 아내가 반듯하게 차려 내놓아서 그런지는 모르겠지만 자네는 언제나 옷차림이 깔끔했어. 색상도 좋고 디자인도 색다른 옷을 입기 좋아했지. 특히 자네의 구두는 언제나 반들반들 빛이 났어. 자네의 진면목은 탁구를 칠 때 드러나지. 두 팔이 드러나는 러닝셔츠에 반바지를 입고 탁구판 앞에 서면, 조금은 대머리지만 이목구비가 수려한 미남이지. 더더구나 자네의 살결은 우리 모두를 환장하게 만들었어. 자네의 살결을 두고 아마도 백리투홍(白里透红)이라는 말이 생겨난 것 같아. 이건 남아의 구리 빛 피부가 아니라 숫처녀의 홍조 어린 새하얀 살결이란 말이야. 옛이야기에 나오는 천도복숭아 빛이야.

유행에 민감한 자네는 언제나 최신식 핸드폰을 사용했지. 자넨 해마다 핸드폰을 바꾸는 것 같았어. 애들 손바닥만한 미니 핸드폰을 쓰다가도 어느 새 노트북만한 대형 핸드폰을 쓰기도 했지. 자넨 핸드폰으로 별 장난, 별 일을 다 했지. 게임을 놀고 노래를 듣고 영화를 보고 자료를 찾고 사진을 찍고 타이핑을 하고 제자들의 글을 수정해 주기도 했지. 자넨 핸드폰만이 아니라 컴퓨터 다루는 솜씨도 일품이지. 능수능란하게 프로그램을 깔고 웬만한 고장은 컴퓨터를 수리소에 들고 가는 일 없이 다 손수 수리했지. 이 형도 자네 신세를 여러 번 졌다네.

그 나무에 그 열매요, 그 사람에 그 글이라 했던가. 자네의 글재주 또한 타인의 추종을 불허했지. 청석 위에 돌돌 시냇물이 흐르듯이 맑고 산뜻한 구성과 표현, 자네 글은 띄어쓰기 하나, 부호 하나 손 댈 데가 없었어. 자넨 서정시는 물론이요, 한시도 제법 잘 지었지. 자잘한 소재를 가지고 친구와 더불어 조곤조곤 이야기하듯 하는 자네의 수필 또한 일품이지. 자네는 한국의 저명한 평론가인 나병철 교수의 문하에서 박사학위공부를 했지. 자네의 논문은 개념정리부터 투철하고 차근차근 논지를 펴나갔어. 학계의 동향을 면밀하게 파악하고 새로운 이론과 방법론을 도입했지. 학생들에게는 언제나 소제대작(小題大做)이라고 작은 명제를 깊이 있게 분석하는 그러한 스타일의 논문을 주문했지. 거대담론을 좋아하는 나에게는 미시담론을 선호하는 자네가 좀 얄밉게 보이기도 했어. 하지만 자넨 여러 문학 장르에 대한 해박한 지식을 갖고 있었고 시론, 수필론, 소설론을 아우르는 학문적 폭과 재치를 보여주기도 했지. 하지만 이 못난 사람아, 자네는 만단시름을 덜고 훌쩍 떠나가지만 우리 학과, 우리 문단에 생긴 이 빈자리는 누가 메워야 하나? 우리 대학, 우리 문단은 큰 재목 하나를 잃었단 말이야!

경훈이, 자네가 50대 후반에 그 위험천만한 스키를 탈 줄이야 누가 알았겠어. 자네를 탁구판에 묶어두지 못한 게 후회막급이야. 우리 제자들은 자네를 "휴화산(休火山)", 잠자는 화산이라고 했어. "소리 없는 북"이라는 말과 통하는 메타포지. 세상물정을 훤히 꿰뚫고 있지만 좀처럼 말이 없는 경훈이, 아마도 그 가슴에 깊이 묻었던 꿈과 열정, 분노와 스트레스를 가파른 산등성이를 타고 내리는 활강(滑降)으로 풀어내고 혼백이 산산이 부서지는 스릴로 달래고자 한 게 자네가 아닌가? 아이구, 이 못난 사람아! 저 몽골인들은 대여섯 살에 말 타기를 배운다네. 몽골인들과 마찬가지로 노르웨이나 캐나다 같은 나라에서는 대여섯 살 때부터 스키를 배운다네. 설국에서는 스키 타는 법을 익히지 못하면 학교를 다닐 수 없기 때문이야. 헌데 자넨 이순을 바라보는 나이에 스키를 배웠단 말이여. 참으로 주책머리가 없는 짓이지. 하지만 자넨 자기의 운명을 점쳤던 것 같아. 자네가 제자들에게 지어 준 한시가 있다지.

孤孤一朵花, 骑水向何方, 但愿明月圆, 相见在船上!

"외로운 꽃 한 송이, 물결 타고 어디로 가나, 이제 달님이 둥글면, 꽃 배에서 다시 만나세." 이 못난 친구야! 이게 무슨 한시지? 아무리 총명하고 슬기롭다고 한들 자기의 비운(悲運)을 예언한 이런 한시를 남길 게 뭔가 말이야. 한 점 흐트러짐이 없이 살았던 경훈이, 일거수일투족이 그처럼 법도에 맞았던 자네가 한 번 실수로 천길 나락에 떨어져 비명횡사했으니 세상에 이런 끔찍한 일이 어디 있겠어? 자네가 떠나는 날 나는 휘훈, 해양 선생이랑 같이 술잔을 나누었어. 휘훈 선생은 자네와 20여 년을 함께 일해 온 선배요, 그 누구보다도 자네를 알고 있는 양반이지. 그 양반이

"경훈이는 평소에 맥주 밖에 마시지 않았어요. 하지만 위스키만 생기만 그 독한 술을 거의 혼자서 반병씩 마실 때가 있었거든요. 말수는 적었지만 아마도 속에 그 어떤 아픔이 있었나 봐요."

하고 개탄하는데 해양 선생이 동을 달았지.

"경훈이 어머니는 신흥소학교 교사였어요. 우리 이웃에 살았거든요. 경훈이 어머니는 우리 가정이 가장 어려울 때 자주 찾아와 우리 어머니를 동무해 주었어요. 두 어른은 반나절이나 거의 말없이 앉아 계셨어요. 경훈이 어머니는 갈라질 때마다 우리 어머니의 손을 꼭 잡아주었어요. 아마도 경훈이는 어머니를 닮은 것 같아요. 물이 깊으면 고요한 법, 경훈이는 말 없이 평생을 살았지만 우리 문단에 따뜻한 것을 남기고 갔어요."

경훈이, 두 분 다 정곡을 찌른 말씀을 하셨다고 보네. 그런데 이걸 어쩌

나? 북경에서 중요한 회의에 참석하고 있는 김병민 교수가 핸드폰으로 문자를 보내왔네. 자네가 쓰러진 후 제일 가슴을 졸이고 길림성 위생청에 직접 전화를 걸어 자네를 길림대학병원에 입원시킨 어른, 하루에 한 번씩 장춘에 전화를 걸어 상황을 체크하던 어른이 아닌가. 그분이 보내준 문자는 이러하네.

"이승에는 순서대로 찾아왔건만 저승길에는 순서가 없으니 이 어찌 애달프지 않으리오. 그 친구, 색시 같아 보이지만 집념과 집착의 사나이지. 최근 5, 6년 간 번번이 탈락되었지만 지난해는 끝내 국가프로젝트를 땄지요. 글 솜씨 좋고 지극히 문단을 사랑했던 조용한 선비, 지금 경훈이가 한 줌의 하얀 넋으로 변해가고 있겠지. 호웅 교수, 나를 대신해 경훈이 부인을 따뜻하게 위로해 주오."

경훈이, 하지만 자네 부인을 위로해 주기는커녕 이 미욱한 형이 한바탕 울렸다네. 자네의 혼백은 2월 27일 연길로 돌아왔고 우리는 자네를 경도릉원에 안치한 후 이튿날 아침 자네 댁에 문상을 갔지. 이건 초상난 집이 아니야. 둥글 밥상 위에 자네의 유상이 조용히 자리하고 있었지만 집안은 분통(粉桶)처럼, 아니 신방처럼 정갈하고 환했네. 지난 해 늦가을에 입주했다고 하는데 남쪽 창문으로 내다보면 소년궁전의 둥근 지붕 너머로 모아산이 바라보이고 구름바다 너머로 백두산이 보일 것만 같았네. 더더구나 새하얀 벽지로 깔끔하게 장식을 했지. 책장에 꽂혀있는 책들, 덧놓고 넘어진 게 없이 깔끔하게 정리되었네. 내가

"집이 너무 좋네, 몇 평방이지?"

하고 물었더니 자네 아내가

"130평방이에요, 하지만 집이 좋은들 무슨 소용이 있어요, 김 선생이

없는데…"

하고 마루를 뜯으며 낙루하는 게 아니겠어. 좀 기분을 바꾼다는 게 자네 부인을 울리고 말았지. 오늘 듣자니 자넨 그림도 잘 그리고 이 집 내부설계를 몽땅 제 손으로 했다고 하네그려. 자넨 디자이너로 나서도 큰일을 했을 사람이야. 하지만 새집에 석 달도 살지 못하고 훌훌 털고 가다니! 그 공부 잘하는 예쁘장한 따님, 하문대학을 졸업하고 미국에서 박사학위를 따고 취직한 따님, 멋진 신랑감도 생겼다던데 그 따님은 언제 시집을 보내지? 평생 제 자랑할 줄 모르는 자네지만 따님 이야기만 나오면 "딸내미 덕분에 집사람과 함께 미국구경을 했지요" 하고 슬그머니 자랑을 했지. 더더구나 이제부터 독수공방으로 지낼 자네 부인은 누가 달래며 누가 동무 해주느냐 말이야. 아이구, 이 매정한 사람아!

경훈이, 이젠 백두정상에 올랐나? 스키를 타고 어서 우리 곁으로 돌아오게.

아, 백두밀림의 눈보라를 헤치면서 우리 곁으로 쏜살같이 달려오는 자네가 보이네그려. 아, 멋지네 그려, 어서 오게나, 어서!

하지만 이는 우리의 소원일 뿐 자네는 벌써 하늘나라에 갔으리. 저 짙푸른 하늘, 햇솜처럼 설핏하게 비낀 구름의 바다 위에 스키 타고 지팡이 짚고 점잖게 포즈를 취하는 자네의 의젓한 모습이 보이네, 아무렴 보이고 말구? 경훈이— 설음에 겨워 부르지만 부르는 소리는 비껴가고 하늘과 땅 사이가 너무 넓구나! 이게 자네가 좋아하는 김소월 시인의 시구이자 우리 모두의 절통한 마음이 아닌가!

아, 말수는 적었지만 가슴에 불을 안고 살았던 로맨틱한 사내 경훈이, 자넨 해양 선생 말 그대로 우리 모두의 가슴에 영원토록 따뜻한 모습으로 남아있을 것이야. 하지만 자네도 잘 알지만 사마천은 《사기(史记)》에서 "이 새는 날지 않으면 모르지만 한 번 날면 하늘에 이를 것이요, 울지 않으면 모르지만 한 번 울면 세상을 놀라게 할 것이다(此鸟不飞则已, 一飞冲天; 不鸣则已, 一鸣惊人)"라고 했지. 자넨 여태껏 소리 없는 북으로 살았어. 이제야말로 그 웅숭깊은 생각과 빼어난 재능을 크게 펼쳐볼 판인데 갑작스레 이 세상을 떠나다니, 이게 원통하고 애통할 뿐이야!

이왕 하늘나라에 갔으니 어쩌겠나. 하늘나라에는 시샘과 질투도, 험담과 뒷소리도 없다고 들었어. 이 구질구질한 속세를 굽어보면서 둥- 둥둥 북 치고 대성질호를 하고 호탕하게 웃어 봐! 이젠 남의 눈을 의식할 필요가 없어. 자네가 좋아하는 젊은 세대들의 노래도 실컷 불러 봐! 〈그댄 봄비를 무척 좋아하나요〉도 좋지만 자네의 18번은 그래도 〈꽃밭에서〉야. 그 노래 좀 불러 봐, 그 노래를! 우리 모두 함께 부를 거야!

꽃밭에 앉아서 꽃잎을 보네
고운 빛은 어디에서 왔을까
아름다운 꽃이여 꽃이여
이렇게 좋은 날에
이렇게 좋은 날에
그 님이 오신다면 얼마나 좋을까
꽃밭에 앉아서 꽃잎을 보네
고운 빛은 어디에서 왔을까
아름다운 꽃송이……

2018년 3월 3일

# 와룡산의 기인—우상렬 박사

상렬이, 그간 고생이 막심했지.

4년 전, 자네는 문득 간경화라는 진단을 받고 병원에 입원해 달포나 링겔주사의 세례를 받았지. 간경화복수가 와서 날마다 배에 천자침(穿刺針)을 꼽고 불순한 체액(体液)을 한 병씩 뽑아내면서도 "괜찮아요, 괜찮다니까요!" 하면서 허허 웃던 자네의 모습이 눈앞에 선히 떠오르네.

재작년에 경훈이가 쉰아홉의 나이에 하늘나라에 가더니 오늘은 자네가 또 모든 것을 홀홀 털어버리고 쉰여덟의 아까운 나이에 하늘나라에 가네그려. 경훈이는 스키를 타다가 불의의 사고를 당해 하늘나라에 갔지만 자네는 왜 부득부득 가는 거야. 요즘은 100세 시대라고 하지 않아, 그 반을 사나마나 하고 하늘나라에 가다니, 자네 정신이 있어? 제 정신이!

자네를 알게 된 것은 1980년대 후반, 림휘 교수의 문하에서 석사과정을 밟을 때였지. 교원과 연구생들만 이용할 수 있는 도서관 2층 열람실에 가면 언제나 자네를 볼 수 있었지. 보통 키에 부처님처럼 코도 크고 귀도 크고 둥실둥실하게 생겼는데 날마다 도서관에 와서 책을 보고 있었지. 그때만 해도 건재해서 날마다 열람실에 나와 계시던 역사학과의 주홍성교수가 나를 보고 저만치 앉아있는 자네를 가리키며 "저 소도둑처럼 생긴 친구가 열심히 공부를 하네"하고 말씀했지.

자네와는 풋인사나 나누고 지냈는데 하루는 우리 학부 교수들이 무슨 일을 하고 나서 연변대 앞, 비단공장 옆에 있는 서하춘식당에 가서 회식을 했지. 교수들이 술잔을 나누고 식사를 마치고 떠날 때 자네와 배정호라는 연구생이 구석에 앉아 눈치를 흘끔흘끔 보면서 계속 술을 마시고 있는 거야. 내가 그때 공회 생활위원이라 계산만 해놓고 이튿날 돈을 치르기로 하고 먼저 나왔지. 이튿날 돈을 가지고 가니 식당주인이 30원이나 더 내라고 하는 거야. 그때 우리 월급이 100원 되나마나 할 때니까 30원이면 적은 돈이 아니지. 알고 보니 자네와 배정호씨가 기름에 튀긴 잉어를 더 청해 먹고 맥주 한 상자나 마셔버린 거야. 나는 울며 겨자 먹기로 결산을 하고 나왔고 후일 자네를 보고 따졌지. 그랬더니 자네의 말이 걸작이야.

"교수님들이 앉은 자리라 술만 따르고 눈치만 보다 나니 간에 기별도 가지 않습디다. 그래서 좀 더 청해 먹었습니다. 선생님은 넉넉하기로 정평이 나있으니 용서해 주시겠죠."

싱글싱글 웃는 놈에게 침을 뱉을 수는 없는 일이지. 정말 소도둑 같은 놈이였어. 내가 자네들보다 소금을 10년은 더 먹은 선배니까 두 아우에게 한턱 낸 셈 치고 "잘 했어! 잘했어!" 하고 웃고 말았지.

광동사람들은 날아다니는 것은 비행기를 내놓고는 다 먹고 서있는 것은 걸상다리를 내놓고는 다 먹는다고 하더군. 그런데 자네는 광동사람도 아닌데 식성이 참 좋았단 말이야. 오리고기든 돼지고기든 가리는 게 없고 소머리국밥은 꼭 2인분을 시켜 먹어야 했지. 물만두는 3, 40개를 먹어야 직성이 풀리는 거야. 술도 청탁을 가리지 않되 색깔이 고운 막걸리나 포도주를 더 즐기는 편이였어. 쉽게 말하자면 자넨 곰 같은 잡식가였어.

　잡식가에 대식가요, 음식을 가리지 않는 만큼 자네의 독서범위는 넓었어. 심양 소가툰 사람이라 워낙 한어를 잘하는데다가 경상도 억양이 그대로 묻어나는 입담도 좋았지. 일본에 한 번도 가보지 못했지만 일어수준도 일본유학을 하고 돌아온 동년배들의 뺨을 칠 정도였어. 가끔 일본 속담이나 경구도 적재적소에 쓰곤 했지. 영어는 한국정신문화연구원에 가서 박사공부를 할 때 배웠다고 하는데 역시 상당한 수준이였어. 우리 대학에 프랑스의 어느 대학에 가서 한국어를 가르칠 수 있는 지표가 떨어졌는데 영어를 잘 하는 자네를 보낼 수밖에 없었지. 귀국한 후에는 영어의 달인이 된 것 같았고 프랑스어도 어섯눈을 떴고 말이야. 자네는 머리 하나는 좋은 놈이였어.

　김병민 교수는 자네를 기인(奇人)에 기재(奇才)라고 하였는데 나도 동감이야. 하지만 한 술 더 떠서 야인형 선비(野人型君子)라고 말하고 싶네. 왜 웃어? 내 말이 틀렸어? 자네는 한해에 한두 번씩 중놈처럼 머리를 빡빡 깎고 다니지 않는가. 멀쩡한 구두를 끌신처럼 뒤턱을 꺾어 신고 다니고 여름에는 양말을 신는 법 없이 시뻘건 발가락이 보이는 샌들을 질질 끌고 다녔지. 여름에는 티셔츠도 홀딱 뒤집어서 입고 다니는데 알고 보면 모두 자네 부인이 알심을 들여 골라 산 브랜드란 말이야.

　최웅권 선생 역시 림휘 교수의 문하에서 공부한 자네의 사형이지. 최선생은 자네를 두고 "21세기의 유영(제伶)"이라 하더군. 자네도 잘 알겠지만 위(魏), 진(晉)의 정권교체기에 부패한 정치권력에 등을 돌리고 죽림에 모여 거문고와 술을 즐기며 청담(淸談)으로 세월을 보낸 일곱 명의 선비를 죽림칠현(竹林七賢)이라 하지. 그중에 유령이라는 선비가 있었는데 노장(老

庄)사상을 신봉하여 권력이 강요하는 유가적 질서나 형식적 예교를 우습게 보았거든. 유영은 지독한 술꾼이라 술에 취하면 옷을 벗어 버리는 일이 많았어요. 누군가가 그의 집에 찾아와 이를 비난하자 자신은 천지가 옷이고 집이 속옷인데 허락도 없이 자신의 속옷 안까지 들어왔느냐, 하고 오히려 호되게 꾸지람을 했다지 않는가. 또 두강주를 마시고 쓰러져 그의 가족들이 죽은 줄 알고 장례식까지 치렀다는 일화도 있지.

하지만 나는 최 선생의 비유에 반신반의를 했어. 그런데 자네와 임종찬 교수가 함께 요녕성에 갔던 이야기를 듣고는 최 선생의 비유에 동의할 수밖에 없었지. 자네의 행동거지를 보면 진짜 "21세기 유영"이요, 연변대학이 자리 잡은 이 와룡산의 기인이란 말이야.

임종찬 교수는 부산대 국문과 교수요, 한국현대시조학회 회장을 지낸 점잖은 분이지. 둘이 연길에서 떠나 대련, 단동, 무순, 심양을 거쳐 연길로 돌아오는 7박 8일의 여행을 한 모양이야. 그런데 대련 역에 내릴 때 벌써 자네가 입은 바지 엉덩이가 수박덩이 갈라지듯이 터졌지. 임 교수가 하도 민망해서 얼른 역구내에서 운동복이라도 사서 바꾸어 입으라고 했지. 하지만 자네는 "제 물건이 보일까봐 그러십니까? 바지 안에 팬티가 있거든요." 하면서 그냥 엉덩이 쪽이 터져서 너펄거리는 바지를 입고 단동, 무순을 거쳐 심양까지 활개를 치며 다녔지. 에끼 이 사람, 대학의 교수가 그게 무슨 짓이람?

이만하면 약과지. 단동에서 일박을 하는데 그날 저녁에 현지 친구들의 대접으로 만취해 돌아온 자네가 임 교수를 보고 "저는 술을 흠뻑 마시고 돌아온 날에는 활활 옷을 벗어 던지고 알몸뚱이로 자야 술이 깹니다." 하는지라 "맘대로 해! 맘대로!" 했더니 이게 무슨 꼬락서니야! 한 밤중에 가려놓은 통나무가 굴러 떨어지듯이 자네가 퉁당, 퉁당 침대에서 떨어지는 바람에 임종찬 교수가 세 번이나 일어나 육중한 자네를 침상에 다시 올려 놓느라고 진땀을 뺐다고 하더군. 이건 야인이 아니고 뭐야?

내가 직접 본 바로도 자네는 틀림없는 야인이었어. 한국정신문화연구원에서 박사과정을 밟을 때 자네는 박사생지도교수인 김병선 교수와 좀 트러블이 생겼지. 김 교수는 문학연구의 전산화 분야에서는 한국을 대표하는 교수요, 담배와 술도 하지 않는 크리스천인데 자네는 시정잡배 같은 놈이었거든. 그러니까 모순이 생길 수밖에. 한번은 자네가 김병선 교수를 모신 자리에서 술 한 잔 거나하게 되니까 "김 교수님, 이젠 허물없이 형님, 동생으로 지냅시다요!" 하고 달려들었다고 하더군. 자네가 정신이 있는가? 군사부일체(君師父一体)라는 말도 있지만 한국에서는 스승님을 임금이나 아버지를 모시듯 하는데 형님, 아우로 지내자고 했으니 지도교수님의 미움을 살 수밖에.

그래서 자네는 4년 공부한 밑천을 때려치우고 연변대에 돌아와 정판룡 교수의 문하에서 박사공부를 다시 시작하겠다고 했지. 이미 4년 공을 들였는데 그건 안 되는 소리라고 했지. 마침 한국에 갈 일이 있어 김병선 교수를 찾아뵙고 "박사 하나 만들어주는 게 우리 연변대학으로 놓고 말하면 큰 도움이 되니까 우상렬씨를 끝까지 거두어주시기 바랍니다." 하고 말씀을 드렸지. 그랬더니 전형발표를 두 번 해야 하는데 한번은 연변 현지에 가서 하자고 하더군. 아마도 자네의 국제여비도 덜어 줄 겸 연변의 산천경개도 돌아보기 위해서였겠지. 이야말로 누이 좋고 매부 좋은 일 아니겠어. 하지만 발표를 하는 날 민족문학원 4층 회의실에 가보니 이게 무슨 꼴이람? 자네의 까까머리가 아직 자라지 않아 듬성듬성 쇠버짐이 보이는

데 정장은 했으되 넥타이를 매지 않았단 말이야! 그래서 내가 "이 사람아, 자네의 지도교수님은 한국을 대표하는 젠틀맨인데 넥타이를 매야지! 넥타이를!" 하고 부랴부랴 내 넥타이를 풀어서 자네 목에 걸어주었지. 그 일을 생각하면 지금도 손에 땀을 쥐게 되네.

사실 자네는 어려서부터 여러 가지 콤플렉스를 가지고 있었던 것 같아. 심양사람이라 하지만 기실은 소 같은 농부의 막내아들이요, 한 구들 되는 여섯 형제가 늘 배고픈 고생을 했지. 연변대학에 입학한 후에도 늘 호주머니가 비어있었고 촌놈콤플렉스에 시달렸다고 했지. 한국에 가서 박사과정을 밟았지만 장학금을 받지 못했고 밤낮 책을 번역하는 등 알바를 하면서 어렵게 지냈고 후에는 부인까지 한국에 가서 석, 박사 학위공부를 하는 바람에 더 고생을 한 것 같더군. 하지만 언제인가 서울에서 자네를 만났더니 몸은 그냥 피둥피둥 살이 쪄 있었어. 그래서 내가 "이게 뭐야? 몸을 좀 까야지! 몸을!" 했더니 "그래서 제 별명이 삼겹살이 아니겠습니까." 하고 히죽히죽 웃으며 또 불고기집으로 나를 끌고 가는 거야.

한우고기는 엄두도 내지 못하고 돼지고기 삼겹살만 먹던 상렬씨, 더더구나 자네 부부가 차례로 박사학위를 받고 연변에 돌아왔지만 그것은 기나긴 견우직녀생활의 시작이었지. 연변대학의 사정이 여의치 않아 자네 부인은 머나먼 중경의 사천외국어대학에 가서 한국어를 가르쳤지. 그때 자네가 부인을 따라 중경에 갔어야 했는데 자네는 "아이구, 그 찜통같이 더운 곳에 가서 허구한 세월 매운 마라탕이나 먹고 어떻게 살죠? 음식 좋고 친구 좋은 연변이 좋지요 뭐!" 하고 그냥 주저앉아 연변사람이 되고 말았지.

하지만 장기간 견우직녀생활을 한 부부들을 보면 어느 한 쪽, 특히 남자 쪽이 탈이 생기더군. 자네도 잘 알지만 우리 학과에도 그런 양반들이 더러 있었지. 혼자라고 밥을 제때에 해 먹지 않고 늘 바깥에 나가 술에 절어 살다가 건강을 말아먹고 일찍이 세상을 떠나고들 말았지. 자네도 그런 타입의 사내들과 오십보백보였어. 물론 자네는 《장백산》 잡지에 수필시리즈 〈콤플렉스〉를 연재하면서 여러 가지 스트레스를 문학창작으로 풀어내는 재주와 여유를 보였어. 하지만 술자리가 너무 많았어. 워낙 호인이요, 친구들의 요청을 거절할 줄 모르는 위인이 아닌가. 자네는 거의 날마다 술판에 앉아있었고 집에 돌아오면 또 밤을 새우면서 책을 보고 글을 썼어. 그러니 병이 들고 병을 키울 수밖에.

4년전 입원치료를 받은 후에 1, 2년은 푹 쉬면서 몸을 추어 세워야 했었는데 그 동안 너무 미친 듯이 일을 했어. 《연변문학》, 《장백산》, 《송화강》, 《도라지》 잡지를 보면 거의 매기마다 자네의 수필과 평론들이 실렸어. 어디 그뿐인가. 산동대학 우림걸 교수의 대형 프로젝트에 참가한 줄 아는데 이번에 보니 사천대학 조순경 교수의 대형 프로젝트에도 참가했더군. 사람이 쇠가 아닌 이상 이렇게 자기 몸을 혹사시키면 살 수가 없어요. 자네의 박사후 지도교수인 사천대학 조순경 교수가 자네에 대한 추모의 글을 보내왔네. 내가 우리말로 옮겨놓았는데 한번 읽어보게.

　　　"오호라, 사천대학 박사후연구원이며 연변대학 조한문학원 교수, 박사생지도교수이며 연변대학 학술위원회 위원, 비교문학과 세계문학학과의 주임인 우상렬 교수가 병환으로 불행하게 세상을 떠났다는 소식을 들었습니다. 청천벽력인가, 놀라움을 금할 수 없고 가슴이 터지는 것 같습니다!
　　　우상렬 교수는 2002년 한국학중앙연구원에서 박사학위를 취

득했습니다. 2006년에서 2008년까지는 사천대학 중국언어문학
학과에 와서 나의 지도 아래 박사후 연구를 하였습니다. 우상렬
교수는 이미 하늘나라에 갔으나 그와 함께 일하던 일들이 생생하
게 떠오릅니다. 그 무렵 그는 활기가 넘쳤고 배우기를 즐겼으며
부지런히 공부하였습니다. 그는 모든 난관을 박차고 줄기차게 중
조한일 문학과 문화비교연구에 매진하였는데, 비교문학연구에
서 원시적인 문헌자료를 발굴하는 것이 아주 중요하고 필요하다
는 것을 잘 알고 있었습니다. 그는 국내에 관련 자료가 결핍하다
는 사실을 절감하고 선후로 한국의 연세대학교, 조선의 김일성종
합대학교에 가서 많은 귀중한 문헌자료를 조사해 가지고 돌아왔
습니다. 뿐만 아니라 중조한일 비교연구의 새로운 방법론을 개
발하였습니다. 그는 선후로 국가와 성부(省部)의 과제 5개를 완성
하여 국내외의 권위적인 학술간행물, 이를테면 한국의《동아시
아고대학》, 중국의《중앙민족대학학보》,《동강학간》등 핵심간행
물에 80여 편의 논문을 발표하였습니다. 대표적인 논문으로〈이
황, 이이와 중국고대문론의 관련 연구〉,〈리청조와 허란설헌 시
가의 비교 연구〉,〈노산시조의 불교경향 연구〉등을 들 수 있습니
다. 단독 또는 공저로《한국시화전편교주》제10집(인민문학출판
사, 2014) 등 20여 부의 저서와 교과서를 펴냈습니다. 그야말로 저
작등신의 학자라고 하겠습니다.

2019년 나는 국가사회과학기금중대항목〈동방고대문학리
론의 중요 범주, 담론체계의 연구와 자료정리〉의 자과제로 되는
〈조선, 베트남 및 타이 고대문예이론의 중요 범주, 담론체계의 연
구와 자료정리〉의 책임자로서 우상렬 교수를 초청하였습니다.
목전 그는 20만자에 달하는 저서《조선과 한국 문예이론용어 대
비사전》을 완성하였습니다. 또한 그 후속 성과들이 속속 나오게
됩니다. 유감스러운 것은 우상렬 교수가 그 자신의 심혈이 깃들
어있는 성과물들을 볼 수 없게 되었다는 사실입니다. 하지만 그
의 이러한 개척정신, 배움을 즐기고 깊이 사색하는 학술정신과

풍격은 후학들에 의해 계승되고 확장되리라 믿어 의심치 않습니다.

　　우상렬 교수의 일생은 청풍랑월(清风朗月)이라 하겠습니다. 말하자면 이 땅을 스쳐간 신선한 바람이요, 저 밤하늘에 비낀 밝은 달빛이라 하겠습니다. 아무튼 그는 풍성한 학문적 업적을 이루었습니다. 평생 중조문학과 문화비교연구에 매진하면서 우리나라 비교연구사업에 중요한 기여를 했고 비교문학연구에 종사할 수 있는 우수한 청년학자들을 키워냈습니다. 우상렬 교수가 하늘나라에서 흐뭇한 미소를 짓기 바랍니다.

　　우상렬 교수의 명복을 빕니다!"


　　상렬이, 길이 멀어야 말의 힘을 알 수 있고 세월이 흘러야 사람의 마음을 알 수 있다(路遥知马力, 日久见人心)는 명언이 떠오르네. 자네의 거친 성미와 우스꽝스러운 행동거지가 일부 점잖은 사람들의 빈축을 사기도 했지만 결국은 그분들의 긍정을 받게 된 것이네. 조순경 교수라 하면 우리나라 비교문학학계의 거물이 아닌가. 자네가 그분의 높은 평가와 찬사를 받았으니 이 형도 한량없이 기쁘네. 하지만 자네는 학문에 목숨을 바친 거야.

　　자네의 장례식에는 무려 2백여 명의 조문객이 찾아왔고 김병민 교수를 비롯한 스승님과 동료, 제자들이 자네를 그리는 글을 썼네. 자네의 친구들인 강보유, 우림걸, 정봉희 등 10여 명의 박사가 북경, 제남, 상해, 광주, 연태에서 날아왔네. 한국의 임종찬, 조남철, 강창민 교수도 조의금을 보내왔고 전화로 안타까움을 표시하였네. 김병선 교수는 "아이구, 우상렬 씨 이름 앞에 고(故)자를 붙여야 하다니…" 하고 말을 잇지 못하고 낙루하셨네.

　　상렬이, 자네를 "21세기의 유영"이라고 한다지. 유영이라는 선비는 장례식까지 치렀는데 벌떡 일어났다고 하거든. 자네도 예수 그리스도처럼 부활해서 우리 옆에 돌아와야 하겠네. 자네가 없는 연변대학과 조선족문단은 불 꺼진 나라가 될 걸세. 자네의 거칠 데 없는 입담이 그립고 그 멋진 채플린의 수염과 춤사위가 보고 싶어. 거칠고 투박한 일거수일투족 속에 감추어진 그 착하고 웅숭깊은 마음씨, 언제나 자세를 낮추고 남들을 편안하게 해주는 자네의 그 멋들어진 해학과 유머가 사라진 이 세상에 우리는 어떻게 살지? 짧은 호흡의 간결한 문체, 한문학(汉文学)적 조예와 기지, 유머가 넘치는 자네의 글을 더는 볼 수 없게 된다는 사실이 우리를 너무나 슬프게 하네그려. 자네는 소생이 없지만 친구와 동료 자식들의 결혼식에는 반드시 참가해 부조를 하고 흥을 돋우어 주었지. 그리고 96세의 아버님을 극진하게 모셨지만 그 어른을 하늘나라에 보낼 때는 그 누구에게도 알리지 않았지. 우리는 자네에게 너무나 많은 인정의 빚을 진 사람들이야. 더욱이 "쌍일류학과" 건설의 대오에, 풍전등화같이 흔들리는 우리 문학예술계와 민족교육을 되살려내는 대오에 자네와 같이 좌충우돌, 종횡무진으로 활약하는 기인형 선비가 없어서는 안 되지.

아차, 까먹을 번했네. 중국공산당 창건 100주년을 맞아 자네는 길림성 교육계통 우수공산당원이 되었어. 기인형 모범공산당원이라, 참 멋져! 아무리 갈 길이 급해도 축하의 술 한 잔 받고 가야 할 게 아닌가…

상렬씨, 하고 싶은 말은 많으나 자네와 함께 돈키호테와 산초 판자처럼 요동반도를 휩쓸고 다녔던 임종찬 교수의 시조로 오늘은 이만 줄이겠네. 〈진초록 풀향기—우상렬형을 보내며〉라는 시조일세.


　진초록 풀향기가 아리도록 매웁더니

시절을 앞세우고 락엽으로 지단 말가
빈 터만 허전히 남은 이 적막을 어쩌나.

몸이야 흙이 돼도 령혼은 길이 남아
모교의 언덕받이 꽃으로 다시 피고
바람이 스칠 때마다 그 향기가 번지리.

《연변문학》2021년 제9호

제6편

# 세상을 돌아보며

2015년 위해 산동대학분교에서 김병민 교수, 김철 박사와 함께

# 황포강과 양자강에 비낀 흰 도포자락

지난 해 가을 한국방송통신대학교에서 《재외동포문학의 이해》라는 10부짜리 영상 프로그램을 제작하게 되었다. 그 책임을 맡은 조남철 교수가 내가 그쪽 사정에 좀 밝다고 대담이나 하면서 동행하자고 해서 3년 만에 상해를, 20년 만에 다시 남통시를 찾게 되었다.

상해와 남통에 살았던 우리민족 문학인들의 발자취는 20년 전에 두루 답사한 적 있지만 20년이면 강산도 두 번 변했을 터이니 다른 곳은 몰라도 김택영의 고가며 무덤을 다시 찾을 것 같지 못했다. 다행히 복단대학에 있는 강영씨가 상해를 안내해 주기로 했고 또 20년 전 안내해 주었던 남통시도서관의 류도영(劉道榮) 선생을 용케 찾아 전화로 잘 부탁을 해놓았다니 일단 먼 여정을 큰 근심이 없이 떠날 수 있었다.

우리 일행은 조남철 교수와 나, 그리고 장신의 미남인 프로듀서 임현철씨, 일 욕심이 많은 최영주 사진사, 조남철 교수의 예쁜 조교 이화진 아가씨 등 5명이었다.

## 1. 황포강 기슭에 울린 총소리

인천 영종도 공항에서 비행기를 타고 1시간 30분, 우리 일행은 상해 포동공항에 내려 호텔로 가는 길에 곧장 외탄에 들렸다. 우리가 탑승했던 소형버스를 남경로 뒤의 주차장에 세워놓고 외탄 쪽으로 나갔다.

외탄은 상해의 상징이요, 상해의 풍물시다.

황포강 기슭의 유보도에 올라서면 뒤로는 빌딩의 숲이 병풍처럼 펼쳐지고 앞을 보면 출렁이는 황포강 너머에 포동이라는 신형의 거리가 한 눈에 안겨온다. 동방명주로 불리는 상해 텔레비죤탑과 아세아에서 두 번째로 높다는 금모빌딩이 더욱 황홀하게 눈에 뜨인다.

시원한 강바람이 불어오는 황포강 기슭에 서보기는 이번까지 세 번인 것 같다. 1983년 여름에 왔을 적에 황포탄공원에서 바라보는 포동은 물새 떼가 날아 예는 갯벌이었는데 이젠 동경의 신주쿠나 서울의 여의도도 무색할 정도로 마천루들이 하늘에 치솟아 올랐다. 그 때 황포탄공원 유보도 난간에 쌍쌍이 엉켜 붙어 밤 가는 줄 모르고 속삭이던 야위고 초라한 상해의 청년들, 토끼장 같은 비좁은 정자간(亭子間)에 살고 있는 상해사람들인지라 난간에 기대어 연애할 수밖에 없었던 것 같았다. 간혹 코 큰 서양인들이 지나가면 상해 청년들은 영어를 배우려고 우르르 모여들어 씨 먹지 않은 영어를 주어 섬기면서 다투어 말을 걸었다. 3년 전에 길림성중청년전문가 남방견학단 일원으로 왔을 적에는 그야말로 말 타고 꽃구경 식으로 버스를 타고 포동에 가서 짐짝처럼 엘리베이터에 실려 금모빌딩을 견학하고 왔을 뿐이었다. 그러니 꼭 20년 만에 다시 외탄의 인파에 실려 이 곳의 정취를 만끽하는 셈이다.

국경절 전야라 외탄은 온통 불야성을 이루었다. 채색 등으로 단장한 거대한 빌딩들과 수천수만 개의 네온사인 광고판들이 황포강에 비껴 수상궁전을 이룬 듯 싶은데 황포강 유보도는 송곳 하나 꽂을 자리 없이 인산인해를 이루며 술렁거린다. 비좁은 공간에서도 여유를 즐길 수 있는 지혜로운 상해인들, 실타래를 풀고 당기고 하면서 아득한 창공에 연들을 날리고 있었다. 제비며 매며 여러 가지 새의 모양을 한 연들이 아득히 보이는 빌딩 위로 은빛 날개를 번뜩이며 유유히 날고 있다. 상해의 밤하늘을 오연히 날아예는 연들, 그 연들 하나하나에 그 옛날 상해에서 날랜 표범같이 활동했던 우리민족 투사들의 모습이 겹쳐 떠오름을 어쩔 수 없다.

임 프로듀서, 최 사진사와 이수연 아가씨는 황포강 너머의 동방명주와 금모빌딩에 올라가 볼 수 없어 안달을 떨고 있는데 조남철 교수와 나는 난간을 잡고 서서 황포강 하류 쪽을 하염없이 바라보고 섰다. 기선이며 화물선에서 명멸하는 불빛, 느닷없이 긴 고동이 울리면서 거무칙칙한 배들이 혹은 물길을 따라 아래로, 혹은 물길을 거슬러 올라오고 있었다. 옛날 황포탄 홍구공공부두는 어디쯤일까? 조 교수와 나는 언제인가 이 황포강 나루터에서 울렸던 총소리에 새삼스럽게 가슴을 두근거리고 있었던 것이다.

때는 1922년 3월 28일 오후 3시 반.

일본 육군대장 다나카 기이찌(田中義一)를 태운 기선이 "붕- 붕-" 하고 황포탄 홍구공공부두에 들어섰다. 이 때 의열단 단장 김원봉의 지시를 받은 오성륜(吳成倫), 김익상(金益相), 이종암(李鍾巖) 등 세 명의 단원이 부두에 대기하고 있었다.

다나카 육군대장이 점잔을 빼며 잔교를 지나 부두에 내려섰다. 그는 영접하러 나온 중국 고급관리와 일본 영사 등과 일일이 악수를 하고 있었다. 이 때 제1선을 맡은 오성륜은 권총을 쳐들고 조용히 다나카의 육군대장의 가슴팍을 겨누었다. 오성륜이 방아쇠를 당기려는 순간 공교롭게도 금발의 서양미인이 불쑥 나타나 다나카의 육군대장의 앞을 막았다. 남편과 함께 신혼여행 차 다나카 육군대장과 동선(同船)해 상해에 왔던 영국 여인인데 상해에 도착했다고 호들갑스럽게 환성을 지르며 신랑의 손을 놓고 앞질러 나왔던 것이다. 이젠 엎지른 물이었다.

"탕, 탕, 탕!"

세 발의 총탄이 발사되었고 금발머리 서양미인이 폴싹 거꾸러지는데 다나카 육군대장은 혼비백산해서 자동차께로 뛰어 간다 제2선에 선 김익상이 다시 총탄 두 발을 쏘았으나 그것은 다나카의 모자를 스치고 지났을 뿐이다. 김익상이 다시 폭탄을 던졌으나 그것은 불발탄이다. 다나카가 천방지축 뛰어가 승용차 안에 굴러 들어가는데 제3선에 있던 이종암이 폭탄을 던졌다. 그런데 방정맞게도 그 옆에 있던 우직하게 생긴 미국해병이 데굴데굴 굴러오는 폭탄을 발로 걷어차서 바다에 떨어뜨렸다.

다나카 육군대장을 저격하려던 이 사건은 김산의 소설 〈기묘한 무기〉에도 생동하게 그려져 있지만 아무튼 아쉽게도 실패하고 말았다. 하지만 의열단은 단장 김원봉(金元鳳)의 지휘 밑에 "끊임없는 암살, 파괴 활동으로 강도 일제의 통치를 타도"하는 것을 유일한 행동강령으로 삼고 조선, 일본, 중국을 무대로 동에 번쩍 서에 번쩍 하면서 일본인들의 간담을 서늘케 했다…

호텔을 잡은 우리 일행은 강영 선생 내외분의 호의로 하게(河蟹) 먹으러 가게 되었다. 10월은 상해인들이 하게를 먹는 계절이다. 하게란 대체로 논도랑이나 논밭에서 인공적으로 양식하는 게의 일종인데 쪄 먹어도 좋고 볶아 먹어도 별미다. 연길 서시장에도 더러 나오기는 하는데 신선도가 떨어지는데다가 워낙 작아서 내 같이 식성이 좋고 급한 사람은 짜증이 나서 먹을 수가 없다. 하지만 서울을 떠날 때부터 조남철 교수는 상해에 가면 하게만은 꼭 먹어본다고 벼르고 있었던 것이다.

하게 요리만 전문으로 하는 어마어마하게 큰 술집이다. 초저녁인데 벌써 초만원을 이루고 있었다. 네 줄로 쭉 펼쳐진 장방형 밥상에 둘러앉았는데 대체로 가족 동반으로 온 손님들이다. 이젠 가족 동반으로 식당에 와서 외식을 하는 것이 상해의 새로운 음식문화로 되었단다. 애들은 음료, 어른들은 대체로 맥주를 홀짝거리면서 양파, 고추 등과 함께 벌겋게 볶은 하게를 세심하게 분해해서 찢어먹고 뽑아먹고 빨아먹고 핥아먹고 했다. 이건 술집이 아니라 정밀 시계를 조립하는 대형 공장 같았다. 일여덟 살 되는 애들까지도 수세미 같은 가는 다리를 침착하게 찢어서 속을 뽑아 냠냠 맛있게 먹는 장면을 보면 앙증맞은 상해인들의 빈틈없고 세밀함(精明)을 절감할 수 있다. 상해인들이 기차를 탈 경우 애들 주먹 만한 하게 한 마리면 상해서 서안까지 먹는다고 한다.

아무튼 강영씨와 같은 학과에 있는 강은국, 강보유 박사도 각각 동부인해 나와 주어서 한 결 술맛을 돋굴 수 있었다. 강은국, 강보유 박사는 연변대학 출신들인데 7, 8년 전에 상해 복단대학에 스카웃되어 가서 양자강 이남에서 한국어를 가르치고 있었다.

## 2. 굶기를 밥 먹듯 했던 임시정부 요인들

9월 말이라고 하지만 상해의 날씨는 여전히 시루 속처럼 무덥다. 마당로 골목에는 웃통을 벗은 주민들이 걸상을 들고 나와 앉아 차를 마시며 한담을 하고 있었다. 찻주전자까지 들고 나와 훌훌 차를 마시는 팔자 늘어진 상해인들, 누렇고 퍼렇고 올망졸망 찻잔들이 서로 다른 것도 가관이거니와 새파란 이웃집 아낙이 보는 마당에 시뻘건 웃통을 드러내고 있는 남정들도 희한했다. 그래도 이 배포유한 족속들이 임시정부와 이웃해 살면서 지켜주고 있구나 하고 생각하니 고마운 마음이 들었다.

안내원을 따라 임시정부 요인들이 묵었던 침실이며 회의실이며 식당이며를 둘러보았다. 지금은 까만 침상이며 책상들이 조촐한 대로 구색을 갖추고 있지만 그 당시는 이런 상황이 아니었다고 한다. 1920년대 임시정부 초창기 그 요인들이 겪은 어려움은 이루 말할 수 없었다. 조선 팔도에서 모여든 지사들이 임시정부를 만들기는 했으나 자금이 없어 그야말로 입에 풀칠하기도 어려웠다.

춘원 이광수와 사랑에 빠졌던 허영숙이라는 여성이 이국만리를 사랑을 찾아갔다가 그 비참한 상황을 목격한바 있었다. 말이 정부라지만 허름하고 침침한 창고 같은 곳에 사과 궤짝 같은 것을 몇 개 갖다 놓았는데 그것이 곧 밥상이요 침상이요 의자였던 것이다. 그리고 당시 임시정부를 이끌고 있던 이동녕 선생을 비롯하여 조소앙, 안창호, 아직 청년이던 김구 선생 등이 속된 말로 "굶기를 밥 먹듯" 하더라는 것이다.

그 때 유일하게 얼마간의 돈을 벌어들인 사람은 몽양 여운형(夢陽 呂運亨, 1886-1947)이었다. 그는 워낙 구변이 좋은데다가 여러 가지 외국어를 능란하게 구사했다. 중국말로 연설을 해서 상해의 수천 명의 청중을 통곡하게 한 일까지 있다고 하니 그의 언어적 천부를 가히 짐작할 수 있다. 여운형은 뛰어난 언어능력을 가지고 있는 덕분에 상해 전차회사에 취직할 수 있었다. 상해는 국제도시여서 전차의 경유역 안내 방송도 중국어, 영어, 불어로 해야 했는데 그 일에 여운형만한 적임자는 없었다. 그래서 일자리를 얻은 여운형이 하루 일당을 받아 호떡을 사 가지고 돌아오면 비로소 수십 명의 임시정부 요인들이 둘러앉아 끼니를 때울 수가 있었다…

벽에는 임시정부 요인들의 사진이 걸려 있었는데 그 중 유일하게 팔자수염을 기른 지사형의 인물이 보인다. 왼 쪽 눈은 똑바로 정면을 보고 있는데 오른 쪽 눈은 어딘가를 흘겨보는 이상한 눈길이었다. 아래 여백에는 신정(申檉) 선생이라 적혀 있었다.

"신정이라? 어떤 분이시죠?"

이화진 조교가 팔자수염을 가리키며 조용히 묻는 말에 조 교수가 설명을 한다.

"바로 신규식 선생이야. 며칠 뒤에 뵐 김택영 선생은 은일(隱逸) 선비형의 인물이라면 신규식 선생은 투사형의 선비인 셈이지. 난 개인적으로 신규식 선생을 더욱 숭앙한다네. 신규식 선생 역시 충절의 고향 충북 출신이지. 워낙 천성이 총명해서 세 살 때부터 한문을 배웠고, 열 두어 살 때에는 사서오경을 얼음에 박 밀 듯 외웠어. 후에 육군사관학교를 나와 육군 참위를 지냈지. 하지만 1905년 '을사보호조약'이 체결되자 그만 치솟는 분노를 이길 수가 없어 자결을 하려고 독약을 먹었지. 다행히 가족들이 눈치를 채고 구급을 해서 목숨은 부지했지만 시신경(視神經)이 잘못 되어서 오른 쪽 눈은 그만 흘개눈이 되고 말았어요. 그 후부터는 세상을 흘겨본다고 스스로 예관이라고 별호를 달았다네. 흘겨 볼 예(睨)에 볼 관(觀)이지. 1910년 8월 29일 '일한합병조약'이 체결되는데 이 어른은 또 비통함을 이기지 못해 독약을 먹는 거야. 다행이 대종교 종사 이종암에 의해 불행은 면하게 되지. 죽으려고 해도 죽을 수가 없는 질긴 목숨인지라 이젠 정신을 차리고 항일구국의 길에 나서야 하겠다, 아마 이런 생각을 했던가 봐. 1911년 신해년 봄에 압록강을 넘어 안동, 심양, 산해관을 거쳐 북경에 와서 잠깐 머물다가 다시 천진, 제남, 청도를 거쳐 상해에 오게 되지. 이때로부터 이름을 신정이라 고치는데 곧장 손중산 선생이 이끄는 동맹회에도 가담하구 무창봉기에도 참가하지. 우리 한국인으로는 신해혁명에 참가한 유일무이한 사람이니까 손중산 선생도 신정 선생을 일컬어 '나의 오랜 동지'라고 불러주었다네. 그 후의 활약은 더욱 눈부시지. 개밥에 도토리 신세로 고립무원한 처지에 떨어진 대한민국 임시정부를 위해 손중산 호법정부의 외교적 승인을 받아내기도 하구 운남, 귀주의 강무학당에 한국인 젊은이들을 입학시키는 등 눈부신 활약을 했어요. 이 어른은 시문에도 조예가 깊은지라 중국 남방에 있던 유명한 문학단체 '남사'에도 관여하면서 수많은 시문을 펴내요. 이 어른이 후세에 남긴 '아목루(兒目淚)'라는 시집과 "통언(痛言)"이라는 장편정론은 나라 잃은 우리민족의 설움과 원한, 국권회복을 위한 절절한 지향을 노래한 일세의 명작이라고 할 수 있지…"

"어이구, 기억력이 대단한데요. 조 교수님도 소시 적엔 '신동' 소리를 꽤나 들었겠네요."

하고 내가 옆에서 농담 반, 진담 반으로 혀를 차자

"혹시나 이 기념관에 취직이 될까 해서 한번 해설자 시험을 치러 본거지!"

하고 껄껄 웃으면서 농을 받았다. 조남철 교수는 한국의 명문사립 연세대학교 국문과 출신이라 나와는 같은 전공인 데다가 나이도 고작 한 해 선배여서 허물없이 농담을 주고받을 수가 있어서 좋았다.

여기서 신정 선생의 비장한 죽음에 대해 잠깐 이야기하지 않을 수 없다. 신정은 손중산의 혁명에 큰 기대를 걸었던 것인데 1922년 광동 군벌 진형명의 반란으로 손중산이 광주를 떠나자 "중국의 불행은 왜 이리 심한 가? 중산 선생이 심혈을 기울인 사업이 모두 수포로 돌아가누나! 이는 중국의 불행이요, 동시에 한국의 불행이다!" 하고 하늘을 우러러 탄식을 했다. 그 후 그는 25일 동안이나 침대에 누운 채로 단식을 하였는데 눈을 감고 있으면서 아무 말도 하지 않았다. 동지들은 너무 안타까워 그의 홍문으로 우유, 계란과 같은 영양제를 주사했다. 이 때 기진맥진해 있던 신정 선생은 갑자기 감고 있던 눈을 번쩍 떴는데 눈에는 노기가 번뜩거렸다고 한다. 신정 선생은 식음을 전폐한지 25일 만인 8월 5일 한 많은 세상과 작별하니 그의 나이 43세 밖에 아니 되었다. 그의 장례에는 그의 동지들과 상해 각계 인사 1천여 명이 참가한 가운데 장중하게 진행되었고 그의 유체는 상해 홍교로 만국공동묘지에 안장되었는데 몇 해 전 한국 서울 동작동 국립묘지로 이장되었다.

우리 일행은 두 손을 맞잡고 혁명의 선구자이며 시인인 신정 선생의 유상에 정중히 읍을 하고 나서 임시정부를 나왔다. 차를 마시던 상해 주민들이 이젠 구면이라고 시물시물 웃는다. 최 촬영사와 이 아가씨도 손을 흔들며 "바이바이" 하고 예쁘게 인사를 받았다.

임시정부 옛터를 둘러보고 잠깐 차 한 잔 마실 데가 있어서 좋았다. 임시정부 옛터 입구에서 왼 편으로 10여 미터 가면 선물가게 하나 있는데 그 가게 주인이 바로 연변대학 조문학부 류은종 교수의 막내 누이동생 류난숙씨. 늘씬한 키의 미인이인데 남색 기포(旗袍) 위에다 진회색 스프링코트를 덧입었다. 조금은 부석부석한 얼굴이지만 서글서글한 두 눈만은 내내 미소를 머금은 인상이다. 3년 전에 찾았을 때도 귀한 양주까지 들고 나와 맛있는 상해 요리를 푸짐하게 대접해 주더니 그 날도 우리 일행에게 시원한 냉커피를 내놓는다. 우리가 커피잔을 기울이는데 난숙씨가 느닷없이 사진을 한 장을 들고 나왔다.

"오빠, 이봐요. 우리 아가거든요. 잘 생겼죠!"

달덩이 같은 갓난애의 사진이다.

류은종 교수는 작년에 아들딸을 장가, 시집을 보내고 막내 누이동생까지 시집을 보냈다. 워낙 "꼬리 없는 소"로 이름난 류은종 교수인지라 일년에 큰 결혼잔치를 세 번이나 치르고도 꿈쩍 하지 않는다. 나는 류은종 교수의 호걸남아다운 얼굴을 떠올렸고 그분의 아들 결혼잔치 때 주례를 선 덕분에 이렇게 두 번씩이나 후한 대접을 받고 있음을 알 수 있었다.

"아무렴, 잘 생겼고말고! 그런데 어디 보세, 고추인가 보리인가?"

내가 공연히 사진을 보고 이리 뒤집고 저리 뒤집고 하니까 난숙씨가 뾰로통해서 사진을 채갔다.

"오빠두! 난숙이를 어떻게 보고 하시는 말씀이시오. 난 하나를 낳아도 사내녀석을 낳는다우!"

"아들이면 잘 되었구려. 임시정부에 마침 대통령자리가 비어 있던데."

조남철 교수가 한 술 더 뜨는 바람에 우리는 유쾌하게 껄껄 웃고 나서 다시 답사의 길에 올랐다. 자기도 차가 있으니 필요하면 몸소 핸들을 잡고 안내해 드리겠다는 류난숙씨가 고마웠다.

오빠라고 불러 주는 사람이 있어 상해가 대번에 고향에나 온 듯이 밝아지는 듯 싶었다.

## 3. 홍구공원에 나타난 이상한 남새 장사꾼

홍구(虹口)공원에 들어섰을 때는 저물녘이었다.

공원을 둘러 싼 고층빌딩 사이로 진분홍 석양이 비껴드는데 근방의 상해 주민들이 삼삼오오 모여 팔다리를 천천히 놀리며 태극권을 하고 있었다. 공원의 소로를 따라 한참 들어간즉 꽤나 큰 호수가 나타나는데 바로 호수 북쪽 기슭에 둥그런 자연석으로 만든 윤봉길 의사의 비석이 나타났다.

여기가 바로 한 조선의 의로운 젊은이가 폭탄을 투척한 자리이니 저 2, 3십미터 앞 잔디밭이 일본의 고관대작들이 무리죽음을 당한 자리이리라! 그 폭탄이 작열하는 굉음, 이 세상에 얼마나 큰 진동을 주었던가!

1931년 "9.18" 사변을 일으켜 만주국이라는 괴뢰정부를 세운 일본은 이에 대한 열강의 주의를 따돌리기 위해 상해거리에서 중국인이 일본인 승려를 살해하는 사건을 꾸민다. 이것이 발단이 되어 조계(租界)를 경비하던 일본군과 중국 19로군 사이에 전투가 발생한다. 1932년의 제1차 상해사변이다. 이 전투에서 불과 5만의 일본군에 15만의 국민당 군대가 무참한 참패를 당하고 밀려나게 되자 장개석 정부의 국제적 체면은 말할 것 없고 장개석 개인의 위상도 땅에 떨어졌다.

그 때로부터 3개월 후인 1932년 4월 29일 일제는 홍구공원에서 일왕 히로히토의 생일인 소위 천장절(天長節) 축하기념행사와 함께 상해사변 전승축하식을 일본 관민이 합동으로 거행하게 되었다.

이 소식에 접하자 흥분을 감추지 못한 것은 임시정부의 김구와 그의 지휘를 받고 있었던 윤봉길이었다. 김구는 김홍일로 하여금 상해병공창(上海兵工廠) 창장 송식표(宋式驫)와 교섭하게 하였다. 이에 상해병공창은 고성능의 폭탄을 물통과 도시락에 장치하여 주었다.

사전에 윤봉길은 남새장사(野菜商)로 가장하고 홍구공원 근처를 배회하면서 전승축하식이 열린다는 식장의 거리와 거사할 위치 등을 면밀히 조사하고 준비했다. 그리고 김구는 윤봉길에게 일본식 양복과 시계를 사주는 한편 시라카와 대장의 사진과 일장기 등도 준비케 하였다.

드디어 4월 29일이 되었다. 이 날은 이른 아침부터 식장을 보병, 기병 부대들이 겹겹이 에워싸고 경비를 펴고 있었다. 중국인은 물론 외국인도 초대장 없이는 입장할 수 없는 삼엄한 경계망을 뚫은 윤봉길은 어깨에는 물통을, 양손에 도시락과 일장기를 각각 들고 일본인 부자로 가장하여 무사히 입장하는데 성공하였다.

이윽고 축하식이 시작되자 군중 속에 끼여 있던 그는 전면 중앙의 사열대를 향하여 서서히 접근했다. 식이 끝날 무렵 천왕폐하 만세를 부르려는 찰나에 사열대를 향해 뿌린 물병 폭탄이 폭발했다. 천지를 진동하는 폭음과 함께 식장은 아수라장이 되었다.

이 의거로 가와하시(河瑞) 상해거류민단장은 즉사하고 시라카와(白川) 상해 주둔군사령은 중상을 입고 입원했다가 곧 죽었으며 그 외 10여 명의 일본 문무고관들이 사망 또는 중상을 당했다. 훗날 미주리함에서 맥아더 사령관 앞에 목발을 짚고 쩔뚝거리며 나아가 항복조인문서에 서명을 한 일본 외무대신 시게미쓰(重光)가 외다리가 된 것도 바로 이때였다. 그리고 수치를 모르는 일본에서는 지금도 시라카와 대장을 영웅시하고 있는데 그 당시 그가 군복 밑에 받쳐 입었던 흰 와이셔츠는 갈기갈기 찢어진 대로 도쿄의 야스쿠니진쟈(靖國神社)에 전시되어 있다.

이 홍구공원의 의거는 세계 각 국의 큰 반향을 불러 일으켰다. 국제적으로 우리민족의 항일투쟁이 계속되고 있음을 과시하였고 특히 중국인들에게는 보다 큰 충격을 주어 장개석 위원장은 "중국의 10만 군대가 하지 못한 일을 조선청년 윤봉길 혼자의 힘으로 해냈구나. 참으로 장하다!" 하고 개탄을 했고 마침내 이를 지휘한 김구 선생과의 면담을 자청하게 된다. 1933년 5월의 일이다.

백범 김구 선생과 장개석 위원장이 일대일로 필담을 나누는 장면이 《백범일지(白凡逸志)》에도 나온다. 두 분이 만난 것은 남경의 중앙육군군관학교 구내에 있는 장개석 위원장의 자택에서였다. 그 자리에서 김구 선생이 "선생께서 백만금을 주신다면 2년 내에 일본, 조선, 만주 세 방면에서 폭동을 일으켜 일본의 대륙침략의 다리를 끊어버릴 터이니 어떻게 생각하시오?" 하고 중국의 지원을 요청한다. 그러자 장개석 총통은 자세한 계획서를 써 보여 달라고 하면서 적극성을 보인다.

계획서를 적어 보이자 장개석 위원장이 "천왕을 죽이면 천왕이 또 생겨날 것이요, 대장을 죽이면 대장을 또 만들어낼 것인즉 당신들의 독립전쟁을 위해서는 무관을 양성하는 것이 어떻겠소?" 하고 제안을 한다. 이에 김구 선생은 이야말로 "불감청고소원(不敢請固所願, 감히 청들 수 없었지만 이야말로 우리가 바라는 바입니다)"라고 하면서 반가워한다.

이리하여 임시정부 측은 중국 중앙육군군관학교 낙양분교(洛陽分校)를 넘겨받아 우리민족의 무관양성소로 삼게 된다. 이 군관학교는 김구와 이청천(李靑天)을 책임자로 이범석(李範奭)을 대장으로 92명의 조선인 젊은이들을 받아들이는데 일본의 간섭으로 1935년 4월 문을 닫게 되지만 이때 양성한 투사들이 광복군의 주축으로서 맥을 잇게 된다.

아무튼 이때부터 임시정부는 중국의 국민당 정부로부터 재정지원을 받게 되어 다시 활기를 띠게 된다. 아울러 중국과 임시정부는 일본에 대항하여 연대를 이루게 되고 중국 측은 "일본의 제국주의를 박멸하는 중국의 양책(良策)은 한국 임시정부를 승인함에 있다"는 분명한 입장을 표명하게 된다. 윤봉길 의사의 희생적인 의거로 말미암아 한중합작의 기반이 마련된 것이다.

윤봉길의 의거가 있은 후 김구 선생은 일제가 상해에 살고있는 전체 한민(韓民)과 상해 시민들에게 보복할 수 있다는 점을 우려해서 "내 이름은 김구요, 올해 57세다. 나는 조국을 구하기 위해, 우리 국민의 영원한 자유를 쟁취하기 위해 끝까지 싸울 것이다…"라고 성명을 발표한다. 일본은 60만 냥의 현상금을 걸고 김구 선생을 잡으려고 했지만 그들의 의거는 중국 국민당정부와 민간의 깊은 동정과 지지를 받게 된다. 임시정부는 상해 부근에 있는 가흥(嘉興)과 항주(杭州)로 옮겨 앉게 되고 김구 선생 등은 강소성 주석 진과부(陳果夫)의 알선으로 절강성 전임 주석 저보성(褚輔成)의 자택에 피신하게 되는데 생각 밖으로 거기서 4년이나 지내게 된다. 후에 김구는 해염현(海鹽縣)의 남북호(南北湖) 기슭에 있는 재청별장(載青別墅)에 숨어살게 된다. 1995년 해염현 정부에서는 재청별장을 다시 수선해 거기에 《김구피난처(金九避難處)》라는 기념관을 차렸다고 하는데 금번의 답사 계획에 없어 가볼 수 없음이 심히 유감스러웠다.

## 4. '따스가' 뒷골목의 '얘지'들

1942년 6월 11일 저녁, 영국 군함 '나미지스호'가 가만히 양자강하구에 기어들어 상해와 12해리 떨어진 오송포대(吳淞砲臺) 부근의 바다에 정박했다. 며칠 후 상해는 영국군의 위협과 폭격을 이기지 못해 문호를 개방

하지 않을 수 없었다. 동년 11월 영국정부에서 파견한 제1임 상해영사관 죠지 바일프 상위는 배를 타고 상해에 들어왔다. 그가 맨 처음 한 일은 바로 영국 상인들이 자리잡고 상업과 무역을 할 수 있는 땅을 찾는 작업이었다. 바일프 상위는 금시 상해의 현지 관리들의 도움 밑에 상해 주민들이 아예 거들떠보지 않고 내버려왔던 갯벌을 발견하게 된다. 바일프 상위는 "군인"일 뿐만 아니라 "이해타산에 밝은 상인"인지라 이 무연한 갯벌에다 근동을 지배할 수 있는 영국의 발판을 만들려고 했다. 이에 앞서 미국의 대리 영사 헨리 후크도 이 가없이 펼쳐진 갯벌에 눈독을 들이게 되었으니 이리하여 여기에 조계지가 들어서게 되었던 것이다. 그 후 1942년 8월의 "중영남경조약"을 거쳐 상해는 구미 열강과의 무역을 위한 개항장이 되었고 상공업도시로 급속히 발전하여 중국 제1의 도시로, 나아가 아세아에서도 가장 큰 도시로 된다. 1954년 영국, 프랑스, 미국은 서로 결탁해 제멋대로 〈토지장정〉을 제정하고 공부방(工部房)과 순포방(巡捕房)을 설립하는데 이로써 상해의 조계지는 그야말로 대청국(大淸國)의 국중지국(國中之國)으로 되었다.

20세기 초반에 와서 상해는 발전을 거듭해 중국의 경제·무역·금융의 중심으로 되며 "자유의 땅"으로, "모험가의 낙원"으로 동양에 널리 알려지게 된다. 하여 20세기 초 일제에 의해 나라를 빼앗긴 조선의 정치인들과 문학인들은 상해를 동경하였으며 이 곳을 동산재기(東山再起)의 발판으로 삼게 되었다. 1919년 4월 대한민국임시정부의 성립을 전후로 더욱 많은 정치인들과 문학인들이 상해에 들어왔다.

이 시기 상해에 들어와 활동한 대표적인 문학인들로는 신정, 이광수, 주요섭, 최상덕, 김광주 등을 들 수 있겠고 취재, 여행 등으로 상해에 왔다가 글을 남긴 문학인들까지 헤아리면 무려 수십 명에 이른다. 이들은 시, 산문, 소설 등 장르를 통해 상해의 세태와 인정, 상해바닥에 들어온 조선 인들의 다양한 삶과 표정을 리얼하게 다루고 있다. 여기서는 상해를 배경 으로 하고 있는 주요섭과 김광주의 소설들을 잠깐 둘러보자.

주요섭(朱耀燮, 1902-1972)은 평양 출신인데 그 가문이 꽤나 잘 살았던 가 보다. 주요한, 주요섭 두 형제가 선후로 상해에 와서 유학을 했으니 말 이다. 주요섭은 형 주요한의 뒤를 따라 1920년 중국에 오는데 소주 안성 중학교 3학년에 편입되었다가 상해 호강대학교 중학부에 옮겨 앉는다. 그 는 1927년 호강대학교를 졸업할 때까지 상해에 머물러 있었다. 20대 좌우 의 젊은 나이에 상해에서 7, 8년 간 지낸 주요섭의 눈에 비친 상해는 어떠 할까? 그의 단편 〈살인〉은 윤락가에 몸을 던진 한 기생의 삶을, 〈개밥〉은 가정부의 비극을 그리고 있다면 〈인력거꾼〉은 인력거꾼의 불우한 운명을 다루고 있다.

여기서 먼저 김성의 기행 〈상해의 여름〉에 나오는 한 장면을 보자. "상 해의 여름은 몹시 덥다. 내복만 걸치고 가만히 방안에 앉았어도 땀이 좔좔 흘러내리는 때가 많다. 밤에 자려고 자리에 누우면 가슴이 턱턱 막히고 등 골에서 땀이 줄줄 흐르고 한다. 오후 거리에 나가 걸으면 콜타르칠을 한 행길이 물큰물큰하고 반사하는 태양열이 홧홧 얼굴에 치받친다. 어떤 때 는 손님을 태워 끌고 비지땀을 흘리며 달리는 인력거부들이 길 가운데서 일사병에 걸려 푹푹 거꾸러지거나 죽은 노동자가 많다. 그러면 그 인력거 를 타고 있는 백인종은 뻘떡 내려서 혀를 가로 물고 죽은 불쌍한 사체를 발길로 한번 툭 차고는 제 갈 길을 간다."(《개벽》 36호)

이러한 불쌍한 인력거꾼을 주요섭은 작품의 주인공으로 다룬다. 그의 단편 〈인력거꾼〉의 주인공은 아찡이다. 그는 어려서부터 시골집에서 남의 집 심부름을 했고 상해에 와서는 공장에 들어갔다가 거기서 쫓겨난 후에 인력거를 끌게 된다.

"아찡이와 쭐투(돼지)라는 별명을 가진 동거지 뚱뚱보는 어두컴컴한 부엌 속으로 들어가 둥그런 탁자를 가운데 놓고 뒷받침 없는 걸상에 삥 둘러앉은 때 묻은 옷 입은 친구들 틈에 끼어 앉아서 떡 두 개씩과 꺼룩한 미음을 한 사발씩 먹고는 쩔렁쩔렁한 전대 속에서 동전을 여섯 푼씩 꺼내서 탁자 위에 메치고 코를 힝힝 아무데나 풀어 부치면서 거리로 나왔다."

하루 일이 시작되는 대목인데 상해 인력거꾼들의 생활을 얼마나 리얼하게 보여주고 있는가! 인력거를 끄는 일은 중로동인지라 9년 이상을 하면 지쳐 죽기 마련이다. 이런 점을 아찡이도 모를 리 없건만 입에 풀칠이라도 하자면 죽든 살든 인력거를 끌어야 했다. 마침내 아찡이는 일에 지쳐 죽게 되는데 이를 지켜보던 동료들이 주고받는 말이 오히려 걸작이다. "무얼요. 저 죽을 때가 다 돼서 죽었군요. 팔년 동안이나 인력거를 끌었다니깐요. 남보다 한 일 년 일찍 죽은 셈이지만 지난 번 공보조사에 보면 인력거를 끌기 시작한지 9년 만에 모두 죽는다고 하지 않았습니까?" 이처럼 주요섭은 상해의 인력거꾼들, 보통 최하층 서민들의 생활을 동정 어린 필치로 묘사하고 냉혹한 사회 심리를 넌지시 야유, 조소하고 있다. 이 소설은 중국 현대작가 노신의 〈사소한 사건〉(1920)이나 욱달부의 〈제전(祭奠)〉(1924)과 소재의 유사성을 보이고 있어 비교문학적 조명을 요청하나 차후에 다른 글에서 다루어야 하겠다.

주요섭이 상해를 무대로 중국인 서민들을 주인공으로 다루고 있다면 김광주(金光洲, 1910-1973)는 상해를 무대로 각양각색의 조선인들을 주인공으로 내세우고 있어 더욱 주목된다. 김광주는 경기도 수원 태생인데 1933년 중국의 길림을 거쳐 상해에 와서 남양대학 의학과에 입학해 재학시 동인지 《보헤미안(방랑자)》을 발간했고 1935년에 남양대학을 중퇴하고 1945년까지 민족독립의 길을 찾아 화남, 화중 등지를 전전하다가 광복을 맞아 서울로 돌아간다. 그는 1930년대 중반, 당시 지식인들의 불안과 고뇌를 다룬 단편 〈남경로의 창공〉, 상해에 굴러 들어온 조선인 나그네의 기구한 운명과 애환을 넉넉한 익살과 해학으로 다룬 〈북평서 온 '영감'〉, 조선인 창녀 이쁜이의 비극적인 운명을 다룬 단편 〈얘지(野鷄)〉 등을 발표했다. 그 중 서간체로 쓴 〈예지〉가 대표작인데 이 소설의 배경은 상해의 유명한 '따스가(大世界)'이다.

우리 일행을 태운 전용버스가 '따스가'에 이르렀을 때는 오전 10시경.

'따스가'란 일세를 풍미했던 상해의 유명한 유흥업소의 이름이요, "얘지"란 그 뒷골목에 늘어서서 웃음을 팔고 있는 창녀들을 말한다. 따스가는 중국의 유명한 현대 작가 모순의 장편소설 《밤중》이나 신감각파에 속하는 류납구(劉納毆), 시집존(施蟄存), 묵시영(穆時英)의 소설에도 자주 나오지만 지금도 회색 종탑 모양의 따스가 건물은 그 주변의 화려한 고층빌딩 사이에 웅크리고 서있는 늙은 창녀의 모습처럼 서있다. 80여 년 전 이 따스가 뒷골목은 아편 냄새, 술 냄새가 진동하고 마작을 뒤섞는 소리가 요란한 가운데 "다이커(大客)", "얼커(二客)" 하며 손님의 팔목을 잡고 늘어지는 창녀들로 넘쳤다고 한다. "다이커"란 아편을 먹으러 오는 손님이요 "얼커"란 여자 맛을 보려고 오는 손님이다.

바로 이 상해거리의 창녀들 속에 한 가냘픈 조선인 창녀가 있었으니 그 이름은 이쁜이란다. 어느 날 이쁜이는 서울에 살고 있는 송아지친구 명숙이로부터 "상해로 신혼여행을 떠날 작정이니 부두까지 마중을 나올 것은 말할 것도 없고 약 삼 주일 예정이니 두루두루 구경을 잘 하도록 안내를 해 달라."는 편지를 받는다. 하지만 이쁜이는 그 편지를 갈기갈기 찢어 던진다. 왜냐하면 이쁜이가 상해의 어느 여자대학 영문과에 다니면서 문학을 공부하고 있다는 것은 멀쩡한 거짓말이기 때문이다. 그녀는 "박쥐와 같이 낮에는 잠자고 밤이 깊어 온 세상 사람들이 단잠을 잘 때면 회박을 뒤집어 쓴 것 같이 진한 분 때문에 윤곽조차 비틀어진 것 같은 기괴망측한 얼굴에 음탕한 웃음을 짓고 상해의 한 복판에 저 따스가 뒷골목에서 출발하여 오고가는 행인의 팔목을 지근거려 하룻밤의 고깃덩이 임자를 낚시질하는 신세다. 온 세상 사람들이 천하다 더럽다 침 뱉고 손가락질하는 '애지'가 되어버린 것이다."

이쁜이는 계속 편지를 써내려 간다.

"그러나 나는 이 편지를 마지막으로 세상의 누구에게도 내 사정을 호소하거나 애원하지는 않을 것이다. 나는, 나는 반드시 원수를 갚고야 말겠다. 돈 오백 원에 오 년 동안 어떤 놈이든지 상대해 주어야 한다는 조건이었으니 아직도 삼 년, 이 긴 세월을 이렇게 지내다가는 나는 뼈만 남고 말 것이다. 그 안에 나는 무슨 짓이라도 해서 내 몸을 빼내고야 말겠다. 소설도 시도 미지근한 세상의 동정도 나는 싫다.

돈, 돈만이 나를 구할 수가 있다. 나는 그것을 똑똑히 알았다. 어차피 이리된 바에야 내 몸은 어찌되든 좋다. 그 대신 어느 놈이든 든든한 놈이 걸리면 나는 덮어놓고 바가지를 씌워 내 몸값을 해주고 시원스럽게 이 곳을 떠나겠다. 그야말로 굴레 벗은 말 같이, 들을 훨훨 싸지르는 닭의 떼 같이 돈으로 계집의 몸을 저며 가는 사내놈들, 나도 돈으로 사람을 살 것이고 남편을 살 것이다.

홍! 누가 나더러 남의 아내가 될 자격이 없다고 할 것이냐? 정말 귀여운 아들딸을 두 팔에 하나씩 안고 하루라도, 다만 한시라도 에미 노릇을 하다 죽고 싶다…"

얼마나 감동적인 소설이냐? 이국의 땅, 상해의 밑바닥에서 뒹굴면서 모진 수모와 굴욕을 당하면서도 인간의 자존과 여자의 꿈을 잃지 않는 이쁜이, 그녀의 구슬픈 이야기를 안고 우리 일행은 따스가를 떠났다.


## 5. 도도히 흐르는 양자강을 넘으면서

상해 중심을 벗어나 서쪽으로 40여 분 달리매 양장강기슭에 닿았다. 그야말로 끝없이 펼쳐진 양자강이다. 어디가 대안이며 어디로 흘러가는지 알 길 없다. 하늘을 삼킬 듯이 출렁이고 용솟음치는 황토 빛 물의 세계일뿐이다.

마침 대형화물선이 나루터에 닿아 널찍한 잔교를 펼쳐놓았다. 손님을 실은 버스며 짐을 만재한 트럭들이 우당탕거리며 잔교를 타고 천천히 화물선에 올라갔다. 우리가 탄 소형버스도 첫날 색시처럼 얌전하게 화물선에 올라가 한 구석에 자리를 잡았다.

우리 일행은 촬영 기자재들을 나누어 들고 다짜고짜 층계를 타고 갑판 위에 올라갔다. 갑판 위가 아니라 화물선 선장실 옥상이라고 해야 할 것이다. 그제야 저 멀리 오고가는 배들이 보이고 아슴푸레 대안의 남통땅이 보이는 것만 같다.

저기 양자강 하류 쪽, 출렁이는 물결 위로 허름한 돛배 한 척이 환각처럼 나타난다. 때는 1905년 9월, 멀리 조선반도에서 떠난 돛배 한 척이 힘겹게 양자강 파도를 타고 거슬러 올라온다. 뱃머리에는 흰 도포를 입은 50대 중반의 선비가 앉아있다. 그가 바로 구한말의 선비 창강 김택영이다.

누구를 믿고 만리 바닷길을 헤치고 양자강을 거슬러 남통땅을 찾아오는 것인가? 김택영은 남통에 있는 중국인 친구 장건의 초청을 받고 오는 길이다. 그렇다면 김택영은 누구이며 장건은 누구인가?

김택영(滄江 金澤榮, 1850-1927)은 조선 경기도 개성부에서 태어났는데 7살 때부터 한문과 유가 경전을 읽었고 17살 되던 해에는 서울에 올라가 성균관초시(成均館初試)에 합격함으로써 시적 재능을 과시한다. 김택영은 젊은 시절 중국의 역대 문장가들의 글을 널리 읽고 조국의 산천을 돌아보면서 적잖은 시편과 문장들을 씀으로써 영재 이건창(寧齋 李建昌), 매천 황현(梅泉 黃玹)과 더불어 조선왕조말기를 대표하는 "3대 시인의 한 사람"으로 평가받는다.

1983년 여름 김택영은 서울에서 우연히 장건(張謇, 1853-1926)이라는 중국인을 만난다. 그렇다면 장건이라는 사람은 조선에는 어떻게 왔을까? 1982년 대원군이 정변을 일으키자 천진에 가서 조미조약 관련 담판에 참여했던 김윤식은 비밀리에 민비와 짜고 들어 청나라 군사를 조선에 끌어들인다. 이리하여 1983년 여름, 오장경(吳長慶)이 군사를 이끌고 조선에 들어오게 되는데 그의 막료로 장건이라는 사람도 조선에 들어오게 된다. 바로 이 장건이 후에 중국의 근대 방직업을 개척하고 정계, 실업계의 거물로 부상할 줄이야! 아무튼 김윤식은 한참 명성을 날리고 있던 시인 김택영의 시집을 장건에게 선물했다. 장건은 시집을 보고 찬사를 아끼지 않았다. 그 후 김택영은 김윤식의 소개로 청나라 군영에 가서 장건과 더불어 반나절이나 필담을 나누게 되는데 그 자리에서 장건은 조선에 함께 와 있던 자기의 실형 장찰(張察)을 소개해 주기도 한다. 이튿날 장건은 김택영에게 복건에서 나는 인석(印石) 3점과 휘주(徽州)에서 나는 송연묵(松煙墨) 2점을 선물하면서 너무 늦게 알게 된 것을 아쉬워한다. 김택영 역시 풍채가 늠름하고 인품이 호방하고 의로운 장건에게 깊이 매료된다.

김택영이 다시 장건을 찾은 것은 그때로부터 12년이 지난 1905년. 조선이 하루가 다르게 일본의 식민지로 전락되고 있음을 보게 된 김택영은 나라 잃은 백성으로 추접스럽게 조선에 눌러 살 수 없었다. 그는 명나라 유민 주순수(朱舜水)가 군사를 잃고 일본에 망명한 것처럼 중국에 가서 살려고 했다. 사람을 띄워 청나라 공관에 가서 장건의 소식을 탐문하고 장건에게 보내는 편지를 맡겼는데 얼마 후 장건의 답장을 받게 된다. 이리하여 김택영은 부인과 딸을 데리고 상해를 바라고 배를 타게 된 것이다. 천신만고 끝에 남통에 이른 김택영은 1905년 10월 3일 통해실업장방(通海實業帳房)에서 장건과 만나게 되는데 장건은 오랫동안 갈라졌던 친형제를 만난 것처럼 기뻐했다. 장건은 형 장찰과 함께 김택영에게 저택을 마련했고 남통한묵림서국(南通翰墨林書局)의 편교(編校)로 일하게 했다. 여기서 김택영은 1927년 한 많은 생애를 마칠 때까지 무려 22년 간 오로지 뜻을 조국의 국권회복에 두고 민족혼을 일깨워 주기 위해 우리민족의 문화유산을 정리, 출판하면서 수많은 시와 산문, 사서를 편찬, 출판한다. 특히 그의 시문은 당대 중국사람들 모두의 숭앙의 대상이 되었으며 청말의 강유위(康有爲), 정효서(鄭孝胥)에 비하기도 하였으니 그 문학적 재능과 학문의 깊이를 가히 짐작할 수 있다.

김택영은 1927년 봄 아편을 먹고 자살을 하는데 그의 죽음에 대해서는 여러 가지 설이 떠돌고 있다. 최근 복단대학 역사계의 추진환(鄒振環) 교수는 〈김택영과 근대 중한문화교류〉라는 논문에서 김택영이 자살한 원인을 새롭게 풀이해서 학계의 주목을 받았다. 한 구절을 인용해 본다.

"양소전(楊昭全)은 '중조문화교류'라는 책에서 '김택영이 자살한 것은 1927년 장개석이 4.12반혁명정변을 일으켰기 때문이다. 북벌이 요절되고 중국혁명의 정세가 급전직하로 험악해지자 김택영은 중국혁명도 희망이 없고 조선의 국권회복도 묘연하다고 느끼고 비분을 참을 길 없어 자살했다.' 라고 했다. 이는 그릇된 기술이다. 이렇게 잘못 기술한 것은 김택영의 장례가 1927년 5월 7일 거행되고 장찬의 제문(祭文)도 민국 16년(정묘) 사월 초엿새 날(5월 6일)에 작성되었기 때문이다.

그런데 필자는 1927년 4월 5일 제2판의 동아일보에서 〈김택영씨 서거〉라는 소식보도를 찾았는데 김택영은 3월 30일 죽은 것으로 되어 있었다. 기실 김택영의 자살은 벌써 계획된 것이었다. 그는 죽기 몇 달 전에 자신의 수염과 머리칼을 잘라 주머니에 넣어 두었으며 자신이 죽으면 고향에 가져다 부모님의 무덤 곁에 묻어달라고 유언했다. 뿐만 아니라 부고 한 장을 써서 탁상 위에 놓아두었다. 그런즉 그의 자살은 장개석이 일으킨 4.12정변과는 직접적인 관계가 없다.

김택영의 자살을 초래한 원인은 아주 많다. 잠재울 수 없는 이지와 감정의 충돌, 장개석 정부에 대한 실망과 나라를 찾을 수 있는 희망의 묘연함, 의관이 다르고 언어가 통하지 않는(衣冠不同, 言語不通) 남통에서 장기간 살면서 느낀 고독과 외로움은 모두 그가 자살의 길을 택한 원인들로 되겠지만 그 직접적인 원인은 그가 '한사경(韓史綮)'을 출판한 후 조선학술계에서 지나친 거부반응을 보인 데 있다."

얼핏 보아도 추진환 교수의 분석과 추리에도 문제가 있다. 그가 중요한 근거로 삼고 있는 동아일보 기사가 남통 현지의 기사와는 1개월이나 앞서고 있어 신빙성이 없기 때문이다.

아무튼 남통사람들은 김택영의 죽음을 더없이 슬프게 생각했다. 1927년 5월 8일《남통보》문예부간에는〈김창강 선생의 묘소를 낭산에 쓰다(金滄江先生出殯狼山)〉라는 소식이 실렸는데 이 글에 의하면 이 지역 사람들은 중국에 와서 22년 동안 살다가 돌아간 한 조선의 선비를 위해 장중한 장례식을 가졌다고 한다. 시내에 있는 공선당(公善堂)에 김택영의 영당(靈堂)을 세웠다. 김택영의 영구를 내가는 날 불교 스님들이 염불하며 길을 인도하고 멀리 강서, 상해에서 온 수많은 조문객들과 남통 시민들이 긴 행렬을 이루었다. 물론 그의 영구는 그분 자신의 조국을 바라볼 수 있도록 양자강을 앞에 둔 경관이 수려한 낭산 기슭에 묻었다.


## 6. 김택영 선생의 일화

마침내 우리가 탄 화물선이 대안에 닿았다. 강물에 철썩이는 잔교를 타고 뭍에 오르매 이 화물선을 타고 다시 상해로 갈 승용차, 버스, 트럭들이 장사진을 치고 있었다. 다리를 시급히 놓아야 하겠지만 이 망망대해와 같은 양자강 하류에 어떻게 다리를 놓는단 말인가? 건축가도 아닌 내가 부질없는 걱정을 하는 사이에 우리를 태운 소형 버스는 남통시 구내로 들어가고 있었다.

남통시는 양자강 기슭에 자리를 잡아 그야말로 강남의 대표적인 어미 지향일 뿐만 아니라 중국 근대 방직업의 본산지로 유명하다. 하지만 양자강

삼각주의 인구가 상해에 집중되고 모든 산업 역시 상해에 집중되다 보니 남통시는 오히려 한적한 소도시의 모습이다. 마침 우리의 기사님이 남통 출신이라 그의 말에 의하면 현재 남통시의 인구는 10만 안팎이라고 한다.

우리 소형버스가 서서히 남통시 도서관 구내로 들어서는데 관운장처럼 주홍빛 얼굴에 눈썹이 짙은 60세 안팎의 중늙은이와 함께 학자풍의 야윈 체구의 남성, 그리고 곱살하게 생긴 30대 중반의 여성이 마중을 나온다. 관운장처럼 생긴 양반, 분명 20년 전에 만났던 사람 좋은 류도영 선생이다. 선생도 나를 알아보고 "아야, 쓰 찐로스바?(어이구, 이게 김 선생 아닌가?)" 하고 나의 두 손을 부여잡고 반가워 어쩔 줄을 모른다. 류도영 선생이 소개를 하는데 학자풍의 야윈 체구의 남성은 남통전문대학의 담 교수이고 곱살하게 생긴 30십대의 여성은 남통도서관 직원이라고 한다.

류도영 선생은 한평생 남통시도서관 사서(司書)로 근무하다가 작년에 정년을 맞았는데 이 지역에서 제일 먼저 김택영을 연구한 전문가다. 20대의 젊은 시절부터 김택영의 인간과 문학에 매료되어 그의 유적과 문집을 발굴, 정리하면서 김택영의 무덤을 지켜온 사람인데 그가 쓴 〈강소근대출판역사의 아름다운 이야기〉와 같은 글은 후에 많은 연구가들이 자주 인용하는 논문으로 되었다.

도서관 2층 회의실에서 미리 차려놓은 다과를 들고 나서 비좁은 대로 소형버스에 탑승해 김택영의 고가로 향했다. 김택영의 고가는 남통시 중심에 있었는데 길 건너편에 청색 벽돌담을 높이 두른 장건기념관이 자리를 잡고 있었다.

20년 전 찾아왔을 때, 김택영 선생의 고가는 낮다란 단층 민가들 속에 그야말로 군계일학처럼 청기와지붕을 날리면서 우뚝 서있었으나 어느 사이 주변에는 고층빌딩이 들어서서 조금은 초라하게 보였다. 낮은 솟을대문 옆에는 "남통시문물보호단위-김택영고거(金澤榮故居)"라는 흰 대리석 현판이 붙어있었다. 류도영 선생이 앞장을 서서 허름한 대문을 따고 들어가매 청기와를 얹은 소담한 3간 집이 보인다. 여기 집들이 대개 그러하겠지만 중간 칸은 부엌이고 양쪽은 침실로 되어 있었다. 김택영 선생의 고가역시 중간 칸은 부엌이고 오른 편 칸은 모녀가 쓰던 침실이요, 왼 편은 김택영 선생이 기거하던 침실 겸 서재라고 한다.

류도영 선생이 북경표준어를 구사하려고 애를 쓰면서 자상히 설명한다.

"바로 이 왼쪽 방에 창강 선생께서 기거했지요. 그런데 이 방만은 워낙 구들을 놓았고 굴뚝이 있었어요. 창강 선생께서는 절대로 부인과 딸과 더불어 음식을 드는 법이 없었습니다. 언제나 자기 서재에서 독상을 받고 식사를 했습니다. 노소 3대가 밥상에 빙 둘러앉아 식사를 하는 이 곳 사람들에게는 참으로 있을 수 없는 진풍경이라 이웃집 애들이 늘 문틈에 박 열리듯 매달려 들여다보곤 했지요. 언제나 흰 도포를 입고 올방자를 틀고 앉아 점잖게 식사를 하는 노인네의 모습과 부엌에서 궁색하게 따로 식사를 하는 모녀간의 모습이 이 동네 애들에게는 참 재미있게 보였던 거지요."

내가 류도영 선생의 말을 한국어로 통역을 하자 익살스러운 조남철 교수는

"만리 이역에 살면서도 양반의 체통만은 지키면서 살았구려! 하지만 부인과 따님은 선생을 모시느라고 좀 힘들었겠는걸!" 하고 농담을 했다.

다시 대문 밖으로 나오자 류도영 교수가 말을 이었다.

"이 집에서 한묵림서국으로 가는 길은 두 갈래가 있었답니다. 왼편으로 가로질러 가는 작은 골목길이 있었고 다른 하나의 길은 저 앞에 있는

장건 선생 기념관 쪽으로 갔다가 좌로 꺾어드는 큰길이었지요. 왼 편 골목 길로 한묵림서국으로 가는 편이 가까웠지만 창강 선생은 언제나 흰 도포를 입고 큰길로만 출퇴근을 하셨답니다. 흰 도포를 입고 왼눈 한번 팔지 않고 큰 걸음으로 걸어가는 모습을 보고 남통사람들은 모두 그이를 성자처럼 우러러 보군 했지요.”

내가 역시 통역을 하자 조남철 교수는

“아무렴, 대도는 무문(大道無門)이요, 군자는 대로행(君子大路行)이니까!”
라고 하는 것을 내가 다시 중국어로 통역을 하자 류도영 선생은 “옳은 말씀이에요!(您可說對了!)” 하고 엄지손가락을 내들더니

“우리도 큰길로 갑시다!”
하고 앞장을 서서 장건기념관으로 휘적휘적 걸어갔다.

류도영 선생은 장건기념관에 이르자 우리 일행을 잠깐 문밖에서 기다리게 하고 안으로 들어가더니 관리인과 교섭을 한다. 한국에서 온 사람들인데 장건 선생과 창강 선생, 그리고 우리 남통시를 한국에 알리는 좋은 일을 한다, 그런즉 무료로 입장케 해야 하고 촬영도 마음대로 하게 하라는 것이다. 입장료는 일인당 5원, 우리 선조인 김택영 선생을 극진히 대접한 분의 기념관을 찾았으니 5원이 아니라 열 배, 백 배의 사례금을 내야 하겠지만 류도영 선생의 호의를 물리칠 수 없어 그야말로 칙사 대접을 받으면서 기념관을 마음대로 돌아볼 수 있었다.

기념관 대청 중앙의 높은 단 위에 장건 선생의 흰 석상이 모셔져 있는데 훤한 이마, 짙은 눈썹, 형형한 눈빛은 중국 근대의 일대 인물임을 알 수 있겠다. 장건은 만청시기 장원이며 입헌파의 영수였다. 조선에 갔다가 중국에 돌아온 그는 근대 산업을 발전시켜야 할 필요성을 절감하고 우선 방

직업과 철강업을 일으켜 세우려고 하였다. 그는 무려 18개의 기업소를 경영하고 별도로 9개의 회사에 투자했으며 민족의 권익을 해치지 않는 전제 하에서 대담하게 외자를 유치했다. 제1차 대전 기간, 서방의 여러 제국주의 열강들이 전쟁에 휘말려들어 중국에 대한 침략을 늦춘 기회를 타서 그는 대대적으로 산업을 부흥시켰다. 특히 장건이 경영한 남통대생(南通大生)이라는 제사공장은 세상에 이름을 떨쳤는데 그 산하의 제1, 2 공장만 하더라도 1921년까지 1,600여 만 냥의 이윤을 창출했다. 하여 "남방에는 장건, 북방에는 주학희(朱學熙)"라는 말이 생길 정도로 장건은 중국 방직업의 절반을 지배하고 있었다. 빈불삼세, 부불삼세(貧不三世, 富不三世)라 하더니 장건의 기업도 1920년대 중반부터 내리막길을 걷게 되었다. 하지만 그는 지금도 남통이 낳은 걸출한 인물로 길이 추앙을 받고 있었다.

기념관에는 장건 생전에 쓰던 안경, 붓과 같은 유품이며 그의 필적이 고스란히 남아있는 족자들이며 그리고 손중산, 원세계, 양계초, 엄복 등 근대의 거목들과 교유하면서 남긴 귀중한 사진들이 걸려있었다. 그 가운데 창강 김택영의 사진이 있어 더욱 반가웠다. 갓을 쓰고 흰 도포를 입은 정중한 모습인데 사진 아래의 흰 여백에는 "창강, 김택영(1850-1927), 조선 사람으로서 저명한 문학가이며 사학자였다. 장건의 초청으로 한묵림서국에 근무하면서 22년 동안 남통에서 살았다."라고 기록되어 있었다.

기념관을 한 바퀴 도니 다시 대청에 돌아와 있었다. 우리 일행은 다시 장건의 석상을 찬찬히 올려다보았다. 훤한 이마, 짙은 눈썹, 형형한 눈빛, 얼마나 존경이 가는 분인가! 고국을 등지고 천만리 이역에 찾아온 가난한 조선의 한 선비를 친형제처럼 보살펴주고 극진히 예우해준 한 중국인의 넓은 흉금이 우리 일행의 눈시울을 뜨겁게 했다.

장건 기념관에서 나와 소형버스를 타고 남쪽으로 20여 분 달리니 자그마한 산이 나타났다. 사면은 확 트인 평지인데 외로운 산봉우리가 말 그대로 평지풍파로 솟아 뫼를 이루었다 낭산을 에돌아간즉 낭산공원 정문이다. 그 안으로 들어가 돌층계로 된 오른 편 산길을 잠깐 올라가니 한 길 넘는 황토색 단애(斷崖)에 "남통시문물보호단위—김창강묘(滄江之墓)"라는 현판이 걸려 있었다. 단애 아래에 자그마한 무덤이 앉았는데 정면에는 우리 가슴을 치는 높다란 비석이 서있었다. 비석 정면에는 "한시인김창강선생지묘(韓詩人金滄江之墓)"라는 비문이 새겨져 있었는데 류도영 선생의 말씀에 의하면 장건 선생의 아드님이 쓴 것이라고 한다.

아무튼 20년 전과는 완연히 다른 모습이다. 그때는 허물어지는 단애 아래에 주인 없는 무덤처럼 버려져 있었고 무덤 위에는 쑥대며 엉겅퀴 같은 잡풀이 덮여 참으로 썰렁했다. 류도영 선생은 나를 보고 빙긋이 웃으며

"20년 전 김 선생네 형제분과 함께 바로 이 비석을 세운 자리에 술잔을 부어 놓고 절을 했지요. 물론 그땐 비석을 세우지 못했지만. 아마도 조양주(朝陽酒)라는 술이라고 생각하는데 남은 걸 집에 갖고 가서 마셔본즉 술맛이 참 좋았어요."

라고 또 버릇처럼 엄지손가락을 내들었다. 내가 한국에서 오늘 길이라 연변 술을 가지고 오지 못해 죄송하다고 말씀드리자 류도영 선생은

"괜찮아요, 괜찮아! 저녁에 대접하겠지만 남통에도 명주가 많아요. 오늘 저녁에는 옛날 장건 선생과 창강 선생이 즐겨 마셨다는 남통순(南通淳)이라는 술을 대접할거요! 술 이야기는 잠깐 접어놓고, 아무튼 창강 선생 무덤이 이 정도로 구색을 갖춘 것도 다 김 선생과 같은 분들이 자꾸 찾아준 덕분이지."

"천만에 말씀, 다 류 선생과 같은 분들이 계시기 때문이지요!"
하고 내가 바삐 인사를 드린즉 류도영 선생은 잠자코 있는데 그 옆에 있던 담 교수가

"실은 남통시 시장어른이 바뀔 때마다 찾아가서 창강 선생의 이야기를 입술이 닳게 말씀 드렸지요. 이제부터는 창강기념관을 만들자고 떠들 겁니다!"
하고 호기를 부렸다. 나는 스스로 공치사를 하는 담 교수가 밉지 않았다. 이 100년 세월 누가 이 조선의 가난한 선비를 예우했으며, 이 험악한 세월에 이 이름 없는 무덤을 지켜왔는가? 김택영의 후예들인 우리 모두 입이 열 개라도 할 말이 없다. 그저 이 순박하고 솔직한 남통 사람들에게 머리 숙여 감사를 드릴 수밖에.

우리 일행은 김택영 선생의 묘소 앞에서 포즈를 취하고 사진을 찍었다. 앞을 바라본즉 황금의 저녁노을을 듬뿍 머금은 황토색 양자강이 거대한 용처럼 꿈틀거리면서 동으로 흐르고 있었다.


## 7. 잘 있으라, 황포강이여

상해를 떠나기 전날 저녁, 우리 일행은 첫 날 황포탄공원을 찾았을 때 시간에 쫓겨 빠뜨리고 말았던 유명한 철교를 찍기 위해 다시 외탄으로 향했다. 복주로에서 황포탄공원으로 가는 철교(渡橋)인데 상해사변 때 수많은 인파가 새하얗게 다리를 메우며 조계지로 피신을 했던 다리이다. 그 어처구니없는 장면을 한 미국인 기자가 찍었는데 요즘 새롭게 공개되어 화제로 되고 있었다.

임현철씨네 젊은 패들은 다리 전체를 화면에 담아 보겠다고 주변의 빌딩 옥상으로 올라갔고 나와 조남철 교수는 다시 시원한 강바람이 불어오는 황포탄공원으로 나갔다. 오늘도 밤하늘에 은빛 연들이 날고 있었지만 이미 국경절 연휴도 한물갔는지라 인파가 몰려오지 않아 유보도는 꽤나 한적했다.

불빛을 싣고 흐르는 황포강을 내려다보고 있노라니 어쩐지 70여 년 전 이맘때 이 황포탄공원을 찾았던 유명한 수필가 피천득 선생의 얼굴이 떠오른다. 여기 호강대학교를 다니던 새파란 한국유학생이었던 피천득 선생은 다음과 같이 쓰고 있다.

"월병(月餠)과 노주(老酒), 호금(胡琴)을 배에 싣고 황포강(黃浦江) 달놀이를 떠난 그룹도 있고, 파크 호텔이나 일품향(一品香)에서 중추절(仲秋節) 파티를 연 학생들도 있었다. 도무장(跳舞場)으로 몰려간 패도 있었다. 텅 빈 식당에서 저녁을 먹고 방에 돌아와 책을 읽으려 하였으나, 마음이 가라앉지 않았다. 어디를 가겠다는 계획도 없이 버스를 탄 것은 밤 아홉시가 지나서였다. 가든 브리지 앞에서 내려서는 영화 구경이라도 갈까 하다가 황포탄공원으로 발을 옮겼다.

빈 벤치가 별로 없었으나 공원은 고요하였다. 명절이라서 그런지 중국 사람들은 눈에 뜨이지 않는다. 이 밤뿐 아니라 이 공원에 많이 오는 사람들은 유태인, 백계(白系) 노서아 사람, 서반아 사람, 인도인들이다. 실직자·망명객 같은 대개가 불우한 사람들이다. 갑갑한 정자간(亭子間)에서 나온 사람들이다.

누런 황포 강물도 달빛을 받아 서울 한강(漢江) 같다. 선창(船窓)마다 찬란하게 불을 켜고 입항하는 화륜선(火輪船)들이 있다. 문명을 싣고 오는 귀한 사절과도 같다. '브란스 벤드'를 연주하며 출항하는 호화선도 있다. 저 배가 고국에서 오는 배가 아닌가. 저 배는 그리로 가는 배가 아닌가 하는 사람도 있을 것이다. 같은 달을 쳐다보면서 그들은 바이칼 호반으로, 갠지스 강변으로, 마드리드 거리로 제각기 흩어져서 기억을 밟고 있을지도 모른다. 친구와 작별하던 가을 짙은 카페, 달밤을 달리던 마차, 목숨을 걸고 몰래 넘던 국경, 그리고 나 같은 사람이 또 하나 있었다면 영창에 비친 소나무 그림자를 회상하였을 것이다. 과거는 언제나 행복이요, 고향은 어디나 낙원이다. 해관(海關) 시계가 자정을 알려도 벤치에서 일어나는 사람은 없었다."

이국에서 명절을 맞는 작자 자신의 고독감과 향수를 담담한 필치로 그렸다. 그것은 또한 이 이역만리 상해에 와서 비애와 고독을 씹으면서 혹사 당하거나 학문을 닦거나 피를 흘렸던 모든 조선인들의 심경을 대변한 것이리라. 그네들은 기나긴 비애와 고독의 시간을 이겨내고 거대한 희생을 감내하면서 피와 목숨으로 조국과 민족의 자유와 독립을 찾은 것이다. 더욱이 인간적인 성실성과 신뢰로 중국인들과 아름다운 인연을 맺고 그들에게 도움이 되는 존재, 존경을 받는 존재로 되었던 우리민족의 선각자들, 오늘을 사는 우리 모두의 귀감이 되리라 생각한다. 자랑스러운 우리 선현들의 숨결이 숨쉬는 남국의 땅, 언제면 다시 찾을 수 있을까?

문득 황포강을 물결을 타고 오르고 내리는 기선 위에서 느닷없이 구곡간장을 끓게 하는 아병의 "얼후(二胡)" 소리가 들려오는 듯싶은데 외탄의 밤하늘에 날고 있는 은회색 연들이 금시 거대한 흰 도포자락이 되어 너울거리고 있었다.

갑신년 구정 연휴에 연길 자택에서

# 샌프란시스코, 미국의 소수자와 유리장벽

2002년 한국학학술회의 참가 차 5박 6일로 태평양 복판에 있는 미국의 관광명소 하와이는 가보았으나 미국 본토에는 가보지 못했다. 그때도 비자는 6개월이나 나왔지만 자부담으로 미국 본토를 가볼만한 여력이 없었거니와 영어실력도 여의치 않아 와이키키해변에서 미국 본토 쪽을 바라보면서 아쉬움만 남기고 돌아왔었다.

2007년 가을 캘리포니아주립대학교인 버클리대학교에서 총장포럼이 있을 예정이여서 연변대학 박영호 부총장, 한강 외사과장과 나 이렇게 셋이서 심양에 가서 어렵사리 미국행 비자를 받았으나 중국공산당 제17차 대표대회가 열리는 바람에 중국 남방 여러 대학 총장어르신들이 몸을 뺄 수 없다고 해서 나의 미국행은 역시 무산되고 말았다.

이번에 미국 서부의 샌프란시스코를 밟게 된 것은 한국고등교육재단의 주선으로 버클리대학교 동아시아연구센터 교수들과 어설프게나마 면식을 갖게 된 덕분이었다. 2008년 봄 버클리대학교 동아시아연구센터의 스카노필로, 줸 리 등 교수 일행 4명이 필자가 근무하고 있는 연변대학 아시아연구센터를 찾아와 환담을 나눈바 있었다. 그해 가을 연변대학에서 개최했던 제1회 두만강학술포럼에는 또 버클리대학교 한국학연구소 소장 캐리어 유(한국이름은 임정빈) 교수가 태평양을 날아 넘어와 참석을 하고 주제발표를 했었는데 이들이 필자를 버클리대학교에 초청한 것이다.

버클리대학교 한국학연구소에는 한 달에 한명씩 외국의 교수를 초청하는 프로그람이 있었는데 캐리어 유 소장은 연변대학에 와서 좋은 인상을 받았는지 겨우 사전에 의거해 관련 자료나 뒤적이는 영어수준인 나를 버클리대학교에 초청했다. 버클리대학교 한국어학과 학생들과 한국학연구소 임원들에게 그리고 캘리포니아주국제문화대학 학원들에게 모두 두 번 특강을 하면 되는 것인데 국제여비와 6박 7일의 체류비용을 모두 제공해주었다.

미국비자를 받기는 하늘의 별 따기라고 하지만 학술교류를 하러 가는 사람들에게는 비자가 쉽게 나오는 것 같았다. 2, 3분 동안 면접을 받기 위해 이틀 품을 들여 심양주재 미국총령사관에 가야 하는 게 좀 시끄러웠을 뿐이다. 금발머리에 새파란 눈의 중년여성령사가 내 서류들을 잠깐 뒤적이더니 꽤나 야무진 중국어로

"왜 2007년에는 비자를 받고도 미국에 가시지 않았지요?"

하고 묻기에 나 역시 중국어로 사정이야기를 했더니

"오케이! 통과됐어요."

하고 시원하게 대답을 주었다. 이민경향이 없음을 증명하기 위해 부동산 증빙서류, 결혼증빙서류에 2002년 하와이에서 찍은 사진까지 들고 간 일이 스스로도 낯이 뜨겁고 웃음이 절로 나왔다. 대도무문(大道无门)이라고 큰길에는 문이 없는 법, 우리가 정당한 이유로, 당당한 자세로 미국의 대문을 노크한다면 길은 열리는 법이라는 생각이 들었다.

각설하고 샌프란시스코에서 받은 인상을 몇 가지로 추려서 이야기하고자 한다.


## 1. 샌프란시스코의 상징-금문교

4월 18일 점심 무렵에 샌프란시스코공항 출구를 빠져나오니 버클리대학교 도서관에서 일하는 장재용 선생이 나와 있었다. 한국의 황선홍 축구선수와 같이 날씬하게 생긴 30대 후반의 젊은이인데 나의 손을 잡고 반갑게 인사를 나누고 나서 핸드폰을 열더니

"손님이 오셨네. 어서 차를 대기하게."

하고 누군가에게 부탁을 하고나서 나를 이끌고 공항청사 앞으로 나갔다. 주변의 경관을 둘러보며 잠깐 기다리는데 어디서 연회색 일본제 승용차가 사르르 다가와 멈추어 섰다. 공항 주차장에 대기했던 승용차를 몰고 온 것 같았다. 운전석에서 내리는 젊은이는 버클리대학교에 객원교수로 와 있는 한국 건국대학교 출신의 김 박사라고 했다. 나는 장 선생과 김 박사의 도움으로 서둘러서 짐을 싣고 차에 올랐다. 장 선생은 호텔로 가는 길에 먼저 금문교(金门桥)를 보자고 했다.

차창 밖으로 1, 2층의 낮은 건물들이 늘어섰는데 높은 집이라야 3, 4층 건물이다. 도쿄나 서울, 하와이에서 볼 수 있는, 하늘에 치솟은 으리으리하고 육중한 건물은 별반 없고 거개가 별장처럼 가볍게 지은 연홍색 목조 건물들이었다. 얼핏 보건대는 연길거리보다도 초라한 느낌이 들었다. 아니, 이게 미국 서부의 현대도시 샌프란시스코란 말인가?

"고층빌딩은 별반 없구먼요."

내가 개탄을 하는데 장 선생이 알려준다.

"샌프란시스코 중심가에 가면 고층빌딩들이 많지요. 이제 보시면 아시겠지만 여긴 지진다발지역이라 고층빌딩은 짓지 않는답니다. 1906년 샌프란시스코대지진때는 수천 명의 사상자를 내서 세계를 놀라게 했지만 작은 지진은 시도 때도 없이 일어나곤 한답니다."

바닷가에 도착을 하니 한 떼의 자원봉사자들이 백사장에 널려있는 쓰레기들을 주어 비닐봉지에 넣어 트럭에 싣고 나서 가설무대 위에서 공연준비를 하고 있었다. 앞가슴에 시커먼 털이 더부룩한 30대의 백인사나이가 마이크를 잡고 노래를 하는데 엉덩이가 유달리 큰 중년아낙네와 20대 미만의 아름다운 아가씨들이 엉덩이를 좌우로 흔들면서 리듬을 맞추고 있었다.

가설무대주변에서는 여기저기서 불고기를 구웠다. 구수한 불고기냄새가 코를 찔렀다. 기다란 화저가락으로 먹음직한 고기덩이를 이리저리 번져놓는 모습을 보니 저도 모르게 군침이 돌았다. 광우병공포 같은 것은 꾀바른 동양인의 엄살, 미국인들은 살진 소고기를 잘도 먹는 것 같았다.

바다 쪽을 보니 파도소리가 쏴르르 쿵 하고 무겁게 들려오는 가운데 바닷물과 기슭을 확연히 경계를 지으면서 난데없는 젖빛안개가 뭉게뭉게 피어올랐다. 천지간이 삽시에 하얀 안개로 뒤덮이는데 대륙 쪽에는 오히려 찬연한 햇빛이 쏟아져 내리고 있었다. 태평양의 찬 기류와 대륙의 더운 기류가 만나 금세 안개바다를 이루어 바다 쪽은 아무것도 보이지 않았다.

"오늘 금문교를 보기는 다 틀렸군! 샌프란시스코는 일 년에 절반은 이런 안개에 뒤덮인답니다. 하지만 맑은 날이면 금문교는 어디서나 볼 수 있지요."

승용차에 시동을 걸던 장 선생이

"잠깐, 저걸 보세요."

하고 차창 밖을 가리키는데 그쪽을 바라본즉 가없는 안개바다 위에 주홍색의 거대한 탑 두개가 보일락 말락 떠있었다. 교각(橋脚)이었다. 그것은 마치 하늘을 날아가는 거대한 백조의 두 다리 같았다. 다시 어디선가 시원한 바람이 불면서 창공에 불끈 솟아오른 교각은 안개바다에 서서히 잠겨버렸다.

그날은 아쉬움을 남기고 바닷가를 떠났는데 이튿날 오후 캐리어 유 교수가 부군 유 선생과 함께 까만 승용차를 몰고 왔다. 안개 때문에 금문교를 보지 못했다고 했더니 금문교부터 가보고나서 차이나타운을 둘러보자고 했다.

캐리어 유 교수의 부군은 엔지니어로 일하다가 정년을 한지도 10여년은 좋이 되는 노인이었지만 중키에 다부지게 생겼고 운전을 시원스럽게 하였다. 그의 승용차는 일본제 "닛산(日产)"인데 벌써 10여 년을 굴렸지만 아직 "병원" 신세 한번 지지 않았다고 했다. 우리 앞으로 달리는 차들과 주차장에 서있는 차들을 보니 거개가 일본제승용차였다.

"아이고, 닛산, 도요다, 마쯔다, 혼다라 일본차는 다 가져다 놓았구만요?"

하고 내가 개탄을 하는데 유 선생은 계면 쩍은 웃음을 지었다.

"일본놈들이 차 하나는 귀신같이 만들어요. 디자인이 예쁘고 기름을 덜 먹거든요. 그래서 일본놈은 밉지만 하는 수 없이 일본승용차를 굴린답니다. 물론 산악지대에 가면 기름은 많이 들지만 힘이 센 미국제승용차들을 굴리죠."

"유 선생님, 차 모시는 솜씨가 대단하십니다."

금문교로 가는 비탈길을 벗어나자 내가 내심 감탄을 하면서 한마디 여쭈자 유 선생은 껄껄 웃었다.

"1954년 미국에 오자마자 운전면허를 따고 차부터 굴렸으니 벌써 55년을 운전을 한 셈이지요. 여태 한 번도 사고를 치지 않았지만 늘 조심을 하지요. 미국에서는 승용차가 없으면 앉은뱅이가 된답니다. 여긴 공공버스가 없어요. 택시도 전화로 불러와야 탈수 있거든요. 그래서 모두들 여든, 아흔까지 차를 몰고 다닌답니다. 나두 이제 10년은 더 몰아야 하겠지요."

우리 승용차가 주차장에 들어서는데 창문으로 해협을 꿰지른 금문교의 전경이 펼쳐졌다. 그야말로 하늘에 가로놓인 거대한 다리였다. 이 다리는 샌프란시스코만과 태평양을 잇는 해협에 가로놓여있는데 샌프란시스코시와 매린 카운티(Marin County)를 연결하는 현수교(懸垂橋)이다. 총길이가 1,280m인 이 다리는 서로 마주보고 있는 높이 227m의 두 탑에서 늘어뜨린 두 줄의 케이블에 매달려있었다. 다리 중앙지점 높이는 수면에서부터 81m여서 수십만 톤급 화물선도 자유롭게 지나다닌다고 한다. 나는 캐리어 유 교수 부부와 함께 금문교를 배경으로 하고 포즈를 취했고 전시용으로 내놓은 케블 절단면 앞에서도 포즈를 취했다.

금문교는 조셉 스트라우스(Joseph Strauss)라는 과학자가 설계했다. 4백여 개의 교량을 설계한바 있는 스트라우스는 금문교를 설계하고 건설하는데 10년 넘게 참여했다. 금문교사업단은 1928년에 설립되어 설계, 공사, 재정에 관한 업무를 시작했는데 이 사업에는 다리가 놓인 샌프란시스코와 매린 카운티 외에 나파, 소노마, 멘도시노, 델 노르테 카운티가 동참하였다. 각 카운티의 대표들은 이사회를 구성해가지고 1930년 채권발행을 통해 자금을 조달하였는데 여러 카운티의 부동산, 농장을 담보로 발행한 채권은 3천 5백만 달러에 이르는 규모였다. 채권은 1971년 모두 회수하였는데 원금 3천 5백만 달러와 이자로 지불된 3천 9백만 달러의 비용은 모두 통행요금을 통해 벌어들였다. 이렇게 하여 1931년 1월 5일 착공해 1937년 4월 완공해서 5월 27일 보행자에게 개방하는 행사를 가졌다. 그 다음날 루즈벨트 대통령이 워싱턴 D.C에서 전신으로 개통신호를 보냄으로써 차량통행을 시작했다. 금문교는 1937년에 완공되었는데 1964년 뉴욕시에 베러자노내로스다리가 완공되기 전까지 세계에서 가장 긴 다리였고 지금도 그 장려한 경관은 세계에서 으뜸이라고 한다.

이 공사는 빠른 물살, 잦은 폭풍과 안개, 지진에 견디는 그런 기초를 놓기 위하여 깊은 물속에서 암반을 폭파하는 작업 등을 해야 했는데 어려움이 많았다. 가장 어려운 현장조립작업은 대체로 화공(華工)들이 맡아했는데 거대한 철근에 치어죽거나 고공에서 작업하다가 바다에 떨어져 익사(溺死)하는 일이 비일비재로 일어났다. 샌프란시스코에서 중국인들이 차이나타운을 형성하고 엄청난 부(富)를 누리고 있다고 하지만 그네들의 선조들은 참으로 목숨을 걸고 일했던 것이다.


## 2. 샌프란시스코 차이나타운

금문교를 뒤에 두고 우리는 샌프란시스코 차이나타운으로 승용차를 달렸다. 뉴욕다음으로 중국인들이 많이 살고 있다고 하는 샌프란시스코 차이나타운, 도대체 어떤 모습일가? 승용차는 높고 낮은 구릉 위에 앉은 도심을 그네처럼 오르고 내리면서 차이나타운으로 달려가는데 유 선생은

"내가 다니던 회사도 샌프란시스코에 있었어요. 그래서 가끔은 동료들과 함께 차이나타운에 가서 중국요리로 회식을 하군 했지요. 하지만 1994년에 정년을 한 후엔 한 번도 가보지 못했으니 오늘 김 교수 덕분에 15년 만에 가보는 겁니다." 하면서 조금 흥분해서 차이나타운에 관해 소상하게 소개해주었다.

중국인들이 가장 일찍 무리를 지어 미국에 온 것은 1848년 캘리포니아에서 금광을 발견했을 때이다. 중국 광동성의 태산(台山), 신회(新会), 개평(开平), 은평(恩平) 4읍(四邑) 사람들이 일확천금의 꿈을 안고 너도나도 미국에 건너오기 시작했다. 그들은 외국배에 실려 통풍도 되지 않는 화물창고 속에 갇혀 수십일 동안 앉은 자리에서 먹고 마시고 싸고 자면서 그야말로 돼지새끼처럼 실려 왔다. 그네들은 캘리포니아 협곡에 있는 강가에 천막을 치고 강바닥을 파헤쳐 사금을 캤다.

캘리포니아가 정식으로 미국연방에 가입한 후 연이어 화공들을 배척하는 운동이 일어났다. 1850년 캘리포니아에서는 외적광부집조법(外籍矿工执照法)을 만들어가지고 한명의 화공에게서 달마다 집조비용으로 20달러씩 받아갔다. 게다가 관원들은 화공들에게 가짜영수증을 떼어주거나 여러 가지 터무니없는 가렴잡세를 부가했다. 절망에 빠진 화공들은 협곡을 벗어나 샌프란시스코에 몰려들었다. 그들은 중국에 돌아가고 싶었지만 금의환향하기를 학수고대하는 부모님들을 볼 면목이 없어 고달프고 외로운 대로 미국에 주저앉을 수밖에 없었다. 그들은 먹고살기 위해 그야말로 소 갈 데 말 갈 데 가리지 않고 닥치는 대로 일을 했다. 많이는 백인들의 빨래를 하는 일을 하였는데 그것은 본전이 들지 않았기 때문이다.

여기저기서 화공들을 배척하는 물결이 일었다. 백주에 힘없는 중국인들을 치고 박는 것은 백인들의 소일거리였다. 길거리에서 덩치 큰 백인들이 개 잡은 포수처럼 중국인의 긴 변발(辮发)을 휘어잡고 그들의 이마를 땅바닥에 처박고 있으면 수많은 구경꾼들이 둘러싸고 보면서 좋다고 소리를 지르고 손뼉을 쳐댔다. 그것은 마치 노신의 소설에 나오는 미장(未庄)의 왕텁석부리가 아Q를 사정없이 때리는 것이나 마찬가지였다. 경찰들은 이러한 처참한 광경을 보고도 못 본체하였다. 경찰들은 중국인들을 구해주기는커녕 코피를 흘리는 중국인들을 보고 무리싸움에 끼어들어 치안을 어지럽혔다고 잡아갔다. 이처럼 1850년대에서 1860대초까지 화공들은 그야말로 돼지나 소처럼 혹사를 당하고 죽임을 당했다. 하지만 그 당시 청나라정부는 화교들을 보호하지 않았다. 화교들이 중국에 돌아오면 오히려 대청률(大清律)에 좇아 가차 없이 참수(斬首)를 하군 했다.

1862년 미국에서는 대륙횡단철도를 부설하기 시작했는데 동서 양쪽에서 동시에 공사를 벌렸다. 유니언 피시픽철도회사는 네브래스카의 오마하로부터 서쪽으로 공사를 진행했고 센트럴 피시픽철도회사는 캘리포니아의 세크라멘토로부터 동쪽으로 공사를 진행했다. 먼저 착공한 센트럴 피시픽철도회사의 초기공사는 매우 순조롭게 진행되었다. 그러나 시에라 네바다 산맥을 만나면서부터 난관에 봉착했다. 당시의 기술로는 산맥에 터널을 뚫는 일이 쉽지 않았다. 따라서 산맥을 넘어가는 방법을 택할 수밖에 없었던 철도회사는 가파른 언덕 위에서 힘든 공사를 진행했다. 무엇보다도 여러 가지 설비자재들을 운반하는 일이 힘들었다. 운반속도가 절반 이하로 떨어졌고 그동안에 없었던 부상자의 속출로 공사장을 떠나는 인부들이 늘어났다. 그래서 회사에 비상이 걸리고 간부들에게 긴급지시가 떨어졌다.

"무슨 수단을 써서든지 인부들을 구하라!"

회사 간부들은 고육지책으로 "만리장성을 쌓은" 중국인의 후예인 화공들을 모집하기로 했다. 이리하여 현지 화인들은 물론이요, 중국 광동성에서 7천여 명의 화공들을 모집해 역시 돼지새끼처럼 배에 싣고 와서 철도를 부설하는 공사장에 투입했다. 화공들은 고생을 두려워하지 않고 무슨 일이나 다했다. 그네들은 공사장에 천막을 치고 밥을 해서 먹으면서 주야를 가리지 않고 일을 했다. 그때 그들이 주로 먹은 것이 바로 소고기를 썰어 넣은 육수에 밀가루국수를 말아먹는 캘리포니아우육면(加州牛肉面)이었다. 지금 미국 현지에서는 보고 죽자고 해도 없지만 우리 중국에서는 얼마든지 찾아먹을 수 있다. 아무튼 화공들은 아일랜드인들과 경쟁을 했는데 하루에 10.6km나 철도를 부설했다.

한편 유니언 피시픽회사는 비교적 쉽게 프린티어지역을 통과했다. 공사가 어찌나 순조롭게 진행되었는지 회사 간부들은 작업지시만 해놓고 늘어지게 낮잠을 잤고 인부들도 하루가 다르게 뻗어나가는 철도를 보면서 힘든 줄을 모르고 일했다. 그러나 공사막바지에서 제동이 걸렸다. 로키산맥의 사우스페스를 지나는 과정에 암반을 만나게 된 것이다. 당시 단순한 도구로만은 도저히 공사를 진척시킬 수 없었다. 이에 회사는 위험을 무릅쓰고 폭파방법을 사용하기로 하였는데 이것이 결국 일을 두 번 하는 꼴이 되고 말았다. 일단 폭파하여 장애물을 없앤 뒤 다시 그 부분을 메워가며 레일을 놓아야 했다. 이렇게 공사가 진행되면서 두 회사의 공사반이 서로 간에 작업하는 모습을 어렴풋이 볼 수 있을 정도로 되자 인부들은 그간의 피로도 잊은 듯 환호성을 지르며 공사를 다그쳤다. 시간마다 쌍방의 간격이 좁아졌다. 마침내 1869년 유타의 포로몬트에서 역사적인 접속이

이루어졌다. 쌍방의 기관사는

"브라보! 우리의 철도를 위하여!"

라며 샴페인을 터뜨렸고 목사는

"주님! 감사합니다!"

라고 기도를 올렸다. 드디어 금과 은으로 만든 못이 힘차게 침목(枕木)에 박혔다.

그 후 미국의 철도망은 전국적으로 거미줄같이 퍼져나가 1900년에는 거의 32만km에 이르게 되었다. 이 미국의 철도길이는 당시 유럽 전체의 철도길이를 능가하는 것이고 세계철도의 40%를 차지하는 것이었다. 이처럼 대륙횡단철도의 완공과 더불어 이루어진 철도망은 미국산업의 발전을 가져왔을 뿐만 아니라 상품수송능력을 배가시킴으로써 국민들의 생활수준향상에도 크게 기여했다.

하지만 동서 양쪽에서 부설해오던 철도가 만나 성대한 개통식을 할 때 화공들은 그 기쁨을 누릴 권리마저 없었다. 회사 간부들은 아예 화공들을 참가시키지 않았다. 화공들은 너무나 원통해서 시어미 역정에 개배때기 찬다고 두 가닥 철도를 잇는데 쓸 마지막 침목 하나를 개통식 직전에 슬쩍 감추어버렸다. 마지막 침목을 놓고 철도를 잇자고 보니 침목 하나가 부족했다. 백인들이 쩔쩔매고 있을 때 어디선가 웬 건장한 화공이 침목을 메고 씨엉씨엉 걸어왔다고 한다. 아무튼 화공들의 피와 땀은 보상을 받지 못했다. 1969년 미국에서 대륙횡단철도 개통 100주년 기념식을 할 때에야 개통식을 했던 자리에 자그마한 패쪽 하나를 세워 화공들의 기여를 표창했다고 한다.

1906년 샌프란시스코화재 이후 미국의 법률에 의해 미국에서 출생한 중국인들은 공민권을 획득할 수 있게 되었다. 하지만 미국에 있는 중국인들 속에는 여성이 쌀에 뉘 만큼밖에 되지 않아 남성들은 결혼할 수 없었으니 미국에서 출생한 중국인에게 공민권을 준다는 것은 기실 빈말이나 다름이 없었다. 이들 늙은 총각과 홀아비들은 날마다 억척스럽게 일해 광동 4읍에 있는 부모형제들에게 돈을 보냈다. 이들 화교1세들은 거개가 다 평생 홀아비로 살다가 타향의 귀신이 되고 말았다.

제2차 세계대전기간에 중국과 미국은 동맹국이 되었고 그 바람에 미국에서는 화공들을 배척하는 정책을 취소하게 되었다. 화공들의 지위는 점차 개선되기 시작했다. 1965년 미국의 이민법이 개정되었다. 신법에서는 평균제도를 도입해 중국에 주는 이민 수를 수백 명에서 2만 명으로 늘였다. 이리하여 홍콩, 대만 등지의 중국인들은 미국으로 이민을 올 수 있었고 그들은 샌프란시스코와 뉴욕의 차이나타운에 대거 몰려들게 되었다. 그들은 모두 미국에 대한 환상을 품고 많은 돈을 내고 왔으나 그들에게 미국은 결코 천당이 아니었다. 그들은 영어를 모르는지라 중국어가 통하는 차이나타운에 몰려들 수밖에 없었다. 그때만 해도 차이나타운은 여기저기 빈민굴이 많았고 현지의 터줏대감과 깡패두목들은 갓 도착한 중국인들의 등을 쳐서 먹었다.

마침내 샌프란시스코 차이나타운 입구에 들어섰다. 우리는 승용차를 길옆에 세우고 거리를 돌아보았다. 길 양쪽에 각양각색의 가게가 즐비하게 들어섰는데 가게 간판은 모두 중국어로 되어있었고 여기저기서 주고받는 말들은 모두 중국어인지라 중국 남방의 어느 한 거리를 방불케 했다. 가게에 들어가 보았더니 여러 가지 잡화에서 진주, 보석에 이르기까지 거의 모두 중국의 상품을 팔고 있었다. 캐리어 유 교수는 저녁에 대접한다고 중국만두를 사러 갔고 나와 유 선생은 울긋불긋한 거리들을 둘러보면서 이야기를 나누었다. 우리가 서있는 맞은쪽 빌딩 꼭대기에서 오성붉은기가 펄럭이고 있었다. 오성붉은기, 중화인민공화국 국기가 아닌가?

"저렇게 오성붉은기를 꽂아도 되는 겁니까?"

하고 내가 적이 놀라 물은즉 유 선생이

"여긴 모든게 자유예요. 오성붉은기를 꽂아도 되고 태극기를 꽂아도 됩니다. 여기서는 기름진 중국요리도 맛볼 수 있고 늘씬하게 치포를 입은 중국여인들과 만날 수도 있어 오히려 중국문화의 진수를 맛볼 수 있답니다. 여기서 조금 더 가면 포츠머스라는 광장이 있는데 거긴 화교, 화인들이 많이 모이는 곳이지요. 이른 새벽에 나가보면 느긋하게 태극권을 하는 사람들을 만날 수 있고 서늘한 저녁에 나가보면 여기저기 둘러앉아 트럼프를 치고 마작을 놓고 있는 사람들을 만날 수 있답니다. 차이나타운에서 가장 볼만한 곳은 그랜트 애비뉴에 자리를 잡은 차이나타운 입구이죠. 그 대문은 1970년에 세워졌는데 재료는 차이나타운문화개발위원회의 협찬에 의해 모두 대만에서 가져온 것이랍니다."

하고 이야기를 하는데 내가

"지금 미국에 살고 있는 화인은 얼마나 됩니까?"

하고 물으매 유 선생은 과연 차이나타운 부근에서 오래 근무한 엔지니어답게 정확한 수자를 알려준다.

"아마 우리 재미한국인수의 절반에 미치지 못할 걸요. 약 70만 명 꼴로 잡고 있는데 그중에 10만 명이 지식인이죠. 이들은 미국 80여 개소의 대학교와 연구소에 근무하고 있는데 교수만 해도 1500명이나 되고 노벨상 수상자도 다수 되지요. 이들은 미국의 주류사회에 진출해서 성공한 사람들인데 향수병을 달래기 위해 드문드문 이 차이나타운에 와서 식사를 하거나 중국물건을 사기도 한답니다. 아마 이 샌프란시스코 차이나타운만 하더라도 10만 명의 화인들이 살고 있을 겁니다."

말 타고 꽃구경 식으로 차이나타운을 둘러보고 다음 행선지를 정하는데 유 선생은 스탠퍼드대학교를 보여주고 싶다고 했으나 캐리어 유 교수는 집에 손님이 올 시간이 되었으니 어서 집으로 돌아가자고 했다. 나 외에 버클리대학교에 객원교수로 와있는 한국인 교수 내외를 초청했던 것이다. 저녁은 캐리어 유 교수네 댁에서 하기로 했으므로 나는 스탠퍼드대학교도 가보고 싶었지만 미국에 살고 있는 재미한국인의 참모습이 더욱 보고 싶었다.


## 3. 캐리어 유 교수네 저택

캐리어 유 교수네 댁으로 가면서 나는 잠깐 한국계 미국인의 이민사를 돌이켜보았다. 한국계 미국인의 이민사는 중국계 미국인의 이민사에 비해 약 반세기 뒤떨어진다. 한국계 미국인의 집단이주의 효시(嚆矢)는 7천여 명의 하와이행 노동이민이다.

1902년 12월 22일 제물포(지금의 인천)에서는 수민원 총재 민영환 등의 환송을 받으며 한국 역사상 첫 공식이민선이 눈물 속에서 미지의 땅 하와이를 향해 떠났다. 이들은 일본 고베(神戶)에 도착해 신체검사를 받았다. 병이 있는 사람 20명은 그곳에 남게 되고 건강한 청년 101명이 통역원과 함께 미국상선 갤릭호를 타고 태평양을 가로질러 하와이로 향했다. 20여 일의 항해 끝에 1903년 1월 13일 호놀룰루항에 도착했다.(하와이 한

인사회에서는 해마다 이날을 조상숭모의 날로 기념하고 있다) 이민국에서 신체검사를 받는 과정에서 일행가운데 4명은 입국이 허가되지 않았으나 나머지 97명은 무난히 입국이 허가되어 언어와 문화가 다른 이국에서 새 삶을 시작했다.

두 번째 상선 캡틴호로 63명, 세 번째 배 코리아호로 62명이 속속 도착했다. 이와 같이 시작된 노동이민은 그 후 여러 해 이어졌다. 1903년 모두 10척의 상선에 1,133명, 1904년 33척의 배에 3,434명 그리고 1905년 16척의 배에 2,659명이 출국하여 3년간 모두 65척의 이민선에 총 7,226명의 한국인이 하와이에 도착했다. 그중에 남자가 6,048명, 여자가 637명, 아이들이 541명이었다. 후에 이들 중 964명은 다시 귀국했다는 기록이 있다.

초기 개척자들은 낮이면 사탕수수밭에서 구슬땀을 흘리며 일을 했고 밤이면 농막에 들어가 향수병을 달래며 밤을 보냈다. 하루에 10시간씩 일을 했는데 하루 임금은 69달러였다. 너무 고된 노동으로 병이 나는 사람도 있었고 고국에 대한 향수에 젖어 이민의 의욕을 점차 상실해가는 사람도 있었다. 개중에는 술을 마시고 폭력에다가 도박에까지 손을 대는 사람도 있었다.

사탕수수농장측은 대책마련에 부심한 끝에 한국인노동자 중에 노총각이 많다는 사실을 알게 되었다. 독신자들이 정서적으로 안정을 찾지 못하면 정신적으로 방황을 하기 마련이라는 사실을 깨닫게 된 것이다. 하여 일의 능률을 높이기 위해 노총각들에게 결혼과 건전한 가정생활을 장려하기로 했다. 하지만 하와이에는 동양인여자가 아주 적었다. 그래서 동양인과의 결혼 대신 백인과의 국제결혼도 한때 생각을 했다. 그러나 백인여성들은 우월의식에다 인종차별의식을 갖고 있어 동양인과 결혼하기를 원치

않았고 한국인노총각들도 말이나 생활습관이 다른 백인여성과 결혼한다
는 것은 거의 상상할 수조차 없는 일이었다.

결국 자기가 떠나온 고국의 처녀와 사진을 교환하여 결혼하는 새로운
풍습을 만들게 되었다. 사진결혼은 하와이나 혹은 미국 본토에 이민을 간
노총각이 고국의 처녀에게 사진을 보내 선을 보아서 미주에 시집가기를
원하는 사진신부(Picture Bride)를 맞이하는, 한국과 미국 간에 처음으로 이
루어진 동족간의 결혼제도였다. 그 당시 하와이의 노총각들은 고국의 처
녀가 마음에 들면 여행경비로 2백 달러를 보내주었다.

미국정부도 마지못해 사진결혼으로 미국에 들어오는 동양인처녀들
에게 영주권을 주기로 했다. 마침내 사진신부 제1호 최시라(당시 23세)가
1910년 12월 2일 호놀룰루에 도착했다. 당시 "하와이국민회" 총회장을
지내던 노총각 이래수(李来洙, 당시 38세)가 이민국에서 민찬호 목사의 주례
하에 사진결혼으로 첫 가정을 이루었다. 사진결혼은 1924년 5월 15일 "동
양인배척법"이 통과될 때까지 14년간 계속되었다. 그 사이 영남(嶺南) 출
신의 신부 951명이 하와이로 들어갔고 상해를 거쳐 북녘 출신 신부 105
명이 미국 본토로 건너갔다. 이들 사진신부들은 교육수준이 비교적 높았
지만 남편과의 나이 차이 등으로 말미암아 현지 생활에 적응하는데 어려
움을 많이 겪었다. 그러나 자녀교육에는 남다른 열의를 보였다.

아무튼 하와이 사탕수수농장에 간 한국인이민들은 한숨과 눈물에 젖
은 노동생활을 계속하였는데 이들 개척자들은 한인사회건설과 고국광복
운동의 주춧돌이 되었다.

우리의 승용차는 어느새 캐리어 유 교수의 자택에 도착했다. 캐리어
유 교수네 자택은 아름다운 샌프란시스코항만을 내려다볼 수 있는 언덕

위에 자리를 잡고 있었다. 동남쪽이 확 트였는데 동쪽으로는 저 멀리 버클리대학교의 새덜 탑(Sather Tower)이 보였고 남쪽으로는 푸르른 샌프란시스코항만에 크고 작은 배들이 그림처럼 떠있는 정경이 보였다.

샌프란시스코지역에서는 항만을 끼고 높은 지대에 앉은 저택들이 오히려 더 고급스럽고 비싸다고 하는데 캐리어 유 교수네 자택은 높은 비탈에 터를 잡고 있었다. 자택은 "ㄱ"자형으로 비탈에 서있었기에 언덕길과 통하는 출입문은 3층에 있었다. 3층은 100평, 2층은 70평, 3층은 50평정도 된다고 했는데 1층은 창고로 쓰고 2층은 침실로 쓴다고 해서 3층만 돌아보았다. 교회당같이 높은 천정에 창문이 있어 실내는 한결 밝은 기분이 들었는데 절반은 주방 겸 서재로 쓰고 절반은 객실로 쓰고 있었다.

"집이 참 좋구먼요. 동쪽으로는 버클리대가 바라보이고 남쪽으로는 샌프란시스코항만이 내려다보이니까요."

내가 내심 감탄을 하자 유 선생은 빙그레 웃었다.

"20년 전 터를 장만하고 내 손수 지었어요. 외길 비탈길을 막고 기중기 같은 중장비를 동원할 수 없어서 활차로 저 무거운 목재들을 하나하나 떠올렸거든요. 힘은 들었지만 재미가 있었어요. 지금 이런 집을 구하자면 돈을 억수로 쏟아 부어도 구할 수 없답니다. 좀 공법이 치밀하지 못해서 흠이지만 9급 지진에도 끄떡하지 않을 겁니다."

캐리어 유 교수는 주방에서 음식을 만들고 유 선생과 나는 서재에 있는 소파에 앉아 커피를 마시면서 이야기를 나누었다. 원두커피라 좀 탄내가 나는 것은 좋았지만 양이 너무 많았다. 컵이 우리 중국에서 쓰는 컵의 두 배, 세 배는 되는 것 같았다.

"하루에 커피를 몇 잔이나 드십니까?"

하고 내가 물은즉

"한 대여섯 잔은 마시지요. 난 젊은 시절부터 술은 모르고 살지만 커피 하나만은 악돌이거든요. 남들은 잠을 설친다고 저녁에는 커피를 마시지 않지만 난 저녁식사 후에도 한두 잔은 꼭 해요." 하고 껄껄 웃었다. 나는 유 선생의 내력을 좀 더 알고 싶었다.

"아까 금문교를 보러 갈 때 1954년에 미국에 오셨다고 하셨지요? 제가 알기로는 1903년 하와이 사탕수수농장에 처음으로 한국인들이 이민으로 왔다고 하던데요. 그 후 오랫동안 이민의 발자취가 끊겨졌다가 1965년 미국 이민법이 개정된 후에야 본격적으로 미국에 오셨다고들 하던데 유 선생님은 1954년에 오셨으니 정말 일찍 오신 셈이구먼요."

"물론 하늘의 별 따기였지만 그때도 미국에 유학은 할 수 있었어요. 한국전쟁이 터지던 해에 서울대 공과에 입학을 했는데 전시라 대학은 피란을 해서 부산에 옮겨가 천막을 치고 지냈어요. 고등학교 때부터 미국에 가서 공부하고 싶어서 영어를 죽기내기로 공부했지요. 미국에 갈수 있는 영어시험에 용케 파스가 되어 많은 친구들의 부러움을 받으며 미국에 와서 다시 대학교를 나왔고 평생 엔지니어로 일하다가 이젠 성 쌓고 남은 돌이 되었답니다."

유 선생의 이야기를 들으면서 왼편에 있는 책장을 보니 바닷가에서 물장난을 하는 개구쟁이들의 사진이며 애들 하나씩 안고 찍은 두 젊은 부부의 사진이 놓여있었다. 야자수그늘아래서 애를 안고 있는 젊은 내외간은 활짝 웃고 있는데 부인 쪽은 눈매가 시원하고 키도 훤칠한데 코가 유달리 크고 날카로워 보였다. 내가 일어나 책장으로 다가가자 유 선생도 따라 일어나서 내 옆으로 오면서 시무룩이 웃었다.

"우리 아들네 식구랍니다. 이 애들을 봐요. 머리는 까만데 코는 다 커요. 애들은 물론이고 아들며느리도 다 좋은데 이 녀석들 모두 우리말을 못해요. 아들놈은 스탠퍼드대에서 컴퓨터공학박사를 따고 구글(Google)회사에서 일하고 있답니다. 며느리는 본토배기 미국인인데 아들여석과 스탠퍼드대에서 만났지요. 아들놈이 대학입시를 볼 때 버클리대나 스탠퍼드대에 다 입학할 수 있었지만 그래도 귀족들이 공부하는 스탠퍼드대에 넣고 싶더라구요. 돈은 배나 들지만 대통령의 자식들이 공부하는 스탠퍼드대에서 공부하게 하고 싶은 게 이 애비 된 사람의 욕심이었지요. 1학년과 2학년은 숙소생활을 하고 3학년부터는 승용차를 타고 통학을 했는데 공부를 너무 잘했어요. 우리 딸년도 좋은 대학교를 나와 지금은 변호사로 일하고 있는데 역시 코 큰 놈을 남편으로 만났어요."

"구글회사는 중국에서도 널리 알려져 있습니다. 저도 영어로 된 자료를 번역할 땐 구글 번역검색창을 이용하거든요."

"아무렴 그렇겠지요. 구글 하면 미국에서도 알아주지요. 아무튼 아들놈은 좋은 공부를 해서 좋은 직장을 가지고 살고 있어요. 하지만 우리말을 모르는 게 흠이에요. 그놈을 키울 때는 백인들 뺨을 치게 영어를 잘해야한다고 집에서도 영어만 하게 했지요. 이제 보니 우리 애비, 어미 된 사람들의 잘못이지요. 그래도 한국 놈의 새끼는 한국말을 해야 하는 건데."

나는 서글픈 미소를 짓고 있는 유 선생의 얼굴을 보면서 저도 모르게 한국계 미국인 작가 리창래의 소설《영원한 이방인》의 주인공 헨리 박의 아버지형상을 떠올렸다.

헨리 박의 아버지는 미국에 이민을 온 한국인 1세다. 그는 아들을 철두철미 미국인으로 만들려고 하며 아들을 미국의 백인사회에 편입시킴으로써 소수자로 소외되고 있는 자신의 콤플렉스를 떨쳐버리려고 한다. 하여 그는 아들을 천방백계로 백인아이들이 다니는 고등학교에 입학시키며 가끔 아들을 가게에 불러내서 영어로 셰익스피어 희곡의 대사를 읊게 하여 주위의 종업원들에게 자신이 아들을 잘 키우고 있다는 사실을 은근히 자랑하기도 한다. 그러나 헨리 박은 영어를 아무리 완벽하게 습득하였다 하더라도 미국의 주류사회에 편입된 미국인이 될 수 없다. 한국계로서의 헨리 박의 외모는 주류 미국인집단을 이루는 백인의 외모와 다르며 이 다른 외모는 그의 영어와 그의 의식이 백인 주류집단과 다르지 않다 하더라도 헨리 박에게 미국사회에서 주변부적인 위치를 강요하는 원인이 된다. 결국 헨리 박의 정체성은 "한국"적인 세계에도 속하지 않고 그의 안해인 릴리아로 대표되는 백인의 세계에도 속하지 않는 일종의 혼성상태에 있다고 할 수 있다. 그리고 그러한 혼성상태를 여실히 드러내는 것이 백인인 릴리아와 한국계인 헨리 박 사이에서 태어난 아들인 미트(Mutt)이다.

강원대학교 최 교수 내외가 오자 우리는 타원형의 식탁에 둘러앉아 저녁식사를 했다. 닭의 날개와 다리를 튀긴 요리와 연어구이가 나왔는데 거기에 야채무침과 김치 그리고 차이나타운에서 사온 중국 만두와 떡이 덤으로 나왔으니 꽤나 풍성한 만찬이었다. 특히 은지에 싸서 산뜻하게 구운 보랏빛 연어의 맛이 일품이다. 분홍빛색상의 캘리포니아 와인을 마셨는데 새콤한 맛은 좋았지만 나 같은 애주가에게는 도무지 간에 기별도 가지 않았다.

와인 두어 모금에 벌써 울기가 오른 유 선생과 최 교수가 주고받는 이야기를 나는 잠자코 들을 수밖에 없었다. 식사가 끝나자 맘씨 고운 최 교수 내외가 나를 승용차로 호텔까지 실어다주었다. 샌프란시스코에서는 승용차가 없으면 아무 곳에도 갈 수 없으므로 전세를 내고 승용차 한대를 1년 동안 빌려 쓰고 있다고 했다.


## 4. 페리정거장

22일, 하루를 바삐 보내야 할 것 같았다. 점심은 리홍영 교수의 식사 초대를 받기로 하였고 오후 2시 홍순경(洪淳京) 선생을 만나 샌프란시스코 명소들을 몇 곳 더 돌아본 뒤 오후 5시부터 캘리포니아국제대학에 가서 특강을 해야 했다.

12시 30분경에 리홍영 교수의 승용차로 한식점에 갔다. 불고기와 냉면이 주종인데 가볍게 냉면 한 그릇을 먹기로 했다. 300여 평 되는 방을 두 칸으로 나누었는데 한쪽은 구들이고 한쪽은 의자에 앉아 먹게 만들었다. 구들은 주로 한국계 미국인들이 이용하는 것 같았고 의자는 주로 미국인들이 이용하는 것 같았다. 우리는 냉면 두 그릇을 주문해놓고 그간의 이야기를 나누었다.

리홍영 교수는 버클리대학교의 외교정치학 교수인데 미국의 유명한 중국문제전문가였다. 2007년 11월초 "북경포럼" 회의장에서 처음 뵈었는데 큼직한 책가방을 메고 분조토론장을 누비고 다니는 품이 옛날 서당에 다니던 늙은 서생과 같았다. 한국고등교육재단 김재열 사무총장의 주선으로 인사를 나누었는데 알고 보니 미국에서 40년을 살아왔고 벌써 일흔 고개에 오른 노교수였다. 하지만 민첩한 몸가짐, 빠른 말씨는 도무지 일흔 고개를 넘긴 노인네 같지 않았다. 바로 리홍영 교수의 아이디어를 받아들여 우리 연변대학에서는 작년부터 해마다 "두만강학술포럼"을 개최하고

있었던 것이다. 리홍영 교수는 나를 건너다보면서

　"덩치 큰 사람이 점심식사로 냉면 한사발이면 되겠어? 불고기라도 시킬까?"

하는 것을 내가

　"불고기는 그만두고 맥주 한 병만 합시다."

했더니 리홍영 교수가 카운터 쪽에 대고

　"자, 맥주 하나!"

하고 소리를 쳤다. 그러자 웬 40대 중반의 곱살하게 생긴 아주머니가 하이트 맥주 한 병 들고 왔다. 하이트, 이건 한국맥주가 아닌가? 미국에 왔으니 미국 맥주 맛을 봐야지. 내가

　"죄송하지만 미국맥주는 없습니까?"

하니까 아주머니는 민망한 표정을 짓더니

　"한식집이라서 한국 소주와 맥주만 팔고 있슴다."

하는데 어쩐지 절에 온 새색시처럼 수줍어하는 자태나 "…있슴다" 하는 말투로 미루어보아 우리 연변에서 온 아주머니가 틀림이 없었다. 내가 일단 맥주를 받아놓고

　"죄송하지만 중국에서 오지 않았습니까?"

하고 단도직입적으로 물어본즉 아주머니는 잠깐 놀라는 빛인데 리홍영 교수가

　"맞아요. 중국서 온 아줌마지요."

하고 아주머니에게 자리를 권하면서

　"이 양반은 중국 연변대에서 온 교수야. 놀라지 말구 어서 앉아."

하니까 아주머니는 대뜸 환한 기색을 지으면서 리홍영 교수의 옆에 앉아

수줍게 인사를 받았다. 알고 보니 연길에서 온 아주머니인데 미국에 온지도 벌써 10년 된단다. 연변에 두고 온 아들이 연변대학 예술학원에 다니는데 올해 대학원입학시험을 보았다고 했다. 그런데 정치과목 점수가 몇점 모자라서 낙방거자로 될 것 같다고 못내 근심하고 있었다. 내가 반가운 김에

"아무튼 돌아가서 알아보지요. 아드님더러 한번 저를 찾아오라고 하십시오."

하고 장담을 하고나서

"연변에는 가끔 다녀오십니까?"

하고 물은즉 아주머니는 슬쩍 리홍영 교수의 눈치를 보더니

"한번 나갔다가는 다시 들어올 수 없잖습까."

하며 쓸쓸한 미소를 짓더니

"주방일이 바빠서 잠깐 실례하겠습다."

하고 자리를 피했다. 아무리 반갑다고 해도 나같이 주책머리 없는 동향사람을 만나 찧고 까불다가는 들통이 나리라고 생각하고 슬쩍 자리를 뜬 것이다. 냉면은 큰 사발에 무드기 나왔다. 결코 연길 복무대루 냉면그릇보다 작지 않았다. 사이즈가 큰 미국인들을 상대로 하다 보니 무엇이나 양이 많은 것 같았다. 먼저 육수 맛을 본즉 살짝 얼음을 띄운 것이 별맛이다.

리홍영 교수는 올 10월 연변대학에서 개최하는 제2회 두만강학술포럼에 참석해야 인사가 되겠지만 여러 가지 일이 겹쳐 참가할 수 있겠는지 모르겠다고 하면서도 논문은 제출한다고 했다. 원고를 받아본즉 〈한국, 중국, 일본을 바라보는 비교문화의 안목을 위한 제언〉이라는 논문이다. 정이 넘치고 시원시원한 어른이었다.

우리는 냉면 한 사발씩을 마파람에 게 눈 감추듯이 먹어버리고 나왔다. 내가 오후 강의가 있는 리홍영 교수와 작별하고 잠깐 서있는데 맘씨 고운 연변아주머니가 달려와 냉커피 한잔을 권했다. 명함 한 장을 주고 좀 이야기를 나누고자 하는데 홍순경 선생의 까만 벤츠승용차가 사르르 옆에 와서 섰다. 나는 아쉬운 대로 아주머니와 작별하고 승용차에 올랐다. 10년이나 이국타향에 와서 고생하는 연변아주머니, 자식이 얼마나 보고 싶고 고향 연변 또한 얼마나 가고 싶겠는가?

홍순경 선생은 20일 오후 일부러 찾아와 나에게 식사 대접을 한적 있었고 21일 오후에도 내가 버클리대학교 한국학연구소에서 특강을 할 때 일부러 찾아와 경청을 해주었는지라 이젠 구면이 되었다. 더더구나 그의 아버님과 우리 아버님은 모두 평안남도 평양 출신이라 더욱 가깝게 느껴졌다. 그는 구척장신에 더부룩하게 구레나룻을 기르고 있었는데 쉽게 마음을 줄 수 있는 어른 같았다. 그는 캘리포니아국제문화대학 이사장을 10여 년간 맡아오다가 고등학교 동기동창인 류형섭(刘兄爕) 선생에게 넘겨주고 최근에는 주로 샌프란시스코의 한인단체 일을 맡아보고 있었다. 캐리어 유 교수의 말씀에 의하면 홍순경 선생은 《조선일보》 회장을 지낸 적 있는 한국의 대기자 홍종인(1903-1998) 선생의 큰아드님인데 현재 샌프란시스코에 꽤나 큰 규모의 한식집을 갖고 있어 경제력도 있는 분이라고 했다.

홍순경 선생은 카메라까지 들고 나와 해변도로를 따라가면서 명소들을 구경시켜 주었다. 덕분에 금문교를 산우에서 내려다볼 수 있었고 검푸른 해송(海松)이 우거진 바닷가에서 포즈를 취하고 실컷 사진을 찍을 수도 있었다. 승용차가 해변에 남향으로 앉은 고풍스러운 건물 앞에 멈추어 섰다.

"자, 잠깐 내려 사진이나 찍고 갑시다. 저게 페리정거장입니다."

"아니, 페리정거장이라니요? 무슨 정거장입니까?"

"옛날 샌프란시스코에서 미국 동부로 가는 기차는 모두 이 정거장에서 화물선에 실려 항만을 건넌 후 다시 대륙횡단철도를 타고 동부로 갔지요. 지금은 정거장이 아니라 다른 용도로 쓰이고 있지만 이 페리정거장에서 장인환 의사가 스티븐스란 놈을 죽여 버렸지요. 작년 3월 23일 바로 여기서 스티븐스 저격의거 100주년 기념모임을 성대하게 치렀거든요."

그제야 나는 얼마간 깨도가 되었다. 내가 본 자료에 의하면 미주지역 독립운동의 횃불은 장인환(張仁煥), 전명운(田明雲) 의사가 샌프란시스코에서 일본의 외교고문인 더럼 스티븐스를 저격하면서 활활 타오르기 시작했다.

스티븐스는 워싱턴 주재 일본공사관에 고용된 것을 계기로 1904년 12월 27일 대한제국 외교부 고문관으로 임용되었다. 1905년 을사조약 체결 이후 통감 이토 히로부미(伊藤博文)는 그를 통해 미국을 비롯한 세계 여론에 일본의 한국지배를 정당화시키고 국제여론을 호도(糊塗)하려고 했다. 이에 스티븐스는 막대한 선전비용을 뿌려가며 일본의 앞잡이노릇을 했다. 1908년 3월 이토의 지시를 받고 휴가차 미국으로 가던 도중 그는 배 위에서 기자들과 만났는데 항구적인 동양의 평화를 위해서는 무능한 한국이 독립을 포기하고 일본의 보호를 받음은 물론 그 일부로 편입되는 것이 당연한 일이라고 했다. 그해 3월 21일 그는 미국 샌프란시스코에 도착하여 여러 신문에 미리 준비한 성명서를 발표했으며 한국인들이 일본의 보호를 환영하고 있다는 내용의 기자회견을 가졌다. 이와 같은 담화내용이 22일부 샌프란시스코 여러 신문에 보도되자 그날 밤 샌프란시스코와 그 인근지역에 있는 한인독립운동단체인 공립협회와 대동보국단 회원들은 공립회관에 모여 대책을 의논하고 최유섭, 정재관, 이학현, 문양목 등을 대표로 뽑아 스티븐스가 묵고 있는 페어몬트호텔에 보내서 이 사건의 진상을 규명하고 담화내용을 취소할 것을 요구하였다. 그러나 스티븐스가 오히려 대한제국황제를 비난하고 한국인은 독립능력이 없다고 강변하자 정재관이 주먹으로 스티븐스의 턱을 쳐서 때려눕히고 다른 대표들은 의자로 난타했다. 대표들이 공립회관으로 돌아와 그 사실을 보고하자 이에 격분한 장인환과 전명운은 스티븐스를 곧 암살하기로 결심했는데 서로 손을 맞추지 않고 따로 일을 진행하였다.

3월 23일 오전 9시 30분경 스티븐스가 워싱턴으로 가기 위해 샌프란시스코주재 일본영사의 안내를 받으며 페리정거장 선창에 도착하였다. 이때 한발 먼저 도착한 전명운이 권총을 발사했으나 불발이 되자 그에게 달려들어 격투를 벌렸다. 이 와중에 도착한 장인환이 총탄 3발을 발사하여 스티븐스를 쓰러뜨렸다. 장인환과 전명운은 현장에서 체포되고 스티븐스는 3일후 병원에서 숨을 거두었다.

두 의사에 대한 재판이 시작되자 한인사회는 샌프란시스코공립협회, 대동보국회를 통해 후원회를 조직하는 등 구명운동에 떨쳐나섰다. 공판은 12월 7일 샌프란시스코고등법원에서 개정되어 24일까지 계속되었는데 장인환은 2급 살인죄가 적용되어 25년의 금고형을 받았고 전명운은 90일 간의 구금 끝에 풀려났다.

장인환, 전명운 의사의 의열투쟁은 미주 내에서 일어난 첫 무력적인 항일운동이었다는 점, 안중근 의사가 1909년 10월 26일 하얼빈역에서 이토 히로부미를 저격하는데 간접적인 영향을 주었다는 점, 메히꼬이민사회는 물론 미주에서 7,930달러의 변호비용을 모아서 재판을 승리로 이끌었다는 점, 일본의 한국합병의 부당성을 세계에 알렸다는 점, 미주독립운동 모금의 효시이며 해외에 있던 모든 한인들을 묶어세웠다는 점에서 높이 평가될 수 있다.

우리는 다시 승용차를 달렸다. 나는 1932년 4월 29일 상해 홍구공원에서 시라까와 요시노리(白川義則)대장 등을 폭사시킨 윤봉길 의사의 의거가 백범 김구와 관련이 되듯이 장인환, 전명운 의사의 의거는 도산 안창호와 관련이 없을까 하는 생각이 들었다.

도산 안창호는 부인과 함께 교육학을 전공하기 위해 1902년 샌프란시스코에 도착했다. 그 후 로스앤젤레스로 내려온 그는 자신을 위한 공부를 하기보다 바람직한 한인사회건설에 주력했다. 그는 리버사이드에서 귤 따는 노동자생활을 하면서 국권회복운동의 꿈을 키워나갔는데 귤 하나를 열심히 따는 것도 애국을 하는 길이라고 생각하고 "빙그레 웃는 한인사회"를 만들자고 역설했다. 그는 샌프란시스코에서 친목회를 조직했고 1905년 "한인공립협회"를 만들어 한인정치운동의 기틀을 만들어나갔다. 1907년 잠시 한국으로 돌아왔다가 다시 1911년 미국으로 간 그는 대한국민회 총회장으로 활약하고 1913년 5월 흥사단(興士團)을 샌프란시스코에서 창단했다. "3.1"운동 후 그는 재미동포들을 통해서 외교활동을 펴나갔고 다시 상해로 건너가 대한민국림시정부의 국무총리 대리, 내무총장, 노동총판을 역임했다. 1924년 세 번째로 미국에 간 안창호는 흥사단사업 등을 하다가 1927년 샌페드로항구를 떠나 다시 상해로 향했다. 그는 상해에서 일제에 체포되어 옥고를 치르다가 1938년 3월 10일 서울대학교병원에서 사망했다. 미국에서 그의 뜻을 이은 국민회, 흥사단, 여자애국단은 40여 년간

독립운동의 중심단체가 되었다. 부인 이혜련 여사는 로스앤젤레스에서 여자애국단 총부단장으로 활약했다.

이민 초기의 한인사회지도자로 이승만, 박용만, 서재필 등도 있었지만 내가 도산 안창호 선생에게 보다 더 관심을 가지는 까닭은 그가 창립한 홍사단과 더불어 해마다 연변지역에서 "중한청소년친선문화제"를 하고 있기 때문이다.

우리 승용차는 재미동포들이 스티븐스에게 물매를 안겼다는 페어몬트 호텔을 거쳐 샌프란시스코한인교회 앞에 멈추어 섰다. 높은 계단 위에 세운 노란색건물인데 이미 화인들에게 팔려 이상야릇한 절간으로 사용되고 있었다. 한인들의 체취는 가뭇없이 사라지고 화인들이 들락거리고 있었다. 집안에서는 이상한 염불을 외우는 소리와 함께 목탁소리가 청승맞게 들려왔다. 홍순경 선생이 쓸쓸한 빛을 감추지 못하는 내 눈치를 알아채고 위안 삼아 설명해준다.

"몇 해 전 담임목사님이 교회를 확장한다고 이 유서 깊은 건물을 화인들에게 팔아버리고 다른 데로 이전을 했지요. 우리가 한사코 반대를 했지만 무작정 담임목사님을 따라가는 교인들을 돌려세울 수는 없더라구요. 아무튼 1938년 도산 선생이 세상을 뜨셨을 때 한국 본토에서는 일경의 눈이 무서워 제사도 바로 지내드리지 못했다고 들었습니다만 바로 이 샌프란시스코한인교회에서 수많은 한인들이 모여 연일 큰 제사를 지냈지요."


## 5. 캘리포니아국제문화대학

캘리포니아국제문화대학은 아담한 4층 양옥인데 1층은 차고(車庫)로 쓰는지 바깥에 걸린 계단으로 직접 2층으로 올라갔다. 유형섭이사장과 사무실장이 나와 반갑게 맞아주었다. 그들이 안내하는 대로 2층, 3층, 4층을 차례로 돌아보았다. 10여 칸 되는 방들을 사무실과 연구실, 교실로 쓰고 있었다. 4층은 자료실인데 어느 재미한국인 출신의 학자가 기증했다는 귀중한 도서를 비롯해서 수천 권의 장서가 정연하게 책장에 꽂혀있었다. 놀라운 것은 북쪽 벽에 거폭의 세종대왕 초상화가 높다라니 걸려있었다. 샌프란시스코 한복판에 우리 동포들이 꾸리는 국제문화대학이 있고 그 대학의 자료실에 세종대왕을 모시고 있다니, 참으로 반갑고 뿌듯한 일이 아닐 수 없었다.

내가 대학의 경영상황을 물어본즉 윤형섭이사장은 다음과 같이 설명했다.

"미국의 대학교에 들어가기 위해 영어를 배우려고 미국에 온 세계 여러 나라 학생들에게 영어강좌를 열고 있습니다. 그 수익의 일부를 떼서 한국어강습반을 꾸리고 있지요. 작년까지만 해도 3백 명 정도의 외국학생들이 영어를 배우고 있어서 경기가 좋았었는데 요즘 들어 세계적경제위기의 여파로 학생수가 2백 명 꼴로 줄어들었습니다. 좀 지나면 좋아지겠지요."

"중국에서 온 학생들도 있습니까?"

"물론 있지요."

"중국 조선족학생들도 있습니까?"

하고 내가 부쩍 호기심이 동해 채쳐 묻자 유형섭이사장은

"아마 없을 겁니다. 대체로 중국 남방에서 온 부잣집 자식들 같아요."

하고 대답하였다. 연변에도 미국에 유학을 보낼만한 부자들이 더러 있으

니 이 대학을 발판으로 미국에 들어와 영어를 익힌 다음 좋은 대학교를 선택해 공부하면 좋을 것이라는 생각이 들었다. 하지만 다시 마음을 진정하고 생각하면 심양주재 미국총령사관 관문을 넘기가 쉽지 않을 것 같았다. 아무튼 한번 부딪쳐볼만한 일이었으나 나 같은 일개 서생이 할 일은 아닌 것 같았다.

국제문화대학에서 행한 특강은 신바람이 났다. 수염이 허연 동네어른들도 오셨고 어머니뻘 되는 안노인들도 오셨는데 모두 우리말을 알고 있어서 쉬운 사례를 들어가면서 중국조선족의 이민사와 생활문화 일반에 대해 재미있게 이야기할 수 있었다. 강의가 끝나자 앞자리에 앉았던 젊은 여성이 "숭례문이 내려앉은 걸 보고는 눈물을 짓지만 우리말과 글이 소리 없이 사라지고 있는 건 모르고 있는 것 같다"는 비유가 가슴을 뭉클하게 했다고 하면서 곱게 인사를 하고 갔다.

강의를 마치고 우리는 "수라" 한식집을 찾았다. 홍순경 선생과 유형섭 선생은 일단 불고기 3인분에 캘리포니아와인 한 병을 주문한다. 둥글둥글하게 생긴 아주머니가 큰 접시에 담은 소갈비를 밥상 위에 놓는데 양이 이렇게 많을 수 있을까! 거짓말을 보탠다면 떡시루만 했다. 한국의 9인분도 더 되는 것 같았다. 분홍바탕에 새하얀 꽃무늬가 눈꽃처럼 돋친 성성한 소고기였다. 홍순경 선생이 손수 철판에 구워 가위로 잘라주는데 한 점 먹어보니 육질이 좋고 고소했다. 밭갈이 한번 시키는 일 없이 곡초만 먹이고 들판에 풀어놓고 키우다가 30개월 안에 무조건 도축을 한다고 하니 왜 맛이 없겠는가. 1인분에 몇 달러냐고 물어보고 싶었지만 아무리 중국에서 온 교수라 해도 체면이 있는지라 나는 주는 대로 사양하지 않고 소고기를 먹었다. 이튿날 장재용 교수에게 물어본즉 1인분에 12달러 정도라고 했다. 한국과 맞먹는 가격이라지만 한국에 비해 3배 정도 많으니 아주 싼 셈이다.

우리는 와인으로 입가심을 하고나서 소주를 청했다. 셋이 다 소도적처럼 덩치가 큰 사람이었으므로 기름진 소고기에 얌전하게 와인이나 마시면서 앉아있기에는 무료했던 것이다. 소주를 마시기 시작하자 나는 홍순경 선생과 유형섭 선생에게 술 한 잔 권하고 나서 아까 좀 궁금했던 일을 물었다.

"아까 홍 선생님 덕분에 페리정거장을 가보았습니다만 장인환, 전명운 의사의 스티븐스저격사건은 도산 안창호 선생과 관련이 없는지요? 지금 샌프란시스코에는 흥사단 지부가 없는지요?"

내 물음에 홍순경 선생은 이렇게 대답한다.

"장인환, 전명운 의사도 도산 선생의 영향을 많이 받은 건 사실이지만 이들의 의거는 도산 선생과는 직접적인 관련이 없어요. 도산 선생은 독립운동의 방향으로 실력을 배양하고 교육을 통해 자기완성을 이루고 나라를 부강하게 만드는 일이 무엇보다도 우선돼야 한다고 역설했습니다. 그분은 반일테러활동을 할 양반이 아니지요. 흥사단운동도 여기 미국에서는 한 물 갔어요. 재미동포들이 해야 할 일은 미국의 주류사회에 파고들어 자기의 입지를 찾는 일입니다. 이런 의미에서 저는 김영옥 대위를 존경합니다."

"아니, 김영옥 대위라니요? 처음 들어보는 이름인데요."

"미국인들도 알렉산드로대왕 이후에 나온 최고의 군인이라고 했습니다. 저는 김영옥 대위야말로 우리 모든 재미동포들의 사표로 되어야 한다고 봅니다."

김영옥(1919-2005년 12월 29일)은 재미교포 출신의 미국 군인이었다. 미군에서 유색인종으로는 최초로 대대장을 지냈고 전쟁영웅으로 불렸다. 최종계급은 대령이었다. 김영옥은 1919년 로스앤젤레스에서 아버지 김순권과 어머니 노라 고 사이에서 4남2녀 중 위로 누나 한명이 있는 장남으로 태어났다. 아버지 김순권은 이승만대통령이 미국에서 독립운동을 하던 시절 하와이에서 출범시킨 대한인동지회 북미총회의 일원으로 일한 적 있는 독립운동가였다.

김영옥은 벨몬트고등학교를 졸업하고 로스앤젤레스시립대학교에 들어갔지만 1년 후 자퇴하고 갖가지 직업을 전전하였다. 그는 인종차별이 심했던 당시 사회에서 살아남기 힘들었다. 제2차 세계대전이 발발하자 육군 모병소(募兵所)를 찾아갔으나 미국계 한국인이라는 이유로 거절당했다. 하지만 1941년 아시아계도 징집대상으로 포함되는 법이 미국 연방의회에 의해 제정되어 마침내 입대령장을 받은 김영옥은 22살의 나이로 미국 육군사병으로 입대했다.

제2차세계대전후 미국은 하와이에 거주하던 일본계2세들로 100대대를 창설했다. 이 부대는 속칭 "니세이부대"라고도 불렸는데 후에 일본계 미국인들로 구성된 442연대 전투단의 1대대로 편입되었다. 사실 100대대는 하와이의 젊은 일본계 이민자들이 일본의 침략에 협조하여 사보타주(怠業)를 행할까봐 두려워 인질로 삼은 것이다. 이 조치는 일본계 미국인들을 수용소에 감금한 정책의 연장선이었다고 할 수 있다.

당시 장교후보생학교를 나와 장교로 있던 김영옥은 한국계가 아닌 일본계로 분류되어 100대대에 배치되었다. 한국인과 일본인이 사이가 좋지 않음을 알고 있던 대대장은 김영옥에게 전출(転出)제의를 했으나 그는 개의치 않고 100대대 B중대 2소대장을 맡았다.

그 후 김영옥은 미 5군에 배속되어 이탈리아전선에 투입되었다. 그들을 훈련시킨 장교(초기 지휘관은 모두 백인장교였다)는 말할 것도 없고 미국인으로 인정받기를 원했던 일본계 병사들이 실전투입을 원했기 때문이다. 김영옥은 이탈리아 볼투르노강전투에서 무공을 세운다. 엄폐물이 전혀 없는 평지에서 대낮에 단둘이 적진에 침투해 독일군을 잡아 정보를 빼냄으로써 로마함락에 대공을 세웠던 것이다. 이외에도 기상천외한 전술로 독일의 방어선인 구스타프라인과 고딕라인을 붕괴하는데 혁혁한 공을 세웠다.

김영옥은 이후 남프랑스에 투입되었는데 브뤼에르와 비퐁텐느란 두 마을의 해방에 앞장섰다. 이리하여 그는 이탈리아 최고 십자무공훈장, 프랑스의 십자무공훈장과 레종도뇌르훈장, 미국의 은성 및 동성 무공훈장을 받았다. 남프랑스의 비퐁텐느교회의 벽에는 그의 이름이 새겨져있는데 지금도 마을의 노인들은 그를 영웅으로 기리고 있다. 이 마을에서는 "까피텐 김"(김대위)으로 불린다.

제2차세계대전후 로스앤젤레스에서 세탁소를 운영하던 김영옥은 '6.25'전쟁이 발발하자 1951년 대위계급으로 군에 복귀했다. 한국인유격대인 배내대유격대를 지휘하며 정보수집임무를 수행했다. 배내대유격대는 흥남철수 때 남쪽으로 내려온 피난민중에서 선발한 유격대였다. 이 임무를 마친 후 김영옥대위는 7보병사단 31연대의 정보참모가 되었다.

1951년 4월, 31연대가 소양강을 건너 17연대와 임무를 교대하자마자 중국인민지원군의 춘계공세가 개시되었다. 31연대는 다시 소양강을 건너 철수했는데 김영옥대위에게 미군 및 한국군의 철수를 엄호하기 위해 인제군 계운동계곡의 다리를 지키라는 명령이 내려졌다. 전차 1개 소대를 이끌고 본대가 완전히 후퇴할 때까지 최소한 몇 시간을 버텨야 하였다. 전차소대를 다리남쪽에 세워놓고 김영옥 대위는 후퇴하던 중대급 한국군 보병들을 멈춰 세운 후 그들과 함께 임시방어선을 구축해가지고 후퇴를 무사히 마칠 수 있도록 지원했다.

1951년 10월, 김영옥 대위는 소령으로 진급하고 1대대 대대장이 되었다. 당시 미국에서 유색인종으로서 백인병사들을 지휘하는 보병대대장이 된 사람은 미군의 역사상 김영옥 소령이 최초였다. 그만큼 그는 능력을 인정받고 있었다.

1951년 5월, 31연대의 사기는 최악이었다. 1950년 12월, 장진호전투에서 해병대와 함께 홍남으로 철수하면서 연대장까지 전사하는 큰 패배를 당한 후유증에서 벗어나지 못했던 것이다. 김영옥 대위가 대대를 실질적으로 지휘하게 되면서 제일 먼저 착수한 것은 병사들의 사기를 진작시키는 일이었다. 구만산, 탑골 전투에서는 전진하기를 주저하는 병사들을 권총으로 위협하기도 했고 금병산전투에서는 총탄이 빗발치는데 팔짱을 끼고 태연히 돌아다니며 엄폐물에 숨어 총만 높이 들어 마구잡이사격을 하는 병사들을 독려하는 등 목숨을 걸고 싸웠다. 이런 노력에 힘입어 부대의 사기는 다시 올라갔고 그가 담당한 구역은 다른 대대들과 달리 북쪽으로 불쑥 솟아오른 형국이 되었다.

같은 해 6월, 철의 삼각지대에서 미군의 오인포격으로 중상을 입은 김영옥 대위는 일본의 오사카로 후송되어 치료를 받고 8월 27일에 다시 전선에 복귀했다. 그 후 10월에 소령으로 진급하고 은성무공훈장 및 동성무공훈장을 수여받고 정식으로 1대 대장으로 임명되었다. 하지만 새로 부임한 연대장이 병사들을 무리하게 전투에 내모는 것에 반대했고 그 때문에 1952년 9월에 미국으로 소환되었다.

김영옥이 미국에서 존경받는 것은 전쟁에서 세운 공로 때문만은 아니다. 조선전쟁 때부터 김영옥은 여러 가지 사회봉사활동을 해온 것이 인정을 받았고 그로 인해 존경받게 된 것이다. 보병대 대장으로 근무하던 김영옥은 부대 군목(軍牧)이었던 샘 닐이 고아 몇 명을 데려오자 직접 고아원을 설립하여 그곳에서 고아들을 보호하도록 했다. 또 재정 면에서도 지속적으로 그들을 지원했다. 휴가를 나가는 병사들에게 위문품을 주어 고아원을 방문하여 고아들과 어울리도록 했다. 이는 고아원에 도움이 되었을 뿐 아니라 병사들에게도 도움이 되었다. 김영옥 대대 장병들은 자기 봉급에서 1~2달러씩 거출(醵出)하기도 했다.

이런 경험은 조선전쟁 후에도 지역사회에서 사회봉사활동을 계속하게하는 바탕이 되었다. 로스앤젤레스의 한인건강정보센터, 한미연합회, 한미박물관 등은 김영옥의 노력으로 탄생한 단체이다. 또한 김영옥은 인종차별철폐운동에 적극 참여했고 가정폭력을 당한 아시아계 여성들을 위한 "아시안 여성 포스터 홈"을 건설했다. 이런 노력으로 한국정부의 국민훈장 모란장과 KBS해외동포상을 수상했다…

나는 홍순경 선생의 이야기를 듣고서야 그가 김영옥 대위를 존경하는까닭을 알 수 있었다. 해외에 살고 있는 우리 민족은 국민적정체성과 민족적정체성이라는 이중적정체성을 지니기 마련인데 거주국에서 시민권을 얻고 신뢰를 받고 존경을 받자면 피타는 노력을 경주해야 한다. 나는 김영옥 대위가 제2차 세계대전 때 유럽전장을 누비면서 용감하고 지혜롭게 싸운데 대해 그리고 만년에 사회봉사활동에 헌신적으로 참가한데 대해 존경을 표시한다. 하지만 거주국의 신뢰를 받기 위해 조선전쟁이라는 동족상 잔의 참극에 참가한데 대해서는 디아스포라로서의 김영옥의 숙명적인 한 계를 느낀다. 나는 홍순경 선생을 보고 이 문제를 어떻게 보느냐고 물어보 고 싶었지만 그 어른이 "당신들 중국조선족들도 조선전쟁에 참가하지 않 았느냐?"고 반문한다면 할 말은 없을 것 같았다. 황차 조선전쟁의 성격에 대해서 왈가왈부하기는 시기상조가 아닌가.


## 7. 맺는말

떠나는 날 아침, 정이 많고 부지런한 장재용 선생이 또 승용차를 몰고 숙소로 찾아왔다. 10시에 공항으로 나간다니 버클리대학교 캠퍼스나 한 번 더 돌아보자고 했다. 그는 승용차에 나를 태워가지고 버클리대학교 캠 퍼스 북쪽에 있는 산길을 타고 산에 올랐다. 웅크리고 앉은 곰 같은 산을 나선형으로 타고 오르는데 간판도 없는 연구소들이 길 양쪽에 여기저기 앉아있었다. 미국 국방부에서 버클리대학교에 투자해 경영하는 연구소단 지라고 한다.

연구소 주변에는 단층별장들이 널려있는데 과학자 가족들이 살고 있 었다. 개 한 마리 나와서 짖지 않는 산속의 으슥한 별장, 세계의 최고 두뇌 들이 살고 있다고 생각하니 자꾸만 차창 밖으로 눈길을 주게 되었다.

연길에 돌아와 들은 이야기지만 이 연구단지에도 한(韓)씨 성을 가진 연변제1고급중학교 출신의 조선족젊은이가 일하고 있다고 한다. 연변대 학 화학학부를 졸업하고 북경화학연구소 석사과정을 나와 장학생으로 오 스트레일리아 시드니대학교에 가서 박사과정을 마쳤는데 지금은 버클리대학교 광학연구소에서 인조태양을 만드는 프로젝트를 수행하고 있다고 했다. 사전에 정보를 몰라 한씨라는 젊은 과학자를 찾아보지 못한 게 유감이다.

장재용 선생이 버클리대학교 뒷산 정상에 있는 벤치 옆에 승용차를 세웠다. 우리 둘은 벤치에 나란히 앉아 담배 한가치 입에 물었다. 정상에서 내려다보니 샌프란시스코항만 둘레에 앉은 도시가 널려있는 애들의 장난감처럼 한눈에 깔려보였다. 오른쪽으로 금문교가 빨간 댕기처럼 안개바다 위에 떠서 흔들리고 있었다.

"참 살만한 곳입니다. 경관이 얼마나 아름답습니까!"
하고 내가 내심 부러움을 감추지 못하는데 장재용 선생은

"미국은 백인들의 천국이지 우리 유색인종들의 천국은 아닙니다. 저는 스트레스를 받을 때마다 승용차를 타고 미친 듯이 이 산에 올라와 이 벤치에 앉아 담배를 피우군 한답니다. 저에게 압력을 주고 괴로움을 주고 여러 가지 스트레스를 주는 이 도시, 이 산에서 내려다보면 세상이 새알만하게 보이니까요. 여기서 담배 두어가치 피우면 가슴속에 꽉 찼던 울화도 가뭇없이 사라지지요."
하고 말하는데 내가 좀 의아한 눈빛으로 건너다보니까 장재용 선생은

"'유리장벽(Class Wall)'이란 낱말을 아시죠?"
한다. 좀 듣던 낱말 같다고 했더니 장재용 선생은 시무룩이 웃으며 알려준다.

"미국 주류사회와 우리 아시아계 소수자 사이, 말하자면 백인과 유색인종 사이에는 투명한 유리장벽이 있어요. 백인들의 모습을 유리장벽을 통해 빤히 건너다볼 수 있지요. 그래서 그네들이 출세가도를 달리고 잘사는 모습이 부러워서 죽기내기로 노력을 하지만 우리 유색인종들은 그 유

리벽을 결국은 넘을 수 없다는 이야기입니다. 백인 주류사회에 끼어들려고 아득바득했지만 끝끝내는 그 유리장벽에 코가 깨지고 만 게 우리 재미 한국인들의 100년사라고 하면 어떨까요? 하지만 다음 100년도 주류사회에 끼어들려는 노력은 포기할 수 없어요. 어차피 우리가 살 곳은 한국이 아니라 미국이거든요. 피눈물이 나는 일이지만 백인들과의 경쟁에서 이겨서 이 미국에서 우리의 입지를 굳히는 수밖에 없어요. 이게 우리 디아스포라의 운명이 아니겠습니까? 물론 저는 애들이 자립하면 한국 전북에 있는 고향집에 가서 살겁니다만…"

샌프란시스코에서 돌아온 지 한 달 푼히 되지만 나는 가끔 버클리대학교 뒤산 정상에서 나에게 들려주던 장재용 선생의 이야기를 떠올린다. 짧은 5박6일 동안 내가 보았으면 얼마를 보았으랴만 아무튼 내 느낌을 일목요연하게 대변해준 것 같다.

2009년 5월 18일, 연길에서

지은이 소개

# 김호웅(金虎雄)

1953년 5월생, 연길시제3중학교를 나와 지식청년, 군인, 출판사 편집으로 있다가 1978년 연변대학 조문학부에 입학해 학사, 석사, 박사과정을 마쳤다. 조문학부 학부장, 조선-한국학연구센터 소장, 연변대학 문과학술위원회 주석, 연변작가협회 부주석 등을 역임했다. 일본 와세다대학교, 한국 한양대학교, 배재대학교, 한국국제교류재단 객원교수를 지냈다.

《재만조선인문학연구》,《인생과 문학의 진실을 찾아》,《중일한문화산책》,《인간은 만남으로 자란다》,《김학철평전》,《교육가 림민호평전》,《정판룡평전》,《디아스포라의 시학》,《경계의 미학과 창조력》,《조선족문학과 아이덴티티》 등 다수의 저서를 펴냈다. 연변대학 와룡학술상, 길림성정부 장백산문예상, 중국의 준마상과 한국의 동서문화상을 수상했고 길림성고등학교명사, 보강우수교사, 전국모범교사 등 칭호를 받았다.

한 조선족 지식인의 인생 노트

# 소중한 만남

초판1쇄 인쇄 2023년 9월 10일
초판1쇄 발행 2023년 9월 20일

지은이    김호웅
펴낸이    이대현
편집     이태곤 권분옥 임애정 강윤경
디자인    안혜진 최선주 이경진
마케팅    박태훈

펴낸곳    도서출판 역락
출판등록   1999년 4월 19일 제303-2002-000014호
주소     서울시 서초구 동광로 46길 6-6 문창빌딩 2층 (우06589)
전화     02-3409-2060
팩스     02-3409-2059
홈페이지   www.youkrackbooks.com
이메일    youkrack@hanmail.net

ISBN 979-11-6742-585-0  03800